Cordula Nitsch

Journalistische Realität und Fiktion

Eine empirische Analyse des Fernsehjournalismus in deutschen und US-amerikanischen Romanen (1970-2005)

Herbert von Halem Verlag

DANK

Dieses Buch ist eine überarbeitete Fassung meiner Dissertation, die ich im Februar 2010 bei der Philosophisch-Sozialwissenschaftlichen Fakultät der Universität Augsburg eingereicht habe. An dieser Stelle möchte ich mich bei allen bedanken, die mich in den zurückliegenden Jahren unterstützt und motiviert haben.

Mein erster und ganz herzlicher Dank gilt meiner Doktormutter Christiane Eilders. Sie hat sich stets Zeit genommen, wenn ich ihren Rat gebraucht habe und mich durch ihre kritischen Stellungnahmen in allen Phasen der Arbeit weitergebracht. Mit ihrer engagierten Betreuung und nicht zuletzt mit ihrer motivierenden Art hat sie diese Arbeit so begleitet, wie ich es mir nicht besser hätte wünschen können. Carsten Wünsch danke ich für die Übernahme der Zweitbegutachtung sowie für hilfreiche inhaltliche und methodische Anregungen während unserer gemeinsamen Zeit an der Universität Augsburg. Für erste richtungsweisende Diskussionen und die Betreuung in der Anfangsphase meines Dissertationsprojekts danke ich Frank Brettschneider. Meinem Kollegen Dennis Lichtenstein habe ich für seine permanente Diskussionsbereitschaft und ganz besonders für seine beispiellose Unterstützung in den Wochen vor der Abgabe meiner Arbeit zu danken. Er war immer zur Stelle, wenn es um kurzfristiges Gegenlesen, motivierenden Zuspruch oder die Entlastung von anfallenden Institutsaufgaben ging. Joe Saltzman von der Annenberg School for Communication & Journalism der USC danke ich für die Bereitstellung der Datenbank des Projekts ›The Image of the Journalist in Popular Culture‹ sowie für interessante Einblicke in die dortigen Forschungsaktivitäten. Hannah Schmid, Sandra Hofhues und André Musalf haben weite Teile meines Manuskripts Korrektur gelesen. Ihnen danke ich für wertvolle Hinweise sprachlicher Art – und Hannah darüber hinaus für ihre inhaltliche Kritik. Dank gebührt auch Romy Schönwetter und Benjamin Regler, die mich in ihrer Zeit als studentische Hilfskräfte mit Recherchen und Formatierungsarbeiten unterstützt haben.

Meinen Eltern danke ich für ihren Rückhalt und ihre geistige und moralische Unterstützung in allen Phasen meiner wissenschaftlichen Ausbildung. Für geduldiges Zuhören, Verständnis und die notwendige Ablenkung danke ich meinen Freunden und meiner Schwester. Last but not least, my special thanks go to Peter Dethridge: Your unlimited support, your encouragement, and your understanding throughout these years have been invaluable. Thank you for that, and everything else.

Cordula Nitsch, im August 2011

INHALT

ABBILDUNGSVERZEICHNIS

TABELLENVERZEICHNIS

1. EINLEITUNG

»Du bist verwöhnt und sprunghaft. Kannst dich schlecht auf eine Sache konzentrieren. Weißt alles und nichts. Du willst von allen gelobt werden, viel Geld verdienen, aber keine Verantwortung übernehmen. Werd Journalistin!«
(Claudia Siebert: *Der Auslandskorrespondent*, 1997: 77).

»He had taken the job [...] because he wanted to help people, and he believed that journalism, by playing up injustice and riding herd on the powerful, was the way to do the most for the maximum number of people«
(Molly McKitterick: *Murder in a Mayonnaise Jar*, 1993: 209).

Journalisten nehmen in modernen ausdifferenzierten Gesellschaften eine Schlüsselrolle ein: Sie sammeln, selektieren und bearbeiten Informationen und geben diese anschließend an ein breites Publikum weiter. Durch ihre tägliche Arbeit für Presse, Rundfunk oder Online-Medien gewährleisten sie »die Herstellung und Bereitstellung von Themen zur öffentlichen Kommunikation« (RÜHL 1980: 323) und tragen damit wesentlich zum Funktionieren von Demokratien bei.

Das heutige Berufsbild des Journalisten wurzelt in den gesellschaftlichen Veränderungen des 19. Jahrhunderts. Diese Zeit ist geprägt durch technische Innovationen wie die Telegrafie, durch die Aufhebung der Zensur im Jahre 1848 und durch die steigende Alphabetisierung der Bevölkerung. Der erhöhte Bedarf an Informationen führte zur Gründung von Nachrichtenagenturen und einer zunehmenden Spezialisierung des Journalismus: Die Arbeitsteilung fand Eingang in den Zeitungsbetrieb, neue Rollen, wie die des Verlegers und des Redakteurs, bildeten sich heraus und die inhaltliche Trennung nach Ressorts wurde eingeführt (vgl. BAUMERT 1928: 47ff.; PÜRER/RAABE 2002: 412ff.). Etwas später als in anderen Ländern wandelte sich der deutsche Journalismus gegen Ende des 19. Jahrhunderts schließlich vom ursprünglichen Nebenberuf zu einer hauptberuflichen Vollzeitbeschäftigung (vgl. BLÖBAUM 2004: 211).[1]

Mit der Entwicklung des Journalismus zum Ganztagsberuf und dessen zunehmender gesellschaftlicher Bedeutung beginnt eine verstärkte Auseinandersetzung mit dem Mediensystem und seinen Akteuren in der Wissenschaft. Aufmerksamkeit erhalten die Leistungen der Medien für die Gesellschaft, die strukturellen Rahmenbedingungen und die Journalisten selbst. In vielen Untersuchungen wird dabei eine international vergleichende Perspektive angelegt und es werden Unterschiede bzw. Gemeinsamkeiten in Abhängigkeit von der jeweiligen historischen Entwicklung und den medialen Rahmenbedingungen analysiert. Gerade Vergleiche zwischen dem deutschen und dem angelsächsischen Journalismus haben Differenzen z. B. in den Einstellungen und Rollenverständnissen der Journalisten (vgl. z. B. KÖCHER 1985, 1986; DONSBACH 1993, 1995) und in den Redaktionsstrukturen (vgl. z. B. ESSER 2000) aufgezeigt.

Analog zur Konjunktur von Journalismusthemen innerhalb der Wissenschaft nehmen ab Mitte des 19. Jahrhunderts die literarischen Werke zu, deren Handlung im journalistischen Milieu angesiedelt ist. Bekannte Beispiele aus dieser Zeit sind Gustav Freytags Drama *Die Journalisten* (1854, Deutschland), Guy de Maupassants *Bel-Ami* (1885, Frankreich) oder William Dean Howells' *A Modern Instance* (1882, USA). Bis zum heutigen Zeitpunkt ist der Journalist eine beliebte Figur für Autoren fiktionaler Unterhaltungsangebote geblieben: Journalisten treten in Filmen und Fernsehserien in Erscheinung, sind Protagonisten von Romanen, Theaterstücken, Gedichten und Comics und werden selbst in Liedtexten aufgegriffen. Der Fülle an fiktionalen Werken stehen jedoch vergleichsweise wenige wissenschaftliche Untersuchungen gegenüber, die sich mit dem darin vermittelten Journalismusbild auseinandersetzen:

> »The image of the journalist in popular culture is a long-neglected, fertile field for research virtually untapped by journalism and mass communication scholars. [...] Since most academics studying this field have been film-orientated, there has been little written on the image of the journalist in novels and other fiction« (SALTZMAN 2005: 6; vgl. auch WEISCHENBERG 1995: 391; EHRLICH 2009: 5).

1 In den USA, Frankreich und Großbritannien fand die Entwicklung zum Hauptberuf bereits um die Mitte des 19. Jahrhunderts statt (vgl. z. B. DICKEN-GARCIA 1989: 26; O'BOYLE 1968: 295, 313).

Die Relevanz einer Auseinandersetzung mit dem literarischen Journalismusbild ergibt sich aus zwei Gründen: Zum einen konnte mehrfach nachgewiesen werden, dass fiktive Medieninhalte die Einstellungen und Realitätsvorstellungen der Rezipienten beeinflussen. Einige Studien, die im Rahmen der Kultivierungsforschung entstanden sind, belegen bereits eine Wirkung von fiktional vermittelten Berufsbildern auf das Publikum (vgl. z. B. PFAU et al. 1995; PFAU/MULLEN/GARROW 1995; ROSSMANN 2002). Auch für den Beruf des Journalisten ist anzunehmen, dass die Vorstellungen der Bevölkerung durch fiktionale Werke (mit)geprägt werden. Da der Journalismus in seiner Funktionserfüllung auf das Vertrauen der Bevölkerung in die mediale Berichterstattung (und damit in seine Berufsvertreter) angewiesen ist, ist die fiktionale Darstellung des Berufs nicht unerheblich. Zum anderen weisen empirische Befunde sowohl auf eine Widerspiegelung der gesellschaftlichen Wirklichkeit in fiktionalen Medieninhalten als auch auf Verzerrungen der realen Gegebenheiten hin: Fiktionale Werke sind nicht losgelöst von den gesellschaftlichen Strukturen des Ortes und der Zeit ihrer Entstehung. Sie reflektieren daher, zweifellos in unterschiedlichem Maße, immer auch die gesellschaftliche Realität. Aus diesem Grund können Filme und Romane durchaus einen Einblick in die Charakteristika des Journalistenberufs bieten. Allerdings ist zu berücksichtigen, dass es sich um komprimierte Ausschnitte aus dem komplexen Berufsfeld handelt und nicht davon auszugehen ist, dass die journalistische Realität vollständig abgebildet wird. Welche Aspekte in fiktionalen Werken aufgegriffen, betont oder vernachlässigt werden, bestimmen nicht zuletzt dramaturgische Überlegungen. So kommen Inhaltsanalysen fiktionaler Unterhaltungsangebote (z. B. zu Gewalt, Geschlechterrollen oder Berufsbildern) regelmäßig zu dem Ergebnis, dass diese ein verzerrtes Bild der empirischen Wirklichkeit präsentieren.

Wie bereits durch die eingangs angeführten Zitate angedeutet, kann sich das fiktionale Bild des Journalisten zwischen Positiv- und Negativdarstellungen bewegen. Schon früh wurden Stimmen laut, die eine negative Stereotypisierung beklagten. So echauffierte sich Egon-Erich Albrecht, selbst Journalist, bereits 1928 über ein verzerrtes Bild seiner Berufsgruppe auf den deutschen Theaterbühnen:

> »Jedesmal, wenn ein Journalist in den modernen Stücken die Bühne betritt, dann ist es entweder ein Trottel [...], der sich nicht zu benehmen weiß, der taktlos und ungeschickt, ja geradezu polizeiwidrig dämlich ist [...] oder er ist ein dienender, serviler Speichellecker oder eine Sensationshyäne ohne

> menschliches Gefühl und Gewissen, der beispielsweise bei einem Unglück ›nur‹ 20 Tote nicht genug sind und die deshalb gleich einige Nullen hinzufügt. [...] Nur weil die meisten in unserem Volke [...] keine Ahnung davon haben, wie die Zeitung, die sie tagtäglich in die Hand bekommen, zustande kommt, weil sie keinen blassen Schimmer von der verantwortungsvollen, selbstlosen und nervenaufreibenden Arbeit des Redakteurs haben, nur darum kann man ihnen ein solch verzerrtes und verlogenes Bild des Journalisten im Film und auf der Bühne vorzusetzen wagen« (ALBRECHT 1928: 492f.).

Die Diskussion über die Darstellung des Journalistenberufs in fiktionalen Werken hat sich in der Folgezeit fortgesetzt und spielt auch in neueren Beiträgen eine zentrale Rolle. Steve Weinberg, der seit Jahrzehnten Journalistenromane sammelt, sieht vor allem drei wiederkehrende Stereotype: Fiktive Journalisten »have a lot of sex on the job, have no scruples and, of course, solve murders frequently enough to obviate the need for police« (WEINBERG 1989: o. S.). Im Hinblick auf die Bewertung der fiktiven Charaktere fallen die Befunde unterschiedlich aus: Während einige Autoren ein überdurchschnittlich positives Journalistenbild konstatieren (vgl. z. B. STUDNITZ 1983: 34; BORN 1982: 2), kommen andere zu dem Schluss: »Journalists are rude, many times divorced, hard-drinking, cigarette-smoking, social misfits who will do anything for a front-page byline« (GERSH 1991: 18). Zuweilen wird sogar so weit gegangen, die fiktionale Darstellung von Journalisten als »eine der nachhaltigsten Rufmordkampagnen« (BEHNERT 1992: 22) zu bezeichnen.

Mit der vorliegenden Arbeit soll das Bild des Journalismus in der fiktionalen Literatur näher bestimmt werden, um den divergierenden Befunden der bisherigen, überwiegend wenig gehaltvollen Veröffentlichungen nachzugehen. Aufgrund des Wirkungspotenzials fiktionaler Werke ist es bedeutsam, das fiktionale Bild dieses Berufs über den Einzelfall hinaus empirisch zu erheben. Nur so kann geprüft werden, ob in diesen Werken gleichförmige Darstellungen (im Sinne von ›Metabotschaften‹) vermittelt werden. Das Forschungsinteresse richtet sich auf einen Themenbereich, der eine international vergleichende Perspektive ermöglicht: Untersucht wird die Darstellung des Fernsehjournalismus in US-amerikanischen und deutschen Romanen.

Um zu prüfen, ob die literarische Fiktion die realen Gegebenheiten reflektiert bzw. verzerrt, bietet sich die Analyse von Romanen aus diesen beiden Ländern besonders an: Nicht nur zwischen den Journalisten der beiden Länder machen sich Differenzen (z. B. bezüglich des Berufsverständnisses) bemerkbar, sondern auch die Fernsehsysteme der USA und Deutschlands unterscheiden sich deutlich voneinander. Der Ländervergleich ermöglicht festzustellen, ob Unterschiede zwischen Realität und Fiktion landestypische Erscheinungen sind oder in transnational geltenden Gestaltungsprinzipien von Romanen begründet liegen. Um auch Veränderungen im Zeitverlauf erfassen zu können, erstreckt sich der Untersuchungszeitraum von 1970 bis 2005. Das Fernsehsystem und der Journalismus haben in dieser Zeit insbesondere in Deutschland einschneidende Veränderungen erlebt: Die Einführung des Dualen Systems Mitte der 1980er-Jahre hat sich sowohl auf die Sendervielfalt und die Programmstrukturen als auch auf die beruflichen Anforderungen an den Fernsehjournalismus ausgewirkt. Neben den Zielparametern des öffentlich-rechtlichen Auftrags bestimmen seitdem verstärkt ökonomische Imperative die journalistische Arbeit.

Die Untersuchung fokussiert folglich auf drei Vergleichsebenen: 1) den internationalen Vergleich zwischen Deutschland und den USA, 2) den Vergleich über die Zeit und 3) den Vergleich zwischen Realität und Romanfiktion.

Die Arbeit gliedert sich in einen theoretischen und einen empirischen Teil. Zu Beginn (Kapitel 2) steht das Verhältnis von Realität und Fiktion, durch dessen Aufschlüsselung sich die Relevanz einer Auseinandersetzung mit der Darstellung des Journalismus in der Literatur begründet. Unter Einbezug verschiedener wissenschaftlicher Disziplinen werden die theoretischen Annahmen und empirischen Befunde zum Wirkungspotenzial sowie zum Realitätsgehalt fiktionaler Medieninhalte dargelegt und es wird diskutiert, warum sich sowohl Hinweise auf eine Reflexion als auch auf eine Verzerrung gesellschaftlicher Wirklichkeit finden lassen. Darauf folgend wird der Forschungsstand zum Bild des Journalismus in der Literatur aufgearbeitet (Kapitel 3). Hierfür wird zunächst ein Kriterienraster entwickelt, das die untersuchungsrelevanten Faktoren bestimmt. Die bisherigen Beiträge zum literarischen Journalismusbild werden anschließend in Bezug auf ihre methodischen Merkmale und inhaltlichen Befunde vorgestellt. Aus der abschließenden Zusammenfassung des Forschungsstandes und der Diagnose bestehender Forschungsdefizite leiten sich auch die Zielsetzung und das Vorgehen der eigenen empirischen Studie ab. Das vierte Kapitel beleuchtet die reale Situation des Fernsehjournalismus. Es gibt zunächst einen Überblick über die Entwicklung und Struktur des Fernsehsystems in den USA und in Deutschland. Der zweite Abschnitt fokussiert auf den Journalismus und seine Akteure und zeigt die

Charakteristika der US-amerikanischen und deutschen Journalisten auf. Die Ausführungen enden mit einer Zusammenfassung und Gegenüberstellung der wesentlichen Gemeinsamkeiten und Unterschiede. Kapitel 5 stellt eine Zwischenbilanz der theoretischen Ausführungen dar und setzt die Erkenntnisse der vorangegangenen Kapitel zueinander in Beziehung. Auf dieser Grundlage werden die zentralen Forschungsfragen formuliert, die für die Untersuchung zum Bild des Fernsehjournalismus in US-amerikanischen und deutschen Romanen leitend sind.

Mit Kapitel 6 beginnt der empirische Teil der Arbeit. Der erste Abschnitt gibt Auskunft über die Vorgehensweise bei der Bestandsaufnahme der Romane, den gewählten Untersuchungszeitraum und die Stichprobenziehung. In einem zweiten Abschnitt wird die methodische Vorgehensweise beschrieben. Hier wird die Entscheidung für eine quantitative Inhaltsanalyse begründet, das Untersuchungsinstrument vorgestellt und die Auswertungsstrategie erläutert. Die Ergebnispräsentation findet sich in Kapitel 7 und gliedert sich in vier Abschnitte. Zunächst werden die formalen Merkmale der Romane beschrieben und Informationen zu den Autoren gegeben. Die beiden folgenden Abschnitte präsentieren die Befunde zum Bild des Fernsehjournalismus in der literarischen Fiktion: Sie befassen sich zum einen mit der Darstellung des journalistischen Umfelds (wie z. B. der institutionellen und ökonomischen Rahmenbedingungen), zum anderen mit der Charakterisierung der fiktiven journalistischen Akteure. Die präsentierten Befunde werden schließlich mit der Realität kontrastiert, um auf dieser Basis herauszuarbeiten, in welchen Bereichen die Romanfiktion eine Reflexion bzw. eine Verzerrung der journalistischen Realität aufweist. Kapitel 8 fasst abschließend die wesentlichen Befunde der Arbeit in Form eines Fazits zusammen.

2. THEORETISCHE ANNAHMEN UND EMPIRISCHE BEFUNDE ZUM VERHÄLTNIS VON REALITÄT UND FIKTION

Eine Analyse des Journalismusbildes in der Literatur verweist unmittelbar auf die Frage nach möglichen Zusammenhängen zwischen fiktionaler Darstellung und journalistischer Realität. Mit dem Verhältnis von Realität und Fiktion haben sich unterschiedliche wissenschaftliche Disziplinen beschäftigt. Um ein umfassendes Verständnis dieses Verhältnisses zu entwickeln, müssen daher Annahmen und Befunde aus verschiedenen Forschungstraditionen berücksichtigt werden – wie z. B. aus der Kommunikationswissenschaft, der Psychologie, der Literaturwissenschaft und der Literatursoziologie.

In der Beschreibung der Beziehungen zwischen Realität und Fiktion lassen sich zwei Perspektiven unterscheiden: die Reflexionstheorie und die Wirkungstheorie. Die Reflexionstheorie geht davon aus, dass fiktionale Darstellungen die Realität reflektieren; die Wirkungstheorie besagt, dass diese die Realität prägen. Beide Annahmen sind plausibel und konnten mehrfach belegt werden, sodass auch für das literarische Journalismusbild ein interdependenter Zusammenhang zwischen Realität und Fiktion angenommen werden kann.

Dieses Kapitel beleuchtet in einem ersten Abschnitt den interdependenten Charakter der Beziehung zwischen Realität und Fiktion. Um die Wechselwirkungen zu veranschaulichen, wird dabei auch auf den Prozess der Realitätskonstruktion Bezug genommen (Kapitel 2.1). Die beiden folgenden Abschnitte stellen die Annahmen und Befunde zur Wirkung (Kapitel 2.2) und zum Realitätsgehalt (Kapitel 2.3) fiktionaler Medieninhalte dar. Auch wenn der Wirkungsaspekt in der vorliegenden Arbeit nicht empirisch untersucht wird, ergibt sich die Relevanz der durchgeführten Studie nicht zuletzt aus dem Wirkungspotenzial des literarisch vermittelten Journalismusbildes. Aus diesem Grund ist eine theoretische Auseinandersetzung mit den Wirkungen fiktionaler Medieninhalte unabdingbar. Das Kapitel endet mit einer Zusammenfassung des Theorie- und Forschungsstandes zum Verhältnis von Realität und Fiktion (Kapitel 2.4).

2.1 Realität und Fiktion – ein interdependenter Zusammenhang

In der Literatursoziologie ist das Verhältnis von Literatur und Gesellschaft schon lange von Interesse. Mit der ›reflection theory‹ und der ›social control theory‹ schlägt Renate Inglis bereits 1938 zwei Begrifflichkeiten für dieses Verhältnis vor: »the reflection theory holds that literature reflects society; the control theory, that it shapes society« (INGLIS 1938: 526). Diese Definition wurde in den 1950er-Jahren von Milton C. Albrecht präzisiert und erweitert. Albrecht kritisiert die begriffliche Gleichsetzung von sozialer Kontrolle und Einflussnahme in Inglis' Definition als missverständlich und beschreibt das Verhältnis von Literatur und Gesellschaft schließlich wie folgt:

> »The relationship between literature and society has been variously conceived. Three general assumptions are that literature reflects society and culture, that it serves as a means of social control, and that it influences attitudes and behavior of people in ways considered in some respects desirable, in others undesirable« (ALBRECHT 1956: 722).

Die soziale Kontrolle durch Literatur steht dabei in einem engen Zusammenhang zur Reflexionstheorie. Albrecht betrachtet sie als logische Folgewirkung der Reflexion: Wenn literarische Werke die gesellschaftliche Realität reflektieren, dann liegt die Vermutung nahe, dass sie im Umkehrschluss kulturelle Normen, Einstellungen und Überzeugungen verstärken. Der gesellschaftliche Status quo wird demzufolge bestätigt und bleibt erhalten (vgl. ALBRECHT 1954: 431).

Zur Veranschaulichung des Verhältnisses zwischen Realität und Fiktion eignet sich ein Rückgriff auf die theoretischen Annahmen zur Realitätskonstruktion. Adoni und Mane (1984) unterscheiden im Konstruktionsprozess sozialer Realität drei Arten von Realität, die in einem wechselseitigen Verhältnis zueinander stehen: die objektive, die symbolische und die subjektive Realität (vgl. Abb. 1). Bei der objektiven sozialen Realität handelt es sich um die bestehende Welt, um die Realität »par excellence« (ADONI/MANE 1984: 325). Die symbolische soziale Realität beinhaltet sämtliche Formen der Repräsentation der objektiven Realität – hier sind also die fiktionalen und non-fiktionalen Medieninhalte zu verorten. Die subjektive soziale Realität speist sich schließlich aus den beiden anderen Realitäten. Sie ist als individuelles Realitätsbewusstsein zu begreifen, das die Grundlage für das Sozialverhalten bildet, »and thus ensures the existence of objective reality and the meaningfulness of its symbolic expressions« (ebd.: 326). Da der Prozess soziale Interaktionen voraussetzt, wird auch von sozialer Realitätskonstruktion gesprochen (vgl. auch BERGER/LUCKMANN 2007, erstmals 1967).

ABBILDUNG 1
Realitätskonstruktion nach Adoni/Mane (1984)

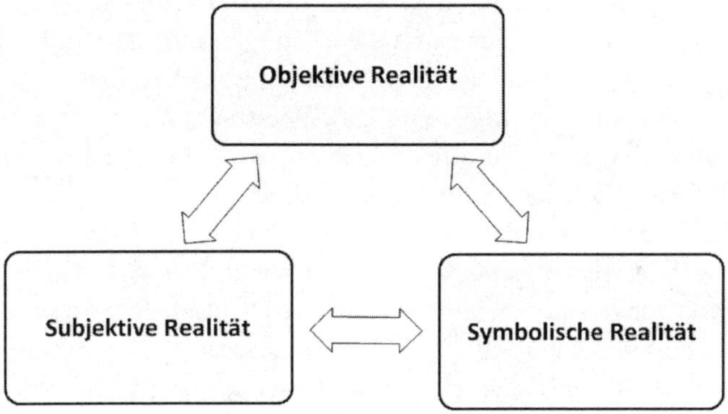

Quelle: Darstellung in Anlehnung an Adoni/Mane 1984: 327

In Untersuchungen zu Realitätskonstruktionen lassen sich zwei grundlegende Ansätze unterscheiden: Zum einen kann die soziale Konstruktion von Realität in der Gesamtheit aller gesellschaftlich und kulturell ablaufenden Handlungszusammenhänge und Kommunikationsprozesse verstanden werden. Zum anderen kann die Realitätskonstruktion enger gefasst und als Medieneffekt begriffen werden, wobei folglich nur ein Teilbereich sozialer Interaktionen betrachtet wird (vgl. ADONI/MANE 1984: 323). Angesichts der großen Reichweite der Medien und ihrer Schlüsselrolle in der Konstruktion von Realität konzentrieren sich viele Studien auf den Wirkungsaspekt: denn »[a]lle Wirklichkeit ist konstruiert, und zwar zunehmend medial konstruiert« (GROEBEN/SCHREIER 2000: 166).

Was die Literatursoziologie unter ›Gesellschaft‹ zusammenfasst, ist bei der Realitätskonstruktion folglich in zwei Elemente differenziert: die subjektive Realität und die objektive Realität. Die Wirkung der symbolischen auf die objektive Realität vollzieht sich dabei in zwei Schritten, vermittelt über die subjektive Realität. Medieninhalte wirken zunächst auf die Rezipienten. Sie können zu einem Wissenszuwachs führen sowie die Einstellungen, Realitätsvorstellungen und Verhaltensweisen beeinflussen – und sich dadurch in einem zweiten Schritt auf die objektive Realität auswirken. Diesen zweistufigen Prozess verdeutlicht z. B. die Studie von Kepplinger und Roth (1978): Die Berichterstattung über die Ölkrise im Winter 1973/74 rief starke Besorgnis innerhalb der Bevölkerung hervor, sodass sich viele Deutsche vorsorglich mit größeren Mengen an Öl eindeckten. Diese Hamsterkäufe führten schließlich zu einem realen Engpass in der Rohölversorgung und die Politik sah sich gezwungen, Fahrverbote und Geschwindigkeitsbegrenzungen einzuführen, um den Verbrauch einzuschränken.[2] Für das (fiktional) vermittelte Journalismusbild kann daher angenommen werden, dass z. B. eine stark negative Darstellung nicht nur die Realitätsvorstellungen der Bevölkerung prägen kann, sondern die Journalisten und Medien außerdem unter Zugzwang geraten und daher Veränderungen in der journalistischen Realität stattfinden können (z. B. durch die Einführung stärkerer Selbstkontrollmechanismen). Empirische Studien liegen jedoch nur zum Einfluss der symbolischen auf die subjektive Realität vor. Die Wirkung auf die objektive Realität ist empirisch kaum nachzuweisen, da eine Vielzahl weiterer Faktoren berücksichtigt werden müsste. Gleichwohl steht außer Frage, dass fiktionale wie non-fiktionale Medieninhalte auch zu Veränderungen in der Realität führen können – die Stärke dieses Einflusses ist jedoch kaum messbar.

2 Als weiteres Beispiel lassen sich Politiker-Rücktritte oder Gesetzesänderungen anführen, zu denen es infolge von investigativer Berichterstattung und dem daraus entstehenden öffentlichen Druck kommt (vgl. z.B. PROTESS et al. 1991).

ABBILDUNG 2
Interdependenz von journalistischer Realität und literarischer Fiktion

Quelle: Eigene Darstellung

Für das fiktionale literarische Journalismusbild sind daher die folgenden zwei Aspekte im Prozess der Realitätskonstruktion von Interesse (vgl. Abb. 2):

1. Das Verhältnis zwischen objektiver und symbolischer Realität im Sinne der Reflexionstheorie (*wie hoch* ist der Realitätsgehalt in den fiktionalen Darstellungen bzw. *welche* realen Aspekte spiegeln sich darin wider?)
2. Das Verhältnis zwischen symbolischer und subjektiver Realität im Sinne der Wirkungstheorie (*welches* Wirkungspotenzial ist bei den fiktionalen Darstellungen anzunehmen?)

Diese beiden Aspekte wurden bislang vor allem anhand non-fiktionaler Medieninhalte untersucht. Das Verhältnis zwischen objektiver und symbolischer Realität ist in der Journalismusforschung von Interesse. Die Ansätze zur Nachrichtenauswahl befassen sich beispielsweise mit Kriterien und Einflussfaktoren, die für die Auswahl der berichteten Ereignisse verantwortlich sind. So wird aufgrund der Nachrichtenfaktoren (wie z. B. Negativismus), der persönlichen Einstellung der Journalisten und/oder der redaktionellen Einflussfaktoren wiederholt eine Verzerrung der objektiven Realität in der Medienberichterstattung festgestellt (vgl. z. B. WHITE 1950; GALTUNG/RUGE 1965; KEPPLINGER 1989; HAGEN 1992). Auch die Untersuchungen zu Schlüsselereignissen und Ereignisserien bedienen sich eines Vergleichs zwischen den beiden Realitäten und stellen der Medienberichterstattung unterschiedliche Realitätsindikatoren (wie z.B. Statistiken zu Gewaltverbrechen) gegenüber (vgl. z.B. FISHMAN 1978; KEPPLINGER/HABERMEIER 1996).

Mit dem Einfluss der symbolischen Realität auf die subjektive Realität befassen sich die Ansätze der Medienwirkungsforschung, beispielsweise die Theorie der Schweigespirale und die Agenda-Setting-Forschung. Untersuchungen zur Schweigespirale zeigen einen Einfluss der Medienberichterstattung auf die Wahrnehmung des öffentlichen Meinungsklimas (vgl. z.B. NOELLE-NEUMANN 1973) und zahlreiche Studien zum Agenda-Setting belegen eine Wirkung der Medienberichterstattung auf die von den Rezipienten wahrgenommene Wichtigkeit einzelner Themen (vgl. z.B. MCCOMBS/SHAW 1972; FUNKHOUSER 1973). Auch für fiktionale Literatur konnten bereits Agenda-Setting-Effekte nachgewiesen werden. Strange und Leung (1999) zeigen in einem Experiment, dass eine explizit als fiktional deklarierte Kurzgeschichte über einen jugendlichen Schulabbrecher zu einer erhöhten Themenwichtigkeit bei den Rezipienten führte. Obwohl es sich um einen individuellen und noch dazu fiktiven Fall handelte, betrachteten die Versuchspersonen das Thema Schulabbruch nach dem Lesen des Textes als gesamtgesellschaftliches Problem und sahen Handlungsbedarf in der Bildungspolitik.

Die Stärke der (non-fiktionalen wie fiktionalen) medialen Einflüsse hängt sowohl von Rezipientenmerkmalen (z.B. Vorwissen, Medienkompetenz, Orientierungsbedürfnis) als auch von Botschaftsmerkmalen (z.B. Glaubwürdigkeit der Quelle, Überzeugungskraft, Kumulation und Konsonanz der Medieninhalte) ab. Da die subjektive Realität von der objektiven *und* von der symbolischen Realität geprägt wird, ist ein Einfluss medialer Inhalte vor allem dann anzunehmen, wenn die Rezipienten über wenige bzw. keine Primärerfahrungen verfügen. Auch Adoni und Mane berücksichtigen diesen Aspekt und definieren den Prozess der sozialen Realitätskonstruktion als »a system consisting of two dimensions – type of reality (objective, symbolic, subjective) and distance of social elements from direct experience« (ADONI/MANE 1984: 327).

Wie sehr fiktionale Medieninhalte die subjektiven Realitätsvorstellungen beeinflussen können, machen die Vertreter der im Folgenden (vgl. Kapitel 2.2.2) noch ausführlicher dargestellten Kultivierungsforschung deutlich:

> »How many of us have ever been in an operating room, a criminal courtroom, a police station or jail, a corporate board room, or a movie studio? How much of what we know about such diverse spheres of activity, about

how various kinds of people work and what they do – how much of our real world has been learned from fictional worlds?« (GERBNER/GROSS 1976: 179).

Trotz bzw. gerade aufgrund mangelnder Primärerfahrungen werden also Wirklichkeitsvorstellungen konstruiert, die sich aus Fiktionen speisen. Dies gilt auch für die Vorstellungen vom Journalismus. Shuman bemerkte bereits 1903: »There are few things concerning which the general public is more curious, and about it knows less, than the inside of a metropolitan newspaper« (SHUMAN 1903: VII). Auch heute kann diese Aussage noch Gültigkeit für sich beanspruchen: Wir rezipieren zwar vielfältige journalistische Medieninhalte (z. B. Zeitungsartikel, Fernsehnachrichten, Radio- und Online-Beiträge), über deren Zustandekommen ist uns aber nur wenig bekannt. Gleichwohl haben wir ein Bild von den Medien und den Journalisten, das sich nicht zuletzt auch aus der Darstellung von Journalisten in fiktionalen Medieninhalten speist.

2.2 Realität durch Fiktionen: Das Wirkungspotenzial fiktionaler Medieninhalte

Dass fiktionale Medieninhalte Wirkungen bei den Rezipienten auslösen können, ist unbestritten. Am offensichtlichsten sind Wirkungen auf der affektiven Ebene, die etwa bei der Rezeption von Filmen, Fernsehsendungen oder literarischen Werken zu beobachten sind. So vermag beispielsweise ein Psychothriller bei den Zuschauern Angst auszulösen oder der Tod eines beliebten Protagonisten zu Mitleid und Tränen führen. Im Allgemeinen wird davon ausgegangen, dass die Rezeption fiktionaler Medieninhalte die gleiche Bandbreite an emotionalen Effekten hervorrufen kann, die auch reales Erleben bewirkt: »[L]iterary fictions can elicit the same spectrum of emotional reactions in the reader as real-life situations: empathy, sadness, relief, laughter, admiration, spite, fear, and even sexual arousal« (RYAN 2001: 148).[3]

Über die emotionalen Wirkungen während des laufenden Rezeptionsprozesses hinaus werden jedoch noch weitaus stärkere Einflüsse von fiktionalen Werken angenommen. Die Diskussion über das Wirkungspotenzial vollzieht sich bereits seit der Antike und mündet immer wieder in Forde-

3 Für einen Überblick, der auch Emotionen bei der Nutzung fiktionaler Literatur berücksichtigt, vgl. Schramm/Wirth (2006), vgl. auch Cupchik/Oately/Vorderer (1998).

rungen nach Regulierung (vgl. z. B. die Debatten um ein Verbot von gewalthaltigen Computerspielen) und in staatlicher Zensur.[4] Demgegenüber werden aber auch fiktionale Angebote (z. B. Propagandafilme) zur gezielten kognitiven und affektiven Beeinflussung der Bevölkerung geschaffen.

Für das starke Wirkungspotenzial fiktionaler Werke lassen sich einzelne herausragende Paradebeispiele anführen. Am prominentesten ist dabei Goethes Briefroman *Die Leiden des jungen Werther* (1774), der in unterschiedlichen europäischen Ländern junge Männer zum Selbstmord animierte und heute unter dem Begriff ›Werther-Effekt‹ für die Nachahmung von Suiziden steht (vgl. JÄGER 1974; ZIEGLER/HEGERL 2002).[5] Harriet Beecher Stowe's Roman *Uncle Tom's Cabin* (1852) wird eine wesentliche Rolle für den Einstellungswandel der amerikanischen Gesellschaft zur Sklaverei zugesprochen (vgl. STRANGE 2002: 263ff.) und auch Upton Sinclair's *The Jungle* (1906) hatte einen enormen Einfluss auf die gesellschaftliche Realität. Der Roman beschreibt die skandalösen Arbeits- und Hygienebedingungen in den Schlachthöfen von Chicago und führte dazu, dass mit dem ›Meat Inspection Act‹ und dem ›Pure Food and Drug Act‹ strengere gesetzliche Vorschriften entstanden (vgl. z. B. BERRY 1970: 38).

Zur Wirkung fiktionaler Journalistendarstellungen liegen bislang kaum Befunde vor. Einzig einige anekdotische Beispiel weisen auf einen Einfluss von fiktionalen Werken hin. So erläutert Tom Wolfe, der Begründer des ›New Journalism‹, seine Berufsentscheidung wie folgt:

> »Chicago, 1928, that was the general idea ... Drunken reporters out on the ledge of the *News* peeing into the Chicago River at dawn [...] Nights down at the detective bureau – it was always nighttime in my daydreams of the newspaper life. Reporters didn't work during the day. I wanted the whole movie, nothing left out« (WOLFE 1973: 3, Hervorhebung im Original).

Das Bild, das die Bevölkerung von den Journalisten hat, wird hingegen seit Jahrzehnten regelmäßig erhoben. Umfragen zur Einschätzung von Berufsgruppen zeigen, dass Journalisten weder in den USA noch in

4 Die hohe Wirkung, die beispielsweise die SED-Führung fiktionaler Literatur für die Ausbildung ideologischer Überzeugungen zusprach, äußerte sich in der DDR neben der Zensur unerwünschter Titel auch in der staatlichen Steuerung der Buchproduktion (vgl. LÖFFLER 1998: 22).

5 Der ›Werther-Effekt‹ konnte inzwischen sowohl für fiktionale (vgl. z. B. SCHMIDKE/HÄFNER 1986) als auch für non-fiktionale Medieninhalte (vgl. z. B. PHILIPS 1974) empirisch belegt werden und ist der Grund für die journalistischen Selbstverpflichtungen, sich bei der Berichterstattung über Suizidfälle zurückzuhalten.

Deutschland besonders hoch angesehen sind und es ihnen an Vertrauen in der Bevölkerung mangelt. Bei der Berufsprestigeskala des Instituts für Demoskopie in Allensbach belegen die Journalisten regelmäßig einen der hinteren Ränge und in den amerikanischen Gallup-Umfragen werden ihnen Ehrlichkeit und die Orientierung an ethischen Normen nur selten zugeschrieben (vgl. z. B. ALLENSBACHER BERICHTE 2005, 2008; GALLUP 2004, zitiert nach MCBRIDE 2004). Ähnliche Befunde finden sich auch für andere westliche Demokratien wie z. B. Großbritannien (vgl. z. B. IPSOS MORI 2009). Max Weber machte bereits 1919 deutlich, dass der Berufsstand der Journalisten vor allem nach seinen ›schwarzen Schafen‹ beurteilt wird:

> »Der Journalist [...] gehört zu einer Art Pariakaste, die in der ›Gesellschaft‹ stets nach ihren ethisch tiefstehenden Repräsentanten sozial eingeschätzt wird. [...], weil naturgemäß gerade die verantwortungs*losen* journalistischen Leistungen, ihrer oft furchtbaren Wirkungen wegen, im Gedächtnis haften« (WEBER 2008: 33f., erstmals 1919, Hervorhebung im Original).

Ob auch fiktionale Darstellungen für das überwiegend negative Bild der Bevölkerung verantwortlich sind, kann mangels gesicherter Befunde nicht beantwortet werden. Festzuhalten bleibt aber, dass fiktionale Werke vielfältige Wirkungen haben und z. B. die Einstellungen, die Emotionen, die Realitätsvorstellungen oder das Verhalten des Publikums beeinflussen können. Mit den Wirkungen fiktionaler Medieninhalte beschäftigen sich insbesondere zwei Forschungstraditionen: die psychologisch orientierten Studien zur Persuasion durch Fiktionen und die kommunikationswissenschaftliche Kultivierungsforschung (vgl. auch APPEL 2005). Die Grundannahmen sowie die zentralen empirischen Befunde der beiden Ansätze werden nachfolgend kurz skizziert.

2.2.1 *Persuasive Wirkungen durch fiktionale Medieninhalte*

Obwohl die Persuasionsforschung auf eine lange Tradition zurückblicken kann (vgl. z. B. die Propagandaforschung und die Werbewirkungsforschung), wurde die Wirkung unterhaltender fiktionaler Medieninhalte erst ab den 1990er-Jahren verstärkt berücksichtigt.[6] Der Fokus dieser Un-

6 Auf einige frühere Studien sei kurz hingewiesen: Fisher (1965), Howell (1973) und Koeller (1977) untersuchen Lektüre-Einflüsse auf die Einstellung von Schülern gegenüber Minderheiten.

tersuchungen liegt dabei auf *kurzfristigen* Effekten, die mithilfe von Experimentaldesigns nachgewiesen werden.

Pionierarbeit in diesem Forschungsbereich haben Gerrig und Prentice (1991) geleistet. In einem Experiment bekamen Studierende der Yale-Universität eine von zwei Versionen einer Kurzgeschichte (*The Kidnapping*, ca. 20 Seiten) zu lesen, in die 32 Aussagen eingefügt waren. Bei den Aussagen handelt es sich zur Hälfte um Realwelt-kongruente (wahre) und um Realwelt-inkongruente (falsche) Informationen, die im Handlungsverlauf von den Protagonisten beiläufig zur Sprache gebracht werden. Während in einer Version beispielsweise behauptet wird, »most forms of mental illnesses are not contagious«, so wird in der anderen Version die dem sozial verbindlichen Wissen entgegenstehende Information gegeben: »Nonetheless, there's now evidence that you *can* catch some forms of mental illness from your friends and loved ones« (GERRIG/PRENTICE 1991: 337, Hervorhebung im Original). Neben den beiden Experimentalgruppen wurde eine Kontrollgruppe gebildet, die eine andere Geschichte ohne die 32 Aussagen zu lesen bekam. Im Anschluss wurden die Versuchsteilnehmer unter anderem zur Qualität der Kurzgeschichte befragt und nach einigen Füllaufgaben gebeten, an einem weiteren Experiment teilzunehmen. Die Aufgabe bestand darin, verschiedene Aussagen hinsichtlich ihres Wahrheitscharakters (richtig/falsch) zu beurteilen. Die präsentierten Aussagen ähneln dabei den Textinhalten der Kurzgeschichte *The Kidnapping*: z. B. »most forms of mental illness are/are not contagious«.

Die Autoren können zum einen zeigen, dass die Fehlerrate bei den Studierenden der Experimentalgruppen höher ist als bei der Kontrollgruppe. Zum anderen ist die Reaktionszeit bei der Einschätzung der Statements als wahr oder falsch deutlich verzögert, wenn in der Kurzgeschichte Realwelt-inkongruente Aussagen rezipiert wurden. Aufgrund dieser Ergebnisse vermuten Gerrig und Prentice (1991: 338), dass die Realwelt-inkongruenten Aussagen die bereits vorhandenen Informationen zwar nicht ersetzen, diese aber im Langzeitgedächtnis als mögliche Alternative gespeichert werden.

Auch spätere Studien konnten (vorwiegend kurzfristige) Einflüsse von Realwelt-inkongruenten Inhalten in fiktionalen Narrationen auf

Geiger (1975) kann zeigen, dass die Rezeption der kriegsverherrlichenden *Landser*-Hefte bei Jugendlichen zu einem Anstieg nationaler Vorurteile und einer erhöhten Zustimmung zu aggressiven Verhaltensweisen führt.

die entsprechenden Überzeugungen der Rezipienten nachweisen (vgl. z. B. PRENTICE/GERRIG/BAILIS 1997; WHEELER/GREEN/BROCK 1999; GREEN/BROCK 2000; WYER/ADAVAL/COLCOMBE 2002; APPEL 2005).

Die klassischen Zwei-Prozess-Modelle der Persuasionsforschung, wie das Elaboration-Likelihood-Model (ELM, vgl. PETTY/CACIOPPO 1986) und das Heuristisch-Systematische-Modell (HSM, vgl. CHAIKEN/LIBERMAN/EAGLY 1989), sehen die Voraussetzung für einen Einfluss auf die Überzeugungen der Rezipienten in einer zentralen und bewussten Auseinandersetzung und Verarbeitung der Informationen. Überzeugungen ändern sich demnach nur nach einer systematischen Abwägung der Argumente. Da die Rezipienten fiktionaler Medienangebote vorrangig auf den Handlungsablauf konzentriert sind und ihre Zuwendung zu diesen Inhalten meist der Entspannung dient, gehen das ELM und das HSM davon aus, dass »Überzeugungsänderungen durch Fiktionen – wenn sie überhaupt auftreten – kurzlebig sind, da sie das Resultat einer nicht-zentralen bzw. unsystematischen Verarbeitung sind« (APPEL 2007: 69).

Befunde zum sogenannten ›Sleeper‹-Effekt stehen dieser Annahme entgegen. Der Effekt besagt, dass die Informations*quelle* schneller vergessen wird, als die Information selbst.[7] Vor diesem Hintergrund ist es denkbar, dass Inhalte aus weniger glaubwürdigen Quellen (wie z. B. auch aus fiktionalen Geschichten) nach einiger Zeit einen stärkeren Einfluss auf die Rezipienten ausüben als unmittelbar nach der Rezeption.

Appel (2005) weist den ›Sleeper‹-Effekt erstmalig für Informationen in fiktionalen Texten nach. Er orientiert sich bei seinem Experiment an dem Design und Vorgehen der US-amerikanischen Studien (vgl. GERRIG/PRENTICE 1991; PRENTICE/GERRIG/BAILIS 1997; WHEELER/GREEN/BROCK 1999). Die Kurzgeschichte *The Kidnapping* wird ins Deutsche übersetzt und leicht modifiziert. Die Hauptfiguren nehmen im Handlungsverlauf auf 16 Themen Bezug, die jeweils zur Hälfte Realwelt-kongruente und Realwelt-inkon-

7 Die ersten systematischen Untersuchungen zum ›Sleeper‹-Effekt wurden in den 1950er-Jahren von Hovland und seinem Team durchgeführt (vgl. HOVLAND/WEISS 1951; HOVLAND/JANIS/KELLEY 1953). Hovland und Kollegen konnten nachweisen, dass der Einfluss von glaubwürdigeren Quellen unmittelbar nach dem Experiment deutlich höher ist als von unglaubwürdigen Quellen. Während bei der unglaubwürdigen Quelle der Anteil der Personen, die ihre Meinung geändert hatten, nach vier Wochen größer war (›Sleeper‹-Effekt), ließ sich bei der glaubwürdigen Quelle die entgegengesetzte Tendenz feststellen; dies wurde mit dem Begriff ›Forgetting‹-Effekt bezeichnet (vgl. auch KUNCZIK/ZIPFEL 2002: 297f.).

gruente Aussagen enthalten.[8] Bei einer Gruppe misst Appel die Überzeugungsänderungen direkt nach dem Experiment, bei einer zweiten Gruppe im Abstand von 14 Tagen. Anhand einer neun-stufigen Skala werden dafür sowohl die Zustimmung zu einer Aussage (wie z. B. »Psychische Störungen sind in aller Regel nicht ansteckend«) als auch die damit verbundene Überzeugungssicherheit abgefragt. Die Befunde zeigen stärkere Überzeugungsänderungen bei der Gruppe, die zwei Wochen nach dem Experiment befragt wurde. Realwelt-inkongruente Aussagen schlagen sich des Weiteren in einer größeren Unsicherheit bei den persönlichen Einschätzungen im direkten Anschluss an das Experiment nieder (vgl. APPEL 2005; APPEL/RICHTER 2007).

Grundsätzliche Zweifel, ob die klassischen Zwei-Prozess-Modelle der Persuasion die Wirkung fiktionaler Narrationen hinreichend erklären können, äußern Prentice und Gerrig (1999). Das ELM und das HSM wurden vor dem Hintergrund von Überzeugungsänderungen durch pragmatische bzw. pragmatisch-appellative Texte entwickelt und »neither of them seems to capture the phenomenological experience of reading (or hearing or viewing) a work of fiction« (PRENTICE/GERRIG 1999: 543).

Unter Rückgriff auf die Metapher der ›transportation‹, die Gerrig (1993: 10f.) zur Beschreibung des Rezeptionserlebens fiktionaler Narrationen benutzt, formulieren Green und Brock (2002) schließlich das Transportation-Imagery-Model (TIM).[9] Mit diesem Modell liefern sie einen Erklärungsansatz für die Wirkung fiktionaler Inhalte. Kernpunkt des TIM bildet die Annahme, dass narrative Texte Transportation ermöglichen, was bedeutet, »all of the person's mental system and capacities become focused in the events occuring in the narrative« (GREEN/BROCK 2002: 325). Ähnlich beschreibt auch Ryan (2001) den Ablauf bei der Lektüre fiktionaler Literatur: »the reader plunges under the sea (immersion), reaches a foreign land (transportation), is taken prisoner (being caught up in a story, being a ›captured‹ audience), and loses contact with all other realities (being

8 Auch die Aussagen wurden überwiegend aus den US-amerikanischen Studien übernommen. Neben dem bereits erwähnten Beispiel zur Übertragung psychischer Krankheiten handelt es sich z. B. um »Direkte Sonneneinstrahlung schadet der/ist gut für die Haut«, »Das Essen von Schokolade kann zu Gewichtsverlust führen/führt zu Gewichtszunahme« oder »Das Lesen in abgedunkelten Räumen schadet den/ist gut für die Augen« (APPEL 2005: 239f.).

9 Das Transportation-Imagery-Model weist einige Parallelen zu anderen Konzepten auf (vgl. GREEN/BROCK 2002: 325f.), wie z. B. zum Flow-Konzept von Csikszentmihalyi (1990) und dem Konzept der Absorption von Tellegen (1982).

lost in a book)« (RYAN 2001: 93). Der Rezipient wird also derart stark in die Geschichte involviert, dass er die Außenwelt vergisst. Die Folge ist eine unkritische und sehr intensive Rezeption, bei der die Fähigkeit der Gegenargumentation (›counter-arguing‹) nicht mehr gegeben ist und die fiktionalen Inhalte so besonders stark wirken können.[10]

Zur empirischen Überprüfung ihrer Annahmen entwickeln Green und Brock (2000) eine ›Transportation-Scale‹, die den Probanden nach der Lektüre einer Geschichte vorgelegt wird. Anhand von 15 Items (z.B. »The narrative affected me emotionally« oder »I found my mind wandering while reading the narrative«) wird das Ausmaß der Transportation bei der Rezeption bestimmt. Die Autoren zeigen in verschiedenen Experimenten, dass die Überzeugungsänderungen bei stärker ›transportierten‹ Lesern höher sind, als bei weniger stark ›transportierten‹. Zudem werden bei höherer Transportation die Charaktere der Geschichte positiver bewertet und es werden weniger Fehler in der Geschichte entdeckt.[11]

Einen weiteren Erklärungsansatz für die Wirkung fiktionaler Narrationen liefern Schank und Abelson (1995). Sie heben die seit jeher wichtige Rolle des Erzählens von Geschichten in der Interaktion zwischen den Menschen hervor und nehmen einen positiven Effekt von ›Story-Telling‹ auf die Gedächtnisleistung an – denn fiktionale Narrationen entsprechen der menschlichen Natur mehr als die sachliche Vermittlung abstrakter Informationen, wenn es darum geht, Informationen in Form von Geschichten zu verarbeiten, zu organisieren und zu erinnern (vgl. auch SCHANK/BERMAN 2002).

2.2.2 *Kultivierung durch fiktionale Medieninhalte*

Die Kultivierungsforschung wurde Ende der 1960er-Jahre von der Forschergruppe um George Gerbner an der ›Annenberg School for Communications‹ der University of Pennsylvania begründet. Im Gegensatz zu den soeben

10 Die Begründer des Transportation-Imagery-Models konstatieren zudem, dass die Rezeption fiktionaler Inhalte durch Transportation einer persönlich gemachten Erfahrung gleichkommt (vgl. z.B. GREEN/GARST/BROCK 2004: 169).

11 Die Aufgabe lautete, alle Stellen im Text zu markieren, die falsch erscheinen (sog. ›Pinocchio-Circling‹), um damit ein Äquivalent zum ›counter arguing‹ zu schaffen (vgl. GREEN/BROCK 2000: 708).

beschriebenen Untersuchungen zur Persuasion durch Fiktionen stehen im Mittelpunkt der Kultivierungsforschung *langfristige* Einflüsse durch Medieninhalte. Außerdem fokussieren die Studien zur Kultivierungsforschung hauptsächlich auf die Wirkung des Fernsehens.

Zur Formulierung der Kultivierungshypothese haben folgende Überlegungen geführt: Nach Gerbner nimmt das Fernsehen aufgrund seiner spezifischen Eigenschaften eine Sonderstellung unter den Medien ein. Es zeichnet sich aus durch die einfache Nutz- und Verfügbarkeit, den großen Nutzungsumfang und die hohe Reichweite über alle Schichten und Altersgruppen hinweg. Um dem Massenpublikum gerecht zu werden, transportiere das Fernsehen massenkompatible und gleichförmige Inhalte. Gerbner betrachtet das Fernsehen daher als »centralized system of storytelling« (GERBNER et al. 1994: 18), das durch seine Omnipräsenz zur wichtigsten Sozialisationsinstanz der Gesellschaft geworden ist:

> »That system cultivates from infancy the predispositions and preferences that used to be acquired from other ›primary‹ sources [...]. Transcending historic barriers of literacy and mobility, television has become the primary common source of socialization and everyday information (mostly in the form of entertainment) of otherwise heterogeneous populations« (ebd.: 18).

Der Kultivierungsansatz geht folglich davon aus, dass die kumulativen und konsonanten Botschaften des Fernsehens die Realitätsvorstellungen, Normen und Werte der Gesellschaft langfristig prägen. Die gleichförmigen Inhalte können als Metabotschaften interpretiert werden, die dem Publikum in Bezug auf verschiedene Realitätsaspekte vermittelt werden. In den Anfangsjahren beschränkte sich die Gerbner-Gruppe auf die Untersuchung von Gewalt im Fernsehen.[12] Das Themenspektrum wurde in der Folgezeit jedoch erweitert und beispielsweise auch Geschlechterrollen, Altersgruppen und Politik untersucht (vgl. z. B. MORGAN 1982; SIGNORIELLI 1989; GERBNER et al. 1980b; GERBNER et al. 1982, 1984).

Die traditionelle methodische Umsetzung der Kultivierungsforschung erfolgt in zwei Schritten: der ›message system analysis‹ und der ›cultivation analysis‹. Das Fernsehprogramm wird in einem ersten Schritt inhaltsanalytisch auf bestimmte wiederkehrende Muster und Darstellungsweisen (wie z. B. den Gewaltanteil oder die Geschlechterstrukturen)

12 Grund dafür war das Projekt ›Cultural Indicators‹, das von der ›National Commission on the Causes and Prevention of Violence‹ 1967 in Auftrag gegeben wurde (vgl. GERBNER/GROSS 1976: 174).

untersucht und diese werden anschließend mit Realitätsdaten verglichen (= ›message system analysis‹). Aus den Differenzen, die sich zwischen der sozialen Wirklichkeit und der Fernsehrealität ergeben, werden Fragen formuliert und mit Antwortvorgaben versehen. Die eine Antwort liegt näher an der objektiven Realität, die andere näher an der Fernsehrealität. In einem zweiten Schritt, der ›cultivation analysis‹, werden standardisierte Befragungen des Publikums durchgeführt, das abhängig von der Höhe des Fernsehkonsums in zwei Gruppen unterteilt wird. Gerbner und sein Team gingen davon aus, dass die ›Vielseher‹ häufiger die Fernsehantwort geben als die ›Wenigseher‹ (vgl. z. B. GERBNER/GROSS 1976: 181f.; GERBNER 2000: 105ff.).

In der ersten veröffentlichten Kultivierungsstudie (vgl. GERBNER/GROSS 1976) wurden die Befragten z. B. gebeten, den Anteil der Beschäftigten in den Bereichen Gesetz und Ordnung einzuschätzen oder das Risiko, selbst in ein Gewaltverbrechen verwickelt zu werden (Viktimisierungsangst).[13] Die Ergebnisse bestätigten die Annahmen und somit einen kultivierenden Effekt des Fernsehens: Die ›Vielseher‹ gaben häufiger die Fernsehantwort als die ›Wenigseher‹ und überschätzten das Ausmaß von Gewalt in der Realität. Die Stärke des Kultivierungseffekts drücken Gerbner und sein Forschungsteam mittels des sogenannten ›Kultivierungsdifferenzials‹ aus (= Differenz zwischen dem Prozentsatz der ›Viel‹- und ›Wenigseher‹, die die Fernsehantwort geben). Die Unterschiede zwischen den ›Viel‹- und ›Wenigsehern‹ blieben auch bestehen, wenn Variablen wie Geschlecht, Alter oder Bildung einbezogen wurden.[14]

Die (frühe) Kultivierungsforschung hat viel Kritik erfahren (für einen Überblick vgl. z. B. SCHENK 2007: 604ff.; ROSSMANN 2008: 31ff.). Gerbner und Kollegen begegneten einigen dieser Vorwürfe mit der Einführung der beiden Konzepte ›Mainstreaming‹ und ›Resonance‹ (vgl. GERBNER et al. 1980a). Damit räumten die Forscher ein, dass die Fernsehbotschaften nicht alle Bevölkerungsmitglieder auf die gleiche Art und Weise beeinflussen. Bei dem Konzept der Resonanz spielen persönliche Erfahrungen eine

13 Als Antwortvorgaben standen für den Anteil der Beschäftigten in ›Law-and-Order‹-Berufen ein Prozent als Realitätsantwort und fünf Prozent als Fernsehantwort zur Auswahl, für das Verbrechensrisiko ein Prozent als Realitätsantwort und zehn Prozent als Fernsehantwort.

14 Die Kultivierungsdifferenziale für die Subgruppen sind je nach Gruppe unterschiedlich stark ausgeprägt, das Gesamtmuster bleibt jedoch erhalten. Außerdem ist darauf hinzuweisen, dass Gerbner und Gross (1976) die Drittvariablen nur einzeln und nicht mehrere zusammen kontrolliert haben.

Rolle: Wenn die Realität so erlebt wird, wie sie im Fernsehen dargestellt wird, kommt es zu einer ›Doppeldosis‹ und damit zu stärkeren Kultivierungseffekten. Personen, die in gefährlichen Wohngegenden leben und viel fernsehen, sollten folglich besonders starke Viktimisierungsängste haben. Mit Mainstreaming wird die entgegengesetzte Beobachtung beschrieben: Hier absorbiert das Fernsehen den Einfluss anderer, die Weltsicht prägender Faktoren (z.B. politische Einstellungen oder soziodemografischer Status). Das Fernsehen homogenisiert die Realitätsvorstellungen der ›Vielseher‹, sodass die Unterschiede in deren Weltbildern deutlich geringer ausgeprägt sind als bei den ›Wenigsehern‹.

Eine wichtige Weiterentwicklung ist die Differenzierung in Kultivierungseffekte erster und zweiter Ordnung, die erstmals von Hawkins und Pingree (1982) eingeführt wurde und den Kultivierungsprozess als zweistufig beschreibt. Unter ›first order beliefs‹ sind direkte Vergleiche zwischen Fernsehrealität und sozialer Wirklichkeit zu verstehen, die als Faktenwissen über Schätzungen von Häufigkeitsverteilungen erhoben werden. Die ›second order beliefs‹ gehen einen Schritt weiter. Hier steht die Annahme im Vordergrund, dass, aufbauend auf den im Fernsehen vermittelten Häufigkeiten, Einstellungen und Wertvorstellungen gebildet werden (vgl. z.B. HAWKINS/PINGREE 1987, 1990; POTTER 1991; GERBNER et al. 1994). Infolge dieser Differenzierung befassten sich immer mehr Studien mit den psychologischen Informationsverarbeitungsprozessen der Kultivierungsforschung (vgl. z.B. SHRUM 1995, 1996, 2004; ROSSMANN 2008). Mit den ›second-order beliefs‹ sind zudem Anknüpfungspunkte an die Studien zur Persuasion durch Fiktionen möglich. Eine Verbindung zwischen den langfristigen Wirkungen der Kultivierungsforschung und den kurzfristigen Effekten der Studien zur Persuasion durch Fiktionen haben Bilandzic und Busselle (2008) hergestellt. Sie plädieren für eine Übernahme des Konzepts der Transportation als erklärenden Mechanismus für Kultivierungseffekte: So sei es denkbar, dass »passive, low-involvement viewing results in typical weak cultivation effects, but repeated transportive experiences [...] might have a stronger effect« (BILANDZIC/BUSSELLE 2008: 511; vgl. auch BILANDZIC 2006). Durch Transportation sind Kultivierungseffekte folglich auch bei einer geringeren Rezeption von Medieninhalten zu erwarten.

Neuere Forschungen untersuchen zudem primär genrespezifische Kultivierungseffekte, z.B. durch Talkshows (vgl. z.B. DAVIS/MARES 1998; RÖSSLER/BROSIUS 2001a, 2001b), Gerichtsshows (vgl. z.B. THYM 2003) oder

Krimis (vgl. z. B. BILANDZIC 2002).[15] Die Abkehr von der ursprünglichen Untersuchung des Gesamtfernsehprogramms lässt sich auf die zunehmende Programmvielfalt, die Einführung von Aufzeichnungsgeräten und das veränderte Nutzungsverhalten zurückführen. Für eine genrespezifische Untersuchung sprechen insbesondere Befunde, die belegen, dass Kultivierungseffekte in Abhängigkeit von verschiedenen Programmformaten variieren (vgl. z. B. HAWKINS/PINGREE 1981; POTTER/CHANG 1990; COHEN/WEIMANN 2000).

Von Relevanz für die vorliegende Arbeit zum fiktionalen Journalistenbild ist der in diesen Studien ebenfalls nachgewiesene Befund, dass kultivierende Effekte auch bei der Wahrnehmung von Berufsgruppen auftreten. Rossmann (2002, 2003) untersucht Krankenhausserien und kommt zu dem Ergebnis, dass ›Vielseher‹ dieser Serien dazu tendieren, Ärzte und Pflegepersonal positiver zu bewerten als ›Wenigseher‹. Das Ärztebild in amerikanischen ›Prime-time‹-Sendungen des Jahres 1992 analysieren Pfau und Kollegen (1995). Demnach werden Ärzte im Fernsehen »as more likely to be both female and young, and to be more imbued with the personal attributes of interpersonal style, physical attractiveness, and power and less imbued with the persona trait of character« dargestellt (PFAU/MULLEN/GARROW 1995: 454). Die Befunde der Befragung ergeben eine positive Korrelation zwischen der Nutzungshäufigkeit von Arztsendungen und der Tendenz, Ärzte durch die ›Brille‹ der Fernsehrealität zu sehen. Ähnliche Ergebnisse zeigen sich auch bei der Untersuchung zur Wahrnehmung von Rechtsanwälten (vgl. PFAU et al. 1995).

Zuletzt ist noch darauf hinzuweisen, dass die Kultivierungsforschung inzwischen auch auf andere Medien übertragen wurde. Bilandzic (2002) bezieht neben der Fernsehkriminutzung auch die Rezeption von Krimis in Büchern mit ein. Arendt (2009) untersucht zudem den Zusammenhang zwischen der Berichterstattung der österreichischen *Kronen*-Zeitung und den Einstellungen der Rezipienten in Abhängigkeit von der Nutzungshäufigkeit dieses Printorgans. Die Studien belegen, dass kultivierende Effekte durchaus nicht ausschließlich durch das Fernsehen vermittelt werden.

Das Hauptproblem der Kultivierungsforschung besteht nach wie vor in der mangelnden Beweisbarkeit des Kausalzusammenhangs (vgl. z. B.

15 Dabei wird häufig auf Inhaltsanalysen verzichtet und die Untersuchungspersonen werden lediglich nach ihren Mediennutzungs- bzw. Genrevorlieben befragt.

DOOB/MACDONALD 1979; ROSSMANN/BROSIUS 2004, 2006). Da fast alle Studien ein Querschnittsdesign wählen, lässt sich nicht feststellen, ob die Fernsehnutzung dem Weltbild der Zuschauer tatsächlich vorausgeht. Ebenso denkbar ist die umgekehrte Interpretation.[16] Der grundsätzlichen Problematik, Kausalzusammenhänge nachzuweisen, sind inzwischen einige Studien mit einem experimentellen Design begegnet. Rössler und Brosius (2001a, 2001b) weisen z. B. in einem ›prolongued exposure experiment‹ kurz- bzw. mittelfristige Kultivierungseffekte bei Jugendlichen für die Rezeption von Talkshows nach.

Nicht zuletzt aufgrund der zahlreichen Weiterentwicklungen der Kultivierungsforschung (wie der Übertragung auf Printmedien und der Belege für einen Einfluss auf die Wahrnehmung von Berufsgruppen) lassen sich bei einer gleichförmigen Darstellung von Journalisten in fiktionalen Werken auch kultivierende Effekte bei den Rezipienten erwarten.

2.3 Realität in Fiktionen: Der Realitätsgehalt fiktionaler Medieninhalte

Aufbauend auf dem Befund, dass fiktionale Medieninhalte Einfluss auf die Überzeugungen und Vorstellungen des Publikums nehmen, stellt sich die Frage nach dem Realitätsgehalt dieser Medienprodukte. Während die vorab erläuterte Kultivierungsforschung von einer grundsätzlichen Differenz zwischen (fiktionaler) Fernsehrealität und sozialer Wirklichkeit ausgeht, lassen andere theoretische Annahmen und empirische Befunde eine Reflexion der objektiven Realität in fiktionalen Medienangeboten vermuten.

Der Forschungsstand zum Realitätsgehalt fiktionaler Medieninhalte ist nicht befriedigend und beläuft sich zum einen auf allgemeine theoretische Ausführungen, zum anderen auf Untersuchungen und Interpretationen einzelner Werke. Systematische Vergleiche, die eine größere Anzahl fiktio-

16 Dies sei am Beispiel der ersten Gerbner-Untersuchungen zur Viktimisierungsangst erläutert: Während Gerbner annimmt, dass ein hoher Fernsehkonsum zu einer stärkeren Viktimisierungsangst führt, ist ebenso vorstellbar, dass Personen, die ängstlich sind, sich vorwiegend zu Hause aufhalten und daher mehr fernsehen. Außerdem können Drittvariablen, wie z.B. das Alter, für eine Korrelation zwischen TV-Konsum und Viktimisierungsangst verantwortlich sein. So sind ältere Menschen im Allgemeinen ängstlicher als jüngere, bleiben daher auch häufiger zu Hause und sehen mehr fern (vgl. ROSSMANN/BROSIUS 2006: 222).

naler Medieninhalte berücksichtigen, sind insbesondere bei literarischen Darstellungen überaus selten.

Die folgenden Ausführungen geben zunächst einen Überblick über die theoretischen Annahmen zum Realitätsgehalt fiktionaler Medieninhalte (Kapitel 2.3.1). Im zweiten Abschnitt stehen die empirischen Befunde im Vordergrund. Aufgrund der angestrebten Analyse des literarischen Journalismusbildes liegt der Schwerpunkt auf den wenigen Studien, die sich mit einem systematischen Vergleich zwischen fiktionaler Literatur und objektiver Realität beschäftigt haben (Kapitel 2.3.2). Aus den theoretischen Annahmen und den empirischen Befunden werden abschließend Schlussfolgerungen zu Verzerrungen bzw. Reflexionen gesellschaftlicher Realität in fiktionalen Medieninhalten gezogen, die auch für das literarisch vermittelte Journalismusbild von Relevanz sind (Kapitel 2.3.3).

2.3.1 *Annahmen zum Realitätsgehalt*

Vorab sei betont, dass fiktionale Werke selbstverständlich keinerlei Verpflichtung zu wirklichkeitsgetreuen und unverzerrten Darstellungen der Realität unterliegen. Gleichwohl finden sich vor dem Hintergrund der Reflexionstheorie viele Hinweise auf eine Widerspiegelung der gesellschaftlichen Realität in Fiktionen. Dabei handelt es sich mehrheitlich um theoretische Abhandlungen, die auf einem abstrakten Niveau einen grundlegenden Einfluss der gesellschaftlichen Realität auf künstlerische Werke behaupten – so z. B. die Annahmen von Karl Marx und Friedrich Engels, auf die sich auch Georg Lukács in seiner Literaturtheorie beruft. Kunst und Literatur werden hier als eine Art Spiegel der Gesellschaft betrachtet, da ihre Urheber immer von der Gesellschaftsstruktur und ihren Produktionsbedingungen geprägt seien (vgl. MARX/ENGELS 1953, erstmals 1845; vgl. auch GUTZEN/OELLERS/PETERSEN 1989: 191ff.; BENSMAN/GERVER 1982: 661, erstmals 1958).

Die marxistische Tradition hat später auch die Cultural Studies beeinflusst, die sich in den 1960er-Jahren in Großbritannien entwickelt haben (für einen Überblick vgl. z. B. MARCHART 2008; HEPP 2010). Die Vertreter dieses Forschungsparadigmas, wie z. B. Raymond Williams oder Stuart Hall, heben den Gegensatz von Populärkultur und Hochkultur auf und richten ihre Aufmerksamkeit auf sämtliche fiktionalen Werke. In der grundlegenden Perspektive der Cultural Studies sind *alle* Texte kulturelle Produkte und können somit Aufschluss über die gesellschaftliche Wirklichkeit geben. Raymond Williams, der Begründer des Kulturellen Materialismus, »considers all writing socially determined« (BRENNEN 1993: 33; vgl. auch WILLIAMS 1977), was zur Folge hat, dass auch fiktionale Texte als historische Quellen betrachtet werden können – eine Annahme, die von Historikern in der Regel kategorisch abgelehnt wird.

Ähnlich wie die Cultural Studies argumentieren auch Vertreter der Literatursoziologie (vgl. z.B. ALBRECHT/BARNETT/GRIFF 1982). Zwar können fiktionale Werke nicht mit historischen oder wissenschaftlichen Dokumenten gleichgesetzt werden, jedoch stellen sie gerade für historisch weit zurückliegende Epochen oft die einzige Quelle dar, aus der aufschlussreiche Informationen zu Leben, Sitten und Gebräuchen der damaligen Gegebenheiten zu beziehen sind (vgl. z.B. LÖWENTHAL 1964). Fiktionale Texte können folglich als Dokumente über die gesellschaftliche Realität betrachtet und analysiert werden:

> »Fiction is not a substitute for systematically accumulated, certified knowledge. But it provides the social scientist with a wealth of sociologically relevant material, with manifold clues and points of departure for sociologically relevant material« (COSER 1963: 3).

Bei der Analyse und Interpretation von fiktionalen Werken muss immer beachtet werden, dass diese eigenen Funktionsprinzipien, Zielen und Logiken folgen. Bereits Aristoteles verweist in seiner *Poetik* auf die unterschiedlichen Funktionen von Dichtung und Geschichtsschreibung und erklärt, »daß es nicht Aufgabe des Dichters ist mitzuteilen, was wirklich geschehen ist, sondern vielmehr, was geschehen könnte« (ARISTOTELES 2008: 29). Im Gegensatz zum Geschichtsschreiber, der die wirklichen Ereignisse und Gegebenheiten wiedergeben soll, obliegt es dem Dichter, mögliche Gesellschaftsentwürfe aufzuzeigen.[17] Insbesondere im literaturwissenschaftlichen Kontext wird die Unterscheidung zwischen Gesellschaftsspiegelung und Gesellschaftsentwurf häufig betont. In Bezug auf die Gattung Roman erläutert Uwe Johnson:

> »Wozu also taugt der Roman? Er ist ein Angebot. Sie bekommen eine Version der Wirklichkeit. Es ist nicht eine Gesellschaft in der Miniatur, und

17 Aus diesem Grund sei die Dichtung auch philosophischer als die Geschichtsschreibung und so werden Fiktionen sogar häufig als die ›höhere Wahrheit‹ betrachtet (vgl. ARISTOTELES 2008: 29; vgl. auch ALLAN 2001: 147; SCHREIER 2009: 321).

> es ist kein maßstäbliches Modell. Es ist auch nicht ein Spiegel der Welt und weiterhin nicht ihre Widerspiegelung; es ist eine Welt, gegen die Welt zu halten« (JOHNSON 1975: 402f.; erstmals 1973).

Literarische Werke schaffen folglich mögliche, imaginäre Welten. Diese imaginären Welten stehen dabei in mehr oder weniger engem Bezug zur sozialen Wirklichkeit. Die Verfasser sind frei in der Themenauswahl, der Themenbearbeitung und der Gestaltungsweisen. Ebenso frei sind sie in der Entscheidung, wie stark sie sich an der realen Welt orientieren (vgl. z.B. BLÖBAUM 2003: 29). Groeben und Schreier (2000: 166) weisen in diesem Zusammenhang darauf hin, dass für die Unterscheidung zwischen ›Fiction‹ und ›Non-Fiction‹ inhaltliche Aspekte daher nicht unbedingt hilfreich seien – denn auch fiktionale Werke können einen hohen Anteil realer Elemente enthalten.

Demnach erheben fiktionale Werke zwar keinen Anspruch auf Wirklichkeitsentsprechung, sie weisen aber dennoch Bezüge zur Realität auf. Laut Umberto Eco sind »die fiktiven Welten [...] Parasiten der wirklichen Welt« (ECO 2004: 112). Selbst wenn fiktionale Werke keine objektivierten Schilderungen bezwecken, so bedienen sie sich doch immer aus der Realität, da diese das Material für die Fiktionen bereitstellt. Die fiktiven Welten sind folglich vor dem Hintergrund der realen Welt konstruiert und »alles, was im Text nicht ausdrücklich als verschieden von der wirklichen Welt erwähnt oder beschrieben wird, muß als übereinstimmend mit den Gesetzen und Bedingungen der wirklichen Welt verstanden werden« (ebd.). Die fiktive Welt wird also stets vor dem Hintergrund der realen Welt rezipiert. Auf dieses ›Realitätsprinzip‹ fiktionaler Werke wird vielfach hingewiesen: Ryan (1980) bezeichnet es als »principle of minimal departure«, was bedeutet, »that we reconstrue the world of a fiction [...] as being the closest possible to the reality we know« (RYAN 1980: 406; vgl. auch MARGOLIN 1992: 109; ZIPFEL 2001: 85).

Abgesehen von den durch das Realitätsprinzip implizierten Sachverhalten, enthalten fiktionale Werke auch explizite Hinweise auf die soziale Wirklichkeit – denn Fiktionen müssen »genug Wiedererkennbares enthalten, um als imaginierte Realität gelten zu können« (LUHMANN 1996: 104):

> »Außerdem darf in der Unterhaltung, gerade wenn die Geschichte als fiktiv erzählt wird, nicht schlechthin alles fiktiv sein. Der Leser/Zuschauer muß in die Lage versetzt werden, sehr schnell ein zur Erzählung passendes, auf sie zugeschnittenes Gedächtnis zu bilden; und das kann er nur, wenn ihm in den Bildern oder Texten genügend bekannte Details mitgeliefert werden« (ebd.: 99).

Fiktionale Werke müssen folglich über ein Mindestmaß an sozial verbindlicher Realitätsnähe verfügen, damit sich der Leser darin zurechtfindet und diese verstehen kann. Je realistischer das fiktionale Umfeld dabei gestaltet ist, desto glaubwürdiger wird dem Leser diese (wenn auch erfundene) Geschichte erscheinen (vgl. z. B. SCHREIER 2009: 322). Eine realistischere Darstellung lässt sich beispielsweise erreichen, indem die Handlung an realen Orten angesiedelt wird und/oder reale (historische) Ereignisse einbezogen werden.

In der gesellschaftlichen Diskussion ist die Frage nach dem Realitätsgehalt fiktionaler Werke ein kontinuierliches Thema. Die Debatte verläuft dabei aber selten abstrakt, sondern meist konkret bezogen auf einzelne Werke. Es wird spekuliert, wie authentisch das jeweilige fiktionale Werk ist, ob es auf realen Personen oder Ereignissen beruht und ob es autobiografische Züge enthält. Viele Autoren verweisen deshalb zu Beginn ihrer Bücher (oder Filme) darauf, dass es sich um eine frei erfundene Geschichte handele und jegliche Ähnlichkeiten mit realen Personen oder Ereignissen unbeabsichtigt und zufällig seien.

Deutliche Bezüge zur Realität bringen vor allem dann eine Brisanz mit sich, wenn sie sich auf den öffentlichen Ruf realer Personen auswirken oder deren Privatleben betreffen. Das zeigt sich in den immer wieder auftretenden Klagen gegen die Verfasser (vermeintlich) fiktionaler Werke, die nicht zuletzt auch zu Publikationsverboten führen können. Abgewogen werden dabei die Kunstfreiheit (Artikel 5 GG) und das Persönlichkeitsrecht (Artikel 2 GG). So verbot das Bundesverfassungsgericht 1971 die weitere Veröffentlichung von Klaus Manns Roman *Mephisto*, der bereits 1936 im Amsterdamer Exilverlag Querido erschienen war (vgl. z. B. SEILER 1983: 245ff.). Der Roman beschreibt den Aufstieg des opportunistischen Schauspielers Hendrik Höfgen in der Zeit von 1926 bis 1936, der für seine erfolgreiche Karriere den Pakt mit dem Teufel (den Nationalsozialisten) schließt. Die Figur und das Leben Höfgens weisen starke Parallelen zum realen Schauspieler Gustaf Gründgens auf; Grund für das Romanverbot war eine Klage des Alleinerben von Gründgens. Die Problematik zu großer Parallelen zwischen Realität und Fiktion verdeutlicht auch die Debatte und gerichtliche Auseinandersetzung um Maxim Billers Roman *Esra* (vgl. z. B. BUSCH 2004; BECKER 2006).

Die theoretischen Annahmen verweisen zusammenfassend auf eine grundsätzliche Reflexion gesellschaftlicher Realität in den Fiktionen. Mit der Frage, wie es sich mit dem Realitätsgehalt fiktionaler Werke verhält, welche Themen und Aspekte der gesellschaftlichen Realität sich tatsächlich in der Fiktion wiederfinden und in welcher Art und Weise diese dargestellt werden, haben sich einige empirische Untersuchungen beschäftigt.

2.3.2 *Empirische Befunde*

In den Ausführungen zur Realitätskonstruktion (vgl. Kapitel 2.1) wurde bereits darauf hingewiesen, dass sich die Journalismusforschung mit einem Vergleich zwischen der non-fiktionalen Medienberichterstattung und der objektiven Realität beschäftigt. Empirische Untersuchungen zum Realitätsgehalt von fiktionalen Werken finden sich – trotz der vielfachen Annahmen, dass auch diese die gesellschaftliche Realität reflektieren – vergleichsweise selten. Die weitgehende Vernachlässigung dieses Themas lässt sich damit erklären, dass fiktionale Medieninhalte im Gegensatz zur journalistischen Berichterstattung *nicht* verpflichtet sind, die objektive Realität möglichst genau abzubilden. Vor dem Hintergrund, dass auch fiktionale Darstellungen die Überzeugungen und Realitätsvorstellungen des Publikums beeinflussen, sind verstärkte Forschungsaktivitäten in diesem Bereich allerdings dringend erforderlich.

Dieser Abschnitt gibt einen Überblick über die vorliegenden empirischen Befunde, die Aussagen über den Realitätsgehalt fiktionaler Werke ermöglichen. Für die eigene Arbeit sind insbesondere die systematischen Analysen literarischer Werke von Bedeutung (Kapitel 2.3.2.2). Vorab werden die zentralen Ergebnisse zum Realitätsgehalt fiktionaler Fernsehinhalte dargestellt (Kapitel 2.3.2.1).

2.3.2.1 *Befunde zum Realitätsgehalt fiktionaler Fernsehinhalte*

Der Realitätsgehalt fiktionaler Fernsehinhalte wird am häufigsten anhand der Darstellungen von Gewalt und Geschlechterrollen (v. a. dem Frauenbild) erhoben. Andere Studien beschäftigen sich zum Beispiel mit der Darstellung von Minderheiten und Berufsrollen. Der Großteil dieser Untersuchungen lässt sich im Rahmen der Kultivierungsforschung verorten und stellt als ›message content analysis‹ die Basis für eine weiterführende Wirkungsstudie dar (vgl. Kapitel 2.2.2).

Sämtliche Studien zur Gewaltdarstellung in fiktionalen Fernsehformaten konstatieren eine Verzerrung der objektiven Realität. Gewalt ist im Fernsehen omnipräsent. So zeigt bereits die erste Kultivierungsstudie von Gerbner und Gross (1976), dass im Zeitraum von 1967 bis 1975 acht von zehn Sendungen des amerikanischen Fernsehens Gewalt enthalten und mehr als zwei Drittel der auftretenden Akteure in Gewalthandlungen verstrickt sind. Auch neuere Studien belegen weiterhin einen überproportionalen Anteil von Gewalt in der Fernsehfiktion (vgl. für Deutschland z. B. GRIMM/KIRSTE/WEISS 2005).[18]

Ebenso eindeutig sind die Ergebnisse zur Darstellung von Frauen in der Fernsehfiktion. Die ersten quantitativen Befunde gehen auch hier auf die Gerbner-Gruppe zurück und zeigen, dass männliche Protagonisten im Fernsehen eindeutig überwiegen – etwa im Verhältnis von 3:1, in den Kinderprogrammen mit 5:1 sogar noch stärker (vgl. GERBNER/SIGNORIELLI 1979). Tuchman (1978) prägt im Zusammenhang mit der weitgehenden Marginalisierung von Frauen im Fernsehen den viel zitierten Begriff der »symbolic annihilation« (TUCHMAN 1978: 3). Frauen werden des Weiteren meist im Umfeld von Haushalt und Familie dargestellt – wenn sie überhaupt arbeiten, dann in niedrigen Positionen (vgl. z. B. GERBNER/SIGNORIELLI 1979; MORGAN 1982, 1987; SIGNORELLI 1989). Zu ähnlichen Ergebnissen kommen die deutschen Studien von Küchenhoff (1975) und Weiderer (1993). Dass im Zeitverlauf ein Anstieg weiblicher Protagonisten in der Fernsehfiktion zu verzeichnen ist, belegen die Ergebnisse von Becker und Becker (1999). Die Autoren konstatieren für die Jahre 1997 und 1998 ein etwa ausgewogenes Verhältnis von männlichen und weiblichen Protagonisten.[19] Dennoch bleiben viele typische Darstellungsweisen erhalten: Frauen arbeiten zwar, sind in der Berufswelt jedoch den Männern untergeordnet und werden weiterhin vorwiegend in der Rolle der Mutter, Tochter oder Freundin dargestellt.

Eine Unterrepräsentation in der Fernsehfiktion betrifft auch andere Bevölkerungsgruppen. Alte Menschen treten beispielsweise nur sehr selten in Erscheinung. Die Inhaltsanalyse von fiktionalen Fernsehformaten der amerikanischen Networks ABC, CBS und NBC zur ›Primetime‹ ergibt für den Zeitraum von 1969 bis 1978 folgende Ergebnisse: Mehr als die Hälfte der Protagonisten ist zwischen 25 und 45 Jahren alt, wohingegen die Altersgruppe

18 Es wird allerdings auch darauf hingewiesen, dass trotz des hohen Gewaltanteils in den fiktionalen Darstellungen das Bild einer gerechten Welt transportiert wird, da am Ende meist ›die Bösen‹ bestraft werden und ›die Guten‹ als Gewinner hervorgehen (vgl. APPEL 2008).

19 Es ist allerdings davon auszugehen, dass die Ergebnisse stark von den Auswahlkriterien begünstigt wurden, da Becker und Becker (1999) lediglich Serien und Fernsehfilme von Autorinnen und/oder unter weiblicher Regie und/oder mit weiblichen Hauptfiguren analysiert haben.

der über 65-Jährigen fast gar nicht besetzt ist (vgl. GERBNER et al. 1980b; vgl. auch KRÜGER 1988). Zudem zeigen sich deutliche Unterschiede in Abhängigkeit vom Geschlecht: Die weiblichen Akteure befinden sich vor allem in der Altersgruppe der 25- bis 34-Jährigen, wohingegen die männlichen Protagonisten hauptsächlich der Altersgruppe der 35- bis 44-Jährigen angehören. In der Altersgruppe über 45 Jahre sind nur noch wenige Frauen vertreten und während der berufliche Erfolg der männlichen Akteure mit dem Alter steigt, so sinkt dieser bei den Frauen (vgl. GERBNER et al. 1980b).

Verzerrungen zwischen fiktionaler Fernsehwelt und Realität offenbaren sich auch bei der Darstellung von Minderheiten. Selbst wenn viele Studien zeigen, dass der Anteil von Schwarzafrikanern im Fernsehen in etwa den realen Verhältnissen in den USA entspricht, so sind die schwarzafrikanischen Protagonisten überdurchschnittlich oft jung und ohne gesellschaftlichen Einfluss (vgl. SIGNORIELLI 1985). Homosexuelle treten in der Fernsehfiktion lange Zeit fast gar nicht auf; im Zeitverlauf lässt sich jedoch ein Anstieg verzeichnen:

> »Homosexual characters in 1995 accounted for 0.6 percent of the TV population (an accuracy rate of only 8.6 percent, figured on a real-world base of 7.0 percent), but gay characters and themes are certainly more prominent than in the past« (SHANAHAN/MORGAN 1999: 93f.).

Andere Studien haben die Häufigkeit der Berufsdarstellungen im Fernsehen untersucht (vgl. z.B. DEFLEUR 1964; FOLTIN/WÜRZBERG 1975; KRÜGER 2005; PELKA 2005; IFEM 2005). Die frühe Analyse von DeFleur findet eine starke Verzerrung zugunsten von »occupations related to the enforcement and adminstration of the law« (DEFLEUR 1964: 62). Die erhobenen Berufe werden in 24 Kategorien zusammengefasst und nach der Häufigkeit ihrer Darstellung aufgelistet – Journalisten belegen dabei den elften Rang. Außerdem zeigen sich deutliche Stereotypisierungen der einzelnen Berufe: Richter sind klug, Krankenschwestern distanziert, Künstler exzentrisch und Journalisten gefühlskalt und abgestumpft (zum Bild von Ärzten, Krankenschwestern und Richtern vgl. auch ROSSMANN 2002, 2003, PFAU et al. 1995 und PFAU/MULLEN/GARROW 1995). Im Vergleich mit Berufsstatistiken wird deutlich, dass vor allem einfache Berufe mit einem niedrigeren sozialen Prestige unterrepräsentiert sind. Zu ähnlichen Ergebnissen kommt die 40 Jahre später erschienene Studie des Instituts für empirische Medienforschung, die das Unterhaltungsprogramm von fünf deutschen Sendern untersucht hat: Ordnungs- und Sicherheitsberufe nehmen mit 24,4 Prozent den größten Anteil aller Berufsfelder ein; Ärzte, Rechtsanwälte, Kriminalbeamte, Polizisten und Richter befinden sich auf den ersten fünf Plätzen (IFEM 2005).

Die meisten Analysen beschränken sich folglich auf *ein* Thema und vergleichen dessen Darstellung im Fernsehen mit der realen Situation. Krüger (1988) hat eine umfassendere Untersuchung von Fiction-Sendungen bei sechs deutschen Fernsehsendern durchgeführt. Auch in der deutschen Fernsehunterhaltung weichen die demografischen Merkmale von der Realität ab: Frauen, ältere Menschen, Minderheiten und untere Sozialschichten sind stark unterrepräsentiert. Die Befunde zeigen außerdem, dass zwei große Themenbereiche überwiegen: emotional betonte zwischenmenschliche Beziehungen und Rechtsverletzungen durch Kriminalität. Innerhalb dieser beiden Themenbereiche verzeichnet Krüger eine Konzentration auf wenige Aspekte. So enden die Handlungen zu Rechtsverletzungen durch Kriminalität stets mit der Verhaftung des Täters – Themen wie der Strafvollzug und die Wiedereingliederung in die Gesellschaft spielen überhaupt keine Rolle. Für die deutsche Fernsehunterhaltung gilt folglich: »Fiktive Realität spart wichtige Bereiche der sozialen Realität aus« (KRÜGER 1988: 562) – und betont andere über.

Zusammenfassend belegen die Analysen zum Realitätsgehalt fiktionaler Fernsehinhalte für alle untersuchten Themen eine Verzerrung der sozialen Wirklichkeit. Die Fernsehrealität ist gewalthaltiger als die Wirklichkeit und auch die soziodemografischen Merkmale der Akteure entsprechen nicht den realen Verhältnissen. Gleichwohl zeigen sich im Zeitverlauf in einigen Bereichen Veränderungen, beispielsweise eine höhere Präsenz von Frauen und Minderheiten im Fernsehen. Diese Angleichung an die realen Verhältnisse lässt auf eine Orientierung an der sozialen Wirklichkeit schließen und veranlasst Shanahan zu folgendem Fazit: »[S]ocial change will eventually be reflected in TV programs« (SHANAHAN 2004: 292).

2.3.2.2 *Befunde zum Realitätsgehalt fiktionaler Literatur*

Zum Realitätsgehalt fiktionaler Literatur liegen erheblich weniger empirische Befunde vor als zu fiktionalen Fernsehinhalten. Die Untersuchung literarischer Werke ist nach wie vor eine Domäne der Literaturwissenschaft, die eine hermeneutische Herangehensweise bei der Analyse verfolgt (vgl. z.B. GUTZEN/OELLERS/PETERSEN 1989; FRÜH 2007: 50ff.). Die hermeneutisch-interpretativen Studien ziehen zwar häufig Schlussfolgerungen zum Realitätsgehalt der fiktionalen Darstellungen (indem sie

z. B. zeitgeschichtliche Besonderheiten oder autobiografische Elemente herausarbeiten), sie beschränken sich aber primär auf die Analyse einzelner Werke und lassen deshalb keine verallgemeinerbaren Aussagen zum Realitätsgehalt fiktionaler Literatur zu. Dies ist selbst dann nicht möglich, wenn mehrere Werke untersucht werden, da die Hermeneutik keine systematischen Kriterien bei der Analyse der Texte anwendet. Ziel ist es vielmehr, die literarischen Werke zu durchdringen und zu ›begreifen‹.[20]

Die sozialwissenschaftlichen Fächer haben dieses kulturelle Format bislang stark vernachlässigt, sodass systematische inhaltsanalytische Untersuchungen fiktionaler Literatur selten sind.[21] Die wenigen Studien, die sich empirisch mit literarischen Darstellungen befassen, streben zudem nicht immer einen Abgleich mit der Realität an (vgl. z. B. GRIMM 1986). Im Folgenden sollen die vereinzelt auffindbaren Inhaltsanalysen, die die Darstellung bestimmter Themen in literarischen Texten mit der sozialen Realität vergleichen, vorgestellt werden.

Inglis (1938) führt eine Inhaltsanalyse zur Darstellung von Frauen in der fiktionalen Literatur zwischen 1901 und 1935 durch. Erklärtes Ziel ist ein Vergleich zwischen dem realen sozialen Wandel und Veränderungen im fiktional vermittelten Frauenbild. Ihre Forschungsfragen lauten: »Does literature reflect society? And if so, is the reflection a true or a distorted one? What aspects of society are reflected?« (INGLIS 1938: 526). Das Untersuchungsmaterial besteht aus Kurzgeschichten der amerikanischen Wochenzeitschrift *The Saturday Evening Post*. Ausgewählt wurde jeweils die erste romantische Kurzgeschichte[22] des Monats, sodass über einen Zeitraum von 35 Jahren insgesamt 420 Texte in die Analyse eingingen. In den Texten werden diverse Darstellungsmerkmale der weiblichen Hauptfiguren erhoben und mit der objektiven Realität verglichen. Als Realitätsindikatoren zieht Inglis die Daten des ›United States Census‹ zur Berufstätigkeit heran, die unter anderem Aufschluss über die Berufstypen und das Alter der weiblichen amerikanischen Bevölkerung geben. Die Befunde zeigen, dass der in der Realität steigende

20 Vgl. hierzu die viel zitierte Formel von Emil Staiger: »Doch eben dies, was uns der unmittelbare Eindruck aufschließt, ist der Gegenstand literarischer Forschung: *daß wir begreifen, was uns ergreift*, das ist das eigentliche Ziel aller Literaturwissenschaft« (STAIGER 1939: 13; Hervorhebung durch d. Verf.).

21 Diese Vernachlässigung ist auch auf die im Vergleich zum Fernsehen geringere Reichweite von Büchern zurückzuführen.

22 Mit der Beschränkung auf Romantik- bzw. Liebesgeschichten wird sichergestellt, dass eine weibliche Figur in den Kurzgeschichten auftritt.

Anteil arbeitender Frauen mit einer Verzögerung von etwa zehn Jahren auch in der fiktionalen Literatur stattfindet, was die Reflexionstheorie soweit bestätigt. Bei den Einzelaspekten sind allerdings deutliche Verzerrungen zu bemerken: Die literarischen Frauenfiguren sind überdurchschnittlich jung und stammen überproportional häufig aus der gesellschaftlichen Oberschicht. Die vorherrschenden realen Probleme dieser Gruppe (z. B. die Vereinbarkeit von Schwangerschaft, Familie und Beruf) werden in den Kurzgeschichten überhaupt nicht thematisiert. Der Anteil fiktiver Protagonistinnen, die als einfache Büroangestellte arbeiten, gleicht dabei dem Anteil in der Realität. Andere Berufe sind jedoch stark unter- bzw. überrepräsentiert. So ist mehr als ein Viertel der Protagonistinnen im Unterhaltungsbereich tätig und arbeitet z. B. als Schauspielerin oder Radiomoderatorin. Inglis weist allerdings darauf hin, dass sich die ›typischen‹ US-amerikanischen Normen und Werte in den Kurzgeschichten widerspiegeln, führt dies jedoch nicht weiter aus. Abschließend bemerkt die Verfasserin, dass bei der Analyse anderer Texte womöglich ein abweichendes Bild zu erwarten sei. Es sei anzunehmen, dass sozialer Wandel in anspruchsvollerer Literatur nicht reflektiert, sondern vielmehr vorweggenommen werde.

Berelson und Salter (1946) gehen der Frage nach »what kinds of people appear in typical magazine short stories in terms of their racial, religious, and national backgrounds, and how are they treated?« (BERELSON/SALTER 1946: 169). Sie analysieren 198 Kurzgeschichten, die zwischen 1937 und 1943 in den acht meistgelesenen Zeitschriften der USA erschienen sind. In ihrer Untersuchung unterscheiden Berelson und Salter nach ›Anglo-Saxons‹ (als den ›typischen Amerikanern‹) und ›foreigners‹ (sämtlichen ethnischen Minderheiten des Landes). Für beide Gruppen werden unter anderem die Häufigkeit ihres Auftretens in den Kurzgeschichten, individuelle Merkmale und ihre gesellschaftliche Position erhoben. Die Ergebnisse zeigen, dass die ›foreigners‹ in den Kurzgeschichten stark unterrepräsentiert sind. Obwohl Minoritäten zum Zeitpunkt der Untersuchung 40 Prozent der amerikanischen Bevölkerung ausmachten, beläuft sich ihr Anteil in den Kurzgeschichten auf lediglich zehn Prozent. Die ›Anglo-Saxons‹ befinden sich gegenüber den Minoritäten nicht nur hinsichtlich der Häufigkeit ihres Auftretens, sondern auch in Bezug auf ihren materiellen und gesellschaftlichen Status in einer übergeordneten Position: »In these stories, the world belonged to them, and they ran it« (ebd.: 185). Zudem werden bei der Darstellung der ›foreigners‹ starke nationenspezifische Stereotype, wie z. B. der ›italienische Gangster‹, der ›emotionale Ire‹ oder

der ›primitive Pole‹ bemüht. Die ›Anglo-Saxons‹ werden hingegen klischeehaft als groß, blond, gutaussehend, erfolgreich und besser situiert dargestellt. Zusammenfassend konstatieren die Autoren eine Verzerrung der gesellschaftlichen Realität: »On the whole, life in the United States reflected in these stories was lived differently« (ebd.: 186).

In Bezug auf das Thema Ehescheidung weisen Barnett und Gruen (1946) eine weitgehende Reflexion der gesellschaftlichen Realität in literarischen Werken nach. Sie analysieren zu diesem Zweck 25 Romane, die zwischen 1938 und 1945 erschienen sind und in denen Scheidungen ein zentrales Thema darstellen. Bereits in seiner Dissertation aus dem Jahr 1939 konnte Barnett zeigen, dass sich im Zeitverlauf eine Veränderung in der Darstellung und Bewertung von Scheidungen in fiktionalen literarischen Werken abzeichnet. In den 50 Romanen aus den Jahren 1858 bis 1937 wird ein Wandel von gesellschaftlicher Stigmatisierung zu Beginn des Untersuchungszeitraums bis hin zu Akzeptanz und Verständnis für die Trennung von Ehepartnern deutlich (vgl. BARNETT 1968).[23] Auch in den Romanen zwischen 1938 und 1945 erkennen die Autoren deutliche Parallelen zwischen Realität und Fiktion (z. B., dass Scheidungen vorwiegend bei der Stadtbevölkerung vorkommen) und resümieren, dass sich lediglich hinsichtlich einzelner Details leichte Abweichungen zu den Realitätsstatistiken finden lassen. So spielen die Handlungen beispielsweise vor allem an der Ostküste, die in der Realität eine niedrige Scheidungsrate aufweist. Barnett und Gruen (1946) führen dies darauf zurück, dass die Autoren der Romane (die zudem meist selbst geschieden sind) vorwiegend aus dieser geografischen Region kommen.

Albrecht (1956) befasst sich in seinem gleichnamigen Aufsatz mit der Frage *Does literature reflect common values?* und untersucht das Thema ›Normen und Werte über die Familie‹. Um die Reflexionstheorie zu überprüfen, vergleicht er die vorherrschende Bevölkerungsmeinung mit den vermittelten Werten in 153 Kurzgeschichten. Die analysierten Texte stammen aus sechs auflagenstarken amerikanischen Magazinen des Jahres 1950. Albrechts

23 Mit dem Thema Ehe befasst sich eine weitere Dissertation, die untersucht, »ob fiktionale Literatur einen zusätzlichen Erkenntnisgewinn für soziologische Betrachtungen liefert« (BROMBACH 1995: 10) und zu dem Ergebnis kommt, dass beide Wirklichkeiten übereinstimmen. Sie bedient sich dabei einer Herangehensweise, die sie als ›sozio-literarisch‹ bezeichnet und analysiert (leider nur zwei) Romane von Heinrich Böll und Martin Walser qualitativ anhand von vier Kategorien.

Hypothese lautet: »[S]hort stories read by large audiences, even though representing distinct reading levels, will express essentially the same basic values and ideals of the American family« (ALBRECHT 1956: 722). Aus diesem Grund greift er auf Magazine zurück, die sich an unterschiedliche Bevölkerungsschichten richten und wählt je zwei Titel aus, deren Leserschaft sich entweder aus der Unter-, Mittel- oder Oberschicht rekrutiert. Als Realitätsindikator für die öffentliche Meinung orientiert sich Albrecht an einer Zusammenstellung von Sirjamaki (1948), der acht Aussagen identifiziert hat, die bei Bevölkerungsbefragungen hohe Zustimmungswerte erhalten haben. Er erweitert und modifiziert diese Liste und kommt so auf zehn moralische Wertvorstellungen, wie z. B. »Marriage is a dominating life goal«, »Marriage should be monogamous and permanent«, »The family should be a small unit, having a home of its own« (ALBRECHT 1956: 723). Um auch abweichende Wertvorstellungen in den literarischen Werken erheben zu können, formuliert er für jede dieser Aussagen zusätzlich mindestens zwei Alternativen. Die Ergebnisse weisen auf eine hohe Übereinstimmung der literarischen Werke mit den gesellschaftlichen Wertvorstellungen hin. Die Thematisierungshäufigkeit der einzelnen Werte ist dabei jedoch sehr unterschiedlich. Zudem finden sich leichte Abweichungen zwischen den Magazinen. In den Zeitschriften, die sich an die untere Bevölkerungsschicht wenden, sind die Wertvorstellungen konservativer, in den Zeitschriften mit einem Elitepublikum am liberalsten. Die vermittelten Werte der Zeitschriften der Mittelschicht bewegen sich dazwischen. Albrecht schlussfolgert, dass seine Hypothese im Wesentlichen bestätigt wurde und die fiktionalen Kurzgeschichten die gemeinsamen gesellschaftlichen Wertvorstellungen reflektieren. Für die Erklärung der signifikanten Unterschiede in der Betonung einzelner Werte sei die Reflexionstheorie jedoch zu allgemein gehalten.

Silbermann und Krüger (1971) beschäftigen sich mit der Darstellung von Frauen in 18 Lesebüchern aus Volksschulen, Realschulen und Gymnasien, die überwiegend 1967/68 auf den Markt gekommen sind. Insgesamt wurden 827 Texte einer quantitativen Inhaltsanalyse unterzogen. Die Befunde belegen eine starke Unterrepräsentation von Frauen in den Schulbuchtexten. Hinzu kommt, dass gerade in den Texten der weiterführenden Schulen kaum weibliche Hauptfiguren auftreten. Die Autoren verweisen auf statistische Angaben, die ein beinahe ausgeglichenes Geschlechterverhältnis bei den Schülern konstatieren und beklagen, dass die Schülerinnen bei der Lektüre kaum mit Frauenrollen konfrontiert werden. Die wenigen Frauen in den literarischen Texten sind zudem oft realitätsfern dargestellt: Ihre Tätigkeiten beschränken sich im Wesentlichen auf den häuslichen Bereich und in der partnerschaftlichen Beziehung dominiert der Mann. Informationen zur Schul- und Berufsausbildung sind in den Texten sehr selten. In den wenigen Fällen, in denen diese angesprochen werden, zeigt sich, dass der Anteil an Frauen mit einfacher Schulbildung und ohne Berufsausbildung überwiegt. Zusammenfassend erklären die Autoren, dass die Lesebuchtexte »von Wirklichkeitsfremde und Anachronismus nur so strotzen« (SILBERMANN/KRÜGER 1971: 96).[24]

Vor dem Hintergrund der unterschiedlichen politisch-ideologischen Ausrichtung der ost- und westdeutschen Tagespresse untersucht Zerges (1977) darin publizierte Zeitungsromane. Ihr Untersuchungsmaterial bilden 186 Fortsetzungsromane, die zwischen 1945 und 1955 in vier Berliner Zeitungen erschienen sind (für die westlich lizenzierte Presse: *Tagesspiegel* und *Telegraf*; für die östlich lizenzierte Presse: *Neues Deutschland* und *Berliner Zeitung*). Um zu klären, ob sich typische Unterschiede zwischen den beiden deutschen Staaten zeigen, erhebt Zerges Merkmale der Handlung und der Romanfiguren: den sozialen Status der jeweiligen Hauptfigur, die Konfliktfelder und die vertretenen Konfliktlösungsstrategien. Die Ergebnisse der Inhaltsanalyse zeigen deutliche Unterschiede zwischen den Romanen der beiden Staaten: Die soziale Position der Hauptfiguren, die anhand der beruflichen Stellung bestimmt wurde, differiert höchst signifikant. In den ostdeutschen Zeitungsromanen überwiegt die Gruppe der Arbeiter, die in den westdeutschen Romanen fast gar keine Rolle spielt. Dort treten besonders häufig Intellektuelle und Selbstständige auf. Hinsichtlich der thematisierten Konfliktfelder stehen in den westdeutschen Romanen interpersonale Konflikte in Ehe, Familie und Liebe im Vordergrund. Im Gegensatz dazu tragen die ostdeutschen Hauptfiguren vor allem Konflikte mit ihrem gesellschaftlichen Umfeld aus. Zerges erklärt dies mit der zielgerichteten redaktionellen Auswahl: In den lizenzierten ostdeutschen Zeitungen finden sich vorwiegend Romane, die den Schwerpunkt auf Ereignisse aus der Arbeiterbewegung oder auf den Aufbau des Sozialismus legen (vgl. ZERGES 1977: 115). Auch bei der dritten Kategorie, den Konfliktlösungsstrategien, finden sich höchst signifikante Unterschiede zwischen den beiden Staaten. In den

24 Zu nahezu identischen Ergebnissen kommen auch Untersuchungen über die Stereotypisierung von Geschlechtsrollen in Bilderbüchern (vgl. z.B. GOLDBACH 1987).

ostdeutschen Zeitungsromanen überwiegen Lösungsstrategien, die eine aktive Veränderung der Umwelt propagieren; in den westdeutschen Zeitungsromanen dominieren hingegen Vorschläge zu einem Arrangement mit den Verhältnissen, beispielsweise durch die Veränderung der eigenen Einstellungen und des Verhaltens. Die Analyse kann folglich einen Einfluss der politischen Rahmenbedingungen auf fiktionale literarische Texte belegen und bestätigt damit die Annahmen der Reflexionstheorie.

Zusammenfassend zeigt sich, dass die Befunde der vorliegenden systematischen Inhaltsanalysen zum Realitätsgehalt literarischer Texte stark voneinander abweichen. Während einige Autoren eine Reflexion der gesellschaftlichen Realität in der Fiktion konstatieren, zeigen andere, dass sich die fiktionalen Darstellungen deutlich von den realen Gegebenheiten unterscheiden. Diese Widersprüche sollen nachfolgend diskutiert und erklärt werden.

2.3.3 *Folgerungen: Reflexion und Verzerrung fiktionaler Medieninhalte*

Fiktionale Werke haben weder den Anspruch noch die Aufgabe, ein objektives Bild der Realität zu vermitteln. Sie schaffen imaginäre Welten, die sich mehr oder weniger stark an der sozialen Wirklichkeit orientieren können.

Die theoretischen Annahmen zum Realitätsgehalt fiktionaler Werke gehen grundsätzlich von einer Reflexion der Realität in der Fiktion aus, da der Autor durch sein gesellschaftliches Umfeld geprägt sei und seine Texte dadurch maßgeblich beeinflusst würden (vgl. Kapitel 2.2.1). So betrachten beispielsweise die Cultural Studies und die Literatursoziologie Fiktionen als wesentliche Informationsquellen über die gesellschaftliche Situation einer bestimmten Epoche.

Die empirischen Befunde zeigen hingegen ein widersprüchliches Bild, wobei vorrangig Realitätsverzerrungen belegt werden. Dies widerspricht der Reflexionstheorie nicht grundsätzlich, macht aber die Notwendigkeit von Differenzierungen deutlich. Eine Reflexion der Realität wird vor allem dann konstatiert, wenn der Untersuchungsfokus auf grundlegenden Wertvorstellungen und gesellschaftlichen Überzeugungen liegt (vgl. z. B. INGLIS 1938; ALBRECHT 1956). Auch Zerges (1977) weist nach, dass sich die unterschiedlichen politisch-ideologischen Orientierungen zwischen der BRD und der DDR in den Themen und Darstellungsweisen fiktionaler Texte niederschlagen. Der über die Zeit hinweg steigende Frauen- und Minderheitenanteil (vgl. z. B. SHANAHAN 2004) sowie die veränderten Einstellungen gegenüber Ehescheidungen (vgl. BARNETT/GRUEN 1946) belegen zudem, dass sozialer Wandel (zeitverzögert) auch in der fiktionalen Welt zu erkennen ist. Fiktionale Werke lassen demnach einen Einblick in die gesellschaftliche Situation zu.

Analysen fiktionaler Medieninhalte, die auf die Darstellung einzelner Aspekte der sozialen Wirklichkeit abzielen, konstatieren hingegen starke Verzerrungen. Gewalt nimmt in fiktionalen Werken einen weitaus höheren Stellenwert ein als in der Realität und auch bei den demografischen Merkmalen machen sich Verzerrungen bemerkbar: Frauen sind sowohl in fiktionalen Fernsehangeboten (vgl. z. B. WEIDERER 1993) als auch in literarischen Texten (vgl. INGLIS 1938; SILBERMANN/KRÜGER 1971) stark unterrepräsentiert. Des Weiteren treten gesellschaftliche Minderheiten und ältere Menschen nur selten in Erscheinung. Überrepräsentiert sind hingegen einzelne Berufsgruppen wie z. B. Richter und Ärzte. Ferner ergeben sich Verzerrungen durch die Präsentationsart: Inhaltsanalytische Untersuchungen beklagen immer wieder Stereotypisierungen von Bevölkerungs- und Berufsgruppen.

Zusammenfassend lässt sich folglich festhalten, dass die fiktionalen Werke die Bedingungen des realen gesellschaftlichen Umfelds größtenteils reflektieren. Entsprechend der Aussagen von Luhmann (1996) spielen die Handlungen in einem Umfeld, das dem Leser bzw. Zuschauer vertraut ist. Einzelne Realitätsaspekte sowie die die Darstellung der fiktiven Akteure weichen jedoch von den realen Verhältnissen ab.

Die Verzerrungen sind auf das vorrangige Ziel aller fiktionalen Inhalte, die Unterhaltung des Publikums, zurückzuführen. Dass dafür ähnliche Gestaltungsprinzipien bemüht werden, verdeutlichen beispielsweise Ratgeber, die Erfolgsrezepte zum Schreiben von Romanen bieten. Als wesentliche dramaturgische Notwendigkeit verweisen diese auf spannungsreiche Elemente und die Abweichung vom Gewöhnlichen: »Das zentrale Ziel des dramatischen Grundmodells besteht darin, den Leser in Spannung zu versetzen. Spannung ist neben Interesse das stärkste Band, mit dem eine Geschichte den Leser binden kann« (GESING 1994: 156). Auch für die Konstruktion der Figuren finden sich Tipps: Da über gewöhnliche und langweilige Existenzen in der Regel niemand lesen will, sei es unabdingbar, dass »literarische Figuren [...] ständig besonderen Anforderungen und Situationen ausgesetzt [werden], denn die Zeit, in der nichts besonderes passiert, wird im Buch ausgespart« (MOTHES 2007: 139). Diese Gestaltungsprinzipien erklären auch die Marginalisierung älterer Menschen in fiktionalen Medieninhalten: als Protagonisten eignen sie sich nur begrenzt für spannende Abenteuer oder Liebesgeschichten.[25]

Die Stereotypisierung einzelner Berufsgruppen, die bislang vor allem für Fernsehinhalte empirisch bestätigt wurde (vgl. z. B. DEFLEUR 1964), wird in den Ratgebern zum Schreiben von Romanen ebenfalls aufgegriffen: Berufe sollen herangezogen werden, um Personen zu charakterisieren, denn in den Vorstellungen der Leser würden Beruf und Verhalten eng miteinander zusammenhängen (vgl. MOTHES 2007: 120). Auch bekannte Schriftsteller unterstreichen die Relevanz von Berufen: In seinem Aufsatz *Warum brauchen Romanhelden Berufe?* äußert sich Martin Walser 1992 folgendermaßen zum Zusammenhang zwischen Figur und Beruf:

> »Der Beruf des Helden muß mit noch mehr Notwendigkeit aufs Papier kommen als sein Name. Über den Namen kann man nachdenken, reden, streiten; wie über den Titel des Romans. Über den Beruf aber nicht. Der ist der fundamentale Ausdruck dessen, was den Roman veranlaßt hat, worauf der Roman reagiert. [...] Meine Helden hatten bis jetzt immer Berufe« (WALSER 1994: 35f., erstmals 1992).

Autoren weisen ihren Protagonisten folglich zum Zweck ihrer Charakterisierung bewusst spezielle Berufe zu und nutzen die damit verbundenen Vorstellungsbilder als Ausdrucksmittel (vgl. ebd.: 46).

Auch bei der Darstellung des Journalismus sind zweifelsohne sowohl Verzerrungen als auch Reflexionen der journalistischen Realität zu erwarten. Von Interesse ist daher, welche Aspekte der realen Situation in der Romanfiktion reflektiert werden und in welchen Bereichen sich ein verzerrtes Bild zeigt. Aus den soeben herausgearbeiteten Folgerungen ergibt sich die Vermutung, dass sich Realitätsverzerrungen auch bei der Darstellung des Journalismus vor allem auf die Figurencharakterisierungen beziehen, während die Strukturen des Mediensystems realitätsnah beschrieben werden. Außerdem ist zu erwarten, dass die fiktiven Handlungen beispielsweise um Gewalt und Verbrechen angereichert werden

25 Weitere Hinweise für den Erfolg eines Romans beziehen sich neben sprachlichen Aspekten (z. B. der Erzählperspektive) auf den Aufbau des Handlungsstranges und die Identifikationsmöglichkeiten mit den fiktiven Figuren (vgl. z. B. GESING 1994, 2006; MOTHES 2007).

und der Journalismus damit als spannenderer und gefährlicherer Beruf erscheint, als er es in der Realität ist.

2.4 Zusammenfassung

In diesem Kapitel wurde das Verhältnis von Realität und Fiktion anhand einer disziplinübergreifenden Sichtung des Forschungsstandes erörtert. Insgesamt weisen die Ergebnisse auf ein interdependentes Verhältnis hin. Nach der Reflexionshypothese orientieren sich die Autoren fiktionaler Werke an der Realität und liefern eine Spiegelung der gesellschaftlichen Wirklichkeit. Zusätzlich findet nach der Wirkungshypothese eine Beeinflussung der Realität durch fiktionale Darstellungen statt (vgl. Kapitel 2.1). Fiktionale Werke können dabei einerseits die Einstellungen und Realitätsvorstellungen der Rezipienten beeinflussen, andererseits können sie darüber hinaus gesellschaftliche Prozesse auslösen und die Realität verändern – wie z. B. der 1906 erschienene Roman *The Jungle* von Upton Sinclair, der zu Gesetzesänderungen führte. Somit sind Wirkungen sowohl auf die subjektive Realität als auch auf die objektive Realität (vgl. ADONI/MANE 1984) zu verzeichnen.

Die empirischen Untersuchungen zum Einfluss fiktionaler Medieninhalte auf das Publikum gehen auf zwei Forschungstraditionen zurück. Neben kurzfristigen persuasiven Wirkungen (vgl. Kapitel 2.2.1) konnten auch langfristige kultivierende Effekte (vgl. Kapitel 2.2.2) festgestellt werden. Ob es zu einer Wirkung kommt und wie stark diese ausfällt, hängt dabei von unterschiedlichen Faktoren ab, die sowohl auf der Rezipienten- als auch auf der Medienseite zu verorten sind. Wichtige Erkenntnisse liefert zum einen das ›Transportation-Imagery-Model‹ von Green und Brock (2002): Narrative fiktionale Texte involvieren die Leser besonders stark in das Geschehen und lassen sie die Außenwelt vergessen. Die daraus folgende unkritische und intensive Rezeption begünstigt Wirkungen auf die Einstellungen und Überzeugungen der Leser. Zum anderen belegen die Befunde der Kultivierungsforschung Wirkungen durch eine kumulative und konsonante Darstellung bestimmter Themen oder Bevölkerungsgruppen in der (Fernseh-)Fiktion. Entsprechend wirken sich Verzerrungen in der Medienrealität auf die Vorstellungen der Rezipienten über die soziale Realität aus. Dies geschieht vor allem in Bereichen, in denen die Rezipienten nicht über Primärerfahrungen verfügen oder wenn die fiktionalen Darstellungen deren eigene Erfahrungen bestätigen.

Für die vorliegende Arbeit ergibt sich daraus die Annahme, dass auch das in Romanen vermittelte Bild des Mediensystems und des Journalistenberufs Wirkungen auf die Realitätsvorstellungen des Publikums hat. Darüber hinaus kann die Vermittlung eines negativen Journalistenbildes z. B. den sozialen Status der Journalisten berühren, die Medien in ihrer Arbeit unter Rechtfertigungsdruck setzen oder Forderungen nach Medienregulierung und Eingriffen in bestehende Systemstrukturen aufkommen lassen.

Aus dem Wirkungspotenzial fiktionaler Medieninhalte leitet sich außerdem die Frage nach dem Realitätsgehalt dieser Werke ab. Forschungstraditionen wie die Cultural Studies oder die Literatursoziologie betrachten fiktionale Texte als Dokumente über die soziale Realität. Es wurde gezeigt, dass in Fiktionen grundsätzlich eine Spiegelung der sozialen Wirklichkeit stattfindet, um für die Leser eine vertraute Umgebung zu konstruieren und weil auch die Autoren selbst durch ihr reales Umfeld geprägt sind (vgl. Kapitel 2.3.1). Fiktionale Werke stellen aber nicht in erster Linie eine Gesellschaftsbeschreibung dar, sondern verzerren die Realität, um dem Publikum z. B. Spannung und Unterhaltung zu bieten. Die Wichtigkeit von spannenden Elementen betonen auch die Ratgeber zum Schreiben von Romanen. Um das Interesse der Leser zu wecken (und zu halten), raten sie den Autoren zu einer Abweichung vom Gewöhnlichen.

Systematische Inhaltsanalysen fiktionaler Literatur gibt es bislang nur wenige: Die Kommunikationswissenschaft konzentriert sich auf die Analyse non-fiktionaler Medieninhalte oder fiktionaler Fernsehinhalte, die eine besonders hohe Reichweite haben. Die Literaturwissenschaft beschäftigt sich hingegen intensiv mit einzelnen Werken. Die vereinzelt vorliegenden empirischen Befunde machen allerdings deutlich, dass das Ausmaß an Reflexion, also der Realitätsgehalt, in Abhängigkeit vom Untersuchungsfokus variiert (vgl. Kapitel 2.3.2). In der Gesamtschau – auch unter Berücksichtigung der Befunde zu fiktionalen Fernsehinhalten – zeigt sich, dass die Verzerrungen in fiktionalen Darstellungen weniger die Gesellschaftsstrukturen betreffen als vielmehr die Darstellungen von Personen. Diese Befunde sollen auch in der empirischen Analyse des fiktionalen Journalismusbildes berücksichtigt werden.

3. JOURNALISMUS IN DER FIKTIONALEN LITERATUR: FORSCHUNGSSTAND

Der vorangegangene Überblick zum Verhältnis von Realität und Fiktion hat die Relevanz einer Auseinandersetzung mit dem literarisch vermittelten Journalismusbild verdeutlicht. In diesem Kapitel werden die Studien, die sich mit der Darstellung des Journalismus in der fiktionalen Literatur befassen, vorgestellt und anhand verschiedener Kriterien systematisiert.

Der Forschungsstand zum literarischen Journalismusbild ist bislang nur in einer Studie dokumentiert (vgl. ENGESSER 2005: 69ff.). Engesser, die 40 Veröffentlichungen aus dem Zeitraum von 1910 bis 2003 erfasst hat, verzichtet dabei auf eine inhaltlich gegliederte Übersicht. Sie unterteilt lediglich nach deutsch- und englischsprachigen Beiträgen und fasst die einzelnen Studien in chronologischer Reihenfolge jeweils kurz zusammen. Die folgende Analyse unternimmt hingegen eine Systematisierung der vorliegenden Studien zum literarischen Journalismusbild, sodass verallgemeinerbare Aussagen über den Forschungsstand möglich werden. In einer tabellarischen Synopse wurden dafür 1) das methodische Vorgehen der Studien, 2) die inhaltlichen Befunde sowie 3) die Schlussfolgerungen hinsichtlich des Wirkungspotenzials und des Realitätsgehalts des fiktionalen Journalismusbildes erfasst.

Kapitel 3.1 erläutert, welche Merkmale die Veröffentlichungen erfüllen müssen, um in der Untersuchung berücksichtigt zu werden und stellt die Analysekriterien für die Studien vor. Das zweite Unterkapitel präsentiert die Befunde der Analyse (Kapitel 3.2). Die Ausführungen enden mit einer Zusammenfassung der zentralen Ergebnisse. Aus den aufgezeigten Mängeln und Forschungsdesideraten leitet sich zudem die Zielsetzung der eigenen empirischen Studie ab (Kapitel 3.3).

3.1 Auswahl der Studien und Analysekriterien

Die Analyse berücksichtigt ausschließlich Veröffentlichungen, die sich dezidiert mit dem fiktionalen, literarisch vermittelten Journalismusbild auseinandersetzen. Keine Beachtung fanden folglich Befunde zum Bild des Journalismus in der non-fiktionalen Literatur (wie z. B. in Autobiografien und Tagebüchern) oder in anderen fiktionalen Medieninhalten (wie z. B. in Film und Fernsehen). Untersuchungen zu einzelnen Medien als Motiv in der Literatur wurden nur dann einbezogen, wenn sie darüber hinaus auch auf die dort tätigen journalistischen Akteure eingehen.[26]

Um eine belastbare Vergleichsbasis zu schaffen, mussten auch bei den Beiträgen, die sich mit dem Bild des Journalisten in der fiktionalen Literatur befassen, Einschränkungen vorgenommen werden. Aufgrund der Vielfalt an Publikationsformen und inhaltlichen Schwerpunkten wurden fünf Ausschlusskriterien aufgestellt. Folgende Veröffentlichungen werden in der Analyse *nicht* berücksichtigt:

1. *Studien, die das Bild des Journalisten im Comic untersuchen:* Der hohe Bild- und vergleichsweise niedrige Wortanteil von Comics erschwert die Vergleichbarkeit mit anderen literarischen Formen. Aus diesem Grund wurde der Begriff ›Literatur‹ auf reine Textformen beschränkt. Für Untersuchungen zum Journalistenbild im Comic vgl. z. B. Würch (1988), Brislin (1995), Schleicher (2004) oder Knight (2009).
2. *Studien, die keine US-amerikanische und/oder deutsche Literatur untersuchen:* Da die eigene empirische Analyse einen internationalen Vergleich zwischen dem Journalismusbild in US-amerikanischen und deutschen Romanen anstrebt, blieben Studien, die sich ausschließlich mit der Literatur anderer Länder beschäftigen, unberücksichtigt (vgl. z. B. FLACHSENBERG 1949; HEILMANN 1985; VOIGTS-VIRCHOW 1998). Die unterschiedlichen literarischen Traditionen und die Divergenzen zwischen den nationalen Mediensystemen lassen einen Vergleich der Ergebnisse nur bedingt zu. Dies gilt auch für Studien zum Bild des Journalismus in der DDR-Literatur (vgl. z. B. PANNEN 1992).

26 Unberücksichtigt blieb deshalb der Beitrag von D'Ester (1931) zum Bild der Presse in der deutschsprachigen Satire des 16. bis 18. Jahrhunderts. Ausgeschlossen wurden auch Beiträge zur Thematisierung des Fernsehens in den unterschiedlichen literarischen Gattungen (vgl. z. B. JAPP 1988; SCHNEIDER 1988; GRIEM 1989; TICHI 1989; BEST 1995; LANGHAMMER 1996; GOETSCH 1998; SCHENK 1998) sowie zur Thematisierung von Massenmedien allgemein (vgl. z. B. PRIEBE 1998).

3. *Studien mit Fokus auf einen einzelnen Autor*: Dies betrifft überwiegend Beiträge aus der Literaturwissenschaft, die das Verhältnis eines Schriftstellers zu den Medien untersuchen und auf die literarisch formulierte Kritik an Presse bzw. Fernsehen fokussieren. Das Journalistenbild wird dabei in den meisten Fällen entweder gar nicht oder nur am Rande angesprochen (vgl. z. B. BEST 1995; KAISER 1995; LANGHAMMER 1996). Selbst wenn sich Ausführungen zum Bild der Journalisten finden, ermöglicht die Beschränkung auf einen einzelnen Autor keine verallgemeinerbaren Aussagen (vgl. z. B. ARNTZEN 1975).
4. *Studienabschlussarbeiten:* Magister-, Diplom-, Bachelor- und Masterarbeiten sind prinzipiell schwierig zu identifizieren, da nur wenige Universitäten Auskunft über die eingereichten Arbeiten geben. Selbst wenn sich die Titel und Autoren ermitteln lassen, sind die Arbeiten nur in einzelnen Fällen im Leihverkehr zu beziehen und einzusehen. Die Problematik verschärft sich zudem, wenn es sich um Abschlussarbeiten aus dem Ausland handelt.[27]
5. *Zeitungsartikel*: Beiträge in Zeitungen (auch wenn sie von Wissenschaftlern verfasst wurden) behandeln das Thema entweder kursorisch oder anhand aktueller Einzelfälle wie z. B. einer Buch-Neuerscheinung oder der Premiere eines Theaterstücks (vgl. z. B. MENCKEN 1926; ALBRECHT 1928; SAYRE 1975; LILIENTHAL 1988; WEINBERG 1989; KRAMPER 1996; KISTERMANN 1999; WIESE 2003). Dasselbe gilt für Beiträge, in denen vorrangig Literaturtipps gegeben werden (vgl. z. B. KLEINSTEUBER 1998; PETRI 1995).

Insgesamt konnten 56 Veröffentlichungen zum literarischen Journalistenbild identifiziert werden, die den Auswahlkriterien entsprechen.[28] Bei den Publikationen handelt es sich um 26 Zeitschriftenaufsätze, 13 Monografien, sechs Beiträge in Sammelbänden, fünf Buchkapitel, drei Konferenzpapiere und drei Online-Artikel. Sie verteilen sich zu gleich großen Teilen auf deutschsprachige (n = 28) und englischsprachige (n = 28) Veröffentlichungen und sind innerhalb der letzten 100 Jahre (1910 bis 2009) erschie-

27 Auch wenn die Qualität der Abschlussarbeiten variiert, so liefern doch viele von ihnen interessante Ergebnisse zum literarischen Journalismusbild. Daher sei zumindest auf einige hingewiesen: Gehringer (1975); McKeen (1977); Quernheim (1981); Knippel (1983); Schregelmann (1983); Sauereßig-Henning (1984); Pannen (1987); Muench (1988); Würch (1988); Baruschke (1989); Bremm (1989); Stolz (1989); Windrow (1996); Rademacher (1997) und Schleicher (2004). Sieben dieser Arbeiten berücksichtigt Engesser (2005: 75ff.) in ihrem Forschungsüberblick.

28 Zwei weitere Publikationen, die Dissertationen von Fentsch (1922) und Klein (1929), waren nicht mehr zu beziehen.

nen. Wenn die Autoren ihre Untersuchungsergebnisse mehrfach publiziert haben, wurden die einzelnen Veröffentlichungen zusammengefasst. Die Basis für die Analyse bilden somit 44 inhaltlich unterschiedliche Beiträge.

Aufgrund der Heterogenität der Publikationen wurde eine qualitative Analyse des Forschungsstandes durchgeführt. Dabei waren Kriterien auf drei Ebenen von Interesse (vgl. Tab. 1). Neben den relevanten Merkmalen auf methodischer und inhaltlicher Ebene wurde auch erhoben, ob die Studien ihre Ergebnisse in Bezug zur Realität setzen und Schlussfolgerungen hinsichtlich einer Reflexion bzw. Verzerrung der journalistischen Realität und/oder einer Wirkung der literarischen Journalistenbilder auf die Realitätsvorstellungen der Rezipienten ziehen.

TABELLE 1
Analysekriterien

Methodische Merkmale	• Methodischer Ansatz • Untersuchungsmaterial – Nationalität der literarischen Werke – Literarische Gattung – Umfang des Textkorpus • Untersuchungszeitraum
Inhaltliche Merkmale und Befunde	• Untersuchte thematische Aspekte • Bewertung des Journalistenbildes • Untersuchte journalistische Rahmenbedingungen • Behandelte Vergleichsdimensionen – Vergleich im Zeitverlauf – Internationaler Vergleich • Charakteristika der Autoren
Schlussfolgerungen aus den Befunden	• Reflexion bzw. Verzerrung journalistischer Realität • Wirkungspotenzial fiktionaler Journalistendarstellungen

3.2 Ergebnisse der Analyse

Die 44 Beiträge zum literarischen Journalismusbild wurden auf die formulierten Kriterien überprüft und die relevanten Gesichtspunkte tabellarisch in Textform erfasst (für einen zusammenfassenden Überblick vgl. Anhang A 1). Oftmals enthalten die Studien keine konkreten Angaben – wie z. B. zur Anzahl der untersuchten Werke oder zum Untersuchungszeitraum.

In diesen Fällen wurde nachgezählt bzw. notfalls vermerkt, dass keine Aussagen zu den Kriterien möglich sind. Lassen sich auffallende Unterschiede zwischen den deutsch- und englischsprachigen Studien finden, so wird bei der Präsentation der Ergebnisse darauf hingewiesen.

Tabelle 2 liefert einen Überblick über die untersuchten Studien. Die Beiträge sind nach Erscheinungsjahren geordnet und mit Hinweisen auf die Veröffentlichungssprache (Deutsch oder Englisch), das Untersuchungsmaterial, den Untersuchungszeitraum und das zentrale Untersuchungsinteresse versehen.

TABELLE 2

Studien zum literarischen Journalistenbild

Autor/in	Jahr	D/E	Untersuchungsmaterial	Zeitraum	Untersuchungsfokus
McClure	1910	E	Amerikanische Romane	k. A.	Journalistenbild
D'Ester	1941	D	438 deutsche literarische Werke und 115 aus weiteren 8 Ländern	1682–1940	Journalistenbild
Harrison	1945a 1945b 1945c	E	88 amerikanische Romane	1832–1900	Journalistenbild
Hofmann	1957	D	49 internationale literarische Werke	1918–1956	Journalistenbild
Berry	1970	E	Amerikanische Romane	1900–1969	Presse als Institution und Journalistenbild
Rückel	1975	D	Internationale literarische Werke	~ 1750–1899	Journalistenbild
Mews	1978	E	17 internationale literarische Werke	1806–1974	Journalistenbild
McKeen	1980	E	18 amerikanische Romane	1915–1975	Journalistenbild
Born	1981	E	29 amerikanische literarische Werke	1897–1977	Weibliche Journalisten
Studnitz	1981 1983 2003	D	110 internationale fiktionale Werke	1774–1974	Journalistenbild
Holtz	1982	D	7 deutschsprachige Romane	1979–1981	Journalistenbild

Autor/in	Jahr	D/E	Untersuchungsmaterial	Zeitraum	Untersuchungs-fokus
Lilien-thal	1982	D	11 internationale literarische Werke	1809–1980	Journalistische Selbstzensur
Lilien-thal	1984a 1984b 1984c	D	78 internationale literarische Werke	1976–1984	Journalistenbild
Schütz	1984 1986	D	4 deutsche Romane	1931	Journalistenbild
Good	1985 1986a	E	78 amerikanische Romane	1890–1930	Journalistenbild und Hand-lungsstränge
Good	1986b	E	21 internationale literarische Werke	1899–1984	Kriegsbericht-erstatter
Good	1987	E	17 amerikanische Gedichte	1840er-1980er	Bild der Medien und Journa-listenbild
Pannen	1988 1989	D	106 deutsche Prosawerke	1949–1987	Journalistenbild
Jacobi	1989	D	3 deutsche literarische Werke	1852–1929	Journalistenbild
Langner-Burns	1989	E	16 amerikanische Ro-mane und 17 Filme	1975–1987	Journalistenbild
Lilien-thal	1989	D	18 deutschsprachige Romane	1977–1987	Zensur
Scherfer	1989	D	16 internationale Romane	1852–1986	Journalistenbild
McKeen	1990	E	17 amerikanische fiktio-nale Werke	~ 1915–1985	Journalistenbild
Ghig-lione	1990 1991	E	Amerikanische fiktiona-le Werke	~ 1790–1990	Journalistenbild
Behnert	1991	D	7 internationale literari-sche Werke	1774–1928	Journalistenbild
Brennen	1993 1995 2000	E	35 amerikanische Romane	1919–1938	Journalistische Arbeitsbe-dingungen
Black	1994	E	50 amerikanische Romane	1963–1994	Journalistische Ethik
Scheible	1995	D	10 deutschsprachige Dramen und 1 französi-sches Drama	1810–1917	Journalistenbild
Weber	1995	D	69 deutsche Romane	1945–1995	Journalistenbild

Autor/in	Jahr	D/E	Untersuchungsmaterial	Zeitraum	Untersuchungs-fokus
Wei-schen-berg	1995 1996a	D	Internationale fiktionale Werke	1837–1994	Journalistenbild
Hallock	1997	E	5 amerikanische und 1 deutscher Roman	1969–1995	Journalistenbild
Wein-berg	1997	E	Amerikanische Romane	k. A.	Journalistenbild
Klein-steuber	2000a	D	7 deutsche und 2 ame-rikanische Kriminalro-mane	1996–1999	Medienthriller und Journa-listenbild
Klein-steuber	2001	D	11 deutsche, 1 schwedi-scher Roman	1986–2000	Medienthriller und Journa-listenbild
Bleicher	2002	D	23 deutschsprachige Prosatexte	1983–2001	Fernsehen als Motiv und Journalistenbild
Klein-steuber	2003	D	13 internationale Romane	1993–2002	Medienthriller und Journa-listenbild
Spaul-ding	2003	E	13 amerikanische Romane	1990–2001	Weibliche Journalisten
Saltzman	2003	E	Fiktionale amerikani-sche Werke	~ 1850–2003	Weibliche Journalisten
Marko-witz	2004	E	Amerikanische Romane und Romanserien	1961–2003	Homosexuelle Journalisten
Engesser	2005	D	61 internationale Prosa-Bestseller	1970–2000	Journalistenbild und Rahmen-bedingungen
Saltzman	2005	E	Internationale fiktionale Werke	v. Chr. bis 2003	Journalistenbild
Lutes	2006	E	Amerikanische Prosa-werke	1880–1930	Weibliche Journalisten
Ehrlich	2009	E	Fiktionale amerikani-sche Werke	1921–2005	Journalistenbild
Rossie	2009	E	3 amerikanische Ro-mane	1994–1998	Minderheiten weiblicher Journalisten

3.2.1 *Methodische Merkmale*

Die methodischen Merkmale der 44 Beiträge werden anhand von drei Hauptkriterien bestimmt. Von besonderem Interesse sind die methodischen Ansätze, die für die Analyse des fiktionalen Journalistenbildes gewählt wurden. Zudem werden das literarische Untersuchungsmaterial und der Untersuchungszeitraum beleuchtet.

3.2.1.1 *Methodischer Ansatz*

Angesichtes der Heterogenität der Beiträge gestaltet sich eine Klassifikation nach den jeweiligen methodischen Vorgehensweisen schwierig. Es sind Publikationen enthalten, die primär einen Überblick über diverse einschlägige Werke liefern und diese mit Inhaltsangaben und/oder eigenen Interpretationen versehen. Die Anzahl der behandelten Werke differiert dabei in hohem Maße. Des Weiteren finden sich Artikel, die von allgemeinen, meist subjektiv geprägten Ausführungen bestimmt sind. So beschreibt Weinberg (1997), der sich als leidenschaftlicher Sammler von Journalistenromanen bezeichnet, seine Eindrücke nach der Lektüre hunderter Werke. Die eigenständigen Analysen zum literarischen Journalistenbild stammen aus verschiedenen Forschungstraditionen (z. B. der Literatur-, Kultur- und Kommunikationswissenschaft). Daraus resultieren auch unterschiedliche methodische Herangehensweisen an das Thema. Erschwerend kommt hinzu, dass viele Veröffentlichungen keinerlei Angaben zum Vorgehen bei ihrer Interpretation bzw. Analyse machen und eine eindeutige methodische Kategorisierung demzufolge nicht möglich ist.[29]

Aus diesen Gründen wurde eine grobe Einteilung der Studien gewählt und diese nach systematischen und unsystematischen Herangehensweisen klassifiziert. Als systematisch gilt ein Beitrag, wenn a) ersichtlich ist, welche Kriterien für die Erhebung und Auswahl des Untersuchungsmaterials zugrunde gelegt wurden und b) die Analyse der untersuchten Werke durch vorab formulierte Kriterien geleitet wird, die für alle Werke gleichermaßen angelegt werden.[30]

29 Oftmals finden sich lediglich unpräzise Hinweise wie »Meine Überlegungen stützen sich auf die Lektüre folgender Romane« (LILIENTHAL 1989: 143), »this historical look at the journalist« (SALTZMAN 2005: 4) oder »an inspection of six novels« (HALLOCK 1997: 31).

30 Diese beiden Kriterien sind ausschlaggebend für die intersubjektive Nachvollziehbarkeit der Ergebnisse. Klassische literaturwissenschaftliche Untersuchungen, die sich einer hermeneu-

Lediglich sechs der 44 Beiträge erfüllen beide Eigenschaften. Auf die methodischen Ansätze zweier dieser Studien soll hier näher eingegangen werden, da sie wesentliche Anregungen für die Konzeption der eigenen empirischen Analyse geliefert haben: die Dissertationen von Studnitz (1983) und Engesser (2005).

Die Studie von Studnitz (1983) ist die im deutschen Sprachraum am häufigsten zitierte und zudem erste systematische Untersuchung. Studnitz analysiert mittels einer quantitativen Inhaltsanalyse das Journalistenbild in 110 fiktionalen Werken im Zeitraum von 200 Jahren – beginnend mit Goethes *Clavigo* (1774) und endend mit Bölls *Die verlorene Ehre der Katharina Blum* (1974). Um in die Analyse aufgenommen zu werden, mussten die journalistischen Helden »so ausführlich geschildert werden, daß mindestens 70% aller im Erhebungsbogen gestellten Fragen beantwortet werden konnten« (STUDNITZ 1983: 22). Studnitz erläutert die Auswahlkriterien der von ihr analysierten Werke ausführlich und macht auch die Probleme deutlich, die sich beim Versuch, eine repräsentative Stichprobe zu ziehen, ergeben (vgl. ebd.: 24f.). Ihr Ziel ist es, haupt- und nebenberufliche journalistische Helden in unterschiedlichen fiktionalen Werken zu untersuchen. Wichtigste Quelle für ihre Bestandsaufnahme bildet dabei die ausführliche Zusammenstellung einschlägiger Werke in der Publikation von D'Ester (1941). Zusätzlich schrieb sie Fachleute und Verlage an, die sie um Hinweise zu fiktionalen Journalistendarstellungen bat, und nahm einige ihr bereits bekannte Werke in den Textkorpus auf. Insgesamt konnte Studnitz so 585 internationale Titel identifizieren aus denen sie mittels einer Zufallsstichprobe 120 Werke zog. Nach der Stichprobenziehung musste sie jedoch erkennen, dass nur noch ein Viertel dieser Werke über den Leihverkehr bezogen werden konnte und davon zudem die Hälfte nicht ihren Auswahlkriterien entsprach. Es blieben lediglich 14 Werke übrig und so wählte Studnitz einen anderen Weg: Sie entlieh sämtliche Titel ihrer Liste, die noch in der Wiener Bibliothek geführt wurden, und überprüfte diese in Bezug auf ihre Auswahlkriterien. Die verbliebenen 110 Werke mit insgesamt 183 journalistischen Akteuren wurden als Untersuchungsmaterial für die Analyse berücksichtigt. Dabei handelt es sich um 66 Romane und 27 Dramen – die restlichen 17 Werke verteilen sich auf Filme, kürzere Prosagattungen, Hörspiele und Gedichte. Auch wenn durch dieses Auswahl-

tischen Herangehensweise und Interpretation bedienen, wurden demnach den unsystematischen Beiträgen zugeordnet.

verfahren keine Repräsentativität gewährleistet ist,[31] sieht Studnitz doch einen wesentlichen Vorteil darin: »Die Tatsache, daß teilweise noch 200 Jahre nach der ersten Veröffentlichung verschiedene Werke einzusehen waren, zeugt von ihrer Relevanz sowohl für die damalige als auch für die heutige Zeit« (ebd.: 25).

Als Untersuchungsinstrument verwendet Studnitz einen ›Fragebogen‹, mit dem 88 Aspekte erhoben werden. Diese beziehen sich zum einen auf den journalistischen Akteur (wobei nach persönlichen und beruflichen Merkmalen, Eigenschaften, Interaktionsnetzen und dessen Selbstbild unterschieden wird), zum anderen auf die Merkmale des analysierten Werkes und seines Verfassers (vgl. ebd.: 204ff.). Auch wenn in den Folgejahren mehrfach Kritik an der methodischen Vorgehensweise der Studie geübt wurde,[32] bleibt Studnitz doch das Verdienst, die erste umfassende und systematische Analyse des fiktionalen Journalistenbildes im deutschen Sprachraum durchgeführt zu haben.

Gut 20 Jahre später ist die Dissertation von Engesser (2005) erschienen. Ausgehend von der Annahme, dass fiktionale Literatur einen Einfluss auf die Realitätsvorstellungen der Rezipienten hat, beschränkt sich Engesser bei ihrer Analyse bewusst auf weit verbreitete literarische Werke. Um diese zu bestimmen, greift sie auf die im Nachrichtenmagazin *Der Spiegel* veröffentlichte Bestsellerliste zurück. Im festgelegten Untersuchungszeitraum von 1970 bis 2000 waren dort insgesamt 849 Titel verzeichnet. Aus dieser Gesamtheit wählte sie all jene aus, in denen mindestens ein Journalist vorkommt (vgl. ENGESSER 2005: 108). Um dies zu entscheiden, greift Engesser auf Inhaltsangaben und Rezensionen, Klappentexte und Vorworte zurück – in Einzelfällen musste quer gelesen werden. Bei diesem Vorgehen besteht die Möglichkeit, »dass einzelne Werke übersehen wurden, in denen Journalisten zwar vorkamen, aber nicht so prominent waren, dass sie in einer Zusammenfassung Erwähnung gefunden hätten« (ebd.: 110). Da davon auszugehen ist, dass diese Werke nur einen geringfügigen Informationsgehalt geliefert hätten, betrachtet Engesser dies als wenig problematisch. Insgesamt kann sie 61 für die Untersuchung rele-

31 Studnitz (1983:25) nimmt an, dass durch die Beschränkung auf Werke der Wiener Bibliothek vor allem wichtige Filmdrehbücher ausgeschlossen wurden.

32 So wird bemängelt, dass die 70-Prozent-Regelung »willkürlich und wenig überzeugend« sei (ENGESSER 2005: 75) und dadurch kürzere Gattungen von vorneherein aus der Untersuchung ausgeschlossen werden. Lilienthal wiederum kann der inhaltsanalytischen Vorgehensweise nichts abgewinnen, da die Ergebnisse seiner Meinung nach dadurch zu »pure[n] Durchschnittlichkeit[en]« (LILIENTHAL 1984a: 27) verkommen.

vante Bücher identifizieren. Bei einigen handelt es sich um Sammelbände mit Erzählungen oder Satiren und so umfasst ihr Untersuchungsmaterial 73 Texte. Diese verteilen sich auf unterschiedliche Prosagattungen und stammen von Autoren aus sieben Ländern.

Bei der Analyse der Texte entscheidet sich Engesser für die Methode der qualitativen Inhaltsanalyse (vgl. ebd.: 115f.). Als Untersuchungsinstrument dient ein Leitfaden, den sie in Anlehnung an Essers (1998) journalismustheoretisches Modell der Einflusssphären entwickelt.[33] Essers Modell unterscheidet vier Sphären: Gesellschafts-, Medienstruktur-, Institutions- und Subjektsphäre (vgl. ESSER 1998: 27). Der Journalist mit seinen individuellen Eigenschaften und Einstellungen ist in der innersten Schicht, der Subjektsphäre, verortet. Die anderen drei Sphären beschreiben die Einflussfaktoren, die auf den Journalisten wirken: die historisch-kulturellen Rahmenbedingungen wie z. B. die politische Kultur und die mediengeschichtliche Tradition (= Gesellschaftssphäre), die rechtlich-normativen und ökonomischen Gegebenheiten (= Medienstruktursphäre) und die Charakteristika auf Ebene der Medien- und Redaktionsorganisation, wie z. B. Organisationsstrukturen und redaktionelle Arbeitsabläufe (= Institutionssphäre). Für ihren Leitfaden nimmt Engesser (2005: 121) leichte Modifikationen bei der Gliederung von Essers Kategorien vor und ergänzt das Modell um einige Punkte bei der Subjektsphäre (z. B. um das Privatleben des Journalisten, die Arbeitszufriedenheit und die Arbeitsbelastung). Die Analyse geht also über den journalistischen Akteur hinaus und beleuchtet zudem die ihn prägenden Einflussfaktoren.

Die methodische Herangehensweise betreffend verweist Engesser auf die Vorbildfunktion der amerikanischen Untersuchung von Langner-Burns (1989). Auch diese hat ausschließlich publikumswirksame Werke analysiert: 17 Filme (box-office hits) und 16 Bestseller-Romane, die im Zeitraum von 1975 bis 1987 erschienen sind. Langner-Burns greift ebenfalls auf eine qualitative Inhaltsanalyse zurück. Sie orientiert sich dabei an Leo Löwenthals Modell zur Inhaltsanalyse von Biografien, das dieser in den 1940er-Jahren entwickelt hat (vgl. LÖWENTHAL 1964) und passt dessen Kategorien ihrem eigenen Untersuchungsgegenstand an. Die fiktionalen Werke werden dann anhand von drei Hauptkategorien analysiert: 1) Sociological Aspects (private lives, professional lives, setting in time and

33 Bei Essers Modell handelt es sich um eine Weiterentwicklung des einige Jahre zuvor von Weischenberg (1990: 53) aufgestellten ›Zwiebel-Modells‹.

space), 2) The Journalist's Psychology and History, 3) Presentation of the Information (vgl. LANGNER-BURNS 1989: 45f.).

Nur die wenigsten Beiträge zum literarischen Journalistenbild gehen jedoch so systematisch vor wie die hier etwas ausführlicher dargestellten Beispiele.[34] Es überwiegen Publikationen, die sich bezüglich ihrer Auswahlkriterien in Schweigen hüllen oder mit wenig hilfreichen Erklärungen aufwarten, wie beispielsweise: »In Hinblick auf ihre langjährigen germanistischen Studien, glaubt die Verfasserin die für die Presse und die Zeitungswissenschaft wichtigsten und charakteristischsten Werke ausgewählt zu haben« (HOFMANN 1957: 4). Intersubjektive Nachvollziehbarkeit ist dabei ebenso nicht gegeben wie bei Beiträgen, die vorab erklären, dass ihre Ergebnisse nicht »on a careful study of history« basieren, sondern vielmehr »on a far-from-careful wallowing in comic-strips, sci fi potboilers, TV sitcoms, movie whodunits, and two thousand junk journalism novels« (GHIGLIONE 1991: 1). Auch heute trifft auf den Großteil der Beiträge noch zu, was bereits 1989 konstatiert wurde:

> »The literature on the portrayal of journalists in film and fiction, even though it is very informative, is primarily descriptive. Too often plot summaries comprise too much of the argument, and too often critical analysis in a framework is missing« (LANGNER-BURNS 1989: 36).

3.2.1.2 *Untersuchungsmaterial*

Hinsichtlich des Untersuchungsmaterials, also der analysierten literarischen Werke, sind drei Merkmale für die Analyse der Studien von Interesse: 1) das Herkunftsland der untersuchten literarischen Werke, 2) die jeweilige literarische Gattung und 3) der Umfang des untersuchten Textkorpus.

Nationalität der literarischen Werke

Etwa zwei Drittel der Beiträge beziehen sich entweder auf literarische Werke von US-amerikanischen oder von deutschen Verfassern (vgl. Abb. 3).[35]

34 Auffallend ist auch, dass fast keiner der Autoren den Begriff ›Journalist‹ definiert. Nur vier Beiträge führen aus, welche Akteure des Mediensystems in ihrer Untersuchung unter dieser Bezeichnung subsumiert werden (vgl. STUDNITZ 1983: 23; LANGNER-BURNS 1989: 47ff.; SALTZMAN 2005: 4; ENGESSER 2005: 108ff.).

35 Eine Reihe von Studien beschäftigt sich vorwiegend mit deutscher oder US-amerikanischer Literatur, verweist aber auch auf einzelne ausländische Werke. Bei der Einordnung nach den Herkunftsländern wurde deshalb nach einer 80-Prozent-Grenze vorgegangen: Stammen we-

Da sich nur sehr wenige Studien dezidiert mit Werken deutscher Autoren beschäftigen (vgl. z. B. SCHÜTZ 1984, 1986; WEBER 1995), werden unter deutscher Literatur nachfolgend sämtliche deutschsprachige Werke subsumiert – egal ob sie aus Deutschland, Österreich, der Schweiz oder der ehemaligen DDR stammen.

ABBILDUNG 3
Herkunftsländer der analysierten literarischen Werke

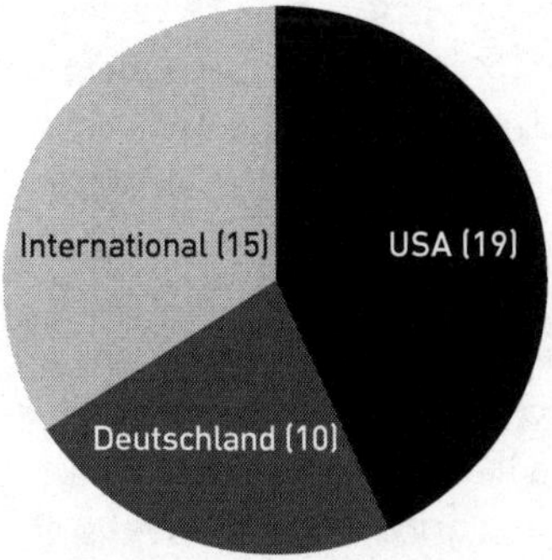

Basis: n = 44 Studien

Während nur zehn Studien deutsche Veröffentlichungen untersuchen, finden sich fast doppelt so viele Beiträge (n = 19) zu US-amerikanischen Werken. 15 Publikationen beziehen Werke aus mindestens zwei verschiedenen Ländern ein. Auffallend ist, dass es sich dabei überwiegend um deutsche Veröffentlichungen (n = 11) handelt: D'Ester (1941) berücksichtigt in seinem Überblick beispielsweise auch Literatur aus Frankreich, Russland, Großbritannien, Schweden, Norwegen, Dänemark, den Niederlanden und der Schweiz, Engesser (2005) untersucht internationale Prosa-Werke aus sieben Ländern und Kleinsteuber (2000a, 2003) setzt sich mit dem Bild des Journalisten im Medienthriller verschiedener Länder auseinander. Die amerikanischen Veröffentlichungen beschränken sich hingegen meist auf die Literatur ihres eigenen Landes. In den vier Studien, die auch Werke weiterer Nationen thematisieren, handelt es sich entweder um Literatur aus anderen englischsprachigen Ländern (vgl. z. B. GOOD 1986b, der

niger als 80 Prozent der untersuchten Werke aus einem Land, so wurden sie unter internationaler Herkunft subsumiert.

US-amerikanische und britische Literatur untersucht) oder um Beschreibungen internationaler Klassiker wie z. B. von Honoré de Balzac, Gustav Freytag oder Heinrich Böll.

Literarische Gattung

Etwa die Hälfte der Beiträge legt sich bei der Untersuchung auf ein klar umrissenes literarisches Format fest. Studien, die sich mit der Darstellung des Journalismus im Roman befassen, überwiegen dabei deutlich (n = 20). Nur zwei Beiträge konzentrieren sich auf andere, nicht-prosaische Gattungen: Good (1987) analysiert US-amerikanische Gedichte von 17 Autoren aus zwei Jahrhunderten und Scheible (1995) widmet sich dem Journalistenbild im Drama – wobei er den Schwerpunkt auf deutsche Theaterstücke aus den Jahren 1810 bis 1917 legt.

Die andere Hälfte der Beiträge schließt bei ihren Ausführungen und Analysen entweder verschiedene literarische Gattungen ein (n = 15) oder nimmt zusätzlich andere fiktionale Werke auf (n = 7). In den meisten Fällen handelt es sich um Journalismusfilme (vgl. z. B. LANGNER-BURNS 1989; MCKEEN 1990; WEISCHENBERG 1995, 1996a). Seltener werden einschlägige Fernsehserien und/oder Hörspiele einbezogen (vgl. z. B. SALTZMAN 2005; EHRLICH 2009).

Umfang des Textkorpus

Die 44 Beiträge weisen eine hohe Spannweite bezüglich der Anzahl der untersuchten Texte auf (vgl. Abb. 4). Knapp die Hälfte der Studien bezieht sich in ihren Ausführungen zum Journalistenbild auf einen relativ kleinen Textkorpus von bis zu 19 Werken (n = 22). Beiträge, die auf 20 bis 49 Texte eingehen, finden sich vergleichsweise wenige (n = 8). Dafür behandelt jedoch etwa ein Drittel der Studien 50 und mehr fiktionale Werke.

Die Eckpunkte bilden die Untersuchungen von Rossie (2009) und D'Ester (1941). Rossie untersucht in drei amerikanischen Romanen aus den 1990er-Jahren das Bild von weiblichen Journalisten, die aufgrund ihrer ethnischen Herkunft und/oder ihrer Homosexualität einer Minderheit zugehören. Auch die Untersuchung von Jacobi (1989) legt den Schwerpunkt auf drei literarische Werke: Karl Kraus' *Die letzten Tage der Menschheit* (1918), Egon Erwin Kischs *Der rasende Reporter* (1924) und Franz Werfels *Barbara oder Die Frömmigkeit* (1929). Allerdings finden sich zusätz-

ABBILDUNG 4
Anzahl der analysierten fiktionalen Werke

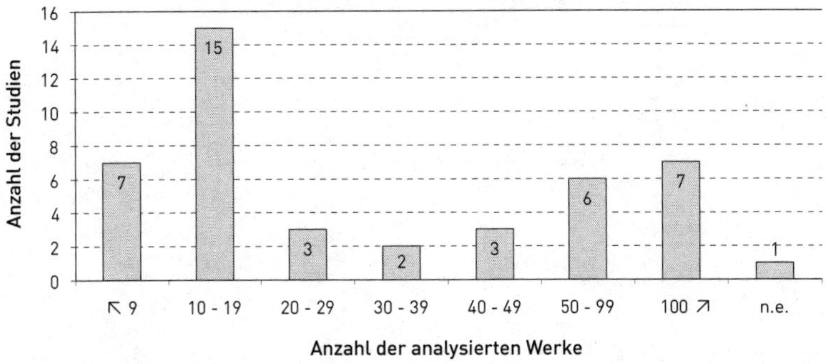

Basis: n = 44 Studien

liche – wenn auch vergleichsweise kurze – Ausführungen zum Journalistenbild anderer Autoren.[36]

Den mit Abstand umfangreichsten Textkorpus behandelt die Studie von D'Ester (1941). Auf über 600 Seiten liefert er »eine Bestandsaufnahme des Vorhandenen« (D'ESTER 1941: 3). Nach vier historischen Etappen gegliedert, führt er 438 Werke aus der deutschen Literatur an und gibt zu diesen Inhaltsangaben und Informationen über die Autoren. Darüber hinaus geht D'Ester auf literarische Journalismusdarstellungen außerhalb Deutschlands ein und listet weitere 115 Titel aus acht Ländern auf. Allerdings verweist Studnitz darauf, dass bei D'Ester auch Werke aufgeführt werden, »die lediglich von Journalisten geschrieben worden waren. Im Handlungsablauf trat ein journalistischer Held jedoch nicht auf« (STUDNITZ 1983: 25; vgl. auch ENGESSER 2005: 70).

3.2.1.3 *Untersuchungszeitraum*

Von Interesse ist zudem, aus welchen Zeiträumen die untersuchten literarischen Werke stammen. Der Großteil der Studien bezieht sich auf fiktionale Werke der jüngeren Vergangenheit (vgl. Abb. 5). Da sich der Journalismus erst ab Mitte des 19. Jahrhunderts zu einem Hauptberuf entwickelt hat, sind literarische Darstellungen des Journalisten vor 1850 relativ selten.

36 Mews (1978) legt in seinem Beitrag den Schwerpunkt sogar auf nur zwei Werke: Gustav Freytags *Die Journalisten* (1854) und Heinrich Bölls *Die verlorene Ehre der Katharina Blum* (1974). Doch auch er bezieht eine Reihe weiterer Beispiele mit ein.

Dass doch immerhin zwölf Beiträge die erste Hälfte des 19. Jahrhunderts einbeziehen, lässt sich auf die vielfache Nennung von Balzacs *Illusions perdues* (1837-1843) zurückführen.[37]

ABBILDUNG 5

Analysierte Zeiträume

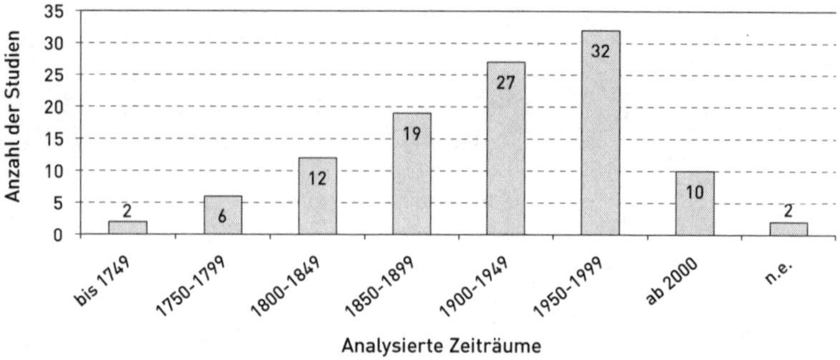

Basis: n = 44 Studien; Mehrfachnennungen möglich

Auf literarische Werke aus der Zeit vor Mitte des 18. Jahrhunderts gehen nur zwei Publikationen ein. D'Esters chronologische Darstellung beginnt mit einem Gedicht von Daniel Georg Morhof aus dem Jahr 1682. Hier stehen allerdings nicht die journalistischen Akteure, sondern das zur damaligen Zeit noch neue Medium Zeitung im Vordergrund (vgl. D'ESTER 1941: 11). Bis in die Zeit vor Christus geht der Beitrag von Saltzman (2005) zurück, der auf den griechischen Philosophen Theophrast und dessen Werk *Charaktere* (ca. 319 v. Chr.) verweist. Eine der darin enthaltenen 30 Charakterskizzen beschreibt einen Typus, der aus heutiger Sicht als Journalist bezeichnet werden kann. Ein positives Bild wird vor 2000 Jahren jedoch nicht vermittelt: Theophrasts ›Logopoiia‹, ins Englische gewöhnlich mit ›The Fabricator‹ oder ›The Newsmaker‹ übersetzt, reichert Fakten mit Fiktionen an bzw. erfindet die Nachrichten sogar komplett (vgl. SALTZMAN 2005: 8).

Große Unterschiede zwischen den einzelnen Studien finden sich neben der Anzahl der behandelten Werke auch bei der Länge des Untersuchungs-

37 Die herausragende Stellung des französischen Klassikers wird wiederholt betont. So z. B., dass Balzac mit diesem Werk eine nie wieder erreichte »präzise Darstellung der ökonomischen und technischen Grundlagen der Presse und ihrer Widersprüche« geliefert habe (WEISCHENBERG 1995: 392).

zeitraums (vgl. Abb. 6). Auffallend ist, dass in einem Drittel der Beiträge Texte berücksichtigt werden, die im Verlauf von mehr als 100 Jahren erschienen sind. Mit Ausnahme von Studnitz (1983) handelt es sich dabei um unsystematische Studien, die einen Überblick über das fiktionale Journalistenbild geben. Zu diesem Zwecke werden – ohne die Auswahl- und/oder Analysekriterien zu beschreiben – einzelne Werke aus verschiedenen Zeiten zur Veranschaulichung herangezogen.

Den kürzesten Untersuchungszeitraum umfasst die Untersuchung von Schütz (1984, 1986). Dieser beschränkt sich auf Romane aus der Zeit der Weimarer Republik, die im Jahr 1931 erschienen sind. Am anderen Ende des Kontinuums steht der Beitrag von Saltzman (2005). Auf Saltzmans historischen Abriss fiktionaler Werke aus den letzten 2000 Jahre folgt mit beträchtlichem Abstand die Publikation von D'Ester (1941), die Veröffentlichungen aus einem Zeitraum von knapp über 250 Jahren berücksichtigt.

ABBILDUNG 6

Länge des Untersuchungszeitraums

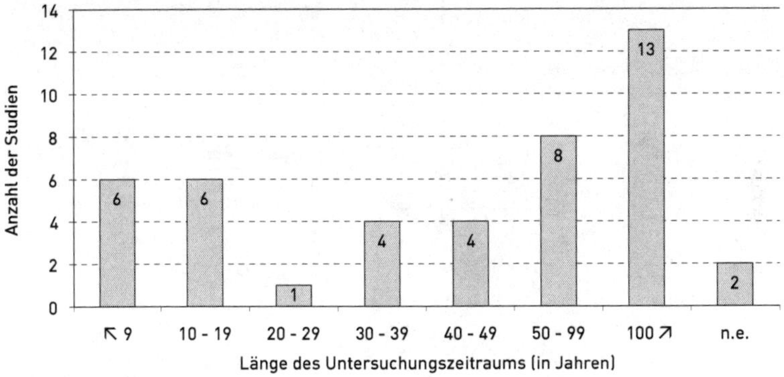

Basis: n = 44 Studien

Anzumerken bleibt, dass zwischen der Länge des Untersuchungszeitraums und der Anzahl der analysierten Werke kein Zusammenhang besteht. Während Saltzman (2005) in seinem Überblick von Theophrast bis zu den Werken des frühen 21. Jahrhunderts auf weniger als 50 Beispiele verweist, analysiert Pannen (1988, 1989) im vergleichsweise kurzen Untersuchungszeitraum von 1949 bis 1987 knapp über 100 literarische Prosawerke.

3.2.2 *Inhaltliche Resultate*

Die Darstellung der inhaltlichen Schwerpunkte und Ergebnisse der bisherigen Untersuchungen orientiert sich an den aufgestellten fünf Kriterien: 1) den thematischen Aspekten des literarischen Journalismusbildes, 2) der Bewertung der fiktiven Journalisten und 3) der journalistischen Rahmenbedingungen. Die beiden weiteren Kriterien beziehen sich auf 4) die Vergleichsdimensionen (hinsichtlich des Zeitverlaufs und des internationalen Vergleichs) und 5) die Charakteristika der Autoren.

3.2.2.1 *Thematische Aspekte*

Etwa zwei Drittel der Studien nehmen bei der Untersuchung des fiktionalen Journalismusbildes keine thematische Einschränkung vor. Dabei handelt es sich vor allem um überblicksartige Zusammenfassungen oder um breit angelegte systematische Analysen (z. B. STUDNITZ 1983; ENGESSER 2005). Die Studien, die gezielt einzelne thematische Aspekte herausgreifen, werden nachfolgend kurz skizziert (vgl. Abb. 7).

ABBILDUNG 7
Thematische Aspekte der Studien

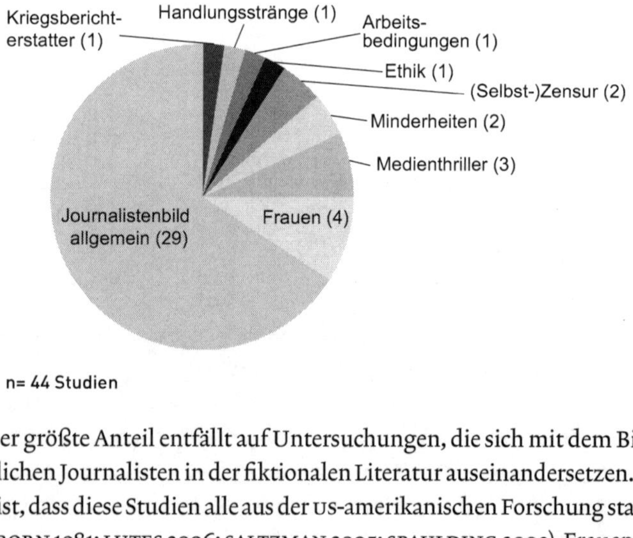

Basis: n= 44 Studien

Der größte Anteil entfällt auf Untersuchungen, die sich mit dem Bild von weiblichen Journalisten in der fiktionalen Literatur auseinandersetzen. Auffallend ist, dass diese Studien alle aus der US-amerikanischen Forschung stammen (vgl. BORN 1981; LUTES 2006; SALTZMAN 2005; SPAULDING 2003). Frauen waren vor 1880 eine absolute Ausnahmeerscheinung im amerikanischen Journalismus. Analog dazu werden Journalistinnen bis zu diesem Zeitpunkt auch nur in etwa fünf fiktionalen Werken thematisiert (vgl. SALTZMAN 2003: 1). In den Folgejahren ändert sich diese Situation: Der Frauenanteil im Journalismus steigt sowohl in der Realität als auch in der Fiktion. Selbst wenn sich in den fiktionalen Werken viele Klischees finden und der Journalismus sehr häufig für Liebe, Hochzeit und Hausfrauendasein aufgegeben wird, so werden die Journalistinnen in ihrer beruflichen Tätigkeit doch vorwiegend positiv dargestellt:

> »For the most part, women journalists in fiction are intelligent, assertive, courageous, curious, competent, compassionate, independent, ambitious, and professional. These characteristics (most of which belong to the cultural stereotype of the male) often cause women loss of happiness because they do not conform to the cultural ideal« (BORN 1982: 2).

Im Vergleich zu der sonst üblichen Darstellung in fiktionalen Unterhaltungsangeboten, die Frauen als »passive, incompetent, frivolous and dependent on men for their self-fulfillment« (ebd.: 26) beschreiben, werden bei den Journalistinnen folglich weniger Stereotype bemüht. Ergebnisse von Studien, die sich nicht ausschließlich mit weiblichen Journalisten beschäftigen, weisen ebenso auf eine positive Darstellung der Frauen hin. Wie in anderen gesellschaftlichen Bereichen werden allerdings auch in den fiktionalen Geschichten Geschlechterunterschiede offenkundig: »Newspaper women know that they have to work twice as hard as their male counterparts to obtain and keep their jobs« (BRENNEN 1993: 171). Stereotype Darstellungen, wie z. B. das ausgeprägte weibliche Mitgefühl, finden sich auch in jüngeren Werken. Allerdings sind sie dort deutlich schwächer ausgeprägt. Eine wesentliche Veränderung zeigt sich in Bezug auf die Vereinbarkeit von Beruf und Familie. Lange Zeit schlossen sich diese beiden Lebensinhalte in den literarischen Werken kategorisch aus und das private Glück erschien als erstrebenswerteres Gut. In den aktuelleren fiktionalen Werken zeigt sich ein anderes Bild: Spaulding (2003) kommt in ihrer Analyse von 13 amerikanischen Romanen aus den 1990er-Jahren zu dem Ergebnis, dass die Journalistinnen aller Texte vorhaben, ihren Beruf weiter auszuüben – »regardless of whether they have found a satisfying relationship with a man« (SPAULDING 2003: 21).

Einen anderen Aspekt der literarischen Journalismusdarstellung greift Kleinsteuber (2000a, 2001, 2003) heraus. Er untersucht das Bild von Journalisten im sogenannten ›Medienthriller‹. Das Genre umfasst seiner Definition nach:

> »Romane, also epische Darstellungen in Prosa, die von Journalisten geschrieben werden und in denen auf der Seite der handelnden Figuren und/oder in den Szenen, in denen sie sich bewegen, Journalisten und/oder Medien eine zentrale Rolle übernehmen. Diese Romane haben primär unterhaltsame Züge, sie verfügen über eine auf Spannungserzeugung abgestellte Dramaturgie, um einen Plot, der sich erst zum Ende hin auflöst« (KLEINSTEUBER 2001: 218).

Ab den 1990er-Jahren gab es einen starken Anstieg an Romanen, die dem Medienthriller zugeordnet werden können. Mit seinen beruflichen Recherchekompetenzen ersetzt der Journalist in der Literatur immer häufiger den klassischen Detektiv (vgl. ebd.: 218f.). Die Autoren, die selbst aus dem Journalismus stammen, beschreiben die Arbeitsverhältnisse dabei zumeist in einem recht negativen Licht und der deutsche »Journalisten-Held erscheint oft als der letzte Aufrechte in einer schmutzigen Umgebung« (KLEINSTEUBER 2003: 267).

Zwei Beiträge befassen sich mit Minderheiten im Journalismus. Markowitz (2004) widmet in ihrer Monografie *The Gay Detective Novel. Lesbian and Gay Main Characters and Themes in Mystery Fiction* auch den Journalisten ein Kapitel. Bei der Analyse verschiedener Romanserien und Einzelromane kommt sie zu dem Schluss, dass die homosexuellen Journalisten durchweg als »thoughtful professionals« (MARKOWITZ 2004: 120) gezeichnet werden, die in ihrem Arbeitsalltag jedoch fortwährend gegen ein extrem homophobes mediales Umfeld ankämpfen müssen. Rossie (2009) untersucht die Darstellung journalistischer Minderheiten anhand von zwei weiblichen Romanfiguren: einer schwarzafrikanischen Journalistin und einer lesbischen Journalistin puertoricanischer Herkunft. Beide Protagonistinnen werden als »outsiders within« (ROSSIE 2009: 130; vgl. auch COLLINS 1986) beschrieben. Sie sind Teil des journalistischen Systems, sehen sich aber ständig mit dem Problem konfrontiert, sowohl ihrem Beruf als auch der Minderheitengruppe, der sie angehören, gerecht zu werden. Durch ihre »post-feminist accounts of modern womanhood« (ROSSIE 2009: 130) bereichern die beiden Charaktere zweifellos das fiktionale Bild der Berufsgruppe, das von heterosexuellen und weißen journalistischen Akteuren dominiert ist.

Lilienthal (1982, 1989) befasst sich mit den Aspekten von Zensur und Selbstzensur im Journalismus und illustriert diese an ausgewählten literarischen Beispielen. Dabei schwingt seine kritische Sichtweise auf das Mediensystem unübersehbar mit. Lilienthal stellt zunächst fest, dass in den Romanen seit Mitte der 1970er-Jahre ein starker Anstieg journalistischer

Akteure zu verzeichnen ist: »Es scheint, als sei der Journalisten-Roman für den gebildeten Mittelständler das, was der Arzt-Roman für die ›einfache Frau aus dem Volke‹ sein will: ein Ort für Tagträume von Selbstverwirklichung und/oder sozialem Aufstieg« (LILIENTHAL 1989: 133). In seiner Untersuchung greift er Romane und Erzählungen heraus, die das Thema ›Zensur in der Bundesrepublik Deutschland‹ aufgreifen. Da es sich bei den Autoren dieser Werke größtenteils um hauptberufliche Journalisten handelt, schlussfolgert Lilienthal: »Literatur wird zum Zufluchtsort, gerade wenn es darum geht, Fälle von Zensur öffentlich zu machen. Wer sich in den tagesaktuellen Medien nicht mehr äußern darf, muß ausweichen in die Scheinfiktionalität des Mediums Buch« (ebd.: 134).

Vier weitere Beiträge greifen Einzelaspekte des fiktionalen Journalistenbildes auf: Black (1994) analysiert 50 Romane daraufhin, welche Hinweise sich über journalistische Ethik finden lassen und muss feststellen, dass der Journalismus mehrheitlich als unmoralisches Geschäft gezeichnet wird. Brennen (1993, 1995, 2000) untersucht die Arbeitsbedingungen amerikanischer Journalisten in 35 Romanen, die in der Zeit zwischen den beiden Weltkriegen (1919 - 1938) erschienen sind. Vor dem Hintergrund der Theorie des ›Cultural Materialism‹ von Raymond Williams (1977) belegt sie die von der realen Journalismusforschung unbeachtete Ausbeutung der damaligen Journalisten durch lange Arbeitszeiten und niedrigste Löhne.

Einen außergewöhnlichen Ansatzpunkt wählt Howard Good (1986a): Er strukturiert sein Buch nach drei wiederkehrenden Handlungssträngen, die ihm bei den literarischen Werken aufgefallen sind. Seine Untersuchung basiert auf der Lektüre von 78 amerikanischen Romanen und Kurzgeschichten aus der Zeit zwischen 1890 und 1930. Den ersten Handlungsstrang überschreibt er mit *The school and the cemetery*: Dieser beginnt damit, dass ein junger, idealistischer College-Absolvent als Neuling in eine Redaktion kommt. Dort muss er sich zunächst gegen die alteingesessenen Journalisten behaupten, die eine akademische Ausbildung für unnötig, wenn nicht gar hinderlich halten. In der alltäglichen Arbeit, der Schule des Lebens, lernt der Journalist, was seinen Beruf wirklich ausmacht und erlebt nach vielen Rückschlägen den Durchbruch zum Starreporter. Der Journalismus wird primär als hilfreiche Schule beschrieben – jedoch nur solange der Journalist diesen als Sprungbrett in andere berufliche Karrieren (z. B. in die des Schriftstellers) nutzt. Erfolgt der Absprung nicht, so endet der fiktive Journalist durch das jahrelange Herumschnüffeln in den Angelegenheiten anderer Leute sowie den unregelmäßigen und langen

Arbeitszeiten bei niedriger Bezahlung als zynischer und trauriger Held (vgl. GOOD 1986a: 19ff.). Als zweiter typischer Handlungsstrang wird *The crusader with a broken lance* angeführt: Hier erscheint der Journalist in einem extrem positiven Licht und ist als sogenannter ›Kreuzritter‹ einem Messias vergleichbar. Meist kommt er als Fremder in eine Stadt, findet dort eine untragbare Situation vor und setzt alles daran, diese zu ändern. Der Journalist tritt als Kämpfer für die Gerechtigkeit auf – egal ob es sich um Korruption, Kriminalität oder geldgierige Geschäftsleute handelt. Diese Geschichten enden entweder mit der Belohnung des Journalisten (z. B. durch eine Liebesgeschichte, den beruflichen Aufstieg oder die Wahl in ein politisches Amt) oder aber mit dessen Verschwinden, das auf genauso mysteriöse Art und Weise vonstatten geht wie sein Erscheinen zu Beginn der Handlung (vgl. ebd.: 49ff.). Das letzte häufig wiederkehrende Handlungsmuster ist *The sunshine of country journalism*: Journalismusromane, die ländliche Gegenden als Handlungsort wählen, sind vergleichsweise selten. Zudem stehen in vielen dieser Romane nicht der Beruf, sondern die Liebesbeziehungen im Vordergrund: »Nothing much happens in these works, which is basically their point. Placidity is celebrated over hustle, tradition over change. Country journals reflect and reinforce the goodness of rural society« (ebd.: 72). Der Journalismus erscheint in diesen Werken als integraler Bestandteil der Gesellschaft, als »warm and sincere« (ebd.) und ohne jegliche Tendenzen zu den Praktiken der großstädtischen Regenbogenpresse.

In einem weiteren Beitrag befasst sich Good (1986b) mit einer speziellen Gruppe von Journalisten: den Kriegsberichterstattern. Er greift dabei auf US-amerikanische und britische Prosawerke (Romane und Kurzgeschichten) zurück und untersucht die Darstellung im Verlauf eines knappen Jahrhunderts. Als Ergebnis werden drei Typen von Kriegsberichterstattern präsentiert: 1) *knight-errants*, 2) *fools and liars* und 3) *witnesses*. Diese Typen stehen in engem Zusammenhang mit der Erscheinungszeit der literarischen Werke und werden deshalb bei den Ergebnissen zur Darstellung im Zeitverlauf (vgl. Kapitel 3.2.2.4) noch ausführlicher beschrieben.

Auch andere Studien nehmen eine Einteilung der fiktiven Charaktere in verschiedene Journalistentypen vor (vgl. HARRISON 1945a, 1945b; BERRY 1970; MCKEEN 1980, 1990; STUDNITZ 1981, 1983, 2003; PANNEN 1988; GHIGLIONE 1990; SALTZMAN 2005). Harrison (1945a, 1945b) orientiert sich bei seiner Ergebnispräsentation an den jeweiligen journalistischen Berufsgruppen. Er identifiziert in seinem Untersuchungsmaterial von 88 amerikanischen Romanen aus dem 19. Jahrhundert *newsboys, printers, newspaper women, editors, reporters* und *publishers*. Die *publishers* sind dabei die Akteure, die in den analysierten Romanen am negativsten dargestellt werden: Gekennzeichnet als egoistische Geschäftsmänner ohne jeglichen Gemeinsinn, streben sie ausschließlich die Maximierung der eigenen finanziellen Mittel und Einflusskraft an (vgl. HARRISON 1945b: 219). Die weitaus meisten Journalistentypen beschreiben Ghiglione (1990) und Saltzman (2005). Ghiglione geht bei der Charakterisierung der fiktiven Journalisten in seiner Monografie *The American Journalist – Paradox of the Press* nach neun Kapiteln vor: 1) *Reporter*, 2) *Editor*, 3) *Newspaper Carrier*, 4) *Newswoman*, 5) *Scandalmonger*, 6) *Small-Town Editor*, 7) *War Correspondent*, 8) *TV-Journalist* und 9) *Owner*. Diese »nine myths of journalism« (GHIGLIONE 1990: 99) stellt er anhand zahlreicher fiktionaler Beispiele aus den letzten 200 Jahren dar. Dabei greift Ghiglione vorwiegend auf literarische Werke und Filme zurück, bezieht aber auch eine Reihe von Fernsehsendungen, Liedern, Comics und künstlerischen Werken (v. a. aus der Malerei) mit ein. Saltzman (2005: 33ff.) schlägt sogar 13 Kategorien für die Klassifizierung fiktiver Journalisten vor: 1) *Anonymous Reporters*, 2) *Columnists and Critics*, 3) *Cub Reporters*, 4) *Editors*, 5) *Flawed Male Journalists*, 6) *Investigative Reporters*, 7) *Memorable Newsroom Families*, 8) *Photojournalists and Newsreel Shooters*, 9) *Publishers and Media Owners*, 10) *Real-life Journalists*, 11) *Sob Sisters*, 12) *Sports Journalists* und 13) *War and Foreign Correspondents*.

Problematisch ist, dass viele der vorgenommenen Klassifizierungen auf uneinheitlichen Unterscheidungskriterien beruhen: So werden einige Typen in Abhängigkeit vom Geschlecht gebildet (z. B. *Newswomen* oder *Sob Sisters*), andere nach der jeweiligen Berufsbezeichnung (z. B. *Reporters, Editors* oder *Newspaper Carriers*), der Art der Berichterstattung (z. B. *Scandalmongers*) oder dem Level auf der beruflichen Karriereleiter (z. B. *Cub Reporters*). Die proklamierten Typen sind somit auf verschiedenen Ebenen angesiedelt und die mangelnde Trennschärfe der Kategorien führt zwangsläufig dazu, dass häufig eine Zuordnung der einzelnen fiktiven Charaktere zu mehreren Typen möglich ist.

Abschließend sei noch auf eine Einteilung hingewiesen, die von der Bewertung der journalistischen Figuren ausgeht. In einem kurzen Überblick über den ›Kommunikator in der schöngeistigen Literatur‹ wird folgende Schlussfolgerung gezogen:

> »Zwei Grundtypen, die in leichter Variation für die Rollenskizzierungen der einzelnen Dichter Pate standen, lassen sich […] herauskristallisieren: der negative Held, der mit Eigenschaften wie Charakterlosigkeit, Bestech-

lichkeit, Wankelmut, Hektik, Feigheit, Alkoholfreude, und Liebestollheit ausgestattet ist und seltener der positive Held, der die edlen Charakterzüge Fleiß, Ehrlichkeit, Mut und Beharrlichkeit auf sich vereint und der verkannt in seinem unermüdlichen Streben, dem Gemeinwohl zu dienen, abhängig und ausgebeutet in Armut und früher Erkrankung dahinsiecht« (RÜCKEL 1975: 12).

3.2.2.2 *Bewertung des Journalistenbildes*

Von besonderem Interesse ist, ob die bisherigen Studien ein vorwiegend positives oder negatives Bild der journalistischen Profession in der fiktionalen Literatur konstatieren. Der Journalist eignet sich zweifelsohne sowohl als positiver als auch als negativer Handlungsträger und es fällt nicht schwer, für beide Darstellungsweisen zahlreiche Werke anzuführen. Schon in Bezug auf das Bild des Journalisten in der Literatur zwischen 1890 und 1930 wird bemerkt: »The public basically got the kind of portrayal of the press it demanded. [...] people needed both a savior and a scapegoat, and the journalist could be made to fit either role« (GOOD 1986a: 95).

Aussagen darüber, ob die fiktionalen Werke ein überwiegend positives bzw. negatives Bild der Journalisten vermitteln, finden sich in zwei Dritteln der 44 Beiträge (vgl. Abb. 8). Dabei wird in einigen Beiträgen allerdings keine klare Trennung zwischen der Bewertung der individuellen journalistischen Helden und der Bewertung des Journalismus bzw. der Medien allgemein vorgenommen.

ABBILDUNG 8
Bewertung des fiktionalen Journalistenbildes

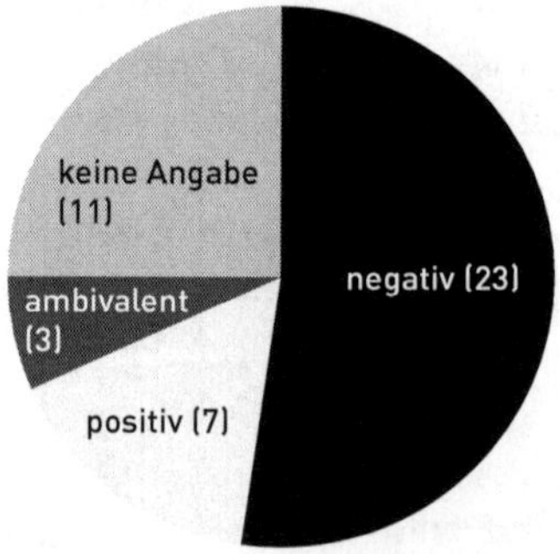

Basis: n = 44 Studien

Drei Autoren weisen explizit auf beide Darstellungsformen – und damit ein ambivalentes Bild – hin. Dazu gehört auch Schütz (1984), der in den von ihm untersuchten Romanen eine ausgewogene Zweiteilung des Berufes erkennt. Die Werke thematisieren sowohl

> »die guten, das sind die geistreichen und gebildeten, daher selbstkritischen und [...] der Sache verpflichteten, und die schlimmen, das sind die wendigen, dummdreisten bis barbarischen, opportunistischen und überheblichen, nur am Erfolg und Profit orientierten, Journalisten« (SCHÜTZ 1984: 209).

Meist erfolgt jedoch die Schlussfolgerung, dass das Bild von negativen Darstellungen geprägt sei (n = 23). Die Autoren der amerikanischen Literatur zwischen 1900 und 1969 müssen sich den Vorwurf gefallen lassen, dass sie nur zu gerne »misfits, maladjusted personalities, and moral degenerates rather than wholesome, well rounded people« (BERRY 1970: 160) als Charaktere ausgewählt hätten. Das fiktionale Journalistenbild zwischen 1890 und 1930 sei »by and large, negative« (GOOD 1986a: 92) und auch in amerikanischen Romanen und Filmen zwischen 1915 und 1985 seien »[p]ositive images of journalists [...] about as rare as frost on a frying pan« (MCKEEN 1990: 28). Die Journalisten in den Romanen bis Mitte der 1980er-Jahre werden als »skrupellos und rücksichtslos [...], korrupt und arrogant« (SCHERFER 1989: 74) dargestellt und Behnert meint sogar, »eine jahrhundertealte literarische Tradition« erkennen zu können, »die journalistisch ambitionierten Fiktivfiguren Ethik, Moral und Heldentum grundsätzlich abspricht« (BEHNERT 1991: 4).

Im Unterschied dazu konstatieren immerhin sieben Beiträge ein überwiegend positives Bild. Dass die Studien, die sich mit weiblichen fiktiven Journalisten befassen, im Allgemeinen eine positive Charakterisierung feststellen, wurde bereits erläutert. Auffallend ist, dass auch fast alle Studien, die systematisch vorgehen, zu diesem Schluss kommen. Von den 183 Akteuren, die Studnitz (1983) untersucht hat, werden 62 Prozent als positive Helden identifiziert, von den 121 Protagonisten in der Studie von Engesser (2005) immerhin 45 Prozent. In beiden Untersuchungen wird bei den fiktiven Journalisten nach Haupt- und Nebenfiguren differenziert, wobei die Teilauszählungen deutliche Unterschiede zwischen den beiden Gruppen ergeben. In den fiktionalen Werken zwischen 1774 und 1974 sind 85 Prozent der 114 Hauptfiguren, aber nur 23 Prozent der 69 Nebenfiguren primär positive Helden (vgl. STUDNITZ 1983: 35). Bei den Texten der *Spiegel*-Bestsellerliste zeigt sich, wenn auch in etwas abgeschwächter Form, ein ähnliches Bild: Positive Charaktere machen 58

Prozent der 62 Hauptfiguren und 32 Prozent der 59 Nebenfiguren aus (vgl. ENGESSER 2005: 276).[38]

Die unterschiedliche Bewertung der Haupt- und Nebenfiguren ist nicht besonders überraschend. Autoren fiktionaler Angebote wollen eine möglichst große Zahl an Lesern und Zuschauern erreichen – und dies gelingt besser, wenn die Hauptfiguren als Sympathieträger und Identifikationsfiguren fungieren. Insgesamt überwiegen jedoch auch in den *Spiegel*-Bestsellern »die Schurken, skrupellose, inkompetente, arrogante Charaktere, die den journalistischen Helden das Leben schwer machen« (ENGESSER 2005: 370). Es zeigt sich hier ein ähnliches Bild, wie es Kleinsteuber (2003: 267) für die deutschen Medienthriller konstatiert: Die Hauptfigur ist im Vergleich zu den journalistischen Kollegen und Vorgesetzten oft eine positive Ausnahme-Erscheinung. Die Ergebnisse der Studien von Studnitz (1983) und Engesser (2005) machen deutlich, dass in Bezug auf die Bewertung der journalistischen Akteure eine Differenzierung nach deren Stellenwert (Haupt- bzw. Nebenfiguren) innerhalb der fiktionalen Werke sinnvoll ist.

3.2.2.3 *Journalistische Rahmenbedingungen*

Journalisten sind in ihrer beruflichen Tätigkeit von unterschiedlichen Einflussfaktoren geprägt. Neben den rechtlichen Vorschriften spielen auch die politischen und wirtschaftlichen Gegebenheiten sowie die institutionellen Strukturen eine Rolle bei der Ausübung des Berufs. Diese Rahmenbedingungen werden bei der Analyse der fiktionalen Werke in der Regel entweder ganz vernachlässigt oder lediglich am Rande erwähnt. Finden sich Hinweise auf die Einflussfaktoren, so wird vorwiegend auf die wirtschaftlichen Aspekte verwiesen: die Kommerzialisierung des Mediensystems, die Abhängigkeit von Einschaltquoten und Leserschaft oder die Konkurrenz zu anderen Medienunternehmen.

Die Studien von Berry (1970) und Engesser (2005) haben sich ausführlicher mit den journalistischen Rahmenbedingungen auseinandergesetzt und sollen deshalb kurz skizziert werden. Erklärtes Ziel von Berry ist es,

38 Der geringere Prozentsatz positiver Hauptfiguren in den internationalen Bestsellern ist auf Engessers untypische Definition des Begriffs zurückzuführen: »Als Hauptfigur zählt *jeder Journalist, der als einziger seinen Berufsstand vertritt* oder, bei mehreren Journalisten, derjenige, der im Mittelpunkt der Handlung steht. Lässt sich das nicht entscheiden, können auch mehrere Journalisten Hauptfiguren sein« (ENGESSER 2005: 255; Hervorhebung durch d. Verf.). Dadurch werden für die Handlung nebensächliche Figuren wie z. B. die Reporterin Rita Kimmkorn aus J. K. Rowling's *Harry Potter und der Feuerkelch* (2000) zu Hauptfiguren.

die Darstellung der Zeitung als Institution zu untersuchen. Er verweist auf die großen Veränderungen, die das Zeitungswesen im Verlauf des 20. Jahrhunderts durchlaufen hat und berücksichtigt amerikanische Romane, die zwischen 1900 und 1969 erschienen sind. Sein Untersuchungsinteresse begründet sich aus dem hohen Informationsgehalt, den er besonders bei Werken namhafter Schriftsteller erwartet: »In fact, one can safely state that most of the soundest analyses of society and its problems made within the past century or more have been done by novelists« (BERRY 1970: 10).[39] Nach einem chronologischen Abriss über unzählige literarische Werke muss er jedoch feststellen: »Most noticeable, there is an absence of any thorough consideration of the newspaper as an institution« (ebd.: 155). Bei den Aspekten, die in den Romanen am häufigsten thematisiert werden, handelt es sich um die Sensationspresse sowie um die Gefahren, die mit einzelnen journalistischen Meinungsführern oder mächtigen Medienbesitzern einhergehen. Berry vermisst die fünf wesentlichen Themen, die in dieser Zeit relevant waren: 1) die Bedrohung der Meinungsfreiheit durch Vorstöße der Regierung, 2) die Entscheidungen des Supreme Courts, durch die Zensurmaßnahmen begünstigt wurden, 3) die Konzentrationsprozesse im Pressewesen, die zum Anstieg von Ein-Zeitungskreisen führten, 4) die Kontrolle der Medien durch immer weniger Personen und 5) die Aussichtslosigkeit, ohne hohe finanzielle Mittel eine Zeitung gründen zu können (vgl. ebd.: 158f.). All diese unberücksichtigten Aspekte lassen Berry mit dem Satz schließen: »The great American newspaper novel still remains to be written« (ebd.: 161).[40]

Engesser (2005) resümiert nach ihrem Überblick über den Forschungsstand, dass die fiktiven Journalisten in den bisherigen Studien zumeist als »völlig losgelöst von gesellschaftlichen, rechtlichen, ökonomischen oder redaktionellen Zwängen betrachtet« (ENGESSER 2005: 99) wurden. Durch die Orientierung an Essers (1998) Einflusssphärenmodell unterzieht sie in ihrer Analyse erstmals auch die journalistischen Rahmenbedingungen einer systematischen Betrachtung. Sie kommt jedoch zu dem Ergebnis, dass

39 Ähnlich argumentiert auch Harrison in seiner Dissertation: »I feel sure that the novel deserves such investigation [...] because among the novelists are found some of the keenest observers of our culture and some of the wisest commentators upon it« (HARRISON 1945a: 4).

40 Vernachlässigte Aspekte auf Ebene der Rahmenbedingungen werden auch in anderen Studien konstatiert: Die literarischen Werke des 19. Jahrhunderts lassen jegliche Hinweise zum Aufstieg der Nachrichtenagenturen oder der Entwicklung von Zeitungsketten vermissen (vgl. HARRISON 1945b: 215) und in der Literatur über Kriegsberichterstatter wird »the existence of wartime censorship« (GOOD 1986b: 13) vollkommen ignoriert.

die *Spiegel*-Bestseller dem System, in das die Journalisten eingebunden sind, nur wenig Beachtung schenken. Die weitaus meisten Informationen finden sich auf der Ebene der Subjektsphäre (vgl. ebd.: 362). Angaben zur Gesellschafts-, Medienstruktur- und Institutionssphäre liefern hingegen nur wenige literarische Texte. Auffallend ist, dass der Journalist – was die rechtlichen Rahmenbedingungen betrifft – als sehr autonom dargestellt wird: Beschränkungen durch Gesetze erweisen sich in der Regel als wirkungslos und die Existenz von Kontrollorganen wird überhaupt nicht thematisiert. Analog zu den zahlreichen unsystematischen Hinweisen, die diverse andere Studien zum Einfluss ökonomischer Faktoren liefern, werden auch in den *Spiegel*-Bestsellern die wirtschaftlichen Interessen als die maßgeblichen Einflussfaktoren dargestellt (vgl. ebd.: 364).

3.2.2.4 *Vergleichsdimensionen*

Hinsichtlich der inhaltlichen Merkmale der 44 Beiträge wurde zudem erhoben, ob diese bei der Analyse des fiktionalen Journalistenbildes mögliche Vergleichsebenen berücksichtigen. Dabei waren zwei Fragen von Interesse: 1) Liefern die Beiträge Informationen zum Journalistenbild im Zeitverlauf? 2) Finden sich Beiträge, die international vergleichend vorgehen und das Journalistenbild in der fiktionalen Literatur verschiedener Länder untersuchen?

Vergleich im Zeitverlauf

Da etwa die Hälfte der 44 Beiträge Werke einbezieht, die in einem Zeitraum von mehr als 50 Jahren erschienen sind, finden sich mehrfach Hinweise zum Journalistenbild im Zeitverlauf. Ein erster auffälliger Wandel in der fiktionalen Darstellung zeigt sich um die Mitte des 19. Jahrhunderts. Scheible (1995) konstatiert in den von ihm analysierten Dramen ab diesem Zeitpunkt einen »dramatischen Ansehensverlust des Journalisten« (SCHEIBLE 1995: 215). Den Wandel bezieht er dabei weniger auf die Quantität als auf die Qualität der Kritik, denn negativ charakterisierte Journalistenfiguren finden sich auch in der ersten Hälfte des 19. Jahrhunderts. Diese werden jedoch nicht aufgrund ihres Berufes, sondern aufgrund von negativen Persönlichkeitsmerkmalen kritisiert. In den Folgejahren ändert sich dies und die Individualkritik wird von einer umfassenden Kritik abgelöst. Der Journalist auf der Theaterbühne fungiert in der zweiten Hälfte des 19. Jahrhunderts als Vertreter seines Berufs. Dabei lässt die Berufsbezeichnung auf eine immer gleiche Charakterisierung schließen: Was den Journalisten kennzeichnet, sind Skrupel- und Gesinnungslosigkeit, Korruption, Arglist und fehlende Moral (vgl. ebd.: 215f.). Den Wandel in der Bewertung erklärt Scheible mit der historischen Entwicklung des journalistischen Berufes, denn »bis zur Jahrhundertmitte ist die Herkunft des Journalismus aus dem gelehrten Zeitschriftenwesen der Aufklärungsepoche noch nicht ganz vergessen und wirkt sich daher zugunsten seiner Reputation aus« (ebd.: 221; vgl. auch JACOBI 1989: 52).

Auch Studnitz (1983) stellt bei ihrer 200 Jahre umfassenden Analyse Veränderungen im Zeitverlauf fest. In den Werken, die bis etwa 1900 erschienen sind,[41] finden sich zwei Journalistentypen, die als *Unabhängiger* und *Abhängiger* bezeichnet werden. Der *Unabhängige* ist der positive Held, er ist begabt, Akademiker, politisch engagiert, hat ein positives Publikumsbild und hält sich an eine von Idealen geprägte Berufsethik. Im Gegenzug dazu ist der *Abhängige* unbegabt, hat sein Studium meist abgebrochen und hält weder etwas von politischem Engagement und berufsethischen Vorgaben noch von seinen Lesern. In den Folgejahren kommt mit dem *Emporkömmling*, für den die journalistische Karriere einen Statusaufstieg bedeutet, ein weiterer Typ hinzu. Die beiden anderen Berufsbilder verschwinden nach und nach aus den literarischen Werken und es manifestieren sich schließlich die modernen Berufsbildtypen des *Emporkömmlings* und des *Schädlings*. Sowohl der positive *Emporkömmling* als auch der negative *Schädling* sind begabt, politisch nicht engagiert, haben keinerlei berufsethische Ansprüche und ein negatives Bild von ihrem Publikum (für einen tabellarischen Überblick über die vier Berufsbildtypen vgl. STUDNITZ 1983: 71, 172; sowie STUDNITZ 2003: 80, 82). Die positiven und negativen journalistischen Helden sind sich in den neueren Werken in ihren berufsspezifischen Merkmalen folglich weitaus ähnlicher als dies vor der Jahrhundertwende der Fall war. Studnitz führt dies auf eine Veränderung bei den Bewertungskriterien zurück:

> »Was einst als Charakteristikum negativer journalistischer Helden galt, zeichnet heute oft gerade den positiven Helden aus. Das ist jedoch nicht verbunden mit einer negativen Beschreibung des aktuellen positiven Helden. Im Gegenteil: gerade, weil er pragmatisch orientiert, desillusioniert,

41 In einer Zusammenfassung ihrer Ergebnisse 20 Jahre später setzt Studnitz (2003: 81) die Grenze bei 1918. Eine Begründung hierfür liefert sie allerdings nicht.

listenreich und berechnend die Anforderungen seiner Gesellschaft erfüllt, wird er zum ebenso positiven wie guten Journalisten« (STUDNITZ 1983: 180).

Beim Vergleich der fiktionalen Berufsbildtypen mit den Ergebnissen der Journalismusforschung stellt Studnitz fest, dass die realen Journalisten sehr häufig berufsethische Ideale vertreten, die sich beim positiven fiktionalen *Unabhängigen* finden lassen. Im Widerspruch dazu stehen jedoch die Befunde zu ihren Handlungen im Arbeitsalltag, die eine höhere Übereinstimmung mit dem Berufsbildtyp des *Emporkömmlings* aufweisen. Das journalistische Rollenbild stimmt also nicht mit dem journalistischen Handeln überein. Diese Auffälligkeit bezeichnet Studnitz als *cultural lag* und äußert die Vermutung, dass das nach außen vertretene Rollenverständnis der realen Journalisten auf fiktionale Werke früherer Generationen zurückzuführen wäre (vgl. ebd.: 187).

McKeen (1980, 1990) identifiziert den Zweiten Weltkrieg als Wendepunkt in der Darstellung der amerikanischen Journalisten. Vor 1945 sind die von ihm analysierten fiktiven Journalisten vor allem dadurch gekennzeichnet, dass sie den Journalismus als Zwischenstation zum Schriftstellerdasein begreifen. Sie fühlen sich der Gesellschaft verpflichtet und wollen mit ihrer Arbeit insbesondere Werte, Legenden und Helden bewahren – und unterschlagen, um dies zu erreichen, auch schon einmal Informationen. McKeen bezeichnet sie deshalb als *preservers* und stellt ihnen mit den *destroyers* die fiktiven Journalisten nach 1945 gegenüber. Anstatt Traditionen zu bewahren und den Status quo aufrecht zu erhalten, streben diese Veränderungen an und bekämpfen wahrgenommene Missstände und Bedrohungen. Dabei vertreten sie ein höchst aktives Rollenbild und geben sich nicht mehr mit der reinen Beobachtung zufrieden. Beide Typen haben jedoch gemeinsam, dass sie sich bei der Berichterstattung daran orientieren, was ihrer Meinung nach zum Besten der Gesellschaft sei (vgl. MCKEEN 1980: 76).

Auch die Untersuchung von Good (1986b) macht deutlich, dass die drei Typen von Kriegsberichterstattern (*knight-errants, fools and liars, witnesses*) stark an die Erscheinungszeit der untersuchten Romane gekoppelt sind. In den Romanen vor dem Ersten Weltkrieg finden sich noch Ansätze einer Glorifizierung des Berufs. Die Kriegsberichterstatter werden als enthusiastische fahrende Ritter (*knight-errants*) beschrieben, die ihre Tätigkeit als spannendes Abenteuer erleben. Mit der Technisierung der Kriegsführung im Ersten Weltkrieg und der verstärkten Konkurrenz auf dem Zeitungsmarkt ändert sich dieses Bild. Nun werden vor allem die negativen Charakterzüge der Journalisten betont (*fools and liars*). Sie lügen, stehlen und erpressen, um eine gute Story zu bekommen – und sollte dieses Vorgehen nicht zum gewünschten Erfolg führen, so erfinden sie die Nachrichten einfach selbst. Nach den Erfahrungen des Zweiten Weltkriegs entsteht mit den *witnesses* ein neuer Typ des Kriegsberichterstatters. Von Abenteuer und Enthusiasmus ist in den Romanen seit den 1940er-Jahren nichts mehr zu spüren. Die Journalisten verkörpern vielmehr die vollkommene Ernüchterung und das Entsetzen über die maßlose Zerstörung und das Leid, deren Zeugen sie werden. Die Befunde von Good (1986b: 6ff.) weisen also auf Parallelen zwischen den Romandarstellungen und den zeitlichen Einschnitten in der Realität hin und zeigen, dass sich das fiktionale Bild in Abhängigkeit von realen Kriegserfahrungen verändert hat.[42]

Internationaler Vergleich

Der internationale Vergleich spielt in den 44 analysierten Arbeiten zum fiktionalen Journalistenbild kaum eine Rolle. Obwohl immerhin 15 Beiträge literarische Werke aus mehr als einem Land einbeziehen, geben sie zu deren Gemeinsamkeiten bzw. Unterschieden so gut wie keine Informationen. Viele Autoren scheinen diese Vergleichsebene für sekundär bzw. irrelevant zu halten.

Dass sie nur »vereinzelt auf die im Übrigen sehr geringfügigen Unterschiede des Berufsbildes bei Verfassern aus dem Ausland« (STUDNITZ 1983: 33) verweist, begründet Studnitz mit der Leserperspektive: Auch die ausländischen Werke wurden in die deutsche Sprache übersetzt und tragen somit gleichsam zum fiktional vermittelten Journalismusbild bei. Die internationalen Unterschiede, die Good (1986b) zwischen der britischen und der amerikanischen Darstellung der Kriegsberichterstatter ausmacht, führt er auf die realen nationalen Traditionen zurück. Aufgrund der imperialistischen Vergangenheit und der größeren Kriegserfahrung Großbritanniens würden die Romane den Kriegsberichterstatter mit höherer Prägnanz beschreiben, als dies bei den amerikanischen Werken der Fall sei (vgl. GOOD 1986b: 20). Auch Behnert (1991: 5ff.) weist auf nationale Besonderheiten hin. Angesichts der spärlichen und scheinbar willkürlich

42 Auch in seiner Monografie über typische Handlungsstränge der Journalistenromane von 1890 bis 1930 weist Good (1986b: 79) darauf hin, dass mit dem Ersten Weltkrieg Veränderungen in der Darstellung einhergehen und z. B. das idyllische Bild des *country journalism* sein Ende findet.

herangezogenen literarischen Werke sind ihre Feststellungen jedoch nur wenig überzeugend.

Lediglich zwei Forscher beschäftigen sich intensiver mit einer international vergleichenden Perspektive. In der Auseinandersetzung mit dem Genre Medienthriller zeigt Kleinsteuber (2000a, 2003), dass sich diese Bücher »als hervorragende Quellen zur Darstellung interkultureller Unterschiede [erweisen]« (KLEINSTEUBER 2000a: 87). Er zeichnet die Tradition des Kriminalromans für Deutschland, Großbritannien und die USA nach und erläutert die Situation der Autoren in diesen Ländern. Anschließend stellt Kleinsteuber (2003: 236ff.) ausgewählte Romane aus diesen und einigen weiteren Ländern vor, um zu zeigen, inwiefern sie die nationalen Gegebenheiten widerspiegeln. Auch wenn es sich um Beschreibungen von Einzelbeispielen handelt und die Interpretationen teilweise etwas weit hergeholt erscheinen,[43] so wird doch eines deutlich: Die Autoren greifen reale Aspekte der nationalen Mediensysteme auf und es lassen sich nachweislich Unterschiede zwischen den fiktionalen Werken verschiedener Länder finden (so fallen die britischen Medienthriller z.B. durch die häufige Thematisierung und heftige Kritik an der starken Stellung der Boulevardpresse auf).

Engesser (2003) verweist explizit auf die Forschungslücke hinsichtlich einer länderspezifischen Betrachtungsweise und berücksichtigt diesen Aspekt in ihrer Analyse. Unter den 61 Büchern, die ihr Untersuchungsmaterial bilden, sind 39 Prozent deutsche, 31 Prozent amerikanische, 13 Prozent israelische, acht Prozent britische, fünf Prozent französische und drei Prozent andere (ein südamerikanischer und ein tschechischer Roman) Veröffentlichungen (vgl. ENGESSER 2003: 124). Der Vergleich konzentriert sich hauptsächlich auf Deutschland, Großbritannien und die USA, wobei Erkenntnisse der international vergleichenden Journalismusforschung als Anhaltspunkt herangezogen werden. Im Gegensatz zu Kleinsteuber (2000a, 2003) kommt sie zu dem Ergebnis, dass sich in den fiktionalen Texten nur wenige internationale Unterschiede finden lassen:

> »So ist bei der Anwendung von harten oder gar illegalen Recherchemethoden von einer größeren Zurückhaltung der deutschen Medienvertreter nichts zu spüren. Ebenso wenig werden die unterschiedlichen Rechtssysteme deutlich, das in Deutschland ganzheitliche und in Großbritannien

43 So führt er die bei den deutschen Autoren negativere Darstellung des Journalistenberufs darauf zurück, dass deren eigene idealistische Erwartungen an den Beruf nicht erfüllt wurden und sie den Roman benutzen, um »an den verlorenen Illusionen« (KLEINSTEUBER 2003: 267) Rache zu üben.

> und den USA arbeitsteilige Berufsverständnis und das daraus resultierende Maß an redaktioneller Kontrolle [...]. Anklänge an einen ›typisch deutschen‹ Journalismus finden sich in den *Spiegel*-Bestsellern nur in den Texten, die öffentlich-rechtliche Medienanstalten beschreiben« (ENGESSER 2005: 372, Hervorhebung im Original).

Internationale Besonderheiten zeigen sich allenfalls bei der Schilderung der Gesellschaftssphäre. In den Texten, deren Handlung in einem von staatlicher Kontrolle geprägten Mediensystem angelegt ist, wird vor allem die Einbindung der Medien in die staatliche Ideologie und die Unterdrückung der Medienfreiheit thematisiert. Spielt die Handlung in demokratischen Gesellschaftsordnungen, fokussieren die Autoren hingegen auf die Relevanz der Pressefreiheit sowie auf die Kritik- und Kontrollfunktion der Medien, wodurch diese häufig als Vierte Macht im Staate erscheinen (vgl. ebd.: 363). Unterschiede zwischen den einzelnen westlich-demokratischen Ländern lassen sich folglich auch in Hinblick auf die Gesellschaftssphäre nicht feststellen.

3.2.2.5 *Charakteristika der Autoren*

Die Analyse berücksichtigt zudem, ob die bisherigen Studien auf bestimmte Merkmale der Autoren fiktionaler Journalismusdarstellungen hinweisen. Dies ist in knapp über der Hälfte (n = 24) der 44 Beiträge der Fall. Während fast alle davon (n = 23) auf den journalistischen Hintergrund der Autoren aufmerksam machen, wird mitunter auch der literarische Rang der Autoren (bzw. ihrer Werke) thematisiert.

Die Relevanz der literarischen Qualität für das fiktionale Journalistenbild betont Lilienthal (1984a). Eine Differenzierung zwischen Kunst- und Trivialliteratur sei, auch wenn die Übergänge oftmals fließend sind, unabdingbar. Es habe sich gezeigt,

> »daß Kunstliteratur auf die *Negation des Vorfindlichen* aus ist. Übertragen auf den Journalismus in der Literatur heißt das: Von den authentischen Werken ist ein wesentlich kritischeres Verhältnis zur dominierenden Berufspraxis zu erwarten. Demgegenüber ist die Trivialliteratur auf die *Legitimation des Status quo* aus« (LILIENTHAL 1984a: 28; Hervorhebung im Original).

Die fehlende Unterscheidung von Kunst- und Trivialliteratur wirft Lilienthal der Analyse von Studnitz (1983) vor. Da es sich bei den von ihr untersuchten Texten vorwiegend um Trivialliteratur handele, sei es nicht überraschend, dass sie zu dem Ergebnis eines überaus positiven Journalistenbildes kommt (vgl. LILIENTHAL 1984a: 28).[44] Anstatt jedoch in seiner Untersuchung systematisch nach Unterschieden zwischen den beiden literarischen Formen zu suchen, teilt er seine Ausführungen in zwei Kapitel: Unter *Apologie der Praxis* (vgl. LILIENTHAL 1984a: 29ff.) und *Kritik der Praxis* (vgl. LILIENTHAL 1984b: 42ff.) werden Romane und Erzählungen angeführt, in denen er entweder eine Verteidigung des Status quo oder eine Kritik am Journalismus und dem Mediensystem sieht. Die dadurch implizite Zuordnung der Verfasser in den Bereich der Trivial- bzw. Kunstliteratur wird von Lilienthal nicht weiter kommentiert und erscheint etwas fragwürdig. Auch Harrison (1945c) und Berry (1970) nehmen eine Unterteilung in erst- und zweitklassige Autoren vor – ohne dies jedoch näher zu begründen. Die Erwartung von Berry (1970: 10), dass gerade hochkarätige Schriftsteller eine umfassende Analyse des Journalismus und des Pressewesens leisten würden, konnte nicht bestätigt werden. Zudem zeigen seine Ausführungen, dass durchaus auch »second and third level novelists« (BERRY 1970: 65) ein authentisches Bild des journalistischen Berufs vermitteln. Andere Beiträge (vgl. z. B. D'ESTER 1941: VIII; HOFMANN 1957: 3f.; BRENNEN 1993: 46) verweisen hingegen explizit darauf, dass bei der Auswahl des Untersuchungsmaterials die literarische Qualität der Werke keine Rolle gespielt habe. Im Zentrum des Interesses stehe, meist vor dem Hintergrund einer angenommenen Wirkung, das fiktional vermittelte Berufsbild – ästhetische und künstlerische Gesichtspunkte seien in diesem Falle sekundär.

Häufig wird der eigene journalistische Hintergrund der Autoren hervorgehoben. So finden sich Informationen wie z. B.: »[A]lle Autoren, die hier die Innenwelt der Medien beschreiben – ausgenommen nur Nicolas Born – sind Insider« (HOLTZ 1982: 268), »all write from first-hand experience as journalists« (BRENNEN 1993: 129), »often written by former or active reporters« (LUTES 2006: 104) oder »many [...] once worked as journalists« (GHIGLIONE 1990: 99). Da Journalisten und Schriftsteller die berufliche Tätigkeit des Schreibens verbindet und das Schreiben von Büchern nur in wenigen Fällen das finanzielle Einkommen sichern kann, sind Rollenüberlappungen zwischen den beiden Berufen keine neue Erscheinung.[45]

44 Für eine vorrangig negative Charakterisierung von Journalisten und Medien in der Kunstliteratur sprechen auch die Ergebnisse von Good (1987): In den Gedichten, die »distinguished American poets« (GOOD 1987: 2) zwischen den 1840er- und 1980er-Jahren geschrieben haben, überwiege eine stark negative Grundhaltung.

45 Um nur einige prominente Beispiele zu nennen sei auf Theodor Fontane, Heinrich Heine, Egon Erwin Kisch, Erich Kästner, Ernest Hemingway, Tom Wolfe, Daniel Defoe und Honoré de Balzac verwiesen.

Wenn diese ›Journalisten-Autoren‹ jedoch in ihren Büchern den Beruf thematisieren, den sie selbst aus eigener, teils langjähriger Erfahrung kennen, dann ist es naheliegend, dass schnell über ihre Beweggründe spekuliert wird. Ob sie mit ihren Werken nun Rache üben wollen (vgl. KLEINSTEUBER 2003: 236), die Literatur als »Zufluchtsort« (LILIENTHAL 1989: 134) begreifen oder einfach nur Spaß daran haben, sich einmal nicht an redaktionelle Deadlines, Zeilenbeschränkungen und Objektivität halten zu müssen, kann immer nur bezogen auf den konkreten Einzelfall entschieden werden. Eine pragmatische Erklärung für die Wahl des Journalisten-Motivs liefert Kleinsteuber:

> »Wer immer einen Roman mit glaubhaftem Inhalt schreibt, wird auch reale Bezüge herstellen, eigene, subjektive Erfahrungen einbringen müssen. [...] Schreiben Journalisten Romane – und das taten sie schon immer reichlich –, dann knüpfen sie um der Glaubwürdigkeit willen (aber auch der Arbeitsökonomie folgend) sehr häufig an das eigene, langjährig gelebte und erfahrene Milieu an: Die Ereignisse spielen im vertrauten Medienumfeld« (KLEINSTEUBER 2003: 228).

Insofern stellt sich auch die Frage nach dem Realitätsgehalt der fiktionalen Darstellungen. Wenn es sich bei den Autoren um journalistische Insider handelt, sei »davon auszugehen, daß sie eigene Erfahrungen und Erlebnisse verarbeiten und Vorbilder für ihre Romanfiguren haben. Dies vorausgesetzt, lassen sich dann vielleicht Rückschlüsse ziehen von der Fiktion der Romane auf die Realität« (HOLTZ 1982: 268). Diese Annahme wird dadurch verstärkt, dass eine Reihe von Beiträgen autobiografische Züge der fiktiven journalistischen Helden nachweisen konnte (vgl. z.B. GOOD 1986a: 13, 1986b: 19; BRENNEN 1993: 138; KLEINSTEUBER 2001: 222; ROSSIE 2009: 108).

3.2.3 *Schlussfolgerungen der Studien*

Abschließend ist von Interesse, welche Schlussfolgerungen die Autoren aus ihren Befunden ziehen. Wird das fiktionale Journalismusbild in Bezug zu den realen Gegebenheiten gesetzt und wenn ja, welche Gemeinsamkeiten bzw. Unterschiede werden konstatiert? Neben den Schlussfolgerungen hinsichtlich einer Reflexion bzw. Verzerrung der journalistischen Realität wurden die Studien auch daraufhin untersucht, ob sie den literarischen Darstellungen ein Wirkungspotenzial zuschreiben.

3.2.3.1 *Reflexion bzw. Verzerrung journalistischer Realität*

Zwei Drittel der Beiträge (n = 29) vergleichen das fiktionale Journalismusbild mit der Situation der Journalisten in der Realität. Dabei wird mitunter auf empirische Ergebnisse der deutschen und amerikanischen Journalismusforschung verwiesen. In den meisten Fällen wird eine Reflexion oder Verzerrung der realen Gegebenheiten jedoch konstatiert, ohne dass dafür Realitätsindikatoren angeführt werden.[46] In Bezug auf den Realitätsgehalt der literarischen Werke sind sich die Autoren der analysierten Studien ähnlich uneinig wie bei der Frage, ob das fiktionale Bild tendenziell positiv oder negativ ausfällt (vgl. Kapitel 3.2.2.2).

Von einer beachtlichen Realitätsnähe der 88 von ihm analysierten Romane spricht Harrison (1945a: 287, 1945b: 216): Die literarischen Werke aus der Zeit des 19. Jahrhunderts würden ziemlich genau die wesentlichen Entwicklungen des amerikanischen Journalismus skizzieren. Zu einem ähnlichen Ergebnis kommt Berry (1970). Selbst wenn er die allumfassende Analyse des Pressewesens in den Romanen vermisst, so räumt er doch ein: »Many novelists have handled quite competently various facets of the newspaper world, and several have drawn authentic and convincing newspapermen« (BERRY 1970: 155). Auch Brennen (1993: 104) hält als zentralen Befund fest, dass die von ihr untersuchten journalistischen Arbeitsbedingungen in den Romanen zwischen 1919 und 1938 sehr realistisch beschrieben werden. Zudem betont sie nachdrücklich, dass fiktionale Literatur zukünftig von der Wissenschaft als historisches Dokument akzeptiert und analysiert werden müsse.

Dass die Journalisten in den 50 amerikanischen Romanen vorwiegend als schäbige Charaktere gezeichnet werden, die jegliche ethischen Ansprüche vermissen lassen, führt Black (1994) nicht etwa auf eine Verzerrung der realen Situation zurück. Er macht hierfür vielmehr die realen Journalisten selbst verantwortlich: »If the ethical decisionmaking processes employed by the journalists of fiction appear convoluted, it may be because even in the real world the profession hasn't done a very good job of figuring these issues out« (BLACK 1994: 168).

Die Befunde von Born (1981) zeigen, dass sich der wandelnde gesellschaftliche Status von Frauen zwischen 1897 und 1977 auch in der fiktio-

46 Bei Analysen zum Bild des Journalisten in der Literatur vergangener Jahrhunderte ist dies zwangsläufig schwieriger, da nur wenige Anhaltspunkte (in Form von Dokumenten und anderen Quellen) vorhanden sind, die über die reale Situation des Journalisten zu dieser Zeit Aufschluss geben.

nalen Darstellung vollzieht. Im Vergleich zu den frühen Werken haben Frauen in den literarischen Werken der jüngeren Vergangenheit mehr und mehr im Journalismus Fuß gefasst. Dabei sind sie, wiederum analog zur Realität, jedoch vorwiegend auf den niedrigen Positionen in der Arbeitsplatzhierarchie vertreten (vgl. BORN 1981: 20).

Es ließe sich noch eine Reihe weiterer Beispiele anführen, die belegen, dass die literarischen Darstellungen die journalistische Realität widerspiegeln.[47] Dessen ungeachtet gibt es nahezu ebenso viele Hinweise, die für eine Verzerrung des realen Berufsbildes sprechen. Bereits 1910 beklagt McClure sehr allgemein, fast alle »stories and novels, dealing in some direct way with newspaper life [...] have failed to reveal the journalistic sphere in its true light« (MCCLURE 1910: 60). Es finden sich aber auch konkrete Belege, die Verzerrungen konstatieren – und diese durchaus auch in Studien, die grundsätzlich einen hohen Realitätsgehalt konstatieren.

Ein erstes Indiz für ein verzerrtes Bild sind die journalistischen Aspekte, die in den literarischen Werken keinen Widerhall finden. So z. B. wenn bemerkt wird, dass sich in den Werken des 19. Jahrhunderts keinerlei Informationen über den Aufstieg der international operierenden Nachrichtenagenturen oder die Entwicklung von Zeitungsketten finden lassen (vgl. HARRISON 1945b: 215), dass in den Romanen über Kriegsberichterstatter die Militärzensur nicht thematisiert wird (vgl. GOOD 1986b: 13), dass in 78 Texten amerikanischer Journalistenprosa kein einziges Mal das ›First Amendement‹ erwähnt wird (vgl. GOOD 1986a: 99) oder dass Aspekte wie die journalistische Ausbildung und die gewerkschaftliche Verankerung (vgl. PANNEN 1988: 33) in den literarischen Werken völlig ausgeklammert werden.

Berry (1970) kann zudem zeigen, dass der fiktive Journalist ausschließlich unter den Voraussetzungen des *personal journalism* beschrieben wird. In den späten 1920er-Jahren wurde der *personal journalism* in der Realität jedoch vom *group journalism* abgelöst. Die Zeitungen, die bis dahin von einzelnen Personen herausgegeben wurden, wandelten sich mehr und mehr zu großen Wirtschaftsunternehmen. Die Zahl der journalistischen Mitarbeiter wuchs, Redaktionskonferenzen wurden eingeführt und Entscheidungen wurden ab diesem Zeitpunkt kaum mehr von Einzelnen, sondern kollektiv gefällt. Von diesem Strukturwandel ist in den Romanen jedoch nichts zu

47 Parallelen zur Realität machen auch Studnitz (1983), Pannen (1989) und Engesser (2005) deutlich. Letztere zieht nach ihrer Analyse folgendes Fazit: »Der typische fiktionale Journalist gleicht dem typischen realen Journalisten in vielem« (ENGESSER 2005: 366). Anschließend verweist sie aber auch auf wesentliche Unterschiede zwischen Realität und Fiktion.

bemerken: Der Journalist wird weiterhin vor dem Hintergrund des *personal journalism* beschrieben und erscheint losgelöst vom Redaktionsalltag der Realität (vgl. BERRY 1970: 132f.).

Auch Engesser (2005) verweist auf verzerrte Aspekte der journalistischen Realität. Ihre Analyse ergibt, dass die Tätigkeiten der fiktiven Journalisten kaum mit dem realen Berufsalltag übereinstimmen. Die journalistischen Helden sind vorwiegend mit Recherchearbeiten und dem Verfassen von Beiträgen beschäftigt – von den im realen Journalismus viel Zeit beanspruchenden organisatorischen Tätigkeiten scheinen sie verschont zu bleiben (vgl. ENGESSER 2005: 365). Damit zusammenhängend wird der journalistische Beruf in den Bestsellern hauptsächlich als spannende, abwechslungsreiche, teilweise sogar gefährliche Tätigkeit beschrieben. Langeweile durch Routinearbeiten gibt es in der Fiktion nicht. Ähnlich wie Berry (1970) konstatiert sie, dass die fiktiven Journalisten – selbst wenn redaktionelle Zwänge beschrieben werden – »doch deutlich autonomer als ihre realen Kollegen« (ENGESSER 2005: 373) sind.

Verzerrungen hinsichtlich der soziodemografischen Merkmale bemängeln z. B. Langner-Burns (1989) und Pannen (1988): In den untersuchten amerikanischen Bestsellern und filmischen Kassenschlagern trete kein einziger Journalist auf, der einer Minderheitengruppe angehört (vgl. LANGNER-BURNS 1989: 185). Ebenso verzerrt sei das fiktionale Geschlechterverhältnis, das mit einem Männeranteil von 86 Prozent weit über dem realen Anteil liege (vgl. PANNEN 1988: 31).

3.2.3.2 *Wirkungspotenzial fiktionaler Journalismusdarstellungen*

Dass fiktionale Inhalte die Einstellungen und Realitätsvorstellungen der Bevölkerung prägen, konnte bereits verdeutlicht werden (vgl. Kapitel 2.2). In etwa der Hälfte der Studien (n = 20) wird das Wirkungspotenzial der fiktionalen Darstellungen angesprochen. Alle Äußerungen, die sich in diesem Zusammenhang finden lassen, zielen auf eine starke Wirkung der literarischen Journalismusdarstellungen. So resümiert Studnitz (2003) in einer Zusammenfassung der Ergebnisse ihrer Dissertation: »Der Einfluss fiktiver Berufsbilder auf die Realität ist beträchtlich« (STUDNITZ 2003: 84). Hervorgehoben wird auch, dass es dabei nicht darauf ankomme, ob die vermittelten Bilder richtig oder falsch seien: »What matters is that these images are very real in the public mind« (SALTZMAN 2005: 41).

Detaillierte Ausführungen oder gar Verweise auf empirische Befunde sucht man meist jedoch vergeblich. Mehrfach angesprochen werden die mangelnden realen Vergleichsmöglichkeiten, die eine Wirkung der fiktionalen Journalismusbilder begünstigen:

> »Denn das Volk hat nicht die Möglichkeit, den Journalisten an seinem Arbeitsplatz kennenzulernen. Und es nimmt als bare Münze, was ihm Schriftsteller und Literaten vorsetzen. Mit der fortschreitenden Popularisierung des Journalisten in der Literatur auf der einen Seite und der Denkfaulheit und Kritikunfähigkeit der Massen auf der andern, wächst diese Gefahr« (HOFMANN 1957: 9).

In allen anderen Beiträgen wird die Bevölkerung zwar nicht in einem derart negativen und passiven Licht gesehen, gleichwohl aber artikuliert, dass die fehlenden realen Erfahrungen die Wirkung der fiktionalen Inhalte begünstigen (vgl. z. B. D'ESTER 1941: 8; MCKEEN 1980: 77; BLACK 1994: 151).

Andere Autoren heben den Einfluss fiktionaler Werke auf die Berufsentscheidung hervor. Dabei handelt es sich jedoch ausschließlich um anekdotische Beispiele. Ebenso wie zum Einfluss auf die Vorstellungen in der Bevölkerung gibt es auch hier keine gesicherten empirischen Befunde. Drei Autoren verweisen auf verschiedene prominente Journalisten, die bekennen, dass einzelne fiktive Charaktere bzw. Filme und Romane allgemein ihr Interesse am Journalismus geweckt haben (vgl. GOOD 1986a: 90f.; GHIGLIONE 1990: 8f.; LUTES 2006: 102). Darunter sind Jack London, Ernest Hemingway, Tom Wolfe und der *Washington-Post*-Editor Ben Bradlee. Dass Journalisten durch fiktionale Werke zu diesem Beruf inspiriert wurden, ist eine Möglichkeit. Langner-Burns (1989: 187) beschreibt den gegenteiligen Effekt: Sie führt den geringen Anteil an schwarzafrikanischen, hispanischen und asiatischen Studienanfängern auf die fiktionalen Berufsbilder zurück. Da die Journalistenrollen in Filmen und Romanen stets von weißen Amerikanern besetzt werden, sei es nicht verwunderlich, dass sich Minoritäten vergleichsweise selten für diesen Beruf entschieden.

Eine Rückwirkung der fiktionalen Inhalte auf den Journalismus selbst, also auf die objektive, journalistische Realität (vgl. Kapitel 2.1), behauptet Lilienthal (1984c): Dadurch, dass die Romane ein negatives Bild der journalistischen Profession präsentieren und »dieses Bild von Berufsfremden, die immer auch betroffene Rezipienten sind, rezipiert wird, etablieren die literarischen Texte für den Journalismus einen verschärften Legitimationszwang« (LILIENTHAL 1984c: 67).

3.3 Zusammenfassung und Forschungsdesiderate

Die Analyse des Forschungsstandes macht zunächst die Heterogenität der Beiträge zum literarischen Journalismusbild deutlich. Unter den 44 analysierten Studien befinden sich überblicksartige Beschreibungen und Interpretationen einschlägiger Werke sowie Beiträge aus verschiedenen Forschungsdisziplinen (wie z. B. der Literatur-, Kultur- und Kommunikationswissenschaft). Trotz der beträchtlichen Anzahl an Veröffentlichungen mangelt es insgesamt an systematischen und intersubjektiv nachvollziehbaren Befunden. Entsprechend weisen verschiedene Autoren noch auf dringenden Forschungsbedarf hin und zählen die fiktionalen Journalismusdarstellungen »zu den ungehobenen Schätzen der Journalismusforschung« (WEISCHENBERG 1995: 391; vgl. auch SALTZMAN 2005: 6).

In ihrer Gesamtheit ermöglichen die zitierten Studien einen Überblick über einen sehr breiten Zeitraum. Selbst wenn der Schwerpunkt der Analysen auf Werken der jüngeren Vergangenheit liegt, so wurde doch auch die Literatur aus vergangenen Jahrhunderten mehrfach berücksichtigt. Die Befunde zur Darstellung der journalistischen Profession in der Literatur früherer Epochen sind vor allem deshalb interessant, weil für diese Zeit nur wenige historische Dokumente über den Journalistenberuf vorliegen.

Die Ergebnisse zum fiktionalen Journalismusbild weichen zum Teil stark voneinander ab. Dies ist in erster Linie durch die unterschiedlichen Untersuchungszeiträume, die Auswahl der analysierten literarischen Werke und die inhaltliche Schwerpunktsetzung der Beiträge bedingt. Auch die widersprüchlichen Ergebnisse bei der Bewertung des fiktionalen Journalismusbildes lassen sich zumindest teilweise dadurch erklären. Die Mehrheit der bisherigen Arbeiten konstatiert ein negatives Bild; einige differenziertere und systematische Studien weisen allerdings in die Richtung einer tendenziell positiven Charakterisierung – zumindest was die journalistischen Hauptfiguren anbelangt.

Viele Studien belegen, dass die fiktionalen Darstellungen Aspekte der journalistischen Realität widerspiegeln. Betrachtet man die zur Untermauerung herangezogenen Beispiele, so erhärtet sich der Verdacht, dass die literarischen Werke in erster Linie die Rahmenbedingungen des Journalismus reflektieren. Parallelen zwischen den fiktiven und realen journalistischen Akteuren werden vergleichsweise selten beschrieben. Umso häufiger kommen die Studien zu dem Schluss, dass die fiktiven Akteure ein Zerrbild ihrer realen Berufsgenossen wären.

Die Befunde der Analyse lassen zusammenfassend fünf Mängel bzw. Forschungslücken erkennen:

Erstens finden sich viele Untersuchungen und Beiträge, die auf einer nicht nachvollziehbaren Auswahl fiktionaler Werke beruhen. Häufig wird die Wahl der behandelten Werke nicht einmal thematisiert und hinterlässt somit den Eindruck von Beliebigkeit. Stattdessen werden Thesen formuliert oder Journalistentypen eingeführt und diese anschließend mit exemplarischen Textauszügen belegt. Die Befunde dieser Studien sind daher kaum generalisierbar und erschweren die Vergleichbarkeit mit anderen Ergebnissen. Empirische Untersuchungen, die eine systematische Herangehensweise verfolgen, sind demgegenüber äußerst selten. Dies erschwert belastbare Aussagen zum literarischen Journalismusbild, die angesichts des Wirkungspotenzials fiktionaler Medieninhalte (vgl. Kapitel 2.2) jedoch wünschenswert wären.

Zweitens fällt auf, dass viele Untersuchungen nicht nach der Art der fiktionalen Angebote differenzieren. So wird das fiktionale Journalismusbild in unterschiedlichen Medien, wie z. B. in Film und Literatur, gemeinsam behandelt (vgl. z. B. STUDNITZ 1983; GHIGLIONE 1990; SALTZMAN 2003, 2005). Aber auch die Analyse verschiedener literarischer Formen ist problematisch. Die von Engesser (2005) analysierten 73 Texte verteilen sich beispielsweise auf die Gattungen Roman, Satire, Erzählung und Novelle. Damit gehen zwangsläufig extreme Unterschiede in Bezug auf den Umfang der analysierten Texte einher: dieser bewegt sich zwischen sieben Worten und rund 1000 Seiten (vgl. ENGESSER 2005: 111) und resultiert zwangsläufig in einem stark unterschiedlichen Informationsgehalt. Ungeklärt bleibt zudem, ob die Verschiedenartigkeit der Gattungen Konsequenzen für das konstruierte Journalismusbild mit sich bringt – und wenn ja, um welche es sich dabei konkret handelt (vgl. BLÖBAUM 2007: 248).

Drittens erscheint es problematisch, dass der Begriff ›Journalismus‹ in den vorliegenden Studien sehr weit gefasst ist. Nur in vier Untersuchungen wird definiert, welche Akteure des Mediensystems darunter subsumiert werden. Außerdem werden im Regelfall Journalisten aus verschiedenen Medientypen (z. B. aus Zeitungen, Zeitschriften, Hörfunk und Fernsehen) zusammenfassend untersucht. Eine Eingrenzung in Bezug auf die Medien, für die die fiktiven Journalisten arbeiten, resultiert allenfalls bedingt durch den Untersuchungszeitraum.[48] Da sich die Tätigkeitsbereiche und

48 Vgl. hierzu die Analysen, die literarische Werke aus Zeiträumen untersuchen, in denen die Printmedien noch keine Konkurrenz durch andere Medien hatten. Bei den literarischen Wer-

Anforderungen zwischen den einzelnen Medien jedoch zum Teil erheblich unterscheiden,[49] ist gerade bei der Analyse literarischer Werke aus den letzten Jahrzehnten eine stärkere Differenzierung sinnvoll.

Viertens untersuchen viele Studien lediglich einen Ausschnitt des journalistischen Systems. Entweder sie beschränken sich auf klar abgegrenzte Teilaspekte oder sie fokussieren auf die journalistischen Akteure – ohne dabei die für deren Arbeit relevanten und prägenden medialen Rahmenbedingungen einzubeziehen. Engesser (2005) hat mit ihrer Studie den ersten Schritt gemacht, die fiktiven Journalisten ebenso wie die auf sie wirkenden Einflussfaktoren zu untersuchen. Da sich bei der Bewertung des Journalisten gezeigt hat, dass nicht immer zwischen dem Journalisten als individuellem Akteur und dem journalistischen System in seiner Gesamtheit unterschieden wird, sind Analysen, die beide Bereiche gleichermaßen einbeziehen, dringend notwendig.

Fünftens zeigt sich ein Mangel an international vergleichenden Studien (vgl. auch EHRLICH 2009: 9). Auch wenn einige Untersuchungen Werke aus verschiedenen Ländern heranziehen, wird ein Vergleich nur in den seltensten Fällen durchgeführt. Aufgrund der nationalen Unterschiede zwischen den Medien- und Journalismussystemen können derartige Analysen jedoch besonders gut Aufschluss über die Reflexion journalistischer Realität in den fiktionalen Werken geben. Problematisch für die Aussagekraft eines internationalen Vergleichs ist es zudem, wenn zwar Werke verschiedener Länder einbezogen werden, dabei jedoch stark voneinander abweichende Fallzahlen zugrunde liegen (vgl. z. B. das Untersuchungsmaterial von ENGESSER 2005: 124).

Bei der Konzeption und Zielsetzung der eigenen empirischen Analyse gilt es, die beschriebenen Mängel und Desiderate des bisherigen Forschungsstandes zu berücksichtigen. Die Analyse soll in erster Linie einen Beitrag leisten, die Forschungslücke, die vor allem bezüglich eines systematischen internationalen Vergleichs besteht, zu schließen. Um belastbare und verallgemeinerbare Aussagen über das fiktionale Bild des Journalismus treffen zu können, wird ein quantitativ ausgerichteter Zwei-

ken der jüngeren Vergangenheit behandelt einzig Ghiglione (1990: 149ff.) bei seiner Typenbildung zumindest den TV-Journalisten gesondert.

49 Die Unterschiede ergeben sich zum einen aus der jeweiligen ›Medienlogik‹, die für das Fernsehen Bildmaterial unabdingbar macht. Auch die unterschiedliche Breitenwirkung (mit den Eckpolen [inter]nationale und lokale Medien) lässt Unterschiede im Arbeitsalltag und Berufsverständnis vermuten.

Länder-Vergleich zwischen Deutschland und den USA unternommen. Die Analyse beschränkt sich in der Auswahl des Untersuchungsmaterials auf die literarische Gattung des Romans und zudem auf die Darstellung des Fernsehjournalismus. Dadurch ist eine Vergleichbarkeit der Ergebnisse gewährleistet (vgl. auch Kapitel 6). Da sich das Fernsehsystem der USA erheblich vom deutschen Fernsehsystem unterscheidet und die Studien aus der Journalismusforschung außerdem auf diverse Unterschiede zwischen den journalistischen Akteuren der beiden Länder hinweisen (vgl. das folgende Kapitel 4), ist zu vermuten, dass sich gerade durch einen deutsch-amerikanischen Vergleich ein Erkenntnisgewinn ergibt.

4. FERNSEHEN UND JOURNALISMUS IN DEN USA UND IN DEUTSCHLAND

Die Analyse der fiktionalen Darstellung des Fernsehjournalismus in US-amerikanischen und deutschen Romanen setzt Kenntnisse über die reale Situation voraus. Um Aussagen über den Realitätsgehalt der literarischen Werke machen zu können und eine reflektierende bzw. verzerrende Darstellung festzustellen, sind vorab die Charakteristika der journalistischen Realität zu klären.

Die Ziele und Arbeitsroutinen der Journalisten sowie der Medien-Output werden weitgehend von den Strukturen und Rahmenbedingungen des jeweiligen Mediensystems bestimmt. Dieses Kapitel beleuchtet daher zunächst die Entwicklung und die Merkmale der Fernsehsysteme beider Länder (Kapitel 4.1). Anschließend stehen der Journalismus und die journalistischen Akteure im Vordergrund (Kapitel 4.2). In einem letzten Abschnitt erfolgt eine zusammenfassende Gegenüberstellung der Gemeinsamkeiten und Unterschiede, die hinsichtlich der Fernsehsysteme und des Journalismus zwischen den USA und Deutschland bestehen (Kapitel 4.3). Die nachfolgenden Ausführungen beschränken sich auf die wesentlichen Besonderheiten in den beiden Ländern – detailliertere Befunde werden beim Vergleich des fiktionalen Journalismusbildes mit der Realität herangezogen (vgl. Kapitel 7.4).

4.1 Das US-amerikanische und das deutsche Fernsehsystem

Sowohl in Deutschland als auch in den USA sind die Fernsehsysteme maßgeblich durch ihre historische Entwicklung geprägt und in Abhängigkeit von den jeweiligen politischen und gesellschaftlichen Verhältnissen in den Ländern gewachsen. Ein erster Abschnitt zeichnet daher die Hauptentwicklungslinien nach, die zur Herausbildung der Strukturen des US-amerikanischen und des deutschen Fernsehsystems geführt haben. Nachvollzogen werden die Anfänge des Fernsehens in den beiden Ländern sowie die Weiterentwicklung und Ausdifferenzierung des Rundfunks. Zu erläutern ist dabei die in den Ländern unterschiedlich ausgefallene und für die Rundfunkentwicklung prägende Entscheidung zwischen den Alternativen einer privat-kommerziellen und einer öffentlich-rechtlichen Organisationsform (Kapitel 4.1.1). In einem zweiten Abschnitt werden die nationalen Besonderheiten der Fernsehsysteme vertieft. Von wesentlicher Bedeutung sind hier die rechtlich verankerten Regulierungsmaßnahmen sowie die Finanzierungsformen der Fernsehsender, aus denen sich auch Einflüsse auf die Programmgestaltung ergeben (Kapitel 4.1.2).

4.1.1 *Entwicklung und Strukturen*

Die USA nehmen bei der Entwicklung und Verbreitung des Fernsehens eine Vorreiterrolle im internationalen Vergleich ein. Bereits in den 1920er-Jahren fanden dort die ersten Fernsehexperimente statt. Ab 1939 wurden regelmäßig öffentliche Testsendungen ausgestrahlt und 1941 schließlich die ersten Fernsehstationen lizenziert (vgl. z.B. BACHEM 1997: 19ff.; KLEINSTEUBER 2009: 1215). Zunächst verzögert durch den Zweiten Weltkrieg, begann ab 1946 eine rasante Ausbreitung des neuen Mediums.[50] Das US-amerikanische Fernsehsystem ist dabei – ebenso wie das Radiosystem – von Anfang an durch eine privatwirtschaftliche und kommerzielle Grundorientierung geprägt und zeichnet sich durch eine weitgehende Staatsferne aus (vgl. auch Kapitel 4.1.2).

Die frühe Geschichte des US-amerikanischen Fernsehens ist von der Vormachtstellung der drei großen Networks ABC, CBS und NBC bestimmt. Diesen überregionalen Programmgesellschaften war es in den Anfängen erlaubt, sieben eigene Fernsehstationen zu besitzen (›Owned and Operated Stations‹). Die Networks bauten ihren Einfluss aus, indem sie über die Zulieferung ihrer Programme weitere Sender an sich banden. Dabei

50 Die schnelle Verbreitung verdeutlich der Absatz von Fernsehgeräten: Während 1946 lediglich 0,02 Prozent der amerikanischen Haushalte einen Fernseher hatten, waren es 1950 bereits neun Prozent und 1955 schließlich 78 Prozent (vgl. BROWN 1995: 265f.).

wird das von den Networks zentral produzierte Programm inklusive der Werbeeinblendungen von den angeschlossenen lokalen Fernsehstationen, den ›Affiliates‹, übernommen. Die Affiliates selbst füllen lediglich einige Programmstunden mit eigenen Beiträgen wie z.B. mit Lokalnachrichten und lokaler Werbung. Diese Kooperation hat Vorteile für beide Seiten: Die lokalen Stationen profitieren von den massenattraktiven und quotenstarken Programmen der Networks und diese können ihr Programm bzw. die darin eingebettete Werbung in allen Teilen des Landes ausstrahlen. Die privatkommerzielle Struktur des US-amerikanischen Fernsehens entwickelte sich folglich durch das Zusammenspiel zweier Organisationsebenen: den wenigen großen nationalen Network-Gesellschaften und einer Vielzahl lokaler Fernsehstationen (vgl. z.B. COMSTOCK 1991: 29ff.; WENTZEL 2002: 200).

In Deutschland war der Rundfunk bis zum Ende des Zweiten Weltkriegs durch staatliche Monopolisierung, Zensur und Missbrauch geprägt. Das Fernsehen spielte in dieser Zeit gegenüber dem Hörfunk noch keine nennenswerte Rolle[51] und so wurden die grundlegenden Strukturen für das deutsche Fernsehsystem erst nach 1945 gelegt. Maßgebend hierfür war die Medienpolitik der alliierten Besatzungsmächte. Vor dem Hintergrund der Erfahrungen mit dem zentral organisierten und zu Propagandazwecken manipulierten Rundfunk im Nationalsozialismus bestand das primäre Ziel darin, ein staatsfernes, demokratisches und pluralistisches Rundfunksystem zu entwickeln. Etabliert wurde ein öffentlich-rechtlich strukturiertes System, das dezentral auf regionalen Sendeanstalten basiert, um dadurch weniger anfällig für eine zentrale Kontrolle zu sein. Eine privatwirtschaftlich-kommerzielle Struktur, wie sie die amerikanische Besatzungsmacht zunächst favorisierte, ließ sich allein aufgrund der wirtschaftlichen Situation nach dem Krieg nicht umsetzen. In den Jahren 1948 und 1949 entstanden in den westlichen Besatzungszonen somit die einzelnen Landesrundfunkanstalten,[52] die sich 1950 zur »Arbeitsgemeinschaft der öffentlich-rechtlichen Rundfunkanstalten der Bundesrepublik Deutschland« (ARD) zusammenschlossen (zur Rundfunkpolitik der Alliierten vgl. ausführlicher z.B. STUIBER 1998: 184ff.; KUTSCH 1999).

51 Die Anfänge des deutschen Fernsehens datieren in die Zeit des Nationalsozialismus zurück. Unter Hitler fanden die ersten Fernsehversuche statt und die Olympischen Spiele in Berlin im Jahre 1936 wurden durch einzelne Live-Übertragungen in sogenannte öffentliche ›Fernsehstuben‹ begleitet (vgl. z.B. DUSSEL 2004: 119ff.; vgl. auch DILLER 1980).

52 In der amerikanischen Zone der BAYERISCHE RUNDFUNK (BR), HESSISCHE RUNDFUNK (HR), SÜDDEUTSCHE RUNDFUNK (SR) und RADIO BREMEN (RB), in der britischen Zone der NORDWESTDEUTSCHE RUNDFUNK (NWDR) und in der französischen Zone der SÜDWESTFUNK (SWF).

In den Nachkriegsjahren war der Rundfunkbereich noch vom Hörfunk dominiert. Der NWDR experimentierte jedoch schon bald mit dem Fernsehen und strahlte ab dem 25. Dezember 1952 ein regionales Fernsehprogramm aus. Darauf folgend war das erste große Ziel der föderalen Landesrundfunkanstalten die Entwicklung eines gemeinsamen deutschen Fernsehprogramms. In ihren Vorstellungen von der Fernsehgestaltung grenzten sich die Verantwortlichen jedoch deutlich von der amerikanischen Situation ab: NWDR-Intendant Werner Pleister erklärte im *Spiegel*, Deutschland dürfe »das amerikanische Beispiel nicht nachahmen: nämlich von morgens bis abends pausenlos zu senden; sondern [...] ein Zweistunden-Programm abends muß gestaltet werden« (PLEISTER 1953, zitiert nach BLEICHER 1998: 73). Die Landesrundfunkanstalten schlossen 1953 den ›Fernsehvertrag‹ und am 1. November 1954 ist schließlich der Programmstart des ERSTEN DEUTSCHEN FERNSEHENS zu verzeichnen (vgl. z. B. BAUSCH 1980: 239ff.; STUIBER 1998: 214ff.).[53]

In den USA hat sich das Fernsehen also zum einen früher entwickelt und ausgebreitet als in Deutschland. Zum anderen unterscheiden sich die anfänglichen Organisationsformen des Fernsehsystems zwischen den beiden Ländern eklatant. In den Folgejahren kam es jedoch zu einigen Ausdifferenzierungen und Veränderungen, durch die sich leichte Angleichungstendenzen zwischen den beiden Ländern ergeben.

Die drei großen Programmgesellschaften ABC, NBC und CBS, die den US-amerikanischen Fernsehmarkt bis in die 1980er-Jahre klar dominierten, bekamen im Laufe der Zeit zunehmend Konkurrenz. Bereits Ende der 1940er-Jahre begann sich in den USA das Kabelfernsehen zu entwickeln. Anfangs wurde die Kabeltechnik ausschließlich als Distributionsmedium eingesetzt, um schwer erreichbare Gegenden mit dem neuen Medium zu versorgen. In den 1970er-Jahren wurde jedoch damit begonnen, eigens für das Kabelfernsehen Programme herzustellen und in der Folgezeit stiegen die Nutzungsraten in der Bevölkerung kontinuierlich an.[54] Neben den affiliierten Fernsehstationen haben sich in den 1970er- und 1980er-Jahren aufgrund weiterer Lizenzvergaben die ›Independent Stations‹ formiert.

53 Aufgrund der vergleichsweise hohen Kosten für die Fernsehgeräte breitete sich das Fernsehen nicht so rasant aus wie in den USA: Zum Programmstart 1954 ließen sich 80000 Fernsehhaushalte verzeichnen, 1963 waren es 7,2 Millionen (ca. 45%) und 1970 mit über 16 Millionen schließlich 84 Prozent der Haushalte (vgl. BUSS/DARSCHIN 2004: 15).

54 Für einen ausführlichen Überblick über die Entwicklung und die Charakteristika des US-amerikanischen Kabelfernsehens vgl. Parsons (2008).

Da auf den meisten lokalen Märkten bereits drei Fernsehstationen vorhanden und mit je einem der Networks verbunden waren, konnten sich die neuen Stationen keinem Sendeverbund anschließen. Das Programm der ›Independents‹ besteht daher meist aus Wiederholungen alter Network-Sendungen – oder sie sind als Special-Interest-Programme auf klar eingegrenzte Zielgruppen wie z. B. die spanisch-sprechende Bevölkerung ausgerichtet (vgl. z. B. COMSTOCK 1991; GRIMES 2009). Eine weitere Veränderung trat Mitte der 1980er-Jahre ein, als sich mit FOX-TV ein viertes Network auf dem Markt etablieren konnte. Dem neuen Network, das von dem australischen Medieneigentümer Rupert Murdoch gegründet wurde, gelang es, über 100 der Independent Stations als Affiliates an sich zu binden und sich erfolgreich auf dem Fernsehmarkt zu positionieren (vgl. z. B. BACHEM 1995: 44ff.). Aufgrund der zunehmenden Konkurrenz im Zeitverlauf sank der Prime-time-Marktanteil von ABC, NBC und CBS von 90 Prozent im Jahr 1980 auf 73 Prozent im Jahr 1987. Auch in den Folgejahren setzte sich dieser Trend fort, sodass die ehemals ›Großen Drei‹ im Jahr 2005 nur noch über einen Marktanteil von 32 Prozent verfügten (vgl. z. B. FOLKERTS/TEETER/CAUDILL 2009: 494).

Neben den kommerziellen Sendern gibt es mit dem ›Public Broadcasting Service‹ seit 1967 auch ein öffentliches, nicht kommerzielles Fernsehnetz in den USA. Die dort zusammengeschlossenen Sender, die hauptsächlich von Universitäten, Stiftungen oder Gemeinden getragen werden, spielen in der US-amerikanischen Fernsehlandschaft jedoch nur eine marginale Rolle: Im Jahr 2000 standen den 1243 kommerziellen Fernsehstationen in den USA zwar immerhin 373 ›Public Television Stations‹ gegenüber (vgl. STERLING/KITTROSS 2002: 828), seit seinen Anfängen erreicht das Public Television allerdings lediglich etwa drei Prozent der Einschaltquoten (vgl. z. B. KLEINSTEUBER/MÜLLER 1985; ATKINSON/RABOY 1997; NOAM/WALTERMANN 1998).

Auch das deutsche Fernsehsystem hat sich im Zeitverlauf stark weiterentwickelt und ausdifferenziert. Bis Anfang der 1960er-Jahre hatte die ARD mit dem ERSTEN DEUTSCHEN FERNSEHEN eine Monopolstellung inne. In den folgenden Jahren kamen weitere öffentlich-rechtliche Sender hinzu, wobei mit dem ZDF seit 1963 ein zweites bundesweites Fernsehprogramm ausgestrahlt wird.[55] Die Landesrundfunkanstalten der ARD begannen au-

55 Zur Vorgeschichte der Gründung des ZDF (›Adenauer-Kontroverse‹ und Erstes Rundfunkurteil des Bundesverfassungsgerichts) vgl. z. B. Bausch (1980): 305ff.; Stuiber (1998): 217ff.

ßerdem, eigene Fernsehprogramme zu senden, deren Fokus auf regionalen Aspekten, Bildung und Information lag. Vorreiter unter diesen ›Dritten‹ Programmen war der BAYERISCHE RUNDFUNK, der im Jahr 1964 mit dem BAYERISCHEN FERNSEHEN als erster auf Sendung ging (vgl. z. B. STUIBER 1998: 228ff.). Neben der steigenden Programmanzahl fand ab den 1970er-Jahren auch eine Ausweitung der Sendezeiten statt. In den späteren Abendstunden wurden Wiederholungen des Tagesprogramms gesendet und 1981 starteten ARD und ZDF ein gemeinsames Vormittagsprogramm (vgl. z. B. BUSS/DARSCHIN 2004: 20).

Die öffentlich-rechtliche Senderstruktur, mit im Regelfall drei empfangbaren deutschen Fernsehprogrammen in jedem Bundesland, blieb bis Mitte der 1980er-Jahre erhalten. 1984 kam es schließlich zu einer einschneidenden Veränderung: Der Rundfunksektor wurde für die Privatwirtschaft geöffnet und mit PKS (heute: SAT.1) und RTLPLUS (heute: RTL) gingen 1985 die ersten privat-kommerziellen Fernsehsender auf Sendung.[56] Das daraus resultierende Duale System wird seitdem von den beiden Säulen des öffentlich-rechtlichen und des privat-kommerziellen Rundfunks getragen.

Die nächsten beiden Jahrzehnte sind durch einen beständigen Anstieg der Sendervielfalt und eine fortschreitende Ausdifferenzierung des deutschen Fernsehmarktes gekennzeichnet. Sowohl bei den privat-kommerziellen als auch bei den öffentlich-rechtlichen Sendern erweiterte sich die Zahl der Kanäle, die zudem eine immer stärkere inhaltliche Spezialisierung aufweisen. So entstanden diverse Spartenkanäle wie z. B. PHOENIX, NTV oder der KINDERKANAL. Durch die Digitalisierung nehmen das Wachstum und die Ausdifferenzierung der Senderlandschaft sowohl in Deutschland als auch in den USA zudem stetig weiter zu (vgl. z. B. PLAKE 2004: 342ff.; BEISCH/ENGEL 2006).

Insgesamt ist auch in Deutschland der in den USA von Beginn an zu verzeichnende Trend zur Kommerzialisierung des Rundfunks zum prägenden Strukturelement avanciert. Es hat folglich tendenziell eine Angleichung des deutschen Rundfunksystems an das US-amerikanische stattgefunden, wenngleich die noch immer starke Position des öffentlich-rechtlichen Rundfunks in Deutschland einen wesentlichen Unterschied darstellt. So sind die jährlichen Marktanteile der öffentlich-rechtlichen Sender seit

56 Für einen Überblick über den Weg zum Dualen System und die medienpolitischen Hintergründe vgl. z. B. Diller (1997); Eifert und Hoffmann-Riem (1999); Schwarzkopf (1999) und Steinmetz (1999).

Einführung des Dualen Systems bislang nicht unter 40 Prozent gesunken (vgl. KEK 2010), während die Public Television Stations in den USA mit etwa drei Prozent fast gar nicht ins Gewicht fallen.

4.1.2 *Regulierung, Finanzierung und Programm*

Die Unterschiede in den Fernsehsystemen von Deutschland und den USA beruhen zu großen Teilen auf den unterschiedlichen Interpretationen des Rundfunks als Wirtschafts- bzw. Kulturgut. Daraus ergeben sich divergierende und verfassungsrechtlich gestützte Vorstellungen über das Maß unternehmerischer Freiheit und über die gesellschaftlichen Aufgaben des Mediums. Aus den Verfassungen und den gesetzlichen Vorgaben resultieren deutliche Unterschiede hinsichtlich der Regulierung des Rundfunkmarktes, der Finanzierungsformen und der Programmgestaltung.

Maßgeblich für die US-amerikanische Medienpolitik ist die im ›First Amendment‹, dem ersten Zusatzartikel der amerikanischen Verfassung von 1791, gewährleistete Presse- und Meinungsfreiheit:

> »*Congress shall make no law* respecting an establishment of religion, or prohibiting the free exercise thereof; or *abridging the freedom of speech, or of the press*; or the right of the public peaceably to assemble, and to petition the government for a redress of grievances« (Hervorhebung durch d. Verf.).

Die Presse- und Rundfunkfreiheit wird in den USA folglich in erster Linie als subjektives Abwehrrecht, also als Schutz des Einzelnen gegenüber dem Staat, verstanden. Das Fernsehen wird daher grundsätzlich der Selbstorganisation durch den freien Markt überlassen, während staatliche Regulierungsmaßnahmen die Ausnahme darstellen. Wesentliche Bedeutung bei der Auslegung der Verfassung kommt der Rechtsprechung des ›Supreme Courts‹ zu. Aus der Tatsache, dass die für den Rundfunk benötigten Frequenzen nicht unbeschränkt zur Verfügung stehen, schlussfolgerte der Oberste Gerichtshof, dass eine eingeschränkte Regulierung des Rundfunks im Gegensatz zur Presse verfassungsgemäß sei (vgl. z. B. HOFFMANN-RIEM 1996: 15ff.; KÜHN 2003: 235ff.).

Die Regulierung und Kontrolle fällt in den Aufgabenbereich der 1934 gegründeten ›Federal Communications Commission‹ (FCC), die als eine dem Kongress unterstellte Bundesbehörde mit quasi-legislativen, quasi-exekutiven und quasi-judikativen Aufgaben ausgestattet ist (vgl. z. B. KLEINSTEUBER 1996; BENSMAN 1998; GRABER 2002; KÜHN 2003). Die Hauptaufgabe der FCC liegt in der Vergabe und Erneuerung der Lizenzen, die anhand der Kriterien von ›public convenience, interest and necessity‹ vergeben werden sollen (vgl. COMMUNICATIONS ACT 1934; KLEINSTEUBER 2009: 1216). Des Weiteren kann sie Verordnungen erlassen und rechtlich verbindliche Entscheidungen in Streitfragen treffen.[57] Die FCC ist in ihrer Regulierungsphilosophie ganz dem Modell des Außenpluralismus verpflichtet und geht von der Annahme aus, dass allein eine Vielzahl unabhängiger und konkurrierender Anbieter unterschiedliche Programmangebote bereitstellen kann. Daher ist die Lizenzvergabe an eine zahlenmäßige Begrenzung von Fernsehstationen pro Unternehmen gebunden (vgl. z.B. HOLZNAGEL/BENDER 2001: 80).[58] Im Laufe der Zeit hat die FCC ihre Aufsichtsrolle immer weiter reduziert, wofür vor allem die Deregulierungspolitik unter Präsident Reagan in den 1980er-Jahren ausschlaggebend war (vgl. z.B. TUROW 1992: 67ff.).

Die privatwirtschaftliche Organisation und dominante kommerzielle Ausrichtung des US-amerikanischen Fernsehens bedingt auch die Finanzierungsstrategien der Medienunternehmen: Die Fernsehstationen finanzieren sich ausschließlich über Werbe-Einnahmen.[59] Gebühren existieren in den USA auch im Bereich des Public Television nicht; diese Sender finanzieren sich über Spenden sowie über Staatsgelder, die vom Kongress gebilligt werden müssen (vgl. z.B. KLEINSTEUBER/MÜLLER 1985: 399ff.; ROWLAND 1998: 40ff.).

Bereits 1950 beschrieb NBC-Vertreter Edward C. Madden die wirtschaftlichen Prinzipien des kommerziellen Fernsehens in den USA wie folgt:

> »The basic economic problem of making money in television is not unlike the problems involved in making money in soap or steel or automobiles. [...] The product we have to sell is the television audience [...]. And it's all done to satisfy the customer – the advertiser« (MADDEN 1950, zitiert nach BACHEM 1995: 25).

57 Beispiele hierfür sind die im Zeitverlauf erlassenen (und teilweise wieder zurückgezogenen) ›fin-syn rules‹, ›must-carry rules‹, ›prime time access rules‹ sowie die ›fairness doctrine‹ und die ›equal time rule‹ (vgl. z.B. GRABER 2002: 33ff.; WENTZEL 2002: 208ff.).

58 Die zentrale Bezugsgröße ist dabei der lokale Markt. Die USA sind in 210 lokale Fernsehmärkte aufgeteilt, die Anzahl von genehmigten Fernsehstationen eines Unternehmens pro Markt hat sich im Zeitverlauf immer wieder geändert und liegt aktuell bei zwei bis acht Stationen. Ende der 1990er-Jahre wurde zudem eine Richtlinie eingeführt, dass nicht mehr als 35 Prozent der nationalen Haushalte von einem Unternehmen erreicht werden dürfen (vgl. z.B. BARON 2009; HARDY 2008: 148).

59 Aufgrund des hohen Werbeanteils im US-amerikanischen Fernsehen konnten sich auch einige Pay-TV-Sender (z.B. HBO) etablieren. Diese finanzieren sich über Teilnehmerentgelte und enthalten dafür keine Werbung (vgl. z.B. STIPP 2004).

Der US-amerikanische Rundfunk wird durch seine kommerzielle Ausrichtung und die ökonomischen Abhängigkeiten folglich als ein Wirtschaftsgut unter anderen betrachtet. So hat auch die FCC zu keiner Zeit Beschränkungen hinsichtlich der Werbezeiten erlassen.[60] Um ihre wirtschaftliche Existenz auf einem weitgehend unregulierten Markt zu sichern, sind die Fernsehsender auf hohe Einschaltquoten angewiesen. Von wesentlicher Bedeutung sind dabei die viermal jährlich stattfindenden ›Sweeps‹, in denen die Zuschauerzahlen aller kommerziellen Sender über einen Zeitraum von vier Wochen erfasst werden. Die erhobenen Daten dienen bis zur nächsten Erhebung als Bemessungsgrundlage für die Werbepreise der einzelnen Fernsehstationen (vgl. z. B. BACHEM 1995: 77f.).

Die starke Abhängigkeit von Einschaltquoten und Werbekunden hat zwei wesentliche Folgen für die Programmgestaltung. Zum einen sind die Fernsehprogramme stark unterhaltungsorientiert und setzen auf massenattraktive Sendeinhalte. Zum anderen nehmen auch die Werbetreibenden Einfluss auf das Programm: So finden sich in den letzten Jahrzehnten immer wieder Beispiele dafür, dass Werbekunden ihre Werbung zurückziehen, wenn ihnen das Programmumfeld zu gewalthaltig oder obszön erscheint oder die Inhalte eine kritische Sichtweise auf ihren eigenen Industriezweig vermitteln (vgl. z. B. GRABER 2002: 52f.).

In Deutschland ist die Presse- und Rundfunkfreiheit in Artikel 5 des Grundgesetzes gewährleistet. Im Gegensatz zur US-amerikanischen Verfassung wird dem Gesetzgeber jedoch die Aufgabe zugesprochen, die Rundfunkfreiheit durch konkrete Vorgaben auszugestalten und durch einen positiven Ordnungsrahmen zu sichern (vgl. Artikel 73 GG; vgl. auch GROTHE/WOLDT 1995). Der Rundfunk ist in Deutschland als Kultur- und nicht als Wirtschaftsgut definiert und darf daher laut Rechtsprechung des Bundesverfassungsgerichts »nicht dem freien Spiel der Kräfte überlassen werden« (BVerfGE 31, 314; vgl. auch ALTENDORFER 2001: 132ff.). Durch das Verständnis des Rundfunks als kulturelles Gut fallen die Regelungskompetenzen in den Bereich der Länder und weisen dem Bund nur die Zuständigkeit für die technischen Rahmenbedingungen zu. Diese Vorgaben haben zur Folge, dass der Rundfunk in Deutschland strukturell in stärke-

60 Eine Ausnahme ist das Kinderprogramm, für das von der FCC 1970 Regeln zur zeitlichen Begrenzung auf 12 bzw. 10,5 Minuten pro Stunde (werktags/Wochenende) verabschiedet wurden (vgl. z. B. HOFFMANN-RIEM 1996: 42ff.). Seit 1971 ist zudem die Zigarettenwerbung im Fernsehen verboten (vgl. z. B. GRABER 2002: 86) und Alkoholwerbung hat es nie gegeben (vgl. z. B. STERLING/KITTROSS 2002: 634).

rer Abhängigkeit zur Politik steht und hinsichtlich seiner Zielparameter und der Wettbewerbsverhältnisse intensiver reguliert wird als in den USA.

Hinsichtlich der Regulierung, der Finanzierung und der Programmgestaltung ergeben sich wesentliche Unterschiede zwischen den beiden Organisationsformen, die mit der Einführung des Dualen Systems verankert wurden. Die maßgeblichen Vorgaben finden sich in den Rundfunkurteilen des Bundesverfassungsgerichts, dem Rundfunkstaatsvertrag (RStV) und weiteren relevanten Gesetzen wie z. B. den Landesrundfunk- und den Landesmediengesetzen.

Um die Existenz der öffentlich-rechtlichen Anstalten im Dualen System zu sichern, wurde ihnen 1987 vom Bundesverfassungsgericht eine ›Bestands- und Entwicklungsgarantie‹ zugesprochen. Die öffentlich-rechtlichen Anstalten haben durch ein inhaltlich umfassendes Programm die ›Grundversorgung‹ der Bevölkerung zu leisten, die neben Information und Bildung auch Unterhaltung einbezieht (vgl. BVerfGE 87, 181). Dieser Verpflichtung können sie einerseits dank ihrer hohen Reichweite nachkommen, andererseits erfordert sie eine weitgehende Unabhängigkeit von wirtschaftlichen Einflussfaktoren. Diese Bedingung rechtfertigt ihre Finanzierung über Gebühren, die mit über 80 Prozent des Gesamteinkommens die Haupteinnahmequelle der öffentlich-rechtlichen Anstalten darstellen.[61] Die öffentlich-rechtlichen Anstalten unterliegen dem Prinzip der Selbstverwaltung und werden intern durch den Rundfunkrat kontrolliert. In diesem Gremium sind verschiedene Vertreter der ›gesellschaftlich relevanten Gruppen‹ (z. B. aus Wissenschaft, Politik, Kirchen oder Verbänden und Vereinen) vertreten. Die pluralistische Zusammensetzung des Rundfunkrats soll dabei die binnenpluralistische Meinungsvielfalt der öffentlich-rechtlichen Anstalten garantieren (vgl. z. B. BUCHWALD 1999).[62]

Im Gegensatz zu den öffentlich-rechtlichen Anstalten sind die privatkommerziellen Sender lediglich dazu verpflichtet, einen ›Grundstandard‹ zu erfüllen, der sich auf ein Mindestmaß an inhaltlicher Ausgewogenheit

61 Die Einnahmen durch Werbung sind seit Einführung der privat-kommerziellen Anbieter stark gesunken und lagen in den letzten Jahren bei etwa sechs bis sieben Prozent (vgl. z. B. DONSBACH/WILKE 2009: 631). Die restlichen Einnahmen ergeben sich aus Programm- und Rechteverwertungen.

62 Neben dem Rundfunkrat bestehen die Anstalten aus zwei weiteren Organen: dem Intendanten, der der Anstalt als ›monokratisches Individualorgan‹ vorsteht und diese repräsentiert und dem Verwaltungsrat, der vorwiegend mit wirtschaftlichen Tätigkeiten befasst ist.

bezieht. Sie sind daher zumeist außenpluralistisch organisiert[63] und unterliegen weniger hohen Ansprüchen hinsichtlich der Programmvielfalt und -qualität. Als maßgebende Kontrollinstanz für die privat-kommerziellen Sender fungieren die Landesmedienanstalten. Sie sind zum einen für die Vergabe und Verlängerung der Lizenzen verantwortlich, zum anderen für die Programm- und Konzentrationskontrolle (vgl. z.B. STUIBER 1998: 754ff.). Hinsichtlich der Programminhalte beschränkt sich ihre Kontrollfunktion auf die gesetzlich verankerten Vorschriften wie z.B. zum Jugendschutz. In der Konzentrationskontrolle verfolgt die Regulierung das Ziel, einer Ballung von Meinungsmacht in den Händen eines oder weniger Medieneigner entgegenzuwirken. Ähnlich den US-amerikanischen Vorschriften wurde zunächst eine Begrenzung der Programmzahl pro Veranstalter festgesetzt (vgl. RStV 1991, §21). Diese wurde jedoch 1996 von einem Zuschaueranteilsmodell abgelöst, demzufolge nunmehr kein Unternehmen mit seinen Programmen mehr als 30 Prozent der Zuschauer erreichen darf (vgl. RStV 2010, §26; vgl. auch KIBELE 2001: 26ff.). Entsprechend dieser Regelung hat sich im kommerziellen Bereich ein Duopol etabliert, in dem sich die RTL-Gruppe und die PROSIEBENSAT.1 Media AG gegenüberstehen. Die Konzentration ist damit auf dem deutschen Markt insgesamt gesehen höher als auf dem US-amerikanischen (vgl. KLEINSTEUBER 2000b: 321).

Der privat-kommerzielle Rundfunk finanziert sich in der Regel ausschließlich über Werbe-Einnahmen. Um gegenüber der Gebührenfinanzierung der öffentlich-rechtlichen Sender die Wettbewerbsfähigkeit der privat-kommerziellen Anbieter nicht zu gefährden, unterliegen diese deutlich weniger Werbebeschränkungen (vgl. RStV 2010, §13-18, §43-46a). Anders als in den USA sind die Privatsender aber immer noch an zeitliche Begrenzungen gebunden und dürfen z.B. in nicht mehr als 20 Prozent ihrer Sendezeit Werbung ausstrahlen.

In Bezug auf die Programmgestaltung unterscheiden sich die Sender der beiden Organisationsformen also zum einen durch den Werbeumfang, zum anderen durch die vorgegebenen Pluralismusmodelle. Der Zwang zur ökonomischen Rentabilität der privaten Sender führt zudem zu einem hohen Anteil an standardisierten Unterhaltungsprogrammen. Über den Erfolg auf dem Publikumsmarkt sollen dabei die Chancen auf dem Werbe-

63 Ausnahmeregelungen gelten in Bremen, Hamburg und Nordrhein-Westfalen, wo die Landesmediengesetze auch für den privat-kommerziellen Rundfunk ein binnenpluralistisches Modell vorschreiben (vgl. DONSBACH/WILKE 2009: 624).

markt maximiert werden. Weil zugleich eine Gebührenfinanzierung der öffentlich-rechtlichen Sender nur vor dem Hintergrund hoher Zuschauerzahlen öffentlich zu rechtfertigen ist, relativieren sich im intramedialen Wettbewerb die inhaltlichen Programmunterschiede zwischen den privaten und öffentlich-rechtlichen Sendern: Der Konvergenzhypothese entspricht die Annahme, »daß sich die zuschauerstärksten Vollprogramme des dualen Rundfunksystems aufgrund gleichartiger Rahmenbedingungen auf längere Sicht strukturell, inhaltlich und qualitativ aneinander anpassen werden« (BRUNS/MARCINKOWSKI 1996: 461). Auch wenn die Unterschiede zwischen den Sendern heute nicht mehr so stark ausgeprägt sind wie zu den Anfängen des Dualen Systems, unterscheidet sich die Programmgestaltung zwischen den Sendern der beiden Organisationsformen noch immer. In den letzten Jahren lag der Informationsanteil bei den öffentlich-rechtlichen stets höher als bei den privat-kommerziellen Sendern, die ihrerseits weiterhin einen hohen Unterhaltungsanteil aufweisen (vgl. KRÜGER/ZAPF-SCHRAMM 2001, 2002; KRÜGER 2005).

4.2 Journalismus und Journalisten in Deutschland und in den USA

Der Journalismus und die Berufsgruppe der Journalisten haben sowohl in den USA als auch in Deutschland große wissenschaftliche Aufmerksamkeit erfahren.[64] Neben länderspezifischen Untersuchungen liegen auch einige international vergleichende Studien vor. Da die heutigen Differenzen zwischen den beiden Ländern meist auf die historische Entwicklung des Journalismus zurückgeführt werden, ist diese zunächst in Kürze zu skizzieren (Kapitel 4.2.1). Der zweite Abschnitt erläutert die strukturellen Aspekte des Journalismus und gibt Informationen zu den journalistischen Rollen, den Redaktionsmodellen und den Ausbildungswegen (Kapitel 4.2.2). Zuletzt stehen die journalistischen Akteure im Vordergrund. Hier werden die soziodemografischen Merkmale sowie die Einstellungen und Berufsauffassungen der US-amerikanischen und deutschen Journalisten dargestellt (Kapitel 4.2.3). Da zu den Fernsehjournalisten der beiden Länder

64 Im deutschsprachigen Raum sind gerade in den letzten Jahren viele Untersuchungen zum internationalen (vgl. HANITZSCH 2009; HANITZSCH/SEETHALER 2009) und nationalen Journalismus (vgl. WEICHERT/ZABEL 2007; MEYEN/RIESMEYER 2009) zu finden, wobei auch Online-Journalisten (vgl. WEICHERT/ZABEL 2009) betrachtet wurden.

nur wenige vergleichbare Befunde vorliegen, werden nachfolgend hauptsächlich allgemeine Journalistenstudien herangezogen.

4.2.1 *Geschichte des Journalismus*

Die Medien und der Journalismus sind heute sowohl in den USA als auch in Deutschland durch eine umfassende Gewährleistung der Presse- und Meinungsfreiheit gekennzeichnet. Während hinsichtlich der freiheitsrechtlichen Basis also Konsens besteht, ist die historische Entwicklung des Journalismus jedoch sehr unterschiedlich verlaufen und hat den Charakter und das Selbstverständnis des Journalismus in den beiden Ländern auf verschiedene Weise geprägt.[65]

Der US-amerikanische Journalismus konnte sich von Beginn an auf den Grundsatz der Pressefreiheit stützen, die bereits 1791 verfassungsrechtlich verankert wurde (vgl. Kapitel 4.1.2). Begünstigt durch das demokratische politische System und die marktwirtschaftliche Orientierung der Presse entstand in den USA ab 1830 die Massenpresse und der Journalismus etablierte sich aufgrund der beständig steigenden Nachfrage nach Informationen zu einer hauptberuflichen Tätigkeit (vgl. z.B. DICKEN-GARCIA 1989: 26). Im Vordergrund der journalistischen Arbeit stand fortan das Ziel, ein möglichst breites Publikum zu erreichen, was zugleich eine gewisse Entideologisierung und Zurückhaltung einseitiger politischer Meinungen erforderte. Dementsprechend nahm die Zahl der parteipolitisch orientierten Periodika in den Folgejahren ab: Gegen Ende des 19. Jahrhunderts existierten kaum noch Zeitungen mit politischer Bindung und die Normen Objektivität und Ausgewogenheit hatten sich im Berufsverständnis durchgesetzt (vgl. z.B. ESSER 1998: 60). Bedingt durch die neuen Anforderungen bildeten sich schon früh spezialisierte Arbeitsrollen heraus: Der ›Reporter‹, der für die Faktenrecherche und das Schreiben von Meldungen zuständig ist, der ›Editor‹, der die Beiträge professionell aufbereitet und auf Richtigkeit überprüft, und der ›Commentator‹, der Meinungsartikel und Kommentare schreibt und somit eine inhaltliche Bewertung vornimmt (vgl. z.B. ESSER 2000: 119f.; DONSBACH 2009: 86).

65 Die Berufsgeschichte des Journalismus ist bis heute nur wenig erforscht (vgl. z.B. HÖMBERG 1987: 621; WEISCHENBERG 1995: 381f.; WILKE 2009: 520). Sowohl in den USA als auch in Deutschland hat sich die historische Auseinandersetzung vorwiegend auf die Geschichte der Presse konzentriert (vgl. z.B. KOSZYK 1966, 1972; EMERY/EMERY 1984; STÖBER 2005).

Die Pressefreiheit und die weitgehende Staatsferne der Medien führten außerdem dazu, dass sich der US-amerikanische Journalismus schon früh als kritisierender und kontrollierender Gegenpol zur Politik etablierte und sich das Verständnis von der Presse als Vierter Macht im Staate durchsetzte. Die Kritik an gesellschaftlichen und politischen Missständen äußerte sich Anfang des 20. Jahrhunderts in der Tradition des ›Muckraking‹[66] (vgl. z. B. GRENIER 1960; STEIN 1979) und führte in den 1970er-Jahren zum Konzept des investigativen Journalismus (vgl. REDELFS 1996: 43).

Anders als in den USA setzte sich die Pressefreiheit als Grundlage eines unabhängigen Journalismus in Deutschland erst spät durch. Vor ihrer erstmaligen verfassungsrechtlichen Verankerung im Jahr 1848 war der Journalismus wesentlich von den Gedanken der Aufklärung beeinflusst. Im Vordergrund stand nicht die aktuelle Berichterstattung, sondern die Meinungsbildung der Bevölkerung durch kritisch-räsonnierende Abhandlungen. Mit der Pressefreiheit setzte Mitte des 19. Jahrhunderts die Phase des ›redaktionellen Journalismus‹ ein, die durch eine stärkere Ausdifferenzierung wie z. B. durch die Trennung nach Ressorts gekennzeichnet ist (vgl. BAUMERT 1928).[67] Etwas später als in den USA begann auch in Deutschland die Zeit der Massenpresse, in deren Rahmen sich der Journalismus Ende des 19. Jahrhunderts zum Ganztagsberuf entwickelte. Obwohl es durchaus den wirtschaftlichen Interessen der Verleger entsprach, durch eine ausgewogene, objektive Berichterstattung ein breites Publikum zu erreichen, wurde die endlich errungene Pressefreiheit in den Redaktionen vor allem zu einer stark meinungsorientierten Berichterstattung genutzt:

> »Vor allem nachdem sich seit Ende der fünfziger Jahre der Spielraum der Presse erweitert hatte, empfanden die Redakteure den verlegerischen Unparteilichkeitsanspruch als Einengung ihrer journalistischen Freiheit, die in ihren Augen darin bestand, endlich die eigenen Anschauungen nicht mehr zurückhalten zu müssen, sondern Partei ergreifen zu können« (REQUATE 1995: 394).

In den folgenden Jahren nahmen Parteizeitungen eine große Rolle in der deutschen Presselandschaft ein (vgl. z. B. STÖBER 2005: 202ff.), wobei

66 Der Begriff geht auf Präsident Roosevelt zurück, der in einer Rede im Jahre 1906 die Journalisten als ›Miststocherer‹ beschimpfte. Die Journalisten sahen diese Beschimpfung jedoch als ›Ehrentitel‹ an und so steht ›Muckraking‹ seither für sozial engagierte und ausführliche Recherchen (vgl. REDELFS 2003: 232).

67 Baumert gliedert die Entwicklung des Journalismus in vier Phasen. Die drei Phasen vor Einsetzen des redaktionellen Journalismus sind 1) die präjournalistische Phase, 2) die Periode des korrespondierenden Journalismus und 3) die Periode des schriftstellerischen Journalismus.

das Selbstverständnis der Journalisten weniger der Rolle des neutralen Berichterstatters, als vielmehr der des Schriftstellers und Politikers entsprach. Die Idealvorstellung eines meinungsbetonten Journalismus hielt über die nächsten 100 Jahren an – nicht zuletzt aufgrund der immer wieder eingeschränkten oder ganz ausgesetzten Pressefreiheit, die eine freie Meinungsäußerung nie zur Selbstverständlichkeit werden ließ. Einen scharfen Einschnitt in die Pressefreiheit bedeutete vor allem die Gleichschaltung der Medien durch die Nationalsozialisten.

Nach dem Zweiten Weltkrieg versuchten die alliierten Besatzungsmächte die angelsächsische Tradition des objektiven Journalismus in den deutschen Redaktionen zu verwirklichen (vgl. z. B. KOSZYK 1986): Die exakte Angabe von Quellen, Faktenorientierung und die klare Trennung von Nachricht und Meinung bildeten dabei die Leitprinzipien. Als der deutsche Journalismus nach Aufhebung des Lizenzzwanges 1949 endgültig frei war,[68] zeigte sich, dass das lang bestehende Ideal eines meinungsbetonten Journalismus noch immer existierte. So äußerten sich die Vorsitzenden des Deutschen Journalistenverbandes Anfang der 1950er-Jahre ablehnend gegenüber den bestimmenden Merkmalen des angelsächsischen Journalismus und plädierten für die aus der Vergangenheit bekannte Meinungsorientierung und freie Entfaltung der Journalisten (vgl. DONSBACH 2009: 88).

Die unterschiedlichen historischen Entwicklungen haben den Journalismus in den beiden Ländern nachhaltig geprägt. Trotz der grundsätzlichen Parallelen, die in der heutigen Zeit zwischen den USA und Deutschland bestehen, wie z. B. der umfassenden Pressefreiheit, dem demokratischen politischen System und den vorwiegend marktwirtschaftlich orientierten Medien, lassen sich noch Spuren der nationalen journalistischen Traditionen finden.

4.2.2 *Journalistische Rollen und Strukturen*

Einflüsse auf den Journalismus gehen nicht nur von den Strukturen des Mediensystems auf der Makroebene, sondern auch von der Mesoebene

68 In Ostdeutschland kann erst ab 1989 von Pressefreiheit gesprochen werden, da in der Zeit der DDR die Medien und Journalisten einer starken Kontrolle und politischen Lenkungsmechanismen unterworfen waren (vgl. z.B. GESERICK 1989; HOLZWEISSIG 1999).

aus. Insbesondere die Redaktionsstrukturen sind ausschlaggebend für die Charakteristika der journalistischen Arbeit.

Aufbauend auf den Ergebnissen einiger Studien zu Redaktionsstrukturen in verschiedenen Ländern, formuliert Esser (1998, 2000) zwei vereinfachende Grundmodelle, die sich auf Deutschland und die angelsächsischen Länder beziehen.[69] Die Modelle sind nicht als eindeutig voneinander abgegrenzt zu verstehen, es handelt sich »vielmehr um unterschiedliche Ausprägungen auf einem Kontinuum, die zwar Ähnlichkeiten und Überlappungen aufweisen, deren charakteristische, pressehistorisch bedingten Unterschiede aber überwiegen« (ESSER 2000: 119). Die historisch gewachsenen Unterschiede zeigen sich demnach auch in den heutigen Redaktionen: Während in den USA ein ›arbeitsteilig-zentrales‹ Modell vorherrscht, sind die deutschen Redaktionen durch eine ›ganzheitlich-dezentrale‹ Struktur gekennzeichnet. Aufgrund der frühen Etablierung der Rollen des Reporters, Editors und Commentators zeichnet sich der US-amerikanische Journalismus durch eine arbeitsteilige, personal-prozedurale Arbeitsweise aus. Die verschiedenen Schritte bis zur Fertigstellung eines Beitrags werden von eigens dafür spezialisierten Journalisten ausgeführt. Dadurch ergeben sich mehrere Kontrollinstanzen, bevor eine Nachricht an das Publikum weitergegeben wird. Dies entspricht dem Prinzip einer objektiven und neutralen Berichterstattung, das seit dem 19. Jahrhundert im US-amerikanischen Journalismus dominiert. Eine strikte Trennung der einzelnen Arbeitsschritte ist im deutschen Journalismus nicht üblich, hier wird vielmehr ganzheitlich gearbeitet. Stattdessen herrscht eine stärkere ressortspezifisch-thematische Arbeitsweise vor, was eine Spezialisierung auf der Inhaltsebene nach sich zieht (vgl. ESSER 2000).

Unterschiede hinsichtlich der Rollentrennung und Rollenüberlappung zwischen deutschen und US-amerikanischen Journalisten konstatiert auch die Anfang der 1990er-Jahre durchgeführte Studie ›Media and Democracy‹ von Donsbach und Patterson.[70] Die Ergebnisse der Befragung von jeweils etwa 300 Journalisten der beiden Länder machen eine wesentlich stärkere Rollentrennung bei den US-amerikanischen Journalisten

69 Die meisten Studien, auf die Esser seine Modelle stützt, haben Zeitungsredaktionen untersucht und Deutschland mit den USA, Großbritannien oder Australien verglichen. Für eine ausführliche Darstellung zu den Redaktionsstrukturen privat-kommerzieller Rundfunksender vgl. z. B. Altmeppen (1999).

70 Hierfür wurden 1991 mittels einer schriftlichen Befragung Print-, Hörfunk- und Fernsehjournalisten aus fünf Ländern befragt (Deutschland, USA, Großbritannien, Italien und Schweden).

deutlich: Die Rollen des Reporters und Editors nehmen lediglich 27 Prozent der US-amerikanischen, aber 57 Prozent der deutschen Journalisten gleichzeitig ein. Noch größere Unterschiede zeigen sich hinsichtlich der Rollenüberlappung zwischen Reporter und Commentator: 74 Prozent der deutschen, aber nur 17 Prozent der amerikanischen Journalisten gaben an, beide Rollen auszufüllen (vgl. DONSBACH 1993b: 147, 1995: 26). In den USA wird folglich auf Personenebene zwischen neutraler und meinungsorientierter Berichterstattung unterschieden, um eine Vermischung von Fakten und Meinungen auszuschließen.

Der zweite Unterschied zwischen den beiden Modellen liegt in der zentralen bzw. dezentralen Organisation der Redaktionen. Während die deutschen Redaktionen im Regelfall dezentral strukturiert sind und über viele Außenbüros verfügen, ist in US-amerikanischen Redaktionen ein zentraler ›Newsroom‹ üblich. Am dortigen ›Copy-Desk‹ laufen sämtliche Redaktionsprozesse zusammen, sodass der aktuelle Stand der Arbeit stets klar ersichtlich ist (vgl. ESSER 2000: 119).

Eine weitere Differenz zwischen dem US-amerikanischen und dem deutschen Journalismus zeigt sich hinsichtlich der vorrangig verwendeten Informationsquellen. Die Ergebnisse des ›Media-and-Democracy‹-Projekts zeigen, dass die deutschen Journalisten zu einer passiveren Recherche neigen als ihre US-amerikanischen Kollegen. Auf die Frage, welche Informationsquellen sie bei ihrem letzten Beitrag benutzt haben, verweisen 57 Prozent der deutschen Journalisten auf Nachrichtenagenturen. Demgegenüber haben nur 29 Prozent der US-amerikanischen Journalisten auf Agenturmeldungen zurückgegriffen. Bei ihnen überwiegt die aktive Recherche: Sie führen weitaus häufiger Gespräche mit Experten, Politikern und Augenzeugen, was für eine stärkere Eigeninitiative steht und eine geringere Uniformität der Berichterstattung zur Folge haben sollte (vgl. DONSBACH 1993a: 290, 1995: 23). Die Redaktionsstrukturen der beiden Länder legen allerdings nahe, dass diese Unterschiede nicht durch eine generelle Rechercheträgheit der deutschen Journalisten bedingt sind. Vielmehr ist davon auszugehen, dass durch die Rollenüberlappung bei den deutschen Journalisten schlicht weniger Zeit bleibt, um eine aktive Eigenrecherche zu betreiben und deshalb stärker auf Agenturmeldungen und/oder PR-Material zurückgegriffen werden muss.

Wesentlich für die Charakteristika des Journalismus sind auch die Ausbildungswege, die in den Beruf führen. Deutschland und den USA ist zunächst gemeinsam, dass der Berufsbegriff ungeschützt ist, es also einen offenen Zugang zum Journalismus gibt. Der Journalismus unterliegt damit keinen vorgeschriebenen Ausbildungsregelungen, da dies der Pressefreiheit grundlegend widersprechen würde (vgl. z.B. FRÖHLICH/HOLTZ-BACHA 2003b: 310). Dennoch unterscheidet sich die journalistische Ausbildung der beiden Länder, wobei sich die Unterschiede wiederum durch den historischen Verlauf erklären lassen.

In den USA führt der Einstieg in den Journalistenberuf bis in die 1870er-Jahre vor allem über eine praktische Ausbildung. Die frühen Professionalisierungstendenzen begünstigten die Einrichtung von ersten Programmen an den Universitäten, in denen erfahrene Journalisten ihr Wissen weitergaben. Mit finanzieller Unterstützung des Journalisten und Verlegers Joseph Pulitzer wurde bereits 1912 die heute prestigeträchtige ›Columbia School of Journalism‹ gegründet (vgl. z.B. WEAVER 2003: 50; DICKSON 2000: 1ff.). Großen Einfluss auf die Weiterentwicklung der journalistischen Universitätsausbildung hatte die erstmalige Eingliederung des Journalismus in einen Promotionsstudiengang im Jahr 1927. Dieser war im sozialwissenschaftlichen Bereich angesiedelt und verband die Fächer Politik und Soziologie. Im Vordergrund stand die systematische Beobachtung und empirische Analyse der gesellschaftlichen Vorgänge. Eine Aufwertung erfuhr dadurch das Objektivitätsideal, während der subjektive, meinungsorientierte Journalismus kontinuierlich an Bedeutung verlor. Die dort ausgebildeten Studierenden gründeten weitere Studiengänge an anderen Universitäten und verbreiteten diese Sichtweise des Journalismus dementsprechend weiter (vgl. WEAVER 2003: 50). Die journalistische Ausbildung an den Universitäten setzte sich im Zeitverlauf durch und differenzierte sich aus. So können sich die Studierenden heute z.B. auch auf ›Broadcast Journalism‹ spezialisieren. Ab den 1970er-Jahren ist ein stetiger Anstieg an Universitätsabsolventen im Journalismus zu verzeichnen: 1971 besaßen 58 Prozent der US-amerikanischen Journalisten einen Universitätsabschluss, 1982 waren es 74 Prozent, 1992 82 Prozent und 2002 schließlich 89 Prozent (vgl. WEAVER et al. 2007: 38).[71] Im Vergleich zu anderen Medienarten ist im Bereich des Fernsehjournalismus der Anteil der Universitätsabsolventen am höchsten; im Jahr 2002 betrug er 93 Prozent. Davon haben etwa 80 Prozent ein journalistisches Studium absolviert; dieser Prozentsatz ist wiede-

71 Die Daten beruhen auf den repräsentativen Journalistenbefragungen von Weaver und seinem Team aus den Jahren 1982, 1992 und 2002 und von Johnstone, Slawski und Bowman aus dem Jahr 1971.

rum höher als in anderen journalistischen Bereichen (vgl. BECKER/KOSICKI 1996; WEAVER et al. 1996: 33f.). Auch wenn der Berufszugang nach wie vor prinzipiell offen steht, ist ein Bachelor-Abschluss in einem einschlägigen Studienfach in den USA mehr und mehr zur Einstellungsvoraussetzung geworden (vgl. z. B. BECKER/KOSICKI 1996; HOLLIFIELD/KOSICKI/BECKER 2001).

Im internationalen Vergleich existieren in Deutschland sehr vielfältige Möglichkeiten für die Berufsausbildung: neben dem traditionellen Volontariat führen entsprechende Studiengänge an Universitäten, Journalistenschulen von Verlagen oder private und staatliche Ausbildungsprogramme in den Beruf. Viele Journalisten rekrutieren sich zudem noch immer aus zahlreichen medienfremden Studiengängen (vgl. FRÖHLICH/HOLTZ-BACHA 2003a: 189). Der dominierende Zugang zum Journalismus ist nach wie vor das Volontariat: Im Jahr 1993 hatten drei Viertel der deutschen Journalisten eine solche praktisch orientierte Ausbildung absolviert, aber weniger als 20 Prozent konnten ein einschlägiges Studium vorweisen (vgl. SCHNEIDER/SCHÖNBACH 1993: 54).[72] Studiengänge an den Universitäten entstanden erst ab den 1970er-Jahren, als auch die Anforderungen aufgrund der Technisierung und Ausdifferenzierung immer spezieller wurden. Die universitäre Journalistenausbildung hat in Deutschland also eine weitaus kürzere Tradition als in den USA. Allerdings zeigt sich auch in Deutschland der Trend, dass vor allem die Fernsehjournalisten eine inhaltlich einschlägige akademische Vorbildung haben. Sie haben häufiger als alle anderen Journalisten ein Studium der Journalistik (21%) oder der Publizistik, Kommunikations- bzw. Medienwissenschaft (26%) absolviert (vgl. WEISCHENBERG/MALIK/SCHOLL 2006: 265). Die wenigen zielgerichteten Ausbildungswege führen zum einen zu einem hohen Anteil von Seiteneinsteigern im deutschen Journalismus (vgl. z. B. WEISS 1978: 60).[73] Zum anderen schlägt sich die nur gering formalisierte journalistische Ausbildung auch in den Anforderungen an die Berufseinsteiger nieder: So zeigen Altmeppen und Scholl (1990), dass in den Stellenanzeigen der Jahre 1977

72 Zu ähnlichen Ergebnissen kommen die Studien von Weischenberg und seinem Team (vgl. WEISCHENBERG/LÖFFELHOLZ/SCHOLL 1993, 1994; WEISCHENBERG/MALIK/SCHOLL 2006). Ein Großteil der Journalisten mit einschlägigem Studium stammt aus den neuen Bundesländern, wo durch die vorgeschriebene Journalistenausbildung in der DDR zumeist ein Journalistikstudium an der Universität Leipzig absolviert wurde (vgl. SCHNEIDER/SCHÖNBACH 1993: 54).

73 Weiß trägt die Ergebnisse von zehn Studien aus den 1970er-Jahren zusammen, wonach ein Anteil von einem Drittel bis zu 50 Prozent der befragten Journalisten nicht auf direktem Wege über die Schule bzw. Hochschule in den Journalisten kam, sondern zunächst andere Berufe gelernt hatte.

bis 1987 in unpräzisen Formulierungen weiterhin nach Allroundtalenten gesucht wird, die mit den tatsächlichen Anforderungen an den Beruf oft nur wenig zu tun haben.

4.2.3 *Merkmale und Einstellungen der journalistischen Akteure*

Repräsentative Journalistenbefragungen sind in den USA seit Anfang der 1970er-Jahre durchgeführt worden (vgl. JOHNSTONE/ SLAWSKI/BOWMAN 1976; WEAVER/WILHOIT 1986, 1996; WEAVER et al. 2007). Für Deutschland liegen vergleichbare Befunde erst ab den 1990er-Jahren vor (vgl. SCHNEIDER/ SCHÖNBACH/STÜRZEBECHER 1993a, 1993b; SCHNEIDER/SCHÖNBACH 1993; WEISCHENBERG/LÖFFELHOLZ/SCHOLL 1993, 1994; WEISCHENBERG/MALIK/ SCHOLL 2006). Nach den letzten Ergebnissen sind aktuell in Deutschland etwa 48.000 und in den USA etwa 116.000 Personen hauptberuflich als Journalisten tätig (vgl. WEISCHENBERG/MALIK/SCHOLL 2006: 36; WEAVER et al. 2007: 2).[74]

Der statistische deutsche ›Durchschnittsjournalist‹ ist männlich (63%), knapp 41 Jahre alt, hat einen Hochschulabschluss (69%) und ein Volontariat (63%). Er lebt in einer festen Partnerschaft (71%), ist kinderlos (57%), arbeitet bei einem Printmedium (61%) und verdient monatlich etwa 2300 Euro netto (vgl. WEISCHENBERG/MALIK/SCHOLL 2006: 186). Diese Merkmale vereinen – mit Ausnahme der Volontariats-Ausbildung – auch die US-amerikanischen Journalisten auf sich: »In 2002, this average journalist was a married White male just over 40, [...] more likely to work for a daily newspaper than any other type of news medium [...], to have attended a public college or university« (WEAVER et al. 2007: 1). Innerhalb des Berufszweigs Journalismus ist der Anteil der Fernsehjournalisten mit 15 Prozent in Deutschland und 17,5 Prozent in den USA in beiden Ländern etwa gleich groß. In Deutschland arbeiten die meisten dieser Journalisten (73%) im öffentlich-rechtlichen Fernsehbereich (vgl. WEISCHENBERG/MALIK/SCHOLL 2006: 257f.).[75]

74 Zur Definition des Begriffs ›Journalist‹ in den beiden zitierten Studien vgl. Weischenberg, Malik und Scholl (2006: 227); Weaver et al. (2007: 256).

75 Entsprechend der fast ausschließlich privat-kommerziellen Organisationsstruktur in den USA wird in der Befragung von Weaver et al. (2007) die Anstellung bei ›Public Television Stations‹ nicht erfasst.

Auch hinsichtlich der soziodemografischen Faktoren finden sich Parallelen zwischen den Ländern. Die Fernsehjournalisten stellen jeweils die jüngste Gruppe unter den Journalisten der einzelnen Medienbereiche dar: So sind in Deutschland fast 80 Prozent der Fernsehjournalisten jünger als 46 Jahre, in den USA liegt das Durchschnittsalter bei 38 Jahren. In beiden Ländern ist der Frauenanteil seit den 1970er-Jahren deutlich gestiegen und hat sich inzwischen bei etwa einem Drittel der Journalisten eingependelt. Im Medienvergleich finden sich beim Fernsehen die meisten Journalistinnen: 2005 waren 41 Prozent der deutschen Fernsehjournalisten weiblich und in den USA lag ihr Anteil im Jahr 2002 bei 37 Prozent. Auffallend ist, dass der Frauenanteil bei der journalistischen Ausbildung schon seit Langem überwiegt.[76] Auch in der Altersgruppe bis 25 Jahre sind mehr Journalistinnen als Journalisten vertreten. In den höheren Altersgruppen nimmt ihr Anteil jedoch beständig ab. Zudem verdienen die weiblichen Journalisten auch heute noch in beiden Ländern weniger als ihre männlichen Kollegen und besetzen seltener als diese Führungspositionen in den Redaktionen (WEISCHENBERG/MALIK/SCHOLL 2006; vgl. WEAVER et al. 2007).[77]

Politisch fühlen sich die Journalisten beider Länder eher dem linken Spektrum zugehörig (vgl. WEISCHENBERG/MALIK/SCHOLL 2006: 70ff.; WEAVER et al. 2007: 17). Bereits in den 1970er-Jahren wurde eine deutliche links-liberale Orientierung unter den Mitarbeitern einzelner deutscher Landesrundfunkanstalten festgestellt (vgl. ELLINGHAUS 1975; WOLFF 1978) und die Verzerrung gegenüber der Gesamtbevölkerung kritisiert.[78]

Während sich die Journalisten der beiden Länder in ihren soziodemografischen Merkmalen und politischen Einstellungen weitgehend ähneln, wurde wiederholt auf Unterschiede hinsichtlich ihres Berufsverständnisses aufmerksam gemacht. Vor dem Hintergrund der historischen Unterschiede, die auf eine stärker meinungsorientierte Tradition bei den deutschen Berufsvertretern verweisen, haben sich verschiedene Studien mit dem Rollenverständnis

76 In den USA befanden sich 1977 erstmals mehr Frauen als Männer in universitären Ausbildungsprogrammen (vgl. WEAVER 2003: 52) und in Deutschland ist seit Mitte der 1980er-Jahre der Frauenanteil unter den Volontären der privaten wie öffentlich-rechtlichen Rundfunksender höher als der der Männer (vgl. FRÖHLICH/HOLTZ-BACHA 2003: 197).

77 Zur Situation von Journalistinnen im Zeitverlauf vgl. z.B. Dresler (1936); Freise und Draht (1977); Berg und Ruths (1980); Neverla und Kanzleiter (1984); Ferry und Keller (1986); Keil (2000); Ross und Byerly (2004); Sichtermann und Kaiser (2005).

78 vgl. z.B. Noelle-Neumann (1979) und Kepplinger (1979). Auch andere Befragungsstudien ergeben, dass sich die Journalisten eher links der Mitte verorten (vgl. z.B. DONSBACH 1993a; SCHÖNBACH/STÜRZEBECHER/SCHNEIDER 1994; DONSBACH/PATTERSON 2003).

der Journalisten der beiden Länder befasst. Unter dem Rollenverständnis sind dabei »die von den Journalisten als legitim angesehenen und von ihnen selbst akzeptierten Verhaltenserwartungen an den Beruf« zu verstehen (DONSBACH 1993a: 291). Richtungsweisend für die international vergleichende Forschung ist die Studie von Köcher (1985, 1986). Köcher untersucht das Rollenverständnis von deutschen und britischen Journalisten und kommt zu dem Ergebnis, dass die Tradition des Meinungsjournalismus in Deutschland noch immer lebendig sei. Die Journalisten wurden gefragt, wie sie über die Jahrestagung einer Partei, deren Politik sie für gefährlich halten, berichten würden. Das Antwortverhalten differierte dabei deutlich: Während die deutschen Journalisten ihre Leser vor den politischen Gefahren warnen würden (53%), favorisieren die britischen Journalisten eine neutrale Berichterstattung, aus der die Leser eigene Schlüsse ziehen sollen (72%). Die Befragung zeigt des Weiteren, dass die deutschen Journalisten harten Recherchemethoden ablehnender gegenüberstehen als ihre britischen Kollegen. Aufgrund ihrer Ergebnisse prägte Köcher die Begrifflichkeiten der ›Bloodhounds‹ für die britischen und der ›Missionaries‹ für die deutschen Journalisten.

Die Fragestellungen von Köcher wurden in den folgenden Jahren von anderen Studien und dabei auch für den deutsch-amerikanischen Vergleich übernommen. Die Ergebnisse des Projekts ›Media and Democracy‹ weisen in eine ähnliche Richtung: 95 Prozent der US-amerikanischen Journalisten wollen mit ihrer Berichterstattung den Ausgang von Konflikten zwischen zwei Parteien nicht beeinflussen. Unter den deutschen Journalisten stimmten dieser Aussage nur 71 Prozent zu (vgl. DONSBACH 1993a: 292f.). Dennoch zeigt die Befragung, dass Objektivität für die Journalisten beider Länder ein Leitprinzip in ihrer Arbeit ist: 81 Prozent der deutschen und 83 Prozent der US-amerikanischen Journalisten geben an, dass es für sie ›sehr wichtig‹ sei, ›so objektiv wie möglich zu berichten‹. Als Grund für die Differenzen wird das unterschiedliche Objektivitätsverständnis der US-amerikanischen und deutschen Journalisten angeführt: Diese wurden hierfür gefragt, welche der fünf vorgelegten Aussagen ihrer Vorstellung von journalistischer Objektivität am nächsten kommt. Während die meisten US-amerikanischen Journalisten (40%) erklärten, dass in einem kontroversen politischen Thema beide Seiten ausgewogen dargestellt werden sollen, wurde dieser Aussage unter den deutschen Journalisten am seltensten zugestimmt (21%). Die höchste Zustimmung der deutschen Journalisten erhielt mit 42 Prozent hingegen die Aussage ›Good news reporting goes beyond the statements of the contending sides to the hard facts of a political dispute‹ (vgl. DONSBACH/KLETT 1993: 66), welche wiederum bei den US-amerikanischen Journalisten mit 28 Prozent auf dem letzten Rang lag.[79] Obwohl die Journalisten beider Länder eine objektive Berichterstattung als ihr generelles Ziel ansehen, ergeben sich durch das jeweils vorherrschende Verständnis von Objektivität Unterschiede in der Berichterstattung: Bei kontroversen Themen konzentrieren sich die deutschen Journalisten auf die harten Fakten und geben diese an das Publikum weiter, die US-amerikanischen vermitteln hingegen die gegensätzlichen Standpunkte.

Die von Köcher (1985, 1986) festgestellten Unterschiede in Bezug auf die Recherchemethoden wurden ebenfalls von anderen Studien bestätigt. Wie die Briten sind auch die US-amerikanischen Journalisten grundsätzlich eher zu illegitimen bzw. illegalen Recherchemethoden bereit. Die Zustimmung zu derartigen Methoden[80] ist in den USA vor allem zwischen den Befragungen von 1982 und 1992 gestiegen und wird mit dem verstärkten Wettbewerb im Medienbereich erklärt (vgl. WEAVER/WILHOIT 1996: 156f.; WEAVER 2003: 59). Auch die aktuellen Journalistenstudien machen weiterhin eine stärkere Ablehnung der deutschen Journalisten gegenüber ›skrupellosen‹ Recherchemethoden deutlich, zeigen jedoch zugleich einen Rückgang in den Zustimmungsraten beider Länder (vgl. WEISCHENBERG/MALIK/SCHOLL 2006: 178f.).[81] Auffallend ist, dass vor allem die jüngeren Journalisten diesen Methoden aufgeschlossen gegenüberstehen, was zukünftig zu einem erneuten Anstieg in der Zustimmung führen könnte. Ehmig (2000: 307) konstatiert daher für den deutschen Journalismus eine Annäherung an das angelsächsische Rollenverständnis: Im deutschen Journalismus habe ein Generationswechsel stattgefunden und diese ›neuen‹ Journalisten billigten vermehrt fragwürdige Methoden bei der Informationsbeschaffung und stimmten brisanten Publikationsentscheidungen eher zu.

79 Die fünf Aussagen lauteten: »Good news reporting…1) does not allow the journalist's own political beliefs to affect the presentation of the subject; 2) expresses fairly the position of each side in a political dispute; 3) requires an equally thorough questioning of the position of each side in a political dispute; 4) goes beyond the statements of the contending sides to the hard facts of a political dispute; 5) makes clear which side in a political dispute has the better position« (DONSBACH/KLETT 1993: 66).

80 Abgefragt wird hier u.a., ob es vertretbar sei, ohne Genehmigung vertrauliche Regierungsunterlagen bzw. private Unterlagen zu benutzen, sich als eine andere Person auszugeben, Geld für Informationen zu bezahlen (›Scheckbuchjournalismus‹) oder unwillige Informanten unter Druck zu setzen, um die gewünschten Informationen zu bekommen.

81 Weischenberg, Malik und Scholl (2006) unterscheiden nach ›harten‹ und ›skrupellosen‹ Recherchemethoden, da sich bei den ›harten‹ Methoden (z.B. Geld für Informationen bezahlen oder sich als eine andere Person ausgeben) weniger Unterschiede zwischen den beiden Ländern zeigen.

Zusammenfassend zeigen die Befunde, dass es in den USA und in Deutschland auch heute noch nationale Besonderheiten im Berufsverständnis gibt. In den aktuellen Befragungen zeigt sich der offensichtlichste Unterschied in der Zustimmung zu der Aussage, Aufgabe der Journalisten sei es, ›die Bereiche Politik, Wirtschaft und Gesellschaft zu kontrollieren‹: 71 Prozent der US-amerikanischen, aber nur 24 Prozent der deutschen Journalisten sehen dies als ein Ziel ihrer Arbeit an (vgl. WEISCHENBERG/MALIK/SCHOLL 2006: 116). Die Kritik- und Kontrollfunktion, die in den USA seit den Anfängen des Journalismus im Vordergrund steht, ist folglich auch heute noch fest im Berufsverständnis der journalistischen Akteure verankert. Inwieweit die Rollenverständnisse im Arbeitsalltag schlussendlich umgesetzt werden (können), ist nicht zuletzt von den jeweiligen Rahmenbedingungen in den Redaktionen und dem Engagement der Journalisten abhängig.

Trotz der erläuterten deutsch-amerikanischen Unterschiede in den Redaktionsstrukturen, Rollenverständnissen und Recherchemethoden der Journalisten wird in den letzten Jahren vermehrt von dem ›globalen Journalisten‹ gesprochen (vgl. WEAVER 1998). Dies beruht auf der Beobachtung der Ähnlichkeiten in den soziodemografischen Merkmalen und auf den neuen Herausforderungen durch eine zunehmend kommerzielle und technisierte Medienwelt, die Angleichungstendenzen zwischen den Nationen begünstigen.

4.3 Zusammenfassung

Das Mediensystem basiert in beiden Ländern auf der verfassungsrechtlich garantierten Meinungs- und Pressefreiheit, die eine politische Einflussnahme auf den Journalismus und die Medieninhalte verhindern soll. Für das Fernsehsystem im Speziellen ergeben sich aufgrund der begrenzten Sendefrequenzen besondere Regelungen. Sowohl in den USA als auch in Deutschland werden die Frequenzen als öffentliches Gut behandelt und sollen deshalb den Mechanismen des freien Marktes nicht uneingeschränkt überlassen werden. Dementsprechend findet in beiden Ländern eine stärkere Regulierung des Fernseh- als des Printsystems statt. Die konkrete Ausgestaltung hängt von der unterschiedlichen Interpretation des Rundfunks als Wirtschaftsgut in den USA und als Kulturgut in Deutschland ab. Aufbauend auf diesem Vorverständnis haben sich unterschiedlich starke

Abhängigkeitsverhältnisse zur Politik sowie verschiedene Organisationsformen etabliert: Während in den USA ein kommerzielles Fernsehsystem entstanden ist, begann die deutsche Fernsehgeschichte mit einem öffentlich-rechtlichen Sendermonopol. Erst Mitte der 1980er-Jahre wurde durch die Einführung des Dualen Systems ein Nebeneinander von öffentlich-rechtlichen und privat-kommerziellen Sendern geschaffen. Die beiden Fernsehsysteme unterscheiden sich seither durch ihre Finanzierungsformen, ihren Programmauftrag und die zuständigen Kontrollinstanzen.

Mit der Einführung des privat-kommerziellen Fernsehens in Deutschland können Angleichungstendenzen an das amerikanische System beobachtet werden: Der Wettbewerb auf dem deutschen Fernsehmarkt verschärft sich und die Unterhaltungsorientierung nimmt zu. Auch in den USA haben Mitte der 1980er-Jahre Veränderungen stattgefunden, die einen größeren Konkurrenzdruck hervorriefen. In beiden Ländern differenziert sich das Fernsehsystem im Zeitverlauf immer weiter aus, während sich die Kommerzialisierung verstärkt.

Ebenso wie die Fernsehsysteme ist auch der Journalismus in den beiden Ländern durch die jeweilige historische Entwicklung geprägt. Von wesentlicher Bedeutung für den Charakter und das Selbstverständnis des Journalismus ist die unterschiedlich lange Tradition der Pressefreiheit. In den USA entstand schon früh ein von politischen Einflüssen freier, am Massengeschmack orientierter und um Neutralität bemühter Journalismus. Einschlägige Ausbildungswege wurden eingeführt und verschiedene Berufsrollen differenzierten sich aus. In Deutschland förderte die langanhaltende politische Unterdrückung hingegen die Idealvorstellung vom Journalismus als Forum für subjektive Meinungsäußerungen. Die Journalisten wurden überwiegend als ›Allrounder‹ gesehen, denen eine freie Entfaltung zugesichert werden müsse und die keiner organisierten Ausbildung bedürfen.

Heute noch auffallend sind die Differenzen in den Redaktionsstrukturen, die eine stärkere Rollenüberlappung bei den deutschen Journalisten und eine klare Trennung von Reporter, Editor und Commentator bei den US-amerikanischen Journalisten nach sich ziehen. Hinsichtlich des Berufsverständnisses wurden vor allem in den 1980er-Jahren starke Unterschiede konstatiert. Während die deutschen Journalisten durch ein meinungsorientiertes Rollenverständnis und eine geringere Bereitschaft zu (harter) Recherche auffielen, zeichneten sich die US-amerikanischen Journalisten durch höhere Neutralität und aktive, oftmals ethisch fragwürdige Recherche aus. Die aktuelleren Befragungsstudien zeigen jedoch Angleichungstendenzen. Nicht nur in ihren soziodemografischen Merkmalen stimmen die Journalisten der beiden Länder fast identisch überein, auch in ihren Rollenverständnissen und Einstellungen gegenüber den Recherchemethoden werden sie sich immer ähnlicher.

Der Ländervergleich zwischen Deutschland und den USA macht – trotz einiger Angleichungsprozesse – wesentliche Unterschiede sowohl zwischen den Fernsehsystemen als auch in Bezug auf die Strukturen des Journalismus und die Einstellungen der journalistischen Akteure deutlich. Bedingt durch die historische Entwicklung sind dafür vor allem die nationalen Rahmenbedingungen und Einflussfaktoren auf rechtlicher, ökonomischer, politischer und institutioneller Ebene verantwortlich. Rückblickend auf das Verhältnis zwischen Realität und Fiktion (vgl. Kapitel 2) bleibt festzuhalten, dass sich bei einer Reflexion der journalistischen Realität die nationalen Besonderheiten auch in der US-amerikanischen und deutschen Romanfiktion wiederfinden müssten.

5. ZWISCHENBILANZ UND FORSCHUNGSFRAGEN

Nachdem das Verhältnis von Realität und Fiktion erörtert und der Forschungsstand zum literarischen Journalistenbild dargestellt wurde, fokussierte das letzte Kapitel auf die Merkmale des deutschen und US-amerikanischen Fernsehsystems sowie auf die Charakteristika der journalistischen Akteure dieser beiden Länder. Die theoretischen Erkenntnisse der vorangegangenen Kapitel sollen im Folgenden in Form einer Zwischenbilanz verdichtet und zusammengeführt werden (Kapitel 5.1). Im Anschluss daran werden die Forschungsfragen formuliert, die für die empirische Analyse leitend sind. Basierend auf den Erkenntnissen zum Realitätsgehalt fiktionaler Inhalte sowie auf den Befunden der bisherigen Studien zum literarischen Journalistenbild werden außerdem Annahmen zur Darstellung des Fernsehjournalismus in den US-amerikanischen und deutschen Romanen abgeleitet (Kapitel 5.2).

5.1 Theoretischer Hintergrund: Zwischenbilanz

Medien prägen *und* reflektieren die gesellschaftliche Realität. Dass dies auch für fiktionale Inhalte gilt, konnte von unterschiedlichen Forschungsdisziplinen nachgewiesen werden. Ein interdependentes Verhältnis von Realität und Fiktion ist daher auch bei literarischen Journalismusdarstellungen anzunehmen.

Wirkungen fiktionaler Medieninhalte können auf unterschiedlichen Dimensionen stattfinden. Neben emotionalen Effekten während des Rezeptionsprozesses lassen sich Einflüsse auf die Einstellungen und Überzeugungen, die Realitätsvorstellungen und das Verhalten der Rezipienten feststellen. Empirische Untersuchungen haben sich insbesondere mit dem Einfluss von fiktionalen Medieninhalten auf die Überzeugungen und Realitätsvorstellungen des Publikums befasst. In Experimenten zur Persuasion durch Fiktionen (vgl. Kapitel 2.2.1) konnte nachgewiesen werden, dass Realwelt-inkongruente Informationen zu Überzeugungsänderungen bei den Rezipienten führen. Die Befunde zum ›Sleeper-Effekt‹ lassen zudem vermuten, dass sich Wirkungen fiktionaler Inhalte im Zeitverlauf verstärken: Einstellungsänderungen finden vor allem dann statt, wenn es sich um eine glaubwürdige Quelle handelt. Da die zugrunde liegenden Informationsquellen jedoch schneller vergessen werden als die Informationen selbst, können fiktional vermittelte Informationen zu einem späteren Zeitpunkt eine höhere Wirkung entfalten. Langfristige Wirkungen fiktionaler Medieninhalte belegen die Studien zur Kultivierungshypothese (vgl. Kapitel 2.2.2). Zahlreiche inhaltsanalytische Untersuchungen der letzten Jahrzehnte haben ein verzerrtes Bild der empirischen Realität in fiktionalen Angeboten festgestellt. Dies betrifft z. B. den darin enthaltenen Gewaltanteil oder die Darstellung von Geschlechter- und Berufsrollen. Befragungen zeigen, dass das fiktionale Bild auf die Realitätsvorstellungen des Publikums abfärbt. Insbesondere wenn diese Angebote häufig genutzt werden, neigen die Rezipienten dazu, die reale Welt so zu sehen, wie sie in der Fiktion dargestellt wird. Der Einfluss fiktionaler Darstellungen wird außerdem begünstigt, wenn es sich um Aspekte der sozialen Wirklichkeit handelt, zu denen die Rezipienten über keine eigenen Erfahrungen verfügen.

Abgesehen von der Quantität der Nutzung spielt auch die Qualität des Rezeptionsprozesses eine Rolle für die Stärke der fiktionalen Wirkungen. Das ›Transportation-Imagery-Model‹ von Green und Brock (2002) belegt, dass bei Rezipienten, die besonders stark in die fiktionale Geschichte involviert sind, stärkere Wirkungen auftreten. Fiktionale Narrationen entsprechen außerdem der menschlichen Natur, Informationen in Form von Geschichten zu verarbeiten und zu speichern, sodass diese besonders gut erinnert werden.

Empirische Studien zur Wirkung des fiktionalen Journalismusbildes liegen bislang noch nicht vor. Die theoretischen Erkenntnisse und empirischen Befunde der Persuasions- und Kultivierungsstudien sprechen allerdings für eine Übertragbarkeit auf fiktionale Journalismusdarstellungen: Einflüsse anderer fiktionaler Berufsbilder auf die Einstellungen und Realitätsvorstellungen der Rezipienten konnten bereits nachgewiesen werden (vgl. z. B. PFAU/MULLEN/GARROW 1995; PFAU et al. 1995; ROSSMANN 2002,

2003). Die bislang vorliegenden Veröffentlichungen zum fiktionalen Journalismusbild vermuten ebenfalls eine Wirkung auf die Bevölkerung (vgl. Kapitel 3.3.3.2). Autoren, die ein negatives Bild in den literarischen Werken konstatieren, äußern sich oftmals besorgt über die möglichen Folgen der fiktionalen Darstellungen und fühlen sich in den Bevölkerungsumfragen zum Ansehen der Journalisten bestärkt: Auf den Ranglisten der Berufsprestigeskalen befinden sich Journalisten meist auf den unteren Plätzen (vgl. z.B. ALLENSBACHER ARCHIV 2005, 2008). Auch einige anekdotische Beispiele verdeutlichen die Wirkung fiktionaler Journalismusdarstellungen. So verweisen beispielsweise bekannte journalistische Akteure auf fiktionale Werke und Charaktere, die sie in ihrer Berufsentscheidung beeinflusst haben (vgl. z.B. GHIGLIONE 1990: 8f.).

Aus den Befunden zum Wirkungspotenzial fiktionaler Medieninhalte ergibt sich zusammenfassend die Annahme, dass literarische Journalistendarstellungen das Realitätsbild der Rezipienten beeinflussen – eine Wirkung, die dadurch begünstigt wird, dass nur wenige Leser über Primärerfahrungen verfügen und den journalistischen Beruf aus eigener Anschauung kennen (vgl. z.B. SHUMAN 1903; BLÖBAUM 1994).

Damit richtet sich der Fokus auf die Frage, welches Bild über den Journalismus in fiktionalen Medien verbreitet wird und wie sehr sich diese Darstellungen an der journalistischen Realität orientieren. Die Ergebnisse der bisherigen Studien zum fiktionalen Journalismusbild weichen stark voneinander ab und der Forschungsstand weist große Defizite auf (vgl. Kapitel 3.2.3.1 und Kapitel 3.3). Obwohl einige Beiträge zum literarisch vermittelten Journalismusbild vorliegen, nehmen diese Studien kaum aufeinander Bezug und zeichnen sich nur selten durch eine systematische Herangehensweise aus.

Die theoretischen Ausführungen und empirischen Befunde zum Realitätsgehalt fiktionaler Werke ergeben, dass in Fiktionen grundsätzlich eine Spiegelung der sozialen Wirklichkeit stattfindet. Dies ist zum einen dadurch bedingt, dass die Autoren selbst durch das gesellschaftliche Umfeld geprägt sind. Zum anderen soll für den Leser bzw. Zuschauer eine vertraute Umgebung geschaffen werden, damit dieser sich darin zurechtfindet und sich besser in den Handlungsverlauf hineinversetzen kann. So werden vor allem die Gesellschaftsstrukturen und die allgemein verbindlichen Wertvorstellungen reflektiert. Ebenso schlagen sich soziale Wandlungsprozesse in der Fiktion nieder (vgl. Kapitel 2.3). Daher können mit Inhaltsanalysen auch nationale Besonderheiten in der Literatur unterschiedlicher Länder nachgewiesen werden: Zerges (1977) zeigt beispielsweise, dass die Kurzgeschichten in der ost- und westdeutschen Tagespresse die politisch-ideologische Linien der beiden Länder widerspiegeln. Für fiktionale Journalismusdarstellungen erkennt z. B. Kleinsteuber (2000a, 2003) eine Reflexion der jeweiligen nationalen Medienstrukturen und Harrison (1945a, 1945b) sieht in den analysierten amerikanischen Romanen von 1832 bis 1900 die Entwicklungsgeschichte des Journalismus nachgezeichnet (vgl. Kapitel 3.2.3.1).

Die Ausführungen zum US-amerikanischen und deutschen Fernsehjournalismus haben wesentliche Unterschiede zwischen den beiden Ländern deutlich gemacht. Die Fernsehsysteme sind durch die Dominanz unterschiedlicher Organisationsformen geprägt, was Folgen für die Finanzierungsarten, die Kontrolle und die Programminhalte hat (vgl. Kapitel 4.1). Auch der Journalismus und die journalistischen Akteure der beiden Länder unterscheiden sich in bestimmten Punkten. Im Vergleich zu Deutschland kennzeichnet den amerikanischen Journalismus z. B. eine stärkere Rollentrennung, ein anderes Objektivitätsverständnis und eine größere Offenheit für illegitime Vorgehensweisen bei der Recherche (vgl. Kapitel 4.2). In Anlehnung an die theoretischen Annahmen und empirischen Befunde zum Realitätsgehalt fiktionaler Werke ist folglich eine Widerspiegelung dieser realen Gegebenheiten in den Journalismusromanen denkbar.

Bei der Auswahl und Darstellung einzelner Themen und Protagonisten zeigen sich in den systematischen Inhaltsanalysen allerdings erhebliche Verzerrungen zwischen Realität und Fiktion (vgl. Kapitel 2.3). Deutlich häufiger als in der sozialen Realität treten in den Fiktionen Gewalthandlungen auf. Gesellschaftliche Minderheiten, Frauen und ältere Menschen sind in der fiktionalen Realität unterrepräsentiert und werden zudem oftmals über Stereotype charakterisiert oder in Rollenbilder gepresst. Auch bei der Darstellung von Berufsgruppen wurde auf Verzerrungen aufmerksam gemacht (vgl. z. B. DEFLEUR 1964; PFAU/MULLEN/GARROW 1995; PFAU et al. 1995). Die Ergebnisse einzelner Studien zum fiktionalen Journalismusbild bestätigen diese Befunde (vgl. Kapitel 3.2.3.1). Die Autoren weisen auf die Aussparung von wichtigen Aspekten der journalistischen Realität hin (vgl. z. B. GOOD 1986b; PANNEN 1988) und beschreiben Verzerrungen in den soziodemografischen Merkmalen der fiktiven Akteure: Auch in den literarischen Journalismusdarstellungen spielen Frauen und gesellschaftliche Minderheiten nur eine marginale Rolle (vgl. z. B. PANNEN 1988; LANGNER-BURNS 1989).

Dass Berufe in der Fiktion mit bestimmten Stereotypen einhergehen, machen neben einzelnen Schriftstellern auch die Ratgeber deutlich, die

Erfolgsrezepte zum Schreiben von Romanen bieten. Sie betonen die Wichtigkeit, fiktive Akteure mit Berufen zu versehen, da in den Vorstellungen der Leser Beruf und Verhalten eng miteinander verbunden sind. Berufe sind daher besonders gut geeignet, um Personen zu charakterisieren (vgl. MOTHES 2007: 10) und können des Weiteren bereits auf die Beweggründe des Romans hinweisen (vgl. WALSER 1994: 35f., erstmals 1992).

Einigen vorliegenden Studien zum fiktionalen Journalismusbild dient die Tatsache, dass viele Autoren selbst als Journalisten gearbeitet haben, als Anhaltspunkt für eine mögliche Reflexion der journalistischen Realität in den Romandarstellungen (vgl. Kapitel 3.2.2.5). Mehrfach wird darauf verwiesen, dass die fiktionalen Darstellungen »frequently a form of autobiography« seien (GOOD 1986a: 87). Selbst in den Werken journalistischer ›Insider‹ ist jedoch keine wirklichkeitsgetreue Widerspiegelung der sozialen Realität zu erwarten. So betont auch Weischenberg (1995), dass fiktionale Narrationen ausschließlich ihren eigenen Gesetzmäßigkeiten unterliegen:

> »Journalistische Romanautoren als Reflektoren der Wirklichkeit, als Aufklärer über die wahren Verhältnisse oder als medienpolitische Hilfspolizei – damit gerät man in die ›Realitätsfalle‹. Denn so werden Erwartungen an das Literatursystem gerichtet, die dieses weder erfüllen kann noch soll. Zwar mag dieses System ›von außen‹ Anstöße für Themen erhalten; es verarbeitet sie jedoch nach der eigenen Handlungsgrammatik und ohne Referenz auf die Wahrheitskriterien z.B. des Journalismus- oder des Wissenschaftssystems« (WEISCHENBERG 1995: 394).

Die literarischen Darstellungen *können* also durchaus Wirklichkeit reflektieren, *müssen* dies aber nicht tun. Ob bzw. in welchem Ausmaß die journalistische Realität in den fiktionalen Werken reflektiert wird, ist eine empirische Frage, die mit der eigenen Analyse beantwortet werden soll.

5.2 Forschungsfragen und Annahmen

Aufbauend auf den theoretischen Vorüberlegungen fragt die eigene Analyse nach der Darstellung des Journalismus in der Literatur. Sie beschränkt sich auf einen Teilbereich der literarischen Journalismusdarstellungen und fokussiert dabei auf einen Länder- und Zeitvergleich sowie auf einen Vergleich zwischen Fiktion und Realität. Die zentrale Forschungsfrage lautet:

1. *Welches Bild vermitteln Romane vom Fernsehjournalismus?*

Für das fiktionale Bild des Fernsehjournalismus sind zwei Aspekte von Interesse: zum einen das journalistische Umfeld, zum anderen die journalistischen Akteure selbst. Da Journalisten immer in die Strukturen des jeweiligen Mediensystems eingebunden sind, ist es wichtig, auch Informationen zu den journalistischen Rahmenbedingungen zu betrachten. Diese Perspektive wird in anderen Untersuchungen zum fiktionalen Journalismusbild stark vernachlässigt (vgl. Kapitel 3.2.2.3). Das journalistische Umfeld hat jedoch einen maßgeblichen Einfluss auf die Sozialisation und die Handlungsspielräume der Akteure und schlägt sich letztlich auch in den Medieninhalten nieder. Von Interesse ist folglich die fiktionale Darstellung der Rahmenbedingungen und der Einflussfaktoren, die beispielsweise auf rechtlicher, ökonomischer oder institutioneller Ebene zu verorten sind.

Neben dem journalistischen Umfeld ist die Darstellung der fiktiven Journalisten von Interesse. Sie stehen in den Romanen stellvertretend für den journalistischen Berufsstand und ihre Eigenschaften, die auf sie bezogenen Bewertungen sowie die Beschreibung ihres Arbeitsalltags prägen entsprechend das durch die Literatur vermittelte Journalismusbild. In diesem Zusammenhang interessiert auch, welche Merkmale in der Romanfiktion beschrieben und welche vernachlässigt werden. Die Hauptforschungsfrage lässt sich somit in zwei Unterforschungsfragen untergliedern:

a. *Welche Aspekte des journalistischen Umfelds werden in den Romanen thematisiert?*
b. *Durch welche Merkmale zeichnen sich die fiktiven journalistischen Akteure aus?*

Die Analyse des literarischen Journalismusbildes soll zudem einen internationalen Vergleich ermöglichen. Auf diesen Vergleich, bei dem Deutschland und die Vereinigten Staaten von Amerika einander gegenübergestellt werden, bezieht sich die zweite Forschungsfrage:

2. *Weisen die US-amerikanischen und die deutschen Romane Unterschiede in der Darstellung des Journalismusbildes auf?*

Neben dem Ländervergleich wird in einer weiteren Vergleichsdimension die Darstellung des Fernsehjournalismus im Zeitverlauf berücksichtigt. Die dritte Forschungsfrage lautet demnach:

3. *Zeigen sich in den Romanen Veränderungen in der Darstellung des Journalismus im Zeitverlauf?*

Die letzte Forschungsfrage zielt auf das Verhältnis zwischen Realität und Fiktion ab. Aufbauend auf den Ergebnissen der vorangehenden Forschungsfragen soll ein Vergleich des literarischen Journalismusbildes mit der realen Situation des Fernsehjournalismus durchgeführt werden. Die letzte Forschungsfrage knüpft damit an die vorab formulierten Fragestellungen an:

4. *Inwieweit korrespondiert die fiktionale Darstellung mit der journalistischen Realität?*

Die empirische Untersuchung des literarischen Journalismusbildes fokussiert folglich auf drei Vergleichsebenen: *erstens* auf den internationalen Vergleich, *zweitens* auf den Vergleich im Zeitverlauf und *drittens* auf den Vergleich zwischen journalistischer Realität und literarischer Fiktion. Im Sinne der Lesbarkeit wird die zweite Vergleichsebene, der Zeitverlauf, bei der Ergebnispräsentation in die beiden anderen Vergleichsdimensionen integriert (vgl. Abb. 9).

ABBILDUNG 9

Vergleichsdimensionen der empirischen Untersuchung

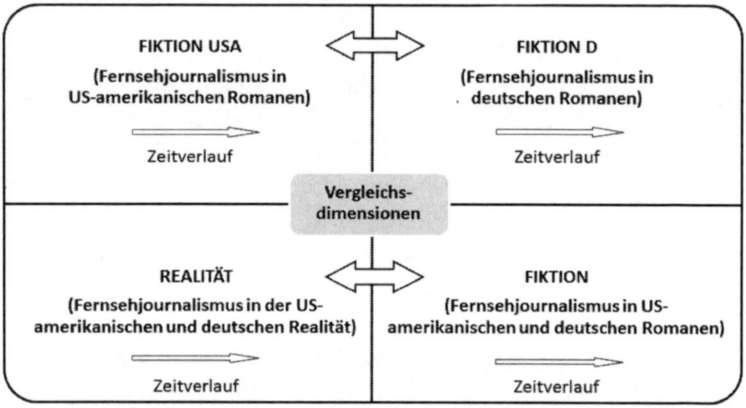

Die Vergleichsdimensionen gewährleisten eine umfassende Analyse des fiktionalen Journalismusbildes. Es kann geprüft werden, ob sich Unterschiede zwischen den Herkunftsländern und den Erscheinungszeiträumen zeigen – oder aber, ob die Romane ein ähnliches Bild des Fernsehjournalismus vermitteln. Der Vergleich mit den realen Gegebenheiten ermöglicht Aussagen über den Realitätsgehalt der fiktionalen Darstellungen. Durch diese Gegenüberstellung kann des Weiteren überprüft werden, ob sich Unterschiede im Zeit- und Ländervergleich mit der realen Situation des Fernsehjournalismus erklären lassen.

Es wird davon ausgegangen, dass hinsichtlich der strukturellen Rahmenbedingungen des Fernsehjournalismus eine höhere Parallelität zwischen Realität und Romanfiktion zu verzeichnen ist als bei den journalistischen Akteuren. Für diese Annahme sprechen die gängigen Gestaltungsprinzipien fiktionaler Werke (vgl. Kapitel 2.3.3) sowie einzelne Hinweise aus bisherigen Analysen zum literarischen Journalismusbild (vgl. Kapitel 3.2.3.1): Fiktionale Geschichten werden üblicherweise in einem den Rezipienten vertrauten Umfeld angesiedelt, wohingegen die Protagonisten und deren Erlebnisse als außergewöhnlich konstruiert sind.

Folglich wird erwartet, dass die Romanhandlungen in die real existierenden Strukturen des Fernseh- und Journalismussystems eingebettet sind und die Autoren auch explizit auf die mediale Realität (z. B. auf reale Fernsehsender oder bekannte journalistische Akteure) verweisen. Das reale journalistische Umfeld sollte sich also in der Romanfiktion widerspiegeln und demnach internationale Unterschiede zwischen Deutschland und den USA deutlich machen. Dies betrifft beispielsweise die Organisationsformen der Fernsehsysteme, die journalistischen Ausbildungswege oder die unterschiedlich starke Ausprägung der ökonomischen und politischen Einflussfaktoren. Aufgrund der strukturellen Umgestaltung durch die Einführung des privat-kommerziellen Rundfunks Mitte der 1980er-Jahre werden daher auch wesentliche Veränderungen des Journalismusbildes in den deutschen Romanen erwartet. Im Zeitverlauf sollten sich z. B. eine verstärkte Thematisierung der ökonomischen Imperative und ein Anstieg von unterhaltungsorientierten Formaten abzeichnen.

Im Gegensatz zu den journalistischen Rahmenbedingungen wird für die Darstellung der fiktiven Journalisten ein eher verzerrtes Bild erwartet. Fiktionale Werke thematisieren vorrangig interessante und spannende Vorgänge und beinhalten bevorzugt jüngere Protagonisten (vgl. Kapitel 2.3.3). Überträgt man dies auf die Journalismusromane, so sollten sich die fiktiven Journalisten und ihr beruflicher Alltag in wesentlichen Punkten von ihren realen Kollegen unterscheiden. Es wird also angenommen, dass die Romane ein betont risikoreiches, aufregendes und abwechslungsreiches Berufsbild zeichnen. Da es sich um transnationale Gestaltungsprinzipien handelt, sollte die Darstellung der fiktiven Journalisten in dieser Hinsicht internationale Parallelen aufweisen. Diese überwiegend realitätsinkongruenten Darstellungen, die als länderübergreifende Metabotschaften zu interpretieren wären, sollten zudem zeitlich stabil sein.

6. METHODIK

Dieses Kapitel erläutert die methodischen Grundlagen der durchgeführten empirischen Studie zum Bild des Fernsehjournalismus in der Literatur. Nur sehr wenige der bislang publizierten Beiträge zum fiktionalen Journalismusbild enthalten Hinweise zur Auswahl des Untersuchungsmaterials sowie zum Vorgehen bei der Analyse, sodass deren Befunde nicht intersubjektiv nachvollziehbar sind (vgl. Kapitel 3.2.1.1). Auch deshalb soll die methodische Vorgehensweise hier umfassend dokumentiert werden.

Die Ausführungen beginnen mit der Beschreibung und Auswahl des Untersuchungsmaterials. Hier wird das Vorgehen bei der Bestandsaufnahme der literarischen Werke geschildert, der Untersuchungszeitraum festgelegt und die Kriterien für die Auswahl der Romane bestimmt. Anschließend folgen Informationen zur Stichprobenziehung und eine Auflistung der in die Analyse eingegangenen Romane (Kapitel 6.1). Das zweite Unterkapitel erläutert die Wahl der Analysemethode, stellt das Untersuchungsinstrument vor und gibt Hinweise zur Auswertung der Daten (Kapitel 6.2).

6.1 Untersuchungsmaterial

Wie alle empirischen Untersuchungen zum Bild des Journalisten sieht sich auch diese Studie mit »dem Problem der Stichprobenziehung, der Begrenzung des Materials aus einer empirisch kaum zu bestimmenden Grundgesamtheit von literarischen Texten, in denen Journalisten oder Journalismus vorkommen« (BLÖBAUM 2007: 248) konfrontiert.

Leitend für die Auswahl des relevanten Analysematerials ist das spezifische Untersuchungsinteresse: der internationale Vergleich der Darstellung von Fernsehjournalisten in US-amerikanischen und deutschen

Romanen. Die untersuchungsrelevanten literarischen Journalismusdarstellungen müssen demnach drei Kriterien aufweisen, die nachfolgend kurz begründet werden:

1. *Roman als literarische Gattung*
2. *Fernsehen als im Roman thematisiertes journalistisches Medium*
3. *USA bzw. Deutschland als Herkunftsland des Romans.*

Da davon auszugehen ist, dass unterschiedliche Textgattungen Konsequenzen für das konstruierte Journalismusbild haben, beschränkt sich diese Untersuchung auf Romane. Andere literarische Gattungen wie Lyrik und Dramatik werden aufgrund ihrer formalen sowie rezeptionsbedingten Charakteristika ausgeschlossen. Lyrische Beiträge sind zum einen durch ihre Kürze gekennzeichnet, weshalb sie vergleichsweise wenig Informationsgehalt bereitstellen. Zum anderen zeichnen sie sich durch eine häufig sehr bildhafte Sprache aus, die dem Leser ein hohes Maß an eigener Interpretation und aktiver Auseinandersetzung mit dem Gedicht abverlangen. Dramen wurden ausgeschlossen, da ihre Inhalte vorwiegend über Aufführungen im Theater vermittelt werden und ihre Rezeption daher nur in seltenen Fällen über den Leseprozess erfolgt. Mit der Festlegung auf den Roman blieben auch andere Prosa-Gattungen wie Erzählungen, Kurzgeschichten, Satiren, Novellen sowie Kinder- und Jugendbücher unberücksichtigt. Diese Texte unterscheiden sich zum Teil grundlegend in ihrer Intention und viele davon stellen zudem – ähnlich wie lyrische Beiträge – aufgrund ihres stärker begrenzten Umfangs einen vergleichsweise geringen Informationsgehalt bereit.[82] Hinsichtlich der Gattung Roman wurden keine weiteren Einschränkungen vorgenommen. Selbstverständlich können auch Romane über den Journalismus anhand verschiedener Kriterien in diverse Unterkategorien eingeteilt werden. In der Analyse sollte jedoch ganz bewusst die gesamte Bandbreite der Journalismusromane vertreten sein. Aus diesem Grund wurde zum einen keine Eingrenzung hinsichtlich der spezifischen literarischen Qualität der Romane vorgenommen. Abgesehen von der grundsätzlich problematischen Abgrenzung zwischen Trivialliteratur und hoher Literatur (vgl. STEINECKE 1997: 294; CERSOWSKY 1997: 351)[83] ist

82 Ausnahmen gibt es natürlich auch hier, wie Heinrich Bölls Erzählung *Die verlorene Ehre der Katharina Blum* (1974) zeigt, in der anhand der Figur des Journalisten Werner Tötges ein mit stark negativen Aspekten behaftetes Bild der deutschen Boulevardpresse gezeichnet wird.

83 Die dichotome Einordnung literarischer Texte gilt ohnehin als überholt. Mittlerweile hat sich eine differenziertere Betrachtungsweise durchgesetzt und es wird anhand eines ›Dreischichtenmodells‹ zwischen Dichtung/Hochliteratur, Unterhaltungsliteratur und Trivialliteratur

der ästhetische und künstlerische Wert der Romane für die Untersuchung des fiktionalen Journalismusbildes ohnehin nicht von vorrangigem Interesse. Aufgrund der Hinweise, dass sich Kunst-/Hochliteratur im Vergleich zu Trivialliteratur durch eine deutlich kritischere Perspektive auszeichnet (vgl. z. B. LILIENTHAL 1984a: 28), erscheint es jedoch sinnvoll, diesbezügliche Informationen festzuhalten und gegebenenfalls bei der Interpretation der Ergebnisse zu berücksichtigen. Zum anderen wurde auf eine Eingrenzung der Romane hinsichtlich inhaltlicher oder formaler Merkmale verzichtet. Als bekannte Unterkategorien werden gemeinhin z. B. Kriminalromane, Thriller, Liebesromane, autobiografische Romane, historische Romane, Brief-/Tagebuchromane oder Science-Fiction-Romane angeführt. Doch auch hier sind die Grenzen fließend, die Subgattungen schließen sich nicht wechselseitig aus und eine eindeutige Zuordnung ist aufgrund der Vielschichtigkeit der meisten Romane nur in seltenen Fällen möglich (vgl. auch ENGESSER 2005: 131).

Um eine höhere Vergleichbarkeit der Romane zu erzielen, konzentriert sich diese Untersuchung ausschließlich auf Darstellungen des Fernsehjournalismus und klammert andere Mediengattungen aus. Der Arbeitsalltag, die behandelten Themen und die journalistischen Tätigkeiten unterscheiden sich deutlich, je nachdem ob ein Journalist für eine lokale Tageszeitung, einen Radiosender oder das Fernsehen arbeitet. Unterschiede gibt es selbstverständlich auch innerhalb des Fernsehjournalismus: Sie können aus der Organisationsform (öffentlich-rechtlich vs. privat-kommerziell), dem jeweiligen Format (Nachrichtensendung, Dokumentation, Unterhaltung, ...) und dem spezifischen Tätigkeitsprofil (Reporter, Moderator, Kameramann, ...) resultieren. Gleichwohl weisen die Medienlogik und die Rahmenbedingungen, denen die Journalisten beim Fernsehen unterliegen, wesentliche Gemeinsamkeiten auf.

Ein internationaler Vergleich, der viele Länder einbezieht, ist aus forschungsökonomischen Gründen nur schwer praktikabel, da für belastbare Ergebnisse eine ausreichend hohe Fallzahl fiktionaler Werke pro Land analysiert werden müsste. Der Zwei-Länder Vergleich zwischen Deutschland und den USA gewährleistet hingegen, dass aus beiden Ländern genügend Untersuchungsmaterial berücksichtigt werden kann. Die realen Unterschiede zwischen den beiden Ländern ermöglichen es zudem, zu

unterschieden (vgl. FOLTIN 1965). Doch auch hier gilt, dass die Übergänge zwischen den drei Typen fließend sind.

überprüfen, ob sich die nationalen Charakteristika auch im Sinne der Reflexionstheorie in den Romanen widerspiegeln.

6.1.1 *Bestandsaufnahme*

Nach Bestimmung der grundlegenden Voraussetzungen für das Untersuchungsmaterial wurde mit der Suche nach den relevanten Romanen begonnen. Die Problematik der Identifizierung von untersuchungsrelevanten Titeln beschreiben alle Studien, die eine systematische Herangehensweise an das Thema wählen (vgl. z. B. STUDNITZ 1983: 24f., ENGESSER 2005: 102). Die Unmenge jährlicher Neuerscheinungen in den USA und in Deutschland macht es schlichtweg unmöglich, sämtliche relevanten Werke aufzuspüren und die absolute Zahl der Grundgesamtheit zu bestimmen.[84] Einen überzeugenden Ausweg aus dieser Problematik findet Engesser, die sich bei der Analyse der literarischen Texte auf die Bestsellerliste des *Spiegel* beschränkt (vgl. ENGESSER 2005: 105ff.). Zum einen erleichtert dieses Vorgehen die Bestandsaufnahme der relevanten Werke erheblich, zum anderen spricht für die Eingrenzung auf Bestseller das Argument ihrer Breitenwirkung: Bestseller haben einen großen Leserkreis und das darin vermittelte Journalismusbild wird somit von einem breiten Publikum rezipiert. Für die vorliegende Untersuchung eignet sich die Orientierung an Bestsellerlisten jedoch nicht. In diesen Listen mögen sich genügend literarische Titel finden, in denen Journalisten thematisiert werden – Engesser konnte in der *Spiegel*-Bestsellerliste für den Zeitraum von 1970 bis 2000 immerhin 61 untersuchungsrelevante Bücher ausmachen. Die hier aufgestellten Kriterien (US-amerikanische oder deutsche Romane, in denen Fernsehjournalismus thematisiert wird) erfüllen jedoch nur acht dieser Bestsellertitel. So blieb für die eigene empirische Analyse nur der Weg, durch eine umfassende Recherche möglichst viele Elemente zu identifizieren. Hilfreich waren dabei in erster Linie Datenbanken, Bibliografien und bereits erschienene Studien zum Bild des Journalisten in der Literatur.

84 In Deutschland belief sich die Zahl der Erstauflagen in den Sachgruppen Belletristik und Deutsche Literatur im Jahr 2005 auf 19 930 Titel: Belletristik 11 187, Deutsche Literatur 8 743 (vgl. BÖRSENVEREIN DES DEUTSCHEN BUCHHANDELS E. V. 2006: 57f.). Dass die Zahlen für den US-amerikanischen Buchmarkt in etwa doppelt so hoch sind, verdeutlicht die Bowker-Statistik: Hier werden für das Jahr 2005 exakt 41 224 Titel gelistet, von denen 34 927 auf das Segment Fiction und 6 297 auf das Segment Literature entfallen (vgl. O. A. 2007).

6.1.1.1 *Bestandsaufnahme der US-amerikanischen Romane*

In den USA bietet die Datenbank des Projektes ›The Image of the Journalist in Popular Culture‹ (IJPC) die reichhaltigste Quelle für die fiktionale Thematisierung von Journalismus. Das Projekt wurde im Jahre 2000 von Joseph Saltzman gegründet und ist am Norman Lear Center der School for Communication an der University of Southern California Annenberg angesiedelt. Die IJPC-Datenbank basiert auf Saltzmans Recherchen im Zeitraum von 1989 bis 2000 (vgl. E-Mail Auskunft von Joseph Saltzman am 16.02 2007).[85] Sie wird jährlich aktualisiert und listet in der Ausgabe von 2006 exakt 44 269 Einträge. Die Besonderheit der Datenbank liegt in dem breiten Spektrum, das diese abdeckt. Werke aller denkbaren fiktionalen Gattungen, in denen Journalisten auftreten, sind darin verzeichnet. Etwas mehr als zwei Drittel der Einträge entfallen auf Filme, Fernsehsendungen und Romane. Darüber hinaus finden sich Kurzgeschichten, Dramen, Gedichte und Cartoons sowie Lieder, Witze, Werbung und Videospiele.

In der IJPC-Datenbank können unterschiedliche Abfragen vorgenommen und die Einträge unter anderem nach Erscheinungsjahr, Autor oder Mediengattung (Roman, Film, Kurzgeschichte, Witz, etc.) gefiltert werden. Die Abfrage nach ›novels‹ ergibt 7769 Werke, die im Zeitraum von 1700 bis 2005 erschienen sind. Besonders hilfreich ist, dass in der Datenbank auch das mediale Berufsfeld der fiktiven Journalisten verzeichnet wird. Begrenzt man die Abfrage der 7769 Romane weiter um das Medium ›TV‹ bzw. ›television‹, so listet die Datenbank noch 510 Romane aus der Zeit zwischen 1934 und 2005.

Die Durchsicht der 510 Romane ergab, dass 22 Titel doppelt aufgeführt waren. Weitere sieben gelistete Einträge der IJPC-Datenbank waren fälschlicherweise als Roman eingeordnet – darunter Kinderbücher und Erzählungen. Nach Bereinigung der Datenbank um diese Titel verblieben 481 Romane. Problematisch für die Untersuchungszwecke der eigenen Studie ist, dass die IJPC-Datenbank keine Angaben zum Herkunftsland der aufgeführten Werke enthält. Deshalb mussten die 481 Romane in einem nächsten Schritt auf die Nationalität ihrer Verfasser überprüft werden. Bei elf Werken konnten auch nach sorgfältiger Recherche und Anfragen bei den jeweiligen Verlagen keinerlei Informationen zu ihrem Herkunftsland ge-

85 Weitere Informationen zu den Inhalten und Zielen des Projekts finden sich auf der IJPC-Website unter www.ijpc.org

funden werden. Diese wurden deshalb aus der Untersuchung ausgeschlossen. Weitere 92 Romane, die in der Datenbank zum Thema Fernsehjournalisten gelistet sind, stammen nicht von US-amerikanischen Autoren. Bei der Durchsicht der Autoren zeigt sich die stark anglophile Ausrichtung der IJPC-Datenbank: 89 der 92 Romane kommen aus dem englischsprachigen Ausland, davon allein 62 aus Großbritannien.[86]

Nach der Bereinigung der Datenbank für die Untersuchungszwecke verblieben folglich 372 amerikanische Romane.

6.1.1.2 *Bestandsaufnahme der deutschen Romane*

In Deutschland gibt es eine der IJPC vergleichbare Datenbank leider nicht. Die Zusammenstellung relevanter Romane war demnach um einiges mühsamer und zeitaufwendiger als bei den US-amerikanischen Romanen. Um möglichst viele Elemente zu identifizieren, musste auf unterschiedliche Quellen sowie die eigene Recherche zurückgegriffen werden. Als problematisch erwies sich, dass ohne Durchsicht der Romane meist nicht offensichtlich ist, für welches Medium die fiktiven Journalisten arbeiten. Aus diesem Grund wurden in einem ersten Schritt sämtliche Romane über den Journalismus zusammengetragen und die einzelnen Titel erst in einem zweiten Schritt auf das thematisierte Medium überprüft. Das Gleiche gilt für die Nationalität der Autoren. Auch hier wurden zunächst alle deutschsprachigen Romane aufgenommen, bevor deren Herkunftsland geprüft wurde.

Als erste Quelle wurde die Bibliografie *Beruf und Arbeit in deutschsprachiger Prosa seit 1945* von Hans Martin Pleßke herangezogen. Pleßke führt mit dieser Bibliografie die Arbeit von Franz Anselm Schmitt fort und ergänzt dessen 25 Jahre zuvor erschienenes Werk um weitere, in den Folgejahren erschienene Titel (vgl. SCHMITT 1952; PLESSKE 1997). Für den Zeitraum von 1945 bis 1996 sind annähernd 13 000 Titel zu rund 600 Berufen verzeichnet. Unter den Überschriften ›Fernseharbeit‹, ›Journalist‹, ›Redakteur‹ und ›Rundfunkarbeit‹ finden sich 455 Titel. Bei diesen handelt es sich um verschiedenartige Prosatexte und die genauere Durchsicht zeigt, dass vor allem Autobiografien und Tagebücher einen hohen Anteil der gelisteten Texte ausmachen. Die Titelvielfalt reduziert sich weiter, da ein Großteil

86 Mittlerweile dürfte sich das Verhältnis etwas verändert haben, da die Datenbank jährlich wächst und vermehrt Titel aus anderen Ländern aufgenommen werden. So sind beispielsweise inzwischen auch mehrere Hundert deutschsprachige Titel in der IJPC-Datenbank gelistet, die im Rahmen dieser Recherche zusammengetragen wurden.

der Texte unter mehr als einer Überschrift gelistet ist. Nachteilig ist zudem, dass dort sämtliche deutschsprachigen Titel aufgeführt sind, aber keine Informationen zur Nationalität des Autors gegeben werden. Zudem weist Pleßke darauf hin, dass Vollständigkeit von ihm nicht angestrebt wurde (vgl. PLESSKE 1997: VIIIff.). Insofern war die Bibliografie zwar als Einstieg für die Bestandsaufnahme vonnutzen, als alleinige Quelle aber nicht ausreichend.

Bei der weiteren Recherche relevanter Journalismusromane wurde das Jahr 1945 als zeitlicher Ausgangspunkt beibehalten.[87] Als zweite Quelle dienten die vorliegenden Studien und Beiträge zum literarischen Journalistenbild. Die darin angesprochenen und analysierten deutschsprachigen Texte wurden auf ihre Gattung überprüft und die identifizierten Romane dem Textkorpus hinzugefügt.

Drittens wurde eine Internetrecherche durchgeführt. Dies war zwingend notwendig, um auch Romane in die Analyse einzubeziehen, die nach der Veröffentlichung der Bibliografie von Pleßke (1995) und der einschlägigen Studien erschienen sind. Mittels einer Schlagwortsuche in Verlagskatalogen, Bibliotheken und Antiquariaten (zvab.de), Online-Buchläden (amazon.de, buch.de) und über Suchmaschinen (google.de) konnten weitere – vorwiegend aktuelle – Romane ausfindig gemacht werden.

Viertens wurde versucht, über die deutschsprachigen Verlage zusätzliche Titel aufzuspüren. Per E-Mail wurde bei 39 Verlagen angefragt, ob sie den aus ihrem Verlag bereits bekannten Journalismusromanen weitere Beispiele hinzufügen können. Die Kooperation war dabei sehr unterschiedlich[88] und die meisten der genannten Romane waren bereits bekannt; die restlichen wurden dem deutschsprachigen Textkorpus hinzugefügt.

Durch die geschilderte Vorgehensweise konnten für den Zeitraum von 1945 bis 2005 insgesamt 458 deutschsprachige Journalismusromane zusammengetragen werden. Diese mussten in einem weiteren Schritt auf die Nationalität ihrer Autoren sowie auf den thematisierten Medienbereich überprüft werden. Bei einigen Werken war es möglich, durch Inhaltsangaben oder Rezensionen

87 Da die Entwicklung des deutschen Fernsehens erst ab den 1950er-Jahren einsetzt (vgl. Kapitel 4.2.1), wurde nicht erwartet, dass sich in den Nachkriegsjahren bereits deutsche Fernsehromane finden lassen. Mit der Bestandsaufnahme von Romanen ab 1945 konnte aber neben dem historischen Einschnitt auch eine mögliche Antizipation des neuen Mediums in der Literatur berücksichtigt werden.

88 Von 16 Verlagen kam überhaupt keine Reaktion auf die Anfrage. Unter den Antworten waren (neben Absagen aus zeitlichen Gründen) allerdings auch einige, die sich sichtlich bemühten, weitere Werke beizusteuern.

im Internet herauszufinden, ob die Romanhandlung im Fernsehbereich angesiedelt ist. Der Großteil der Romane musste jedoch eigenhändig überprüft werden. Da fast alle Titel über Bibliotheken oder Antiquariate erhältlich waren, wurden diese bestellt und quergelesen. 36 Titel ließen sich keinem der drei Medienbereiche Fernsehen, Hörfunk oder Print zuordnen.[89] Die übrigen 422 deutschsprachigen Romane enthielten 99 Titel, in denen das Fernsehen und seine Akteure eine Rolle spielen; in 32 Romanen ist die Handlung im Radiobereich, in 291 Romanen im Printbereich angesiedelt.[90]

Die 99 deutschsprachigen Fernsehromane wurden anschließend auf die Nationalität ihrer Autoren überprüft. Dabei wurden diejenigen Titel aussortiert, die von Autoren aus Österreich, der Schweiz oder der DDR verfasst wurden. Beibehalten wurden Romane von Autoren, die zwar gebürtige Österreicher oder Schweizer sind, jedoch in Deutschland gelebt haben und in ihren Romanen das bundesdeutsche Fernsehsystem thematisieren (z. B. Johannes Mario Simmel und Charles Lewinsky). Dies gilt auch für Romane von Autoren mit DDR-Vergangenheit, wenn diese nach der Wiedervereinigung veröffentlicht wurden.

Nach der Bereinigung um das Kriterium Nationalität verblieben schlussendlich 89 deutsche Fernsehromane.

6.1.1.3 *Zusammenfassung der Bestandsaufnahme*

Die Bestandsaufnahme der US-amerikanischen und deutschen Romane, in denen Fernsehjournalisten eine Rolle einnehmen, beläuft sich auf insgesamt 461 Titel: 372 US-amerikanische und 89 deutsche Romane.

Die vergleichsweise hohe Anzahl amerikanischer Romane lässt sich auf zwei Gründe zurückführen: Zum einen ist der amerikanische Buchmarkt in den Segmenten Belletristik/Literatur ungefähr doppelt so groß wie der deutsche (vgl. Fußnote 84). Es ist naheliegend, dass somit auch die Anzahl der Fernsehromane höher ist als in Deutschland. Zum anderen kann davon ausgegangen werden, dass durch die langjährige und intensive Recherche

89 Jeweils vier Romane thematisieren das Medium Film bzw. Buch und bei zehn Titeln konnte kein Bezug zum Journalismus gefunden werden. In den übrigen 18 Romanen treten zwar Journalisten auf, diese ließen sich jedoch keinem Medium zuordnen, da die Romane entweder nicht einzusehen und daraufhin überprüfbar waren (n = 8) oder aber der Beruf in den literarischen Werken so stark im Hintergrund steht, dass keine weiterführenden Hinweise für eine mediale Zuordnung zu finden waren (n = 10).

90 Romane, die mehr als ein Medium thematisieren, wurden demjenigen Medientyp zugeordnet, der den höheren Stellenwert im Handlungsablauf einnimmt.

des Projektes ›The Image of the Journalist in Popular Culture‹ die einschlägigen fiktionalen US-Werke zu einem sehr großen Teil in die Datenbank aufgenommen wurden. Dennoch ist nicht auszuschließen, dass sowohl bei den US-amerikanischen als auch bei den deutschen Romanen relevante Werke übersehen wurden. Das Vorgehen bei der Recherche und die Höhe der ermittelten Titelanzahl sprechen jedoch dafür, dass mit den 461 Titeln eine vertretbare Basis für die Analyse geschaffen wurde.

6.1.2 *Festlegung des Untersuchungszeitraums*

Die Wahl des Untersuchungszeitraums war durch das Ziel, einen Vergleich im Zeitverlauf zu ermöglichen, geleitet. Dabei sollte sowohl die Zeit vor als auch nach dem Umbruch im Fernsehsystem Mitte der 1980er-Jahre berücksichtigt werden.

Bei der Bestandsaufnahme konnten nur wenige Romane identifiziert werden, die den Fernsehjournalismus bereits vor 1970 aufgreifen. Dies betrifft Deutschland und die USA in gleichem Maße und lässt sich damit erklären, dass »the first generation of fiction about television journalism – from the 1950s and 1960s – focused on the medium itself, not the people who report television news« (GHIGLIONE 1990: 149; vgl. auch SCHENK 1998). Von den 89 deutschen Romanen sind nur zwei vor 1970 erschienen: Martin Walsers *Ehen in Philippsburg* (1957) und Heinz G. Konsaliks *Der goldene Kuß* (1969). Auch in der IJPC-Database entfallen von den 372 Einträgen nur zehn Romane auf die Zeit vor 1970.

Als Untersuchungszeitraum wurden daher die Erscheinungsjahre von 1970 bis 2005 bestimmt. Die Spanne ist lang genug, um Veränderungen in der Darstellung des Fernsehjournalismus beleuchten zu können. Der Analysezeitraum ist geprägt durch die kontinuierlich steigende Programmvielfalt und Sendedauer. Gerade in Deutschland findet in diesem Zeitraum ein bedeutender Einschnitt statt: Mit der Einführung des Dualen Systems Mitte der 1980er-Jahre verlieren die öffentlich-rechtlichen Anstalten ihre Monopolstellung und auch das Fernsehprogramm verändert sich aufgrund der Werbefinanzierung und Unterhaltungsorientierung der privat-kommerziellen Sender deutlich. Bedingt durch das Wachstum des Fernsehmarktes erfolgen auch in den USA Veränderungen: Zu den alteingesessenen Networks ABC, NBC und CBS kommt 1986 mit FOX-TV ein viertes Network hinzu. Die Konkurrenz auf dem Markt wird also in beiden Ländern im

Zeitverlauf stärker und wirkt sich vor allem in Deutschland auf den Journalismus und die Programminhalte aus (vgl. Kapitel 4). Mit der Festlegung des Untersuchungszeitraums auf die Jahre 1970 bis 2005 ist sowohl die Zeit vor als auch nach den Einschnitten Mitte der 1980er-abgedeckt.

Für den Untersuchungszeitraum verbleiben 362 US-amerikanische und 87 deutsche Romane; ihre Verteilung im Zeitverlauf ist Abbildung 10 zu entnehmen.

ABBILDUNG 10
Anzahl US-amerikanischer und deutscher Fernsehromane (1970 - 2005)

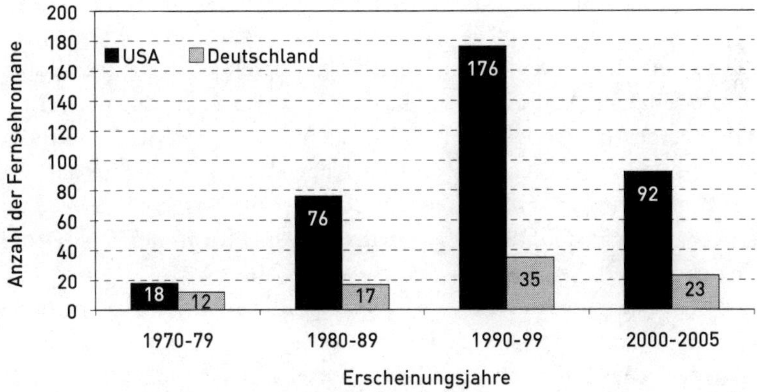

Basis: n = 362 amerikanische, 87 deutsche Romane

Berücksichtigt man, dass es sich bei dem letzten Zeitabschnitt nicht um ein ganzes Jahrzehnt handelt, so zeichnet sich ein Anstieg der Fernsehromane im Zeitverlauf ab. Die unterschiedliche Verteilung der Romane über die Jahrzehnte kann durch mehrere Faktoren bedingt sein. Zum einen ist anzunehmen, dass der Anstieg im Zeitverlauf an den generellen Anstieg von Neuerscheinungen gekoppelt ist (vgl. z. B. BÖRSENVEREIN DES DEUTSCHEN BUCHHANDELS 1972a, 1972b, 2006). Zum anderen mag der wachsende Einfluss des Mediums Fernsehen immer mehr Autoren inspiriert haben, ihre Handlung in diesem Metier anzusiedeln. Schlussendlich spielt wohl auch ein pragmatischer Grund eine Rolle: Bei der Recherche von Romanen, die im Fernsehbereich angesiedelt sind, stößt man vorrangig auf aktuelle Werke. Titel, die bereits vor einigen Jahrzehnten erschienen sind, sind deutlich schwieriger aufzuspüren – vor allem dann, wenn sie keinen hohen Popularitätsgrad erreicht haben und nicht mehr aufgelegt werden.

6.1.3 *Kriterien für die Auswahl der Romane*

Die Romane müssen insgesamt drei Kriterien erfüllen, um für die Analyse infrage zu kommen: Das erste Kriterium bezieht sich auf die Verfasser der Romane, zwei weitere auf die inhaltliche Ebene.

1. *Pro Autor wird nicht mehr als ein Roman analysiert.*

Durch dieses Kriterium sollte vermieden werden, dass eine journalistische Figur mehrmals codiert wird. Einige Autoren, wie z. B. Gabriella Wollenhaupt, Kelly Lange und das Autorenteam Reinhard Junge und Leo P. Ard, haben ganze Romanreihen mit denselben journalistischen Hauptakteuren herausgebracht. Aber auch bei inhaltlich und personell voneinander unabhängigen Romanen eines Autors ist anzunehmen, dass die Darstellung der fiktiven Journalisten keine entscheidenden Unterschiede aufweist. Mit der Begrenzung auf einen Roman pro Autor wird ausgeschlossen, dass sich das Journalistenbild eines einzelnen Autors überproportional in der Analyse niederschlägt.

Bei der Bestandsaufnahme der Romane wurde deutlich, dass sich die einzelnen Werke hinsichtlich der Art und des Ausmaßes der Thematisierung des Fernsehjournalismus teilweise stark unterscheiden. Um die Vergleichbarkeit der analysierten Romane zu erhöhen, wurden zwei weitere Voraussetzungen eingeführt:

2. *Die Handlung der Romane muss in ihrem nationalen Fernsehsystem angesiedelt sein; die fiktiven Fernsehjournalisten müssen also für das US-amerikanische bzw. deutsche Fernsehen arbeiten.*
3. *Im Roman muss mindestens ein aktuell erwerbstätiger Fernsehjournalist als Hauptfigur zu identifizieren sein.*

Diese beiden Kriterien beziehen sich auf die inhaltliche Ebene der Romane. Kriterium zwei ergibt sich aus dem angestrebten Vergleich der Darstellung des US-amerikanischen und des deutschen Fernsehjournalismus. Um einen Vergleich der beiden Systeme zu gewährleisten und um nachweisen zu können, in welchem Maße die Romane die reale Situation des Fernsehjournalismus widerspiegeln, wurden deutsche bzw. US-amerikanische Romane, deren Akteure nicht für das Fernsehsystem des eigenen Landes arbeiten, aus der Analyse ausgeschlossen (vgl. z. B. Robert Bracks *Nachtkommando*, 1998).

Mit dem dritten Kriterium wird vermieden, dass Romane in die Analyse eingehen, in denen die journalistische Tätigkeit keine oder nur eine sehr geringe Bedeutung einnimmt. Davon ist sowohl dann auszugehen, wenn die Arbeit für das Fernsehen mit Beginn der Romanhandlung bereits abgeschlossen ist (vgl. z. B. Heinrich Breloers und Frank Schauhoffs *Mallorca, ein Jahr*, 1995 oder David Osborn's *Love and Treason*, 1982) oder aber im Roman ausschließlich unwesentliche Neben- bzw. Randfiguren als Journalisten auftreten (vgl. z. B. Dan Brown's *Angels and Demons*, 2000 oder J. D. Robb's *Rapture in Death*, 1996). Als Hauptfiguren gelten fiktive Charaktere dann, wenn sie eine wesentliche Rolle für den Gesamtzusammenhang des Romans spielen. Dies zeigt sich darin, dass der Großteil der Handlung um sie herum angelegt ist und der Romanablauf durch sie vorangetrieben wird. Ein Roman kann auch mehr als eine Hauptfigur enthalten, vorausgesetzt, die Figuren nehmen einen gleichermaßen hohen Stellenwert für die Handlung ein.

Zudem wurde festgelegt, welche Kriterien erfüllt sein müssen, damit die Romanfigur als Fernsehjournalist gilt. Es wurde eine breite Begriffsbestimmung gewählt, die sich an der Journalisten-Definition des Deutschen Journalisten Verbands (DJV) orientiert.[91] Als Fernsehjournalisten gelten all diejenigen Protagonisten, die als freie oder fest angestellte Mitarbeiter an der Erarbeitung bzw. Verbreitung von informierenden, kommentierenden und unterhaltenden Fernsehinhalten ohne fiktionalen Charakter beteiligt sind.

Auf das Merkmal der Hauptberuflichkeit wurde bewusst verzichtet, um auch Praktikanten in die Analyse einzubeziehen. Befunde anderer Untersuchungen weisen darauf hin, dass diese als idealistische Berufsanfänger bzw. als Vertreter eines neuen, modernen Journalismus den alten

91 Die Definition des DJV wurde 2002 letztmalig geändert und lautet wie folgt: »Journalistin/Journalist ist, wer nach folgenden Kriterien hauptberuflich an der Erarbeitung bzw. Verbreitung von Informationen, Meinungen und Unterhaltung durch Medien mittels Wort, Bild, Ton oder Kombinationen dieser Darstellungsmittel beteiligt ist:
1. Journalistinnen und Journalisten sind fest angestellt oder freiberuflich tätig für Printmedien [...], Rundfunksender [...] und andere elektronische Medien [...], Nachrichtenagenturen, Pressedienste, in Wirtschaft, Verwaltung und Organisationen [...] sowie in der medienbezogenen Bildungsarbeit und Beratung.
2. Zu journalistischen Leistungen gehören vornehmlich die Erarbeitung von Wort- und Bildinformationen durch Recherchieren (Sammeln und Prüfen) sowie Auswählen und Bearbeiten der Informationsinhalte, deren [...] Aufbereitung (Berichterstattung und Kommentierung), Gestaltung und Vermittlung, ferner disponierende Tätigkeiten im Bereich von Organisation, Technik und Personal.
3. Journalistinnen und Journalisten üben ihren Beruf aus als freiberuflich Tätige oder als Angestellte eines Medienunternehmens bzw. im Bereich der Öffentlichkeitsarbeit eines Wirtschaftsunternehmens, einer Verwaltung oder einer Organisation. [...]« (DJV 2006: 3).

Journalisten gegenübergestellt werden (vgl. GOOD 1986a: 19ff.). Aufgrund der im Zeitverlauf steigenden Unterhaltungsorientierung des Fernsehens wurden auch Romane einbezogen, die in diesem Metier angesiedelt sind. Eine klare Abgrenzung zwischen unterhaltenden und nicht unterhaltenden Formaten fällt mit der zunehmenden Vermischung von Information und Unterhaltung (Stichwort: Infotainment) mittlerweile ohnehin immer schwerer. Der große Bereich der Fernsehunterhaltung lässt sich in drei Typen unterteilen: 1) Unterhaltungssendungen, in denen fiktionale Geschichten erzählt werden, 2) Non-fiktionale Unterhaltungsformate, wie z.B. Quiz- oder Talkshows und 3) Sportsendungen (vgl. HALLENBERGER 2007: 107ff.). Die hier verwendete Definition des Begriffs ›Fernsehjournalist‹ schließt also nur die erste Form der Fernsehunterhaltung aus der Analyse aus.

Die Journalistenstudien der Realität grenzen den Begriff gewöhnlich stärker ein und schließen z.B. freie Journalisten, Intendanten oder im technischen Bereich verortete Akteure aus (vgl. WEISCHENBERG/MALIK/SCHOLL 2006: 30ff.; WEAVER et al. 2007: 256). Für die Analyse fiktionaler Werke ist es jedoch von Vorteil, die Definition an den genannten Tätigkeitsbereichen festzumachen. Die Lektüre vieler Romane zeigt, dass die Berufsbezeichnungen oftmals sehr ungenau verwendet werden. So werden Akteure als Geschäftsführer ausgewiesen, beschränken sich aber keineswegs auf organisatorische und wirtschaftliche Tätigkeiten, sondern leiten Redaktionskonferenzen und sind an der alltäglichen journalistischen Arbeit beteiligt (vgl. z.B. Georg Daniels in Uli Aechtners Roman *Talk Show Down*, 1998).[92] Das Kriterium der ausgeübten Tätigkeiten erweitert die Definition der journalistischen Romanakteure und kann z.B. Reporter, (Chef-)Redakteure, Nachrichtensprecher, Moderatoren, Auslandskorrespondenten, Kameramänner, Tontechniker, Intendanten, Geschäftsführer, Eigentümer von Fernsehsendern, Volontäre und Praktikanten umfassen.[93] Ausgeschlossen wurden jedoch Protagonisten, die zwar für das Fernsehen arbeiten, aber einen eigenständigen Beruf haben und ausschließlich in der Ausübung dieses Berufes im Fernsehen gezeigt werden. Darunter

92 Aus eben diesem Grund haben auch andere Studien den Begriff des Journalisten weiter gefasst als in den realen Journalistenstudien üblich und Herausgeber, Geschäftsführer oder Medienbesitzer mit einbezogen (vgl. z.B. LANGNER-BURNS 1989: 48f.; ENGESSER 2005: 110).

93 Da auch die realen Journalistenstudien leicht unterschiedliche Kriterien bei der Definition des Begriffs anlegen und alle analysierten fiktiven Akteure journalistische Kerntätigkeiten ausführen, ist die Vergleichbarkeit zwischen Realität und Fiktion nicht maßgeblich eingeschränkt.

fallen beispielsweise Meteorologen und Fernseh-Köche (vgl. z. B. einzelne Charaktere in Lorna Michaels' *The Reluctant Hunk*, 1995).

6.1.4 *Stichprobe und Auflistung des Untersuchungsmaterials*

Aus forschungspragmatischen Gründen wurde darauf verzichtet, alle 449 Romane vorab auf die aufgestellten Kriterien zu prüfen. Stattdessen wurden diese bei der Stichprobenziehung berücksichtigt.

Für die Analyse wurde die Zahl der Romane auf 30 Titel pro Land festgelegt. Die Basis für die Stichprobe bilden die 362 US-amerikanischen und 87 deutschen Romane. Um trotz der unterschiedlichen Verteilung der Romane auf die Erscheinungsjahre sowohl die Zeit vor als auch nach Mitte der 1980er-Jahre ausreichend abzudecken, wurde der Untersuchungszeitraum für die Stichprobe in zwei Phasen aufgeteilt: Phase 1 umfasst die Erscheinungsjahre von 1970 bis 1985, Phase 2 die Erscheinungsjahre von 1986 bis 2005. Somit konnten sowohl genügend Romane aus der Zeit des öffentlich-rechtlichen Monopols als auch Titel, die nach der Einführung des Dualen Systems erschienen sind, berücksichtigt werden. Aus der ersten Phase gingen zehn Titel, aus der zweiten Phase 20 Titel pro Land in die Analyse ein.

Für die Stichprobenziehung wurden die Romane beider Länder chronologisch nach ihren Erscheinungsjahren angeordnet. Innerhalb eines Jahrgangs wurden die einzelnen Romane in alphabetischer Reihenfolge ihrer Titel aufgelistet. Auf der Basis der beiden Listen wurde dann eine systematische Zufallsstichprobe jedes n-ten Werkes gezogen (vgl. Tab. 3), wobei der jeweilige Startpunkt ausgelost wurde.

TABELLE 3
Stichprobenziehung

	Phase 1: 1970 - 1985	Phase 2: 1986 - 2005
USA	10 aus 55 Romanen (Ziehen jedes 6. Titels)	20 aus 307 Romanen (Ziehen jedes 16. Titels)
Deutschland	10 aus 25 Romanen (Ziehen jedes 2,5. Titels)*	20 aus 62 Romanen (Ziehen jedes 3. Titels)

* In der praktischen Umsetzung bedeutet dies, dass abwechselnd jeder zweite und dritte Roman gezogen wurde.

Erfüllte ein durch die Stichprobe gezogener Roman eine oder beide der oben beschriebenen inhaltlichen Voraussetzungen nicht bzw. war bereits ein Roman desselben Autors in der Stichprobe vorhanden, wurde das in der Liste darunter stehende Werk ausgewählt. Falls auch der nachgezogene Roman die vorgegebenen Kriterien nicht erfüllte, wurde der über dem ursprünglich gezogenen Roman stehende Titel verwendet.

Bei der Beschaffung des Untersuchungsmaterials ergaben sich im Unterschied zu anderen Studien (vgl. z. B. STUDNITZ 1983: 25) kaum Probleme. Dies ist in erster Linie darauf zurückzuführen, dass der Untersuchungszeitraum nicht weit in die Vergangenheit zurückreicht. Lediglich für einen Titel musste ein Werk nachgezogen werden, alle anderen durch die Stichprobe ermittelten Romane konnten über den Buchhandel oder über Antiquariate bezogen werden. Die beiden folgenden Tabellen 4 und 5 enthalten eine chronologische Zusammenstellung der durch die Zufallsstichprobe ermittelten 30 US-amerikanischen und 30 deutschen Romane.

TABELLE 4
Untersuchungsmaterial USA

Autor/in	Jahr	Titel
Robert Ludlum	1972	*The Osterman Weekend*
Algis J. Budrys	1977	*Michaelmas*
Ron Goulart	1978	*Capricorn One*
Jeff Millar	1979	*Private Sector*
Bill Granger	1980	*Sweeps*
Laurence Leamer	1981	*Assignment*
Francine du Plessix Gray	1981	*World Without End*
Sandra Brown	1983	*Prime Time*
Mary Higgins Clark	1984	*Stillwatch*
R. R. Irvine	1985	*Ratings are Murder*
Pamela Bullard	1987	*More than Dreams*
Barbara Victor	1988	*Absence of Pain*
Andrew M. Greeley	1989	*St. Valentine's Night*
Danielle Steel	1991	*Heartbeat*
Martha Smilgis	1992	*Fame's Peril*
Molly McKitterick	1993	*Murder in a Mayonnaise Jar*
Dick Belsky	1994	*The Mourning Show*
Lorna Michaels	1995	*The Reluctant Hunk*

Joanna Elm	1996	*Scandal*
Thom Racina	1997	*Hidden Agenda*
Annie Garrett[a]	1998	*After You*
Judy Mercer	1998	*Split Image*
Mark Miano	1999	*Dead of Summer*
Susan Slater	1999	*The Pumpkin Seed Massacre*
Diane Chamberlain	2000	*Summer's Child*
Ardella Garland[b]	2000	*Details at Ten*
Rebecca Winters	2000	*The Toddler's Tale*
Barbara D'Amato	2002	*White Male Infant*
Meghan Daum	2003	*The Quality of Life Report*
Kelly Lange	2005	*Graveyard Shift*

[a] Pseudonym von Kelli Pryor; [b] Pseudonym von Yolanda Joe

TABELLE 5

Untersuchungsmaterial Deutschland

Autor/in	Jahr	Titel
Michael Burk	1972	*Die Nacht der Stars. Der große Fernseh-Roman*
Angelika Mechtel	1972	*Friß, Vogel*
Joachim Tettenborn	1977	*Die Anstalt bedauert (bzw. Das Fernsehen bedauert. Roman einer Manipulation[a])*
Marie Louise Fischer	1979	*Der Schatten des Anderen*
Jürgen Breest	1979	*Dünnhäuter*
Dieter Göbel	1981	*Vanessa oder Die Lust der Macht*
Franz Josef Wagner	1982	*Big Story*
Werner Klose	1982	*Mord in Sanderup. Schneespur in einer Sommernacht*
Heinz Dieckmann	1984	*Narrenschaukel*
Johannes Mario Simmel	1985	*Die im Dunkeln sieht man nicht*
Reinhard Junge; Leo P. Ard	1988	*Das Ekel von Datteln*
Dagobert Lindlau	1990	*Rakket. Ein Hit von Charlie Fulcher*
Norbert Klugmann	1991	*Krieg der Sender*
-ky[b]	1994	*Der Satansbraten*
Konrad Gruda	1995	*Diese kleine Unsterblichkeit. Szenen einer Show*
Joachim F. Schroeder-Hohenwarth	1997	*Das Protokoll*

Claudia Siebert[c]	1997	*Der Auslandskorrespondent*
Charles Lewinsky	1997	*Schuster! (bzw. Die Talkshow[d])*
Martin Muser	1997	*Granitfresse*
Antonia Rados	1997	*Quotenfieber*
Uli Aechtner	1998	*Talk Show Down*
Francis Schiller	1999	*Fernsehland (bzw. Nahkampf[e])*
Werner Sonne; Chris Unterstenhöfer	1999	*Quotenspiel*
Karin Dietl-Wichmann	2000	*Die Quoten-Queen*
Eva Herman	2001	*Dann kamst du*
Jürgen Bertram	2002	*Der Story-Jäger. Ein Enthüllungsroman aus der Welt der Fernseh-News*
Jenni Zylka	2003	*1000 neue Dinge, die man bei Schwerelosigkeit tun kann*
Hanns-Josef Ortheil	2003	*Die große Liebe*
Thea Dorn	2004	*Die Brut*
Sybille Nicolai	2004	*Wer wählt, wird Millionär*

[a] Titel der Taschenbuchausgabe; [b] Pseudonym von Horst Bosetzky; [c] Pseudonym von Claudia Schreiber; [d] Titel der Neuauflage 1997; [e] Titel der Neuauflage 2002

6.2 Analysemethode

Das fiktionale Journalismusbild in den US-amerikanischen und deutschen Romanen wird inhaltsanalytisch untersucht. Ziel ist es, die Merkmale des Fernsehjournalismus in den literarischen Darstellungen zu erfassen, um zu zeigen, ob die Romane spezifische Metabotschaften vermitteln.

Der Überblick über den Forschungsstand hat gezeigt, dass die bisherigen Studien zum fiktionalen Journalismusbild nur sehr selten Angaben zu ihrem methodischen Vorgehen machen (vgl. Kapitel 3.2.1.1). Zumeist handelt es sich um überblicksartige Beschreibungen oder um hermeneutisch geprägte Interpretationen, die keine klaren Analysekriterien formulieren. Bedingt durch das Erkenntnisinteresse dieser Arbeit ist eine hermeneutische Herangehensweise, die in der Analyse von literarischen Texten den dominierenden Zugang darstellt, nicht geeignet. Ziel der hermeneutischen Analyse ist es, einen Text aus verschiedensten Perspektiven zu beleuchten und ihn in seiner Gesamtheit zu begreifen. Aufgrund des aufwendigen Verfahrens beschränkt sich die Analyse auf nur einen oder wenige ausgewählte Texte und kann dadurch keinen Anspruch auf verallgemeinerbare Befunde erheben (vgl. FRÜH 2007: 64f.; vgl. auch Kapitel 2.3.2). Die hermeneutische Interpretation als gängige Methode in der Literaturwissenschaft[94] hat mit der ›Empirischen Literaturwissenschaft‹ (vgl. z. B. SCHMIDT 1991) mittlerweile allerdings Konkurrenz bekommen. Ihre Vertreter postulieren, dass »eine theoriegeleitete Forschung anzustreben [sei] [...], weil sich die primär induktive Erhebung aller möglichen Variablen und deren Zusammenhänge [...] als unergiebig erwiesen [habe]« (GROEBEN 1994: 27). Inhaltsanalytische Verfahren finden also nach und nach auch Eingang in die Literaturwissenschaft.

Bei der Inhaltsanalyse handelt es sich um »eine empirische Methode zur systematischen, intersubjektiv nachvollziehbaren Beschreibung inhaltlicher und formaler Merkmale von Mitteilungen, meist mit dem Ziel einer darauf gestützten interpretativen Inferenz auf mitteilungsexterne Sachverhalte« (FRÜH 2007: 27). Die Schlussfolgerungen können sich dabei auf die Intention des Autors, die gesellschaftlichen Situation zum Entstehungszeitpunkt oder die Wirkung der Texte beziehen.

Für die Analyse größerer Textmengen eignet sich die quantitative Inhaltsanalyse besonders gut. Über das Kategoriensystem als standardisiertes Messinstrument werden die interessierenden Merkmale der Texte vorab bestimmt und in der Analyse quantifiziert. Die damit einhergehende Komplexitätsreduktion führt zwar zu einem Informationsverlust in Bezug auf stilistische Merkmale und andere thematische Inhalte, ermöglicht im Gegenzug aber die Identifikation wiederkehrender Muster und die Vergleichbarkeit der als relevant bestimmten Textmerkmale. Dabei bezieht auch die quantitativ ausgerichtete Inhaltsanalyse stets qualitative Elemente mit ein. So beinhaltet zum einen die Entwicklung der Kategorien und die Interpretation der Daten ein qualitatives Vorgehen, zum anderen können in den Kategorien auch inhaltliche Besonderheiten erhoben werden. Quantitative und qualitative Methoden sind also nicht als Gegensätze, sondern als sich ergänzende Zugangsweisen zu verstehen. Die Komplementarität der beiden Ansätze wird mittlerweile sowohl von Vertretern einer quantitativen als auch einer qualitativen Herangehensweise betont (vgl. z. B. FRÜH 2007: 67ff.; MAYRING 2007: 19f.).

94 Durch die Verankerung in der Literaturwissenschaft beschränkt sich die hermeneutische Analyse im Normalfall auch »auf ›Dichtungen‹, schließt also nicht-fiktionale Texte, Trivialliteratur und poetischen Kitsch aus« (GUTZEN/OELLERS/PETERSEN 1989: 127).

6.2.1 *Untersuchungsinstrument*

Das Untersuchungsinstrument der Inhaltsanalyse bildet das nachfolgend vorgestellte Kategoriensystem.[95] Die Kategorien wurden theoriegeleitet entwickelt und in einem nächsten Schritt anhand der Durchsicht des empirischen Materials ergänzt. Um eine Vergleichbarkeit mit den realen Gegebenheiten zu gewährleisten, wurden bei der Erstellung des Kategoriensystems Studien aus der deutschen und amerikanischen Journalismusforschung zur Orientierung herangezogen. Zu nennen sind hier insbesondere die Erhebungen von Weischenberg, Malik und Scholl (2006) sowie von Weaver und Kollegen (2007). Auch die Analysekriterien, die bisherige Studien zum fiktionalen Journalismusbild angewendet haben, wurden bei der Entwicklung des Instruments berücksichtigt (vgl. z. B. STUDNITZ 1983: 204ff.; ENGESSER 2005: 411ff.).

Um das fiktionale Journalismusbild zu ermitteln, wurden sowohl Merkmale des journalistischen Umfelds als auch der journalistischen Akteure erhoben. In Bezug auf die Akteure beschränkt sich die Analyse auf handlungsrelevante Haupt- und Nebenfiguren. Figuren, die nur sporadisch erwähnt werden und z. B. lediglich zur Ausgestaltung der Redaktion dienen, gelten als Randfiguren und wurden nicht berücksichtigt. Für jeden Roman wurden bis zu drei Journalisten analysiert.[96] Um auch komplexere Analysen der Akteurscharakteristika zu ermöglichen, erfolgte die Codierung auf zwei Ebenen: Die Merkmale des journalistischen Umfelds wurden auf Romanebene, die Merkmale der fiktiven Journalisten auf Akteursebene erhoben.[97]

6.2.1.1 *Kategorien auf Romanebene*

Die Kategorien auf Romanebene betreffen zum einen die charakteristischen Merkmale der einzelnen Romane und ihrer Autoren, zum anderen

95 Das vollständige Codebuch kann auf Anfrage von der Verfasserin bezogen werden.

96 Damit werden die häufigsten Akteurskonstellationen in den Romanen abgebildet: Die hierarchische Zweierkonstellation (z. B. Reporter und Chefredakteur) sowie die Dreierkonstellation (z. B. Reporter A, Reporter B und Chefredakteur oder Reporter, Chefredakteur und Programmdirektor).

97 Mit diesem Vorgehen wird in Kauf genommen, dass sich nicht prüfen lässt, ob sich die Merkmale der fiktiven Journalisten gleichmäßig auf die Romane verteilen oder aber das Journalistenbild in einigen Romanen stärker prägen als in anderen. Da lediglich bis zu drei Akteure codiert wurden, ist eine extreme Häufung bestimmter Akteursmerkmale in einem einzelnen Roman allerdings eher unwahrscheinlich.

das journalistische Umfeld der fiktiven Journalisten. Hierfür wurden die Rahmenbedingungen, die den Journalismus und die journalistische Arbeit prägen sowie explizite Bezüge zur medialen Realität (wie z. B. Verweise auf reale Fernsehsendungen oder Journalisten) und die Beziehungen zwischen den fiktiven Akteuren festgehalten.

Merkmale der Romane und Autoren

Als formales Merkmal wurde zunächst das jeweilige Erscheinungsjahr des Romans codiert. Des Weiteren wurde erhoben, wann die Handlung spielt und welchen Umfang das Thema Fernsehjournalismus im Roman einnimmt.

Bei den Verfassern der Journalismusromane handelt es sich um zwei Merkmale: das Geschlecht und den journalistischen Hintergrund. Da Autoren mit eigener journalistischer Erfahrung über ›Insider-Wissen‹ verfügen, wurde festgehalten, ob die Autoren selbst in der Vergangenheit als (Fernseh-)Journalisten gearbeitet haben bzw. es gegenwärtig noch tun.

Rahmenbedingungen des Fernsehjournalismus

Die journalistischen Rahmenbedingungen nehmen den umfangreichsten Teil der Codierung auf Romanebene ein. Engesser (2005: 362) konnte zeigen, dass in literarischen Texten Informationen über die Gesellschafts-, Medienstruktur- und Institutionssphäre im Gegensatz zur Subjektsphäre nur vergleichsweise selten gegeben werden. Aus diesem Grund wurde die Orientierung an Essers (1998) detailliertem Einflusssphärenmodell nicht übernommen. Stattdessen konzentriert sich die Analyse auf vier Aspekte: die institutionellen, rechtlich-normativen, ökonomischen und politischen Rahmenbedingungen. Die Rahmenbedingungen wurden auf Ordinalskalenniveau codiert, um zu erheben, wie ausführlich sie in den Romanen thematisiert werden. Zudem wurde in offener Codierung festgehalten, welche konkreten Inhalte bei den vier Aspekten angesprochen werden. Dabei galten die im Folgenden jeweils stichpunktartig aufgeführten Teilaspekte als Indikatoren:

1. *Institutionelle Aspekte*

- Organisationsstruktur der Fernsehsender – wie z. B. Informationen über die Organisationsform (öffentlich-rechtlich oder privatkommerziell), den Aufbau, die Strukturen und die Kompetenzen innerhalb des Senders;

- Redaktionelle Struktur – wie z. B. Informationen über das Personal sowie den Aufbau, die Arbeitsabläufe und die Kompetenzen innerhalb der Redaktion;
- Berufsorganisationen – wie z. B. Informationen über Gewerkschaften und andere journalistische Vereinigungen, die entweder real oder fiktiv sein können.

2. *Rechtliche und normative Aspekte*

- Verfassungsrechtliche und gesetzliche Grundlagen für das Medium Fernsehen und die Journalisten – wie z. B. das First Amendment der amerikanischen Verfassung, Artikel 5 im deutschen Grundgesetz oder Hinweise zum Zeugnisverweigerungs-, Gegendarstellungs-, Arbeits- oder Urheberrecht;
- Rechtlich verankerte Kontrollorgane (wie z. B. die FCC, der Rundfunkrat, die Landesmedienanstalten und/oder fiktive rechtliche Kontrollorgane) sowie Organe der Selbstkontrolle (wie z. B. die FSF und/oder fiktive Selbstkontrollorgane);
- Journalistische Ethik – wie z. B. journalistische Kodizes oder Kodizes einzelner Fernsehanstalten, Sorgfaltspflicht, Objektivitätsgebot und ethische Schranken der Berichterstattung im Allgemeinen;
- Normative Funktionen der Medien – wie z. B. die Kritik- und Kontrollfunktion oder die Bildungsfunktion sowie die Meinungsvielfalt.

3. *Ökonomische Aspekte*

- Finanzierungsstrategien des Mediums Fernsehen – wie z. B. über Gebühren, Werbung, Teilnehmerentgelte (Pay-TV) oder illegale Einkünfte wie z. B. Schleichwerbung;
- Allgemeine wirtschaftliche Situation der Fernsehanstalt – wie z. B. finanzielle Sorgen, Zwang zum Einstellen einzelner Formate oder ein florierendes Geschäft;
- Quotendruck und Wettbewerb mit anderen Sendern – wie z. B. die Einschaltquoten als wesentlicher Orientierungsmaßstab bei der journalistischen Arbeit und die ständige Konkurrenz anderer Anbieter;
- Abhängigkeit von Wirtschaft und Werbekunden sowie deren direkte bzw. indirekte Einflussnahme auf den Fernsehbetrieb und die redaktionellen Inhalte

4. *Politische Aspekte*

- Rolle von Staat, Politik und Parteien sowie deren direkte bzw. indirekte Einflussnahme auf den Fernsehbetrieb und die redaktionellen Inhalte;
- Politische Tendenz des Senders bzw. der Sendung.

Verweise auf die mediale Realität

Des Weiteren wurden explizite Verweise auf die mediale Realität erhoben. Codiert wurde beispielsweise, ob in den Romanen reale Medien, Fernsehsendungen oder prominente Medienakteure genannt werden. Diese Variablen dienen als ein Indiz unter anderen, um zu klären, inwieweit die Romane die journalistische Realität widerspiegeln.

Akteursbeziehungen

Auf Romanebene wurde auch das Verhältnis zwischen den fiktiven journalistischen Akteuren erhoben. In diesem Zusammenhang interessiert, ob die Beziehungen der analysierten Figuren hierarchisch oder gleichrangig sind und ob es sich um ein positives (kollegiales, teamorientiertes, freundschaftliches) oder ein negatives (unkollegiales, problembeladenes, von beruflichen bzw. persönlichen Feindseligkeiten geprägtes) Verhältnis handelt.

6.2.1.2 *Kategorien auf Akteursebene*

Für die Analyse der fiktiven journalistischen Akteure wurden weitere Kategorien entwickelt. Neben Aspekten, die regelmäßig auch von den Journalistenstudien der Realität abgefragt werden (z.B. soziodemografische Merkmale, Einstellungen und Tätigkeiten), wurden bei der Codierung z.B. auch die Rolle von Begabung und Talent, der Genuss- und Suchtmittelkonsum und das Gefahrenpotenzial des Berufs berücksichtigt. Die erhobenen Merkmale lassen sich unter den fünf folgenden Kategorien zusammenfassen.

Allgemeine Charakteristika

Zunächst wurde die Rolle der Journalisten im Roman bestimmt und dafür erhoben, ob die fiktiven Akteure Haupt- oder Nebenfiguren sind, welchen Stellenwert der Beruf bei ihrer Charakterisierung hat und ob es sich um positive oder negative Figuren handelt.

Soziodemografische Merkmale

Bei den soziodemografischen Merkmalen wurde neben Alter, Geschlecht und Bildungsstand auch der ethnische Hintergrund der Journalisten erhoben. Des Weiteren interessierten die Informationen zu ihrem Privatleben, wie z. B. der Familienstatus und die finanziellen Verhältnisse, in denen sie leben.

Journalistische Karriere

Hier wurde zum einen der bildungsbiografische Hintergrund der fiktiven Fernsehjournalisten festgehalten: Welchen Ausbildungsweg haben sie durchlaufen, verfügen sie über Erfahrungen bei anderen Medien oder kommen sie als Quereinsteiger aus anderen Berufen zum Journalismus? In Zusammenhang mit der journalistischen Ausbildung wurde auch erhoben, welche Rolle Begabung und Talent in den Romanen spielen.

Anhand von drei Variablen wurde zum anderen die Verortung der fiktiven Journalisten im Fernsehbereich erhoben. Von Interesse war a) die Organisationsform des Fernsehsenders, für den sie arbeiten, b) ihre berufliche Stellung (ob sie z. B. in leitender oder nicht leitender Position tätig sind) und c) das Berichterstattungsformat, wobei nach informations-, infotainment- und unterhaltungsorientierter Berichterstattung unterschieden wurde.

Arbeitsalltag

Den größten Umfang nehmen die Kategorien zum Arbeitsalltag der Journalisten ein. Hier interessierte z. B., welche Themen bearbeitet werden und von welcher Relevanz (regional, national bzw. international) diese sind. Außerdem wurden die journalistischen Tätigkeiten erfasst und festgehalten, ob sich die Arbeit vorrangig innerhalb oder außerhalb der Redaktion abspielt und wie häufig Reiseaktivitäten thematisiert werden. Zudem wurde erhoben, ob sich die journalistischen Akteure illegaler bzw. illegitimer Methoden bei der Recherche und/oder Berichterstattung bedienen, wie hoch die Arbeitsbelastung ist und welche Berufsrisiken thematisiert werden. In diesem Zusammenhang wurde auch der Genuss- und Suchtmittelkonsum der fiktiven Journalisten untersucht und erfasst, welche Rolle z. B. Alkohol und Zigaretten bei ihrer Charakterisierung spielen.

Einstellungen und Berufsauffassung

Zuletzt wurden die persönlichen Einstellungen der Journalisten erfasst. Hier wurde erhoben, wie zufrieden die fiktiven Akteure mit ihrem Beruf sind, welche politischen Einstellungen sie haben und welche Rollenbilder sie in den Romanen verkörpern (z. B. Kritiker und Kontrolleur, Detektiv, Vermittler oder Unterhalter). Des Weiteren wurde erhoben, welche Gründe für den Berufseinstieg ausschlaggebend waren und das Verhältnis der Journalisten zum Publikum erfasst.

6.2.2 *Reliabilitätstest*

Die Codierung der Romane wurde von der Verfasserin allein vorgenommen. Um die Verlässlichkeit der Codierungen zu überprüfen, wurde ein Intracoder-Reliabilitätstest durchgeführt. Nach Abschluss der Analyse wurde aus den zehn zuerst codierten Romanen per Zufallsauswahl ein Titel gezogen und dieses Buch (der Roman *Quotenspiel*, 1999, von Werner Sonne und Chris Unterstenhöfer) erneut codiert. Bei der Berechnung der Intracoder-Reliabilität wurde das Verfahren von Holsti (1969: 140) angewandt (vgl. auch FRÜH 2007: 190):

$$CR = \frac{2Ü}{C1 + C2}$$

CR = Codierer-Reliabilität;
Ü = Anzahl der übereinstimmenden Codierungen;
C1 = Anzahl der Codierungen von Codierer 1;
C2 = Anzahl der Codierungen von Codierer 2

Der Reliabilitätskoeffizient beträgt für die Variablen auf Romanebene .94; für die Variablen auf Akteursebene (insgesamt drei codierte Akteure) liegt er bei .97. Da die Codierung nur von einer Person vorgenommen wurde, war ein Intercoder-Reliabilitätstest nicht notwendig. Die Qualität eines Messinstruments zeigt sich jedoch nicht zuletzt darin, dass die Ergebnisse von der Person des Codierers unabhängig reproduzierbar sind (vgl. z. B. FRÜH 2007: 188; KRIPPENDORFF 2004: 215). Um sicherzustellen, dass das entwickelte Kategoriensystem bei der Anwendung durch andere Personen zu übereinstimmenden Ergebnissen führt, wurde ein Teil des Untersuchungsmaterials doppelt codiert. Im Rahmen einer Seminar-Veranstaltung analysierten drei Studierende jeweils einen der 60 Romane. Vorab wurden die Teilnehmer mit dem Kategoriensystem vertraut gemacht und anhand ausgewählter Textbeispiele wurden gemeinsame Probecodierungen durchgeführt. Anschließend wählte jeder der Studierenden einen Roman aus dem Untersuchungsmaterial zur Analyse aus.[98] Die Codierungen der Studierenden wurden dann mit den eigenen Codierungen abgeglichen. Berechnet wurde also die instrumentelle Reliabilität des Untersuchungsinstruments (vgl. WIRTH 2001: 159) bzw. die Forscher-Codierer-Reliabilität (vgl. FRÜH 2007: 197f.).[99] Auch bei der instrumentellen Reliabilität wurde auf das Reliabilitätsmaß nach Holsti zurückgegriffen. Der Reliabilitätskoeffizient liegt bei den Variablen auf Romanebene bei .92. Auf der Ebene der Akteure (hier wurden die Codierungen zu insgesamt sechs Romanjournalisten verglichen) beträgt der Reliabilitätskoeffizient .90. Die Abweichungen zwischen den eigenen Codierungen und den Codierungen der Studierenden finden sich vorrangig bei den ordinalskalierten Variablen, die einen höheren Interpretationsspielraum zulassen. Insgesamt können die Ergebnisse der beiden Reliabilitätstests als durchaus zufriedenstellend betrachtet werden.

6.2.3 *Auswertungsstrategie*

Bei den meisten erhobenen Merkmalen handelt es sich um nominalskalierte Variablen, einige andere, wie z. B. die journalistischen Rahmenbedingungen und Tätigkeiten oder der Genuss- und Suchtmittelkonsum, wurden auf Ordinalskalenniveau erhoben.

Bei der Auswertung der Daten stellt sich insbesondere die Frage, wie mit den fehlenden Werten umzugehen ist. Der Untersuchungsgegenstand bringt es mit sich, dass zu den erhobenen Merkmalen oftmals keine Angaben gemacht werden. Nicht in allen Fällen lässt sich beispielsweise bestimmen, ob die journalistischen Akteure mit ihrem Beruf zufrieden sind oder welche politische Einstellung sie haben. Allerdings sind die fehlenden Angaben ein wichtiger Hinweis dafür, auf welche Merkmale die Autoren bei der Charakterisierung ihrer Figuren den Schwerpunkt legen und welche Aspekte des journalistischen Lebens vernachlässigt werden. Bei der Präsentation der Ergebnisse wird deshalb explizit darauf hingewiesen, bei wie vielen der analysierten fiktiven Akteure sich Angaben zu den jeweiligen

98 Codiert wurden Martin Musers Roman *Granitfresse* (1997), Charles Lewinskys *Schuster!* (1997) und Hanns-Josef Ortheils *Die große Liebe* (2003).

99 Hierbei wird die Codierung des Forschers als korrekte ›Mastercodierung‹ betrachtet. Unter der Annahme, dass das vom Forscher entwickelte Untersuchungsinstrument valide ist, kann die instrumentelle Reliabilität auch als ein Teilaspekt der Validität verstanden werden.

Merkmalen finden lassen (z. B.: bei 77 Prozent der Akteure werden Hinweise zum Familienstand gegeben). Die prozentualen Häufigkeiten der einzelnen Ausprägungen werden im Normalfall dann ohne die fehlenden Werte ausgewiesen und interpretiert (z. B.: 26 Prozent der Akteure – zu denen Angaben gemacht werden – sind verheiratet). Die Entscheidung für dieses Vorgehen gründet auch auf Überlegungen zum Wirkungsprozess: Es ist anzunehmen, dass es bei der Rezeption fiktionaler Journalismusdarstellungen kaum bemerkt wird, wenn zu einigen Aspekten keine Angaben gemacht werden. Die Vorstellungen vom Journalismus ergeben sich daher aus den Fällen, in denen ein Aspekt – wie z. B. der Familienstand der Journalisten – thematisiert wird (vgl. auch STUDNITZ 1983: 41, die dieselbe Vorgehensweise bei der Datenpräsentation wählt).

Die Untersuchung ist von der Annahme geleitet, dass das literarisch vermittelte Journalismusbild sowohl Unterschiede zwischen den Untersuchungsländern als auch transnationale Gemeinsamkeiten aufweist. Auch bei der Darstellung im Zeitverlauf werden bei einzelnen Aspekten Veränderungen erwartet (vgl. Kapitel 5.2). Die erhobenen Daten werden deshalb auf diesen beiden Dimensionen verglichen. Für den Länder- und Zeitvergleich wurden dabei vorrangig Kreuztabellen verwendet, in einzelnen Fällen wurden Rangkorrelationen berechnet. Um zu überprüfen, welche der zahlreichen Vergleiche interpretierbare Unterschiede ergeben, wurden Signifikanztests durchgeführt. Zur statistischen Absicherung der Ergebnisse konnte bei den nominalskalierten Variablen auf den Chi-Quadrat-Test (bzw. bei den sehr häufig vorkommenden 2x2-Tabellen auf den exakten Chi-Quadrat-Test nach Fisher), bei den ordinalskalierten Variablen auf den U-Test nach Mann-Whitney zurückgegriffen werden.

7. ERGEBNISSE: DAS BILD DES FERNSEH-JOURNALISMUS IN US-AMERIKANISCHEN UND DEUTSCHEN ROMANEN

Die Ergebnispräsentation der empirischen Analyse gliedert sich in vier Teilbereiche. Zunächst wird ein Überblick über die Merkmale der analysierten Romane und ihrer Autoren gegeben (Kapitel 7.1). Die beiden folgenden Unterkapitel beschreiben das literarische Bild des Journalismus. Hier werden die Befunde zum journalistischen Umfeld (Kapitel 7.2) und zu den fiktiven Journalisten (Kapitel 7.3) vorgestellt. Die Ergebnisse werden dabei jeweils für beide Länder einzeln ausgewiesen, sodass internationale Gemeinsamkeiten und Unterschiede deutlich werden. Eine zweite Vergleichsdimension berücksichtigt, ob Veränderungen in der fiktionalen Darstellung im Zeitverlauf stattfinden.[100] Das auf diese Weise erhobene fiktionale Bild des Fernsehjournalismus wird mit den Ergebnissen bisheriger Studien verglichen, wobei hauptsächlich die systematisch angelegten Analysen herangezogen werden. Kapitel 7.4 kontrastiert abschließend die zentralen Ergebnisse der Inhaltsanalyse mit den realen Gegebenheiten und diskutiert zusammenfassend, inwieweit es sich bei den Romandarstellungen um literarische Fiktionen oder um eine Reflexion journalistischer Realität handelt.

100 Ein tabellarischer Überblick zu den erhobenen Merkmalen, der die Testverfahren und die signifikanten Zusammenhänge sowohl für den Länder- als auch für den Zeitvergleich ausweist, findet sich im Anhang (A 3).

7.1 Die Journalismusromane und ihre Autoren

Bevor die Ergebnisse zum fiktionalen Journalismusbild präsentiert werden, sollen zunächst einige Hintergrundinformationen zu den analysierten Romanen und ihren Autoren geliefert werden. Neben den wesentlichen inhaltlichen und formalen Merkmalen der literarischen Werke – wie z. B. der Erscheinungs- und Handlungszeit oder dem Stellenwert des Fernsehjournalismus im Roman – wird auf den biografischen Hintergrund der Autoren eingegangen. Von Interesse ist in diesem Zusammenhang, ob die jeweiligen Autoren über eigene journalistische Erfahrungen verfügen, auf die sie beim Schreiben zurückgreifen konnten.

7.1.1 *Merkmale der Romane*

Das Untersuchungsmaterial besteht aus 30 US-amerikanischen und 30 deutschen Journalismusromanen, die im Zeitraum von 1970 bis 2005 erschienen sind. Die Verteilung der Romane hinsichtlich ihrer Erscheinungsjahre ist Abbildung 11 zu entnehmen.

ABBILDUNG 11

Anzahl der analysierten Romane nach Erscheinungsjahren

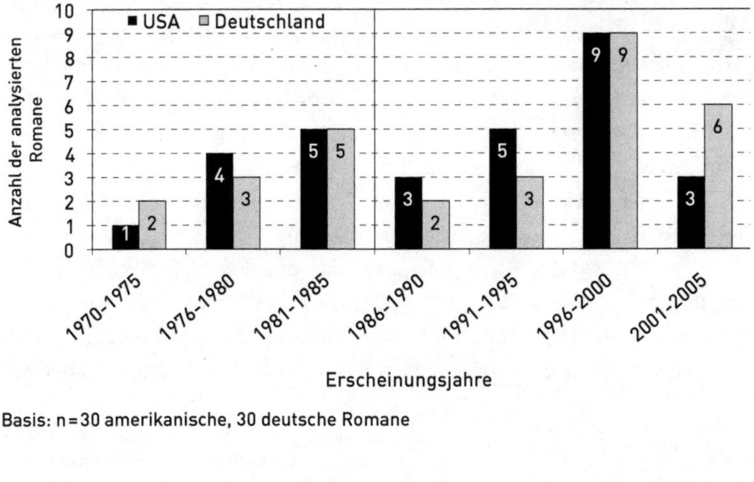

Basis: n = 30 amerikanische, 30 deutsche Romane

Die Trennlinie für den Vergleich des fiktionalen Journalismusbildes im Zeitverlauf bildet das Jahr 1985. Der Zeitpunkt ergibt sich aus der Zäsur im deutschen Fernsehsystem, das mit der Einführung des Dualen Rundfunks Mitte der 1980er-Jahre fundamentale Veränderungen erfahren hat (vgl. Kapitel 4.1.2 und 6.1.2). Untersucht wird also, ob sich die Darstellung in den zwischen 1970 und 1985 erschienenen Romanen von der Darstellung der von 1986 bis 2005 veröffentlichten Titel unterscheidet.

Zwischen Handlungs- und Erscheinungszeit zeigt sich ein höchst signifikanter Zusammenhang ($p \leq .001$). Lediglich vier Romane sind nicht in der unmittelbaren Gegenwart ihrer jeweiligen Erscheinungszeit angesiedelt: Algis Budrys' *Michaelmas* (1977) spielt Ende der 1990er-Jahre – die erzählte Zeit liegt also weit nach dem Erscheinungsdatum. Der Roman handelt von dem Journalisten Laurent Michaelmas, der sich zu Beginn des Computerzeitalters in verschiedene Software-Systeme eingehackt hatte und seitdem Zugriff auf geheime Informationen hat. Sein Wissen über geplante Vorgänge in Politik und Wirtschaft benutzt er, um – im Sinne der Vereinten Nationen und des Friedenserhalts – Einfluss auf das Weltgeschehen zu nehmen. Auch Thom Racinas Roman *Hidden Agenda* (1997) spielt in der Zukunft. Der Thriller legt den Schwerpunkt auf die Ereignisse in der journalistischen Karriere von Hauptfigur Jonelle Patterson im Jahre 2000 und endet mit einem Epilog aus dem Jahre 2008. Zwei Romane sind in der näheren Vergangenheit angesiedelt: Marie Louise Fischers *Der Schatten des Anderen* (1979) lässt durch verschiedene Randinformationen erkennen, dass die Handlung Anfang der 1960er-Jahre spielt. So wird beispielsweise mit der Bemerkung, dass erst in Kürze »ein zweites und drittes Programm gesendet werden soll« (*Der Schatten des Anderen*, 1979: 137[101]) auf die Monopolstellung der ARD vor 1963 hingewiesen. In *Friß, Vogel* (1972) beschreibt Angelika Mechtel über den Zeitraum von 1962 bis 1967 das Leben und die Arbeit des Fernsehjournalisten Friedrich Merz, der am Ende des Romans bei einem Auslandseinsatz ums Leben kommt.

Bei 93 Prozent der Romane liegt folglich eine Parallelität zwischen Erscheinungs- und Handlungszeit vor. Dieser erste Befund verhält sich kohärent zu der Untersuchung von Engesser (2005: 140), die einen ähnlichen Untersuchungszeitraum (1970 - 2000) gewählt hat. Konträr dazu stehen die

101 Um die analysierten Romane von der zitierten Sekundärliteratur abzugrenzen und auch die zeitliche Dimension hervorzuheben, werden diese mit Titel und Ersterscheinungsjahr belegt. Die Seitenzahlen beziehen sich dabei auf die jeweils verwendeten Ausgaben, die im Literaturverzeichnis (vgl. Kapitel 9.1.1) angegeben sind.

Ergebnisse von Studnitz (1983). Sie stellt bei ihrer 200 Jahre umfassenden Untersuchung fest, dass die Handlung der vor 1950 erschienenen fiktionalen Werke vorwiegend in der Vergangenheit spielt. Erst ab Mitte des 20. Jahrhunderts zeichnet sich eine Parallelität zwischen Erscheinungs- und Handlungszeit ab. Studnitz führt dies auf die jeweilige gesellschaftspolitische Lage zurück:

> »Je desolater eine Gegenwart gesellschaftspolitisch war, umso häufiger wählte der Verfasser offensichtlich nicht nur erlebte Vergangenheit, sondern Vorvergangenheit [...] als Handlungsepoche für das Geschehen um seine journalistischen Helden. Je konsolidierter sich die gesellschaftspolitische Gegenwart für die Autoren darstellen mußte, umso häufiger gingen sie entweder lediglich in die erlebte Vergangenheit zurück oder sie ließen ihr Werk in der für sie gerade aktuellen Gegenwart spielen« (STUDNITZ 1983: 28).[102]

Vor diesem Hintergrund kann die Parallelität zwischen Handlungs- und Erscheinungszeit der US-amerikanischen und deutschen Romane auch als Indiz für ein freies Medien- und Literatursystem gesehen werden, in dem Selbstzensur aus Angst vor staatlichen Sanktionen nicht erforderlich ist.

Neben der Handlungs- und Erscheinungszeit wird auch die literarische Qualität der jeweiligen Werke als ein zentrales Merkmal angeführt (vgl. Kapitel 3.2.2.5; vgl. auch INGLIS 1938: 532). Für die vorliegende Untersuchung ist diese jedoch sekundär und wurde demnach bei den Auswahlkriterien nicht berücksichtigt (vgl. Kapitel 6.1). Selbstverständlich ist es bei einer Anzahl von 60 Romanen unumgänglich, dass sich Unterschiede bezüglich des literarischen Anspruchs zeigen. Qualitative Differenzen zwischen einem Roman wie Heinrich Diekmanns *Narrenschaukel* (1984) und dem fast an ein Groschenheft erinnernden *The Reluctant Hunk* (1995) von Lorna Michaels werden auch dem literarischen Laien deutlich. Gleichwohl können alle 60 analysierten Romane in dem breiten Spektrum der populären Unterhaltungsliteratur verortet werden. Eine zusätzliche Differenzierung der einzelnen Titel – die aufgrund der kritischeren Perspektive der Hochliteratur mitunter gefordert wird (vgl. z. B. LILIENTHAL 1984a: 28) – ist daher nicht notwendig. Qualitativ hochwertige Titel im Sinne der Kunst- bzw. Hochliteratur finden sich auch bei der kursorischen Durchsicht der durch die Bestandsaufnahme zusammengetragenen Werke nicht. Damit bestätigt

102 Auch für Journalismusromane aus der DDR konnte gezeigt werden, dass die Handlung häufig in der Vergangenheit angesiedelt ist. Die Vermeidung von Aktualität vereinfachte es, Zensurmaßnahmen zu umgehen (vgl. PANNEN 1992: 58).

sich, was Good bereits 1986 festgestellt hat: »[N]ewspaper fiction routinely fails as art. The genre seems almost cursed« (GOOD 1986a: 7).

Eine Klassifikation der einzelnen Romane nach Subgattungen wurde aufgrund der Problematik der mangelnden Trennschärfe nicht vorgenommen (vgl. Kapitel 6.1). Die inhaltliche Bandbreite der Romane macht aber deutlich, dass der Journalist als fiktive Hauptfigur universell einsetzbar ist: Die journalistischen Akteure treten im Kontext von Liebesgeschichten auf (vgl. z. B. *Heartbeat*, 1991; *The Reluctant Hunk*, 1995; *Die große Liebe*, 2003), dienen als Handlungsträger von Kriminalgeschichten (vgl. z. B. *Mord in Sanderup*, 1982; *Das Ekel von Datteln*, 1988; *Murder in a Mayonnaise Jar*, 1993; *Dead of Summer*, 1999; *Graveyard Shift*, 2005) und Thrillern (vgl. z. B. *Hidden Agenda*, 1997; *Das Protokoll*, 1997) und werden selbst von der Science-Fiction-Literatur aufgegriffen (vgl. *Michaelmas*, 1977). Da einige Romane fast ausschließlich auf die Ereignisse im Fernsehjournalismus fokussieren (vgl. z. B. *Die Nacht der Stars*, 1972; *Die Anstalt bedauert*, 1977; *Sweeps*, 1980; *Stillwatch*, 1977, *Details at Ten*, 2000; *Der Story-Jäger*, 2002; *Graveyard Shift*, 2005), ließe sich mit dem Begriff ›Fernsehroman‹ sogar ein eigenes Genre prägen.

Wie ausführlich das Thema Fernsehjournalismus in den Romanen beschrieben wird, hängt von der jeweiligen Intention der Autoren ab. Sie können den Journalismus als Hauptthema wählen, ihn als eines von mehreren Themen behandeln oder ihn lediglich als Randthema in den Roman aufnehmen. In den meisten Fällen ist der Fernsehjournalismus das Hauptthema und nimmt mehr als zwei Drittel der Romanhandlung ein: 50 Prozent der US-amerikanischen und 63 Prozent der deutschen Romane legen den inhaltlichen Schwerpunkt auf die Geschehnisse im Fernsehbereich (vgl. Abb. 12). Sie fokussieren auf den journalistischen Arbeitsalltag und die Erlebnisse der fiktiven Journalisten und siedeln die Handlung beispielsweise innerhalb eines Fernsehsenders an.

In einem Drittel der analysierten Romane ist der Fernsehjournalismus ein Thema neben anderen. Dies trifft beispielsweise zu, wenn verschiedene Handlungsstränge bestehen und der Journalismus nur einen von mehreren Schwerpunkten im Roman ausmacht. So beschreibt Barbara D'Amato in *White Male Infant* (2002) anhand von drei verschiedenen Handlungssträngen die illegalen Machenschaften im Bereich der Auslandsadoption. Neben den Bemühungen der journalistischen Akteure, eine Dokumentation über Waisenhäuser in verschiedenen Ländern zu drehen, werden auch die Perspektiven einer betroffenen Familie und der Drahtzieher der illegalen Vermittlungsorganisation geschildert. Ähnlich

ABBILDUNG 12

Umfang des Themas Fernsehjournalismus in den Romanen (in %)

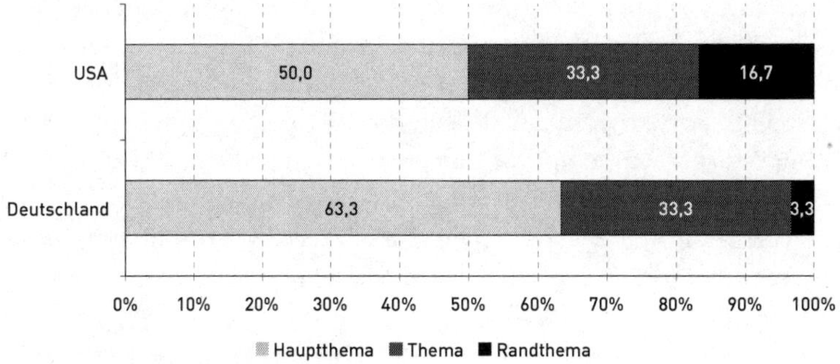

Basis: n = 30 amerikanische, 30 deutsche Romane
Abweichungen von 100 Prozent sind rundungsbedingt.

gehen Werner Sonne und Chris Unterstenhöfer in ihrem Roman *Quotenspiel* (1999) vor. Im Mittelpunkt der Handlung steht ein Banküberfall in der Kölner Innenstadt. Die einzelnen Kapitel des Buches fokussieren auf das Leben und die Beweggründe des Täters, des ermittelnden Polizisten und der involvierten Journalisten. Im Romanverlauf treffen die einzelnen Personen nach und nach aufeinander und die zunächst abgeschlossenen Handlungsstränge werden zunehmend miteinander verwoben. In anderen Romanen finden sich zwar keine separaten Handlungsstränge zu anderen Protagonisten, doch ist der Journalismus dort nur eine Dimension, um das Leben der Hauptfiguren zu beschreiben. So steht beispielsweise in Eva Hermans Roman *Dann kamst Du* (2001) neben dem beruflichen Alltag von Fernsehjournalistin Corinna Feldmann auch ihr Privat- bzw. Liebesleben im Vordergrund. Auch in *The Quality of Life Report* (2003) spielen die private Seite von Journalistin Lucinda Trout sowie das gesellschaftliche Leben in dem kleinen Ort Prairie City eine wesentliche Rolle neben der journalistischen Tätigkeit.

Lediglich in sechs Romanen ist der Fernsehjournalismus ein Randthema. Weniger als ein Drittel der Handlung bezieht sich darauf und im Vordergrund stehen folglich andere Themen. In *Dead of Summer* (1999) befindet sich die journalistische Hauptfigur Michael Carpo beispielsweise in einem Kurzurlaub fernab der Redaktion und muss feststellen, dass ein guter Freund Opfer eines Mordes geworden ist. Vor Ort macht Carpo sich auf die Suche nach dem Mörder, deckt die Hintergründe auf und greift dabei auf seine journalistischen Recherchekenntnisse zurück. Das Thema Fernsehen bzw. Journalismus spielt jedoch, wie in vier weiteren US-amerikanischen Romanen (*The Osterman Weekend*, 1972; *World Without End*, 1981; *Heartbeat*, 1991; *After You*, 1998), eine vergleichsweise untergeordnete Rolle. Unter den deutschen Romanen befindet sich nur ein einziger, in dem der Journalismus ein Randthema ist: Werner Kloses *Mord in Sanderup* (1982). In dem Roman wird der Journalist Martin Rohde bei seinen Recherchen über das Seebad Sanderup ermordet. Ab diesem Zeitpunkt stehen die Ermittlungen der Polizei im Vordergrund, die zwar das Leben und Wirken des Fernsehjournalisten aufrollen, aber nur noch vereinzelt auf das weitere Geschehen innerhalb seines Senders Bezug nehmen.

7.1.2 *Merkmale der Autoren*

Wiederholt wurde festgestellt, dass die Verfasser fiktionaler Journalismusliteratur häufig über eigene Erfahrungen in diesem Beruf verfügen (vgl. Kapitel 3.2.2.5). Dies ist auch bei den Autoren der hier analysierten Romane der Fall. Bei 73 Prozent der deutschen und 63 Prozent der amerikanischen Autoren finden sich in den Klappentexten der Bücher bzw. auf den Verlagswebsites Hinweise auf einen journalistischen Hintergrund. Das berufliche Umfeld, in dem die fiktiven Akteure angesiedelt sind, ist also den meisten Verfassern aus eigener Erfahrung bekannt. Grenzt man die journalistische Erfahrung auf das Medium Fernsehen ein, zeigt sich folgendes Bild: 60 Prozent der deutschen und 37 Prozent der US-amerikanischen Autoren haben selbst als Fernsehjournalisten gearbeitet. Darunter findet sich auch eine Reihe von prominenten Vertretern dieses Berufsstandes, wie z. B. Barbara Victor, Werner Sonne, Jürgen Bertram, Eva Herman oder Antonia Rados.[103]

Insbesondere die deutschen Autoren verfügen somit über Insiderwissen, auf das sie beim Schreiben ihrer fiktionalen Geschichten zurückgrei-

103 Bei den US-amerikanischen Autoren handelt es sich des Weiteren u. a. um Pamela Bullard, Martha Smilgis, Mark Miano, Ardella Garland und Kelly Lange, bei den deutschen Autoren u. a. um Konrad Gruda, Joachim Tettenborn, Jürgen Breest, Heinz Diekmann und Sibylle Nicolai. Auch wenn die deutschen Autoren häufiger über fernsehjournalistische Erfahrungen verfügen, so zeigt sich kein signifikanter Zusammenhang zwischen Fernseherfahrung und Herkunftsland ($p > .05$, n.s).

fen können. Dass sie dies auch durchaus tun, legen Parallelen zwischen dem Leben der Autoren und der Romaninhalte nahe. So beschreibt Claudia Siebert in *Der Auslandskorrespondent* (1997) den journalistischen Alltag von Leonard Bach, der seine Berliner Sendezentrale von Moskau aus mit Berichten aus Russland versorgt. Siebert selbst hat unter anderem beim SÜDWESTFUNK (SWF) und beim ZDF gearbeitet und von 1992 bis 1996 in Moskau gelebt. Francis Schillers Roman *Fernsehland* (1999) handelt von dem Journalisten Max Hausmann, der für die Fernsehsendung *Happy End* des fiktiven Privatsenders BML arbeitet. In dieser Sendung werden reale Unfälle nachgestellt: »Wir produzieren ein Magazin, bei dem die Opfer nicht unbedingt im Mittelpunkt stehen wollen. Guten Tag, wir kommen vom Fernsehen. Wir möchten Ihren persönlichen Albtraum filmen. Bein gequetscht, Leber zerfetzt, Milz gerissen?« (*Fernsehland*, 1999: 16). Schiller selbst hatte drei Jahre vor Erscheinen seines Romans als Redakteur und Regisseur bei der RTL-Sendung *Notruf* zu arbeiten begonnen. Nicht nur das Sendekonzept von *Happy End*, sondern auch das journalistische Personal erinnert an die reale Vorlage. So drängt sich der Vergleich zwischen dem fiktiven Moderator ›Häuptling Silberlocke‹ und *Notruf*-Moderator Hans Meiser geradezu auf.

Barbara Victor hat 15 Jahre für das amerikanische Network CBS gearbeitet und ist vor allem durch ihre Berichte aus dem Nahen Osten bekannt geworden. Sie hat über Jahre hinweg hochkarätige Politiker interviewt – darunter Ariel Sharon, Jitzchak Rabin, Jassir Arafat, Muammar Gaddafi und viele amerikanische Präsidenten. Ihr Erstlingswerk *Absence of Pain* (1988) handelt von der Karriere der Fernsehjournalistin Maggie Sommers, die – wie Victor selbst – Anfang der 1980er-Jahre über die politischen Ereignisse im Nahen Osten berichtet. In ihrer Danksagung zu Beginn des Romans äußert sich Victor explizit zur Frage nach autobiografischen Zügen:

> »*Absence of Pain* is a book of fiction and therefore no research was done except if living can be construed as research. In this vein, there is the common notion that any first novel is at least slightly autobiographical [...]. The only truth here is that *Absence of Pain* is set in geographical locations that are familiar to the author although each and every character is fictional and bears no relationship to anyone – whether living or dead« (*Absence of Pain*, 1988: Acknowledgments, Hervorhebungen im Original).

Wenn auch die jeweiligen fiktiven Charaktere frei erfunden sein mögen, so ist durchaus anzunehmen, dass sich die eigenen journalistischen Erfahrungen der Autoren in den Romanen niederschlagen (vgl. KLEINSTEUBER

2003: 228). Dies unterstreicht auch Eva Herman, die die journalistische Verortung ihrer Romanprotagonistin wie folgt begründet: »Corinna Feldmann ist [...] bei einem öffentlich-rechtlichen Sender tätig, allein schon deshalb, weil ich selber ausschließlich dort Erfahrungen gesammelt habe« (E-Mail-Auskunft von Eva Herman am 16.01.2007).

Während sich hinsichtlich des journalistischen Hintergrunds der Autoren keine signifikanten Unterschiede zwischen Deutschland und den USA zeigen, verhält es sich mit der Geschlechtszugehörigkeit der Autoren anders. Genau zwei Drittel der deutschen Romane stammen von Männern. Bei den Verfassern der US-amerikanischen Titel zeigt sich hingegen das umgekehrte Verhältnis: 63 Prozent der analysierten Romane wurden von Frauen verfasst ($p \leqslant .05$).

In beiden Ländern stammen die Romane, die zwischen 1970 und 1985 erschienen sind, zum überwiegenden Teil von männlichen Autoren. Sieben der aus diesem Zeitraum analysierten zehn US-amerikanischen Romane wurden von Männern geschrieben. In den Folgejahren (1986 - 2005) dominieren mit 16 von 20 Titeln jedoch ganz deutlich die weiblichen Autoren ($p \leqslant .05$). Auch für Deutschland lässt sich im Zeitverlauf ein Anstieg weiblicher Autoren konstatieren. Dieser ist allerdings geringer ausgeprägt als in den USA: Von den zehn deutschen Romanen aus dem Zeitraum von 1970 bis 1985 stammen lediglich zwei Titel von Frauen. Bei den zwischen 1986 und 2005 erschienenen Titeln ist das Verhältnis ausgewogener und den zwölf männlichen Autoren stehen immerhin acht weibliche gegenüber ($p > .05$, n. s.).

7.2 Das journalistische Umfeld

Nach dem Überblick über die wesentlichen Merkmale der analysierten Romane und ihrer Autoren, werden im Folgenden die empirischen Befunde zum Bild des Fernsehjournalismus in den literarischen Werken vorgestellt. Dieses Kapitel präsentiert die Ergebnisse zur Darstellung des journalistischen Umfelds in den Romanen. Im Vordergrund stehen die journalistischen Rahmenbedingungen, also die Aspekte, die den Fernsehjournalismus prägen und den Arbeitsalltag der Journalisten beeinflussen (Kapitel 7.2.1). Um das journalistische Umfeld zu illustrieren, können die Autoren auch explizite Bezüge zur realen Medienlandschaft herstellen. Mit den realen Medien, Fernsehsendungen und prominenten Medienakteuren in der Romanfiktion befasst sich Kapitel 7.2.2.

7.2.1 *Rahmenbedingungen und Einflussfaktoren*

Mit den Rahmenbedingungen, die auf institutioneller, rechtlich-normativer, ökonomischer und politischer Ebene bestehen, werden insgesamt vier Einflussfaktoren auf den Journalismus untersucht. In einem quantitativen Schritt wurde erhoben, welche Rolle diese Aspekte in den Romanen spielen. Dies wurde anhand einer 4-stufigen Skala bestimmt, in der festgehalten wurde, ob sie ›ausführlich‹, ›teilweise‹, ›am Rande‹ oder ›gar nicht‹ thematisiert werden. Zusätzlich wurde anhand verschiedener Indikatoren (vgl. Kapitel 6.2.1) in offener Codierung erhoben, welche Informationen zu den vier Rahmenbedingungen gegeben werden.

Die Befunde weisen auf einen Zusammenhang zwischen dem Thematisierungsgrad der einzelnen journalistischen Rahmenbedingungen und dem biografischen Hintergrund der Autoren hin. Werden die Rahmenbedingungen in den Romanen beschrieben (d. h. teilweise bzw. ausführlich thematisiert), so geschieht dies vorrangig durch Autoren, die über eigene Erfahrungen im Fernsehjournalismus verfügen. Die ›fernsehfremden‹ Autoren betten ihre Akteure hingegen weitaus seltener in das journalistische System ein und stellen weniger Informationen zu den jeweiligen Einflussfaktoren bereit.[104]

Die Ergebnispräsentation beginnt mit den institutionellen Aspekten, zu denen sich in den Romanen zugleich die meisten Informationen finden lassen. Im Anschluss werden die Befunde zu den rechtlichen und normativen, zu den ökonomischen und schließlich zu den politischen Rahmenbedingungen präsentiert.

7.2.1.1 *Institutionelle Aspekte*

Die institutionellen Aspekte berücksichtigen die jeweiligen Organisationsstrukturen, in die die fiktiven Fernsehjournalisten eingebunden sind. Von Interesse sind dabei zunächst die Informationen zur Organisationsform der Fernsehsender und zu den in diesem Zusammenhang relevanten Organen und Akteuren. Des Weiteren wurde erhoben, welche Rolle das redaktionelle Umfeld in den literarischen Darstellungen spielt und welche Aspekte hier

104 Die Ergebnisse sind signifikant für die institutionellen ($p \leq .001$) und die ökonomischen Rahmenbedingungen ($p \leq .01$). Die rechtlich-normativen und die politischen Aspekte spielen in den Romanen insgesamt nur eine geringe Rolle. Hier lassen sich keine Signifikanzen verzeichnen, die Ergebnisse weisen aber in dieselbe Richtung.

beschrieben werden – wie z. B. weiteres journalistisches Personal oder alltägliche Arbeitsabläufe. Zuletzt wurde festgehalten, ob in den fiktiven Handlungen auch journalistische Berufsorganisationen thematisiert werden.

Der Thematisierungsgrad der institutionellen Rahmenbedingungen unterscheidet sich in den literarischen Werken der beiden Untersuchungsländer deutlich (vgl. Abb. 13; $p \leqslant .05$). Sowohl unter den US-amerikanischen als auch unter den deutschen Romanen befinden sich zwei Titel (7%), in denen keinerlei Informationen zu den institutionellen Rahmenbedingungen geliefert werden. Alle anderen Autoren betten die fiktiven Fernsehjournalisten zumindest in ein grob umrissenes institutionelles Umfeld ein. In den deutschen Romanen spielen die institutionellen Aspekte jedoch eine weitaus größere Rolle als in den US-amerikanischen: Während in 83 Prozent der deutschen Romane das institutionelle Umfeld teilweise oder sogar ausführlich beschrieben wird, so geschieht dies nur in 50 Prozent der US-amerikanischen Romane. Veränderungen im Zeitverlauf lassen sich nicht feststellen. In beiden Untersuchungsländern ist der Thematisierungsgrad der institutionellen Rahmenbedingungen in den vor und nach Mitte der 1980er-Jahre erschienenen Romane nahezu gleich.

ABBILDUNG 13

Thematisierung der institutionellen Rahmenbedingungen (in %)

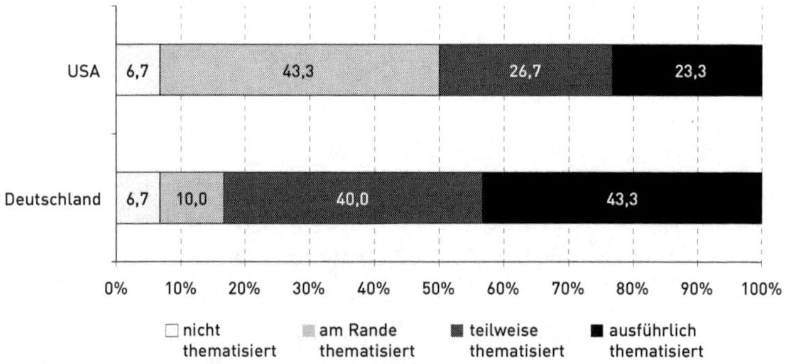

Basis: n = 30 amerikanische, 30 deutsche Romane

Hinsichtlich der Organisationsstruktur der fiktiven Fernsehsender zeigen sich deutliche internationale Unterschiede: Die US-amerikanischen Autoren thematisieren nahezu ausschließlich kommerzielle Fernsehsender. Meghan Daum nimmt in *The Quality of Life Report* (2003) als einzige Autorin auf zwei Organisationsformen Bezug und beschreibt sowohl die Public-Television-Station KPCR in Prairie City als auch die Arbeit für einen kommerziellen Sender in New York. Die deutschen Romanhandlungen sind hingegen etwa zur Hälfte im öffentlich-rechtlichen und im privat-kommerziellen Fernsehsystem angesiedelt.[105] Zwei Autoren thematisieren beide Organisationsformen und stellen sie damit direkt einander gegenüber (vgl. *Quotenspiel*, 1999; *Wer wählt, wird Millionär*, 2004).

In den Romanen, die verschiedene Organisationsformen beschreiben, schneidet das kommerzielle System eindeutig schlechter ab. Insbesondere die Unterschiede hinsichtlich der Programmqualität werden hervorgehoben. Meghan Daum's Hauptfigur Lucinda Trout, die für den besagten kommerziellen New Yorker Sender arbeitet, äußert diesbezüglich:

> »My goal was to work for PBS or National Public Radio. And somehow I'd ended up holding a microphone in one hand and sliding a finger of the other hand under the thong underwear of a willing clerk at a SoHo underwear boutique to show ›how roomy a thong can really be‹« (*The Quality of Life Report*, 2003: 6; vgl. auch 216).

Auch in den Romanen, deren Handlung ausschließlich bei kommerziellen Fernsehsendern spielt, finden sich vereinzelt Randinformationen, die auf eine höhere Wertschätzung der öffentlich-rechtlichen Sender hindeuten. So wird beispielsweise erwähnt, dass der Produktionsleiter der Talkshow *Schuster!* »so stolz auf seine Zeit beim ZDF war« (*Schuster!*, 1997: 7) und in Bill Granger's Roman heißt es:

> »Do you know what public television is? A monastery where we can go to atone for our commercial sins. The networks like public television because it's a handy dumping ground for guilt. Every Lent, the networks go like kings to public TV and make offerings to God to expiate their sins« (*Sweeps*, 1980: 301).

Die Informationen zur Organisationsstruktur der Fernsehsender gehen in vielen US-amerikanischen Romanen nicht über Hinweise auf die Organisationsform des Senders hinaus. Finden sich weitere Informationen, so betreffen diese das Verhältnis zwischen den Networks und ihren Affiliates. Die Protagonistin Kate Marchand erläutert beispielsweise: »Like all affiliates, we have to – most of the time – play by the network's rules. They

105 14 Romane spielen ausschließlich im öffentlich-rechtlichen, elf ausschließlich im privat-kommerziellen Bereich. Bei drei Romanen ist aufgrund mangelnder Informationen keine Zuordnung möglich.

supply us with sixty percent of our programming and in return we get the profitable local commercial spots« (*More than Dreams*, 1987: 48). Bei den fiktiven Fernsehsendern handelt es sich häufig um lokale Stationen, die einem Network angeschlossen sind. Daher wird auch in einigen anderen Romanen auf die Macht der Networks und die Interessenkonflikte zwischen ihnen und den lokalen Affiliates hingewiesen (vgl. z. B. *Private Sector*, 1979: 110; *Sweeps*, 1980: 222). Die Independent Stations sowie die Kabelsender und die Owned and Operated Stations spielen in der Romanfiktion eine marginale Rolle. Lediglich zwei Autoren siedeln ihre Handlung bei Kabelsendern an (vgl. *Prime Time*, 1983 und *Stillwatch*, 1984) und auf die Independents sowie die Owned and Operated Stations wird nur in jeweils einem Roman kurz Bezug genommen (vgl. *Graveyard Shift*, 2005: 57, 103; *Sweeps*, 1980: 117). Informationen zu den Eigentumsverhältnissen der Sender geben ebenfalls nur wenige Autoren. In den Fällen, in denen dieses Thema angeschnitten wird, handelt es sich vorwiegend um eine kurze Charakteristik der Eigentümer (vgl. z. B. *Assignment*, 1981: 31; *More than Dreams*, 1987: 227).

Die deutschen Autoren geben mehr Informationen zu den Organisationsstrukturen der fiktiven Fernsehsender. Handelt es sich um privatkommerzielle Sender, so erläutern die meisten Autoren, wie z. B. Norbert Klugmann, die Besitzverhältnisse:

> »EINS A gehörte zwei Konsortien: einem Mischkonzern mit dem Schwerpunkt Damenoberbekleidung, Büchern und Wechselstrom-Motoren sowie einem Privat-Bankier mit Grundbesitz in Süddeutschland, den neuen Bundesländern und der CSFR« (*Krieg der Sender*, 1991: 29; vgl. z. B. auch *Granitfresse*, 1997: 11; *Quotenfieber*, 1997: 20).

In *Die Quoten-Queen* (2000) erhalten die Eigentümer der beiden Privatsender TV6 und TELE1 größere Aufmerksamkeit. Die unterschiedlichen Interessen und Ziele der Anteilseigner und Programmdirektoren werden in der Romanhandlung mehrfach in Diskussionen miteinander dargestellt (vgl. z. B. *Die Quoten-Queen*, 2000: 73ff.). Auch Geschäftsführer und Mitglieder der Rechtsabteilung oder der Abteilungen für Quotenanalyse und Werbekundenakquise treten bei den privat-kommerziellen Sendern als Randfiguren auf. Ist die Romanhandlung hingegen bei einer öffentlich-rechtlichen Anstalt angesiedelt, so wird fast immer auf den Intendanten als oberste Instanz verwiesen; weitere konstituierenden Organe wie der Rundfunk- und Verwaltungsrat und deren Kompetenzen kommen seltener vor. Die Intendantenposition ist in den Romanen oftmals durch die Distanz zur alltäglichen Programmarbeit gekennzeichnet: »Es gibt ein stillschweigendes und grenzüberschreitendes

Intendantenkonkordat: nur aktiv werden, wenn eine Sendung Ärger mit Parteien, Kirchen oder Gewerkschaften macht. Nicht, wenn sie schlecht ist« (*Rakket*, 1990: 127; vgl. auch *Dünnhäuter*, 1979: 94). Bei Entscheidungen über die Ausstrahlung brisanter Themen haben die Intendanten jedoch stets das letzte Wort (vgl. z. B. *Das Protokoll*, 1997: 467f.). Des Weiteren treffen sie sich zu Koordinationssitzungen (vgl. *Diese kleine Unsterblichkeit*, 1995: 151f.), worin sich zugleich die föderalistische Struktur der fiktiven Anstalten offenbart. Der Verwaltungsrat kümmert sich in den literarischen Darstellungen um die finanziellen Aspekte der Anstalt und fällt Personalentscheidungen (vgl. z. B. *Friß, Vogel*, 1972: 441, 445f.; *Der Schatten des Anderen*, 1979: 36f.) und der Rundfunkrat wird bei der Wahl und Beratung der Intendanten und den Entscheidungen über das Programm aktiv (vgl. z. B. *Friß, Vogel*, 1972: 167; *Dünnhäuter*, 1979: 42; *Die im Dunkeln sieht man nicht*, 1985: 585, 598, 604).

Die redaktionellen Strukturen des Fernsehjournalismus werden insbesondere in den deutschen Romanen oftmals sehr detailliert geschildert. Viele Handlungsabschnitte spielen im redaktionellen Arbeitsumfeld. So treten nicht nur weitere Redaktionsangehörige auf, sondern auch die Arbeits- und Sendeabläufe spielen eine bedeutende Rolle.[106] Die Thematisierung weiterer Redaktionsangehöriger umfasst die unterschiedlichsten Hierarchiestufen und Arbeitsbereiche. Neben Hospitanten, Volontären, Redakteuren, Chefredakteuren und Aufnahmeleitern treten Maskenbildner, Tontechniker, Kameramänner, Cutter, Beleuchter und Sekretärinnen auf. Die Vielfalt an Aufgabenbereichen verdeutlicht, dass an dem schlussendlich gesendeten Fernsehbeitrag eine ganze Reihe von Personen direkt und indirekt beteiligt ist (vgl. z. B. *Ratings are Murder*, 1985; *Diese kleine Unsterblichkeit*, 1995; *Quotenspiel*, 1999). Einige Romane thematisieren die Arbeitsabläufe innerhalb der Redaktion sehr ausführlich. Die fiktiven Fernsehakteure nehmen beispielsweise an Redaktionskonferenzen teil, in denen die letzten Sendungen und Beiträge besprochen und kritisiert, die Quoten präsentiert und neue Themenvorschläge diskutiert werden. In den Konferenzen werden die unterschiedlichen Hierarchien besonders deutlich. Häufig werden die Entscheidungen nicht gemeinsam, sondern von Einzelpersonen getroffen. So z. B. in den Konferenzen der Talksendung *Schuster!*, die vom gleichnamigen Moderator und Produzenten geleitet werden:

106 Dass die US-amerikanischen Autoren das redaktionelle Umfeld seltener thematisieren, lässt sich auch darauf zurückführen, dass fast die Hälfte der fiktiven Fernsehjournalisten vorwiegend außerhalb der Redaktionen tätig ist (vgl. Kapitel 7.3.4.2).

»›Vergewaltigung ist immer gut‹, sagte Schuster. Niemand widersprach ihm. Es war bei diesen Sitzungen nicht üblich, anderer Meinung zu sein als er. Wöchentlich kündbare Anstellungsverträge dämpften den Widerspruchsgeist« (*Schuster!*, 1997: 7; vgl. auch *Quotenfieber*, 1997: 165f.; *Talk Show Down*, 1998: 49ff.).

Auch zur Produktion der Beiträge machen viele Autoren Angaben. Der Leser erfährt, wie Applausbänder eingesetzt werden, was Bauchbinden sind, wie zeitaufwendig das Schneiden und Vertonen der Beiträge ist und wie die Satellitenübertragung funktioniert. Durch die detaillierte und zum Teil sogar minutiöse Schilderung der Sendeabläufe werden auch hier wieder die unterschiedlichen Kompetenzen der einzelnen fiktiven Fernsehakteure betont (vgl. z. B. *Die Anstalt bedauert*, 1977: 220ff.; *Diese kleine Unsterblichkeit*, 1995: 63ff., 158ff.; *Die Brut*, 2004: 20ff.; 116ff., 215ff.). Die Beschreibung der Arbeitsabläufe liefert keine Indizien, durch die man auf Unterschiede zwischen den beiden Untersuchungsländern schließen könnte. Es wird weder eine Tendenz zu einer arbeitsteiligen noch zu einer ganzheitlichen Arbeitsweise deutlich (vgl. auch Kapitel 7.3.4.2). Hinweise auf ein dezentrales bzw. zentrales Redaktionsmodell (vgl. z. B. *Absence of Pain*, 1988: 92f.; *Scandal*, 1996: 12) sind in den Romanen so selten, dass keine Aussagen über die Dominanz eines dieser beiden Modelle getroffen werden können. Dieser Befund stimmt damit überein, dass auch in den *Spiegel*-Bestsellern »die Beschreibung der Räumlichkeiten weniger der Verdeutlichung einer zentralen oder dezentralen Organisationsstruktur, sondern der Veranschaulichung der hierarchischen Stellung eines Journalisten [dient]« (ENGESSER 2005: 231).

Berufsorganisationen spielen in den Romanen der beiden Länder fast gar keine Rolle. Auch dieser Befund steht im Einklang mit bisherigen Untersuchungen: Weder in den *Spiegel*-Bestsellern der Jahre 1970 bis 2000 noch in den deutschen Prosawerken von 1949 bis 1987 sind diese ein Thema (vgl. PANNEN 1988: 33; ENGESSER 2005: 216). Lediglich in zwei deutschen Romanen werden Verbände bzw. Betriebsräte erwähnt. So hält der Vorsitzende des Journalistenverbands eine Rede auf der Beerdigung eines Journalisten (vgl. *Friß, Vogel*, 1972: 495) und ein Betriebsrats-Vorsitzender dekoriert sein Büro mit programmatischen »Plakaten zu Mitbestimmung, Alkohol und Frauendiskriminierung am Arbeitsplatz« (*Krieg der Sender*, 1991: 211). In der US-amerikanischen Literatur werden Berufsorganisationen etwas häufiger erwähnt. Zumeist bleibt es aber auch hier bei kurzen Hinweisen (vgl. z. B. *Sweeps*, 1980: 101; *Assignment*, 1981: 36; *Murder in a Mayonnaise*

Jar, 1993: 169ff.). In Ausnahmefällen werden diverse Vorgaben der unterschiedlichen ›unions‹ erläutert, die sich auf die Kompetenzen von journalistischem und technischem Personal beziehen:

> »Union regulations prevented the reporter from touching so much as a knob on any of the equipment himself. [...] Once inserted into a machine, cassettes became the domain of the technical unions. To touch it now could trigger sanctions anywhere from a fine to a strike« (*Ratings are Murder*, 1985: 8f.)

Auch Journalistin Maxi Poole erwähnt, dass es nicht erlaubt sei, »to even touch editing equipment if you were not a NABET union editor. If she got caught, it could mean her job« (*Graveyard Shift*, 2005: 207; vgl. auch *Private Sector*, 1979: 33, 118).

Für die institutionellen Rahmenbedingungen kann zusammenfassend festgestellt werden, dass Berufsorganisationen sowohl in den US-amerikanischen als auch in den deutschen Romanen kaum Aufmerksamkeit erhalten. Die Organisationsformen der Fernsehsender sind – auch wenn die Strukturen der Fernsehsysteme nicht immer ausführlich erläutert werden – in fast allen literarischen Werken ersichtlich. Die redaktionellen Strukturen und Arbeitsabläufe nehmen unter den institutionellen Rahmenbedingungen am meisten Platz ein und spielen insbesondere in den deutschen Romanen eine große Rolle. Insgesamt gesehen stellen die deutschen Autoren deutlich mehr Informationen zum institutionellen Umfeld bereit.

7.2.1.2 *Rechtliche und normative Aspekte*

Neben den institutionellen Rahmenbedingungen spielen die rechtlichen und normativen Aspekte eine wesentliche Rolle für die alltägliche journalistische Arbeit (vgl. Kapitel 4.2). Die Romane wurden deshalb daraufhin untersucht, ob verfassungsrechtliche und gesetzliche Vorgaben sowie Kontrollorgane thematisiert werden. Zudem wurde in offener Codierung festgehalten, ob bei der Beschreibung des Fernsehjournalismus ethische Richtlinien, die z. B. in den realen journalistischen Ethikkodizes niedergelegt sind, oder normative Funktionen der Medien eine Rolle spielen.

Rechtliche und normative Aspekte nehmen weder in den US-amerikanischen noch in den deutschen Romanen einen hohen Stellenwert ein (vgl. Abb. 14). Lediglich in einem Roman aus den USA und in drei deutschen Büchern finden sich ausführliche Abschnitte zu diesen essenziellen Regelungen. Veränderungen des Thematisierungsgrades im Zeitverlauf sind für keines der beiden Untersuchungsländer zu verzeichnen. Sowohl in den literarischen Darstellungen vor als auch nach Mitte der 1980er-Jahre werden die rechtlichen und normativen Grundlagen lediglich am Rande angesprochen.

ABBILDUNG 14
Thematisierung der rechtlich-normativen Rahmenbedingungen (in %)

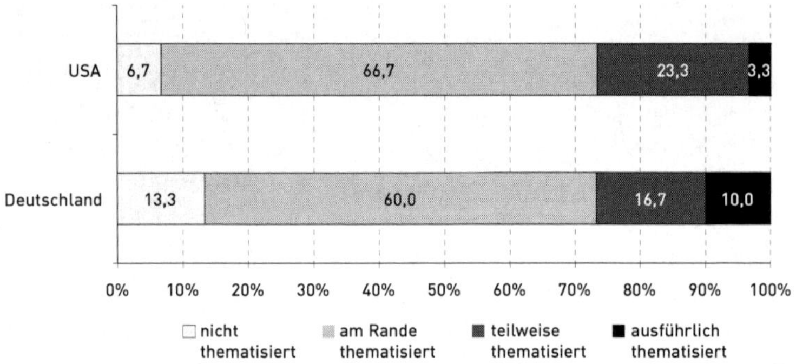

Basis: n = 30 amerikanische, 30 deutsche Romane

Auf rechtliche Ordnungsrahmen wird in der Romanfiktion zwar mehrfach Bezug genommen, über deren bloße Nennung geht jedoch fast keiner der Autoren hinaus. Die US-amerikanischen Autoren verweisen in diesem Zusammenhang wiederholt auf die im ersten Zusatzartikel der Verfassung gewährleistete Pressefreiheit und bezeichnen die Journalisten beispielsweise als »defender of the First Amendment« (*St. Valentine's Night*, 1989: 299; vgl. auch *Hidden Agenda*, 1997: 156f.). Analog dazu wird in den deutschen Romanen das Grundgesetz zitiert, das die fiktionalen Fernsehjournalisten »in Hinsicht auf Presse- und Meinungsfreiheit verwirklicht sehen« wollen (*Dünnhäuter*, 1979: 117).

Vereinzelt finden sich Hinweise auf medienrelevante Gesetze, die über die allgemeinen verfassungsrechtlichen Grundlagen hinausgehen – wie z.B. auf die Rundfunkgesetze (vgl. z.B. *Rakket*, 1990: 157), den Freedom of Information Act (vgl. *Dead of Summer*, 1999: 141), die Persönlichkeitsrechte (vgl. z.B. *Scandal*, 1996: 245; *Talk Show Down*, 1998: 39), das Urheberrecht (vgl. z.B. *Michaelmas*, 1977: 23, 130) oder die Werberichtlinien (vgl. *Talk Show Down*, 1998: 121). Zudem wird auf die Notwendigkeit von expliziten Dreherlaubnissen aufmerksam gemacht und das Verbot von Kameras in Gerichtssälen erwähnt (vgl. z. B. *Details at Ten*, 2000: 145; *Narrenschaukel*, 1984: 230; *Das Protokoll*, 1997: 35). Arbeitsrechtliche Regelungen veranschaulichen einzelne Vertragsklauseln (vgl. *More than Dreams*, 1987: 27) sowie Unterschiede zwischen den privat-kommerziellen und den öffentlich-rechtlichen Sendern. Eine Anstellung beim Privatfernsehen geht in der literarischen Fiktion häufig mit befristeten Verträgen und einer geringen sozialen Absicherung einher. Bei den öffentlich-rechtlichen Anstalten sieht es vergleichsweise besser aus, da »ARD und ZDF in erster Linie an ihre Tarifverträge gebunden« sind (*Talk Show Down*, 1998: 11). Der letzte rechtliche Aspekt, den die Literatur berücksichtigt, ist das Zeugnisverweigerungsrecht (vgl. z. B. *The Pumpkin Seed Massacre*, 1999: 180; *Vanessa oder Die Lust der Macht*, 1981: 44). Abgesehen von der bloßen Erwähnung geht nur eine Autorin etwas ausführlicher auf diese für die journalistische Arbeit essenzielle Schutzbestimmung ein: Pamela Bullard thematisiert in *More than Dreams* (1987) die Problematik des Informantenschutzes in den USA. Durch die fehlende Garantie des Zeugnisverweigerungsrechts auf Bundesstaatenebene droht Journalistin Kim Winston eine Gefängnisstrafe, wenn sie ihre Quellen nicht offenlegt. Ihre Vorgesetzte, Kate Marchand, äußert sich im Roman folgendermaßen dazu:

> »›I am very aware of the backwoods mentality of a Massachusetts legislature that does not provide a shield law,‹ Kate said. ›But you can be sure I'll fight my way to the Supreme Court to defend my reporters' right to the confidentiality of their sources‹« (*More than Dreams*, 1987: 326; vgl. auch 231).

Kontrollorgane, die die Einhaltung der rechtlichen Vorgaben überwachen, sind ebenfalls kein Thema in den Romanhandlungen. Nur wenige Autoren erwähnen deren Existenz und nähere Beschreibungen zu den jeweiligen Aufgaben und Kompetenzen dieser Institutionen stellen die absolute Ausnahme dar. Die US-amerikanischen Romane nehmen hin und wieder auf die FCC Bezug und erwähnen die Kompetenzen dieser Behörde. Zumeist beschränkt sich dies auf ihre Schlüsselrolle bei der Vergabe und Verlängerung von Lizenzen (vgl. z. B. *Ratings are Murder*, 1985: 82; *Hidden Agenda*, 1998: 278; *More than Dreams*, 1987: 195, 198). Ein Roman thematisiert die Auskunftspflicht der Fernsehsender zu ihren finanziellen Verhältnissen (vgl. *Hidden Agenda*, 1998: 278). Das Kontrollorgan, das die deutschen Romane am häufigsten ansprechen, ist der Rundfunkrat.[107] Über die Zu-

107 Dabei wird nicht immer der Begriff ›Rundfunkrat‹ verwendet, sondern auch ›Fernsehbeirat‹ (*Dünnhäuter*, 1979: 55), ›Fernsehrat‹ (*Diese kleine Unsterblichkeit*, 1995: 171) oder ›Medien Commission‹ (*Rakket*, 1990: 161). Zudem wird der Rundfunkrat fälschlicherweise auch als Kontrollorgan der privaten Sender betitelt (vgl. *Die Quoten-Queen*, 2000: 167).

sammensetzung der Mitglieder und den Ablauf der Sitzungen gibt beispielsweise Jürgen Breest in seinem Roman *Dünnhäuter* (1979) Auskunft. Das Gremium besteht aus

> »einer Runde von grauhaarigen Damen und Herren, den Vertretern der ›gesellschaftlich-relevanten Gruppen‹. Da saßen Bürgermeister, Parlamentarier, Wissenschaftler, Pfarrer, Gewerkschafter, Arbeitgeber, Vertreter von Volkshochschulen, Landessportverbänden, Museen, Theatern usw. Die wenigen Damen darunter hatten bis auf eine junge FDP-Parlamentarierin mit Kunst und Kultur oder Pädagogik zu tun. Zunächst gab es eine allgemeine Programmaussprache, d.h., das Fernsehprogramm des letzten Vierteljahres wurde diskutiert [...]. Der Film ›Aus Müll mach Gold‹ [...] wurde zur Diskussion gestellt. [...] Zunächst verlas der Beiratsvorsitzende einen Brief eines CDU-Rundfunkratsmitglieds. Darin war die Rede von der Unausgewogenheit des Berichts. Als skandalös wurde hervorgehoben, daß Kommunisten zu Worte gekommen seien, ohne als solche gekennzeichnet zu werden. Zum Schluß gab der Beschwerdeführer seiner Sorge Ausdruck, daß die Massenmedien immer stärker unter den Einfluß linker und linksradikaler Kräfte zu geraten im Begriffe seien« (*Dünnhäuter*, 1979: 55ff.).

Trotz der wesentlichen Rolle der Landesmedienanstalten bei der Lizenzvergabe und Kontrolle der privaten Fernsehsender werden diese lediglich in einem Roman erwähnt (vgl. *Granitfresse*, 1997: 11). Auf diese Weise vermitteln die deutschen Romane die Vorstellung, die privaten Sender würden im Gegensatz zu den öffentlich-rechtlichen Anstalten nahezu keiner Kontrolle unterliegen.

Organe der Selbstkontrolle spielen in der Romanfiktion eine noch unwesentlichere Rolle und werden nur in zwei deutschen Romanen genannt. Der Privatsender EINS A hat beispielsweise den ›Großen Rat‹ eingeführt. Dabei handelt es sich um eine Gruppe von 24 zufällig ausgewählten Zuschauern, die »einmal im Monat den Großen Ratschluß ab[halten]: Bewertung des Programms, Kritik und Lob, sowie Anregungen für die Arbeit des Senders. [...] Clou: Der Große Rat besaß echte Weisungsbefugnis« (*Krieg der Sender*, 1991: 44f.; vgl. auch die Zuschauerorganisation Telepoll in *Vanessa oder die Lust der Macht*, 1981: 40, 185f.).

Selbstkontrollorgane gibt es in der US-amerikanischen Romanfiktion nicht. Allerdings verweisen zwei Autoren auf Ethikkodizes der fiktiven Fernsehsender, die im Sinne der Selbstkontrolle als Leitfaden für die journalistische Arbeit dienen (vgl. *Private Sector*, 1979: 61; *Graveyard Shift*, 2005: 71). Die literarischen Werke greifen also auch ethische Richtlinien auf, wobei der Fokus auf der journalistischen Objektivität liegt. Objektive Berichterstattung ist nur zu gewährleisten, wenn der Journalist keinerlei Beeinflussungen von außen unterliegt. In den Romanen wird z. B. darauf hingewiesen, dass eine Vorteilnahme aufgrund der beruflichen Stellung nicht akzeptiert ist. Die Mitarbeiter des Senders WLYM müssen sogar schriftlich erklären, »that they would never take advantage of their position in television industry by accepting a bribe for editorial work« (*More than Dreams*, 1987: 196; vgl. auch *The Mourning Show*, 1994: 104). Darüber hinaus wird die journalistische Sorgfaltspflicht erwähnt und die Absicherung der Fakten durch mindestens zwei unabhängige Quellen betont (vgl. z. B. *The Reluctant Hunk*, 1995: 100; *Friß, Vogel*, 1972: 260).

In den US-amerikanischen Romanen ist außerdem die Distanz zwischen dem Journalisten und seinem Thema von Relevanz. Hier gilt das Credo, das der Protagonist William Hecklepack vertritt: »[R]eporters did not hang out with the people about whom they reported. To do so would be unethical, a clear case of conflict of interest and a violation of his own personal moral code« (*Murder in a Mayonnaise Jar*, 1993: 129). Mit derartigen Interessenkonflikten sehen sich vor allem weibliche Journalisten konfrontiert, die Liebesbeziehungen mit Personen eingehen, über die sie eigentlich unvoreingenommen berichten sollen (vgl. z. B. *Prime Time*, 1983: 85; *The Mourning Show*, 1994: 126ff.).

Dass zu den ethischen Normen auch eine Zurückhaltung bei der Berichterstattung über gewisse Themen gehört, verdeutlichen Werner Sonne und Chris Unterstenhöfer in *Quotenspiel* (1999). Anhand eines Banküberfalls stellen sie die Berichterstattung des fiktiven privat-kommerziellen Fernsehsenders RTV-1 derjenigen des WDR gegenüber. Auch hier zeigt sich wieder, dass die öffentlich-rechtlichen Sender in der Romanfiktion ein seriöseres und positiveres Image haben als die privatkommerzielle Konkurrenz. Während RTV-1 live aus der Bank berichtet und eine sensationslüsterne Aufbereitung der Geiselnahme betreibt, übt der WDR sich in Diskretion:

> »Wir haben unsere Lehren aus der Gladbecker Geiselaffäre gezogen. Keine Live-Begleitung des Täterfahrzeugs, keine Live-Interviews mit den Tätern. Und dabei bleibt es. Wir werden uns für diese Show nicht hergeben. Regelberichterstattung, klar, auch groß, selbstverständlich, aber keine extra Sendezeit« (*Quotenspiel*, 1999: 223).

Unter die ethischen Grundsätze fällt auch die Ausgewogenheit der Berichterstattung. Diese ist vor allem in den US-amerikanischen Romanen die

Richtlinie für die journalistische Arbeit: »We will cover both arguments objectively and effectively. [...] pro and con on an absolutely equal basis« (*More than Dreams*, 1987: 204). Auch andere Autoren verdeutlichen an Beispielen wie Abtreibung oder Familienstreitigkeiten, dass Journalisten alle Meinungen hören und diese in den Beiträgen berücksichtigen sollen (vgl. z. B. *Hidden Agenda*, 1997: 53; *Split Image*, 1998: 170, 236). In einem Roman wird zudem auf die damals noch existierende ›equal-time-rule‹ verwiesen. Journalist Jeremy Heron weigert sich, bei der Berichterstattung über den Tod eines ehemaligen Kollegen die alten Vorwürfe einer Zugehörigkeit zu kommunistischen Vereinigungen aufzunehmen:

> »›Rudy, this is not an equal-time issue,‹ said Jeremy. ›Fuck those pious right-wing bastards. We're not trying to tell both sides or even fake telling both sides. We are going to do a segment about a man who was in the business as a big man and got hounded out of it and wound up dead yesterday in a fleabag hotel on Forty-Fifth Street« (*Sweeps*, 1980: 66).

Dass beide Seiten in den journalistischen Beiträgen zu Wort kommen sollen, erwähnen die deutschen Autoren deutlich seltener. In den wenigen Fällen ist die Handlung im öffentlich-rechtlichen Fernsehsystem angesiedelt und es wird auf den bestehenden öffentlich-rechtlichen Auftrag zu einer binnenpluralistischen Berichterstattung verwiesen (vgl. z. B. *Rakket*, 1990: 138, 263).[108]

Der letzte Indikator für die rechtlichen und normativen Aspekte sind Hinweise auf die normativen Funktionen, die Journalismus und Medien für die Gesellschaft haben. Auch diese werden in der Literatur, wenn überhaupt, lediglich am Rande angeschnitten. In den US-amerikanischen Romanen dominieren Aussagen über das ›public right to know‹. Die Funktion des Journalismus besteht also in der Information der Bevölkerung. Die Informationsfunktion wird bei der Berichterstattung über die unterschiedlichsten Themen (z. B. Morde, soziale Missstände oder Korruptionsfälle) betont (vgl. z. B. *Ratings are Murder*, 1985: 51; *More than Dreams*, 1987: 215). Auch die deutschen Romane erwähnen die Informationspflicht der Medien (vgl. z. B. *Der Auslandskorrespondent*, 1997: 140; *Der Story-Jäger*, 2002: 81). Als weitere Funktionen werden die politische Willensbildung der Bürger

108 Eine Ausnahme ist die Talkshow *Schuster!*, in der die Prämisse einer ausgewogenen Berichterstattung ad absurdum geführt wird. Das Argument »jeden Standpunkt zu Wort kommen lassen« (*Schuster!*, 1997: 166) wird hier als Vorwand genommen, um neben Vergewaltigungsopfern auch einen Vergewaltiger in der Sendung auftreten zu lassen.

(vgl. *Wer wählt, wird Millionär*, 2004: 59) und die Anleitung der öffentlichen Meinung genannt:

> »Was, meine Damen und Herren [...] ist denn die Aufgabe des Fernsehens? KREDIBILITÄT! Nur Kredibilität? Es ist die Aufgabe des Fernsehens, die öffentliche Meinung anzuleiten und zu führen. Und zwar im Sinne der Mehrheit [...]. Die veröffentlichte Meinung, meine Damen und Herren, muß sich in einer Demokratie der öffentlichen Meinung beugen« (*Rakket*, 1990: 81).

Um die Rolle der Medien für die Gesellschaft zu verdeutlichen, wird mit Mike Wallace in einem Fall sogar ein realer Journalist bemüht. Innerhalb der Romanhandlung erklärt dieser, die Aufgabe der Medien sei »enlighten besides entertain, seek justice rather than ratings« (*Hidden Agenda*, 1997: 346).

Engesser resümiert für die *Spiegel*-Bestseller, dass »rechtliche Regelungen eher selten Gegenstand der literarischen Journalismus-Darstellungen [sind]« (ENGESSER 2005: 176) und dass auch Kontrollorgane kaum thematisiert würden (vgl. ebd: 185f.). Die Befunde der hier untersuchten US-amerikanischen und deutschen Romane gehen in dieselbe Richtung: Rechtliche ebenso wie normative Aspekte werden in einem Großteil der literarischen Werke lediglich am Rande erwähnt. Daraus folgt, dass ihr Stellenwert für die journalistische Arbeit ziemlich gering erscheint. Der Eindruck verstärkt sich noch, da die journalistischen Akteure die ethischen Richtlinien häufig übergehen (vgl. Kapitel 7.3.4.3) und in den Romanen auf die vorherrschende Morallosigkeit im Fernsehgeschäft hingewiesen wird.[109] Nicht unwesentlich für diese Tatsache ist auch die Rolle, die der wirtschaftliche Druck im Fernsehjournalismus spielt.

7.2.1.3 *Ökonomische Aspekte*

Die Einflussfaktoren auf ökonomischer Ebene sind ein weiterer wichtiger Aspekt bei der Beschreibung des Journalismus. Dass diese in fiktionalen Werken ein häufiges Thema sind, zeigen die Befunde der *Spiegel*-Bestseller.

109 So wird beispielsweise darauf verwiesen, dass es Usus sei, sich auf unredliche Weise bei der journalistischen Arbeit zu bereichern (vgl. *Die Nacht der Stars*, 1972: 202). Auch die Privatsphäre bleibt in den fiktionalen Darstellungen oftmals nicht geschützt: »Invasion of privacy is our motto« (*Fame's Peril*, 1992: 120; vgl. auch *The Toddler's Tale*, 2001: 166ff.). Einen Mangel an ethisch korrektem Verhalten in der US-amerikanischen Literatur konstatiert auch Black, der vom Journalismus als »amoral enterprise« spricht (BLACK 1994: 168).

In den literarischen Darstellungen wird vor allem die Konkurrenz im Medienbereich thematisiert, die insbesondere auf der intramedialen Ebene besteht (vgl. ENGESSER 2005: 160ff.).

Der Aufbau von Fernsehsendern und die Produktion und Ausstrahlung audiovisueller Medieninhalte sind mit hohen Kosten verbunden, die je nach Organisationsform und rechtlichen Vorgaben unterschiedlich gedeckt werden können (vgl. Kapitel 4.1). In Bezug auf die ökonomischen Rahmenbedingungen wurden die Romane deshalb daraufhin untersucht, ob Informationen zur Finanzierung der Fernsehsender – z.B. zu Gebühren oder zu Werbung – gegeben werden und ob die allgemeine wirtschaftliche Situation der Sender thematisiert wird. In offener Codierung wurde des Weiteren erhoben, welches Bild die Romane hinsichtlich der Konkurrenz auf dem Fernsehmarkt vermitteln und welche Rolle die Einschaltquoten für die journalistische Arbeit spielen. Der letzte Indikator für die Thematisierung der ökonomischen Aspekte ist die Abhängigkeit von Werbekunden, die direkt oder indirekt Einfluss auf den Fernsehsender, das Personal und die redaktionellen Inhalte nehmen.

Beim Thematisierungsgrad der ökonomischen Rahmenbedingungen zeigen sich einige Unterschiede zwischen den US-amerikanischen und den deutschen Romanen (vgl. Abb. 15; $p > .05$, n. s.). In fast allen US-amerikanischen Romanen werden ökonomische Aspekte genannt – allerdings spielen diese häufig eine nebensächliche Rolle: Über die Hälfte der Autoren (57%) gibt ausschließlich Randinformationen dazu. In den deutschen Romanen werden die ökonomischen Aspekte zwar häufiger ganz ausgespart (20% vs. 7%), allerdings findet im Vergleich zu den amerikanischen Romanen auch häufiger eine intensive Thematisierung statt (40% vs. 20%).

Die Finanzierungswege der Fernsehsender spielen in der literarischen Fiktion beider Länder eine nebensächliche Rolle. Obwohl alle US-amerikanischen Romane im kommerziellen Fernsehsystem angesiedelt sind, wird Werbung nur in der Hälfte dieser Romane angesprochen. Zumeist bleibt es bei Randinformationen wie »a commercial blared from the set« (*The Reluctant Hunk*, 1995: 193). Sehr selten sind Verweise auf die Inhalte der Werbung (vgl. z.B. *World Without End*, 1981: 327, 329f.; *Fame's Peril*, 1992: 127f.) oder auf die Abstimmung zwischen Werbeblöcken und redaktionellem Programm (vgl. z.B. *More than Dreams*, 1987: 224). Andere Finanzierungswege werden in den US-amerikanischen Romanen – sieht man von einigen impliziten Verweisen auf reiche Eigentümer ab – nicht thematisiert. In der deutschen Literatur sind die Finanzierungswege der

ABBILDUNG 15

Thematisierung der ökonomischen Rahmenbedingungen (in %)

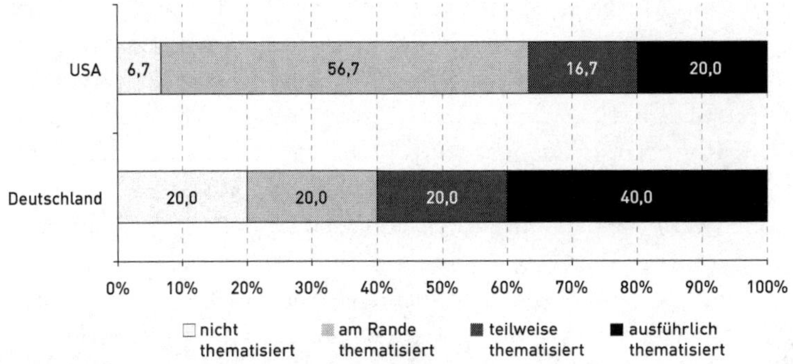

Basis: n=30 amerikanische, 30 deutsche Romane
Abweichungen von 100 Prozent sind rundungsbedingt

Fernsehsender vielfältiger. Neben Werbe-Einnahmen gibt es dort Gebühren, Sponsoring, Product Placement und Merchandising. Charles Lewinsky widmet ein Kapitel seines Romans der Fernsehwerbung, indem er detailgenau beschreibt, was der Zuschauer auf dem Bildschirm sieht. Dabei greift er auf reale Werbe-Einblendungen der 1990er-Jahre zurück, wie z. B. die Spots für Meggle-Kräuterbutter, Dash Futur, Lätta, o. b. oder Appel (vgl. *Schuster!*, 1997: 170ff.). Die Finanzierung durch Gebühren wird nur selten genannt – dann allerdings häufig in Zusammenhang damit, dass das Programm das Geld der Zuschauer nicht wert sei:

> »Der konsumierende Zuschauer wird mit Hilfe seines eigenen Geldes verdummt [...]. Das Fernsehen schöpft doppelt ab und leistet nicht einmal die Hälfte seines gesellschaftlichen Auftrags. Das meiste Geld wird nicht für das Programm, sondern für die Desorganisation des Systems verschwendet« (*Vanessa oder Die Lust der Macht*, 1981: 208).

Auch andere Finanzierungsformen erhalten nur wenig Aufmerksamkeit. Sponsoren werden am Rande erwähnt (vgl. z. B. *Diese kleine Unsterblichkeit*, 1995: 32; *Wer wählt, wird Millionär*, 2004: 66), Merchandising-Wege angedeutet (vgl. *Der Story-Jäger*, 2002: 129) und Product Placement beschrieben. So zahlen Unternehmen Geld dafür, dass Fernsehinterviews vor ihren Gebäuden stattfinden oder Lieferwagen mit ihren Schriftzügen im Hintergrund zu sehen sind (vgl. z. B. *Das Ekel von Datteln*, 1988: 29, 195). Die konkreten Fachbegriffe ›Merchandising‹ und ›Product Placement‹ fallen dabei nur in Ausnahmefällen und die Ausführungen über diese Art der Kostendeckung bleiben insgesamt sehr an der Oberfläche.

Die allgemeine wirtschaftliche Situation der Fernsehsender scheint für die Romanautoren ebenfalls kein Thema zu sein, dem große Aufmerksamkeit gebührt. Zumeist weisen sie am Rande darauf hin, dass sich die Fernsehsender im Aufschwung befinden: Der Sender WLYM erweitert sein Gebiet und kauft einen eigenen Satelliten (vgl. *More than Dreams*, 1987: 73), »NTN's profit margin was enormous« (*Fame's Peril*, 1992: 281) und auch die deutschen Privatsender stehen überwiegend sehr gut da. So ist DUX-TV beispielsweise »der kapitalstärkste Privatsender in Berlin« (*Granitfresse*, 1997: 11) und die Bilanz des Senders RTV-1 beläuft sich auf »112 Millionen Mark Gewinn [...], acht Prozent über dem Wert des Vorjahres« (*Quotenspiel*, 1999: 20). Gleichwohl werden auch verordnete Sparmaßnahmen angesprochen. Die Redakteure erhalten Briefe mit der »Bitte um sparbewusstes Produzieren von Fernsehbeiträgen« (*Quotenfieber*, 1997: 47) oder zukünftige Kalkulationen der Redaktionen werden von der Sendeleitung abgelehnt (vgl. z. B. *Fernsehland*, 1999: 20). Die finanziellen Probleme betreffen demnach weniger die Fernsehsender als Ganzes, sondern vor allem einzelne Sendungen (vgl. z. B. *Scandal*, 1996: 13; *Schuster!*, 1997: 66ff.; *Die Brut*, 2004: 281). Bringen diese nicht mehr den erwünschten Erfolg, was gleichbedeutend mit hohen Quoten ist, so sind sie in Gefahr, abgesetzt und durch andere Programme ausgetauscht zu werden.

Der Quotendruck und die Konkurrenz auf dem Fernsehmarkt nehmen in den literarischen Darstellungen einen hohen Stellenwert ein. Das Fernsehgeschäft ist in den hier analysierten Romanen »a highly competitive business« (*White Male Infant*, 2002: 47). Dieser Aspekt wird von fast allen Autoren erwähnt und insbesondere in den deutschen Romanen sind Quotendruck und Wettbewerb oft handlungsbestimmende Themen. Einige Buchtitel weisen sogar explizit auf diesen ökonomischen Einflussfaktor hin: *Sweeps* (1980); *Ratings are Murder* (1985); *Krieg der Sender* (1991); *Quotenfieber* (1997); *Quotenspiel* (1999) und *Die Quoten-Queen* (2000).

Um auf dem Fernsehmarkt zu bestehen, müssen die Sender (bzw. die einzelnen Sendungen) finanzielle Erfolge und eine hohe Publikumsresonanz vorweisen können. Die Einschaltquoten sind somit häufig der alleinige Maßstab für die journalistische Arbeit: »Wenn doch erst die Quote da wäre! Die Kritiken, die morgen in den Zeitungen folgen, sind ihm völlig egal. Was gut ist, entscheidet heutzutage allein die Anzahl der Leute, die die Glotze zu seinen Gunsten angestellt haben« (*Der Auslandskorrespondent*, 1997: 103; vgl.

auch *Talk Show Down*, 1998: 11; *Der Story-Jäger*, 2002: 131; *St. Valentine's Night*, 1989: 454). Im Gegensatz zur Quantität der Zuschauer spielt die Qualität der Programme nur eine sekundäre Rolle. Mit der Betonung der Einschaltquoten wird indirekt auch auf den Finanzierungsweg über die Werbung angespielt, denn »[r]atings meant money« (*The Toddler's Tale*, 2001: 139). Die US-amerikanischen Autoren nehmen mehrfach auf die wichtigen ›Sweepstakes‹ Bezug, anhand derer die zukünftigen Werbepreise ermittelt werden (vgl. z. B. *Fame's Peril*, 1992: 11; *Dead of Summer*, 1999: 102; *Graveyard Shift*, 2005: 5). Auch die zweifelhaften Methoden, auf die die Fernsehsender in dieser Zeit zurückgreifen, finden sich in der Romanfiktion wieder:

> »When sweeps week arrived, journalism vanished from the news, replaced by exposés on prostitution, the newest venereal disease, gay love, anything sexual to hype the ratings. [...] Three times a year the rating services canvass the entire country, the top 155 television markets – a clean *sweep*, so to speak. At the end of each sweep period a rating book is issued. Those results determine the price of the station's commercials for the next quarter« (*Ratings are Murder*, 1985: 9f.; Hervorhebung im Original).

Der Kampf um die Zuschauer führt dazu, dass die Programme der Konkurrenzsender aufmerksam verfolgt werden, um Trends und erfolgversprechende Formate frühzeitig zu entdecken (vgl. z. B. *Quotenfieber*, 1997: 210; *Quotenspiel*, 1999: 72; *The Osterman Weekend*, 1972: 12; *Michaelmas*, 1977: 7). Die fiktiven Fernsehsender betreiben Marktforschung, um ihre Zielgruppen besser zu bestimmen und leisten sich eigene Abteilungen für die Quotenanalyse (vgl. z. B. *Der Story-Jäger*, 2002: 129; *The Quality of Life Report*, 2003: 142).

In einigen Romanen ist die intramediale Konkurrenz sogar das zentrale Thema der Handlung. In *Krieg der Sender* (1991) schrecken die Chefredakteure der beiden fiktiven Privatsender EINS A und MAXI-MUMM im Kampf um die Marktanteile weder vor gegenseitigen Diffamierungen noch vor dem Ausspionieren des anderen Senders zurück. Chefredakteur Donald Pesin wiederum macht mit drastischen Vergleichen auf den Konkurrenzkampf im Fernsehjournalismus aufmerksam. Er setzt diesen mit einer Kriegssituation gleich und rät seinen Mitarbeitern: »Think of the other stations as the bad guys, the Nazis. We're the good guys, the Americans« (*The Mourning Show*, 1994: 37). Der Konkurrenzkampf ist unter den privat-kommerziellen Sendern besonders stark ausgeprägt; doch auch bei den öffentlich-rechtlichen Anstalten spielt dieses Thema eine Rolle. In Angelika Mechtels Roman aus den frühen 1970er-Jahren werden die Journalisten der ARD-Anstalten durch höhere Gehaltsangebote abgeworben und die Konkurrenzsituation bestimmt die Gestaltung des Programms: »Vergessen Sie nicht [...], daß wir jetzt das Zweite Deutsche Fernsehen im Nacken haben. Die höheren Einschaltquoten erhalten wir nur, wenn wir besser sind« (*Friß, Vogel*, 1972: 188; vgl. auch *Die Anstalt bedauert*, 1977: 110, 379).

Auch die Abhängigkeit der Fernsehsender von Wirtschaft und Werbekunden wird in der Romanfiktion angesprochen. Die US-amerikanischen Autoren erwähnen diesen Aspekt jedoch nur selten und führen keine konkreten Beispiele dafür an. So bleibt es bei wenigen allgemeinen Äußerungen, wie z. B. »We're supposed to inform and enlighten but most of the time we give the viewer what some ad man tells us they want« (*More than Dreams*, 1987: 115). Zudem wird auf die wachsende Konzentration im Medienbereich hingewiesen, die auch einen Einfluss auf die journalistische Berichterstattung hat: »[T]he control of the media is being reduced to fewer and fewer corporate hands. We're getting censored information from corporate titans« (*Fame's Peril*, 1992: 213). Die deutschen Autoren thematisieren die Einflüsse vonseiten der Wirtschaft nicht nur häufiger, sondern meist auch ausführlicher. Oft wirkt sich die wirtschaftliche Macht auch auf die redaktionellen Inhalte der Fernsehsender aus. So stornieren Firmen bei negativer Berichterstattung über ihren Wirtschaftszweig die Werbeverträge (vgl. z. B. *Quotenspiel*, 1999: 22) und bringen die Sender in finanzielle Bedrängnis. Damit es erst gar nicht so weit kommt, verzichten manche von vorneherein auf brisante Themen: Chefredakteur Georg Daniels lehnt es z. B. ab, über Katalysatoren oder Grundwasserverunreinigung zu berichten, um es sich nicht mit der Auto- und Getränkeindustrie zu verscherzen (vgl. *Talk Show Down*, 1998: 41, 50, 63). In *Friß, Vogel* (1972: 59, 80f.) werden Recherchen über eine Öhlbohrfirma eingestellt, weil der Anwalt des Unternehmens mit dem Verwaltungsdirektor der Fernsehanstalt befreundet ist. Auch Intendant Dr. Pongratz sieht sich aufgrund der finanziellen Zuwendungen der Wirtschaft zu Gegenleistungen verpflichtet:

> »Die Fernsehanstalt verdankte der Autoindustrie einiges: Von dort kamen die lukrativsten Werbeaufträge, und auch das, was die Firmen zu den Autotest- und einschlägigen Magazinsendungen beisteuerten, war mehr als nur Kleingeld. [...] Vor allem jedoch: Die Partei, der der Intendant angehörte, wurde von diesem Wirtschaftszweig besonders großzügig unterstützt. [...] Auf ihre Freigebigkeit macht die Autolobby den Intendanten gelegentlich aufmerksam. Unnötigerweise, versicherte Dr. Pongratz, denn er war sich

seiner und seines Hauses Schuld bewußt und würde sie bestimmt, wenn die Stunde kam, begleichen« (*Diese kleine Unsterblichkeit*, 1995: 117).

Viele deutsche Romane stellen die Fernsehsender folglich in starker Abhängigkeit von der Wirtschaft dar und auch insgesamt erhalten die ökonomischen Aspekte dort mehr Aufmerksamkeit als in der US-amerikanischen Literatur.

Während der Thematisierungsgrad der ökonomischen Rahmenbedingungen in den US-amerikanischen Romanen im Zeitverlauf stabil bleibt, ändert sich die diesbezügliche Aufmerksamkeit der deutschen Autoren (vgl. Abb. 16). In 70 Prozent der Romane, die vor Mitte der 1980er-Jahre erschienen sind, werden die wirtschaftlichen Einflussfaktoren entweder gar nicht oder nur am Rande beschrieben. Bei den Romanen, die nach der Einführung des privat-kommerziellen Rundfunks erschienen sind, ist dies nur noch bei 25 Prozent der Fall ($p \leqslant .05$).[110] Die Hälfte dieser Bücher thematisiert die ökonomische Ebene des Fernsehjournalismus sogar ausführlich und die Romane, die bereits im Titel auf den Quotendruck und die Konkurrenz auf dem Fernsehmarkt verweisen, sind alle erst nach 1985 erschienen.

ABBILDUNG 16

Thematisierung der ökonomischen Rahmenbedingungen im Zeitverlauf: Deutschland (in %)

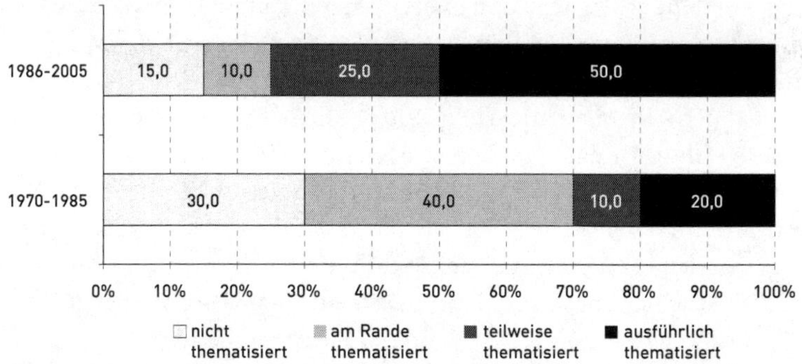

Basis: n = 30 deutsche (1970 - 1985: 10, 1986 - 2005: 20) Romane

110 Fasst man die vier Ausprägungen nicht in Zweiergruppen zusammen, so verfehlt der Mann-Whitney-U-Test knapp das Signifikanzniveau von $p \leqslant .05$.

7.2.1.4 *Politische Aspekte*

Nicht nur die Ökonomie, auch das politische System steht in einem Beziehungsverhältnis zum Journalismus. So können die politischen Gegebenheiten ebenfalls einen Einfluss auf die Medien und die journalistische Arbeit haben – auch wenn eine unvoreingenommene und objektive Berichterstattung als Norm zu gelten hat. Aus diesem Grund wurden die Romane daraufhin untersucht, ob sie Hinweise auf eine direkte bzw. indirekte Einflussnahme durch die Regierung oder die Parteien enthalten. Zudem wurde festgehalten, ob der Fernsehsender bzw. die einzelnen Sendungen eine klare politische Linie verfolgen.

Auf einen geringen Stellenwert der politischen Rahmenbedingungen in literarischen Werken weisen die Befunde von Engesser (2005) hin: Eine Abhängigkeit der Medien von Staat und Politik kommt in den *Spiegel*-Bestsellern fast gar nicht zur Sprache. Dies ist zumindest dann der Fall, wenn die Handlungen in Ländern mit geringer staatlicher Kontrolle spielen bzw. zu Zeiten, in denen Meinungsfreiheit herrscht.[111] In den analysierten Prosatexten erscheinen die Medien vorrangig als Vierte Macht im Staate, die ihrerseits die Politik kontrollieren. Thematisieren die literarischen Darstellungen jedoch öffentlich-rechtliche Rundfunkanstalten, so zeigen sich parteipolitisch motivierte Einflüsse (vgl. ENGESSER 2005: 151).

Wie aus Abbildung 17 hervorgeht, unterscheidet sich die Thematisierung von politischen Aspekten in der US-amerikanischen und deutschen Romanfiktion nur geringfügig ($p > .05$, n. s.). Auffallend ist, dass diese Aspekte im Großteil der Romane überhaupt keine Rolle spielen: 83 Prozent der US-amerikanischen und 63 Prozent der deutschen Romane enthalten keinerlei Hinweise darauf, dass der Journalismus durch die Politik beeinflusst wird oder sich freiwillig politisch positioniert. In der deutschen Literatur werden politische Einflussnahmen auf die journalistische Arbeit und politische Tendenzen in der Fernsehberichterstattung allerdings häufiger erwähnt. Im Vergleich zu nur einem US-amerikanischen Roman thematisieren immerhin sechs deutsche Bücher diese Aspekte teilweise bzw. sogar ausführlich.

111 Die analysierten Texte, die z. B. vor dem Hintergrund der chilenischen Militärdiktatur oder in der DDR spielen, enthalten hingegen relativ viele Hinweise zu politischen Repressalien (vgl. ENGESSER 2005: 155).

ABBILDUNG 17
Thematisierung der politischen Rahmenbedingungen (in %)

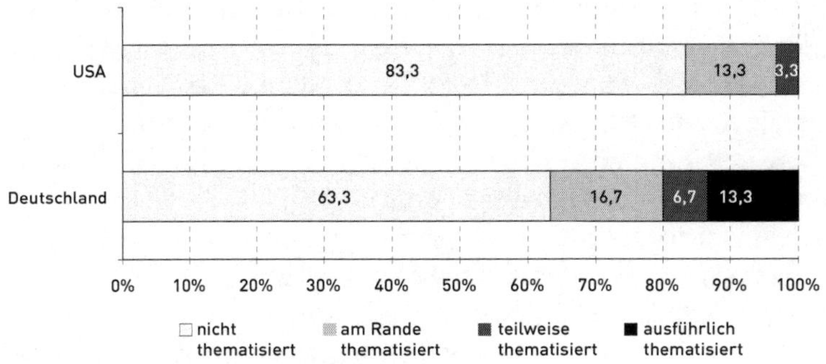

Basis: n = 30 amerikanische, 30 deutsche Romane
Abweichungen von 100 Prozent sind rundungsbedingt

Eine Einflussnahme von politischen Akteuren auf den Fernsehjournalismus findet lediglich in vier US-amerikanischen Romanen statt. In *More than Dreams* (1987: 217, 231) versuchen Politiker, einen unerwünschten Beitrag zu verhindern und der FCC Gründe zu nennen, dem Sender die Lizenz zu entziehen. In einem anderen Roman wird erwähnt, dass ein Gouverneur einst versucht habe, durch Druck auf die Sendeleitung die Kündigung der journalistischen Hauptfigur zu erwirken (vgl. *Ratings are Murder*, 1985: 35). In beiden Fällen wird dieses Thema jedoch nur in ein paar Sätzen abgehandelt. Einen etwas höheren Stellenwert nehmen politische Einflussnahmen in den Romanen von Bill Granger und Thom Racina ein. Bill Granger's *Sweeps* (1980) geht in die Vergangenheit zurück und legt die Romanhandlung vor dem realen Hintergrund der ›Blacklist‹ der McCarthy-Ära an. Die Publikation *Red Channels: The Report of Communist Influence in Radio and Television* aus dem Jahr 1950 hat damals auch Fernsehjournalisten ihren Job gekostet – weil sie den Kommunismus befürworteten oder durch Verleumdungen dem kommunistischen Lager zugerechnet wurden (vgl. z.B. COMSTOCK 1991: 24; BODDY 1995: 45; FOLKERTS/TEETER 2009: 435). Eine dieser Personen ist ein alter Kollege der fiktiven Hauptfigur, der plötzlich ermordet aufgefunden wird. Sein Tod führt dazu, dass die Vergangenheit aufgerollt und die journalistische Arbeit der 1950er-Jahre beschrieben wird. In *Hidden Agenda* (1997) von Thom Racina geht es um den politischen bzw. religiös motivierten Einfluss auf das Fernsehen. Um die christliche Botschaft unter das US-amerikanische Volk zu bringen, bedient sich die

Interessengemeinschaft ›Christian Alliance‹ eines Fernsehsenders. Dies geschieht durch Verstöße gegen die Richtlinien der FCC, da die Beteiligungsverhältnisse nicht offengelegt werden: »Network ONE, funded secretly, but almost completely, by money from the Christian Alliance« (*Hidden Agenda*, 1997: 352). Mit Ausnahme von NETWORK ONE verfolgt keiner der Fernsehsender in den US-amerikanischen Romanen eine klare politische bzw. religiös begründete Linie. Auch hinsichtlich der einzelnen Sendungen lassen sich keinerlei (partei)politische Präferenzen erkennen.[112] Dieser Befund steht im Einklang mit der in den US-amerikanischen Romanen häufig angesprochenen Prämisse einer ausgewogenen Berichterstattung, die alle Positionen berücksichtigt.

Die deutschen Romane thematisieren die politische Einflussnahme auf das Fernsehen vergleichsweise häufiger. Auch hier wird zwar konstatiert, dass »[n]ach dem Grundgesetz und nach dem Rundfunkgesetz [...] die Regierung keinerlei Einfluß auf die redaktionelle Arbeit der Sender, insbesondere auf den Nachrichtenapparat, nehmen [darf]« (*Die im Dunkeln sieht man nicht*, 1985: 324f.). Gleichwohl finden Eingriffe und Beeinflussungsversuche sowohl über die politischen Vertreter in den diversen Kontrollgremien als auch durch direkten Druck statt. Vier Romane widmen den politischen Einflüssen auf das Fernsehsystem ausführliche Abschnitte: *Friß, Vogel* (1972), *Dünnhäuter* (1979), *Vanessa oder die Lust der Macht* (1981) und *Rakket* (1990). Die Handlung spielt dabei immer in öffentlich-rechtlichen Fernsehanstalten, bei denen »verschleiert Staatsräson und Parteibuch, Zensur und Maulkörbe [regieren]« (*Friß, Vogel*, 1972: 407). So ist die Besetzung der Stellen von politischen Klüngeleien geprägt, was insbesondere für den Intendantenposten und andere weit oben in der Hierarchie angesiedelte Positionen gilt (vgl. z. B. *Friß, Vogel*, 1972: 141; *Dünnhäuter*, 1979: 136; *Narrenschaukel*, 1984: 150; *Rakket*, 1990: 89, 195, 225).[113] Durch die nach politischen Gesichtspunkten ausgewählten Entscheidungsträger wird auch der Einfluss der Politik auf die Programminhalte gewährleistet:

> »Eine direkte Zensur findet nicht statt. Die parteipolitische Programmselektion ist längst durch die Personalpolitik in die inneren Entscheidungs-

112 In *Stillwatch* (1984) versucht Journalist Luther Pelham, nur die besten Seiten einer Senatorin in einem Beitrag zu zeigen. Allerdings handelt es sich dabei um einen individuell motivierten Versuch und ihm wird von anderen Kollegen Einhalt geboten.

113 Selbst bei der Besetzung nicht leitender Positionen werden jedoch die Wünsche der politischen Akteure berücksichtigt und deren »Nichten und Neffen [...] untergebracht, die unbedingt zum Fernsehen wollen« (*Rakket*, 1990: 15).

> mechanismen [...] verlagert worden. Da sitzen genug richtige Leute auf falschen Posten, um ausreichend dankbar zu sein. Ein direkter Eingriff findet nur statt, *bevor* Sendungen produziert werden. Davon erfährt keiner was« (*Rakket*, 1990: 262; Hervorhebung im Original).

Die öffentlich-rechtlichen Anstalten stehen in der Romanfiktion folglich oft mit einer bestimmten politischen Richtung in Verbindung, wobei sich die parteipolitischen Kräfteverhältnisse im Zeitverlauf ändern können. Die Abhängigkeit von den politischen Eliten führt auch zu einer Zurückhaltung der Journalisten bei kritischen Interviews, »weil man sich nur den betroffenen hohen Beamten oder Minister für immer verärgern kann« (*Friß, Vogel*, 1972: 92).

Bei den privat-kommerziellen Sendern der deutschen Romanfiktion spielen politischer Einfluss und politische Tendenzen fast gar keine Rolle. Hier geht es vorrangig darum, einem Massenpublikum zu gefallen, um finanziell erfolgreich zu sein und eine politische Verortung wäre diesem Ziel abträglich. Lediglich zwei Romane weisen auf die politische Haltung der Eigentümer hin, die sich auch in den Programminhalten niederzuschlagen scheint. DUX-TV gehört beispielsweise zwei erzkonservativen Verlegern und vertritt deshalb eine politische Richtung, die als »rechts von der Mitte« (*Granitfresse*, 1997: 11) bezeichnet wird. Eine eher religiöse als politische Tendenz ist für die Zukunft eines anderen Privatsenders zu erwarten. Der neue Chef des Senders ETN erläutert, wie es zu seiner Besetzung kam und was von ihm erwartet wird:

> »ETN ist augenblicklich nicht ganz flüssig. Ich bin aus einer einflußreichen katholischen Familie. Im Zuge meiner Berufung kauft die Vatikanbank sieben Prozent Anteile an diesem Laden [...] Dafür mache ich das Programm etwas katholischer« (*Der Auslandskorrespondent*, 1997: 139).

Veränderungen des Thematisierungsgrades im Zeitverlauf lassen sich in der US-amerikanischen Literatur (in der der Einfluss der Politik auf den Fernsehjournalismus oder politische Bekenntnisse der Sender ohnehin kaum existente Themen sind) nicht erkennen. Bei den deutschen Romanen sind die Beschreibungen von politischen Einflüssen im Zeitverlauf leicht rückläufig (vgl. Abb. 18; $p > .05$, n. s.): Während diese in der Hälfte der Romane, die vor 1985 erschienen sind, thematisiert werden, so ist dies nur noch bei 30 Prozent der Romane nach Mitte der 1980er-Jahre der Fall. Zudem haben drei der vier deutschen Autoren, die ausführlich auf die politische Einflussnahme auf das Fernsehen eingehen, ihre Romane zu Zeiten des öffentlich-rechtlichen Monopols verfasst.

ABBILDUNG 18
Thematisierung der politischen Rahmenbedingungen im Zeitverlauf: Deutschland (in %)

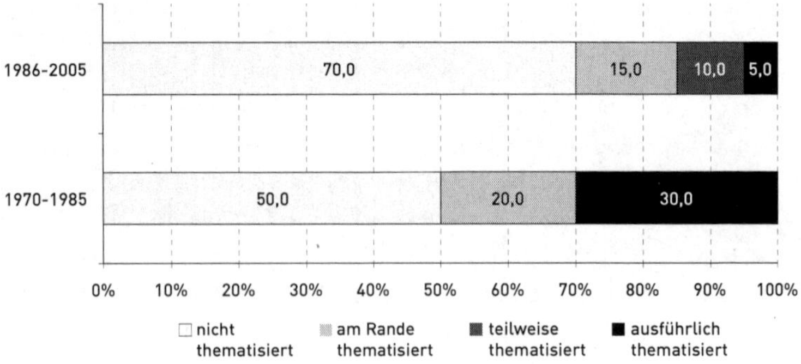

Basis: n = 30 deutsche (1970 - 1985: 10, 1986 - 2005: 20) Romane

7.2.2 *Explizite Bezüge zur medialen Realität*

Das Umfeld, in das die journalistischen Romanprotagonisten eingebettet sind, kann unterschiedlich viele Bezüge zur gesellschaftlichen Realität aufweisen. Verfasser fiktionaler Werke beziehen sich hierbei gerne auf reale Begebenheiten, indem sie z. B. innerhalb der erzählten Geschichten auf Ereignisse oder Personen der Zeitgeschichte verweisen. Derartige Randinformationen schaffen ein wirklichkeitsgetreues Umfeld und vermitteln den Eindruck, dass die Geschichten zwar nicht tatsächlich geschehen sind, aber durchaus geschehen *könnten* (vgl. Kapitel 2.3). Die Befunde zu den journalistischen Rahmenbedingungen haben bereits gezeigt, dass in vielen Fällen Bezüge zu realen Aspekten erfolgen. So wird z. B. bei den rechtlichen Grundlagen auf das First Amendment und die FCC verwiesen, das Gladbecker Geiseldrama vom August 1988 als Beispiel für ethisch inkorrektes Verhalten der Medien herangezogen oder es werden reale Werbespots detailgetreu wiedergegeben.

Um das journalistische Umfeld der fiktiven Charaktere zu bestimmen, wurden auch diese expliziten Bezüge auf die reale Medienlandschaft erhoben. In offenerer Codierung wurden die Hinweise auf real existierende Medien, Fernsehsendungen und journalistische Akteure festgehalten und in einer zusätzlichen Kategorie sonstige Bezüge zur realen Medienlandschaft codiert. Anhand einer 4-stufigen Skala wurde bestimmt, ob die Romane ›gar keine‹, ›ein bis vier‹, ›fünf bis neun‹ oder ›mehr als zehn‹ Verweise auf die jeweiligen realen Aspekte enthalten.[114]

Die Autoren beider Länder stellen in ihren Romanen überaus häufig Bezüge zur medialen Realität her. Lediglich ein US-amerikanischer und fünf deutsche Titel enthalten keinerlei explizite Verweise auf die reale Medienlandschaft. Einige Romane enthalten implizite Verweise auf reale Personen, indem etwa deren Namen leicht verfremdet werden: So z.B. der »bekannte Medienmogul Leo Kern« (*Das Protokoll*, 1997: 113) oder ein australischer Medieneigentümer namens Richard Hodrum, der starke Parallelen zu Rupert Murdoch aufweist. Er will die Medienwelt aufkaufen und »bemüht sich derzeit um die amerikanische Staatsbürgerschaft, um in den USA eine Fernsehstation kaufen zu können« (*Quotenfieber*, 1997: 139). Da es jedoch vom Vorwissen des jeweiligen Lesers abhängt, inwieweit diese Anspielungen verstanden werden, wurden die impliziten Hinweise in der Analyse nicht berücksichtigt.

Insbesondere Verweise auf real existierende Medien fallen in den fiktionalen literarischen Werken auf. Sie finden sich in 85 Prozent der Bücher, wobei in genau der Hälfte der Romane beider Länder sogar fünf oder mehr real existierende Medien genannt werden. Die Bandbreite ist dabei groß und beinhaltet sowohl Printmedien als auch Hörfunk- und Fernsehsender.[115] In den US-amerikanischen Romanen überwiegen die Bezüge zu den drei großen Networks ABC, CBS und NBC sowie zu den bekannten Printorganen *The Washington Post, The New York Times, Newsweek* und *Time*. Die deutschen Autoren verweisen vorrangig auf das Nachrichtenmagazin *Der Spiegel*, auf die überregionalen Tageszeitungen sowie auf die Landessender der ARD und das ZDF. Werden real existierende Medien in die Romanhandlung eingebaut, so geschieht dies vorwiegend in Zusammenhang mit der Konkurrenzsituation auf dem Medienmarkt. Entweder rezipieren die Romanprotagonisten die realen Medien selbst und vergleichen deren Berichterstattung mit ihrer eigenen Arbeit oder sie begegnen Journalisten dieser Medien im Rahmen von Pressekonferenzen.

114 Bei Doppel- oder Mehrfachnennungen (z.B. eines Mediums oder einer Person) wurde nur einmal codiert.

115 Nur wenige Autoren siedeln ihre Romanhandlung allerdings bei einem realen Fernsehsender an: *Capricorn One* (1978) handelt von Journalisten bei CBS und NBC und *Private Sector* (1979) spielt ebenfalls bei CBS. Sechs der deutschen Romane thematisieren die journalistische Arbeit für die ARD, die konkrete Landesrundfunkanstalt ist meist jedoch nicht ersichtlich.

Auch Fernsehsendungen und Akteure der realen Medienwelt dienen der Ausgestaltung des journalistischen Umfelds in den Romanen. Je etwa zwei Drittel der US-amerikanischen und deutschen Autoren bedienen sich realer Beispiele aus diesen beiden Bereichen, wobei die Vielfalt hier geringer ist als bei den Hinweisen auf die realen Medien. Die US-amerikanischen Romane sprechen häufig die CBS-Sendung *Sixty Minutes* an, die als Flaggschiff für investigativen Journalismus gilt. Aber auch Kinder- und Unterhaltungssendungen wie *Sesame Street*, *Roseanne* oder die *Simpsons* werden genannt. In den deutschen Romanen wird die *Tagesschau* der ARD am häufigsten genannt. Des Weiteren werden z. B. der *Tatort*, *Wetten, dass...?*, *Derrick* oder *Denver Clan* erwähnt.

Bei den realen Akteuren handelt es sich in den US-amerikanischen Romanen zum einen um einflussreiche Medieneigentümer wie Ted Turner oder Rupert Murdoch. Zum anderen werden bekannte Journalisten wie Walter Cronkite, Barbara Walters, Ted Koppel, Larry King, Mike Wallace, Bob Woodward oder Carl Bernstein genannt.[116] In *Hidden Agenda* (1997) ist die fiktionale Handlung sogar mit den realen Akteuren verwoben, da Hauptfigur Jonelle Patterson gemeinsam mit den CBS Journalisten Mike Wallace und Christiane Amanpour berichtet (vgl. *Hidden Agenda*, 1997: 346f.). Auch die deutschen Romane verweisen explizit auf Medienmogule wie Rupert Murdoch, Ted Turner oder Leo Kirch. In Claudia Schreibers Roman bekommt die Protagonistin ihren Job, weil sie vorgibt, mit dem Enkel von Kirch Abitur gemacht zu haben (vgl. *Der Auslandskorrespondent*, 1997: 43, 78). Weitere reale Akteure der Medienbranche sind z. B. Sabine Christiansen, Jens Riewa, Thomas Gottschalk, Alfred Biolek, Bärbel Schäfer und Stefan Raab.

In der Kategorie ›Sonstiges‹ wurden weitere Bezüge zur medialen Realität codiert. Häufig genannt werden reale Nachrichtenagenturen (z. B. Reuters, Associated Press oder dpa), von denen auch die fiktiven Journalisten ihre Informationen beziehen. Zudem spielen reale journalistische Auszeichnungen eine große Rolle. Viele fiktive Journalisten streben nach dem Pulitzer-Preis, einem Emmy oder dem Adolf-Grimme-Preis – die allerwenigsten (vgl. z. B. Kate Marchand in *More than Dreams*, 1987) erreichen dieses Ziel jedoch. Auch auf herausragende mediale Ereignisse beziehen sich die Romane. Am häufigsten wird die Watergate-Affäre genannt und oft als Paradebeispiel für investigative

116 Dass auch reale Journalisten in den Romanen vorkommen, die keine nationale oder gar internationale Bekanntheit erreicht haben, zeigt sich in Kelly Lange's Roman. Die Autorin verweist am Ende des Buches in ihrer Danksagung auf ihre realen Kollegen – die als Namenspatronen für viele der fiktiven Figuren dienten (vgl. *Graveyard Shift*, 2005: 359ff.).

journalistische Arbeit angeführt. In den deutschen Romanen finden sich zudem Verweise auf mediales Versagen. Neben dem Geiseldrama von Gladbeck wird auch auf den »Skandal, den der *Stern* mit den gefälschten Hitlertagebüchern hervorrief«, verwiesen (*Die im Dunkeln sieht man nicht*, 1985: 157).

Insgesamt reichern fast alle Autoren das fiktive journalistische Umfeld mit expliziten Bezügen zur medialen Realität an. Der Leser stößt folglich innerhalb dieser Handlungen auf ihm selbst bekannte Akteure, Medien und Fernsehsendungen. Auffallend ist, dass sich die US-amerikanischen Autoren fast ausschließlich auf die Medienlandschaft der Vereinigten Staaten beziehen. Die wenigen Nennungen, die über die Landesgrenzen hinausgehen, verweisen meist auf die britische BBC. In nur einem Roman wird ein deutsches Medium genannt: Für die Berichterstattung über einen Entführungsfall hat die Zeitschrift *Stern* journalistische Vertreter in die USA geschickt (vgl. *Fame's Peril*, 1992: 47). Bei den deutschen Romanen sind die Bezüge zur realen Medienwelt hingegen internationaler. Es finden sich Verweise auf Großbritannien, Frankreich und sogar Japan – die meisten internationalen Nennungen betreffen jedoch die Medienlandschaft der USA.

7.3 Die journalistischen Akteure

Während im vorherigen Kapitel das journalistische Umfeld vorgestellt wurde, stehen im Folgenden die fiktiven journalistischen Romanakteure im Vordergrund. Pro Roman wurden bis zu drei Akteure analysiert (vgl. Kapitel 6.2.1.2). Die Befunde basieren auf insgesamt 149 fiktiven Journalisten – 73 Akteure aus den US-amerikanischen und 76 Akteure aus den deutschen Romanen.

Die Ergebnispräsentation beginnt mit Informationen zu einigen grundlegenden Charakteristika der Akteure und ihrer Positionierung im Roman (Kapitel 7.3.1). Im Anschluss daran werden die soziodemografischen Merkmale der fiktiven Fernsehjournalisten vorgestellt (Kapitel 7.3.2). Die beiden folgenden Kapitel beschreiben den journalistischen Karriereweg (Kapitel 7.3.3) und den Arbeitsalltag (Kapitel 7.3.4) der fiktiven Journalisten. Im letzten Abschnitt (Kapitel 7.3.5) stehen die Einstellungen und die Berufsauffassung der journalistischen Akteure im Vordergrund. Bei auffälligen Unterschieden werden die Ergebnisse der Subgruppenanalysen dargelegt und z. B. nach Haupt- und Nebenfiguren oder der Organisationsform des Fernsehsenders differenziert.

7.3.1 *Allgemeine Charakteristika*

Romanakteure lassen sich anhand ihrer Relevanz für den Handlungsverlauf nach Haupt- und Nebenfiguren unterscheiden. Neben dem Stellenwert der Figuren innerhalb des Romans ist von Interesse, welchen Stellenwert der Beruf bei der Ausgestaltung der fiktiven Journalisten einnimmt. Zudem wird auf die Beziehungen zwischen den einzelnen Akteuren eingegangen und gezeigt, ob diese beruflich in einem hierarchischen Verhältnis zueinander stehen und ob ihr Verhältnis eher positiv oder negativ geprägt ist. Die Beschreibung der grundlegenden Charakteristika endet mit den Befunden zur Bewertung der fiktiven Journalisten.

7.3.1.1 *Stellenwert im Roman*

Um für die Untersuchung in Betracht zu kommen, musste in den Romanen mindestens ein aktuell erwerbstätiger Fernsehjournalist als Hauptfigur identifiziert werden können (vgl. Kapitel 6.1.3). Ein fiktiver Akteur gilt als Hauptfigur, wenn er im Zentrum des Handlungsablaufs steht und für den Gesamtzusammenhang des Romans von Bedeutung ist. Im Gegensatz dazu sind Nebenfiguren lediglich für Teile des Romans von Bedeutung. Sie führen nicht durch den Handlungsstrang, treten seltener auf und werden folglich weniger ausführlich thematisiert.

Die 149 analysierten journalistischen Romanakteure verteilen sich etwa zur Hälfte auf Haupt- und Nebenfiguren: 37 Haupt- und 36 Nebenfiguren in den US-amerikanischen Romanen, 40 Haupt- und 36 Nebenfiguren in den deutschen Romanen (vgl. Tab. 6).

TABELLE 6
Anzahl der analysierten fiktiven Akteure

	USA Gesamt	D Gesamt	USA bis 1985	USA ab 1986	D bis 1985	D ab 1986
Hauptfiguren	37	40	13	24	14	26
Nebenfiguren	36	36	11	25	13	23
Journalistische Akteure Gesamt	73	76	24	49	27	49
	149					

Die Autoren beschränken sich in der Regel auf eine journalistische Hauptfigur. In 14 der 60 analysierten Romane treten jedoch mehrere Journalisten als zentrale Figuren auf. Das ist vor allem dann der Fall, wenn ein Reporterteam gemeinsam an einer Story arbeitet, wie z. B. William Hecklepeck und Jennifer Burgess in *Murder in a Mayonnaise Jar* (1993). Die beiden Hauptfiguren recherchieren zusammen eine Geschichte über Kinder und Jugendliche, die durch Klebstoff-Schnüffeln zu Tode gekommen sind und sind für das Romangeschehen gleichermaßen von Bedeutung. Eine ähnliche Konstellation findet sich bei Martin Morlock und Jörg Enders in *Big Story* (1982), die über den Krieg in Uganda berichten und die illegalen Machenschaften der auf ugandischem Boden agierenden ›Deutschen Raketen Forschungsgesellschaft‹ recherchieren. In *Assignment* (1981) stehen sogar drei journalistische Hauptfiguren im Zentrum der Handlung: Bob Branker, Marty Tablin und George Reed. Als perfekt eingespieltes Team decken sie einen Entführungsfall auf und kommen in diesem Zusammenhang den Tätigkeiten ihres Networks im internationalen Drogenhandel auf die Spur.

Für die vorliegende Untersuchung ist von besonderem Interesse, welche Rolle der berufliche Kontext bei der Ausgestaltung der fiktiven Charaktere spielt. Abbildung 19 zeigt, dass die literarischen Journalistenfiguren in erster Linie durch ihren Beruf definiert werden: 82 Prozent der US-amerikanischen und sogar 92 Prozent der deutschen Akteure treten in den Romanen ausschließlich oder vorwiegend in ihrer Rolle als Fernsehjournalist auf. Nur bei einem geringen Anteil der Akteure wird in etwa gleichen Teilen Berufliches und Privates beschrieben. Vorwiegend als Privatperson treten lediglich eine deutsche und zwei US-amerikanische Romanfiguren auf; journalistische Charaktere, bei denen ausschließlich das Privatleben im Vordergrund steht und der Beruf nur als Zusatzinformation angegeben wird, finden sich keine.

Vor allem die Nebenfiguren werden ausschließlich durch ihre berufliche Tätigkeit charakterisiert. Bei 88 Prozent von ihnen gibt es keine über das Berufliche hinausgehenden Informationen. Die Nebenfiguren dienen vornehmlich dazu, das Arbeitsumfeld der Hauptfiguren zu illustrieren und spielen außerhalb dieses Kontextes keine weitere Rolle im Roman. Oftmals handelt es sich dabei um Vorgesetzte der journalistischen Hauptfiguren (vgl. z. B. Eigentümer Bob Crenkshaw in *The Pumpkin Seed Massacre*, 1999; Intendant Professor Max Steinkühler in *Das Protokoll*, 1997). Demgegenüber werden die Hauptfiguren mit 27 Prozent sehr viel seltener ausschließlich in ihrer beruflichen Rolle dargestellt ($p \leq .001$). Aufgrund ihrer exponierten Stellung im Roman werden sie ausführlicher beschrieben und mit mehr Eigenschaften ausgestattet, als dies bei den Nebenfiguren der Fall

ABBILDUNG 19

Stellenwert des Berufs bei der Charakterisierung der Figuren (in %)

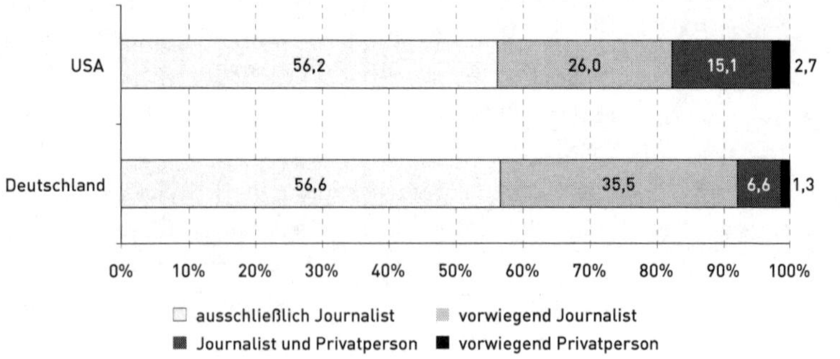

Basis: n = 73 amerikanische, 76 deutsche Akteure

ist. Gleichwohl steht auch bei den Hauptfiguren der Beruf stark im Vordergrund: Fasst man die Akteure zusammen, die entweder ausschließlich oder aber vorwiegend als Journalisten auftreten, so fallen knapp 80 Prozent in diese Kategorie.[117]

Keinerlei Handlungsabschnitte zum Privatleben finden sich beispielsweise bei Reporterin Jennifer Burgess (*Murder in a Mayonnaise Jar*, 1993) oder bei Auslandskorrespondent Leonard Bach (*Der Auslandskorrespondent*, 1997). Beide scheinen nur aus ihrem Beruf zu bestehen. Die Gründe hierfür sind durchaus unterschiedlich: Jennifer Burgess kommt aufgrund ihrer Arbeitszeiten nicht dazu, ein intaktes Sozialleben zu führen und bedauert diese Situation stark: »She was tired of being tired, of having to sleep most of the weekend, when everyone else was awake, of being alone« (*Murder in a Mayonnaise Jar*, 1993: 52). Leonard Bach hingegen scheint von sich aus keinerlei Bedürfnis an einem Leben außerhalb seines Berufs zu haben. Er hat vor Jahren den Kontakt zu seiner Mutter abgebrochen, lebt alleine und zurückgezogen und sieht keinen Sinn in Freundschaften oder gar in einer Liebesbeziehung:

> »Eine Frau braucht er nicht. Hätte man sie nur so, quasi als Nachbarin – vielleicht. Aber eine in der Wohnung ist fast noch schlimmer als ein Hund. [...] Und zweimal im Monat gönnt er sich was Nettes. Bleibt zwei Stunden

117 Bei den Subgruppenanalysen werden die Ergebnisse nur dann gesondert ausgewiesen, wenn sich zwischen den US-amerikanischen und den deutschen Romanen auffallende Unterschiede zeigen.

> und zahlt fair. Öfter kommen Ehemänner in seinem Alter auch nicht ran, und sie zahlen mit ihrem Leben dafür« (*Der Auslandskorrespondent*, 1997: 51f.).

Einige fiktive Charaktere betonen zudem explizit, welch enormen Stellenwert der Beruf für sie persönlich einnimmt. Für Journalistin Maggie Sommers ist Fernsehsender ABN das Zuhause (vgl. *Absence of Pain*, 1988: 239) und sie zeigt sich beunruhigt, als ein Mann in ihr Leben tritt und sie durch die sich anbahnende Beziehung von ihrem Beruf ablenkt wird: »He permeated my life, invaded my thoughts so that I was unable to concentrate on the most important aspect of my being – my career« (ebd., 44; vgl. auch Lutz Hösch in *Der Story-Jäger*, 2002: 8, 39). Dass es ein Leben außerhalb des Berufs für viele fiktive Charaktere nicht gibt und diese sich einzig und allein über ihre Arbeit definieren, bringt Chefredakteur Blättel auf den Punkt: »Ich bin kein Mann. Ich bin Journalist« (*Krieg der Sender*, 1991: 40).

Der Schwerpunkt bei der Charakterisierung der fiktiven Fernsehjournalisten liegt also sowohl bei den Neben- als auch bei den Hauptfiguren ganz klar auf dem beruflichen Kontext. Die fiktiven Akteure treten dadurch weniger als individuelle Privatpersonen, sondern vielmehr als Vertreter des journalistischen Berufsstandes auf.

7.3.1.2 *Akteursbeziehungen und Bewertung*

Von wesentlicher Bedeutung für das vermittelte Bild vom Journalismus ist die Bewertung der fiktiven Journalisten. Da die meisten Romanjournalisten vorrangig durch ihren Beruf charakterisiert werden, ist zunächst anzunehmen, dass positive Charaktere auch ein gutes Licht auf die journalistische Profession als Ganzes werfen. In diesem Zusammenhang interessieren auch die Beziehungen zwischen den einzelnen journalistischen Akteuren, da diese die allgemeine Atmosphäre des Berufslebens widerspiegeln. Für die Akteursbeziehungen wurde zum einen das hierarchische, zum anderen das ›emotionale‹ Verhältnis erhoben. Es wurde also festgehalten, ob die Akteure auf derselben oder auf unterschiedlichen hierarchischen Ebenen angesiedelt sind und ob sie sich freundschaftlich-kollegial oder aber konkurrierend bzw. sogar feindselig gegenüberstehen.

Für die 149 analysierten Charaktere ergeben sich aufgrund der Verteilung über die Romane 126 potenzielle Akteursbeziehungen. In einigen Romanen treten allerdings Journalisten auf, die untereinander in keiner Beziehung stehen, da sie z. B. für verschiedene Fernsehsender tätig sind und im Romanverlauf nicht aufeinandertreffen (vgl. z. B. *Capricorn One*, 1978; *Scandal*, 1996; *Quotenspiel*, 1999). Die folgenden Ergebnisse beruhen somit auf einer Anzahl von 112 Akteursbeziehungen.

ABBILDUNG 20

Akteursbeziehungen (in %)

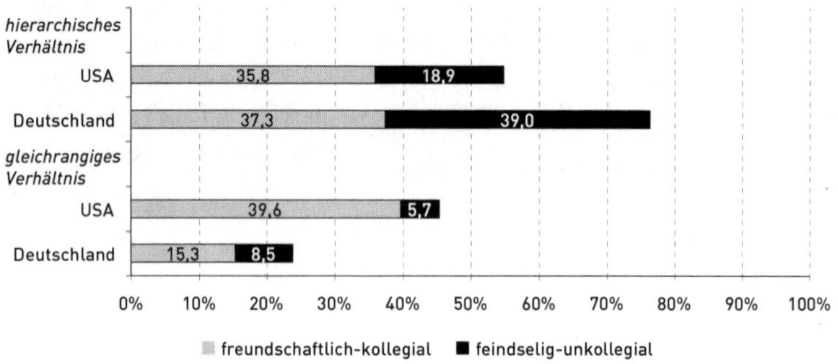

Basis: n = 53 amerikanische, 59 deutsche Akteursbeziehungen

Bei den dargestellten Beziehungen zwischen den Journalisten zeigen sich sowohl hinsichtlich der hierarchischen als auch bezüglich der emotionalen Verhältnisse signifikante Unterschiede im Ländervergleich ($p \leq .05$, in beiden Fällen). Während die fiktiven Protagonisten der US-amerikanischen Romane etwa zur Hälfte in einem hierarchischen und in einem gleichrangigen Verhältnis zueinander stehen (55% vs. 45%), so ist das Bild, das die deutschen Romane vom Journalismus vermitteln, stärker von hierarchischen Strukturen geprägt: Etwa drei Viertel der Akteursbeziehungen zeichnen sich durch ein Gefälle in der Arbeitshierarchie aus (vgl. Abb. 20).[118] Ähnliche Unterschiede zeigen sich bei der emotionalen Verbundenheit der Akteure. Die Protagonisten der US-amerikanischen Romane stehen überwiegend in einem freundschaftlich-kollegialen Verhältnis zueinander. Zu diesem Ergebnis kommt auch Langner-Burns (1989: 179) in ihrer Untersuchung amerikanischer Bestseller-Romane. Sie ziehen an einem Strang und arbeiten nicht gegeneinander, kommen im beruflichen Alltag gut miteinander aus und

118 Die Beziehungen zwischen den deutschen journalistischen Akteuren wandeln sich im Zeitverlauf hinsichtlich dieses Merkmals: Während in den Romanen bis 1985 lediglich acht Prozent der Akteursbeziehungen gleichrangig sind, so sind es nach Mitte der 1980er-Jahre 34 Prozent ($p \leq .05$).

sind darüber hinaus oftmals freundschaftlich verbunden (vgl. z. B. Kate Marchand und Kim Winston in *More than Dreams*, 1987 oder Ariel Foster und ihre Mitarbeiter in *The Reluctant Hunk*, 1995). Lediglich 25 Prozent der Beziehungen unter den US-amerikanischen Journalisten sind von Antipathie und Feindseligkeiten geprägt. In den deutschen Romanen halten sich das positive und negative Verhältnis zwischen den fiktiven Akteuren hingegen die Waage – mit einem geringfügigen Übergewicht zugunsten der kollegial-freundschaftlichen Beziehungen (53%).

Insgesamt zeichnet sich ab, dass die gleichrangigen Beziehungen häufiger mit einem freundschaftlich-kollegialen Verhältnis einhergehen als dies bei den hierarchischen Beziehungen der Fall ist (79% vs. 55%, $p \leqslant .05$). Wird also ein negatives Verhältnis zwischen den journalistischen Akteuren beschrieben, so handelt es sich vorrangig um Konflikte, Probleme und Feindseligkeiten zwischen Journalisten unterschiedlicher Hierarchiestufen. Dass hierarchische Beziehungen in den US-amerikanischen Romanen seltener thematisiert werden als in den deutschen Romanen, wirkt sich daher auch zugunsten der positiven Akteursverbindungen aus.

Ein bedeutsamer Faktor im Rahmen der grundlegenden Charakteristika der fiktiven Fernsehjournalisten ist die Bewertung der Journalisten im Roman – also die Frage, ob es sich bei den Akteuren um primär positive oder primär negative Charaktere handelt.[119] Wie aus Abbildung 21 hervorgeht, werden die fiktiven Akteure häufiger positiv als negativ dargestellt. Dieses Ergebnis steht einerseits konträr zur Mehrheit der bisherigen Veröffentlichungen, die ein negatives Bild konstatieren (vgl. Kapitel 3.2.2.2). Andererseits bestätigt es die Befunde der wenigen systematischen Studien: Studnitz (1983: 35) kommt bei den von ihr analysierten 183 fiktiven Journalisten beispielsweise auf ein sehr ähnliches Verhältnis von positiven und negativen Figuren. Sie differenziert des Weiteren zwischen Haupt- und Nebenfiguren und zeigt, dass vor allem die Hauptfiguren positiv charakterisiert werden (85% vs. 62% der Nebenfiguren). Dies trifft auch auf die 149 hier analysierten Romanjournalisten zu: Die Hauptfiguren werden insgesamt häufiger als Sympathieträger entworfen (75% vs. 53% der Nebenfiguren, $p \leqslant .01$).

119 Als positive Charaktere gelten die Figuren, wenn sie als Sympathieträger und Identifikationsfigur erscheinen und die positiven Eigenschaften überwiegen. Negative Charaktere zeichnen sich dadurch aus, dass sie als unsympathisch, unsozial und häufig auch skrupellos dargestellt werden; positive Eigenschaften spielen bei ihrer Charakterisierung keine bzw. eine extrem untergeordnete Rolle.

Gleichwohl zeigen sich im Ländervergleich einige Unterschiede. Die Journalisten der deutschen Romane werden tendenziell negativer dargestellt als in den Romanen aus den USA ($p > .05$, n.s.). Während die Bewertungen der Nebenfiguren kaum voneinander abweichen, zeigen sich bei den Hauptfiguren signifikante Unterschiede. Fast 90 Prozent der US-amerikanischen Hauptfiguren erscheinen in einem positiven Licht, gegenüber nur 63 Prozent der deutschen Hauptfiguren ($p \leqslant .01$). Im Zeitverlauf zeigen sich keine signifikanten Veränderungen, allerdings wird die Bewertung der journalistischen Akteure in den späteren Romanen tendenziell negativer.

ABBILDUNG 21

Positive Bewertung der fiktiven Journalisten (in %)

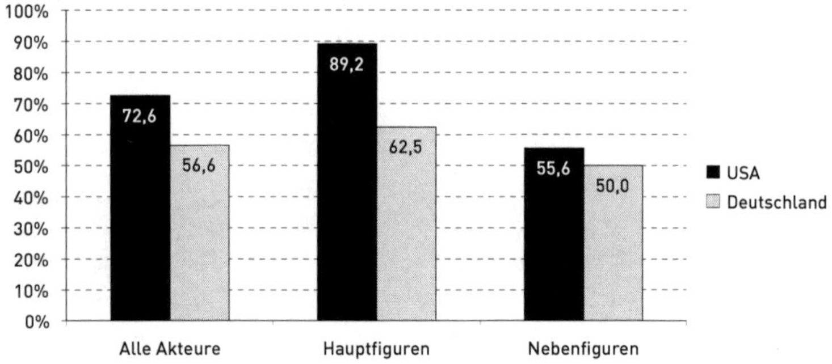

Basis: n = 73 amerikanische, 76 deutsche Akteure
n = 37 amerikanische, 40 deutsche Hauptfiguren
n = 36 amerikanische, 36 deutsche Nebenfiguren

Eine positive Darstellung, die den journalistischen Akteur zum Sympathieträger macht, geht oftmals damit einher, dass dieser als Ausnahmeexemplar in seinem beruflichen Umfeld beschrieben wird. Über den Programmdirektor des PRIVATEN DEUTSCHEN FERNSEHENS, Dr. Carl Beverung, heißt es z.B.: »Er war zu weich, zu gutmütig, zu nachgiebig. Ein Mann mit Herz. Genau genommen passte er gar nicht in die Branche« (*Die Nacht der Stars*, 1972: 15). Auch Abteilungsleiter Waldemar Burke wird als untypische Figur im Fernsehgeschäft beschrieben: »Burke war immer menschlich geblieben, die Anstalt hatte ihn nie ganz eingeholt« (*Die Anstalt bedauert*, 1977: 38). Positive Charaktere zeichnen sich außerdem durch ihren Einsatz für Gerechtigkeit aus. Ihre Mission ist es, auf Missstände aufmerksam zu machen und die Wahrheit ans Licht zu bringen, wobei sie sich nicht einmal von lebensbedrohlichen Gefahren abhalten lassen (vgl. z. B. *Assignment*, 1981; vgl. auch John Harland in *Private Sector*, 1979).

Bei den negativen Figuren handelt es sich vorrangig um Journalisten, die auf hohe Quoten und den eigenen Erfolg aus sind und darüber hinaus sämtliche ethischen Grundsätze ignorieren. Sie lehnen es ab, für die Folgen ihrer Berichterstattung Verantwortung zu übernehmen bzw. reflektieren mögliche Auswirkungen gar nicht. Über den Journalisten Jo Schneider heißt es: »Dieser Schneider war ein Windhund, ein völlig verantwortungsloser Scheißkerl, der offenbar seine Großmutter für eine heiße Story verkaufen würde« (*Quotenspiel*, 1999: 252). Verantwortung kennt auch Chefredakteur Gert Haltbach nicht: Als die Familie eines Informanten aufgrund seines Versäumnisses umgebracht wird, kommentiert er dies lediglich mit den Worten: »So was passiert halt im Leben« (*Quotenfieber*, 1997: 254). Der junge Reporter Douglas Campion geht in seinem Ehrgeiz und seiner Skrupellosigkeit sogar so weit, dass er einen Kollegen umbringt, um seiner eigenen Karriere den Weg zu ebnen (vgl. *Michaelmas*, 1977: 213).

Machen die Autoren zusätzlich Angaben über das Privatleben, so überträgt sich die negative Charakterisierung auch auf diesen Bereich. Diese Journalisten sind meist sozial inkompetent, haben keine Freunde und kümmern sich nicht um ihre Familien. Fernsehjournalist Walter Merz vernachlässigt nicht nur seine Familie, sondern schwängert zudem eine Kollegin und lässt diese dann, um die Sache zu vertuschen, aus dem Sender entfernen (vgl. *Friß, Vogel*, 1972: 328ff.). Auch dem Reporter Lutz Hösch sind Skrupel vollkommen fremd. Er geht nicht nur im beruflichen Alltag wortwörtlich über Leichen, sondern es mangelt ihm auch an jeglicher Empathie für seine Mitmenschen. Hösch ignoriert die Warnungen von Personen aus seinem Umfeld, dass er »Gefühle nur noch erzeugen, aber nicht mehr erleben« könne (*Der Story Jäger*, 2002: 248) und entwickelt sich im Romanverlauf immer mehr zu einem verachtenswerten Vertreter des journalistischen Berufsstandes.

Studnitz (1983) stellt in ihrer Untersuchung auffallende Unterschiede bei der Bewertung der fiktiven Journalisten in Abhängigkeit vom journalistischen Hintergrund der Autoren fest:

> »Teilauszählungen ergaben übrigens, daß die hauptberuflich im Journalismus tätigen Autoren ihre fiktiven Kollegen am häufigsten mit negativen Eigenschaften schilderten. Das beste Zeugnis stellen jene Autoren ihren journalistischen Helden aus, die niemals selbst im Journalismus gearbeitet haben« (STUDNITZ 1983: 34f.).

Um zu prüfen, ob sich die journalistische Erfahrung der Autoren bei den hier untersuchten Romanen auf die Bewertung der fiktiven Akteure auswirkt, wurden die beiden Variablen kreuztabelliert. Ein Zusammenhang zwischen den beiden Variablen lässt sich allerdings nicht erkennen.[120]

Abschließend kann festgestellt werden, dass in den US-amerikanischen Romanen ein etwas positiveres Bild des journalistischen Berufs vermittelt wird. Die fiktiven Akteure sind häufiger Sympathieträger und auch die Beziehungen zwischen den journalistischen Figuren sind stärker durch Kollegialität und Freundschaft gezeichnet, als dies bei den deutschen Romanprotagonisten der Fall ist.

7.3.2 *Soziodemografische Merkmale*

Die soziodemografischen Merkmale der journalistischen Romanakteure wurden analog zu den Journalistenstudien der Realität erhoben. Neben den Schlüsselmerkmalen Alter, Geschlecht und Bildungsstand wurden die Informationen zum Familienstand und dem Einkommen der fiktiven Journalisten festgehalten. Außerdem war die ethnische Herkunft von Interesse, die – im Gegensatz zu den deutschen Journalistenbefragungen – in den USA seit Beginn der repräsentativen Erhebungen standardmäßig erhoben wird (vgl. z. B. JOHNSTONE/SLAWSKI/BOWMAN 1976; WEAVER et al. 2007).

7.3.2.1 *Geschlecht, Alter und Bildungsstand*

Der Fernsehjournalismus ist in den Romanen in erster Linie ein Männerberuf. Unter den 149 analysierten fiktiven Journalisten befinden sich 109 männliche und lediglich 40 weibliche Protagonisten. Sowohl in den Romanen aus den USA als auch in den deutschen Titeln überwiegen die männlichen Journalisten.

Dass der Journalismus in der fiktionalen Literatur eine Männerdomäne ist, haben auch andere Studien belegt (vgl. z. B. STUDNITZ 1983: 42; PANNEN 1988: 33; ENGESSER 2005: 255). Studnitz kann im Zeitraum von 1774 bis 1974 nur acht Journalistinnen (4%) ausfindig machen, die mit ei-

120 Während die deutschen Autoren ohne journalistische Erfahrung dazu tendieren, ihre fiktiven Akteure eher positiver darzustellen als die Autoren mit journalistischem Hintergrund (71% vs. 53%), zeigt sich bei den US-amerikanischen Autoren die umgekehrte Tendenz. Hier finden sich bei den journalistisch erfahrenen Autoren etwas häufiger positive Figuren (75% vs. 68%).

ner Ausnahme erst ab den 1970er-Jahren auftreten. Engesser konstatiert den höchsten Frauenanteil, wenn die Akteure für Zeitschriften arbeiten (50%) und mit 17 Prozent den niedrigsten, wenn diese im Fernsehbereich tätig sind. Ein fast identisches Ergebnis zeigt sich bei den hier analysierten deutschen Romanen: Lediglich 18 Prozent der Fernsehjournalisten sind Frauen. Damit sind die weiblichen Journalisten in den deutschen Romanen deutlich seltener vertreten, als dies in den US-amerikanischen der Fall ist ($p \leq .05$). Dort beläuft sich das Geschlechterverhältnis immerhin auf etwa ein Drittel weiblicher zu zwei Dritteln männlicher Protagonisten (vgl. Tab. 7).

TABELLE 7
Geschlecht (in %)

	USA Gesamt (n=73)	D Gesamt (n=76)	USA bis 1985 (n=24)	USA ab 1986 (n=49)	D bis 1985 (n=27)	D ab 1986 (n=49)
Männlich	64,4	81,6	83,3	55,1	96,3	73,5
Weiblich	35,6	18,4	16,7	44,9	3,7	26,5

Bedenkt man, dass nur 33 Prozent der deutschen, aber 63 Prozent der US-amerikanischen Romane von Frauen stammen (vgl. Kapitel 7.1.2), so mag der höhere Anteil weiblicher Autoren für diesen Unterschied verantwortlich sein. Langner-Burns (1989: 183f.) kann in ihrer Analyse amerikanischer Filme und Romane zeigen, dass Journalistinnen vor allem in Filmen eine untergeordnete Rolle spielen. In den untersuchten literarischen Bestsellern findet Langner-Burns hingegen ein ausgewogeneres Geschlechterverhältnis. Als Grund für diesen Unterschied verweist sie auf die Urheber der jeweiligen fiktionalen Werke: Während die Filme ausschließlich von männlichen Regisseuren gedreht wurden, ist das Feld der Romanautoren deutlich stärker von Frauen besetzt. Um zu überprüfen, ob auch bei den hier analysierten Romanen ein Zusammenhang zwischen dem Geschlecht der Autoren und dem Geschlecht der fiktiven Protagonisten besteht, wurden die beiden Variablen kreuztabelliert; das Ergebnis ist höchst signifikant ($p \leq .001$). Die männlichen Autoren entwerfen mit 91 Prozent fast ausschließlich Charaktere ihres eigenen Geschlechts. In den Romanen der weiblichen Autoren findet sich hingegen ein nahezu ausgewogenes Verhältnis der Geschlechter: 53 Prozent männlichen stehen 47 Prozent weibliche Journalisten gegenüber. Dass sich in den Romanen der USA mehr weibliche Journalisten als in den deutschen Romanen finden, ist somit in erster Linie auf den höheren Anteil weiblicher Autoren zurückzuführen.

Die bisherigen Untersuchungen weisen des Öfteren auf einen steigenden Anteil weiblicher Journalisten hin (vgl. z. B. ENGESSER 2005: 256; KLEINSTEUBER 2000a: 85). Auch in den hier analysierten Romanen zeigen sich im Zeitverlauf signifikante Unterschiede hinsichtlich der Geschlechterverteilung. Sowohl in den US-amerikanischen als auch in den deutschen Romanen lässt sich ein Anstieg des Frauenanteils verzeichnen ($p \leqslant .05$). In den Werken, die vor 1985 erschienen sind, spielen Frauen noch so gut wie keine Rolle. Während sich das Geschlechterverhältnis zwischen den US-amerikanischen Protagonisten nach 1985 in etwa die Waage hält (55% vs. 45%), dominieren in den deutschen Romanen in diesem Zeitraum allerdings weiterhin die männlichen Journalisten (74% vs. 27%).

Einige Romane gehen explizit auf die Probleme von Frauen in dem männerdominierten Fernsehgeschäft ein. So berichtet Kate Marchand von ihren journalistischen Anfängen: »[W]hile I was in college I worked the night shift on the copy desk of the Daily News. I was the first woman ever to do that, and those men really didn't like it« (*More than Dreams*, 1987: 33). Auch Abendschau-Leiter Walter Merz zeigt sich irritiert über den weiblichen Nachwuchs in seiner Redaktion: »Mit dem Mädchen, das Grasberger ihm als Volontärin vorstellt, kann Merz wenig anfangen. Sicher, sie ist hübsch und eine Frau, aber kann eine Frau im Journalismus wirklich etwas leisten? Daran zweifelt Merz« (*Friß, Vogel*, 1972: 297f.). Wenig später präzisiert Merz seine Einstellung: »Ich habe nichts gegen Frauen, die im Feuilleton arbeiten oder die Redaktion einer Modezeitschrift betreuen. Aber harter, aktueller Journalismus, wie wir ihn in der Abendschau machen, ist nichts für sie. Das ist Männersache« (ebd.: 323). Ähnlich argumentieren viele Männer, selbst wenn sie nicht im Journalismus tätig sind. Maggie Sommers' zukünftiger Freund meint, dass sie in diesem Metier, wenn nicht fehl am Platze, so doch zumindest eine Exotin sei: »Everybody was watching you because you looked so out of place – a woman war correspondent« (*Absence of Pain*, 1988: 26). Die mit Kriegskorrespondenten verbundenen Eigenschaften scheinen dem vorherrschenden Bild von Weiblichkeit zu widersprechen. Auch Reporterin Andy Malone passt nicht in das Frauenschema der Männer: »You're ambitious, shrewed, headstrong. You're just an imitation of a man living in a female body, without any of the softness or gentleness or kindness that should characterize your sex« (*Prime Time*, 1983: 63).

Im Zeitverlauf lassen die Aussagen nach, die den Frauen die Voraussetzungen für den Beruf absprechen. Was bleibt, ist der Fokus auf ihr äußeres Erscheinungsbild.[121] So wird Georgia Barnett von ihrem männlichen Vorgesetzten zurechtgewiesen, mehr auf ihr Äußeres zu achten, denn: »Ratings are about what our reporters look just as much as they are about our news coverage« (*Details at Ten*, 2000: 17). Auch Jonelle Patterson muss infolge ihrer regelmäßigen Besuche im Fitnessstudio feststellen, dass ihr beruflicher Erfolg durchaus an ihr Äußeres gekoppelt ist: »Her ratings had gone up slightly just because she was more attractive. Which pissed her off [...] but she knew it would take years yet before women were less the sex objects and more equal with men« (*Hidden Agenda*, 1997: 33). Eine Gleichstellung der Geschlechter lässt sich in den Romanen folglich nicht bemerken; »Sexism is alive and well on TV« (*The Mourning Show*, 1994: 35) und für den journalistischen Erfolg der Frauen gilt weiterhin: »Beauty before brains« (*Fame's Peril*, 1992: 203).

Angaben zum Alter finden sich bei etwa zwei Dritteln der fiktiven Akteure. Die folgenden Ergebnisse beziehen sich daher auf die Gesamtheit jener 99 Figuren, bei denen sich das Alter eindeutig bestimmen lässt. Die Romanjournalisten weisen ein breites Altersspektrum auf (vgl. Tab. 8). Etwa die Hälfte der fiktiven Akteure ist zwischen 20 und 39 Jahre alt (55% der US-amerikanischen und 46% der deutschen Journalisten), die andere Hälfte ist 40 Jahre und älter. Zu einem ähnlichen Ergebnis kommt die Untersuchung von Engesser (2005: 257), denn auch in den *Spiegel*-Bestsellern verteilen sich die fiktiven Journalisten zur Hälfte auf über und unter 40-Jährige. Langner-Burns (1989: 159f., 180) hingegen konstatiert ein Übergewicht an jungen Journalisten in den fiktionalen Werken. Die unterschiedlichen Ergebnisse ließen sich möglicherweise erklären, wenn die beiden Studien Angaben zum Verhältnis der Haupt- und Nebenfiguren machen würden. Es zeigt sich nämlich, dass die hier untersuchten Hauptfiguren deutlich jünger sind als die Nebenfiguren ($p \leqslant .001$): Lediglich etwa ein Drittel der Hauptfiguren ist 40 Jahre und älter; bei den Nebenfiguren ist diese Altersgruppe hingegen mit 78 Prozent besonders stark besetzt.

121 Das optische Erscheinungsbild spielt auch bei den männlichen Journalisten eine Rolle, allerdings in deutlich geringerem Maße als bei ihren weiblichen Gegenparts (vgl. z.B. *Der Story Jäger*, 2002: 29; *Sweeps*, 1980: 22; *Ratings are Murder*, 1985: 64).

TABELLE 8
Alter (in %)

	USA Gesamt (n=53)	D Gesamt (n=46)	USA bis 1985 (n=17)	USA ab 1986 (n=36)	D bis 1985 (n=22)	D ab 1986 (n=24)
20-29 Jahre	15,1	13,0	11,8	16,7	9,1	16,7
30-39 Jahre	39,6	32,6	41,2	38,9	18,2	45,8
40-49 Jahre	32,1	30,4	29,4	33,3	36,4	25,0
50-59 Jahre	11,3	23,9	11,8	11,1	36,4	12,5
60 Jahre und älter	1,9	---	5,9	---	---	---

Abweichungen von 100 Prozent sind rundungsbedingt.

Veränderungen im Zeitverlauf sind nur in den deutschen Romanen zu verzeichnen ($p \leq .05$). Dort verjüngt sich die journalistische Belegschaft deutlich. Der Anteil der Fernsehjournalisten unter 40 Jahren ist in den Romanen ab 1986 mehr als doppelt so hoch wie zwischen 1970 und 1985. Dies führt auch dazu, dass in den aktuelleren Romanen die Probleme des Alterungsprozesses in diesem Beruf artikuliert werden. Die erfahrenen Journalisten beklagen den Einzug der Schnelllebigkeit ins Fernsehgeschäft, die keine ausführliche Berichterstattung mehr zulässt und können bzw. wollen sich den veränderten Bedingungen nicht mehr anpassen:

> »In jedem Beruf wirst du besser, wenn du älter wirst. [...] Nur im Journalismus nicht. Jeder Arzt wird teurer, Schriftsteller reifen, sogar Anstreicher verbessern sich. Fernsehjournalisten aber sind mit fünfzig nicht mehr zu gebrauchen. Wir bringen die Welt nicht mehr auf den Punkt« (*Der Auslandskorrespondent*, 1997: 100).

In den Romanen zeigt sich des Weiteren ein signifikanter Zusammenhang zwischen dem Alter und dem Geschlecht der fiktionalen Journalisten ($p \leq .001$). Frauen über 40 Jahre werden in den fiktiven Geschichten größtenteils ausgespart. Lediglich 21 Prozent der Journalistinnen entfallen auf diese Altersgruppe, wohingegen 79 Prozent zwischen 20 und 39 Jahre alt sind. Bei den Männern zeigt sich mit 65 zu 35 Prozent fast das umgekehrte Verhältnis. Dass die weiblichen Journalisten in den literarischen Werken deutlich jünger sind als ihre männlichen Kollegen, bestätigt auch die Analyse von Langner-Burns (1989: 159). Der hohe Stellenwert des optischen Erscheinungsbildes bei den weiblichen Journalisten führt dazu, dass diese stärker mit dem Alterungsprozess zu kämpfen haben als ihre männlichen Kollegen:

> »The reality of this business is that a woman cannot grow old on camera. Yes, Walter Cronkite got away with it. But no women are about to wear their wrinkles proudly. The common wisdom has it that the public wants its female anchors to be young and attractive« (*More than Dreams*, 1987: 213).

Zum Bildungsstand der fiktiven Journalisten geben die Autoren noch seltener Auskunft als zu ihrem Alter. Die folgenden Ergebnisse beruhen auf den knapp 40 Prozent der Akteure (n=58), bei denen sich diesbezügliche Angaben finden lassen. Die fiktiven Journalisten verfügen länderübergreifend über eine äußerst hohe formale Bildung: 85 Prozent der deutschen und sogar 96 Prozent der amerikanischen Protagonisten haben studiert.[122] Unter den deutschen Journalisten sind jedoch mehr Studienabbrecher: Sieben Journalisten haben ihr Studium nicht beendet, wohingegen dies nur bei einem US-amerikanischen Akteur der Fall ist. Während sich unter den amerikanischen Akteuren allerdings keine promovierten Journalisten finden, so haben acht deutsche Journalisten einen Doktortitel und einer dieser Akteure hat sogar habilitiert.[123] Engessers Ergebnisse bestätigen diese Tendenz: Auch unter den von ihr untersuchten deutschen Journalisten finden sich viele, die »ihr Studium entweder abgebrochen oder aber promoviert haben« (ENGESSER 2005: 210). Die akademischen Titel gehen in der Regel mit hohen Positionen im Fernsehgeschäft wie z. B. mit Chefredakteurs-, Programmdirektoren- oder Intendantenposten einher. Festzuhalten bleibt, dass der Journalismus in den Romanen als Beruf mit einem durchweg hohem Bildungsstandard erscheint.

7.3.2.2 *Familienstand, Einkommen und ethnischer Hintergrund*

Hinweise zum Familienstand der Fernsehjournalisten finden sich bei 115, also bei fast 80 Prozent der analysierten Akteure. Dabei fällt der hohe Anteil an ledigen Journalisten auf; nur ein Viertel der Protagonisten ist verheiratet (vgl. Abb. 22).[124] Die Anzahl der verheirateten Journalisten ist damit niedriger, als sie aufgrund der bisherigen Analysen zu erwarten war: In

122 Für ausführliche Angaben zu den konkreten Studieninhalten vgl. Kapitel 7.3.3.1.

123 Vgl. Dr. Carl Beverung in *Die Nacht der Stars* (1972); Dr. Wehrenberg in *Dünnhäuter* (1979); Dr. Janos Lewin in *Der Schatten des Anderen* (1979); Dr. Koepplaus in *Diese kleine Unsterblichkeit* (1995); Dr. Wolfgang Gessner in *Granitfresse* (1997); Prof. Dr. Max Steinkühler in *Das Protokoll* (1997); Dr. Michael Vogel in *Die Quoten-Queen* (2000) und Dr. Hans Mangold in *Der Story-Jäger* (2002).

124 Dies wird auch durch die Wohnverhältnisse unterstrichen. Lediglich ein Drittel der Journalisten beider Länder lebt mit einem Lebenspartner zusammen; der weitaus größte Teil lebt alleine (Basis: n= 92).

der Studie von Engesser (2005: 278) liegt der Anteil verheirateter Journalisten bei 40 Prozent, in der Analyse von Studnitz (1983: 43) bei 33 Prozent.

Während sich beim Familienstand in den US-amerikanischen Romanen im Zeitverlauf kaum Veränderungen zeigen, wandelt sich das Bild in den deutschen Romanen deutlich: Der Anteil verheirateter Journalisten sinkt von 46 Prozent in den Romanen der Jahre 1970 bis 1985 auf 18 Prozent in den ab 1986 erschienenen Werken ($p \leqslant .05$).

ABBILDUNG 22

Familienstand (in %)

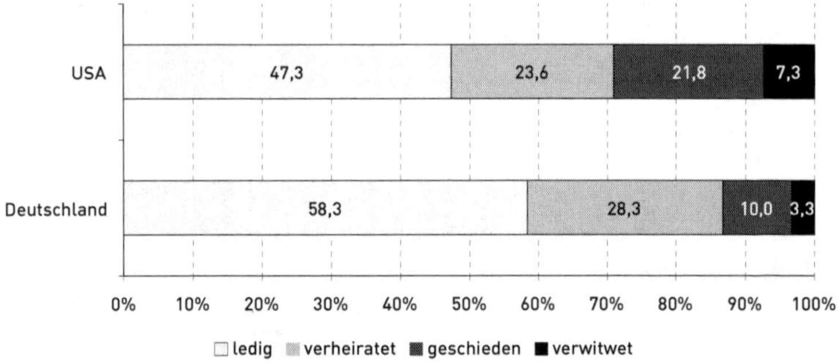

Basis: n = 55 amerikanische, 60 deutsche Akteure
Abweichungen von 100 Prozent sind rundungsbedingt.

Harmonische Partnerschaften sind die Ausnahme und viele der Ehen stehen kurz vor dem Aus (vgl. z. B. die Ehen von Walter Merz in *Friß, Vogel*, 1972; Robert Feldmann in *Dünnhäuter*, 1979; Kate Marchand in *More than Dreams*, 1987 oder Klaus-Ulrich Mager in *Das Ekel von Datteln*, 1988). Der Hauptgrund für das Scheitern der Ehen bzw. dafür, dass es erst gar nicht zu festen Beziehungen kommt, liegt in der hohen Priorität, die dem Beruf eingeräumt wird (vgl. Kapitel 7.3.1.1). Diese Darstellung scheint sich wie ein roter Faden durch die Literatur zu ziehen. Bereits für die amerikanischen Romane aus dem Zeitraum von 1919 bis 1938 wurde festgestellt, dass die fiktiven Journalisten ihre Arbeit vor »their social lives, their families, their spouses, and even (in the case of men) the birth of their children« stellen (BRENNEN 1995: 97). Auch der Journalist Thomas Bernhard ist sich dessen bewusst und antwortet auf die Frage, woran die Beziehungen in seiner Vergangenheit gescheitert sind: »[M]ein Beruf war mir am wichtigsten« (*Vanessa oder Die Lust der Macht*, 1981: 133). Darstellungen eines intakten, glücklichen Familienlebens sucht man in den Journalismusromanen folglich vergeblich (vgl. auch STUDNITZ 1983: 43; ENGESSER 2005: 278). Viele der männlichen Journalisten werden zudem als unverbesserliche Frauenhelden beschrieben, die – unabhängig davon, ob sie verheiratet sind oder nicht – keine Gelegenheit zu sexuellen Abenteuern auslassen. So auch der Kameramann Jeff, der mit Reporterin Andy Malone zusammen arbeitet:

> »He was a notorious flirt, and his camera was his license to get away with it. [...]. Andy felt sorry for his pretty, meek wife, who waited patiently at home while he went out on frequent assignments. Jeff had never passed up an opportunity to be unfaithful« (*Prime Time*, 1983: 118).[125]

Auffallend ist auch die relativ hohe Kinderlosigkeit der fiktiven Protagonisten: Nicht einmal ein Viertel der Fernsehjournalisten hat Kinder. Mit der Problematik der Vereinbarung von Kindern und Beruf werden vor allem die weiblichen Journalisten konfrontiert (vgl. auch KLEINSTEUBER 2001: 225). So reagiert der Produzent von Tessa Simons Fernsehsendung schockiert, als diese ihm von ihrer Schwangerschaft berichtet und macht sich trotz ihrer Zusage, die Sendung weiterhin zu moderieren, auf die Suche nach einer potenziellen Nachfolgerin:

> »Bislang habe ich dich für intelligent und ehrgeizig gehalten. Wofür ich dich jetzt halten soll, weiß ich nicht. [...] Scheiße. Tessa. Ich hätte meine Hand dafür ins Feuer gelegt, dass du keines von diesen bescheuerten Weibern bist, die ihre Karriere aufs Spiel setzen, nur weil sie plötzlich die Kindermacke kriegen« (*Die Brut*, 2004: 92f.).

Anders als die Frauen müssen die männlichen Akteure durch eine Vaterschaft keine negativen Konsequenzen für ihre berufliche Entwicklung befürchten. Entsprechend sind unter den analysierten Romanakteuren etwas mehr Väter als Mütter zu finden (27% vs. 17%, $p > .05$, n. s.). Diese zeigen an ihren Kindern jedoch meist nur geringes Interesse und distanzieren sich deutlich von ihrer Vaterrolle (vgl. z. B. Jerry Meredith in *The Mourning Show*, 1994; Walter Merz in *Friß, Vogel*, 1972 oder Robert Feldmann in *Dünnhäuter*, 1979).

Während der Fernsehjournalismus private Opfer fordert, wird er in finanzieller Hinsicht in beiden Untersuchungsländern als sehr lukrativ dargestellt. Von den knapp 60 Prozent der Akteure ($n = 87$), bei denen eine

125 Vgl. auch Robert Caulfield (*Capricorn One*, 1978: 63f.), Georg Galvez (*Vanessa oder Die Lust der Macht*, 1981: 146) und Tommy Train (*Fame's Peril*, 1992: 108).

Beurteilung ihres finanziellen Lebensstandards möglich ist, verdienen fast zwei Drittel überdurchschnittlich gut. Sie fahren wertvolle Autos, laden ihre Freunde zu Festen und Wochenendtrips ein, haben luxuriöse Häuser, leisten sich Dienstpersonal und kaufen teure Kleidung und Designermöbel. In den US-amerikanischen Romanen ist der Anteil der hohen Verdienste dabei noch etwas stärker ausgeprägt als in den deutschen Romanen (vgl. Abb. 23; $p > .05$, n. s.).

ABBILDUNG 23
Einkommen: Finanzielle Situation (in %)

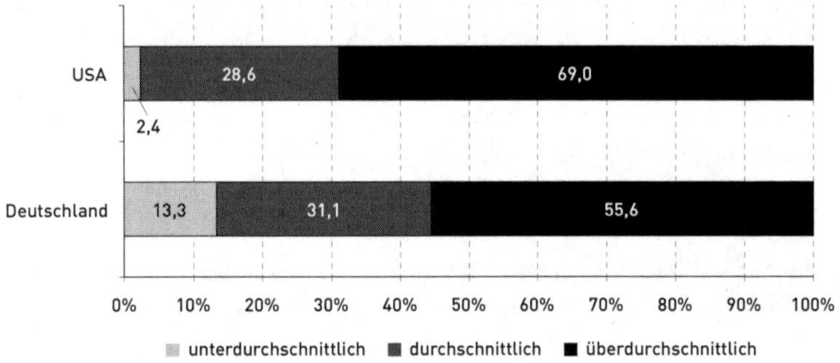

Basis: n = 42 amerikanische, 45 deutsche Akteure

In der US-amerikanischen Literatur findet sich folglich eine Reihe journalistischer Spitzenverdiener: Nachrichtenmoderator Jeremy Heron »made 838 786,24 $ last year« (*Sweeps*, 1980: 47), Starreporter Bob Branker hat ein Jahreseinkommen von über einer halben Million Dollar (vgl. *Assignment*, 1981: 20) und Jonelle Patterson verlässt CNN, als NETWORK ONE ihr folgendes Angebot macht: »Half a million for the first year, a million dollars the second, a million more each year for the next three« (*Hidden Agenda*, 1997: 45). Die deutschen Fernsehjournalisten erreichen solch exorbitante Gehälter zwar nicht, verdienen aber dennoch sehr gut. So führt Leonard Bach sein Gehalt dafür an, dass er sich dem Willen seines Vorgesetzten beugt und einer Versetzung von Moskau nach Magdeburg zustimmt: »Mit vierundfünfzig Jahren und Zwanzigtausend im Monat kann ich nicht kündigen« (*Der Auslandskorrespondent*, 1997: 141). Auch bei dem Privatsender FLASH-TV kann viel Geld verdient werden. Allerdings handelt es sich hier um eine erfolgsorientierte Bezahlung. Die Journalisten »beziehen ein relativ geringes Grundgehalt, aber jeder einzelne Beitrag wird extra honoriert. Am Ende des Jahres gibt es noch eine Prämie für die Quote – wenn sie gestiegen ist« (*Der Story-Jäger*, 2002: 37). FLASH-TV-Reporter Lutz Hösch schafft es dadurch, in einigen Monaten auf ein Gehalt von 15.000 Euro zu kommen (vgl. ebd.: 157). Auch sein Chefredakteur Dr. Mangold, der zuvor wissenschaftlicher Mitarbeiter an einer Universität war und über den Dichter Georg Trakl promoviert hat, kann sich über finanzielle Probleme nicht beschweren:

> »Hans Mangold war sich im Klaren darüber, dass sein journalistischer Aufstieg einen intellektuellen Abstieg bedeutete. [...] Er bewunderte Kollegen mit moralischen Maßstäben, wurde aber selbst durch sein Gehalt korrumpiert, das weit über den Einkünften eines Professors lag« (*Der Story-Jäger*, 2002: 28).

Etwa 30 Prozent der journalistischen Akteure verfügen über ein durchschnittliches Gehalt. Sie können sich zwar keinen extravaganten Lebensstil leisten, haben aber keinerlei Existenzsorgen und kommen mit ihrem Verdienst gut über die Runden (vgl. z. B. Gerit Petersen in *Talk Show Down*, 1998; Georgia Barnett in *Details at Ten*, 2000 oder Judith Herzberg in *1000 neue Dinge, ...* 2003). Geringe Gehälter und finanzielle Probleme sind in den Romandarstellungen Ausnahme-Erscheinungen. Journalistin Lucinda Trout ist die einzige Figur, die in den US-amerikanischen Romanen damit zu kämpfen hat. Mit einem Jahresgehalt von 31 900 Dollar kann sie sich in New York nur ein sehr kleines Zimmer leisten. Selbst als sie die Großstadt verlässt, um über das Leben auf dem Lande zu berichten, gerät sie bei 1000 Dollar pro Beitrag ständig in finanzielle Engpässe (vgl. *The Quality of Life Report*, 2003: 5, 31, 122). In den deutschen Romanen werden schlechte Einkünfte etwas häufiger angesprochen. Max Hausmann beschwert sich z. B. über sein »mieses Gehalt« (*Fernsehland*, 1999: 60), von dem seine Freundin behauptet, er könne damit »niemals eine Familie ernähren« (ebd.: 38) und Journalist Charlie Fulcher stellt fest: »[M]ein Gehalt ist kein Schweigegeld. Dazu reicht es nicht. Es liegt unterhalb der Schmerzgrenze« (*Rakket*, 1990: 46). Mit finanziellen Engpässen kämpfen auch die drei Protagonisten in *Das Ekel von Datteln* (1988), die sich und ihre Produktionsfirma PEGASUS mit Auftragsarbeiten und freier Mitarbeit beim WDR über Wasser zu halten versuchen.

Vergleicht man die Befunde mit anderen Studien, so hat sich die finanzielle Situation der fiktiven Journalisten nicht nur im Zeitverlauf extrem verbessert, sondern lässt auch Unterschiede innerhalb der Medienbranche erkennen. In den fiktionalen Werken zwischen 1774 und 1974 verdienen lediglich drei Prozent der Journalisten überdurchschnittlich gut; 50 Prozent haben keine Existenzsorgen und damit ein durchschnittliches Gehalt, aber fast ebensoviele leben am bzw. unter dem Existenzminimum (vgl. STUDNITZ 1983: 61). In den *Spiegel*-Bestsellern der Jahre 1970 bis 2000 verdienen die Fernsehjournalisten mehr als ihre Kollegen im Printbereich und die privat-kommerziellen Sendern zahlen zudem höhere Gehälter als dies bei den öffentlich-rechtlichen Anstalten der Fall ist (vgl. ENGESSER 2005: 259f.).[126] Ein Hinweis in dieselbe Richtung findet sich in Sibylle Nicolais Roman: Nach ihrem Wechsel von einem Privatsender zu einer öffentlich-rechtlichen Landesrundfunkanstalt verdient Hauptfigur Pia Roth nur noch die Hälfte ihres vorherigen Gehalts und beklagt: »Anscheinend war es kein Fama, dass man als freier Mitarbeiter bei den Öffentlich-Rechtlichen mindestens noch nebenher Zeitungen austragen und Taxi fahren musste« (*Wer wählt, wird Millionär*, 2004: 158). Aufgrund dieser Hinweise wurde für die hier analysierten Romane das Einkommen der Journalisten mit der Organisationsform des Fernsehsenders kreuztabelliert. Einkommensunterschiede in Abhängigkeit von der organisatorischen Struktur des Senders lassen sich dabei jedoch nicht feststellen.

Zusätzlich zu den Schlüsselmerkmalen Geschlecht, Alter, Einkommen, Bildungs- und Familienstand wurde der ethnische Hintergrund der fiktiven Journalisten erhoben. In ihrer Untersuchung amerikanischer Bestseller und filmischer Kassenschlager aus den Jahren 1975 bis 1987 beklagt Langner-Burns (1989: 159, 185), dass nicht ein einziger Journalist darin auftritt, der einer Minderheitengruppe angehört. Diese Vernachlässigung erwecke den Anschein, dass der Journalistenberuf ein »prerogative of the white race« sei (ebd.: 159; vgl. auch GHIGLIONE 1990: 106). Eine Verbesserung dieser Situation ist auch in den *Spiegel*-Bestsellern nicht zu erkennen (vgl. ENGESSER 2005: 258). In den hier untersuchten Romanen zeigt sich jedoch ein etwas anderes Bild: Immerhin acht Prozent der US-amerikanischen und vier Prozent der deutschen journalistischen Protagonisten haben fremdländische Wurzeln.[127] Mit nur einer Ausnahme handelt es sich

126 Allerdings sind nur acht der literarischen Texte überhaupt im Fernsehbereich angesiedelt, sodass die Fallzahlen hier sehr gering sind.

127 Unter den US-amerikanischen Akteuren sind vier Schwarzafrikaner (*More than Dreams*, 1987; *Absence of Pain*, 1988; *St. Valentine's Night*, 1989; *Details at Ten*, 2000), eine Journalistin ist griechischer (*Hidden Agenda*, 1997), ein weiterer Journalist italienischer Abstammung (*Graveyard Shift*, 2005). Von den Minoritäten in den deutschen Romanen hat Vladimir Wessely (*Diese kleine Unsterblichkeit*, 1995) tschechische, Georg Galves (*Vanessa oder Die Lust der Macht*, 1981) spanische und Attila de Winter (*Die Brut*, 2004) türkische Wurzeln.

bei diesen Journalisten allerdings um für die Handlung weniger relevante Nebenfiguren. Yolanda Joe, die unter dem Pseudonym Ardella Garland schreibt, ist mit ihrem Roman *Details at Ten* (2000) die einzige Autorin, die eine Hauptfigur aus einer Minderheitengruppe in den Mittelpunkt stellt: die Schwarzafrikanerin Georgia Barnett. Die Chicagoer Journalistin hat in ihrem Arbeitsalltag regelmäßig mit Problemen aufgrund ihrer Hautfarbe zu kämpfen, die sich in Kombination mit ihrem Geschlecht noch potenzieren. Bereits bei der Einführung von Georgia Barnett, auf der ersten Seite des Romans, wird auf die Diskriminierung ethnischer Minderheiten im Fernsehgeschäft hingewiesen:

> »I'm a newshound. I love fighting for the lead story. I know that when you get a lead story, you better hold on to it. A lead story is hard to lock down. This is especially true for a black woman reporter. Very often we are underestimated, forced to work the fluff stories, pimped« (*Details at Ten*, 2000: 13).

Die Autorin ist selbst Schwarzafrikanerin und kann eine langjährige journalistische Erfahrung bei CBS in Chicago vorweisen. Autobiografische Züge, wie sie den Minderheiten-Protagonistinnen der Romane von Lisa Haddock und Kim McLarin nachgewiesen werden konnten (vgl. ROSSIE 2009: 108), sind auch bei der fiktiven Journalistin Georgia Barnett denkbar. Yolanda Joe weist in ihrem Roman wiederholt auf die Unausgewogenheit zwischen den Hautfarben hin und die Beschreibung der redaktionellen Struktur des Chicagoer Senders WJIV CHANNEL 8 verstärkt diesen Eindruck: »My managing editor and assignment editor are both white men. They were sitting there with Bing, also a white man, discussing a special project for next month. The top decision-makers at WJIV are all white men« (*Details at Ten*, 2000: 43). Dieses Ungleichgewicht schlägt sich auch in der senderinternen Nachrichtenauswahl nieder. Barnett arbeitet an einem Bericht über ein seit zwei Tagen vermisstes schwarzafrikanisches Mädchen namens ›Butter‹. Als gemeldet wird, dass der Sohn eines weißen Universitätsprofessors ebenfalls verschwunden sei, wird sie sofort von ihrer Story abgezogen. Die Journalistin zeigt sich verbittert, hat aber aufgrund ihrer Position keine andere Wahl, als sich den Anweisungen von oben zu fügen:

> »So, this little white boy comes up missing for just five hours and we automatically deem it a story, and a lead story no less. But when this little black girl is missing we don't want to do the story because black kids *allegedly* come up missing all the time. I guess little Butter has the wrong skin color, lineage, and zip code« (ebd.: 46; Hervorhebung im Original).

7.3.3 *Journalistische Karriere*

Hinsichtlich der Karriere der fiktiven Protagonisten ist zunächst von Interesse, welche Informationen in den Romanen zur journalistischen Ausbildung gegeben werden und über welchen beruflichen Hintergrund die Journalisten verfügen – ob sie z.B. bereits für andere Medien gearbeitet haben oder sogar als Quereinsteiger aus anderen Berufen in den Journalismus gewechselt sind. Zudem wird darauf eingegangen, welche Rolle Begabung und Talent in Zusammenhang mit dem Beruf spielen. Abschließend erfolgt eine Verortung der fiktiven Journalisten im Fernsehsystem. Hier interessiert zum einen, ob die fiktiven Protagonisten im öffentlich-rechtlichen oder privat-kommerziellen System angesiedelt und ob sie für informations- oder unterhaltungsorientierte Formate tätig sind. Zum anderen wird auf ihre Position in der Hierarchie des Senders eingegangen und gezeigt, auf welcher Stufe der journalistischen Karriereleiter sie stehen.

7.3.3.1 *Journalistische Ausbildung und beruflicher Hintergrund*

Im Abschnitt zu den soziodemografischen Merkmalen wurde bereits darauf hingewiesen, dass die Autoren nur bei 58 der 149 fiktiven Journalisten Angaben zum Bildungsstand machen; fast alle dieser Journalisten (n = 52) haben studiert und entsprechend gehört ein hoher Bildungsstandard mit zum literarischen Berufsbild. Bei 19 der 52 Akteure belassen es die Autoren bei der allgemeinen Information, dass eine Universität besucht wurde. Wird auf die konkreten Studieninhalte eingegangen, so zeigen sich starke Unterschiede zwischen den Untersuchungsländern: 63 Prozent der US-amerikanischen, aber nur sechs Prozent der deutschen Journalisten haben ein einschlägiges Studium absolviert ($p \leqslant .001$).

Reporterin Julie Conlin ist z. B. »fresh out of school with a Masters in Journalism« (*The Pumpkin Seed Massacre*, 1999: 23), Jonelle Patterson hatte ein »journalism scholarship« (*Hidden Agenda*, 1997: 23) und Joseph Tanner erläutert: »I switched from an English major to the journalism school. I graduated in 1947 with a Bachelor of Arts degree« (*The Osterman Weekend*, 1972: 57). Einige US-amerikanische Protagonisten können sogar ein fernsehspezifisches Studium vorweisen (vgl. z. B. Adrian Townsend in *Heartbeat*, 1991: 31 oder Tom McCartney in *Graveyard Shift*, 2005: 9). Im Gegensatz dazu weisen die Protagonisten der deutschen Romane eine enorme inhaltliche

Vielfalt in ihrer Universitätsausbildung auf. Sie rekrutieren sich aus so unterschiedlichen Fächern wie Germanistik, Geschichte, Philosophie, Volkskunde, Kunstgeschichte, Psychologie oder Jura, sodass kein Fachgebiet als besonders einschlägig für einen journalistischen Werdegang heraussticht. Ein medienbezogenes Studium kann nur Kameramann Loewe vorweisen, der an der Filmhochschule studiert hat (vgl. *Friß, Vogel*, 1972: 182). Andere fachspezifische Studiengänge wie z. B. Journalistik oder Kommunikationswissenschaft werden überhaupt nicht genannt.

Neben den Studieninhalten wurde erhoben, ob die fiktiven Akteure praxisorientierte journalistische Ausbildungswege durchlaufen haben. Hinweise dazu finden sich in den Romanen jedoch fast gar nicht. Lediglich bei elf (7%) der 149 Fernsehjournalisten wird ein Praktikum oder ein Volontariat erwähnt. So können fünf deutsche Akteure auf ein Volontariat zurückblicken und bei zwei deutschen und vier US-amerikanischen Akteuren wird ein Praktikum genannt. Abgesehen von Jackie Tannenbaum (*Der Auslandskorrespondent*, 1997), die aktuell als Praktikantin arbeitet und mit ihrer unkonventionellen Art die eingefahrenen Routinen in der Berichterstattung des Senders verändert, handelt es sich um Hintergrundinformationen zur journalistischen Vergangenheit.

Journalistische Weiterbildungsmöglichkeiten spielen eine noch geringere Rolle in den Romanen und werden lediglich bei drei der deutschen und einer der US-amerikanischen Figuren angesprochen. Hierbei handelt es sich um Fortbildungskurse in Interviewtechnik und Moderation sowie um eine »sterbenslangweilige EDV-Fortbildung« (*Granitfresse*, 1997: 153). Auch Engesser (2005: 210) findet keine Hinweise auf journalistische Fortbildungen in den Texten der *Spiegel*-Bestseller. Es scheint, dass der Beruf – wenn einmal ergriffen – ein Selbstläufer ist, der keiner zusätzlichen Weiterbildung bedarf.

Zusammenfassend kann festgehalten werden, dass die journalistischen Aus- und Weiterbildungswege nur vereinzelt thematisiert werden und für die Charakterisierung der fiktiven Protagonisten nicht von besonderer Bedeutung sind. Diesen Befund teilen auch die Analysen von Pannen (1988: 33), Langner-Burns (1989: 156) und Engesser (2005: 210).

In Zusammenhang mit der journalistischen Karriere wurde auch der berufliche Hintergrund der fiktiven Journalisten erhoben, um zu klären, ob die fiktiven Journalisten vor ihrer aktuellen Tätigkeit bereits für andere Fernsehsender (intramediale Mobilität), andere Medien (intermediale Mobilität) oder sogar in einem anderen Beruf (extramediale Mobilität) gearbeitet haben.

ABBILDUNG 24
Beruflicher Hintergrund (in %)

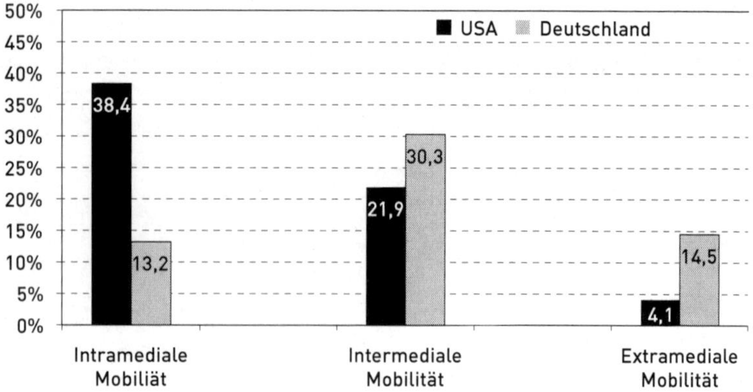

Basis: n = 73 amerikanische, 76 deutsche Akteure

Berufliche Wechsel innerhalb des Mediums Fernsehen und/oder zwischen den einzelnen Medien gehören bei etwa der Hälfte der fiktiven Journalisten zum Karriereweg dazu.[128] Über Erfahrungen bei mehreren Fernsehsendern verfügen vor allem die US-amerikanischen Journalisten (vgl. Abb. 24). Knapp 40 Prozent der Akteure haben vor ihrer aktuellen Anstellung bei mindestens einem anderen Sender gearbeitet, wohingegen das nur bei 13 Prozent der deutschen Akteure der Fall ist ($p \leqslant .001$). Die deutschen Journalisten können hingegen etwas häufiger berufliche Erfahrungen bei anderen Medien vorweisen ($p > .05$, n. s.). Oft haben die Akteure ihre journalistische Karriere bei einer Zeitung begonnen und sind erst später zum Fernsehen gewechselt. Vor allem in den deutschen Romanen nehmen die traditionellen Printmedien eine wichtige Rolle in der journalistischen Grundausbildung ein. Dies zeigt sich auch daran, dass alle angesprochenen Volontariate im Printbereich absolviert wurden.[129]

Bei einigen fiktiven Protagonisten handelt es sich um Quereinsteiger aus anderen Berufen. Die Quereinsteiger finden sich dabei häufiger unter den deutschen als unter den US-amerikanischen Journalisten ($p \leqslant .05$). 15 Prozent der deutschen fiktiven Akteure haben andere, sehr unterschiedliche

128 Zu einem anderen Ergebnis kommt die Diplomarbeit von Knippel (1983: 42): In den 31 deutschsprachigen Prosatexten der Jahre 1977 bis 1982 spielt mediale Mobilität eine marginale Rolle.

129 Vgl. Jörg Enders (*Big Story*, 1982: 124), Holger Saale (*Das Ekel von Datteln*, 1988: 41), Antonia Salbach und Kara Oswald (*Die Quoten-Queen*, 2000: 31) und Lutz Hösch (*Der Story-Jäger*, 2002: 22).

berufliche Stationen durchlaufen. Sie haben z. B. als Schauspieler, Werbetexter, Musikmanager, Schriftsteller, Versicherungsberater oder Fahrradkurier gearbeitet, waren wissenschaftlich tätig, Lehrling bei Siemens oder kommen aus der Zigarettenindustrie. Selbst wenn die Quereinsteiger mit ihrer fernsehjournalistischen Tätigkeit nicht zufrieden sind – ernsthafte Erwägungen, wieder in den alten Beruf zurückzukehren, stellt keiner der Akteure an. Dies mag auch darin begründet liegen, dass die meisten von ihnen in ihrer beruflichen Vergangenheit keinerlei Erfolge erzielt haben. In Verbindung mit der relativ hohen Anzahl an Studienabbrechern erscheint der Fernsehjournalismus in den deutschen Romanen dadurch nicht selten als Auffangbecken für gescheiterte Existenzen. Als Prototyp hierfür steht Journalistin Jana Angermann:

> »Das Studium an der Fachhochschule für Sozialarbeit und Sozialpädagogik hatte sie ebenso abgebrochen wie das an der FU Berlin, wo sie von Psychologie auf Germanistik umgestiegen war. Als Mitarbeiterin in einem Meinungsforschungsinstitut war sie rausgeflogen. Die Buchhandlung, die sie mit einem ihrer vielen Freunde aufgemacht hatte, war nach einem halben Jahr in die Pleite geschlittert. Und in all ihren Jobs war sie bald wieder gefeuert worden, als Serviererin ebenso wie als Putzfrau, Verkäuferin im Kiosk [...] und Fahrgastberaterin der Berliner Verkehrs-Betriebe« (*Der Satansbraten*, 1994: 103).

7.3.3.2 *Begabungsmythos*

Die bisherigen Beiträge zum fiktionalen Journalistenbild kommen vielfach zu dem Schluss, dass Begabung für den Beruf von höherer Bedeutung sei als die journalistische Ausbildung. So sind in den amerikanischen Prosawerken aus den Jahren 1890 bis 1930 »the best reporters [...] born, not made« (GOOD 1986a: 19). In den literarischen Werken aus diesem Zeitraum finden sich zudem viele fiktive Journalisten mit einer skeptischen Einstellung gegenüber einer College-Ausbildung. Der Journalismus ist für sie weniger ein Handwerk als vielmehr eine Berufung, und so halten sie die zunehmende Professionalisierung für überflüssig – wenn nicht sogar für hinderlich. Neben angeborenem Talent ist in den Romanen dieser Zeit letztlich nur die praktische Erfahrung von Relevanz für die Befähigung zum Journalisten (vgl. BRENNEN 1993: 236; GOOD 1985: 354; STUDNITZ 1983: 97ff.). Die Auffassung, dass man für den Journalismus geboren sein müsse, also

Neugier, Talent und Spürsinn mitbringen muss, findet sich aber auch in der jüngeren Literatur (vgl. z. B. ENGESSER 2005: 214ff.).

In den analysierten Romanen werden vor allem die US-amerikanischen Akteure als begabt beschrieben: Bei 41 Prozent der Akteure finden sich Hinweise auf ein vorliegendes Talent, während dies lediglich bei 18 Prozent der deutschen Protagonisten erwähnt wird ($p \leqslant .01$). Über die US-amerikanischen Figuren heißt es beispielsweise, dass sie den Journalismus im Blut hätten (vgl. *Prime Time*, 1983: 220), »a born journalist« seien (*World Without End*, 1981: 116) oder »a nose for news« hätten (*The Mourning Show*, 1994: 10f.). Auf die Notwendigkeit des ›richtigen Riechers‹, also den journalistischen Spürsinn, geht auch Hauptfigur Bob Branker ein: »It was the nose first of all, Branker thought, not the heart or the head that a journalist needed. And he had just caught the first real scent« (*Assignement*, 1981: 45). Die angeborene Begabung wird bei der Charakterisierung Brankers wiederholt angeführt: Er sei »a talented guy«, der über die wichtigen »journalistic instincts« verfüge (ebd.: 9, 32).

Auch wenn die deutschen Fernsehjournalisten seltener als ihre US-amerikanischen Kollegen als begabt charakterisiert werden, finden sich Belege für die Perspektive des Begabungsmythos. Intendant Max Steinkühler preist seinen Auslandskorrespondenten beispielsweise als den »beste[n] Minenhund, den ich habe« an (*Das Protokoll*, 1997: 239), Tobias Endler gilt als »der geborene Reporter« und »TV-Talent« (*Granitfresse*, 1997: 11, 14) und FLASH-TV-Reporter Lutz Hösch wird von seinem Vorgesetzten bescheinigt, »wirklich einen guten Instinkt für Storys« zu haben und ein »hoch talentierte[r] Reporter« zu sein (*Der Story-Jäger*, 2002: 139).

Negative Äußerungen gegenüber einer professionalisierten Journalistenausbildung lassen sich in den Romanen nicht mehr finden. Das Talent spielt aber parallel zur Ausbildung weiterhin eine Rolle und wird selbst von einem Professor für Journalismus betont (vgl. *Fame's Peril*, 1992: 9).

7.3.3.3 *Verortung im Fernsehjournalismus*

Die Romanjournalisten arbeiten entweder für öffentlich-rechtliche oder für privat-kommerzielle Sender, wobei der Zusammenhang zwischen Herkunftsland und Organisationform höchst signifikant ist ($p \leqslant .001$; vgl. auch Kapitel 7.2.1.1). Unter den 73 fiktiven Akteuren der US-amerikanischen Romane befindet sich nur eine Person, die nicht im privat-kommerziellen System angesiedelt ist: Joel Lipinsky, der Station Manager von »KPCR, Prairie City's public television station« (*The Quality of Life Report*, 2003: 41). Die fiktiven Protagonisten der deutschen Romane verteilen sich vergleichsweise ausgewogen auf die beiden Organisationsformen: 56 Prozent arbeiten für einen öffentlich-rechtlichen, 46 Prozent für einen privat-kommerziellen Sender.[130] Hinsichtlich der Anstellungsverhältnisse der deutschen Fernsehjournalisten zeigen sich im Zeitverlauf große Veränderungen ($p \leq .001$). In den Romanen, die vor der Einführung des Dualen Systems erschienen sind, gibt es nur drei Journalisten (11%), die für einen privat-kommerziellen Sender tätig sind. Alle drei stammen aus Michael Burks Roman *Die Nacht der Stars* (1972) und arbeiten für die gleichnamige Sendung des PRIVATEN DEUTSCHEN FERNSEHENS, die im September 1971 ausgestrahlt werden soll. In den Folgejahren steigt der Anteil der fiktiven Journalisten, die bei einem privaten Fernsehanbieter beschäftigt sind, stark an. So sind in den Romanen aus dem Zeitraum von 1986 bis 2005 zwei Drittel der journalistischen Akteure für privat-kommerzielle Sender tätig.

Neben der Organisationsform des Fernsehsenders wurde erhoben, ob die fiktiven Journalisten für informationsvermittelnde oder unterhaltungsorientierte Formate tätig sind. Hierfür wurde eine Dreiteilung nach Information, Infotainment und Unterhaltung verwendet. Die folgenden Ergebnisse beruhen auf 133 der insgesamt 149 journalistischen Akteure. Bei den verbleibenden 16 Fällen handelt es sich um Akteure in gesamtleitenden Positionen, wie z. B. Programmdirektoren, Station Manager oder Intendanten. Da in deren Verantwortungs- und Arbeitsbereich in der Regel das Gesamtprogramm des Senders fällt, war eine Zuordnung zu nur einem der drei oben genannten Formate nicht möglich.

Hinsichtlich der Ansiedlung der fiktiven Journalisten in den Bereichen Information, Infotainment und Unterhaltung zeigen sich sowohl im Ländervergleich als auch im Zeitverlauf signifikante Unterschiede.[131] Über 60 Prozent der US-amerikanischen Akteure arbeiten für informationsorientierte Sendungen – Infotainment- und vor allem Unterhaltungsformate sind weit abgeschlagen (vgl. Tab. 9). Im Gegensatz dazu ist das

130 Eine Protagonistin wechselt im Romanverlauf vom privaten zum öffentlich-rechtlichen Fernsehen und so addieren sich bei den deutschen Akteuren die Prozente auf knapp über 100 Prozent (vgl. Pia Roth in *Wer wählt, wird Millionär*, 2004). Bei sechs Figuren war keine Zuordnung zur Organisationsform möglich, sodass die Prozentwerte auf 70 Akteuren basieren.

131 Die Ergebnisse sind signifikant für den Ländervergleich ($p \leq .05$) und in Deutschland für den Zeitvergleich ($p \leq .001$). Auch für den Zeitvergleich USA weist der Chi-Quadrat-Test eine Irrtumswahrscheinlichkeit von $p \leq .001$ aus; allerdings haben 2 Zellen (33,3%) eine erwartete Häufigkeit < 5 und somit sind die statistischen Voraussetzungen nicht erfüllt.

Verhältnis zwischen Information und Infotainment bei den deutschen Akteuren in etwa ausgeglichen; die restlichen 16 Prozent entfallen auf unterhaltungsorientierte Segmente.

TABELLE 9

Ansiedlung im Fernsehsystem nach Format (in %)

	USA Gesamt (n=62)	D Gesamt (n=71)	USA bis 1985 (n=23)	USA ab 1986 (n=39)	D bis 1985 (n=27)	D ab 1986 (n=44)
Information	61,3	40,8	91,3	43,6	66,7	25,0
Infotainment	35,5	43,7	8,7	51,3	11,1	63,6
Unterhaltung	3,2	15,5	---	5,1	22,2	11,4

Im Zeitverlauf zeigt sich ein extremer Anstieg an Journalisten, die infotainmentorientierte Berichterstattung betreiben. In den Romanen zwischen 1970 und 1985 sind etwa zehn Prozent der Akteure im infotainmentorientierten Bereich angesiedelt; nach Mitte der 1980er-Jahre hingegen über 50 Prozent. Der Aufschwung des Infotainments geht vor allem auf Kosten der informationsorientierten Berichterstattung: Im Zeitverlauf sinkt die Anzahl der Fernsehjournalisten, die klassische Informationsvermittlung betreiben, in den Romanen beider Länder um mehr als die Hälfte.

Betrachtet man die deutschen Romane separat und vergleicht die drei genannten Formate mit der Organisationsform der Fernsehsender, für die die fiktiven Journalisten arbeiten, so zeigt sich ein starker Zusammenhang (vgl. Abb. 25; $p \leqslant .001$). Sämtliche Fernsehjournalisten, die Information im klassischen Sinne vermitteln, sind bei einem öffentlich-rechtlichen Sender tätig. Für sie steht die Vermittlung von Fakten und gesellschaftlich relevanten Inhalten im Vordergrund, was entweder über Nachrichtenformate oder Dokumentationen geschieht.[132] Von den fiktiven deutschen Akteuren, die bei privat-kommerziellen Sendern tätig sind, produzieren über 80 Prozent infotainmentorientierte Berichte. So z.B. die Journalisten des Privatsenders ›DUX-TV‹, der sich als »goldene Mischung aus Information und Entertainment« (*Granitfresse*, 1997: 12) definiert. Auch der Sender ›Flash TV‹ positioniert sich eindeutig in die-

132 Vgl. z.B. die Protagonisten der Romane *Dünnhäuter* (1979), *Narrenschaukel* (1982), *Die im Dunkeln sieht man nicht* (1985), *Dann kamst Du* (2001) und *Die große Liebe* (2003).

sem Bereich. Chefredakteur Hans Mangold wird von der »Geschäftsleitung [...] aufgetragen, den Markt durch *infotainment* zu erobern, einem Mix aus Nachrichten und bunter Unterhaltung« (*Der Story Jäger*, 2002: 28; Hervorhebung im Original). Daran wird auch die Berichterstattung der Nachrichtensendung *Flash News* ausgerichtet. Als Reporter Lutz Hösch nach Kambodscha fliegt, um über den dortigen Bürgerkrieg zu berichten, erklärt er seinem einheimischen Mitarbeiter:

> »Politik interessiert mich nicht [...] Wir sind ein Boulevard-Magazin. Politik ist für uns bestenfalls der Aufhänger für unsere Storys. Die gesamte Berichterstattung im deutschen Fernsehen geht übrigens immer stärker in diese Richtung. Nein, woran ich interessiert bin, sind die Kinderthemen, die sie vorgeschlagen haben. Nicht schlecht finde ich auch die Elefantengeschichte« (ebd.: 188).

Hinsichtlich unterhaltender Formate ist das Verhältnis zwischen den Journalisten der öffentlich-rechtlichen und privat-kommerziellen Sender nahezu ausgeglichen (16% vs. 19%). Etwa in Abendshows, Quizsendungen und Talkshows sind diese deutschen Romanjournalisten mit der Unterhaltung des Publikums betraut.[133]

ABBILDUNG 25

Formate nach Organisationsform der Fernsehsender: Deutschland (in %)

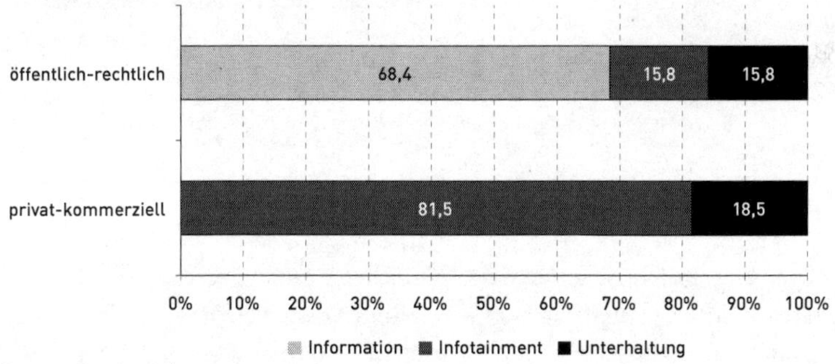

Basis: n = 65 deutsche Akteure (38 öff.-rechtl.; 27 privat-komm.)

133 Vgl. z.B. diverse Protagonisten in *Die Nacht der Stars* (1972), *Diese kleine Unsterblichkeit* (1995), *Schuster!* (1997) und *Die Quoten-Queen* (2000).

Ein weiteres Merkmal bei der Verortung der journalistischen Figuren im Fernsehsystem ist deren konkrete Berufsrolle. In den Romanen findet sich eine Vielzahl an Berufsbezeichnungen und häufig werden verschiedene Begriffe für ein und denselben journalistischen Akteur verwendet. Aus diesem Grund beschränkt sich die Darstellung auf vier Oberkategorien, anhand derer die Stellung der fiktiven Akteure in der Redaktionshierarchie deutlich wird: 1) die Startposition, 2) die nicht leitende, 3) die teil-leitende und 4) die gesamtleitende Position.[134] Unter die Startposition fallen Berufsanfänger sowie Praktikanten und Volontäre, unter die nicht leitende Position z. B. Reporter, Redakteure und Kameramänner. Teil-leitende Positionen haben z. B. Chefredakteure und Ressortleiter inne und bei den gesamtleitenden Positionen handelt es sich um Intendanten, Eigentümer und Programmdirektoren.

ABBILDUNG 26

Berufliche Position (in %)

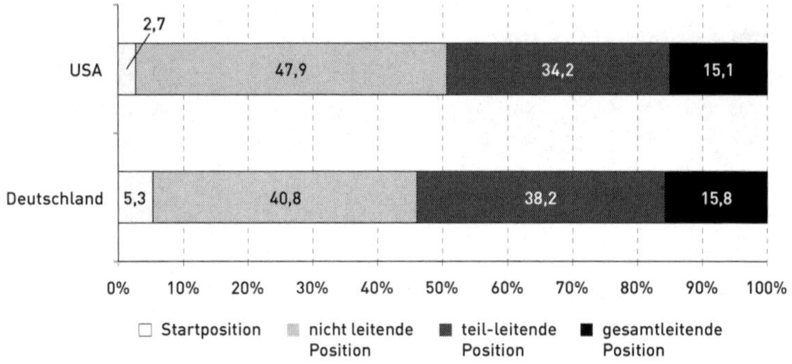

Basis: n = 73 amerikanische, 76 deutsche Akteure
Abweichungen von 100 Prozent sind rundungsbedingt.

Die US-amerikanischen und die deutschen Romane vermitteln hinsichtlich der beruflichen Stellung der fiktiven Journalisten ein nahezu identisches Bild (vgl. Abb. 26). Berufsanfänger spielen nur eine marginale Rolle: Lediglich sechs der 149 fiktiven Figuren stehen am Beginn ihrer journalistischen Kar-

134 Im Folgenden werden die vier Positionen teilweise in Zweiergruppen zu Positionen mit und ohne Leitungsfunktionen zusammengefasst. Wenn von Journalisten in Positionen ohne Leitungsfunktionen die Rede ist, handelt es sich um die Akteure in Startpositionen und nicht leitenden Positionen. Positionen mit Leitungsfunktionen beinhalten die teil-leitenden und gesamtleitenden Positionen.

riere. Auch die Journalisten in gesamtleitenden Positionen sind eher selten Handlungsträger in den Romanen. Die größten Anteile entfallen demnach auf Journalisten in nicht leitenden und teil-leitenden Positionen. Insgesamt gesehen halten sich die journalistischen Akteure in Positionen mit und ohne Leitungsfunktionen in etwa die Waage.

Die beruflichen Positionen der Haupt- und Nebenfiguren unterscheiden sich stark. In den Romanen beider Länder haben die Hauptfiguren vorwiegend Positionen ohne, die Nebenfiguren hingegen Positionen mit Leitungsfunktionen inne ($p \leq .001$). Lediglich 34 Prozent der Hauptfiguren sind in einer führenden Position dargestellt, wohingegen das bei 71 Prozent der Nebenfiguren der Fall ist. Die zentralen Charaktere der Romane sind in der Redaktionshierarchie folglich eher unten angesiedelt.

Zwischen beruflicher Position und Geschlecht zeigt sich hingegen kein signifikanter Zusammenhang. Die Ergebnisse müssen allerdings vor dem Hintergrund betrachtet werden, dass der Frauenanteil in den Romanen ohnehin ziemlich gering ist (vgl. Kapitel 7.3.2.1): Treten in den Romanen also überhaupt weibliche Journalisten auf, so haben etwa 35 Prozent von ihnen Leitungspositionen inne. Bei den zahlenmäßig überwiegenden Männern sind es hingegen knapp 60 Prozent. Auf die männliche Dominanz wird außerdem durch allgemeine Aussagen zur vorherrschenden Geschlechterstruktur aufmerksam gemacht: »Die erste Abteilungsleitersitzung nach der Urlaubszeit fand statt. Die Herren Abteilungsleiter – Damen gab es unter ihnen nicht – waren allesamt braungebrannt, erholt und entspannt« (*Dünnhäuter*, 1979: 108). Dass der fiktionale Fernsehjournalismus eine Männerdomäne ist, wird also nicht nur über den geringen Frauenanteil deutlich, sondern zusätzlich durch die berufliche Position unterstrichen (vgl. auch BORN 1981: 20).

7.3.4 *Arbeitsalltag*

Die Befunde zum Arbeitsalltag der fiktiven Fernsehjournalisten werden in fünf Schritten präsentiert: Zunächst werden die Arbeitsfelder der journalistischen Akteure vorgestellt. Hier ist von Interesse, welche Themen im Mittelpunkt der Arbeit stehen und ob diese von regionaler, nationaler oder internationaler Relevanz sind. Der zweite Abschnitt zeigt, welche Rolle die unterschiedlichen journalistischen Tätigkeiten im Arbeitsalltag der fiktiven Protagonisten einnehmen. In einem dritten Abschnitt wird auf die

Verwendung illegitimer bzw. illegaler Methoden bei der Recherche und der Berichterstattung eingegangen. Anschließend stehen die Arbeitsbelastung und das Berufsrisiko im Vordergrund. Hier ist zu zeigen, inwiefern der Journalismus mit Stress, Überstunden und Gefahren verbunden ist. Zuletzt werden die Ergebnisse zum Genuss- und Suchtmittelkonsum der fiktiven Fernsehjournalisten präsentiert.

7.3.4.1 *Arbeitsfelder*

Die inhaltliche Ausrichtung der Berichterstattung ist neben den Formaten Information, Infotainment und Unterhaltung ein bestimmender Faktor für die journalistische Arbeit. Aus diesem Grund wurde untersucht, mit welchen Themenbereichen sich die fiktiven Akteure beschäftigen und welche geografische Relevanz diese haben.[135] Insgesamt wurden neun Themenkategorien erhoben, wobei Mehrfachcodierungen möglich waren: 1) Politik, 2) Wirtschaft, 3) Kunst und Kultur, 4) Wissenschaft und Gesellschaft, 5) Kriminalität, 6) Unglücke, 7) Buntes, 8) Sport und 9) Sonstiges. Alle bearbeiteten Themen ließen sich einem der acht Bereiche zuordnen, sodass in der Kategorie Sonstiges keine Codierungen zu verzeichnen sind.

Im Vergleich zu den US-amerikanischen Akteuren decken die deutschen Akteure in den Romanen ein etwas geringeres Themenspektrum ab: Die US-amerikanischen Journalisten berichten im Durchschnitt über 2,4 Themenfelder, die deutschen über 2,0. Die thematischen Schwerpunkte der US-amerikanischen und der deutschen journalistischen Akteure stimmen stark überein (vgl. Tab. 10; $R = .86$, $p \leqslant .01$). Den höchsten Stellenwert in der fiktiven journalistischen Arbeit nimmt das Thema Kriminalität ein: Morde, Entführungen, Vergewaltigungen, Drogenhandel bzw. -konsum oder Korruptionsfälle gehören bei den fiktiven Fernsehjournalisten zum Tagesgeschäft. Auch wenn das Thema Kriminalität in beiden Ländern auf Rang eins steht, zeigen sich doch große Unterschiede in Bezug auf den Anteil der damit beschäftigten Journalisten: Während sich 72 Prozent der US-amerikanischen Akteure damit befassen, sind es demgegenüber *nur* 44 Prozent der deutschen Fernsehjournalisten ($p \leqslant$

135 Bei drei deutschen und zwei US-amerikanischen Protagonisten waren keine Themenfelder feststellbar. Die Ergebnisse beruhen daher auf einer Basis von 144 journalistischen Akteuren.

.001).[136] Insbesondere die US-amerikanische Literatur verortet die Arbeit der Fernsehjournalisten folglich im kriminalistischen Milieu.[137]

TABELLE 10
Rangfolge der Themenfelder

Rang	USA (n=71)	Deutschland (n=73)
1	Kriminalität (71,8%)	Kriminalität (43,8%)
2	Buntes (39,7%)	Politik (41,1%)
3	Politik (39,4%)	Buntes (39,7%)
4	Wissenschaft & Gesellschaft (32,4%)	Wissenschaft & Gesellschaft (21,9%)
5	Unglücke (28,2%)	Kunst & Kultur (17,8%)
6	Wirtschaft (11,3%)	Unglücke (15,1%)
7	Kunst & Kultur (8,5%)	Sport (13,7%)
8	Sport (7,0%)	Wirtschaft (11,0%)

Auf Rang zwei bzw. drei stehen die Themenbereiche Politik und Buntes. Jeweils etwa 40 Prozent der journalistischen Akteure beider Länder beschäftigen sich mit diesen Themen. Unter den Bereich Politik fallen z. B. Dokumentarsendungen über Politiker, die Berichterstattung über Krisen und Kriege, Interviews mit politischen Akteuren und Berichte über Wahlen. Bei Buntes handelt es sich um Themen mit unterhaltendem Charakter, die auch im Bereich Vermischtes verortet werden können. Beispiele hierfür sind die Berichterstattung über Prominente, Haushaltstipps oder Berichte über kurzweilige Themen wie z. B. über eine »Birthday Party for aging lions in the Bronx Zoo« (*World Without End*, 1981: 303).

Nach den drei Topthemen Kriminalität, Politik und Buntes folgen in den Romanen Themen, die sich unter Wissenschaft und Gesellschaft zusammenfassen lassen. Darunter fallen Natur-Dokumentationen sowie Berichte zu Sekten, medizinischen Errungenschaften und Weltraumfahrten. Auf den hinteren Rängen befinden sich die Themen Unglücke, Kunst und Kultur, Sport und Wirtschaft. Berichten die fiktiven Journalisten über Unglücke, so handelt es sich um Flugzeugabstürze,

136 Bei allen weiteren sieben Themenbereichen zeigen sich keine signifikanten Unterschiede.
137 Auch in den *Spiegel*-Bestsellern dominiert das Themengebiet Verbrechen/Unglücke vor Kultur und Politik (vgl. ENGESSER 2005: 222).

Bombenexplosionen oder Naturkatastrophen. Anhand von Flugkatastrophen macht Chefredakteur Mangold auch deutlich, welche Kriterien für die Auswahl der Themen ausschlaggebend sind. Analog zur gängigen wissenschaftlichen Definition der Nachrichtenfaktoren (vgl. z. B. GALTUNG/RUGE 1965; EILDERS 1997) erläutert er die Bedeutsamkeit des ›Emotionalen Faktors‹:

> »EF [...] bedeutet ›Emotionaler Faktor‹. Er wird berechnet nach Kriterien wie den Umständen des Ereignisses, seiner geografischen Distanz zu Deutschland, der Beteiligung von Prominenten und so weiter. Nehmen wir zum Beispiel einen Flugzeugabsturz mit hundert Toten. Da für je zehn Tote ein Punkt berechnet wird, macht das zehn Basispunkte. Ereignet sich der Absturz in Deutschland, ergibt das zehn weitere Punkte. Passiert das Unglück im Ausland, wird je tausend Kilometer Entfernung von Deutschland ein Punkt abgezogen. Für jeden verunglückten deutschen Prominenten veranschlagen wir, unabhängig vom Schauplatz, zwei Punkte, für jeden ausländischen Prominenten einen Punkt. Das heißt: Kommt bei einem Absturz in – sagen wir, Indonesien – eine ganze Gruppe bekannter deutscher Schauspieler ums Leben, dann kann dies den Entfernungsnachteil mehr als wettmachen. Ich weiß, das klingt alles ziemlich brutal. Aber so laufen die Dinge nun mal. Glauben Sie mir, jeder Redakteur hat diese Kriterien im Kopf. Ich habe nur den Mut, sie zu systematisieren« (*Der Story-Jäger*, 2002: 94).[138]

Die verbleibenden drei Themenbereiche lassen sich wie folgt skizzieren: Bei Kunst und Kultur handelt es sich fast ausschließlich um Berichte und Dokumentationen über Schriftsteller oder Interviews mit Künstlern; unter Wirtschaft fallen z. B. Porträts über Industrieunternehmen oder Fachmessen und die Sportthemen sind so weit gefächert, dass sie von Turmspringen über Autorennen bis hin zu Großereignissen wie den Olympischen Winterspielen reichen.

Im Zeitverlauf ändern sich sowohl in den US-amerikanischen ($R= .55$, $p > .05$, n. s.) als auch in den deutschen Romanen ($R= .56$, $p > .05$, n. s.) die thematischen Schwerpunkte der journalistischen Arbeit. Das Topthema der Fernsehjournalisten in den literarischen Werken zwischen 1970 und 1985 ist Politik. In den Folgejahren fällt der Themenbereich Politik deutlich ab: auf Rang fünf in

138 Auslandkorrespondent Leonard Bach wird auf ähnliche Weise mit den Regeln der Nachrichtenauswahl bekannt gemacht: »So lernte ich schon am ersten Tag meiner langen Karriere: 1. Uganda sechs Tote: egal. 2. Amerika ein Toter: melden! 3. Der Bundeskanzler am Wolfgangsee: Sondersendung« (*Der Auslandskorrespondent*, 1997: 15f.).

den US-amerikanischen ($p \leqslant .01$) und auf Rang drei in den deutschen ($p > .05$, n. s.) Romanen. Das absolute Spitzenthema der fiktiven Journalisten in den Romanen ab 1986 ist Kriminalität. 77 Prozent der US-amerikanischen und 52 Prozent der deutschen journalistischen Akteure recherchieren und berichten über kriminelle Machenschaften. Der hohe Stellenwert steht im Einklang mit den Befunden von Kleinsteuber (2000a, 2001, 2003), der ab den 1990er-Jahren einen enormen Anstieg an Medienthrillern feststellt. Die US-amerikanischen Journalisten befassen sich nach Mitte der 1980er-Jahre zudem sehr viel häufiger mit Themen, die dem Bereich Buntes zugeordnet werden können. Hier lässt sich ein Anstieg von Rang fünf auf Rang zwei verzeichnen ($p \leqslant .01$). Auch bei der Arbeit der deutschen Journalisten zeigt sich eine signifikante Veränderung: Das Thema Unglücke, das in den Romanen bis 1985 von keinem der fiktiven Akteure bearbeitet wurde, spielt in den Büchern nach 1985 bei etwa einem Viertel der Fernsehjournalisten eine Rolle und steigt damit von Platz acht auf Platz vier ($p \leqslant .01$).

Die Themen können von regionaler, nationaler oder internationaler Bedeutung sein (vgl. Abb. 27). Die US-amerikanischen Journalisten berichten deutlich häufiger über regionale Themen als die deutschen Journalisten. In den Romanen aus den Vereinigten Staaten sind fast 60 Prozent der Journalisten mit Themen von regionaler Relevanz betraut. Bei den deutschen Akteuren spielen die regionalen Themen hingegen mit 34 Prozent die geringste Rolle ($p \leqslant .01$). Im Gegensatz dazu liegt der Fokus der deutschen Journalisten vor allem auf den nationalen Themen. Mehr als drei Viertel der Romanprotagonisten sind mit nationaler Berichterstattung beschäftigt, wohingegen das nur auf 61 Prozent der US-amerikanischen Akteure zutrifft ($p \leqslant .05$). Hinsichtlich der Themen mit internationaler Relevanz zeigen sich keine Unterschiede zwischen Deutschland und den USA. Etwa 40 Prozent der fiktiven Fernsehjournalisten berichten über Ereignisse, die sich in anderen Ländern zugetragen haben.

Die Berichterstattung über regionale Themen nimmt in beiden Ländern im Zeitverlauf zu.[139] In einer Reihe von Romanen ab Mitte der 1980er-Jahre stehen Nachrichten über das lokale Geschehen im Mittelpunkt und prägen die Handlung (vgl. z. B. *Das Ekel von Datteln*, 1988; *Murder in a Mayonnaise Jar*, 1993; *Granitfresse*, 1997; *The Pumpkin Seed Massacre*, 1999). Die fiktiven Journalisten berichten über lokale Brennpunkte und Probleme (z. B. Dro-

139 Der Anteil fiktiver Journalisten, die über regionale Themen berichten, steigt von 33 auf 72 Prozent (USA, $p \leqslant .01$) bzw. von 22 auf 40 Prozent (Deutschland, $p > .05$, n.s.).

ABBILDUNG 27
Geografischer Fokus der Berichterstattung (in %)

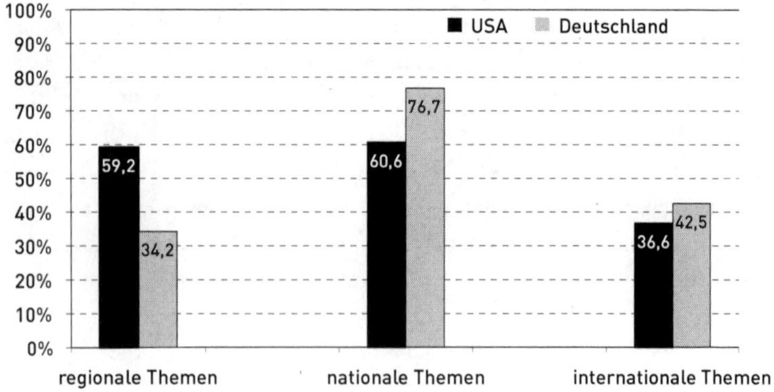

Basis: n = 71 amerikanische, 73 deutsche Akteure

genkonsum oder Epidemien) und rücken die Lokalpolitik, zumeist das Fehlverhalten der ortsansässigen Eliten, ins Zentrum ihrer Berichterstattung. Demgegenüber sind weniger Fernsehjournalisten mit Themen zum nationalen Geschehen beschäftigt. In den US-amerikanischen Romanen sinkt ihr Anteil von 79 auf 51 Prozent ($p \leqslant .05$) und fällt damit hinter die regionalen Themen zurück. Auch in den deutschen Romanen sind immer weniger fiktive Akteure mit nationalen Themen befasst: Waren es in den Romanen bis Mitte der 1980er-Jahre fast alle (93%), so sind es in den Romanen der Folgejahre nur noch zwei Drittel der Akteure ($p \leqslant .05$). Gleichwohl macht das Feld der nationalen Themen damit weiterhin das Hauptgebiet der Journalisten aus.

Bei den international bedeutenden Themen handelt es sich zumeist um Berichte über Krisen und Kriege in anderen Ländern (vgl. z. B. *Big Story*, 1982; *Absence of Pain*, 1988; *Quotenfieber*, 1997; *Der Story-Jäger*, 2002). Auffallend sind die zahlreichen Hinweise auf die Kriegsberichterstatter-Vergangenheit der US-amerikanischen Akteure. Viele von ihnen waren Ende der 1960er- bzw. Anfang der 1970er-Jahre in Vietnam und haben vor Ort über die Kriegsereignisse berichtet (vgl. z. B. John Harland in *Private Sector*, 1979: 126; Jeremy Heron in *Sweeps*, 1980: 58 oder Kate Marchand in *More than Dreams*, 1987: 173). Im Zeitverlauf zeigt sich hinsichtlich der internationalen Berichterstattung ein Abwärtstrend. Der Anteil der damit beschäftigten US-amerikanischen Journalisten sinkt von 50 Prozent auf knapp 30 Prozent

($p > .05$, n. s.). Bei den deutschen Fernsehjournalisten ist dieser Trend noch stärker ausgeprägt. Während in den Romanen von 1970 bis 1985 zwei Drittel der fiktiven Akteure Themen von internationaler Relevanz bearbeiten, beschäftiget sich in den Romanen der jüngeren Zeit nicht einmal mehr ein Drittel damit ($p \leqslant .01$).

7.3.4.2 *Tätigkeiten*

Neben den Themen der Berichterstattung kennzeichnen die journalistischen Tätigkeiten den Arbeitsalltag der fiktiven Akteure. Auch hier waren Mehrfachcodierungen möglich. Erhoben wurden acht Aktivitäten: 1) Sammeln, 2) Recherchieren, 3) Produzieren von Beiträgen, 4) Redigieren, 5) Arbeiten vor der Kamera, 6) Filmen, 7) organisatorische und verwaltende Tätigkeiten und 8) wirtschaftliche Tätigkeiten.[140] Für die Tätigkeiten wurde eine 3-stufige Skala verwendet und erhoben, ob diese ›häufig und ausführlich‹, ›eher selten und beiläufig‹ oder ›gar nicht‹ thematisiert werden.

Mehr als die Hälfte der fiktiven Journalisten beider Länder führen nur eine oder zwei Tätigkeiten aus. Die restlichen Akteure sind oftmals journalistische Allrounder. Lutz Hösch ist beispielsweise von Anfang bis Ende für seine Berichte allein verantwortlich: »Ich recherchiere, drehe, schneide, texte« (*Der Story-Jäger*, 2002: 156). Aber auch in den US-amerikanischen Romanen finden sich nicht wenige Journalisten, die verschiedene Tätigkeiten ausüben: So z. B. Patricia Traymore in *Stillwatch* (1984), die nicht nur recherchiert und das Storyboard für den Beitrag erstellt, sondern auch moderiert und organisatorische Tätigkeiten übernimmt. Insgesamt üben die deutschen Akteure in den Romanen jedoch tendenziell mehr Tätigkeiten aus: Im Durchschnitt entfallen auf die deutschen Romanjournalisten 2,6 Tätigkeiten, auf die US-amerikanischen 2,4.

Bei der Rangfolge der insgesamt erwähnten Tätigkeiten zeigt sich – ebenso wie bei den bearbeiteten Themen – eine hohe Übereinstimmung zwischen den fiktiven Protagonisten der beiden Länder (vgl. Tab. 11; $R = .92$, $p \leqslant .001$).

140 In einer neunten Kategorie konnten ›Sonstige Tätigkeiten‹ codiert werden. Da hier nur sechs Nennungen zu verzeichnen sind, wird diese nicht weiter berücksichtigt. Nur bei einem deutschen und drei US-amerikanischen Akteuren sind keine Tätigkeiten erwähnt; so beruhen die folgenden Ergebnisse auf 145 journalistischen Figuren.

TABELLE 11

Rangfolge der Tätigkeiten

Rang	USA (n=70)	Deutschland (n=75)
1	Recherchieren (52,9%)	Organisatorische & administrative Tätigkeiten (62,7%)
2	Arbeit vor der Kamera (47,1%)	Recherchieren (46,7%)
3	Produzieren von Beiträgen / Organisatorische & administrative Tätigkeiten (42,9%)	Arbeit vor der Kamera (44,0%)
4	---	Produzieren von Beiträgen (36,0%)
5	Sammeln (24,3%)	Sammeln (22,7%)
6	Wirtschaftliche Tätigkeiten (17,1%)	Wirtschaftliche Tätigkeiten (20,0%)
7	Filmen (14,3%)	Filmen (16,0%)
8	Redigieren (2,9%)	Redigieren (6,7%)

Die Tätigkeiten, die von den Romanprotagonisten am seltensten ausgeübt werden, sind das Sammeln von Nachrichten, wirtschaftliche Tätigkeiten, Filmen und Redigieren. Nur etwa fünf Prozent der journalistischen Akteure redigieren Beiträge von Kollegen oder bearbeiten Pressemitteilungen und Agenturinformationen. Zudem wird diese Tätigkeit in keinem Fall ausführlich beschrieben, sondern lediglich am Rande darauf hingewiesen (vgl. z. B. *Mord in Sanderup*, 1982: 22; *Das Ekel von Datteln*, 1988: 111; *Dead of Summer*, 1999: 31). Weniger als ein Fünftel der Akteure ist auch mit Filmen und wirtschaftlichen Tätigkeiten beschäftigt. Werden filmische Arbeiten beschrieben, so geschieht dies in den meisten Fällen jedoch sehr detailliert (vgl. z. B. *Narrenschaukel*, 1984: 58ff.; *Details at Ten*, 2000: 124, 189). Wirtschaftliche Tätigkeiten wie die Akquise von Werbekunden oder Kalkulationen zu den Einnahmen und Ausgaben üben fast ausschließlich Journalisten in leitenden Positionen aus (vgl. z. B. *Absence of Pain*, 1988: 198ff.; *The Reluctant Hunk*, 1995: 91, 217; *Krieg der Sender*, 1991: 25f., 195). Die wirtschaftlichen Tätigkeiten nehmen in den Romanen mit Platz sechs nicht nur insgesamt einen geringen Stellenwert ein, sondern werden zudem nur bei wenigen Akteuren ausführlich dargestellt. Knapp ein Viertel der fiktiven Fernsehjournalisten ist mit dem Sammeln von und Suchen nach Themen für die Berichterstattung beschäftigt. Dies geschieht z. B. durch das Durchforsten der Nachrichtenagenturmitteilungen (vgl. z. B. *Michaelmas*, 1977: 9; *Das Protokoll*, 1997: 34) oder die Beobachtung anderer Sender bzw. die Lektüre von Zeitungen. Auch Journalist Merz »durchforscht den Regionalteil der

Tageszeitung nach Stories […] aus denen sich kleine Abendschaufilme machen lassen« (*Friß, Vogel*, 1972: 32).

Das Produzieren von Beiträgen, die Arbeit vor der Kamera, Recherchetätigkeiten sowie organisatorische und administrative Tätigkeiten werden von den fiktiven Journalisten weitaus häufiger betrieben. Unter die Produktion von Beiträgen fallen Tätigkeiten wie Texten und Schneiden. Diese werden zwar bei etwa 40 Prozent der fiktiven Akteure angesprochen, jedoch nur in wenigen Fällen ausführlich beschrieben. In einigen Romanen wird darauf hingewiesen, dass das Produzieren von Beiträgen im Vergleich zur Arbeit vor der Kamera die eigentliche journalistische Arbeit ausmache: »Harland told himself that if a broadcast newsman wrote his own copy, he was a journalist. If he only read his copy, he was in show business« (*Private Sector*, 1979: 16). Etwa 45 Prozent der fiktiven Journalisten beider Länder führen Tätigkeiten vor der Kamera aus. Sie berichten live von Pressekonferenzen, führen Interviews, verlesen die Nachrichten oder moderieren Talksendungen. Die Arbeit vor der Kamera wird in einigen Romanen sehr ausführlich beschrieben und der Sendeablauf über Seiten hinweg minutiös geschildert (vgl. z. B. *The Mourning Show*, 1994: 189ff., 220ff.; *Die Brut*, 2004: 22ff., 215ff.).

Die meisten deutschen Romanjournalisten führen organisatorische und administrative Tätigkeiten aus: Bei 63 Prozent der Fernsehjournalisten gehören z. B. die Koordination von Arbeitsabläufen, das Schreiben von Anträgen und Ausfüllen von Formularen, die Leitung von Redaktionskonferenzen oder die Beantwortung von Zuschaueranfragen zum Arbeitsalltag. Beliebt sind diese Tätigkeiten normalerweise nicht. Deutliche Worte dafür findet Journalist Max Hausmann: »Die letzte halbe Stunde vor der Mittagspause verbringe ich mit dem Schreiben von Faxen, Anträgen für Drehgenehmigungen und der Beantwortung von Zuschauerpost. Maja machte bei dieser ätzendsten Arbeit unseres Jobs mit« (*Fernsehland*, 1999: 72).[141] In den US-amerikanischen Romanen wird hingegen nur bei 43 Prozent der journalistischen Akteure auf organisatorische und administrative Tätigkeiten hingewiesen ($p \leqslant .05$).[142] Die meisten von ihnen (53%) sind dort mit der Recherche beschäftigt. Auch in den deutschen Romanen recherchiert fast die Hälfte der journalistischen Protagonisten. Im Rahmen ihrer

141 Vgl. auch den Hinweis in Werner Kloses Roman: »Ein Redakteur im Funkhaus, Abteilungsleiter gar, muß leider oft hauptsächlich verwalten« (*Mord in Sanderup*, 1982: 33).

142 Diese Tätigkeit ist die einzige, bei der sich signifikante Unterschiede im Ländervergleich zeigen. Auch im Zeitverlauf werden weder bei den deutschen noch bei den US-amerikanischen Akteuren signifikante Veränderungen deutlich.

Recherchen sichten die fiktiven Journalisten Akten, konsultieren Bibliotheken und Archive, nehmen an Pressekonferenzen teil, lesen Fachbücher, durchforsten das Internet, befragen Experten, Polizisten und Informanten oder begleiten Politiker. Die Recherchetätigkeiten werden im Vergleich zu allen anderen Tätigkeiten am ausführlichsten beschrieben. Diese Tatsache relativiert auch, dass bei den deutschen Romanprotagonisten die organisatorischen und administrativen Tätigkeiten auf Platz eins stehen. Selbst wenn diese bei insgesamt mehr Fernsehjournalisten angesprochen werden, vermitteln die Romane das Bild, dass die Recherche die zeitintensivste und damit hauptsächliche Tätigkeit ist. Die Recherche scheint darüberhinaus auch die journalistische Tätigkeit zu sein, die den fiktiven Journalisten am meisten Spaß bereitet (vgl. z. B. *Hidden Agenda*, 1988: 67; *Der Story-Jäger*, 2002: 52) und ihnen – wenn sorgfältig betrieben – ein hohes Ansehen verschaffen kann (vgl. z. B. *Big Story*, 1982: 123).

Ein Vergleich der Befunde mit anderen Studien ist bei den journalistischen Tätigkeiten besonders schwierig. Die Fokussierung auf Journalisten des Mediums Fernsehen bedingt den hohen Stellenwert der Arbeit vor der Kamera. In den Jahren 1774 bis 1974 ist »[d]er Schreiber [...] der prototypische Journalist« (STUDNITZ 1983: 58). In den *Spiegel*-Bestsellern von 1970 bis 2005 beschränkt sich die Darstellung der journalistischen Tätigkeiten meistens auf das Recherchieren und Schreiben bzw. das Produzieren von Beiträgen – organisatorische Tätigkeiten spielen eine deutlich untergeordnete Rolle (vgl. ENGESSER 2005: 225ff.).

Für die Charakterisierung des Arbeitsalltags sind neben den konkreten journalistischen Tätigkeiten auch die im beruflichen Kontext stattfindenden Reisetätigkeiten und der Arbeitsort entscheidend. Die Arbeit der fiktiven Journalisten kann innerhalb bzw. außerhalb der Redaktion stattfinden und lässt Unterschiede zwischen den Journalisten der beiden Länder erkennen (vgl. Abb. 28; $p \leqslant .05$).

Etwa die Hälfte der fiktiven Akteure arbeitet ausschließlich bzw. vorwiegend innerhalb der Redaktion. Der berufliche Alltag einer weiteren Gruppe spielt sich zu etwa gleichen Teilen inner- und außerhalb des Redaktionsgebäudes ab. Mit einem Anteil von 45 Prozent findet die journalistische Arbeit der US-amerikanischen Akteure jedoch deutlich häufiger außerhalb der Redaktion statt als bei den deutschen Romanprotagonisten. Diese Journalisten arbeiten entweder freiberuflich oder die Romanhandlung beschreibt Recherchetätigkeiten fernab der Redaktion: So haben sich Gabrielle Coulter und Justin Craig eine Auszeit von ihrer Arbeit bei CNN genommen, um eine eigene Dokumentation zu machen (vgl. *White Male*

ABBILDUNG 28
Arbeitsort (in %)

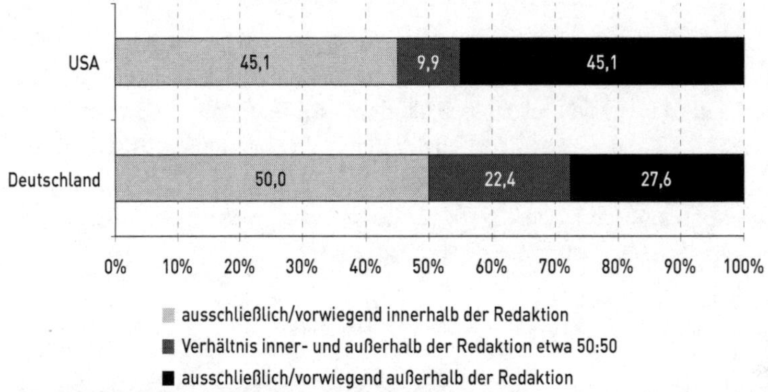

Basis: n = 71 amerikanische, 76 deutsche Akteure
Abweichungen von 100 Prozent sind rundungsbedingt.

Infant, 2002) und Laurent Michaelmas (vgl. *Michaelmas*, 1977) oder Tom McCartney (vgl. *Graveyard Shift*, 2005) arbeiten als ›Freie‹ und bieten ihre Beiträge unterschiedlichen Sendern an. Diverse Protagonisten der Romane recherchieren und produzieren Beiträge in anderen Ländern oder Städten als dem Redaktionsort (vgl. z. B. *Assignment*, 1981; *Prime Time*, 1983; *Summer's Child*, 2000; *The Quality of Life Report*, 2003). Fast die Hälfte der US-amerikanischen Fernsehjournalisten arbeitet folglich vorwiegend bzw. ausschließlich fernab einer Einbettung in die redaktionellen Strukturen. Damit erklärt sich auch, dass in den Romanen die institutionellen Rahmenbedingungen der journalistischen Arbeit weniger stark thematisiert werden, als dies in der deutschen Literatur der Fall ist (vgl. Kapitel 7.2.1).

Die beruflichen Tätigkeiten außerhalb der Redaktionsräume legen nahe, dass die journalistische Arbeit mit Reisen verbunden sein kann. Dass viele Autoren bei der Charakterisierung ihrer Protagonisten auf dieses Merkmal zurückgreifen, zeigt Langner-Burns (1989: 182): Die Journalisten der US-amerikanischen Bestseller sind ständig unterwegs, rastlos und erscheinen als moderne ›Globetrotter‹. Auch die Fernsehjournalisten reisen viel: Bei knapp der Hälfte der fiktiven Akteure werden nationale und/oder internationale Reisen im Arbeitszusammenhang beschrieben (USA 44%, Deutschland 42%). Der Journalismus wird dabei häufig mit einem Vagabundendasein gleichgesetzt. Reporterin Sophie Ross sieht ihren Beruf als »long backpacking trip [...], a nomad's existence, a succession of hotel rooms« (*World Without End*,

1981: 73) und auch Bob Caulfield unterstreicht dies: »After awhile you forget what city you're in. It could be Houston or Cincinnati or Cairo« (*Capricorn One*, 1978: 63).[143] Aufgrund der Größe der Vereinigten Staaten finden bei den US-amerikanischen häufiger als bei den deutschen Akteuren berufliche Reisen innerhalb der Landesgrenzen statt (26% vs. 12%, $p \leq .05$). Demgegenüber führen die deutschen Journalisten häufiger internationale Reisen durch (34% vs. 27%, $p > .05$, n.s.). Hinsichtlich der Ziele gibt es keinerlei Einschränkungen: Die fiktiven Journalisten fliegen für ihre Storys nach Italien, Ägypten, Afghanistan, Ruanda, Peru, Japan, Alaska, Israel, Mexiko, Marokko, Kambodscha, Russland und in viele weitere Länder.

7.3.4.3 *Illegitime Verhaltensweisen*

Viele der bisher erschienenen Publikationen zum fiktionalen Journalistenbild weisen darauf hin, dass es die Journalisten mit den Regeln der beruflichen Ethik nicht so genau nehmen bzw. diese völlig ignorieren (vgl. z. B. PANNEN 1988: 34; BLACK 1994: 168; WEINBERG 1997: 17). Denselben Eindruck vermitteln die hier analysierten Romane. Bei Station Managing Editor Pete Capra wird daher explizit das Gegenteil betont: »Capra [...] was a journalist. Even rarer, he was a journalist with ethics« (*Graveyard Shift*, 2005: 56). Um das Verhalten der Fernsehjournalisten bezüglich der Berufsethik zu bestimmen, wurden die illegitimen bzw. illegalen Methoden bei der Recherche und der Berichterstattung erhoben sowie codiert, ob die fiktiven Akteure bestechlich sind.

In den untersuchten US-amerikanischen und deutschen Romanen bedienen sich 61 der 149 journalistischen Akteure mindestens einer unethischen Vorgehensweise bei der Recherche: 32 (42%) der deutschen und 29 (40%) der US-amerikanischen Akteure.[144] Somit zeigen sich in Bezug auf die grundsätzliche Bereitschaft zu unethischen Recherchemethoden keine nationalen Unterschiede. Bedienen sich die Fernsehjournalisten einer il-

143 Vgl. auch »Heute hier, morgen dort. Journalisten sind wie moderne Nomaden, finden Sie nicht auch?« (*Das Protokoll*, 1997: 347) und »In the past twenty days I've been in Paraguay, Nigeria, South Africa, Washington and London« (*Assignment*, 1981: 5f.).

144 Die Items der Journalistenbefragungen (vgl. WEISCHENBERG/MALIK/SCHOLL 2006: 174ff.; WEAVER et al. 2007: 162ff.) wurden nahezu identisch übernommen, aufgrund der geringen Fallzahlen für die Ergebnispräsentation jedoch zu fünf übergeordneten Methoden zusammengefasst. Zusätzlich hinzugefügt wurde die Kategorie ›Informanten bzw. Außenstehende bewusst in Gefahr bringen‹ sowie eine Kategorie für sonstige illegitime bzw. illegale Recherchemethoden.

legitimen bzw. illegalen Methode bei ihrer Recherche, so bleibt es oftmals nicht bei einer einzigen: Die 32 deutschen Akteure greifen im Schnitt auf 2,0 und die 29 US-amerikanischen auf 1,7 dieser Recherchemethoden zurück. Tabelle 12 zeigt, wie hoch der Anteil der fiktiven Journalisten bei der Anwendung der einzelnen Methoden ist.

TABELLE 12
Illegitime und illegale Recherche (in %)

	USA (n=73)	Deutschland (n=76)
Geldzahlungen für vertrauliche Informationen	8,2	26,3
Benutzen versteckter Mikrofone oder Kameras	15,1	5,3
Vorspiegelung falscher Tatsachen	12,3	18,4
Verwendung vertraulicher Unterlagen ohne Genehmigung	2,7	9,2
Unter-Druck-Setzen unwilliger Informanten	6,8	3,9
Informanten/Außenstehende bewusst in Gefahr bringen	6,8	11,8
Sonstige illegitime bzw. illegale Vorgehensweisen*	12,3	5,3

* Die in der Kategorie Sonstiges codierten Fälle beziehen sich überwiegend auf strafrechtliche Vergehen wie Hausfriedensbruch und Einbrüche. Zudem wurden hier Hinweise auf illegale Recherchetätigkeiten festgehalten, die sich keiner der konkreten Methoden zuordnen ließen, wie z. B. »Das Beschaffen von Informationen außerhalb der Legalität ist Larenns Beruf« (*Rakket*, 1990: 29).

Die deutschen Fernsehjournalisten zahlen oft Geld für vertrauliche Informationen (vgl. z. B. *Schuster!*, 1997: 77; *Quotenspiel*, 1999: 57; *Fernsehland*, 1999: 93; *Der Story-Jäger*, 2002: 36). Bei den US-amerikanischen Journalisten spielt der Scheckbuchjournalismus eine deutlich geringere Rolle ($p \leqslant .01$). Sie benutzen am häufigsten versteckte Kameras bzw. Mikrofone. Für Journalist John Harland gehört diese Methode zum Arbeitsalltag und er hat sie bis zur Perfektion weiter entwickelt:

> »Harland had worked out with his cameramen a surreptitious system of signals. Upon his gesture, they were to turn the camera conspicuously off, open it up, and change the film whether it was running or not. Harland would relax. After his subject did too, Harland would ask a question in a tone that implied they were speaking privately. Since the camera was obviously immobilized, the subject would usually reply in kind. But the audio recorder,

> which was kept in a corner of the room, was left on. Harland would later ask his subject to take a brief stroll outside, so the cameraman could shoot them from behind. Later, in editing, Harland would splice in the revealing quotes there« (*Private Sector*, 1979: 17f.).[145]

Auch die Vorspiegelung falscher Tatsachen ist bei der Recherche beliebt. Um die erwünschten Informationen zu bekommen, geben sich die fiktiven Akteure als andere Personen aus (vgl. z. B. *Granitfresse*, 1997: 122; *Das Protokoll*, 1997: 199), täuschen Meinungen vor und geben falsche Informationen. So auch Ceci McCann, die einen Bericht über die Entführungsgefahr bei Kindern prominenter Persönlichkeiten macht: »Only two more celebrity parents and her segment was ready to air. To get her subjects to talk she had duped them into thinking the focus of her story was Christmas toys« (*Fame's Peril*, 1992: 231; vgl. auch *Der Satansbraten*, 1994: 162ff.; *Prime Time*, 1983: 2). Des Weiteren benutzen die Journalisten vertrauliche Unterlagen, ohne dafür die Zustimmung der jeweiligen Behörden, Parteien oder Privatpersonen zu haben[146] und setzen unwillige Informanten unter Druck, indem sie ihnen z. B. Konsequenzen androhen (vgl. z. B. *Split Image*, 1998: 141; *Fernsehland*, 1999: 96; *Graveyard Shift*, 2005: 272). Einige fiktive Fernsehjournalisten schrecken bei ihrer Arbeit nicht einmal davor zurück, ihre Informanten oder außenstehende Personen in Gefahr zu bringen. Sie sehen ausschließlich die Story und den damit verbundenen eigenen Erfolg: Die Akteure in *Schuster!* (1997) setzen bei ihrer Sendung über misshandelte Frauen z. B. alles daran, betroffene Personen zu einem Auftritt zu bewegen. Obwohl ihnen bewusst ist, dass sich die Täter im Nachhinein wahrscheinlich an den Frauen rächen werden, haben sie keinerlei Skrupel, die Sendung auszustrahlen (vgl. *Schuster!*, 1997: 56). Reporter Lutz Hösch geht sogar so weit, dass er einen kleinen Jungen auf eine Mine lotst, um mit seiner Berichterstattung über Kambodscha ganz groß herauszukommen (vgl. *Der Story-Jäger*, 2002: 234).

Berufsethische Maßstäbe gibt es nicht nur für die journalistische Recherche sondern auch für die Berichterstattung. Das normative Ziel ist auch in der Romanfiktion eine objektive und wahrheitsgemäße Vermittlung von Informationen: »As journalists, we're supposed to report the facts, not make them up or twist them into something that doesn't

145 Vgl. auch die heimlichen Filmaufnahmen anderer Journalisten z. B. in *Assignment*, 1981: 45; *Details at Ten*, 2000: 121 und *The Mourning Show*, 1994: 12.

146 Dass an diesem Vorgehen nichts fragwürdig sei, hebt Reporterin Ardella Garland hervor, als sie sich unerlaubt zu einer Polizeiakte Zutritt verschafft: »I sneaked a peek because all is fair in love, war, and reporting« (*Details at Ten*, 2000: 87f.).

resemble the truth in any way« (*The Toddler's Tale*, 2000: 197; vgl. auch Kapitel 7.2.3). Zwischen ethischer Norm und praktischer Berufsausübung bestehen in den Romanen jedoch durchaus Diskrepanzen. Erhoben wurden vier illegitime Vorgehensweisen bei der Berichterstattung (vgl. Tab. 13).[147] 32 der 149 analysierten Fernsehjournalisten bedienen sich zumindest einer dieser unlauteren Methoden. Wie bereits bei den Recherchemethoden zeigen sich auch hier keine nennenswerten Unterschiede zwischen den Akteuren der beiden Länder: 24 Prozent der deutschen und 19 Prozent der US-amerikanischen fiktive Journalisten unterlaufen ethische Grundregeln.

TABELLE 13
Illegitime Berichterstattung (in %)

	USA (n = 73)	Deutschland (n = 76)
Bewusstes Weglassen von Fakten/Informationen	4,1	10,5
Bewusstes Verzerren von Fakten/Informationen	6,8	11,8
Erfinden von Inhalten	4,1	10,5
Einfließen-Lassen der eigenen Meinung	8,2	1,3

Die Romanprotagonisten lassen Informationen bewusst unter den Tisch fallen, wenn ihnen dies als vorteilhaft für die Berichterstattung erscheint. Bei einem Live-Bericht über einen Flugzeugabsturz gibt Auslandskorrespondent Leonard Bach z. B. vor, direkt vom Unglücksort in Sibirien zu berichten. In Wirklichkeit befindet er sich tausende Kilometer davon entfernt (vgl. *Der Auslandskorrespondent*, 1997: 24f.). Walter Merz, der bei einem Beitrag über Wehrdienstverweigerung das ungesetzliche Vorgehen der Polizei verschweigt, wird vorgeworfen, er habe eine »Manipulation der Öffentlichkeit durch Verbreitung halber Wahrheiten betrieben« (*Friß, Vogel*, 1972: 261). Fakten werden aber auch bewusst verdreht und verzerrt. Für eine ›bessere‹ Story übertreiben die fiktiven Journalisten oft maßlos. So ist ein bewaffneter Raubüberfall mit zwei Toten schon Grund genug, zu behaupten, »eine Welle der Gewalt« würde über Deutschland rollen (*Quotenspiel*, 1999: 99). Um eine höhere Wirkung bei der Berichterstattung über den Bürgerkrieg in Uganda zu

147 In der fünften Kategorie ›Sonstiges‹ waren keine Codierungen enthalten.

erzielen, werden ermordete Zivilisten von Journalist Morlock sogar kameragerecht inszeniert:

> »Er mußte die Arme eines Mannes von draußen so drapieren, daß er sie noch im Tod verzweifelt nach Frau und Kind ausstreckt. Morlock suchte nach einem Fetzen, mit dem er die Leichen anfassen konnte. Er zog die Frau ans Licht. Morlock arbeitete, die Toten waren Requisiten, sie hatten keine Augen, keine Herzen, keine Seelen. [...], jetzt war es okay. Das Kind lag richtig« (*Big Story*, 1982: 230).

Auch in den US-amerikanischen Romanen finden sich Beispiele für eine verzerrte Berichterstattung. Aus der geplanten Dokumentation über eine Senatorin wird eine einseitige Lobpreisung (vgl. *Stillwatch*, 1984: 134) und Journalistin Ceci McCann bekommt von ihrem Vorgesetzten explizit aufgetragen: »You'll edit out the profanity [...] What's a newscast without some bias?« (*Fame's Peril*, 1992: 212). Können keine berichtenswerten Ereignisse ausfindig gemacht werden, dann erschaffen die Romanjournalisten diese selbst. Um mehr Aufmerksamkeit zu erwecken, geben sie an, Morddrohungen zu erhalten (vgl. *Der Story-Jäger*, 2002: 242), schlüpfen für die Kamera in andere Rollen (vgl. *Schuster!*, 1997: 163ff.) oder reichern ihre Berichte mit Schießereien aus Spielfilmen an (vgl. *Der Auslandskorrespondent*, 1997: 95). Die Sendereigentümer kreieren sogar verschiedene Ereignisse, um ihre Reporterin groß herauszubringen (vgl. *Hidden Agenda*, 1997: 219) oder stellen die Live-Anrufe in der Sendung: »Do we screen calls? Do we save calls? [...] Christ, if only he knew – we cast them« (*Fame's Peril*, 1992: 195). Manche Fernsehjournalisten lassen ihre eigene Meinung in die Berichterstattung einfließen. Journalist Daniel Ross überschreitet bei einem Interview mit einem Vertreter der ›Vereinigten Vertriebenenverbände Deutschland e. V.‹ seine Grenzen, indem er diesen unterbricht und stattdessen seine eigene Meinung zur Vertriebenenproblematik darlegt (vgl. *Die im Dunkeln sieht man nicht*, 1985: 21ff.). Auf die Vermischung von Nachricht und Meinung wird auch Journalist William Hecklepeck in einer öffentlichen Veranstaltung angesprochen:

> »How come [...] you make all those faces when you're reading the news? I thought newsmen were supposed to be impartial, but sometimes it looks like you're making some kind of commentary as if to say you don't like what you're reading about« (*Murder in a Mayonnaise Jar*, 1993: 5).

Zusammenfassend zeigt sich, dass illegale bzw. illegitime Methoden in den Romandarstellungen weit verbreitet sind. Dies trifft insbesondere auf die journalistische Recherche zu, bei der mehr als 40 Prozent der fiktiven Akteure auf unlautere Mittel zurückgreifen.

Bestechliche Journalisten finden sich in der Romanfiktion seltener: Zwölf Prozent der deutschen und vier Prozent der US-amerikanischen Fernsehjournalisten zeigen korruptes Verhalten. Sie lassen sich durch materielle oder karrierefördernde Begünstigungen in ihrer Berichterstattung bzw. Themenwahl beeinflussen und akzeptieren Schweigegeld, um unliebsame Informationen (oftmals über Vorgänge im Sender selbst) nicht an die Öffentlichkeit zu tragen. So verzichtet z.B. Chefredakteur Thomas Bernhard für das Angebot des Intendantenpostens auf die Berichterstattung über einen von ihm aufgedeckten politischen Korruptionsfall (vgl. *Vanessa oder Die Lust der Macht*, 1981: 179); Simon Torff unterlässt für einen höheren Posten in der Redaktionshierarchie die Unterrichtung der Öffentlichkeit über die wahren Vorgänge zum Tod eines vor laufender Kamera verstorbenen Schriftstellers (vgl. *Die Anstalt bedauert*, 1977: 347, 365) und Alicia Maris verlangt von den Eigentümern des Senders eine Art Schweigegeld (vgl. *Hidden Agenda*, 1997: 132). Auch Walter Merz nimmt das Angebot an, die Autos eines bestimmten Herstellers bevorzugt auf den Bildschirm zu bringen, da er im Gegenzug einen Rabatt von 40 Prozent erhält (vgl. *Friß, Vogel*, 1972: 354, 380).

Im Zusammenhang mit den skrupellosen Recherchemethoden in den *Spiegel*-Bestsellern bemerkt Engesser, es sei »[b]edenklich [...], dass nicht nur die ›bösen‹ Boulevardjournalisten zu illegalen oder illegitimen Praktiken greifen, sondern auch die ›guten‹ Charaktere« (ENGESSER 2005: 217). Bei den fiktiven Fernsehjournalisten zeigen sich – mit einer Ausnahme[148] – ebenfalls keine Zusammenhänge zwischen der Verwendung unlauterer Recherchemethoden und der Bewertung der journalistischen Akteure; die illegitimen Vorgehensweisen bei der Berichterstattung und die Bestechlichkeit gehen hingegen fast ausschließlich mit einer negativen Gesamtbewertung der Akteure einher.[149]

Dass illegale Recherchemethoden nicht mit einer allgemein negativen Bewertung der fiktiven Journalisten verknüpft sind, erklärt sich durch das damit meist verfolgte, moralisch einwandfreie Ziel: Um die Todesfälle unter den Kindern und Jugendlichen aufzuklären, ist eine verdeckte Recherche unter Vorspiegelung falscher Tatsachen die einzige Möglichkeit (vgl. *Murder*

148 Einzig die Journalisten, die um der Story willen Informanten bzw. Außenstehende bewusst in Gefahr bringen, sind fast ausschließlich negative Figuren ($p \leqslant .001$).

149 Die Zusammenhänge sind signifikant für die Variablen ›Korrumpierbarkeit‹ ($p \leqslant .001$), ›Weglassen von Fakten‹ ($p \leqslant .01$), ›Verzerren von Informationen‹ ($p \leqslant .001$) und ›Erfinden von Inhalten‹ ($p \leqslant .001$).

in a Mayonnaise Jar, 1993: 97f.) und ohne die heimlichen Filmaufnahmen der Reporter in *Assignment* (1981) hätte dem mit Kokain handelnden Eigentümer des Senders nicht das Handwerk gelegt werden können. So gilt auch für die hier analysierten Romane, was Saltzman als roten Faden durch die lange Geschichte fiktionaler Journalismusdarstellungen beschreibt:

> »The reporter or editor could get away with anything as long as the end result was *in the public interest*. The journalist could lie, cheat, distort, bribe, betray, or violate any ethical code as long as the journalist exposed corruption, solved a murder, caught a thief, or saved an innocent« (SALTZMAN 2005: 29; Hervorhebung im Original).

Die Darstellung der illegitimen und illegalen Vorgehensweisen ist im Zeitverlauf sehr stabil. Hinsichtlich der Recherchemethoden zeigen sich weder in den deutschen noch in den US-amerikanischen Romanen auffallende Veränderungen; bei den unlauteren Vorgehensweisen in der Berichterstattung ist ein steigender Anteil lediglich beim Erfinden von Informationen zu verzeichnen – und dies zudem nur bei den deutschen Romanprotagonisten ($p \leqslant .05$). Auch die Darstellung der Bestechlichkeit verändert sich in den deutschen Romanen im Zeitverlauf. Allerdings ist hier eine abnehmende Tendenz zu bemerken: Nach 1985 werden die deutschen Fernsehjournalisten deutlich seltener als korrupt beschrieben ($p \leqslant .01$). Hinsichtlich der journalistischen Ethik kann folglich weder eine Verrohung noch eine Verbesserung über die 35 Jahre des Untersuchungszeitraums konstatiert werden.

7.3.4.4 *Arbeitsbelastung und Berufsrisiko*

Einen wesentlichen Einfluss auf die Charakterisierung eines Berufs haben die Höhe der Arbeitsbelastung und die Risiken, die mit der Ausübung der beruflichen Tätigkeit verbunden sind. Da in diesem Zusammenhang auch die Stabilität des Arbeitsplatzes sowie der Anteil der vorzeitig ausscheidenden Berufsvertreter eine Rolle spielen, soll zunächst kurz auf die Darstellung dieser beiden Faktoren eingegangen werden.

In den deutschen Romanen müssen sich die fiktiven Fernsehjournalisten mehr Sorgen um ihren Arbeitsplatz machen als in den US-amerikanischen. 30 Prozent der deutschen Akteure befinden sich in einem Arbeitsverhältnis, das keine Zukunftssicherheit garantiert. Im Vergleich dazu sind lediglich bei 14 Prozent der US-amerikanischen Journalisten die Arbeitsplätze unsicher ($p \leqslant .05$). Das Fortbestehen des Arbeitsplatzes kann durch verschiedene Einflüsse gefährdet werden: z. B. durch interne Streitigkeiten, fehlerhafte Berichterstattung oder Unzuverlässigkeit aufgrund übermäßigen Alkoholkonsums. Den Hauptgrund für die Unsicherheit des Arbeitsplatzes in den Romanen bilden jedoch wirtschaftliche Faktoren. So auch in der Redaktion von *Happy End*, wo fortwährend um die Weiterbeschäftigung gebangt wird: »Alle sind nervös. Sind die Zahlen im Keller, wird nicht lange gefackelt. Ehe man sich versieht, steht man ohne Job da« (*Fernsehland*, 1999: 18). Besonders schwer haben es die freien Mitarbeiter, die von der aktuellen Auftragslage abhängig sind (vgl. z. B. *Talk Show Down*, 1998: 11; *Graveyard Shift*, 2005: 16).[150]

In den Romanen beider Länder scheiden knapp über 30 Prozent der fiktiven Journalisten aus ihrem Beruf aus. Dabei kristallisieren sich drei Gründe für den Berufsausstieg heraus, die länderübergreifend jeweils etwa ein Drittel ausmachen: 1) Entlassungen, 2) Kündigungen aus eigener Entscheidung und 3) Tod. Obwohl die Sorge um das Fortbestehen des Arbeitsverhältnisses vor allem in ökonomischen Folgen begründet liegt, verliert nur eine Akteurin deswegen ihre Arbeit (vgl. Lucinda Trout in *The Quality of Life Report*, 2003: 292). Kündigungen aufgrund von senderinternen Intrigen werden hingegen häufiger thematisiert (vgl. z. B. *Diese kleine Unsterblichkeit*, 1995: 301). Andere fiktive Journalisten verlassen das Fernsehgeschäft freiwillig. Meistens ist diese Entscheidung mit einer generellen Unzufriedenheit mit dem Beruf verbunden (vgl. auch Kapitel 7.3.5.1). So auch bei Jennifer Burgess, die bei ihrer Kündigung erklärt: »I'm going back to school to get a masters's in social work [...] I want to do something that really helps people« (*Murder in a Mayonnaise Jar*, 1993: 209). Der dritte Grund für den Berufsausstieg ist der Tod der journalistischen Protagonisten. Der Großteil dieser Todesfälle steht direkt mit der beruflichen Tätigkeit in Zusammenhang und viele dieser Journalisten werden umgebracht (vgl. z. B. Walter Merz in *Friß, Vogel*, 1972; Melvin Watson in *Michaelmas*, 1977; George Reed in *Assignment*, 1981; Justin Craig in *White Male Infant*, 2002).

Der Anteil der Berufsaussteiger in den US-amerikanischen Romanen bleibt im Zeitverlauf stabil, in den deutschen Romanen nimmt die Zahl hingegen ab. Während in den literarischen Werken von 1970 bis 1985 noch

150 Signifikante Unterschiede im Zeitverlauf werden hinsichtlich der Arbeitsplatzstabilität nicht deutlich. In den deutschen Romanen bangen nach 1985 etwas mehr, in den US-amerikanischen etwas weniger Journalisten um ihre Anstellung. Allerdings zeigt sich, dass die wirtschaftlichen Faktoren erst in den Romanen ab Mitte der 1980er-Jahre eine Rolle spielen.

fast die Hälfte (48%) aus dem Beruf ausscheidet, so sind es ab Mitte der 1980er-Jahre nur noch 22 Prozent ($p \leqslant .05$). Ein Grund hierfür ist, dass der Journalismus in den früheren Romanen risikoreicher war;[151] Todesfälle im Berufszusammenhang sind ab Mitte der 1980er-Jahre fast gar keine mehr zu verzeichnen.

Dass der journalistische Beruf in fiktionalen Werken gerne als gefahrenreiche Tätigkeit dargestellt wird, zeigen bereits andere Untersuchungen (vgl. z. B. STUDNITZ 1983: 125; LANGNER-BURNS, 1989: 182; GHIGLIONE 1990: 8; SALTZMAN 2003: 6). Auch im fiktiven Fernsehjournalismus ist das Gefahrenpotenzial extrem hoch, wobei die Risiken zudem meist mit akuter Lebensgefahr verbunden sind (vgl. Abb. 29). Mehr als ein Viertel der 149 analysierten Journalisten findet sich im Romanverlauf in lebensbedrohlichen Situationen wieder. Betrachtet man die Hauptfiguren separat, so handelt es sich sogar um mehr als 40 Prozent. Aufgrund ihrer Recherchen werden sie z. B. in Kriegsgefangenschaft genommen und entgehen nur knapp Hinrichtungen (vgl. *Big Story*, 1982: 25ff.) oder tragen Narben als ›Souvenirs‹ ihrer Berichterstattung davon (vgl. z. B. *Assignment*, 1981: 35). Um sie mundtot zu machen, werden die Bremsen ihrer Autos manipuliert oder Autobomben angebracht (vgl. z. B. *Capricorn One*, 1978: 64; *Big Story*, 1982: 211f.) und auf viele von ihnen wird direkt geschossen (vgl. z. B. *Das Protokoll*, 1997: 442; *Capricorn One*, 1978: 88; *Assignment*, 1981: 147; *Schuster!*, 1997: 169). Außerdem finden sich mehrfach Hinweise, dass es sich bei diesen Gefahren nicht um Einzelfälle im langen Verlauf einer journalistischen Karriere handelt – so z. B. bei Hauptfigur Neal Connor, denn »perhaps a dozen times during his twenty years in television journalism his live had been in serious jeopardy« (*St. Valentine's Night*, 1989: 585). Vergegenwärtigt man sich das hohe Gefahrenpotenzial, so ist es beinahe verwunderlich, dass nicht mehr fiktive Journalisten im Rahmen ihrer Berufsausübung ums Leben kommen. Die fiktiven Fernsehjournalisten trotzen den vielfältigen Risiken ihres Berufs meist erfolgreich und wirken dadurch unverwundbar (vgl. auch LANGNER-BURNS 1989: 182).

151 Der Anteil der Journalisten, die in den Romanen mit lebensbedrohlichen Situationen konfrontiert werden, sinkt im Zeitverlauf sowohl in Deutschland als auch in den USA um ca. 10 Prozentpunkte und auch insgesamt werden weniger gefährliche Situationen beschrieben ($p > .05$, n.s.).

ABBILDUNG 29
Berufsrisiko (in %)

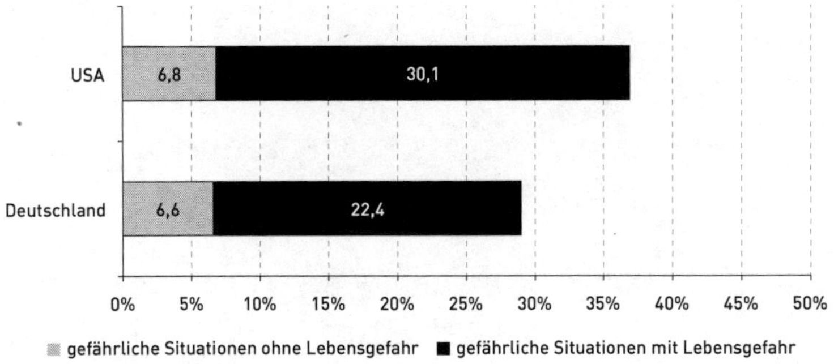

Basis: n = 73 amerikanische, 76 deutsche Akteure

Nicht nur das Berufsrisiko, sondern auch die alltägliche Arbeitsbelastung der Fernsehjournalisten wird in den Romanen thematisiert. In den literarischen Texten der *Spiegel*-Bestsellerliste sind Stress und ein hohes Arbeitspensum bei den Journalisten an der Tagesordnung (vgl. ENGESSER 2005: 317). Auch in den Werken, die Studnitz untersucht hat, wird der Journalismus von etwa der Hälfte der fiktiven Charaktere »als unglaublich hartes, unbarmherziges Gewerbe, das alle Kräfte verzehrt« empfunden (STUDNITZ 1983: 118f.).

Die Arbeitsbelastung wurde anhand von zwei Variablen erhoben: Zum einen wurde festgehalten, wie es sich mit den Arbeitszeiten der Journalisten verhält, zum anderen, ob die Akteure unter berufsbedingten Stresssymptomen leiden. Auch hier wird unterschieden, wie stark die Merkmale ausgeprägt sind. Von Interesse ist, ob sie häufig angesprochen werden und zur Tagesordnung gehören (›trifft stark zu‹) oder ob sie nur beiläufig genannt werden und auf Ausnahmefälle zurückzuführen sind (›trifft zu‹).

Die Romane beider Länder vermitteln hinsichtlich der Arbeitsbelastung ein nahezu identisches Bild (vgl. Abb. 30). Dass es sich beim Journalismus um einen 24-Stunden-Job handelt, wird bei mehr als 40 Prozent der fiktiven Akteure beschrieben. Sie arbeiten zu sämtlichen Tages- und Nachtzeiten (vgl. z. B. *Graveyard Shift*, 2005: 2; *Talk Show Down*, 1998: 10; *1000 neue Dinge, ...* 2004: 12) und Feiertage bzw. Wochenenden existieren bei ihnen nicht: »Wir haben Wochenende? [...] Der gute Rhythmus von Woche und Wochenende hatte sich aufgelöst« (*Krieg der Sender*, 1991: 146; vgl. auch *The Osterman Weekend*, 1972: 12; *After You*, 1998: 9). Um an ihrer Story dranzubleiben, opfern sie sogar von sich aus ihre freien Tage (vgl. z. B. *Details at*

Ten, 2000: 43). Überstunden gehören demnach fast selbstverständlich zum Berufsalltag dazu.

ABBILDUNG 30
Arbeitsbelastung (in %)

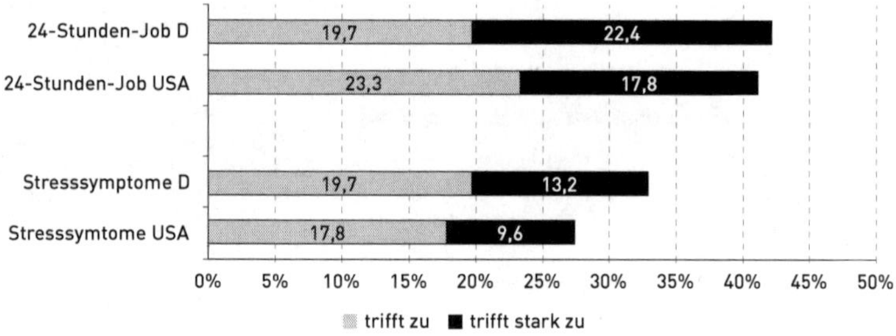

Basis: n = 73 amerikanische, 76 deutsche Akteure

Derartige Arbeitszeiten sowie die alltägliche Hektik in der Redaktion führen unweigerlich zu Erschöpfungszuständen: 27 Prozent der deutschen und 33 Prozent der US-amerikanischen Romanjournalisten leiden psychisch oder physisch unter ihrem Beruf. Der Stress und der ständige Termindruck führen zu Übermüdung, Herzinfarkten, Magengeschwüren und Schlaganfällen (vgl. z.B. *The Osterman Weekend*, 1972: 283; *Sweeps*, 1980: 109; *Die Nacht der Stars*, 1972: 195; *Die Quoten-Queen*, 2000: 34, 159). Andere Journalisten kämpfen vorrangig gegen die psychische Belastung, denn die Berichterstattung über Kriege oder soziale Probleme hinterlässt auch nach vollbrachter Arbeit ihre Spuren (vgl. z.B. *Absence of Pain*, 1988: 42; *White Male Infant*, 2002: 144).

Zusammenfassend zeichnet sich die Arbeit der Fernsehjournalisten folglich durch ein hohes Berufsrisiko, lange, unregelmäßige Arbeitszeiten und damit einhergehende Stresssymptome aus. Hinzu kommt, dass vor allem die deutschen Journalisten in den Romanen häufig um ihren Job bangen müssen. Der Journalismus erscheint vorrangig als Knochenjob, der seinen Berufsvertretern viel abverlangt: »Some jobs will work you to death and won't shed a tear or blow snot in a hankie about it. Television news is one such profession« (*Details at Ten*, 2000: 144).[152]

152 Vgl. auch die Beschreibung der Arbeit bei einem ARD-Sender: »Hier wird jeder rücksichtslos durch den Fleischwolf gedreht und bis an die Grenze seiner Leistungsfähigkeit getrieben. [...] nur die Besten überleben« (*Friß, Vogel*, 1972: 442).

7.3.4.5 *Genuss- und Suchtmittelkonsum*

Ein Aspekt, auf den bei fiktionalen Journalistendarstellungen gerne hingewiesen wird, ist der hohe Konsum von Kaffee, Zigaretten und Alkohol. Saltzman (2005: 13) zeigt, dass der hohe Nikotin- und Alkoholkonsum bereits in den literarischen Werken des 16. und 17. Jahrhunderts zu finden ist und sich wie ein roter Faden durch die Jahrhunderte zieht. Passend zum stressigen Arbeitsalltag werden die Journalisten gerne als Kettenraucher und mit einer Tasse Kaffee in der Hand dargestellt. Die Belastungen des Berufs werden zudem häufig mit Alkohol übertüncht – und dies nicht nur außerhalb der Arbeitszeiten (vgl. z. B. MCKEEN 1980: 76; KLEINSTEUBER 2000a: 85f.; SALTZMAN 2003: 6; ENGESSER 2005: 319f.).

Aus diesem Grund wurde auch für die fiktiven Fernsehjournalisten ermittelt, welche Rolle Koffein, Nikotin, Alkohol und Drogen bei ihrer Darstellung spielen. Dabei wurde unterschieden, ob es sich um gelegentlichen und mäßigen Konsum handelt (wie z. B. ein Glas Wein zum Essen oder ab und zu eine Zigarette) oder ob der Konsum an der Tagesordnung ist und extreme Ausmaße annimmt (z. B. Alkohol während der Arbeitszeit oder Drogenabhängigkeit).

Der Genuss- bzw. Suchtmittelkonsum der fiktiven Fernsehjournalisten bleibt über den Untersuchungszeitraum hinweg für beide Länder stabil. Hinsichtlich der Darstellung der US-amerikanischen und deutschen Akteure zeigen sich jedoch, mit Ausnahme des Konsums von Drogen, deutliche Unterschiede (vgl. Abb. 31).

Drogen werden von den fiktiven Journalisten vergleichsweise selten konsumiert. Dennoch nehmen etwa zehn Prozent der Romanjournalisten beider Länder illegale Rauschmittel zu sich. Am häufigsten ist der Kokainkonsum (vgl. diverse Protagonisten in *Assignment*, 1981; *Ratings are Murder*, 1985; *More than Dreams*, 1987 und *Fernsehland*, 1999), aber auch Heroin- und Tablettenabhängigkeit werden thematisiert (vgl. *Quotenfieber*, 1997: 219; *Die im Dunkeln sieht man nicht*, 1985: 26; *Graveyard Shift*, 2005: 9). Die Drogenabhängigkeit ist in einigen Fällen direkt auf die Erlebnisse im Berufszusammenhang zurückzuführen: »McCartney also had a jones, an ongoing love affair with pills and booze. It started during the Gulf war« (*Graveyard Shift*, 2005: 9). Im Gegensatz zu Kokain und Heroin sind ›weiche‹ Drogen unter den fiktiven Journalisten seltener verbreitet; lediglich zwei Romanprotagonisten werden beim Joint-Rauchen beschrieben (vgl. *Fame's Peril*, 1992: 107; *Granitfresse*, 1997: 75).

ABBILDUNG 31
Genuss- und Suchtmittelkonsum (in %)

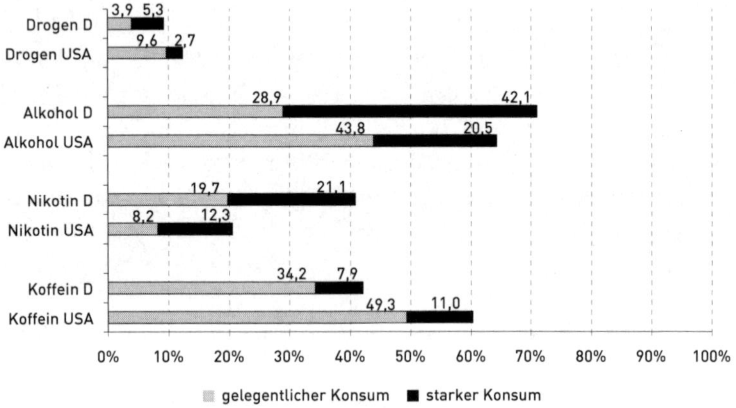

Basis: n = 73 amerikanische, 76 deutsche Akteure

Der Alkoholkonsum nimmt hingegen einen sehr hohen Stellenwert bei der Charakterisierung der fiktiven Fernsehjournalisten ein. 64 Prozent der US-amerikanischen und 71 Prozent der deutschen Akteure werden in den Romanen mit Alkohol in Verbindung gebracht. Während bei den US-amerikanischen Journalisten jedoch der gelegentliche Konsum überwiegt, so sind über 40 Prozent der deutschen Romanprotagonisten starke und regelmäßige Trinker ($p \leqslant .05$). Für die amerikanische Literatur aus den Jahren 1919 bis 1938 stellt Brennen (1993: 199, 220) fest, dass in jedem der 35 analysierten Romane mindestens ein Journalist als Alkoholiker dargestellt wird – obwohl während des Großteils des Untersuchungszeitraums die Prohibition in Kraft war. In der jüngeren amerikanischen Literatur scheint sich jedoch ein Wandel vollzogen zu haben: Langner-Burns (1989: 176) findet die alten Stereotype in den amerikanischen Bestsellern der Jahre 1975 bis 1987 nicht bestätigt. Trinken die Journalisten überhaupt Alkohol, so handelt es sich um geringe Mengen und betrifft ausschließlich gesellige Zusammenkünfte. Selbst wenn in den hier analysierten US-amerikanischen Romanen noch 20 Prozent der Journalisten starke Trinker sind, vermitteln diese das Bild, dass der ständig betrunkene Reporter vor allem ein Relikt der Vergangenheit ist: »Time was when men of [...] Watson's profession typically never slept sober, and died with their livers eroded« (*Michaelmas*, 1977: 37). Auch Jeremy Heron hat das Trinken inzwischen aufgegeben und die obligatorische Flasche Scotch nur noch aus alter Gewohnheit in seiner Schreibtischschublade deponiert (vgl. *Sweeps*, 1980: 70). Unter den deutschen Fernsehjournalisten ist der hohe Alkoholkonsum hingegen sehr weit verbreitet. Redakteur Robert Feldmann trinkt z. B. bereits zum Frühstück Schnäpse und macht schließlich eine Entziehungskur (vgl. *Dünnhäuter*, 1979: 129, 212); bei Produktionsleiter Paul Kepler ist es »das Trinken, was ihm so zu schaffen machte. Sein ewiges, unmäßiges Trinken« (*Die Nacht der Stars*, 1972: 58) und Joachim Tettenborn charakterisiert seinen Protagonisten Burke mit den Worten: »Alkohol gehörte bei ihm immer dazu« (*Die Anstalt bedauert*, 1977: 25). Das Bild des alkoholabhängigen Journalisten wird zudem durch verallgemeinernde Aussagen aufrecht erhalten. Bei Johannes Mario Simmel liest man, dass »[s]ehr viele Mitarbeiter des Senders Frankfurt – und anderer Sender – [...] sehr häufig einigermaßen betrunken [waren]« (*Die im Dunkeln sieht man nicht*, 1985: 21). In anderen Romanen werden Witze erzählt: »Treffen sich zwei Fische im Rhein. Sagt der eine zum anderen: Neulich hatte ich was Leckeres. Die Wasserleiche eines Fernseh-Journalisten. Kein Rückgrat. Und 'ne Riesenleber« (*Talk Show Down*, 1998: 64). Einzelne Hinweise in den aktuelleren deutschen Romanen lassen erwarten, dass das Bild vom alkoholabhängigen Journalisten zukünftig auch hier verblassen könnte: Antonia Rados stellt in ihrem Roman der jungen Protagonistin einen älteren Kollegen gegenüber, »der aus gesundheitlichen Gründen nur noch am Wochenende eingesetzt wurde. Er war Kettenraucher, Alkoholiker und geschieden. Ein Journalist der alten Sorte« (*Quotenfieber*, 1997: 260f.; vgl. auch *Die Quoten-Queen*, 2000: 136).

Der Nikotinkonsum wird bei den fiktiven Fernsehjournalisten insgesamt seltener beschrieben als das Trinken von Alkohol. Jedoch zeigen sich auch hier Unterschiede zwischen den Romanen der beiden Untersuchungsländer: Mehr als 40 Prozent der deutschen Romanakteure rauchen, wohingegen das nur auf 20 Prozent der US-amerikanischen Journalisten zutrifft ($p \leqslant .05$). Neben den gelegentlichen Rauchern wird vor allem in den deutschen Romanen das Bild des ketterauchenden Journalisten vermittelt: Walter Merz »raucht mehr als hundert Zigaretten am Tag« (*Friß, Vogel*, 1972: 418), Robert Feldmann »zündete sich eine Zigarette an, die letzte aus der Packung, die er erst vor ein paar Stunden begonnen hatte« (*Dünnhäuter*, 1979: 130) und auch Auslandskorrespondent Christian Schellenberg »rauchte eine Zigarette nach der anderen« (*Das Protokoll*, 1997: 191). Von den US-amerikanischen Fernsehjournalisten rauchen deutlich weniger. Zudem finden sich, ähnlich wie in Bezug auf den Alkoholkonsum, mehrfach Hinweise, dass der Nikotinkonsum der Vergangenheit angehört (vgl. z. B. Walter Loughlin in *Capricorn One*, 1978: 101; Jeremy Heron in *Sweeps*, 1980: 54). Ebenso wird im Gegensatz zu den deutschen Romanen häufiger explizit erwähnt, dass die Romanakteure nicht rauchen (vgl. z. B. Melvin Watson in *Michaelmas*, 1977: 34; John Harland in *Private Sector*, 1979: 94; Ceci McCann in *Fame's Peril*, 1992: 80).

Auch Kaffee gehört zum Berufsalltag der fiktiven Journalisten dazu. Hier sind es mit 60 Prozent die US-amerikanischen Fernsehjournalisten, bei denen der Konsum häufiger angesprochen wird ($p \leqslant .05$). In den Romanen beider Länder überwiegen die fiktiven Charaktere, die Koffein in einem normalen Maße zu sich nehmen. Einige Romanjournalisten trinken jedoch Unmengen davon. So hat Ariel Foster das Gefühl, »as if pure liquid caffeine ran in her veins« (*Split Image*, 1998: 345) und für Michael Carpo ist ein Arbeitstag ohne Kaffee nicht vorstellbar: »Coffee was something of an addiction with Carpo. When he was working in the newsroom, he often downed ten or twelve cups in a single day« (*Dead of Summer*, 1999: 30). Insbesondere in Zusammenhang mit den unregelmäßigen Arbeitszeiten oder in Stresssituationen wie kurz vor Sendebeginn greifen auch andere fiktive Journalisten auf große Mengen an Kaffee zurück (vgl. z. B. *Murder in a Mayonnaise Jar*, 1993: 86; *Big Story*, 1982: 315; *Schuster!*, 1997: 114).

7.3.5 *Einstellungen und Berufsauffassung*

Die Präsentation der Befunde zum literarischen Journalistenbild wird – nach der Darstellung der soziodemografischen Merkmale, der beruflichen Karriere sowie der unterschiedlichen Facetten des Arbeitsalltags – mit diesem Abschnitt komplettiert. Zunächst werden die Ergebnisse zur Berufszufriedenheit und zu den politischen Einstellungen präsentiert. Anschließend stehen die Rollenbilder, die die fiktiven Journalisten verkörpern, sowie deren Berufsmotive im Vordergrund. Die Ausführungen zu den Charakteristika der fiktiven Akteure enden mit dem Verhältnis der Journalisten zu ihrem Publikum.

7.3.5.1 *Berufszufriedenheit*

Die Befunde zur Arbeitsbelastung der fiktiven Fernsehjournalisten haben eine Reihe von Faktoren aufgezeigt, die einer Zufriedenheit mit dem Beruf abträglich sein können. Der journalistische Arbeitsalltag ist stark von Stress, Überstunden und lebensbedrohlichen Risiken bestimmt und vor allem die deutschen Romanakteure müssen sich häufig Sorgen um ihre Weiterbeschäftigung machen (vgl. Kapitel 7.3.4.4). In Bezug auf die Berufszufriedenheit fiktiver Journalisten kommen die bisherigen Untersuchungen zu unterschiedlichen Ergebnissen. Während einige eine überwiegende Zufriedenheit feststellen (vgl. z. B. LANGNER-BURNS 1989: 189; ENGESSER 2005: 318), weisen andere auf ›berufsmüde‹ fiktive Journalisten hin, die vielfach eine Berufsaufgabe in Betracht ziehen (vgl. z. B. HOLTZ 1982: 273; GOOD 1986a: 35).

Bei knapp der Hälfte der analysierten Romanjournalisten lassen sich Hinweise zur Berufszufriedenheit finden. Die Befunde deuten darauf hin, dass die US-amerikanischen Journalisten tendenziell glücklicher mit ihrer Arbeit sind (vgl. Abb. 32; $p > .05$, n. s.). Etwa zwei Drittel von ihnen sind überwiegend bzw. sehr zufrieden mit ihrem Beruf, wohingegen das nur auf knapp die Hälfte der deutschen Journalisten zutrifft.

ABBILDUNG 32
Berufszufriedenheit (in %)

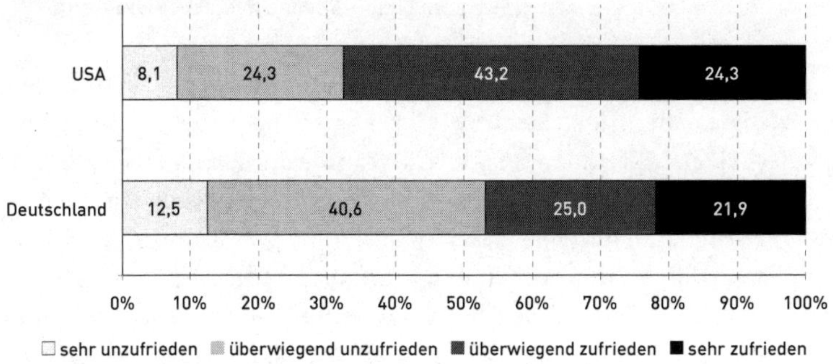

Basis: n = 37 amerikanische, 32 deutsche Akteure
Abweichungen von 100 Prozent sind rundungsbedingt.

Die unzufriedenen fiktiven Fernsehjournalisten führen insbesondere Routine, Flüchtigkeit und Oberflächlichkeit der Arbeit als Gründe an. Auch wenn der Arbeitsalltag meist als spannend, abwechslungs- und risikoreich dargestellt wird, stellen sich bei einigen irgendwann Routine und Langeweile ein: »Ich begann den Job allmählich zu hassen. Ich hasste die Redaktionskonferenzen [...]. Ich hasste die Redakteure [...]. Und schließlich begann ich, auch die Dreharbeiten zu hassen. Es war immer das gleiche« (*Granit-*

fresse, 1997: 14; vgl. auch *Dünnhäuter*, 1979: 39). Journalist Michael Carpo betont die Flüchtigkeit seiner Arbeit und bedauert, dass er im Gegensatz zu Schriftstellern nichts Bleibendes hinterlässt (vgl. *Dead of Summer*, 1999: 102). Am häufigsten wird jedoch auf die Oberflächlichkeit und Realitätsferne des Fernsehens hingewiesen: Neal Connor überlegt ernsthaft, aus dem Beruf auszusteigen, weil er sich mit der Art der Nachrichtenvermittlung nicht mehr identifizieren kann: »I don't enjoy the work anymore. [...] It's not the real world, and the way we report it is even more unreal« (*St. Valentine's Night*, 1989: 168f.); andere Reporter beklagen, dass sie zu wenig Zeit haben, sich auf die Themen ihrer Berichterstattung einzulassen (vgl. *Narrenschaukel*, 1984: 251). Schlussendlich macht einigen Journalisten auch die von ihrem Beruf erwartete Überparteilichkeit zu schaffen:

> »Er wollte nicht als Reporter leben, weil das eigene Leben dabei auf der Strecke bleibt. [...] In Wahrheit stand man auf keiner Seite, weil man für keine Seite einstand, das war das Unerträgliche. Man beobachtete nur den Ameisenhaufen. [...] Man muß sich bekennen, das war es. [...] Man darf nicht versuchen, überparteilich zu sein, weil man nämlich dann nichts ist. [...] Manchmal beneidete er Menschen, die einen richtigen Beruf hatten. Es gab nur zwei richtige Berufe. Arzt und Lehrer. Nur diese beiden Berufe zählten für Enders, weil es Berufe sind, durch die man praktisch helfen kann« (*Big Story*, 1982: 90).[153]

Für andere literarische Akteure ist der Journalismus jedoch nicht nur Beruf, sondern Berufung. Sie fühlen sich so stark mit ihrer Arbeit verbunden, dass sie ihr alle anderen Bedürfnisse unterordnen (vgl. *The Reluctant Hunk*, 1995: 110), vermissen den Berufsalltag schmerzlich, wenn sie eine Pause einlegen müssen (vgl. *Hidden Agenda*, 1997: 297; *Big Story*, 1982: 131f.) und gehen völlig in ihrer Arbeit auf. Journalistin Clare McClendon »had never been happier than when she was working« (*After You*, 1998: 26) und auch Moderator Ronald R. Renner sagt über seinen Beruf: »Das war sein Leben. Das war das, woraus er bestand, was seine Welt ausfüllte« (*Diese kleine Unsterblichkeit*, 1995: 8). Auffallend ist, dass die Arbeitsbelastung durch unregelmäßige und lange Arbeitszeiten kein Faktor ist, der sich auf die Zufriedenheit mit dem Beruf auswirkt. Selbst großer Stress und wenig Schlaf können die Befriedigung durch die Arbeit nicht trüben (vgl. z.B. *Split Image*, 1998: 44; *Details at Ten*, 2000: 20).

153 Vgl. auch Reporterin Jennifer Burgess: »What made her ache was the coupling of responsibility and impotence that came with being a reporter. She couldn't observe such sad, misguided lives without wanting to help, and she couldn't help without violating journalistic principles. It was a miserable place to be« (*Murder in a Mayonnaise Jar*, 1993: 145).

Eine eindeutige Tendenz hinsichtlich der Zufriedenheit mit dem Beruf lässt sich bei den fiktiven Fernsehjournalisten nicht feststellen und auch im Zeitverlauf zeigen sich keine Veränderungen.[154] Vielmehr vermitteln die Romane ein differenziertes Bild: Einige fiktive Charaktere sehen im Journalismus eine Berufung, andere sind völlig desillusioniert. Der Großteil der fiktiven Fernsehjournalisten bewegt sich zwischen diesen Extrempositionen und betont Aspekte, die für eine überwiegende Zufriedenheit bzw. für eine überwiegende Unzufriedenheit sprechen.

7.3.5.2 *Politische Einstellungen*

Zu den politischen Einstellungen der fiktiven Journalisten geben die Romanautoren so gut wie keine Auskunft. Die weitgehende Vernachlässigung von Informationen zur politischen Positionierung und zum politischen Interesse der journalistischen Akteure steht damit im Einklang mit anderen Untersuchungen (vgl. z.B. STUDNITZ 1983: 110ff.; LANGNER-BURNS 1989: 158; ENGESSER 2005: 282ff.).

Lediglich bei 22 (15%) der 149 Protagonisten lassen sich Hinweise zur politischen Einstellung finden. Die Autoren der deutschen Romane geben etwas häufiger Auskunft: 16 deutschen Akteuren stehen sechs US-amerikanische gegenüber, die hinsichtlich ihrer politischen Meinung charakterisiert werden. Dabei wird bei zwei Akteuren explizit erwähnt, dass diese sich als völlig unpolitisch begreifen. So verkündet John Harland »I can truthfully say that I'm virtually apolitical. I don't vote« (*Private Sector*, 1979: 205). Auch Journalistin Pia Roth hat keinerlei Interesse an Politik. Dass sie sich dennoch für eine Fernsehshow zu den Landtagswahlen einsetzt, liegt allein an ihrer Affäre mit einem der Kandidaten: »Meine Motive? [...] Weil ich scharf war – und bin – auf den Spitzenkandidaten der CDU« (*Wer wählt, wird Millionär*, 2004: 298). Mit der Vermittlung politischer Inhalte hat das Konzept der Wahlsendung indes nichts zu tun; vielmehr geht es darum, die Wahl im Rahmen einer Lotterie als riesengroßes Spektakel aufzuziehen. Zwei weiteren Akteuren wird opportunes Verhalten zugeschrieben. Sie vertreten immer die jeweilige politische Haltung, die ihnen persönlichen Erfolg garantiert. Über den Karriereweg des Geschäftsführers von Privatsender

154 Hinsichtlich des Anstellungsverhältnisses finden sich ebenfalls keine signifikanten Zusammenhänge. Die Ergebnisse zu den deutschen Romanen weisen allerdings in die Richtung, dass die Journalisten bei den privat-kommerziellen Sendern unzufriedener sind als bei den öffentlich-rechtlichen Anstalten.

EINS-A heißt es, er sei »auf dem CDU-Ticket in einem öffentlich-rechtlichen Sender [...] schnell an die Spitze gekommen« (*Krieg der Sender*, 1991: 30). Seine eigentliche politische Einstellung habe er dabei verborgen, denn »[a]ngeblich wählte er grün« (ebd.: 30). Auch Chefredakteur Gert Haltbach ist in seinen Ansichten und seiner Berichterstattung nicht festgelegt und gibt sich »je nach Bedarf pro- oder antiamerikanisch« (*Quotenfieber*, 1997: 38).

Somit verbleiben lediglich 13 deutsche und fünf US-amerikanische Akteure, die sich in das politische Links-Rechts-Spektrum einordnen lassen. Obschon die Fallzahlen sehr gering sind, bestätigt sich, was in einem Roman als vorherrschende Tendenz postuliert wird: »All reporters are liberal, it's their nature« (*Hidden Agenda*, 1997: 80). Die Journalisten verorten sich im links-liberalen Spektrum und fühlen sich in den USA stärker den Demokraten zugehörig: »My roots are Chicago Democrat« (*St. Valentine's Night*, 1989: 709), betont z. B. Neal Connor und bekennt sich damit im Rahmen der anstehenden Wahl eines neuen Bürgermeisters eindeutig zu seiner politischen Einstellung. Auch unter den 13 Journalisten der deutschen Romane finden sich mit 85 Prozent vorwiegend Vertreter links-liberaler Ansichten: Sie wählen SPD (vgl. *Dünnhäuter*, 1979: 114), äußern ihre Antipathie gegenüber Franz Josef Strauß (vgl. *Narrenschaukel*, 1984: 265) oder artikulieren ihre politische Einstellung anhand konkreter Vorkommnisse. Chefredakteur Scheurich zeigt sich beispielsweise wenig begeistert von der politischen Unterstützung der Union für seine Sendepläne: »Die CDU hat am Wochenende noch mal bekräftigt, dass sie unsere Initiative einhellig befürwortet. Ausgerechnet auf die war ich am wenigsten scharf« (*Wer wählt, wird Millionär*, 2004: 84).[155]

Die Ergebnisse der *Spiegel*-Bestseller zeigen ein ähnliches Bild: »Wenn überhaupt politische Einstellungen von Journalisten erwähnt werden, sind diese überwiegend links« (ENGESSER 2005: 284). Langner-Burns (1989: 158) kommt bei ihrer Analyse zu dem Schluss, dass allenfalls eine anti-kommunistische Tendenz der fiktiven Journalisten festgestellt werden kann. Obwohl viele Romane in der politischen Hochburg Washington angesiedelt sind, lassen sich Hinweise zu den politischen Einstellungen bzw. Partei-

155 Auf der anderen Seite des politischen Spektrums steht Walter Merz, »der sich den restaurativen Kräften anschloß, einmal, weil diese sich durchgesetzt hatten und das gesellschaftliche System bestimmten, zum anderen aber auch aus seiner katholischen Erziehung heraus« (*Friß, Vogel*, 1972: 77). Merz hat eine ausgeprägte Aversion gegen die Gewerkschaften und unterstreicht in einem Gespräch mit dem gesinnungsgleichen Intendanten Dr. Heuschka seine »Abneigung gegen alles, was von links zu kommen scheint« (ebd.: 306).

präferenzen der Journalisten nicht finden. Auch Studnitz (1983: 110) zeigt sich von der geringen Rolle, die politisches Interesse und Partei-Identifikation in den fiktionalen Werken einnehmen, überrascht. Im Vergleich zu den Analysen zeitgenössischer Werke lässt sich bei den zwischen 1774 und 1974 thematisierten Journalisten allerdings ein weitaus stärkeres politisches Interesse verzeichnen: So ist immerhin bei fast der Hälfte der 183 analysierten Figuren politisches Engagement vorhanden und eine politische Einordnung möglich. Es ist anzunehmen, dass dies mit der Tradition des Gesinnungs- und Meinungsjournalismus zusammenhängt, der in Deutschland lange Zeit eine Dominanz der Parteienpresse bewirkte.

7.3.5.3 *Rollenbilder und Berufsmotive*

Das Rollenverständnis ist eine zentrale Größe bei der Charakterisierung der realen Journalisten, da es widerspiegelt, welche gesellschaftlichen Funktionen die Journalisten mit ihrem Beruf verbinden und welche Ziele sie mit ihrer Arbeit verfolgen. Für die fiktiven Journalisten wurde daher erhoben, welche Rollenbilder sie in den Romanen verkörpern.[156] Darüber hinaus waren die Gründe für den Einstieg in den Beruf von Interesse. Da die Motive für die Berufsentscheidung von den tatsächlich verkörperten Rollenbildern abweichen können, wurde hierfür eine eigene Kategorie gebildet.

Insgesamt wurden neun Rollenbilder erhoben. Neben den gängigen realen Rollenbildern wurden auch solche erhoben, die bisherige Untersuchungen fiktionaler Journalistendarstellungen benannt haben, wie z. B. der Detektiv. Zudem wurde eine Kategorie für sonstige Rollenbilder aufgenommen. 18 Romanfiguren lassen sich mangels hinreichender Beschreibungen keinem Rollenbild zuordnen. Die Ergebnisse basieren daher auf 65 deutschen und 66 US-amerikanischen Fernsehjournalisten. Da sich Journalisten zumeist nicht auf ein einziges Rollenbild festlegen lassen, waren auch hier Mehrfachcodierungen möglich. Durchschnittlich entfallen auf die deutschen Akteure 1,8 und auf die US-amerikanischen

156 Erhoben wurde also nicht das Rollenverständnis der fiktiven Fernsehjournalisten, sondern das tatsächliche Rollenbild, das diese durch ihre Handlungen verkörpern. Dies ist vergleichbar mit der Unterscheidung zwischen Rollenselbstverständnis und Rollenumsetzung in den Journalistenstudien (vgl. WEISCHENBERG/MALIK/SCHOLL 2006: 280f.). Hieraus erklären sich auch einige Abweichungen der fiktionalen Rollenbilder zu den Befunden der *Spiegel*-Bestseller (vgl. ENGESSER 2005: 293ff.).

Akteure 2,2 Rollenbilder. Tabelle 14 liefert einen Überblick über die Rangfolge der verkörperten journalistischen Rollenbilder ($R=.61$; $p>.05$, n.s.).

Auf Platz eins befindet sich in beiden Ländern der Journalist in seiner Rolle als ›Vermittler‹. Etwa zwei Drittel der US-amerikanischen und knapp 60 Prozent der deutschen Akteure erscheinen als Bindeglied zwischen Ereignis und Publikum und nehmen die Rolle des Informationsvermittlers ein. Bei ihnen stehen die publikumsgerechte Aufbereitung von Inhalten und die schnelle Weiterleitung von Informationen im Vordergrund. Sie werden bei der Nachrichtenberichterstattung vor der Kamera beschrieben (vgl. z.B. *Sweeps*, 1980: 16f.; *Dann kamst Du*, 2001: 223ff.) und heben die Notwendigkeit der Aktualität hervor: »Wir müssen aktuell sein! [...] schnell, knackig, aktuell« (*Granitfresse*, 1997: 9). Einige betonen ihre Mittlerrolle explizit. So auch Bob Branker, dessen, »one strong conviction was that people should see him and hear him, standing there between the viewer and the event« (*Assignment*, 1981: 15).

TABELLE 14
Rangfolge der Rollenbilder

Rang	USA (n = 66)	Deutschland (n = 65)
1	Vermittler (68,2%)	Vermittler (56,9%)
2	Detektiv (34,8%)	Verkäufer (36,9%)
3	Kritiker & Kontrolleur (31,8%)	Kritiker & Kontrolleur (20,0%)
4	Verkäufer (22,7%)	Bilder & Erzieher (16,9%)
5	Politiker mit anderen Mitteln (15,2%) Sprachrohr & Anwalt (15,2%)	Detektiv (15,4%)
6	---	Politiker mit anderen Mitteln (9,2%) Unterhalter (9,2%)
7	Bilder & Erzieher (13,6%)	---
8	Serviceleistender (12,1%)	Serviceleistender (6,2%) Sonstiges (Marionette)(6,2%)
9	Unterhalter (4,5%)	---
10	Sonstiges (Marionette) (1,5%)	Sprachrohr & Anwalt (4,6%)

Abgesehen von der dominierenden Rolle des Vermittlers unterscheidet sich die Rangfolge der Rollenbilder zwischen den beiden Ländern. Die US-amerikanischen Fernsehjournalisten werden am zweithäufigsten in der Rolle des ›Detektivs‹ dargestellt, die deutschen hingegen in der Rolle des ›Verkäufers‹. Die starke Betonung der Detektivrolle bei den US-amerikanischen Akteuren steht im Einklang mit dem hohen Stellenwert, den das Thema Kriminalität in ihrer Berichterstattung einnimmt (vgl. Kapitel 7.3.4.1). Sie sind häufiger mit dem Aufdecken von Morden oder Entführungen beschäftigt als die deutschen Romanakteure (35% vs. 15%; $p \leq .05$). Dass diese Tätigkeit nichts mit dem genuinen Journalistenberuf zu tun hat und sie damit in das Arbeitsgebiet der Polizei eingreifen, ist vielen der fiktiven Fernsehjournalisten bewusst (vgl. z. B. *St. Valentine's Night*, 1989: 424; *Murder in a Mayonnaise Jar*, 1993: 161). Andere werden direkt von der Polizei darauf hingewiesen, dass sie ihre Kompetenzen überschreiten: »Girl, you're a fool pulling this. You have no idea what's going down right now – you're a journalist, not a cop« (*Details at Ten*, 2000: 137). Gleichwohl sind die fiktiven Journalisten der Polizei meist einen Schritt voraus und diejenigen, die die wesentlichen Hinweise zur Aufklärung der Morde liefern. Diese Befunde unterstützen die bisherigen Ergebnisse zum fiktiven Journalistenbild. Insbesondere Analysen US-amerikanischer Werke ergeben, dass der ›Detektiv‹ bei den Rollenbildern »one of the most popular categories« ist (SALTZMAN 2005: 32; vgl. auch *Spaulding* 2003: 13; *Ghiglione* 1990: 104).

Der Journalist als ›Verkäufer‹, der bei den deutschen Romanakteuren auf Platz zwei steht, orientiert sich bei seiner Berichterstattung an wirtschaftlichen Faktoren. Im Vordergrund steht das Erreichen des größtmöglichen Publikums und damit der höchsten Einschaltquoten. Dieses Rollenbild wird von 37 Prozent der fiktiven deutschen Fernsehjournalisten verkörpert (USA: 23%, $p > .05$, n. s.). Ein Beispiel hierfür ist Chefredakteur Georg Daniels, dessen Themenauswahl ausschließlich von finanziellen Überlegungen bestimmt ist: »Wir müssen auf die Einschaltquoten achten. Es nutzt uns nichts, drei grüne Studienräte vor dem Bildschirm zu versammeln« (*Talk Show Down*, 1998: 50). Ähnlich argumentiert Chefredakteur Hans Mangold: »Die Quote ist bei Flash TV der einzige Maßstab für Qualität. Was nützt uns eine Story, die vom Feuilleton bejubelt wird, die aber keinen Menschen interessiert?« (*Der Story-Jäger*, 2002: 131).

Auf Rang drei befindet sich in den Romanen beider Länder das Rollenbild des ›Kritikers und Kontrolleurs‹: 32 Prozent der US-amerikanischen und 20 Prozent der deutschen Akteure begreifen sich als Vierte Macht im Staate und haben ein wachsames Auge auf die Akteure in Politik und Wirtschaft ($p > .05$, n. s.). Sie decken Korruptionsfälle und illegale Machenschaften auf (vgl. z. B. *Big Story*, 1982; *Granitfresse*, 1997; *Assignment*, 1981; *The Pumpkin Seed Massacre*, 1999), machen auf Kompetenzüberschreitungen und Lügen von staatlichen Behörden wie NASA und FBI aufmerksam (vgl. *Capricorn One*, 1978; *St. Valentine's Night*, 1989) oder gehen Unstimmigkeiten im Verhalten von Politikern auf den Grund (vgl. z. B. *Stillwatch*, 1984).

Die weiteren Rollenbilder werden jeweils von weniger als einem Fünftel der fiktiven Fernsehjournalisten verkörpert. Einige Romanakteure verstehen sich als ›Bilder und Erzieher‹ der Bevölkerung. Sie drehen »lehrreiche Filme« (*Die große Liebe*, 2003: 34; vgl. auch *Prime Time*, 1983: 238) und legen den Schwerpunkt auf politische Bildung (vgl. *Friß, Vogel*, 1972: 220). Dr. Koepplaus, der verantwortliche Redakteur einer Quizsendung, baut erzieherische Elemente sogar in die Fernsehunterhaltung ein:

> »Koepplaus diente seinem Sender mit Hingabe. Er selbst sagte: gern. Weil dieses Medium ihm die Möglichkeit gab, in Unterhaltung eingebettet, in Sendungen, die zigmal mehr Zuschauer hatten als die bestgemachten wissenschaftlichen oder sozialkritischen Programme, seinem Publikum etwas bewußtzumachen. Etwas, worüber die, die vor den Fernsehern saßen, zwanzig oder sogar mehr Millionen, nachdenken konnten« (*Diese kleine Unsterblichkeit*, 1995: 220f.).

Neben dem ›Detektiv‹ stellt auch das Rollenbild des ›Politikers mit anderen Mitteln‹ eine Grenzüberschreitung der journalistischen Kompetenzen dar. Diese Journalisten greifen in das politische Geschehen ein, verhelfen Politikern zur Wahl oder versuchen gezielt, Themen auf die politische Agenda zu setzen (vgl. z. B. *Michaelmas*, 1977: 17, 53; *Stillwatch*, 1984: 45). Auch Thomas Bernhard »erfüllt sich den geheimen Traum aller wirklich engagierter Journalisten: selbst zu handeln, statt zu reden« (*Vanessa oder Die Lust der Macht*, 1981: 233). Die fiktiven Akteure, die als ›Sprachrohr und Anwalt der Benachteiligten‹ auftreten, haben meist eine »distinct affinity for underdogs« (*Ratings are Murder*, 1985: 15). Sie vertreten die Interessen einzelner Bevölkerungssegmente, die in den Massenmedien sonst nur schwer Gehör finden. So setzt sich z. B. Journalist Walter Merz im Libanonkrieg für die leidende Zivilbevölkerung ein, »macht sich zum Anwalt dieser Menschen, klagt für jene an, deren Sprachschatz nicht über den Wortgebrauch der alltäglichen Verständigung hinausgeht« (*Friß, Vogel*, 1972: 466; vgl. auch *Details at Ten*, 2000: 45).

Bei den letzten beiden Rollenbildern handelt es sich um den Journalisten als ›Unterhalter‹ und als ›Serviceleistenden‹. Einige Romanakteure sind in erster Linie darum bemüht, dem Publikum Spaß, Ablenkung und

Entspannung zu bieten. Diese Journalisten arbeiten meist für Talksendungen oder Quizshows (vgl. z. B. *Die Anstalt bedauert*, 1977; *Schuster!*, 1997; *The Mourning Show*, 1994), manche verkörpern dieses Rollenbild jedoch auch bei der Vermittlung politischer Inhalte (vgl. z. B. *Wer wählt, wird Millionär*, 2004). Die ›Serviceleistenden‹ unter den Journalisten stellen bei ihrer Arbeit die Beratung der Bevölkerung bei alltäglichen Dingen in den Vordergrund. Sie bieten konkrete Lebenshilfe, indem sie z. B. über das Dosenpfand berichten (vgl. *Talk Show Down*, 1998: 51), Koch- und Wellnesstipps geben (vgl. *1000 neue Dinge, ...*, 2004: 17, 152) oder sich dafür einsetzen, dass neben den Standardnachrichten der *Tagesschau* auch einmal darüber berichtet wird, »wie es eine Mutter schafft, dass sich ihr Kind vor der Schule nicht fürchtet« (*Mord in Sanderup*, 1982: 12).

Die Codierungen in der Kategorie Sonstiges konnten zu einem weiteren Rollenbild zusammengefasst werden: der ›Marionette‹. Diese Journalisten werden von anderen Akteuren für ihre Zwecke instrumentalisiert und gelenkt (vgl. z. B. Leonard Bach in *Der Auslandskorrespondent*, 1997 und Jonelle Patterson in *Hidden Agenda*, 1997).

In den US-amerikanischen Romanen bleiben die Rollenbilder im Zeitverlauf sehr stabil ($R= .75$; $p \leqslant .05$). Lediglich die Zahl der ›Kritiker und Kontrolleure‹ unter den fiktiven Fernsehjournalisten verringert sich und sinkt von Rang zwei (50%) in den Romanen vor Mitte der 1980er-Jahre auf Rang vier (23%) in den aktuelleren Büchern ($p \leqslant .05$). In den deutschen Romanen korreliert die Rangfolge der Rollenbilder vor und nach Mitte der 1980er-Jahre hingegen nur schwach ($R= .14$; $p > .05$; n. s.). Auch hier nimmt der Anteil der fiktiven Fernsehjournalisten ab, die sich als ›Kritiker und Kontrolleure‹ begreifen (40% vs. 11%; $p \leqslant .05$) und das Rollenbild sinkt ebenfalls von Rang zwei auf Rang vier. Ein noch deutlicherer Rückgang findet sich bei den Journalisten, die Bildung und Erziehung als ihre Aufgabe betrachten. Dieses Rollenbild steht zwischen 1970 und 1985 zusammen mit dem ›Kritiker und Kontrolleur‹ auf Platz zwei der Rangfolge und wird von 40 Prozent der Journalisten vertreten. In den Romanen nach 1985 verkörpern nicht einmal mehr zehn Prozent (Rang sechs) der fiktiven Akteure den ›Bilder und Erzieher‹ der Bevölkerung ($p \leqslant .01$). Einen deutlichen Anstieg verzeichnet hingegen das Rollenbild des ›Verkäufers‹. Fiktive Journalisten, die sich in ihrer Arbeit an den Einschaltquoten orientieren, befinden sich in den Romanen bis Mitte der 1980er-Jahre mit lediglich fünf Prozent auf Rang sieben. In den Romanen der Folgejahre ist aus diesen Ausnahme-Erscheinungen der Regelfall geworden: Das Rollenbild des ›Verkäufers‹

wird von mehr als der Hälfte der deutschen Protagonisten verkörpert und steigt damit auf Rang eins ($p \leqslant .001$).[157]

Die ausschlaggebenden Gründe für den Einstieg in den Beruf erfährt der Leser bei 33 Prozent der deutschen und 12 Prozent der US-amerikanischen Romanjournalisten. Neben sieben Berufsmotiven und einer Kategorie für sonstige Gründe[158] wurde mit ›Zufall‹ auch das unintendierte Ergreifen des Berufs erhoben (Mehrfachcodierungen möglich). Aufgrund der geringen Fallzahlen wurden die unterschiedlichen Berufsmotive in materielle, ›egoistische‹ und idealistische Motive zusammengefasst (vgl. Tab. 15; vgl. auch STUDNITZ 1983: 133).

Bei 20 Prozent der deutschen und drei Prozent der US-amerikanischen Journalisten wird auf eine zufällige Entwicklung verwiesen ($p \leqslant .001$). Diesen fiktiven Akteuren wurde durch Freunde oder Verwandte zu dem Job verholfen (vgl. z. B. *Granitfresse*, 1997: 12; *Fernsehland*, 1999: 13) oder sie wurden wie Chefredakteur Hans Mangold, von im Fernsehbereich tätigen Personen entdeckt (vgl. *Der Story-Jäger*, 2002: 28). Insbesondere die deutschen Romanakteure entscheiden sich also oftmals nicht bewusst für diesen Beruf. Darauf weist auch Redakteur Giovanni in einer Unterhaltung hin:

> »Ich [...] sprach von München, von meinem kunsthistorischen Studium und dem sich zufällig beim Sender ergebenden Praktikum, die meisten späteren Redakteure, sagte ich, kommen durch einen Zufall zum Fernsehen, kaum einer steuert auf diesen Beruf fest von Anfang an zu« (*Die große Liebe*, 2003: 96).

Der länderspezifische Unterschied steht im Einklang mit dem Befund, dass weitaus mehr US-amerikanische Romanakteure ein einschlägiges Studium absolviert haben (vgl. Kapitel 7.3.3.1). Viele dieser Journalisten haben die Entscheidung für den Beruf früh und bewusst gefällt, sodass der Zufall eine deutlich geringere Rolle spielt.

157 Unterschiede zeigen sich auch beim Vergleich der Rollenbilder mit der Organisationsform des Fernsehsenders. 29 Prozent der Journalisten bei den öffentlich-rechtlichen Sendern sind ›Kritiker und Kontrolleure‹, aber nur drei Prozent bei den privaten Sendern ($p \leqslant .01$). Das Verhältnis beim Rollenbild ›Bilder und Erzieher‹ ist ähnlich (24% vs. 3%, $p \leqslant .05$). Der ›Verkäufer‹ ist hingegen fast ausschließlich unter Journalisten der privat-kommerziellen Sender vertreten (65% vs. 3%, $p \leqslant .001$).

158 Lediglich eine Journalistin ließ sich unter den sonstigen Berufsmotiven verorten. Andrea Malone hat den Beruf deshalb ergriffen, weil sie in die Fußstapfen ihres Vaters, eines bekannten Journalisten, treten wollte (vgl. *Prime Time*, 1983: 69). Damit ist sie außerdem die einzige fiktive Figur, bei der auf eine Tradition des Berufs in der Familie hingewiesen wird.

TABELLE 15
Gründe für Berufseinstieg (in %)

	USA (n = 73)	Deutschland (n = 76)
Zufall	2,7	19,7
Materielle Motive	1,4	10,5
Egoistische Motive	6,8	13,2
Idealistische Motive	2,7	3,9

Über konkrete Berufsmotive erfährt der Leser nur bei den wenigsten fiktiven Akteuren etwas. Noch am häufigsten werden ›egoistische‹ Motive angeführt. Die Berufsentscheidung ist geleitet von der Erwartung eines abwechslungsreichen und spannenden Jobs, in dem man sich selbst verwirklichen kann, Ansehen und Bekanntheit erreicht und Macht ausüben kann. Die Journalisten verweisen auf die Möglichkeit, andere Länder bereisen zu können (vgl. z.B. *Absence of Pain*, 1988: 14; *Friß, Vogel*, 1972: 276) oder konstatieren ganz allgemein: »Die Fernsehleute schienen mir in einer anderen Welt zu leben, in einer Welt, die interessanter, aufregender und spannender war als die, die ich bisher kannte« (*Der Schatten des Anderen*, 1979: 50). Auch Prestige, Anerkennung und Bekanntheit sind Gründe für die Berufswahl. Lutz Hösch erhofft sich von seinem Wechsel zum Fernsehjournalismus die Bestätigung seines Vaters (vgl. *Der Story-Jäger*, 2002: 62, 106) und Walter Merz ergreift den Beruf »[d]er Macht wegen, des Ansehens wegen und des privilegierten Lebens wegen« (*Friß, Vogel*, 1972: 499; vgl. auch *Michaelmas*, 1977: 136). Macht steht auch für Thomas Bernhard im Vordergrund, der sich im Romanverlauf vom Journalisten zum Intendanten hochkämpft:

> »Ich will das Gute – und ich will Macht und Einfluß [...] Wenn ich Macht nur um den Preis der Unmoral bekäme; ich weiß nicht, wie ich mich entscheiden würde. [...] Ich weiß, daß die Macht nicht denen gehört, die auf dem Fernsehschirm erscheinen, sondern den Verborgenen, die entscheiden, wer darauf erscheinen darf. Wenn ich mehr ausrichten will als bisher, muß ich meinen Platz wechseln« (*Vanessa oder Die Lust der Macht*, 1981: 65).

Obwohl gerade die US-amerikanischen Romanprotagonisten sehr hohe Einkommen haben (vgl. Kapitel 7.3.2.2), nennen weit mehr deutsche Akteure materielle Gründe als Berufsmotiv ($p \leqslant .05$). Selten geht es um die Notwendigkeit des Geldverdienens zur Existenzsicherung (vgl. z.B. *Granitfresse*, 1997: 11) – zumeist reizen die überdurchschnittlichen Gehälter des Fernsehjournalismus (vgl. z.B. *Friß, Vogel*, 1972: 96; *Diese kleine Unsterblichkeit*, 1995: 102).

Weniger häufig als ›egoistische‹ und materielle Gründe sind idealistische Berufsmotive wie z. B. die Erwartung, in diesem Beruf Missstände aufdecken zu können, die Bevölkerung zu bilden und zu positiven gesellschaftlichen Veränderungen beitragen zu können. William Hecklepack hat sich für den Beruf entschieden, »because he wanted to help people« (*Murder in a Mayonnaise Jar*, 1993: 209). Auch Maggie Sommers ist von dem Wunsch erfüllt, durch die journalistische Arbeit Verbesserungen zu bewirken:

> »I'd like to be on-air, covering stories that have an international and political impact. I would like to believe that I'm capable of changing the system by making the viewers confront controversial topics such as the Vietnam war, or welfare, or starvation« (*Absence of Pain*, 1988: 70).

In den meisten Fällen gestaltet sich der Arbeitsalltag jedoch anders und die Journalisten blicken desillusioniert auf ihre einstigen idealistischen Vorstellungen zurück (vgl. z. B. *Der Auslandskorrespondent*, 1997: 140; *Murder in a Mayonnaise Jar*, 1993: 209).

7.3.5.4 *Verhältnis zum Publikum*

Abschließend sollen die Befunde zum Verhältnis zwischen den Fernsehjournalisten und ihrem Publikum dargestellt werden. Dabei stellt sich zum einen die Frage, ob die fiktiven Akteure in Kontakt mit ihrem Publikum sind und Rückmeldungen zu ihrer Berichterstattung erhalten.[159] Zum anderen ist von Interesse, welches Bild die journalistischen Akteure von ihren Rezipienten haben.

Lediglich ein gutes Viertel der Fernsehjournalisten (USA: 27%, Deutschland: 26%) bekommt Rückmeldungen von den Rezipienten. Das Publikumsfeedback verläuft dabei über verschiedene Kanäle: Persönliche Rückmeldungen erfahren in erster Linie die Journalisten, bei deren Sendungen Saalpublikum anwesend ist. Anhand der zeitgleichen Reaktionen im Studio können diese Akteure gut einschätzen, wie ihre journalistische Leistung angenommen wird (vgl. z. B. *Diese kleine Unsterblichkeit*, 1995; *Die Brut*, 2004). Nur wenige Fernsehjournalisten werden von Unbekannten direkt auf ihre Arbeit angesprochen (vgl. z. B. *Michaelmas*, 1977: 24; *World Without End*, 1981: 346); häufiger sind Zuschauerzuschriften bzw. Anrufe. Bei den

159 Als Publikum gilt in diesem Fall die unbekannte Seherschaft – Rückmeldungen von Informanten, Familie oder Freunden wurden ebenso wenig berücksichtigt wie Rückmeldungen über das abstrakte Messinstrument der Einschaltquoten.

Briefen handelt es sich sowohl um sachliche Rückmeldungen als auch um Liebes- (vgl. z. B. *Diese kleine Unsterblichkeit*, 1995: 32) und Drohbriefe (vgl. z. B. *St. Valentine's Night*, 1989: 287; *Private Sector*, 1979: 31).[160] Zuschaueranrufe beantwortet z. B. Lucinda Trout (vgl. *The Quality of Life Report*, 2003: 57) und auch Jeremy Heron erfährt darüber Resonanz auf seine Berichte (vgl. *Sweeps*, 1980: 194, 314). Lediglich zwei fiktive Akteure treten von sich aus in Kontakt mit ihrem Publikum und stellen sich bei öffentlichen Auftritten den potenziellen Zuschauern ihrer Sendungen: Thomas Bernhard (*Vanessa oder Die Lust der Macht*, 1981) und William Hecklepeck (*Murder in a Mayonnaise Jar*, 1993), der seine Zuhörer sogar zu kritischen Rückmeldungen auffordert: »I am here to hear any well-founded complaints and criticisms, and I will see that they get addressed by my station« (ebd.: 1993: 5).

Obwohl immerhin ein Viertel der journalistischen Akteure Kontakte zum Publikum hat, äußern sich die Fernsehjournalisten in den Romanen beider Länder nur sehr selten zu ihren Rezipienten. Lediglich bei 16 Prozent der deutschen und sogar nur bei vier Prozent der US-amerikanischen Akteure finden sich explizite Aussagen. Dieser Befund ist insofern überraschend, weil sich das Publikumsbild der Journalisten in anderen Untersuchungen weitaus häufiger bestimmen lässt (vgl. z. B. STUDNITZ 1983: 155ff.; KLEINSTEUBER 2000a: 86; ENGESSER 2005: 325ff.).

Wenn sich die fiktiven Journalisten über ihr Publikum äußern, fällt das Bild sehr negativ aus. Positive Kommentare über das Publikum fallen nie und lediglich eine Figur hat eine ambivalente Einstellung (vgl. Gerit Petersen in *Talk Show Down*, 1998: 11f., 50). Alle anderen Journalisten vertreten die Ansicht, dass es sich bei ihrem Publikum um uninteressierte, ungebildete und niveaulose Menschen handelt. Chefredakteur Mangold rechtfertigt die boulevardeske Nachrichtenberichterstattung mit den Worten: »Wir machen das Programm, das unsere Zuschauer von uns verlangen. [...] Wir reden dem Zuschauer die Bedürfnisse nicht ein, er hat sie. Wir manipulieren die Masse nicht. Sie ist so« (*Der Story-Jäger*, 2002: 34). Eine ähnliche Meinung vertreten Moderator Schuster (vgl. *Schuster!*, 1997: 11) und Chefredakteur Vanzin:

> »›Das gestrige Programm, meine Herren‹ bringt Engeling es auf den kleinsten gemeinsamen Nenner, ›unterirdisch.‹ ›Wir senden, was die Leute sehen wollen‹, sagt Vanzin und zuckt die Achseln. Unprofessionelle Hinweise

160 In zwei Romanen werden ganze Briefe einzelner Rezipienten in den Text integriert (vgl. *The Reluctant Hunk*, 1995: 90f., 101; *The Quality of Life Report*, 2003: 196ff.).

> auf die Programmqualität hat er sich schon vom Vorgänger [...] anhören müssen« (*Rakket*, 1990: 146).

Dem Publikum werden generell das Interesse und der nötige Intellekt für anspruchsvolle Sendeinhalte abgesprochen. So schmettert auch Redaktionsleiter Georg Daniels den Vorschlag zu einem Bericht über überschrittene Grenzwerte eines radioaktiven Elements mit den Worten ab: »Das kapiert der Zuschauer nicht« (*Talk Show Down*, 1998: 50). Die Sensationsgier des Publikums prangert Auslandskorrespondentin Maggie Sommers an. Bei der Berichterstattung über den Krieg im Libanon kommt ihr Toningenieur durch eine Granate zu Tode. Für sein Schicksal macht sie nicht etwa die Kriegsparteien, sondern die Fernsehzuschauer verantwortlich: »Look what you've done to my sound man – you the American people who demand grisly reports of the suffering only for the purpose of recording the visual« (*Absence of Pain*, 1988: 2).

Das hier festgestellte negative Publikumsbild der Fernsehjournalisten stimmt mit den Ergebnissen bisheriger Untersuchungen überein. Unter den Journalisten der fiktionalen Werke von 1774 bis 1974 weist Studnitz (1983: 157) zudem auf einen Anstieg der negativen Einschätzung im Zeitverlauf hin. Dieser scheint sich auch nach dem von ihr abgedeckten Untersuchungszeitraum fortgesetzt zu haben. Analog zu den Befunden der hier analysierten Romane wird auch für die Bestseller der Jahre 1970 bis 2000 konstatiert: »Die Darstellung des Publikums ist – über den gesamten Untersuchungszeitraum hinweg – eindeutig negativ« (ENGESSER 2005: 326).

7.4 Literarische Fiktion oder journalistische Realität? Diskussion der Ergebnisse

Die dargelegten Befunde zum Journalismusbild in US-amerikanischen und deutschen Romanen erlauben bislang drei Feststellungen: *Erstens* weist die Darstellung des journalistischen Umfelds und der fiktiven Journalisten einige Unterschiede zwischen den beiden Untersuchungsländern auf. Bei einzelnen erhobenen Merkmalen werden *zweitens* Veränderungen im Zeitverlauf deutlich. Schlussendlich und *drittens* widmen die Romane nicht allen Aspekten der journalistischen Realität eine gleich hohe Aufmerksamkeit.

Im Folgenden sollen die zentralen Ergebnisse zum literarischen Journalismusbild mit der realen Situation verglichen werden. Zusammenfassend wird dargelegt, welche Befunde für eine Reflexion journalistischer Realität (Kapitel 7.4.1) bzw. für ein verzerrtes Bild der Realität in der Literatur (Kapitel 7.4.2) sprechen. Als Realitätsindikatoren dienen die Erkenntnisse der deutschen und US-amerikanischen Journalismusforschung sowie der Untersuchungen zu den Fernsehsystemen der beiden Länder (vgl. auch Kapitel 4). Nicht für alle erhobenen Merkmale liegen jedoch zuverlässige Statistiken zur sozialen Wirklichkeit vor. Insbesondere in Bezug auf die Variablen, die auf journalistische Klischees abzielen, mangelt es an (belastbaren) empirischen Befunden. Dies betrifft z. B. die Vorstellung vom Journalismus als Begabungsberuf und das Ausmaß des Alkoholkonsums in dieser Berufsgruppe. Hier ist vor dem Hintergrund vereinzelter Informationen zu erörtern, ob die fiktionalen Darstellungen eher in Richtung einer Reflexion oder einer Verzerrung der Realität weisen.

7.4.1 *Reflexion journalistischer Realität in den Romanen*

Fast alle Autoren bedienen sich bei der Ausgestaltung des journalistischen Umfelds einzelner Aspekte aus der realen Medienwelt (vgl. Kapitel 7.2.2). Durch die Bezüge auf real existierende Medien, bekannte Fernsehsendungen oder prominente journalistische Akteure wird zuallererst die Verortung des fiktiven Geschehens im jeweiligen nationalen Mediensystem deutlich. Dabei handelt es sich vorwiegend um Bezüge auf zeitlich konstante Institutionen der Medienlandschaft wie z. B. die *Tagesschau* oder die seit Jahrzehnten existierenden US-amerikanischen Networks NBC, CBS und ABC. Ebenso finden sich Hinweise auf allgemein bekannte mediale Schlüsselereignisse wie die Watergate-Affäre, die ›Blacklist‹ der McCarthy-Ära oder das Geiseldrama von Gladbeck. Demgegenüber liegen aber auch einige für die Entstehungszeit der literarischen Werke spezifische Bezüge auf die reale Medienlandschaft vor, die beispielsweise heute nicht mehr ausgestrahlte Werbespots (vgl. *Schuster!*, 1997: 170ff.) oder inzwischen abgesetzte Fernsehsendungen betreffen.[161] Die vielfachen Verweise auf kurz- und langfristige Erscheinungen der realen Medienlandschaft sind folglich ein erster Indikator für eine Reflexion der journalistischen Realität in den Romanen. Sie suggerieren dem Leser, dass sich die fiktiven

161 In den deutschen Romanen der 1990er-Jahre sind z. B. zahlreiche Hinweise auf die damals florierenden Talkshows von Bärbel Schäfer, Arabella Kiesbauer, Hans Meiser oder Pfarrer Jürgen Fliege enthalten.

Fernsehjournalisten im real existierenden Mediensystem des jeweiligen Landes bewegen und vermitteln damit Wirklichkeitsnähe. Zugleich wird impliziert, dass auf den Journalistenberuf im Roman dieselben Rahmenbedingungen und Einflussfaktoren wirken wie in der Realität.

Auch die Darstellung der journalistischen Rahmenbedingungen (vgl. Kapitel 7.2.1) reflektiert die realen Gegebenheiten in hohem Maße. Alle Romane sind entweder bei öffentlich-rechtlichen oder bei privat-kommerziellen Sendern angesiedelt. Andere Organisationsformen, die auch in der US-amerikanischen und deutschen Realität nicht existieren (z. B. staatliche Sender), kommen in den literarischen Werken nicht vor. Selbst wenn die Romanhandlung wie bei *Michaelmas* (1977) in der Zukunft spielt, weichen die Autoren nicht von den vertrauten realen Organisationsformen aus der jeweiligen Entstehungszeit des Werkes ab.

Die internationalen Unterschiede, die sich hinsichtlich der Organisationsstrukturen zeigen, reflektieren dabei die reale Fernsehlandschaft der beiden Untersuchungsländer. Die US-amerikanischen Romane thematisieren bis auf eine Ausnahme (vgl. *The Quality of Life Report*, 2003) die Arbeit für kommerzielle Fernsehsender. Public Television spielt analog zur realen US-amerikanischen Medienlandschaft in den literarischen Darstellungen also kaum eine Rolle. Die meisten fiktiven Journalisten arbeiten – ebenso wie in der Realität – für lokale Sender, die als Affiliates einem der großen Networks angeschlossen sind. Das US-amerikanische Lokalprinzip wird in den Romanen zudem dadurch verdeutlicht, dass knapp 60 Prozent der fiktiven Journalisten mit lokaler bzw. regionaler Berichterstattung befasst sind. In den deutschen Romanen nimmt die Arbeit für öffentlich-rechtliche und privat-kommerzielle Sender in etwa denselben Stellenwert ein. Im Zeitverlauf zeigen sich allerdings große Veränderungen. In den literarischen Werken, die vor der Einführung des Dualen Systems erschienen sind, wird die journalistische Arbeit bei einem privat-kommerziellen Fernsehsender nur in einem Roman beschrieben und somit die zukünftige Organisationsform antizipiert (vgl. *Die Nacht der Stars*, 1972). In den literarischen Werken ab 1986 ändert sich das Bild grundlegend. In diesem Zeitraum arbeiten zwei Drittel der journalistischen Akteure für privat-kommerzielle Sender. Die Veränderungen durch das Duale System werden also auch in der Romanfiktion reflektiert.[162]

162 Aus der starken Reflexion der neuen Organisationsform resultiert allerdings wiederum eine Verzerrung der Realität: Die repräsentativen Befragungen deutscher Journalisten aus den

Parallel zum Anstieg des Privatfernsehen-Anteils nimmt in den deutschen Romanen die Thematisierung der ökonomischen Imperative auf den Journalismus zu. Die Hälfte der Romane, die nach 1985 erschienen sind, thematisiert diese ausführlich und weist zum Teil sogar in ihren Titeln darauf hin (vgl. z. B. *Quotenfieber*, 1997; *Quotenspiel*, 1999). Der fiktive journalistische Arbeitsalltag ist nach 1985 wesentlich vom Quotendruck bestimmt. Damit ändert sich auch die inhaltliche Ausrichtung der Programme: Mit klassischer Informationsvermittlung sind immer weniger Journalisten beschäftigt. In den Romanen beider Länder ist das neue, dominierende Format, mit dem die Zuschauer gewonnen werden sollen, das Infotainment.[163] Auch die Veränderung des Themenfokus der Berichterstattung lassen auf eine Reflexion der realen Situation schließen: Während in den deutschen Romanen vor Mitte der 1980er-Jahre Unglücke und Kriminalität im Vergleich zur politischen Berichterstattung nur einen geringen Stellenwert einnehmen, steigt die Anzahl der Journalisten, die sich mit diesen Themen befassen, im Zeitverlauf stark an (vgl. Kapitel 7.3.4). Offensichtliche Anlehnungen der Romanfiktion an Reality-TV-Sendungen wie *Notruf* werden dabei deutlich (vgl. *Fernsehland*, 1999). Die wachsende Bedeutung der wirtschaftlichen Faktoren wird auch anhand der Variablen zur Arbeitsplatzstabilität ersichtlich: In den Romanen nach 1985 sind wirtschaftliche Zwänge der Hauptgrund für die Unsicherheit des Arbeitsplatzes, während dieser Aspekt in den Romanen vor Einführung des Dualen Systems kein einziges Mal thematisiert wird.[164]

Mit der Aufmerksamkeitsverschiebung zugunsten der ökonomischen Rahmenbedingungen reduzieren sich die Hinweise auf eine politische Einflussnahme auf die Arbeit der Journalisten. Eine Abhängigkeit vom politischen System wird ohnehin fast ausschließlich den öffentlich-rechtlichen Sendern zugeschrieben – beispielsweise in Bezug auf den Parteienproporz in der Personalbesetzung der Rundfunkgremien oder die medienpoliti-

Jahren 1993 und 2005 zeigen, dass nur knapp ein Drittel der Fernsehjournalisten bei privatkommerziellen Sendern angestellt ist (vgl. WEISCHENBERG/MALIK/SCHOLL 2006: 258).

163 Dies betrifft nicht nur die privat-kommerziellen, sondern auch die öffentlich-rechtlichen Sender und verweist auf die viel diskutierte Konvergenz der Programminhalte in der Realität (vgl. z.B. BRUNS/MARCINKOWSKI 1996; KRÜGER 1998) – so z.B. in Uli Aechtners Roman, in dem die journalistischen Akteure eine Nachrichtensendung für den öffentlich-rechtlichen Sendeverbund produzieren: »Menschlich muss unsere Nachrichtenschiene aussehen, es muss menscheln [...] Also: Ab heute steht im Mittelpunkt jedes Beitrags...: Ein Mensch!« (*Talk Show Down*, 1998: 21).

164 Zum Mangel an sozialer Sicherheit und Arbeitsplatzgarantie bei den privat-kommerziellen Sendern vgl. Milkau (1991).

schen Machtpotenziale. Versuche vonseiten der Politik, Einfluss auf das öffentlich-rechtliche Fernsehsystem zu nehmen, treten auch in der Realität immer wieder auf (vgl. z. B. BAUSCH 1980b: 767ff.),[165] sodass sich auf eine Reflexion in der Romanfiktion schließen lässt.

In den US-amerikanischen Romanen hingegen spielen politische Einflüsse ebenso wie eine (partei)politische Ausrichtung der Berichterstattung fast überhaupt keine Rolle. Dies steht im Einklang mit der ausgeprägten Staatsferne des amerikanischen Mediensystems, die durch das First Amendment begründet wird und eine geringere Politisierung zur Folge hat (vgl. z. B. PFETSCH 2003). Gegen eine politische Festlegung in der Berichterstattung spricht auch das Objektivitätsverständnis der US-amerikanischen Journalisten. Nicht nur die Journalistenstudien stellen eine hohe Wertschätzung für eine ausgewogene Berichterstattung fest (vgl. z. B. DONSBACH 1993a; DONSBACH/KLETT 1993), sondern auch die Romane machen häufig auf das Credo »pro and con on an absolutely equal basis« (*More than Dreams*, 1987: 204) aufmerksam.

Die Kehrseite der Staatsferne US-amerikanischer Medien stellt die hohe Relevanz der ökonomischen Rahmenbedingungen dar, die ebenfalls in fast allen Romanen angesprochen werden. Dass der Thematisierungsgrad ökonomischer Einflussfaktoren dennoch geringer ausfällt als in den deutschen Romanen, lässt sich dadurch erklären, dass die kommerzielle Ausrichtung in den USA als selbstverständlich gilt und insofern nicht eigens diskutiert werden muss. Anders als in den deutschen Romanen, in denen der Umbruch im Rundfunksystem reflektiert wird, zeigen sich hier keine Veränderungen im Zeitverlauf. Die ökonomischen Rahmenbedingungen werden kontinuierlich, aber lediglich am Rande beschrieben.

Auch die rechtlich-normativen Rahmenbedingungen entsprechen der realen Situation der beiden Länder. Eingegangen wird z. B. auf das First Amendement, den Artikel 5 des deutschen Grundgesetzes oder das Problem des Zeugnisverweigerungsrechts in den USA (vgl. Kapitel 7.2.1.2). Insgesamt spielt diese Dimension jedoch eine stark untergeordnete Rolle in den literarischen Werken und wird nur von wenigen Autoren *ausführlich* berücksichtigt.

Hinsichtlich der soziodemografischen Merkmale lassen sich ebenfalls einige Parallelen zwischen Realität und Romanfiktion erkennen. Wie ihre

165 Vgl. auch die Debatte um die Vertragsverlängerung des ZDF-Chefredakteurs Nikolaus Brender und die Intervention von Hessens Ministerpräsidenten Roland Koch im November 2009.

realen Gegenparts verfügen die fiktiven Fernsehjournalisten über einen hohen formalen Bildungsstand und haben meist studiert. Hier spiegeln sich zudem die real vorliegenden Unterschiede der länderspezifischen Ausbildungswege zum Journalismus wider. Sowohl in der Realität als auch in den Romanen haben die US-amerikanischen Journalisten weitaus häufiger eine einschlägige Hochschulausbildung in einem Medienfach als ihre deutschen Kollegen. Diese rekrutieren sich hingegen aus vielfältigen Studiengängen, haben Volontariate gemacht und wechseln häufiger als Quereinsteiger in den Beruf (vgl. Kapitel 7.3.3.1; vgl. z. B. WEAVER 2003; FRÖHLICH/HOLTZ-BACHA 2003a). Auch hinsichtlich der Altersstrukturen bilden die Romane die Realität im Großen und Ganzen ab (vgl. Kapitel 7.3.2.1; vgl. z. B. WEISCHENBERG/MALIK/SCHOLL 2006: 262; WEAVER et al. 2007: 11). Die Verjüngung der fiktiven Fernsehjournalisten im Zeitverlauf, die sich in den deutschen Romanen bemerkbar macht, kann ebenfalls als eine Reflexion der Realität begriffen werden: Mit Einführung des privat-kommerziellen Rundfunks entstanden viele neue Arbeitsplätze, die zum großen Teil mit jungen Leuten besetzt wurden und den Altersdurchschnitt der deutschen Journalisten sinken ließen (vgl. z. B. MILKAU 1991; SCHNEIDER/SCHÖNBACH/STÜRZEBECHER 1993a, 1993b). Weitere Analogien zwischen Realität und Fiktion zeigen sich in dem vermehrten Auftreten von Journalist*innen*. In den Romanen beider Länder ist im Zeitverlauf ein signifikanter Anstieg des Frauenanteils zu verzeichnen. Außerdem besetzen die fiktiven Frauenfiguren wie in der Realität seltener leitende Positionen (vgl. Kapitel 7.3.3.3; vgl. z. B. RINNERT 1978; BERG/RUTHS 1980; NEVERLA/KANZLEITER 1984)[166] und sind häufiger kinderlos als ihre männlichen Kollegen (vgl. Kapitel 7.3.2.2; vgl. z. B. NEVERLA/KANZLEITER 1984; WEISCHENBERG/MALIK/SCHOLL 2006: 46; WEAVER et al. 2007: 9). Ebenso unterrepräsentiert wie Frauen sind Journalisten, die sich aus ethnischen Minderheiten rekrutieren: Lediglich acht Prozent der US-amerikanischen und vier Prozent der deutschen journalistischen Protagonisten haben fremdländische Wurzeln, was in etwa mit dem Anteil von Minoritäten in der US-amerikanischen und deutschen Realität übereinstimmt (vgl. Kapitel

166 Ebenso wie der Gesamtanteil von Frauen im Fernsehjournalismus im Zeitverlauf gestiegen ist, hat auch ihr Anteil in Leitungsrollen zugenommen. Während in den 1970er-Jahren unter den leitenden Angestellten der ARD lediglich vier Prozent Frauen waren (vgl. RINNERT 1978: 12), liegt der Anteil mittlerweile immerhin bei etwa 25 Prozent (vgl. z.B. WEISCHENBERG/MALIK/SCHOLL 2006: 46; WEAVER et al. 2007: 186).

7.3.2.2; vgl. z. B. JOHNSTONE/SLAWSKI/BOWMAN 1976; WEAVER et al. 2007; GEISSLER/PÖTTKER 2009).

Was den Arbeitsalltag der fiktiven Fernsehjournalisten betrifft, ergeben sich nur wenige Parallelen zur Realität: Der Journalistenberuf ist in der Realität wie in der Fiktion durch eine hohe Arbeitsbelastung und viel Stress gekennzeichnet. Überstunden, Zeitdruck und unregelmäßige Arbeitszeiten gehören zur Tagesordnung. So äußerte 2005 genau die Hälfte der befragten deutschen Fernsehjournalisten ihre Unzufriedenheit mit der Arbeitsbelastung (vgl. WEISCHENBERG/MALIK/SCHOLL 2006: 276). Analog dazu beinhaltet der Beruf bei mehr als 40 Prozent der fiktiven Akteure eine 24-Stunden-Verfügbarkeit, wobei sich die Belastung zudem in psychischen und physischen Problemen niederschlägt (vgl. Kapitel 7.3.4.4). Eine Anlehnung an die unterschiedlichen Redaktionsmodelle der Realität zeigt sich hinsichtlich des Themenspektrums, das die fiktiven Journalisten abdecken. Entsprechend der ressortspezifisch-thematischen Arbeitstrennung in den deutschen Redaktionen ist die Themenvielfalt bei den deutschen Romanprotagonisten geringer (vgl. Kapitel 7.3.4.1; vgl. z. B. ESSER 2000).

Analog zur Hauptfunktion des Journalismus, der »Herstellung und Bereitstellung von Themen zur öffentlichen Kommunikation« (RÜHL 1980: 323), erscheinen die meisten fiktiven Journalisten in der Rolle des Vermittlers zwischen Ereignis und Publikum. Sie agieren als Bindeglied und werden bei der Aufbereitung und Vermittlung von Informationen beschrieben (vgl. Kapitel 7.3.5.3). Schlussendlich besteht eine Parallele bei der politischen Einstellung der Journalisten: Die überwiegend links-liberale Ausrichtung der Romanakteure korrespondiert mit der politischen Linie der realen Journalisten (vgl. z. B. ELLINGHAUS 1975; DONSBACH/PATTERSON 2003; WEISCHENBERG/MALIK/SCHOLL 2006; WEAVER et al. 2007).

Die fiktionalen Romandarstellungen reflektieren folglich wesentliche Aspekte der journalistischen Realität. Wie bereits angedeutet, wird eine Reihe dieser Aspekte zwar im Vergleich zu den realen Gegebenheiten nicht verfälscht, jedoch nur am Rande oder gar nicht angesprochen. So sind die fiktiven Journalisten politisch zwar eher links als rechts-konservativ eingestellt, dieses Merkmal wird aber nur von sehr wenigen Autoren überhaupt erwähnt. Gleiches gilt für die Beschreibung anderer Themen: Auch zu Berufsorganisationen, Kontrollorganen wie dem Rundfunkrat oder der FCC, medienrelevanten Gesetzen und der journalistischen Ausbildung geben nicht viele Autoren Auskunft. Durch die Marginalisierung dieser Aspekte wird das Realitätsbild der Leser zwar nicht direkt beeinflusst, implizit kann jedoch der Eindruck entstehen, die Journalisten seien in erster Linie unpolitisch und weder an rechtliche Regelungen gebunden noch Kontrollinstanzen unterworfen. Vor allem im Zusammenhang z. B. mit der Darstellung illegaler Recherchemethoden oder zweifelhafter Berichterstattung[167] wird durch eine Ausblendung der genannten Aspekte ein verzerrtes Realitätsbild vermittelt.

7.4.2 *Verzerrung journalistischer Realität in den Romanen*

Zu einer Verzerrung journalistischer Realität in der fiktionalen Darstellung kann es folglich zum einen durch die Vernachlässigung bestimmter Aspekte kommen, zum anderen aber auch durch eine starke Akzentuierung von Merkmalen, die im realen Journalismus in diesem Umfang nicht existieren.

Hinsichtlich der Rahmenbedingungen lässt sich in den deutschen Romanen ab 1986 eine Überbetonung der ökonomischen Imperative feststellen. Diese werden in der Hälfte der Bücher stark thematisiert. Zweifellos haben der Quotendruck und die wirtschaftlichen Imperative mit der Einführung des Dualen Systems auch in der Realität an Bedeutung gewonnen. In vielen Romanen wird das journalistische Arbeitsleben jedoch vollkommen durch die ökonomische Perspektive determiniert und die Einschaltquoten sind oft der alleinige Maßstab für die journalistische Arbeit (vgl. z. B. *Krieg der Sender*, 1991; *Der Story-Jäger*, 2002).

Was die soziodemografischen Merkmale der fiktiven Journalisten betrifft, zeigen sich neben Parallelen (vgl. Kapitel 7.4.1) auch Verzerrungen im Vergleich zu den realen Verhältnissen. Auffällige Differenzen betreffen vor allem den Familienstand der Akteure. Die meisten realen Journalisten sind verheiratet bzw. leben in einer festen Beziehung (vgl. z. B. WEISCHENBERG/MALIK/SCHOLL 2006: 57; WEAVER et al. 2007: 9); die fiktiven Fernsehjournalisten sind hingegen in der Regel nicht verheiratet und (zunächst) ungebunden. Diese Darstellung hat unverkennbar dramaturgische Gründe: Um Interesse beim Leser zu wecken, betten die Autoren die Journalisten oftmals in Liebesgeschichten ein und beschreiben die von Anziehung, Missverständnissen und Unsicherheiten geprägte Anfangsphase einer Beziehung als parallelen Handlungsstrang (vgl. z. B. *Prime Time*, 1983;

167 Vgl. z.B.: »Sie meinen, wir sollen die Wahrheit sagen [...] Ich kann mir kaum was Langweiligeres vorstellen« (*Krieg der Sender*, 1991: 170).

The Quality of Life Report, 2003; *Die große Liebe*, 2003). Eine Verzerrung der Altersstrukturen, wie sie von vielen anderen Studien in fiktionalen Medieninhalten festgestellt wurde, lässt sich in den Journalismusromanen nicht verzeichnen. Lediglich die Tatsache, dass die Hauptfiguren im Vergleich zu den Nebenfiguren signifikant jünger sind, weist in diese Richtung. Auch diese Darstellungsart erklärt sich durch die gängigen Schemata bei der Konstruktion fiktionaler Geschichten: Zentrale Handlungsträger werden bevorzugt im jüngeren Alter angesiedelt, da sich dadurch mehr Möglichkeiten eröffnen, die Handlung mit spannenden Elementen und/oder Liebesgeschichten anzureichern (vgl. Kapitel 2.3.3). Differenzen zu den realen Geschlechterstrukturen finden sich in den Romanen beider Länder. Weibliche Journalisten machen in der deutschen Romanfiktion weniger als 20 Prozent der Akteure aus und sind damit – trotz des Anstiegs im Zeitverlauf – über den gesamten Untersuchungszeitraum hinweg seltener präsent als in der Realität (vgl. z. B. BERG/RUTHS 1980; NEVERLA/KANZLEITER 1984; WEISCHENBERG/MALIK/SCHOLL 2006). In den US-amerikanischen Romanen ist hingegen eine umgekehrte Tendenz zu verzeichnen: Mit einem Frauenanteil von 17 Prozent in den Romanen vor Mitte der 1980er-Jahre und 45 Prozent in den aktuelleren Romanen sind die weiblichen Journalisten im Vergleich zur Realität überrepräsentiert.[168] Ein völlig realitätsfremdes Bild zeigt sich hinsichtlich des finanziellen Einkommens. Der Fernsehjournalismus ist in der Romanfiktion überwiegend ein extrem lukrativer Beruf. Der hohe Anteil an Spitzenverdienern steht damit dem realen Durchschnittseinkommen gegenüber und vermittelt den Eindruck, dass dieser Beruf nicht nur zu Prominenz, sondern auch zu Reichtum führt.[169]

Wie bereits erwähnt, geben die Autoren nur selten Informationen zur journalistischen Ausbildung. Im Gegensatz dazu bringen sie den Beruf häufig mit Talent und Begabung in Verbindung. Auch in der Realität herrschte lange Zeit die Vorstellung vom Journalismus als Begabungsberuf vor. Laut Emil Dovifat, einem der ersten deutschen Publizistikwissenschaftler, ist die Voraussetzung für den Beruf »ein instinktiver Sinn für Neues« (DOVIFAT

168 In den USA lag der Frauenanteil im Fernsehjournalismus Anfang der 1970er-Jahre bei etwa zehn Prozent, seit den 1980er-Jahren hat er sich auf etwa ein Drittel eingependelt (vgl. JOHNSTONE/SLAWSKI/BOWMAN 1976; WEAVER et al. 2007).

169 Das reale monatliche Netto-Durchschnittseinkommen deutscher Fernsehjournalisten im Jahr 2005 betrug 2496 Euro (vgl. WEISCHENBERG/MALIK/SCHOLL 2006: 62). Bei den US-amerikanischen Fernsehjournalisten lag das monatliche Brutto-Durchschnittseinkommen in der letzten Erhebung 2001 bei 4479 $ (vgl. WEAVER et al. 2007: 100). Demgegenüber steht eine Reihe von fiktiven Akteuren, die sechsstellige Monatsgehälter vorweisen können (vgl. Kapitel 7.3.2.2).

1931: 63) und auch in den USA finden sich in den 1930er-Jahren einige Veröffentlichungen, die das Talent für den Beruf hervorheben (vgl. z. B. ROSTEN 1937: 125). Selbst die Definition des Deutschen Journalistenverbandes (DJV) hat bis in die 1970er-Jahre einen sogenannten ›Begabungspassus‹ enthalten: »Solche Tätigkeit [die journalistische; Anm. d. Verf.] setzt eine spezifische Begabung voraus, die vorhanden sein muß und nicht erlernbar ist« (vgl. DJV 1967: 7). Mit der zunehmenden Professionalisierung und zielgerichteten Ausbildung ist der ›Begabungsmythos‹ in beiden Ländern verblasst. Trotz der seit Jahrzehnten universitär geprägten Journalistenausbildung in den USA werden die Romanprotagonisten dieses Landes häufiger als begabt geschildert als die deutschen. In Verbindung mit den wenigen Angaben zur journalistischen Ausbildung erscheint in der Fiktion so weiterhin das traditionelle Bild des Journalismus als Begabungsberuf.

Enorme Verzerrungen im Vergleich zur journalistischen Realität zeigen sich beim Arbeitsalltag der fiktiven Journalisten (vgl. Kapitel 7.3.4). Thematisch befassen sie sich überwiegend mit Kriminalität: Knapp die Hälfte der deutschen und sogar über 70 Prozent der US-amerikanischen Romanprotagonisten recherchieren zu Morden, Entführungen, Vergewaltigungen, Drogenhandel und Korruptionsfällen. Der Themenfokus bedingt auch, dass sich die Journalisten häufig in Gefahrensituationen wiederfinden und so erscheint das Berufsrisiko in den Romanen extrem hoch. Über 20 Prozent der deutschen Journalisten geraten durch ihre berufliche Tätigkeit in Lebensgefahr. Analog dazu, dass die US-amerikanischen Fernsehjournalisten noch häufiger mit kriminalistischen Themen befasst sind, sind es bei ihnen sogar 30 Prozent. Auch der Fokus auf das Thema Kriminalität lässt sich mit transnationalen Gestaltungsprinzipien fiktionaler Werke erklären: Handlungen werden mit Gewalt und Verbrechen angereichert, um bei den Rezipienten Spannung hervorzurufen. In Folge erscheint der Journalismus als höchst aufregender und spannender Beruf. Dies wird noch verstärkt durch die häufigen Reiseaktivitäten, die den Journalisten zugeschrieben werden. Realitätsindikatoren dafür, wie viel und wohin Fernsehjournalisten reisen, gibt es keine. Allerdings ist das oft beschriebene Ausmaß für den realen Durchschnittsjournalisten nicht zu erwarten: »In the past twenty days I've been in Paraguay, Nigeria, South Africa, Washington and London« (*Assignment*, 1981: 5f.).

Als wesentliches Unterscheidungsmerkmal zwischen den Journalisten der beiden Länder gilt die stärkere Rollentrennung im US-amerikanischen Journalismus. Während der deutsche Journalismus durch eine ganzheitliche Arbeitsweise gekennzeichnet ist, herrscht in den USA ein arbeitsteiliges Modell vor, das ›Reporter‹ und ›Editor‹ differenziert (vgl. z. B. DONSBACH 1995; ESSER 2000). Hinweise für eine Reflexion dieser Länderspezifika lassen sich in der Romanfiktion nicht erkennen.[170] Auch die oftmals beschriebene geringere Eigenrecherche der deutschen Journalisten (vgl. z. B. DONSBACH 1995) spiegelt sich nicht in der Romanfiktion wider. Bei den fiktiven Fernsehjournalisten *beider* Länder liegt der Schwerpunkt der journalistischen Arbeit eindeutig auf der Recherche. Dass keine andere Tätigkeit so ausführlich beschrieben wird, lässt sich wiederum auf die Gestaltungsprinzipien fiktionaler Werke zurückführen: Die Recherchearbeit ist die Tätigkeit, mit der am besten Spannung erzeugt werden kann – insbesondere in Verbindung mit kriminalistischen Themen. Die Vorgehensweisen bei der Recherche differieren ebenfalls von der journalistischen Realität. Von einer stärkeren Zurückhaltung der deutschen Journalisten, wie sie in der Realität konstatiert wird (vgl. z. B. WEISCHENBERG/MALIK/SCHOLL 2006: 179), ist in den Romanen nichts zu bemerken.[171] Etwa 40 Prozent der fiktiven Fernsehjournalisten beider Länder wenden unlautere Methoden an, um an die gewünschten Informationen zu kommen. Ein Vergleich mit dem Vorgehen realer Journalisten ist kaum möglich. Empirische Ergebnisse liegen nur für die Frage vor, ob diese Methoden unter bestimmten Umständen gebilligt werden; nicht also zu der Frage, ob sie bereits angewendet wurden. Eine Zustimmung ist zudem abhängig von der gesellschaftlichen Relevanz des jeweiligen Themas. In den Romanen ist illegitimes Vorgehen allerdings ein durchaus gängiges Mittel. Unlautere Methoden werden einerseits zum Wohle der Gesellschaft angewendet, um z. B. kriminellen Personen das Handwerk zu legen, andererseits jedoch aus Eigennutz. Eine besonders drastische Darstellung sind die Methoden von Reporter Lutz Hösch, die so weit gehen, dass sogar Kinder in Lebensgefahr gebracht werden, um an eine reißerische, Einschaltquoten versprechende Story zu kommen (vgl. *Der Story-Jäger*, 2002). Dienen illegale Methoden nur der Sensationsgier der Journalisten, verstärkt die geringe Thematisierung rechtlich-normativer

170 Die deutschen Romanjournalisten führen im Durchschnitt 2,6 Tätigkeiten aus. Die US-amerikanischen decken mit 2,4 Tätigkeiten zwar ein etwas geringeres Spektrum ab, allerdings ist die Rollenüberlappung zwischen den Tätigkeiten ›Recherche‹ und ›Erstellen von Beiträgen‹ bei ihnen häufiger als bei den deutschen (36% vs. 24%, $p > .05$, n.s.), was gegen die Rollentrennung in ›Reporter‹ und ›Editor‹ spricht.

171 Auch die stärkere Meinungsfreudigkeit und höhere Subjektivität der deutschen Journalisten, die ihnen insbesondere in den 1970er- und 1980er-Jahren zugeschrieben wurde (vgl. z.B. KÖCHER 1986), lässt sich in der Romanfiktion nicht wiederfinden.

Grundlagen den Eindruck, der Journalist könne eigenmächtig und unbeaufsichtigt handeln.

Abgesehen von der Rolle des Vermittlers, die den fiktiven Journalisten am häufigsten zugeschrieben wird, zeigen sich bei den Rollenbildern starke Verzerrungen zur Realität. Die Autoren charakterisieren die fiktiven Fernsehjournalisten in Abhängigkeit vom Untersuchungsland entweder als ›Detektive‹ oder als ›Verkäufer‹. Entsprechend des extrem hohen Stellenwerts kriminalistischer Themen in der Arbeit der US-amerikanischen Romanjournalisten erscheinen diese als Detektive. Sie dringen in den Kompetenzbereich der Polizeikräfte ein und arbeiten aktiv an der Aufdeckung von Morden und anderen kriminellen Machenschaften. Die deutschen Journalisten verkörpern hingegen vor allem das Bild des Verkäufers. Ihr Orientierungspunkt in der journalistischen Arbeit ist der wirtschaftliche Erfolg: Sie wollen das größtmögliche Publikum und damit die höchsten Einschaltquoten erreichen. So ist die kriminalistische Ader bei den US-amerikanischen Akteuren stärker ausgeprägt, wohingegen die deutschen Journalisten als quotenorientierte Verkäufer erscheinen. Mit der realen Situation haben jedoch beide Rollenbilder nur wenig gemein.[172]

Dass die Darstellung von fiktiven Journalisten mit den Stereotypen des Alkoholikers und Kettenrauchers einhergeht, bestätigt sich vor allem für die deutschen Romanprotagonisten: Bei mehr als 70 Prozent wird der Konsum von Alkohol beschrieben, bei über 40 Prozent sogar ein sehr häufiger bis exzessiver Gebrauch. Die Romane vermitteln, dass es der Normalzustand sei, gleichzeitig Journalist und Alkoholiker zu sein:

> »Du weißt doch, in den Anstalten wird derart ungeheuerlich gesoffen, dass man ein extra starkes Netz für Alkoholiker installiert hat. Niemand wird gefeuert, weil er blau ist, auch wenn er etwas ganz Übles angestellt hat. Schau dir den Juhnke an. Was der schon für Sendungen geschmissen hat! Und? Alle lieben ihn« (*Die im Dunkeln sieht man nicht*, 1985: 26).

Der Bezug zur medialen Realität wirft die Frage auf, ob diese Stereotypisierung nicht vielleicht doch eine Widerspiegelung des journalistischen Arbeitslebens sein könnte. Verlässliche Realitätsindikatoren gibt es hier-

172 Die in der Realität vorhandene Diskrepanz in Bezug auf das Rollenverständnis als ›Kritiker und Kontrolleur‹ zeigt sich in der Romanfiktion ebenfalls nicht. Dieses Rollenbild wird von einem relativ ähnlichen Anteil an fiktiven Journalisten verkörpert (USA: 32%, Deutschland: 20%), während die realen Journalisten in ihrer Zustimmung zu diesem Rollenverständnis um fast 50 Prozentpunkte voneinander abweichen (USA: 71%, Deutschland: 24%; vgl. WEISCHENBERG/MALIK/SCHOLL 2006: 116).

für keine, nicht zuletzt aufgrund mangelnder Auskunftsbereitschaft der Journalisten.[173] Allerdings finden sich zahlreiche Hinweise, die für einen überdurchschnittlichen Alkohol- und Suchtmittelkonsum in dieser Branche sprechen (vgl. z. B. FISCHER 1981; WEISCHENBERG 1996b; BAUSS 2005; WOTER 2005). Gleichwohl ist das Bild der Romanfiktion, die etwa ein Drittel (USA: 21 %; Deutschland: 42 %) der Journalisten als regelmäßige und oftmals exzessive Trinker darstellt, sicherlich nicht realitätskongruent.

Hinsichtlich der Berufszufriedenheit weicht die Romandarstellung in Teilen von den Befunden der Realität ab. Auch in den Romanen reicht das Spektrum von hochzufriedenen bis zu desillusionierten Journalisten. Während die realen Journalisten beider Länder jedoch im Durchschnitt regelmäßig eine hohe Berufszufriedenheit aufweisen (vgl. z. B. WEISCHENBERG 1995: 429ff.; WEAVER et al. 2007: 107f.),[174] sind die fiktiven deutschen Fernsehjournalisten mehrheitlich unzufrieden und heben die negativen Aspekte des Berufs hervor (vgl. Kapitel 7.3.5.1).

7.4.3 *Zusammenfassung*

Die Untersuchung folgte der Annahme, dass die Romanhandlungen in die real existierenden Strukturen des Fernseh- und Journalismussystems des jeweiligen Landes eingebettet sind. Die realen Gegebenheiten sollten sich also in der Romanfiktion widerspiegeln und demnach auch die bestehenden internationalen Unterschiede zwischen Deutschland und den USA deutlich machen. Die empirischen Befunde bestätigen diese Annahme im Wesentlichen. Die Autoren verweisen regelmäßig auf Aspekte der realen nationalen Medienlandschaft und orientieren sich stark an den Strukturen des Fernseh- und Journalismussystems ihres eigenen Landes, indem sie z. B. die Organisationsformen der Fernsehsender aufgreifen. So schlagen sich in der Fiktion auch die Veränderungen in der Realität nieder. Dies wird besonders deutlich in den deutschen Romanen, in denen der Umbruch durch das Duale System eindeutig ablesbar ist. Die Autoren legen

173 In Zusammenhang mit einer Befragungsstudie unter bayerischen Journalisten wird z.B. angemerkt: »Die Angaben über den Alkoholkonsum der Journalisten blieben wegen fehlender Bereitschaft, sich zu dieser Frage zu äußern, höchst lückenhaft« (FISCHER 1981: 227; vgl. auch WEISCHENBERG 1995: 405ff.).

174 In der letzten repräsentativen Befragung äußerten sich 64 Prozent der deutschen Fernsehjournalisten als insgesamt zufrieden mit ihrem Beruf (vgl. WEISCHENBERG/MALIK/SCHOLL 2006: 91).

ihre Romanhandlungen folglich in einem dem Leser vertrauten Setting an, sodass die fiktionalen Geschichten als ›imaginäre Welten‹ erscheinen (vgl. Kapitel 2.3). Allerdings bleibt anzumerken, dass einige journalistische Rahmenbedingungen von den Autoren nur am Rande oder gar nicht beschrieben werden. So spiegeln sich z. B. die realen Unterschiede in den Redaktionsmodellen oder die rechtlichen Rahmenbedingungen in der Romanfiktion nur selten wider.

Im Gegensatz zur Reflexion des journalistischen Umfelds wurde angenommen, dass die Darstellung der journalistischen Akteure und ihres Arbeitsalltags aufgrund transnationaler Gestaltungsprinzipien fiktionaler Werke in wesentlichen Punkten von der realen Situation abweicht. Nach dieser Annahme sollten in den Romanen auch länderübergreifende Parallelen in der Darstellung der Journalisten deutlich werden, die ein verzerrtes Bild der journalistischen Realität zeigen. Viele Befunde bestätigen auch diese Annahme. Die Journalisten beider Länder unterscheiden sich insbesondere hinsichtlich des Familienstatus, der von ihnen bearbeiteten Themenfelder und des Berufsrisikos von ihren realen Kollegen. Der Beruf erscheint als überaus spannend und voller (lebens)bedrohlicher Gefahren. Dieses Bild wird dadurch begünstigt, dass der Fokus der fiktiven journalistischen Arbeit auf kriminalistischen Themen liegt. Auch die Rollenbilder weichen stark von der journalistischen Realität ab, wobei hier länderabhängige Verzerrungen deutlich werden: Die fiktiven Journalisten der US-amerikanischen Romane agieren häufiger als ›Detektive‹, die deutschen Romanjournalisten hingegen häufiger als ›Verkäufer‹. Beiden Typen ist jedoch gemeinsam, dass sie in ihrer journalistischen Recherche vor illegitimen bzw. illegalen Recherchemethoden nicht zurückschrecken.

8. FAZIT

»Nur die Fiktion ist noch real... und die Realität Fiktion«
(-ky: *Der Satansbraten*, 1994: 280).

In fiktionalen Werken wird die gesellschaftliche Realität sowohl reflektiert als auch verzerrt. Dabei variiert das Ausmaß des Realitätsgehalts entsprechend des gewählten Themas und der Intention des Produzenten. Empirische Befunde inhaltsanalytischer Untersuchungen legen zudem nahe, dass sich Reflexionen der Realität in erster Linie auf die gesellschaftlichen Strukturen und Wertesysteme beziehen. Verzerrungen sind meist mit transnational geltenden Gestaltungsprinzipien fiktionaler Narrationen zu erklären. Um beim Leser bzw. Zuschauer Interesse hervorzurufen, tendieren die Produzenten dazu, alltägliche Handlungen nur knapp zu beschreiben und sich stattdessen auf Abweichungen vom Gewöhnlichen zu konzentrieren. Diese Abweichungen betreffen vor allem Charakterisierungen von Personen und die Häufigkeit spektakulärer Ereignisse.

Fiktionale Inhalte nehmen einen hohen Stellenwert in der Mediennutzung ein und fließen daher auch in die Wissensbestände einer Gesellschaft ein. Sie können die Einstellungen und Realitätsvorstellungen des Publikums beeinflussen und auf diesem Wege wieder auf die gesellschaftliche Realität zurückwirken. In Abhängigkeit von der Wirklichkeitsnähe fiktionaler Werke können Realwelt-kongruente oder Realwelt-inkongruente Vorstellungen beim Publikum generiert werden.

Das interdependente Verhältnis von Realität und Fiktion, das durch die Reflexions- und Wirkungstheorie beschrieben wird, war Ausgangspunkt der vorliegenden Arbeit. Gegenstand der Untersuchung war die Darstellung des Journalismus in der fiktionalen Literatur. Die Relevanz des Themas erschließt sich aus der zentralen Rolle, die der Journalismus in demokratischen Systemen einnimmt. In ihrer Funktionserfüllung hängt die journalistische Arbeit wesentlich von dem Vertrauen der Bevölkerung in die mediale Berichterstattung ab. Die Einstellungen gegenüber dem Journalismus beruhen dabei auf Vorstellungsbildern, die unter anderem durch fiktional vermittelte Darstellungen etabliert werden.

Die Vielzahl an literarischen Journalismusdarstellungen führt zu der Frage, welche Bilder diese über den Beruf vermitteln. Zum einen können die Romane aufgrund ihres begrenzten Umfangs nur einen Ausschnitt aus der journalistischen Realität abbilden. Zum anderen erheben fiktionale Werke keinen Anspruch auf eine wahrheitsgetreue Spiegelung der Wirklichkeit. Deshalb war von Interesse, welche Aspekte aufgegriffen, übermäßig betont oder vernachlässigt werden. Bereits vorliegende Veröffentlichungen zum literarischen Journalismusbild behaupten in diesem Zusammenhang eine meist negative und stereotype Darstellung des Berufs. Da der Forschungsstand allerdings große Defizite aufweist und nur sehr wenige Studien systematisch vorgehen, sind die Befunde nur eingeschränkt aussagekräftig.

Die durchgeführte empirische Analyse zur Darstellung des Journalismus in der Literatur folgte einer systematischen Vorgehensweise, die intersubjektiv nachvollziehbar ist. Vor dem Hintergrund des Wirkungspotenzials fiktionaler Werke sollte untersucht werden, inwieweit die literarischen Fiktionen die journalistische Realität reflektieren. Zu diesem Zweck wurde ein international vergleichender Ansatz gewählt und eine Inhaltsanalyse US-amerikanischer und deutscher Romane durchgeführt.

Für beide Länder liegen ausreichend Daten zu den realen Gegebenheiten vor, was für einen Vergleich mit der Realität konstitutiv ist. Um zum einen Reflexionen nationaler Besonderheiten, zum anderen aber auch länderübergreifende Metabotschaften in den Romanfiktionen feststellen zu können, sind Unterschiede in der journalistischen Realität der Untersuchungsländer von Vorteil. Studien, die im Rahmen der Journalismusforschung entstanden sind, haben mehrfach Differenzen zwischen den redaktionellen Arbeitsroutinen und dem journalistischen Berufsverständnis in Deutschland und den USA belegt. Da sich darüberhinaus die Fernsehsysteme der beiden Länder in hohem Maße unterscheiden, fokussierte die Analyse auf das Bild des Fernsehjournalismus in den Romanen. Erhoben wurde sowohl die Darstellung der journalistischen Romanprotagonisten als auch des journalistischen Umfelds. Letzteres bezieht sich auf explizite Bezüge zur journalistischen Realität sowie auf institutionelle, rechtlich-normative, ökonomische und politische Rahmenbedingungen.

In einer zusätzlichen Vergleichsdimension wurde darüber hinaus berücksichtigt, ob reale Veränderungen im Zeitverlauf auch die Romanfiktion beeinflussen. Gewählt wurde daher ein Untersuchungszeitraum, in dem sich das Fernsehsystem maßgeblich verändert hat. Im Verlauf der für diese Untersuchung relevanten Zeitspanne von 1970 bis 2005 hat sich das Medium Fernsehen in beiden Ländern deutlich weiterentwickelt und ausdifferenziert. Insbesondere in Deutschland ist es mit der Einführung des Dualen Systems Mitte der 1980er-Jahre zu grundlegenden Veränderungen gekommen, welche die Medienlandschaft und den Journalismus nachhaltig geprägt haben.

Auffallend ist, dass die meisten Autoren selbst aus dem Journalismus kommen. Viele von ihnen waren jahrelang journalistisch tätig – oftmals auch im Fernsehbereich. Das Thema, über das sie schreiben, ist ihnen folglich bestens bekannt und vermutlich lassen sie auch eigene Erfahrungen einfließen. Dies ist insbesondere dann anzunehmen, wenn die Autoren ihre journalistischen Charaktere in dem Umfeld ansiedeln, in dem sie selbst gearbeitet haben. Die Ergebnisse zum literarischen Journalismusbild zeigen sowohl Gemeinsamkeiten als auch Unterschiede zwischen den Untersuchungsländern an. Insgesamt gehen die Autoren ausführlicher auf die Charakterisierung der journalistischen Akteure ein, während die Rahmenbedingungen der journalistischen Arbeit häufig nur am Rande Erwähnung finden.

Hinsichtlich der journalistischen Akteure vermitteln die US-amerikanischen und die deutschen Romane ein weitgehend einheitliches Bild: Der typische fiktive Fernsehjournalist ist männlich, gut gebildet und im Alter zwischen 30 und 39 Jahren. Er ist unverheiratet, kinderlos und verfügt über ein sehr hohes Einkommen. Der Beruf ist sein Lebensmittelpunkt: entweder aus persönlicher Motivation oder weil die unregelmäßigen und langen Arbeitszeiten keinen Platz für andere Tätigkeiten lassen. Dies ist auch bedingt durch die vielen Reisen, die der Beruf in der Romanfiktion mit sich bringt und die den Journalisten häufig als modernen Nomaden leben lassen. Ein Privatleben findet für den fiktiven Journalisten kaum statt. Dauerhafte Partnerschaften oder gar ein harmonisches Familienleben lassen sich nicht mit dem Beruf in Einklang bringen. Weitere länderübergreifende Metabotschaften werden bei der journalistischen Berichterstattung deutlich: Der fiktive Journalist ist in seinem Arbeitsalltag hauptsächlich mit dem Thema Kriminalität beschäftigt und schreckt vor ethisch fragwürdigen oder gar illegalen Recherchemethoden nicht zurück. Nicht zuletzt aufgrund seiner investigativen Rechercheaktivitäten zu kriminalistischen Fällen beinhaltet seine Tätigkeit ein hohes Berufsrisiko. Lebensgefährliche Situationen sind keine Ausnahme, doch der fiktive Journalist trotzt diesen meist erfolgreich. Neben seiner klassischen Funktion als Vermittler von Informationen tritt er vor allem in Rollen auf, die in der Realität in dieser Form für Journalisten nicht üblich sind: Entweder er erscheint als ›Detektiv‹, der in den Kompetenzbereich der Polizei eindringt und kriminelle Machenschaften aufdeckt, oder als ›Verkäufer‹, der sich bei seiner Recherche und Berichterstattung ausschließlich an wirtschaftlichen Faktoren und Einschaltquoten orientiert.

Internationale Unterschiede zeigen sich insbesondere in der Darstellung des journalistischen Umfelds. Sofern die Autoren diese Merkmale erwähnen, reflektieren die fiktionalen Werke die realen Gegebenheiten des Fernsehjournalismus der beiden Länder. Die Romane enthalten häufige Bezüge auf real existierende Medien oder prominente Medienakteure und siedeln ihre Handlung vor dem Hintergrund der jeweiligen nationalen Medienlandschaft an. Dies betrifft neben den Ausbildungswegen und den rechtlichen Rahmenbedingungen vor allem die Organisationsformen der Fernsehsender: Die US-amerikanischen Romanprotagonisten arbeiten daher hauptsächlich für kommerzielle lokale Fernsehstationen, die als ›Affiliates‹ einem der großen Networks angeschlossen sind. In den deutschen Romanen findet die journalistische Arbeit sowohl bei den bereits lang etablierten öffentlich-rechtlichen Anstalten als auch bei den privatkommerziellen Sendern statt.

Weitere Unterschiede zwischen den Romanen der beiden Länder zeigen sich in Bezug auf den Anteil an weiblichen Protagonisten. Diese sind in den US-amerikanischen Romanen häufiger präsent, was den generellen Eindruck eines männerdominierten Journalismus für die USA leicht abschwächt. Die US-amerikanischen Romane zeichnen zudem positivere fiktive Charaktere: Fast 90 Prozent der Hauptfiguren sind Sympathieträger, wohingegen das nur auf 63 Prozent der deutschen Hauptfiguren zutrifft. Auch in Bezug auf das Arbeitsklima zeichnen die Romane aus den USA ein positiveres Bild. Das Verhältnis unter den fiktiven Protagonisten ist seltener durch hierarchische Strukturen gekennzeichnet und die überwiegend freundschaftlich geprägten Beziehungen zwischen den Journalisten vermitteln eine gute Arbeitsatmosphäre innerhalb der Redaktionen. In den deutschen Romanen stehen berufliche Auseinandersetzungen mit Kollegen und Vorgesetzten häufiger im Vordergrund. Zudem sind viele der deutschen Fernsehjournalisten in ständiger Sorge um ihren Arbeitsplatz. Die berufliche Zukunft im Journalismus erscheint daher unsicherer als bei den US-amerikanischen Protagonisten. Die Journalisten der deutschen Romane sind außerdem stärker mit dem Klischee des Alkoholikers behaftet; bei vielen von ihnen gehört der Alkohol untrennbar zum Arbeitsalltag dazu.

Die Veränderungen in der Darstellung des Journalismus im Zeitverlauf gehen mit den Wandlungsprozessen in der journalistischen Realität einher. Weibliche Journalisten finden in den Romanen vermehrt Beachtung, infotainmentorientierte Formate erfahren einen hohen Zuwachs und der Fokus der Berichterstattung verändert sich: Politische Themen, die in den Romanen bis 1985 noch dominierten, werden in beiden Untersuchungsländern von den journalistischen Akteuren nur noch selten bearbeitet.

National bedingte Veränderungen zeigen sich in den deutschen Romanen. Hier ändert sich nach dem Umbruch im deutschen Rundfunksystem durch die Zulassung privat-kommerzieller Anbieter auch das Bild des Fernsehjournalismus. Die privat-kommerziellen Sender sind ab diesem Zeitpunkt der Hauptarbeitgeber für die fiktiven Journalisten. Die journalistische Berufsgruppe verjüngt sich und auch das Rollenbild der journalistischen Akteure wandelt sich im Zusammenhang mit der verstärkten ökonomischen Ausrichtung des Fernsehmarktes. Der ›Verkäufer‹, der in den Romanen vor Mitte der 1980er-Jahre nur eine geringfügige Rolle spielt, nimmt in den Folgejahren die Spitzenposition ein. Im Gegensatz dazu sinkt der Anteil der Journalisten, die sich als ›Bilder und Erzieher‹ der Bevölkerung begreifen, deutlich ab. In der Romanfiktion überwiegt nach 1985 das Bild eines von wirtschaftlichen Imperativen bestimmten Journalismus, wohingegen sich die politischen Einflüsse auf das Fernsehsystem und die journalistischen Akteure reduzieren.

Insgesamt überwiegen in den Romanen die positiven journalistischen Charaktere, die von einer Bewertung des Journalismus in seiner Gesamtheit allerdings zu unterscheiden sind. Viele der fiktiven Fernsehjournalisten sind gefangen in einem unmoralischen System, in dem Quoten und Markterfolg die Leitlinien bestimmen. Die größtenteils positiv dargestellten Hauptfiguren befinden sich in der Regel in hierarchisch untergeordneten Positionen und müssen sich auch gegen ihren Willen den internen Systemzwängen anpassen. Mit der wiederholten Betonung der Kommerzialisierung sowie der wirtschaftlichen und/oder politischen Interessenverflechtung mit dem Rundfunk unterliegt der Fernsehjournalismus in der fiktionalen Darstellung beider Länder zusammengefasst einer negativen

Bewertung. Es lässt sich also eine Diskrepanz zwischen der Darstellung des journalistischen Systems und der Darstellung der journalistischen Hauptfiguren ausmachen. Negativ dargestellt werden Nebenfiguren, die in leitenden Positionen die ökonomischen Imperative stützen bzw. sich nicht den politischen Einflussnahmen widersetzen und dadurch die Negativtendenzen verstärken.

Die vorliegende Arbeit hat auf die Inhaltsebene fokussiert und das Bild des Journalismus in der literarischen Fiktion analysiert. Als zentrales Ergebnis lässt sich festhalten, dass die fiktiven Handlungen in das reale journalistische Umfeld ihres Herkunftlandes eingebettet sind. Das Berufsbild des Journalisten weist jedoch wesentliche Unterschiede zur journalistischen Wirklichkeit auf und nicht selten erscheint der fiktive Journalist als Zerrbild seines realen Kollegen. Aufgrund empirischer Befunde, die bereits Einflüsse von fiktionalen Berufsbildern auf die Realitätsvorstellungen des Publikums belegt haben, ist auch von einer Wirkung der literarischen Journalismusdarstellungen auszugehen. Die inhaltsanalytischen Befunde zu den US-amerikanischen und deutschen Romanen legen nahe, dass deren Rezeption zu unrealistischen Vorstellungen über den Berufsalltag führen dürfte. Da auch die positiven Figuren meist vor dem Hintergrund eines negativ dargestellten Berufsumfeldes agieren, dürfte bei den Lesern darüber hinaus ein insgesamt negatives Bild der journalistischen Profession entstehen. Um diese Vermutung zu erhärten und um zu spezifizieren, welchen Anteil fiktionale Darstellungen an dem niedrigen Ansehen dieser Berufsgruppe haben, sind weitere Studien notwendig, die z. B. über Befragungen oder Experimentaldesigns die Wirkungsebene berücksichtigen.

9. LITERATURVERZEICHNIS

9.1 Analysierte Journalismusromane

AECHTNER, ULI: *Talk Show Down*. Hamburg [Europäische Verlagsanstalt/Rotbuch Verlag] 1998

BELSKY, DICK: *The Mourning Show. A Jenny McKay Mystery*. Original Edition. New York, NY [Berkley Publishing Group] 1994

BERTRAM, JÜRGEN: *Der Story-Jäger. Ein Enthüllungsroman aus der Welt der Fernseh-News*. 1. Aufl. Bern, München, Wien [Scherz Verlag] 2002

BREEST, JÜRGEN: *Dünnhäuter*. Roman. Ungekürzte Ausgabe. Frankfurt/M. [Fischer Taschenbuchverlag] 1981 [Ersterscheinung 1979]

BROWN, SANDRA: *Prime Time*. 10th Edition. New York, NY [Warner Books] 1995 [Ersterscheinung 1983]

BUDRYS, ALGIS J.: *Michaelmas*. Glasgow [Fontana Books, William Collins Sons & Co] 1979 [Ersterscheinung 1977]

BULLARD, PAMELA: *More than Dreams*. A Novel. 1st Edition. New York, NY [Random House] 1987

BURK, MICHAEL: *Die Nacht der Stars. Der große Fernseh-Roman*. München [Lichtenberg Verlag] 1972

CHAMBERLAIN, DIANE: *Summer's Child*. Richmond [MIRA Books, Harlequin] 2000

D'AMATO, BARBARA: *White Male Infant*. New York, NY [Forge, Tom Doherty Associates] 2002

DAUM, MEGHAN: *The Quality of Life Report. A Novel*. New York, NY [Penguin Group] 2004 [Ersterscheinung 2003]

DIECKMANN, HEINZ: *Narrenschaukel*. 1. Aufl. Bern, München [Scherz Verlag] 1984

DIETL-WICHMANN, KARIN: *Die Quoten-Queen*. Roman. Taschenbuchausgabe. München [Goldmann Verlag] 2002 [Ersterscheinung 2000]

DORN, THEA: *Die Brut*. Roman. Taschenbuchausgabe. 3. Aufl. München [Goldmann Verlag] 2005 [Ersterscheinung 2004]

ELM, JOANNA: *Scandal*. 1st Edition. New York, NY [Forge, Tom Doherty Associates] 1996

FISCHER, MARIE LOUISE: *Der Schatten des anderen*. Roman. Klagenfurt [Kaiser Verlag] 1979

GARLAND, ARDELLA: *Details at Ten. A Georgia Barnett Mystery*. New York, NY [Simon & Schuster] 2000

GARRETT, ANNIE: *After You*. A Novel. New York, NY [St. Martin's Press] 1998

GÖBEL, DIETER: *Vanessa oder Die Lust der Macht*. Roman. München, Zürich [Droemersche Verlagsanstalt Th. Knaur Nachf.] 1981

GOULART, RON: *Capricorn One*. New York, NY [Fawcett Gold Medal Books, CBS Publications] 1978

GRANGER, BILL: *Sweeps*. New York, NY [Fawcett Gold Medal Books, CBS Publications] 1980

GREELEY, ANDREW M.: *St. Valentine's Night*. Thorndike Large Print. Thorndike, ME [Thorndike Press] 1990 [Ersterscheinung 1989]

GRUDA, KONRAD: *Diese kleine Unsterblichkeit. Szenen einer Show*. Roman. Originalausgabe. Frankfurt/M. [Fischer Taschenbuchverlag] 1995

HERMAN, EVA: *Dann kamst du*. Roman. 2. Aufl. Hamburg [Verlag Hoffmann und Campe] 2001 [Ersterscheinung 2001]

HIGGINS CLARK, MARY: *Stillwatch*. First Pocket Books Printing. New York, NY [Simon & Schuster] 1997 [Ersterscheinung 1984]

IRVINE, R. R.: *Ratings are Murder*. New York, NY [Walker and Company] 1985

JUNGE, REINHARD; ARD, LEO P.: *Das Ekel von Datteln*. Kriminalroman. Dortmund [Grafit Verlag] 1989 [Ersterscheinung 1988]

KLOSE, WERNER: *Mord in Sanderup. Schneespur in einer Sommernacht*. 2. Aufl. Hamburg [Hans Christians Verlag] 1983 [Ersterscheinung 1982].

KLUGMANN, NORBERT: *Krieg der Sender. Der vierte Phil-Parker Roman*. Thriller. Originalausgabe. Reinbek b. Hamburg [Rowohlt Taschenbuch Verlag] 1991

-KY: *Der Satansbraten*. Roman. Stuttgart, Wien [Weitbrecht Verlag] 1994

LANGE, KELLY: *Graveyard Shift. A Maxi Poole Mystery*. 1st Edition. New York, NY [Time Warner Book Group] 2005

LEAMER, LAURENCE: *Assignment*. A Novel. New York, N. Y. [The Dial Press] 1981

LEWINSKY, CHARLES: *Die Talkshow*. Roman. München [Goldmann Verlag] 1999 [Ersterscheinung 1997 unter dem Titel *Schuster!*]

LINDLAU, DAGOBERT: *Rakket. Ein Hit von Charlie Fulcher*. Roman. Vollständige Taschenbuchausgabe. München [Droemersche Verlagsanstalt Th. Knaur Nachf.] 1992 [Ersterscheinung 1990]

LUDLUM, ROBERT: *The Osterman Weekend*. 34th Edition. New York, NY [Bantam Books] 1982 [Ersterscheinung 1972]

MCKITTERICK, MOLLY: *Murder in a Mayonnaise Jar. A St. Louis Mystery*. 1st Edition. New York, NY [St. Martin's Press] 1993

MECHTEL, ANGELIKA: *Friß, Vogel*. München, Percha [Verlag R. S. Schulz] 1972

MERCER, JUDY: *Split Image*. First Pocket Books paperback printing. New York, NY [Simon & Schuster] 1999 [Ersterscheinung 1998]

MIANO, MARK: *Dead of Summer. A Michael Carpo Mystery*. First Hardcover Printing. New York, NY [Kensington Publishing Corp] 1999

MICHAELS, LORNA: *The Reluctant Hunk*. Richmond [Mills & Boon] 1995

MILLAR, JEFF: *Private Sector*. A Novel. London [MacMillan] 1980 [Ersterscheinung 1979]

MUSER, MARTIN: *Granitfresse*. Kriminalroman. Berlin, Hamburg [Argument Verlag] 1997

NICOLAI, SYBILLE: *Wer wählt, wird Millionär*. Roman. Frankfurt/M. [Axel Dielmann Verlag] 2004

ORTHEIL, HANNS-JOSEF: *Die große Liebe*. Roman. Taschenbuchausgabe. 3. Aufl. München [btb Verlag] 2005 [Ersterscheinung 2003]

PLESSIX GRAY, FRANCINE DU: *World Without End*. First Playboy Paperbacks printing. New York, N.Y. [Playboy Paperbacks] 1982 [Ersterscheinung 1981]

RACINA, THOM: *Hidden Agenda*. Thriller. 10th Edition. New York, NY [Onyx, Penguin Putnam] 1999 [Ersterscheinung 1997].

RADOS, ANTONIA: *Quotenfieber*. Roman. München, Zürich [Diana Verlag] 1997

SCHILLER, FRANCIS: *Nahkampf*. Roman. Taschenbucherstausgabe. München, Zürich [Diana Verlag] 2002 [Ersterscheinung 1999 unter dem Titel *Fernsehland*]

SCHROEDER-HOHENWARTH, JOACHIM F.: *Das Protokoll*. Roman. München [Herbig Verlagsbuchhandlung] 1997

SIEBERT, CLAUDIA: *Der Auslandskorrespondent*. Roman. 1. Aufl. Köln [Verlag Kiepenheuer & Witsch] 1997

SIMMEL, JOHANNES MARIO: *Die im Dunkeln sieht man nicht*. Roman. Vollständige Taschenbuchausgabe. München [Droemersche Verlagsanstalt Th. Knaur Nachf.] 1988 [Ersterscheinung 1985]

SLATER, SUSAN: *The Pumpkin Seed Massacre. A Ben Pecos Mystery*. Toronto, NewYork, London u. a. [Worldwide, Harlequin] 2002 [Ersterscheinung 1999]

SMILGIS, MARTHA: *Fame's Peril. A Novel of Suspense*. First Pocket Books hardcover printing. New York, NY [Simon & Schuster] 1992

SONNE, WERNER; UNTERSTENHÖFER, CHRIS: *Quotenspiel*. Roman. Originalausgabe. Berlin [Ullstein Verlag] 1999

STEEL, DANIELLE: *Heartbeat*. London, New York, Toronto u. a.: [Bantam Press] 1991

TETTENBORN, JOACHIM: *Die Anstalt bedauert*. Roman. 1. Aufl. Wien, München, Zürich [Verlag Fritz Molden] 1977

VICTOR, BARBARA: *Absence of Pain*. New York, NY [Penguin Group] 1990 [Ersterscheinung 1988].

WAGNER, FRANZ JOSEF: *Big Story*. Roman. 2. Aufl. München [C. Bertelsmann Verlag] 1985 [Ersterscheinung 1982]

WINTERS, REBECCA: *The Toddler's Tale*. Richmond [Silhouette, Harlequin Books] 2003 [Ersterscheinung 2000]

ZYLKA, JENNI: *1000 neue Dinge, die man bei Schwerelosigkeit tun kann*. Roman. 4. Aufl. Reinbek b. Hamburg [Rowohlt Taschenbuch Verlag] 2004 [Ersterscheinung 2003]

9.2 Sekundärliteratur

ADONI, H.; S. MANE: Media and the Social Construction of Reality. Toward an Integration of Theory and Research. In: *Communication Research*, 11, 1984, S. 323-340

ALBRECHT, E.-E.: Der Journalist auf der Bühne. In: *Deutsche Presse*, 39, 1928, S. 492-493

ALBRECHT, M. C.: The Relationship of Literature and Society. In: *The American Journal of Sociology*, 59, 1954, S. 425-436

ALBRECHT, M. C.: Does Literature Reflect Common Values? In: *American Sociological Review*, 21, 1956, S. 425-436

ALBRECHT, M. C.; J. H. BARNETT; M. GRIFF (Hrsg.): *The Sociology of Art and Literature. A Reader.* 2nd Edition. o. O. [Mackays of Chatham] 1982

ALLAN, D.: Literature and reality. In: *Journal of European Studies*, 31, 2001, S. 143-156

ALLENSBACHER BERICHTE: *Allensbacher Berufsprestige-Skala 2005*. IfD-Umfrage 7071. Mai/Juni 2005. URL: http://www.ifd-allensbach.de/pdf/prd_0512.pdf [14.12.2010]

ALLENSBACHER BERICHTE: *Allensbacher Berufsprestige-Skala 2008*. IfD-Umfrage 10015. Januar 2008. URL: http://www.ifd-allensbach.de/pdf/prd_0802.pdf [14.12.2010]

ALTENDORFER, O.: *Das Mediensystem der Bundesrepublik Deutschland.* Band 1. Wiesbaden [Westdeutscher Verlag] 2001

ALTMEPPEN, K.-D.: *Redaktionen als Koordinationszentren. Beobachtungen journalistischen Handelns.* Opladen [Westdeutscher Verlag] 1999

ALTMEPPEN, K.-D.; A. SCHOLL: Allround-Genies gesucht! Rekrutierungspraxis der Medienbetriebe I: Stellenanzeigen für Journalisten. In: WEISCHENBERG, S. (Hrsg.): *Journalismus und Kompetenz. Qualifizierung und Rekrutierung für Medienbetriebe.* Opladen [Westdeutscher Verlag] 1990, S. 243-259

APPEL, M.: *Realität durch Fiktionen. Rezeptionserleben, Medienkompetenz und Überzeugungsänderungen*. Berlin [Logos Verlag] 2005

APPEL, M.: Persuasion durch Fiktionen: Kurz- und mittelfristige Wirkungen auf (stereotype) Überzeugungen. In: TREPTE, S.; E. H. WITTE (Hrsg.): *Sozialpsychologie und Medien*. Berlin [Pabst] 2007, S. 60-80

APPEL, M.: Fictional narratives cultivate just world beliefs. In: *Journal of Communication*, 58, 2008, S. 62-83

APPEL, M.; T. RICHTER: Persuasive Effects of Fictional Narratives Increase Over Time. In: *Media Psychology*, 10, 2007, S. 113-134

ARENDT, F.: Explizite und implizite kultivierende Wirkung der Kronen Zeitung. In: *Medien und Kommunikationswissenschaft*, 57, 2009, S. 217-237

ARISTOTELES: *Poetik*. Griechisch/Deutsch. Übersetzt und herausgegeben von M. Fuhrmann. Stuttgart [Reclam] 2008

ARNTZEN, H.: *Karl Kraus und die Presse*. München [Wilhelm Fink] 1975

ATKINSON, D.; M. RABOY (Hrsg.): *Public Service Broadcasting. The Challenges of the Twenty-First Century*. Paris [Unesco Publishing] 1997

BACHEM, C. (1995): *Fernsehen in den USA. Neuere Entwicklungen von Fernsehmarkt und Fernsehwerbung.* Opladen [Westdeutscher Verlag] 1995

BARNETT, J.: *Divorce and the American Divorce Novel, 1858-1937.* New York [Russell & Russell] 1968

BARNETT, J. H.; R. GRUEN: Recent American Divorce Novels, 1938-1945: A study in the Sociology of Literature. In: *Social Forces*, 26, 1948, S. 332-337

BARON, R.: Media Research. In: WARNER, C. (Hrsg.): *Media Selling. Television, Print, the Internet, and Radio.* 4th Edition. Malden, MA [Wiley-Blackwell] 2009, S. 317-358

BARUSCHKE, P.: *Darstellungen des Journalismus in deutschen Erzähltexten der Siebziger und Achtziger Jahre.* Magisterarbeit Göttingen 1989

BAUMERT, D. P.: *Die Entstehung des deutschen Journalismus in sozialgeschichtlicher Betrachtung.* Altenburg [Piererschе Hofbuchdruckerei Stephan Geibel & Co] 1928

BAUSCH, H.: *Rundfunkpolitik nach 1945. Zwei Teile: 1945-1962 und 1963-1980.* München [Deutscher Taschenbuch Verlag] 1980

BAUSS, K.: Offenes Geheimnis. Schuldgefühle, Unsicherheit, Loyalität: Warum Journalisten alkoholkranke Kollegen über Jahre hinweg decken. In: *Medium Magazin*, 7, 2005 S. 62-63

BECKER, B. VON: *Fiktion und Wirklichkeit im Roman. Der Schlüsselprozess um das Buch »Esra«.* Würzburg [Königshausen & Neumann] 2006

BECKER, H.; W. BECKER: *Die Darstellung von Frauen und die Behandlung von Frauenfragen im Fernsehen. Eine wissenschaftliche Untersuchung im Auftrag des Bundesministeriums für Familie, Senioren, Frauen und Jugend.* Osnabrück 1999. URL: http://www.bmfsfj.de/RedaktionBMFSFJ/Broschuerenstelle/Pdf-Anlagen/PRM-10892-Materialie-Nr.-83–2001---Teil-.pdf [27.01.2010]

BECKER, L. B.; G. M. KOSICKI: *News Release on Newspaper Editor Survey.* School of Journalism. Ohio State University. Columbus, OH 1996. URL: http://www.grady.uga.edu/annualsurveys/hiringnr.htm [28.01.2010]

BEHNERT, G. J.: *Anatomie eines Genres. Das Bild des Journalisten im Spielfilm.* Hildesheim, Zürich, New York [Georg Olms Verlag] 1992

BEISCH, N.; B. ENGEL: Wie viele Programme nutzen die Fernsehzuschauer? Analysen zum Relevant Set. In: *Media Perspektiven*, 7, 2006, S. 374-379

BENSMAN, J.; I. GERVER: Art and the Mass Society. In: ALBRECHT, M. C.; J. H. BARNETT; M. GRIFF (Hrsg.): *The Sociology of Art and Literature. A Reader.* 2nd Edition. o. O. [Mackays of Chatham] 1982, S. 660 - 668 [Ersterscheinung 1958]

BENSMAN, M. R.: Federal Communications Commission. In: BLANCHARD, M. A. (Hrsg.): *History of the Mass Media in the United States. An Encyclopedia.* Chicago, IL, London [Fitzroy Dearborn Publishers] 1998, S. 214 - 215

BERELSON, B.; P. SALTER: Majority and Minority Americans: An Analysis of Magazine Fiction. In: *Public Opinion Quarterly*, 10, 1946, S. 168 - 190

BERG, E.; M. B. RUTHS: Ist Rundfunk in der Bundesrepublik Deutschland Männersache? Zur Beschäftigungssituation der Frauen in den Rundfunkanstalten. In: *Fernsehen und Bildung. Internationale Zeitschrift für Medienpsychologie und Medienpraxis*, 14, 1980, S. 135 - 145

BERGER, P. L.; T. LUCKMANN: *Die gesellschaftliche Konstruktion der Wirklichkeit. Eine Theorie der Wissenssoziologie.* 21. Aufl. Frankfurt/M. [Fischer Taschenbuchverlag] 2007 [Ersterscheinung 1967, deutsche Ersterscheinung 1969].

BERRY, T. E.: *The Newspaper in the American Novel 1900 - 1969.* Metuchen, N. J. [The Scarecrow Press] 1970

BEST, A.: *In/Animations. Die Medien in den Romanen von Thomas Pynchon.* Trier [Wissenschaftlicher Verlag Trier] 1995

BILANDZIC, H.: Genrespezifische Kultivierung durch Krimirezeption. In: *Zeitschrift für Medienpsychologie*, 14, 2002, S. 60 - 68

BILANDZIC, H.: The Perception of Distance in the Cultivation Process: A Theoretical Consideration of the Relationship Between Television Content, Processing Experience, and Perceived Distance. In: *Communication Theory*, 16, 2006, S. 333 - 355

BILANDZIC, H.; R. W. BUSSELLE: Transportation and Transportability in the Cultivation of Genre-Consistent Attitudes and Estimates. In: *Journal of Communication*, 58, 2008, S. 508 - 529

BLACK, J.: *Ethics of the Fictional Journalist: How Novelists Portray Decisionmaking in the News Business.* Paper submitted to the Mass Communications and Society Division open papers competition, AEJMC National Convention, Atlanta, GA 1994, S. 147 - 170. URL: http://www.eric.ed.gov/ERICDocs/data/ericdocs2sql/content_storage_01/0000019b/80/13/6d/32.pdf [20.01.2010]

BLEICHER, J. K.: Institutionsgeschichte des bundesrepublikanischen Fernsehens. In: HICKETHIER, K. (Hrsg.): *Geschichte des deutschen Fernsehens. Band 1. Institution, Technik und Programm. Rahmenaspekte der Programmgeschichte des Fernsehens.* Stuttgart, Weimar [Metzlersche Verlagsbuchhandlung] 1998, S. 67-134

BLEICHER, J. K.: Zwischen Faszination und Kritik: Das Fernsehen im Spiegel der zeitgenössischen Literatur. In: *Tiefenschärfe. Sommersemester 2002 »Medien und Literatur«*, 2002, S. 7-11

BLÖBAUM, B.: *Journalismus als soziales System. Geschichte, Ausdifferenzierung und Verselbständigung*. Opladen [Westdeutscher Verlag] 1994

BLÖBAUM, B.: Literatur und Journalismus. Zur Struktur und zum Verhältnis von zwei Systemen. In: BLÖBAUM, B.; S. NEUHAUS (Hrsg.): *Literatur und Journalismus. Theorie, Kontexte, Fallstudien.* Wiesbaden [Westdeutscher Verlag] 2003, S. 23-51

BLÖBAUM, B.: Organisationen, Programme und Rollen. Die Struktur des Journalismus in systemtheoretischer Perspektive. In: LÖFFELHOLZ, M. (Hrsg.): *Theorien des Journalismus. Ein diskursives Handbuch.* 2., vollständig überarbeitete und erweiterte Aufl. Wiesbaden [VS Verlag für Sozialwissenschaften] 2004, S. 201-215

BLÖBAUM, B.: Evelyn Engesser: Journalismus in Fiktion und Wirklichkeit. Ein Vergleich des Journalistenbilds in literarischen Bestsellern mit Befunden der empirischen Kommunikatorforschung. Buchbesprechung. In: *Publizistik*, 52, 2007, S. 248-249

BODDY, W.: The Beginnings of American Television. In: SMITH, A. (Hrsg.): *Television. An International History*. Oxford, NY [Oxford University Press] 1995, S. 35-61

BORN, D.: *The Image of the Woman Journalist in American Popular Fiction, 1890 to the Present*. Paper Presented to the Committee of the Association for Education in Journalism, Annual Convention, Michigan State University, East Lansing, August 1981, S. 1-45

BÖRSENVEREIN DES DEUTSCHEN BUCHHANDELS: *Buch und Buchhandel in Zahlen 1972*. Frankfurt/M. [Buchhändlervereinigung] 1972a

BÖRSENVEREIN DES DEUTSCHEN BUCHHANDELS: *Börsenblatt für den deutschen Buchhandel*, 28, 1972b, S. 351-366

BÖRSENVEREIN DES DEUTSCHEN BUCHHANDELS: *Buch und Buchhandel in Zahlen 2006*. Frankfurt/M. [Schwörer] 2006

BREMM, C.: *Beruf: Journalistin. Fiktion und Wirklichkeit eines Berufsbildes in ausgewählter Gegenwartsliteratur*. Magisterarbeit Berlin 1989

BRENNEN, B.: Cultural Discourse of Journalists. The Material Conditions of Newsroom Labor. In: HARDT, H.; B. BRENNEN (Hrsg.): *Newsworkers. Toward a History of the Rank and File*. Minnesota, MN; London [University of Minneapolis Press] 1995, S. 75-109

BRENNEN, B.: Fictional Journalists. News Work in American Novels. In: HARDT, H. (Hrsg.): *In the Company of Media. Cultural Constructions of Communications 1920s-1930s*. Boulder, CO [Westview] 2000, S. 101-115

BRENNEN, B. S.: *Peasantry of the Press: A History of American Newsworkers from Novels, 1919-1938*. Thesis Dissertation [University of Iowa Library] 1993

BRISLIN, T.: EXTRA! The Comic Book Journalist Survives the Censors of 1955. In: *Journalism History*, 21, 1995, S. 123-130

BROMBACH, S.: *Literatur als Erkenntnisquelle gesellschaftlicher Wirklichkeit. Interpretationen ausgewählter Eheromane und Analysen ehe- und familiensoziologischer Forschungsarbeiten aus der westdeutschen Nachkriegszeit bis 1961*. Frankfurt/M. [Verlag Peter Lang] 1995

BROWN, L.: The American Networks. In: SMITH, A. (Hrsg.): *Television. An International History*. Oxford, NY [Oxford University Press] 1995, S. 259-284

BRUNS, T.; F. MARCINKOWSKI: Konvergenz Revisited. Neue Befunde zu einer älteren Diskussion. In: *Rundfunk und Fernsehen*, 4, 1996, S. 461-478

BUCHWALD, M.: Öffentlich-rechtlicher Rundfunk: Institutionen – Auftrag – Programme. In: SCHWARZKOPF, D. (Hrsg.): *Rundfunkpolitik in Deutschland. Wettbewerb und Öffentlichkeit*. Band 1. München [Deutscher Taschenbuch Verlag] 1999, S. 316-407

BUSCH, D.-A.: Romanverbote. Zu den Grenzen der Privatzensur. In: *AfP. Zeitschrift für Medien und Kommunikationsrecht*, 3, 2004, S. 203-211

BUSS, M.; W. DARSCHIN: Auf der Suche nach dem Fernsehpublikum. Ein Rückblick auf 40 Jahre kontinuierliche Zuschauerforschung. In: *Media Perspektiven*, 1, 2004, S. 15-27

CERSOWSKY, P.: Trivialliteratur. In: BRUNNER, H.; R. MORITZ (Hrsg.): *Literaturwissenschaftliches Lexikon. Grundbegriffe der Germanistik*. Berlin [Erich Schmidt Verlag] 1997, S. 350-353

CHAIKEN, S.; A. LIBERMAN; A. H. EAGLY: Heuristic and systematic information processing within and beyond the persuasion context. In: ULEMAN, J. S.; J. A. BARGH (Hrsg.): *Unintended thought: Limit of awareness, intention, and control*. New York [Guilford] 1989, S. 212-252

COHEN, J.; G. WEIMANN: Cultivation Revisited. Some Genres have Some Effects on Some Viewers. In: *Communication Reports*, 13, 2000, S. 99-114

COLLINS, P. H.: Learning from the Outsider Within: The Sociological Significance of Black Feminist Thought. In: *Social Problems*, 33, 1986, S. 14-32

COMSTOCK, G. A.: *Television in America*. 2nd Edition. Newbury Park, London, New Delhi [Sage Publications] 1991

COSER, L. A.: Introduction. In: DERS. (Hrsg.): *Sociology Through Literature. An Introductory Reader*. London, Englewood Cliffs, N.J. [Prentice-Hall International] 1963, S. 2-7

CSIKSZENTMIHALYI, M.: *Flow: The psychology of optimal experience*. New York [Harper & Row] 1990

CUPCHIK, G. C.; K. OATLEY; P. VORDERER: Emotional effects of reading excerpts from short stories by James Joyce. In: *Poetics*, 25, 1998, S. 363-377

D'ESTER, K.: Die Presse in der Satire. In: *Zeitungswissenschaft*, 6, 1931, S. 209-214

D'ESTER, K.: *Die Presse und ihre Leute im Spiegel der Dichtung. Eine Ernte aus drei Jahrhunderten*. Würzburg [Konrad Triltsch Verlag] 1941

DAVIS, S.; M.-L. MARES: Effects of Talk Show Viewing on adolescents. In: *Journal of Communication*, 48, 1998, S. 69-86

DEFLEUR, M. L.: Occupational Roles as Portrayed on Television. In: *Public Opinion Quarterly*, 28, 1964, S. 57-74

DEUTSCHER JOURNALISTEN-VERBAND: *Berufsbild des Journalisten*. Bonn [o. V.] 1967

DEUTSCHER JOURNALISTEN-VERBAND: *Berufsbild Journalistin – Journalist*. DJV-Wissen 4. o. O. 2006. URL: http://www.djv.de/fileadmin/DJV/DJV/Broschuere/Wissen4_Berufsbild_2006.pdf [14.12.2010]

DICKSON, T.: *Mass Media Education in Transition. Preparing for the 21st Century*. Mahwah, NJ [Lawrence Erlbaum] 2000

DILLER, A.: *Rundfunkpolitik im Dritten Reich*. München [Deutscher Taschenbuch Verlag] 1980

DILLER, A.: Rundfunkgeschichte. In: ARD/ZDF-ARBEITSGRUPPE MARKETING (Hrsg.): *Was Sie über Rundfunk wissen sollten. Materialien zum Verständnis eines Mediums*. Berlin [Vistas] 1997, S. 311-368

DONSBACH, W.: Journalismus versus journalism – ein Vergleich zum Verhältnis von Medien und Politik in Deutschland und den USA. In: DONSBACH, W.; O. JARREN; H. M. KEPPLINGER; B. PFETSCH (Hrsg.):

Beziehungsspiele – Medien und Politik in der öffentlichen Diskussion. Fallstudien und Analysen. Gütersloh [Verlag Bertelsmann Stiftung] 1993a, S. 283-315

DONSBACH, W.: Redaktionelle Kontrolle im Journalismus. Ein internationaler Vergleich. In: MAHLE, W. A. (Hrsg.): *Journalisten in Deutschland. Nationale und internationale Vergleiche und Perspektiven*. München [Ölschläger] 1993b, S. 143-160

DONSBACH, W.: Lapdogs, Watchdogs and Junkyard dogs. In: *Media Studies Journal*, 9, 1995, S. 17-30

DONSBACH, W.: Journalist. In: NOELLE-NEUMANN, E.; W. SCHULZ; J. WILKE (Hrsg.): *Fischer Lexikon Publizistik Massenkommunikation*. Aktualisierte, vollständig überarbeitete und ergänzte Aufl. Frankfurt/M. [Fischer Taschenbuchverlag] 2009, S. 81-128

DONSBACH, W.; B. KLETT: Subjective objectivity. How journalists in four countries define a key term of their profession. In: *Gazette*, 51, 1993, S. 53-83

DONSBACH, W.; T. PATTERSON: Journalisten in der politischen Kommunikation. Professionelle Orientierungen von Nachrichtenredakteuren im internationalen Vergleich. In: PFETSCH, B.; F. ESSER (Hrsg.): *Politische Kommunikation im internationalen Vergleich. Grundlagen, Anwendungen, Perspektiven*. Wiesbaden [Westdeutscher Verlag] 2003, S. 281-304

DONSBACH, W.; J. WILKE.: Rundfunk. In: NOELLE-NEUMANN, E.; W. SCHULZ; J. WILKE (Hrsg.): *Fischer Lexikon Publizistik Massenkommunikation*. Aktualisierte, vollständig überarbeitete und ergänzte Aufl. Frankfurt/M. [Fischer Taschenbuchverlag] 2009, S. 593-650

DOOB, A. N.; G. E. MACDONALD: Television Viewing and Fear of Victimization: Is the Relationship Causal? In: *Journal of Personality and Social Psychology*, 37, 1979, S. 170-179

DRESLER, A.: *Die Frau im Journalismus*. München [Knorr & Hirth] 1936

DUSSEL, K.: *Deutsche Rundfunkgeschichte*. 2. überarbeitete Aufl. Konstanz [UVK] 2004

ECO, U.: *Im Wald der Fiktionen. Sechs Streifzüge durch die Literatur*. Harvard-Vorlesungen (Norton Lectures 1992-93). 3. Aufl. München, Wien [Deutscher Taschenbuch Verlag] 2004

EHMIG, S. C.: *Generationswechsel im deutschen Journalismus. Zum Einfluß historischer Ereignisse auf das journalistische Selbstverständnis*. Freiburg, München [Alber] 2000

EHRLICH, M. C.: Studying the Journalist in Popular Culture. In: *The IJPC Journal*, 1, 2009, S. 1-11. URL: http://ijpc.org/journal/index.php/ijpc-journal/article/view/7/9 [20.01.2010]

EIFERT, M.; W. HOFFMANN-RIEM: Die Entstehung und Ausgestaltung des dualen Rundfunksystems. In: SCHWARZKOPF, D. (Hrsg.): *Rundfunkpolitik in Deutschland. Wettbewerb und Öffentlichkeit*. Band 1. München [Deutscher Taschenbuch Verlag] 1999, S. 50-116

EILDERS, C.: *Nachrichtenfaktoren und Rezeption. Eine empirische Analyse zur Auswahl und Verarbeitung politischer Information*. Opladen [Westdeutscher Verlag] 1997

ELLINGHAUS, G.: *Fernsehmacher. Eine Untersuchung über Produktionsbedingungen und Einstellungen von Mitarbeitern des Süddeutschen Rundfunks*. Tübingen [Tübinger Verein für Volkskunde e. V.] 1975

EMERY, E.; M. EMERY: *The Press and America. An Interpretative History of the Mass Media*. Englewood Cliffs, NJ [Prentice-Hall International] 1984

ENGESSER, E.: *Journalismus in Fiktion und Wirklichkeit. Ein Vergleich des Journalistenbilds in literarischen Bestsellern mit Befunden der empirischen Kommunikatorforschung*. Köln [Herbert von Halem Verlag] 2005

ESSER, F.: *Die Kräfte hinter den Schlagzeilen. Englischer und deutscher Journalismus im Vergleich*. Freiburg, München [Alber] 1998

ESSER, F.: Does organization matter? Redaktionsforschung aus internationaler Perspektive. In: BROSIUS, H.-B. (Hrsg.): *Kommunikation über Grenzen und Kulturen*. Konstanz [UVK] 2000, S. 111-126

FENTSCH, W.: *Journalismus und Journalisten im Drama vor Gustav Freytag (1757-1848)*. Dissertation Münster 1922

FERRI; A. J.; J. E. KELLER: Perceived Career Barriers for Female Television News Anchors. In: *Journalism Quarterly*, 63, 1986, S. 463-467

FISCHER, H.-D.: Gesundheitslage und Stressfaktoren in publizistischen Berufen. In: *Publizistik*, 26, 1981, S. 224-236

FISHER, F. L.: *The influence of reading and discussion on attitudes of fifth graders towards American Indians*. Phil. Dissertation Berkeley, CA 1965

FISHMAN, M.: Crime Waves as Ideology. In: *Social Problems*, 25, 1978, S. 531-543

FLACHSENBERG, W.: *Der Journalist im neueren französischen Roman*. Dissertation Kiel 1949

FOLKERTS, J.; D. L. TEETER; E. CAUDILL: *Voices of a Nation. A History of Mass Media in the United States*. 5th Edition. Boston, New York, San Francisco u. a. [Allyn & Bacon] 2009

FOLTIN, H. F.: Die minderwertige Prosaliteratur. Einteilung und Bezeichnungen. In: *Deutsche Vierteljahrsschrift für Literaturwissenschaft und Geistesgeschichte*, 39, 1965, S. 288-323

FOLTIN, H. F.; G. WÜRZBERG: *Arbeitswelt im Fernsehen. Versuch einer Programmanalyse*. Köln [Pahl-Rugenstein] 1975

FREISE, H.; J. DRAHT (Hrsg.): *Die Rundfunkjournalistin*. Berlin [Volker Spiess] 1977

FRÖHLICH, R.; C. HOLTZ-BACHA: Summary: Challenges for Today's Journalism Education. In: DIES. (Hrsg.): *Journalism Education in Europe and North America. An International Comparison*. Cresskill, NJ [Hampton Press] 2003a, S. 187-205

FRÖHLICH, R.; C. HOLTZ-BACHA: Journalism Education in Germany. A Wide Range of Different Ways. In: DIES. (Hrsg.): *Journalism Education in Europe and North America. An International Comparison*. Cresskill, NJ [Hampton Press] 2003b, S. 307-323

FRÜH, W.: *Inhaltsanalyse. Theorie und Praxis*. 6. überarbeitete Aufl. Konstanz [UVK] 2007

FUNKHOUSER, G. R.: The Issues of the Sixties. An Explanatory Study in the Dynamics of Public Opinion. In: *Public Opinion Quarterly*, 37, 1973, S. 62-75

GALTUNG, J.; M. H. RUGE: The Structure of Foreign News. The Presentation of the Congo, Cuba and Cyprus Crises in Four Norwegian Newspapers. In: *Journal of Peace Research*, 2, 1965, S. 64-91

GEHRINGER, H.: *Das Stereotyp ›Journalist‹ in populären Zeitromanen*. Magisterarbeit München 1975

GEISSLER, R.; H. PÖTTKER (Hrsg.): *Massenmedien und die Integration ethnischer Minderheiten in Deutschland. Band 2: Forschungsbefunde*. Bielefeld [Transcript] 2009

GERBNER, G.: Die Kultivierungsperspektive: Medienwirkungen im Zeitalter von Monopolisierung und Globalisierung. In: SCHORR, A. (Hrsg.): *Publikums- und Wirkungsforschung: Ein Reader*. Wiesbaden [Westdeutscher Verlag] 2000, S. 101-122

GERBNER, G.; L. GROSS: Living with television: The violence profile. In: *Journal of Communication*, 26, 1976, S. 172-199

GERBNER, G.; L. GROSS; M. MORGAN; N. SIGNORIELLI.: The ›Mainstreaming‹ of America. Violence Profile No. 11. In: *Journal of Communication*, 30, 1980a, S. 10-29

GERBNER, G.; L. GROSS; M. MORGAN; N. SIGNORIELLI: Charting the Mainstream: Television's Contributions to Political Orientations. In: *Journal of Communication*, 32, 1982, S. 100-127

GERBNER, G.; L. GROSS; M. MORGAN; N. SIGNORIELLI: Political Correlates of Television Viewing. In: *Public Opinion Quarterly*, 48, 1984, S. 283-300

GERBNER, G.; L. GROSS; M. MORGAN; N. SIGNORIELLI: Growing Up with Television: The Cultivation Perspective. In: BRYANT, J.; D. ZILLMANN (Hrsg.): *Media effects: Advances in theory and research*. Hillsdale, NJ [Lawrence Erlbaum] 1994, S. 17-42

GERBNER, G.; L. GROSS; N. SIGNORIELLI; M. MORGAN: Aging with television. Images on television drama and conceptions of social reality. In: *Journal of Communication*, 30, 1980b, S. 37-47

GERRIG, R. J.: *Experiencing Narrative Worlds. On the Psychological Activities of Reading*. New Haven, London [Westview Press] 1993

GERRIG, R. J.; D. A. PRENTICE: The Representation of Fictional Information. In: *Psychological Science*, 2, 1991, S. 336-340

GERSH, D.: Stereotyping Journalists. In: *Editor and Publisher*, 5.10.1991, S. 18-19; 37

GESERICK, R.: *40 Jahre Presse, Rundfunk und Kommunikationspolitik in der DDR*. München [Minerva] 1989

GESING, F.: *Kreativ Schreiben. Handwerk und Techniken des Erzählens*. Köln [DuMont] 1994

GESING, F.: *Kreativ schreiben für Fortgeschrittene. Geheimnisse des Erfolgs*. Köln [DuMont] 2006

GHIGLIONE, L.: *The American Journalist. Paradox of the Press*. Washington, DC [Library of Congress] 1990

GHIGLIONE, L.: *The American Journalist. Fiction versus Fact*. 1991. URL: http://www.ijpc.org/ghiglione.htm [14.12.2010]

GOETSCH, P.: Das Fernsehen im amerikanischen Drama. In: GRIEM, J. (Hrsg.): *Bildschirmfiktionen. Interferenzen zwischen Literatur und neuen Medien*. Tübingen [Gunter Narr Verlag] 1998, S. 47-67

GOLDBACH, G.: Angleichung der Eigenschaften – Ungleichheit der Rollen. Darstellungsformen und Geschlechtsrollen in Bilderbüchern. In: GROSSMANN, W.; B. NAUMANN (Hrsg.): *Frauen- und Mädchenrollen in Kinder- und Schulbüchern*. Tagungsdokumentation der Max-Traeger-Stiftung 1986. Frankfurt/M. [o. V.] 1987, S. 13-26

GOOD, H.: The Journalist in Fiction, 1890-1930. In: *Journalism Quarterly*, 62, 1985, S. 352-357

GOOD, H.: *Acquainted with the Night. The Image of Journalists in American Fiction 1890-1930*. Metuchen, NJ, London [Scarecrow Press] 1986a

GOOD, H.: *The Image of War Correspondents in Anglo-American Fiction*. Association for Education in Journalism and Mass Communication. Columbia, SC [AEJMC] 1986b

GOOD, H.: The Image of Journalism in American Poetry. In: *American Journalism*, 4, 1987, S. 123-132

GRABER, D. A.: *Mass Media and American Politics*. 6th Edition. Washington, DC [Congressional Quarterly] 2002

GREEN, M. C.; T. C. BROCK: The Role of Transportation in the Persuasiveness of Public Narratives. In: *Journal of Personality and Social Psychology*, 79, 2000, S. 701-721

GREEN, M. C.; J. GARST; T. C. BROCK: The Power of Fiction: Determinants and Boundaries. In: SHRUM, L. J. (Hrsg.): *The Psychology of Entertainment Media. Blurring the Lines Between Entertainment and Persuasion*. Mahwah, NJ [Lawrence Erlbaum] 2004, S. 161-176

GRENIER, J. A.: Muckraking and the Muckrakers: An Historical Definition. In: *Journalism Quarterly*, 3, 1960, S. 552-558

GRIEM, J.: Geschichten ohne Ende am Ende der Geschichte? Fernsehen als Medium historischen Erzählens. In: DIES. (Hrsg.): *Bildschirmfiktionen. Interferenzen zwischen Literatur und neuen Medien*. Tübingen [Gunter Narr Verlag] 1998, S. 141-164

GRIMES, W. J.; R. STEINER: Television. In: WARNER, C. (Hrsg.): *Media Selling. Television, Print, the Internet, and Radio*. 4th Edition. Malden, MA [Wiley-Blackwell] 2009, S. 371-409

GRIMM, J.: *Unterhaltung – zwischen Utopie und Alltag. Methode und praktische Anwendung der Inhaltsanalyse am Beispiel von Kriminalromanheften*. Frankfurt/M., Bern, New York [Verlag Peter Lang] 1986

GRIMM, P.; K. KIRSTE; J. WEISS: *Gewalt zwischen Fakten und Fiktionen. Eine Untersuchung von Gewaltdarstellungen im Fernsehen unter besonderer Berücksichtigung ihres Realitäts- bzw. Fiktionalitätsgrades*. Berlin [Vistas] 2005

GROEBEN, N.: Der Paradigma-Anspruch der Empirischen Literaturwissenschaft. In: BARSCH, A.; G. RUSCH; R. VIEHOFF (Hrsg.): *Empirische Literaturwissenschaft in der Diskussion*. Frankfurt/M. [Suhrkamp] 1994, S. 21-38

GROEBEN, N.; M. SCHREIER: Die Grenzen zwischen (fiktionaler) Konstruktion und (faktueller) Wirklichkeit: mehr als eine Konstruktion? In: ZURSTIEGE, G. (Hrsg.): *Festschrift für die Wirklichkeit*. Wiesbaden [Westdeutscher Verlag] 2000, S. 165-184

GROTHE, T.; R. WOLDT: Ergebnisse des Symposiums ›Regulierung und Selbstkontrolle des amerikanischen Fernsehens‹. In: BERTELSMANN STIFTUNG (Hrsg.): *Fernsehen in den USA. Erfahrungen mit Regulierung und Selbstkontrolle*. Gütersloh [Verlag Bertelsmann Stiftung] 1995, S. 7-13

GUTZEN, D.; N. OELLERS; J. H. PETERSEN: *Einführung in die neuere deutsche Literaturwissenschaft. Ein Arbeitsbuch*. 6. neugefasste Aufl. Berlin [Erich Schmidt Verlag] 1989

HAGEN, L.: Die opportunen Zeugen. Konstruktionsmechanismen von Bias in der Zeitungsberichterstattung über die Volkszählungsdiskussion. In: *Publizistik*, 37, 1992, S. 444-460

HALLENBERGER, G.: Unterhaltungsformate im Fernsehen. In: THOMASS, B. (Hrsg.): *Mediensysteme im internationalen Vergleich*. Konstanz [UVK] 2007, S. 106-121

HALLOCK, S.: Fiction or Truth. In: *The Quill*. v. 85. Chicago, IL 1997, S. 31-34. URL: http://ijpc.org/Steve%20Hallock%20Fiction%20Or%20Truth.pdf [14.12.2010]

HANITZSCH, T.: Zur Wahrnehmung von Einflüssen im Journalismus. Komparative Befunde aus 17 Ländern. In: *Medien und Kommunikationswissenschaft*, 57, 2009, S. 153-173

HANITZSCH, T.; J. SEETHALER: Journalismuswelten. Ein Vergleich von Journalismuskulturen in 17 Ländern. In: *Medien und Kommunikationswissenschaft*, 57, 2009, S. 464-483

HARDY, J.: *Western Media Systems*. London, New York, NY [Routledge] 2008

HARRISON, J. G.: *American Newspaper Journalism as Described in American Novels of the 19th Century*. PhD Dissertation North Carolina 1945a

HARRISON, J. G.: Nineteenth-Century American Novels on American Journalism I. In: *Journalism Quarterly*, 22, 1945b, S. 215-224

HARRISON, J. G.: Nineteenth-Century American Novels on American Journalism II. In: *Journalism Quarterly*, 22, 1954c, S. 335-345

HAWKINS, R. P.; S. PINGREE: Uniform Messages and Habitual Viewing. Unnecessary Assumptions in Social Effects. In: *Human Communication Research*, 7, 1981, S. 291-301

HAWKINS, R. P.; S. PINGREE: Television's influence on social reality. In: PEARL, D.; L. BOUTHILET; J. LAZAR (Hrsg.): *Television and behavior: Ten years of scientific progress and implications for the eighties*. Washington DC [US Government Printing Office] 1982, S. 224-247

HAWKINS, R. P.; S. PINGREE: Divergent psychological processes in constructing social reality from mass media content. In: SIGNORIELLI, N.; M. MORGAN (Hrsg.): *Cultivation analysis. New directions in media effects research*. Newbury Park, London, New Delhi [Sage] 1990, S. 35-50

HAWKINS, R. P.; S. PINGREE; I. ADLER: Searching for cognitive processes in the cultivation effect. Adult and adolescent samples in the United States and Australia. In: *Human Communication Research*, 13, 1987, S. 553-577

HEILMAN, R. B.: Writers on Journalists. A Version of Atheism. In: *The Georgia Review*, 39, 1985, S. 37-54

HEPP, A.: *Cultural Studies und Medienanalyse. Eine Einführung*. 3. überarbeitete und erweiterte Aufl. Wiesbaden [Westdeutscher Verlag] 2010

HOFFMANN-RIEM, W.: *Regulating Media. The Licensing and Supervision of Broadcasting in Six Countries*. New York, London [Guilford Press] 1996

HOFMANN, R.: *Die Presse und ihre Leute im Spiegel der Literatur unserer Zeit*. Dissertation Wien 1957

HOLLIFIELD, A. C.; G. M. KOSICKI; L. B. BECKER: Organizational vs. Professional Culture in the Newsroom: Television News Directors' and Newspaper Editors' Hiring Decisions. In: *Journal of Broadcasting & Electronic Media*, 45, 2001, S. 92-117

HOLSTI, O. R.: *Content Analysis for the Social Sciences and Humanities*. Reading, MA [Addison-Westley] 1969

HOLTZ, C.: Die Lust der Macht oder Warum Journalisten aussteigen. In: *Publizistik*, 27, 1982, S. 268-274

HOLZNAGEL, B.; G. BENDER: USA. In: HOLZNAGEL, B.; A. GRÜNWALD; DIE LANDESMEDIENANSTALTEN (Hrsg.): *Meinungsvielfalt im kommerziellen Fernsehen. Medienspezifische Konzentrationskontrolle in Deutschland, Großbritannien, Frankreich, Italien, den U. S. A. und auf der Ebene von Europarat und Europäischer Gemeinschaft*. Berlin [Vistas] 2001, S. 75-84

HOLZWEISSIG, G.: Massenmedien in der DDR. In: WILKE, J. (Hrsg.): *Mediengeschichte der Bundesrepublik Deutschland*. Bonn [Böhlau Verlag] 1999, S. 573-601

HÖMBERG, W.: Von Kärrnern und Königen. Zur Geschichte journalistischer Berufe. In: BOBROWSKY, M.; W. R. LANGEBUCHER (Hrsg.): *Wege zur Kommunikationsgeschichte*. München [Ölschläger] 1987, S. 619-629

HOVLAND, C. I.; I. L. JANIS; H. H. KELLEY: *Communication and Persuasion: Psychological Studies of Opinion Change*. New Haven [Yale University Press] 1953

HOVLAND, C. I.; W. WEISS: The influence of source credibility on communication effectiveness. In: *Public Opinion Quarterly*, 15, 1951, S. 635 - 650

HOWELL, M.: *A study of the effects of reading upon attitudes of fifth graders toward Mexican Americans*. Phil. Dissertation Southern Illinois 1973

IFEM, INSTITUT FÜR EMPIRISCHE MEDIENFORSCHUNG: *Das Bild des Unternehmers und Freiberuflers in der Fernsehunterhaltung*. Köln [o. V.] 2005

INGLIS, R. A.: An Objective Approach to the Relationship between Fiction and Society. In: *American Sociological Review*, 3, 1938, S. 526 - 533

IPSOS MORI: *Trust in Professions 2009 – A General Public Survey. Topline and Computer Tables*. URL: http://www.rcplondon.ac.uk/media/Press-releases/Documents/RCP-Trust-in-Professions-2009-summary.pdf [14.12.2010]

JACOBI, J.: *Journalisten im literarischen Text. Studien zum Werk von Karl Kraus, Egon Erwin Kisch und Franz Werfel*. Frankfurt/M. [Verlag Peter Lang] 1989

JÄGER, G.: Die Wertherwirkung. Ein rezeptionsästhetischer Modellfall. In: MÜLLER-SEIDEL, W. (Hrsg.): *Historizität in Sprach- und Literaturwissenschaft. Vorträge und Berichte der Stuttgarter Germanistentagung 1972*. München [Wilhelm Fink] 1974, S. 389 - 409

JAPP, U.: *Das Fernsehen als Gegenstand der Literatur und der Literaturwissenschaft. DFG-Sonderforschungsbereich 240. Ästhetik, Pragmatik und Geschichte der Bildschirmmedien*. Arbeitshefte Bildschirmmedien 2. Siegen 1988

JOHNSON, U.: Vorschläge zur Prüfung eines Romans. In: LÄMMERT, E. u. a. (Hrsg.): *Romantheorie. Dokumentation ihrer Geschichte in Deutschland seit 1880*. Köln [Verlag Kiepenheuer & Witsch] 1975, S. 398 - 403 [Ersterscheinung 1973]

JOHNSTONE, J. W. C.; E. J. SLAWSKI; W. W. BOWMAN: *The News People. A Sociological Portrait of American Journalists and their Work*. Urbana, IL [University of Illinois Press] 1976

KAISER, A.: *Für die Geschichte. Medien in Uwe Johnsons Romanen*. St. Ingbert [Röhrig Universitätsverlag] 1995

KEIL, S.: *Einsame Spitze? Frauen in öffentlich-rechtlichen Führungspositionen*. Münster [Lit-Verlag] 2000

KEK, KOMMISSION ZUR ERMITTLUNG DER KONZENTRATION IM MEDIENBEREICH: *Jahreszahlen: Zuschaueranteile von 1985 bis 2009*. 2010.

URL: http://www.kek-online.de/kek/medien/zuschauer/jahr.pdf [14.12.2010]

KEPPLINGER, H. M.; J. HABERMEIER: Ereignis-Serien. Was kann man nach spektakulären Vorfällen über die Wirklichkeit wissen? In: MAST, C. (Hrsg.): *Markt – Macht – Medien. Publizistik im Spannungsfeld zwischen gesellschaftlicher Verantwortung und ökonomischen Zielen*. Konstanz [UVK] 1996, S. 261 - 272

KEPPLINGER, H. M.: Angepaßte Außenseiter. Ergebnisse und Interpretationen der Kommunikatorforschung. In: DERS. (Hrsg.): *Angepaßte Außenseiter. Was Journalisten denken und wie sie arbeiten*. Freiburg, München [Alber] 1979, S. 7 - 28

KEPPLINGER, H. M.; IN ZUSAMMENARBEIT MIT H.-B. BROSIUS; J. F. STAAB; G. LINKE: Instrumentelle Aktualisierung. Grundlagen einer Theorie publizistischer Konflikte. In: KAASE, M.; W. SCHULZ (Hrsg.): *Massenkommunikation. Theorien, Methoden, Befunde. Sonderheft 30 der Kölner Zeitschrift für Soziologie und Sozialpsychologie*. Opladen [Westdeutscher Verlag] 1989, S. 199 - 220

KEPPLINGER, H. M.; H. ROTH: Kommunikation in der Ölkrise des Winters 1973/74. Ein Paradigma für Wirkungsstudien. In: *Publizistik*, 23, 1978, S. 537 - 556

KIBELE, B.: Deutschland. In: HOLZNAGEL, B.; A. GRÜNWALD; DIE LANDESMEDIENANSTALTEN (Hrsg.): *Meinungsvielfalt im kommerziellen Fernsehen. Medienspezifische Konzentrationskontrolle in Deutschland, Großbritannien, Frankreich, Italien, den U. S. A. und auf der Ebene von Europarat und Europäischer Gemeinschaft*. Berlin [Vistas] 2001, S. 19 - 35

KISTERMANN, M.: Die Eifel-Krimis reizen sogar eine Fan-Gemeinde in Berlin. Diesmal führt eine blutige Spur von Monschau bis in die Ardennen. In: *Aachener Zeitung*, 10.12.1999

KLEIN, M.: *Journalists in Some Nineteenth Century Fiction*. Thesis Dissertation New York [Columbia Universities Libraries] 1929

KLEINSTEUBER, H. J.: Regulierung des Rundfunks in den USA. Zur Kontrolle wirtschaftlicher Macht am Beispiel der FCC. In: *Rundfunk und Fernsehen*, 44, 1996, S. 27 - 50

KLEINSTEUBER, H. J.: Ein Hauch von Hemingway. In: *Sage & Schreibe*, 7/8, 1998, S. 48 - 49

KLEINSTEUBER, H. J.: Die Rache der Enttäuschten. In: *Message*, 1, 2000a, S. 84 - 88

KLEINSTEUBER, H. J.: Massenmedien in den USA. In: WASSER, H. (Hrsg.): *USA. Wirtschaft, Gesellschaft, Politik*. 4., völlig überarbeitete und aktualisierte Aufl. Opladen [Leske + Budrich] 2000b, S. 305 - 335

KLEINSTEUBER, H. J.: Journalisten im Medienthriller. Fakten und Fiktionen in einem neuen literarischen Genre. In: BAUM, A.; S. J. SCHMIDT (Hrsg.): *Fakten und Fiktionen. Über den Umgang mit Medienwirklichkeiten*. Konstanz [UVK] 2002, S. 217 - 232

KLEINSTEUBER, H. J.: Medienthriller – ein neues Genre ist entstanden. Deutsche und internationale Entwicklungen. In: BLÖBAUM, B.; S. NEUHAUS (Hrsg.): *Literatur und Journalismus. Theorie, Kontexte, Fallstudien*. Wiesbaden [Westdeutscher Verlag] 2003, S. 227 - 271

KLEINSTEUBER, H. J.: Das Mediensystem der USA. In: HANS-BREDOW-INSTITUT (Hrsg.): *Internationales Handbuch Medien*. 28. Aufl. Baden-Baden [Nomos] 2009, S. 1211 - 1226

KLEINSTEUBER, H. J.; G. MÜLLER: Public Broadcasting im kommerziellen Rundfunksystem der USA. In: *Rundfunk und Fernsehen*, 33, 1985, S. 392 - 407

KNIGHT, B.: Comic Book Journalists Beyond Clark Kent. In: *The IJPC Journal, 1, 2009, S.* 138 - 146. URL: http://ijpc.org/journal/index.php/ijpcjournal/article/view/12/14 [14.12.2010]

KNIPPEL, M.: *Das Bild des Journalisten in der neueren deutschsprachigen Literatur: Von Angepaßten, Außenseitern und Aussteigern*. Diplomarbeit Dortmund 1983

KOELLER, S.: The Effect of Listening to Excerpts from Children's Stories about Mexican-Americans on the Attitudes of Sixth Graders. In: *The Journal of Educational Research*, 70, 1977, S. 329 - 334

KÖCHER, R.: *Spürhund und Missionar. Eine vergleichende Untersuchung über Berufsethik und Aufgabenverständnis britischer und deutscher Journalisten*. Dissertation München 1985

KÖCHER, R.: Bloodhounds or Missionaries: Role Definitions of German and British Journalists. In: *European Journal of Communication*, 1, 1986, S. 43 - 64

KOSZYK, K.: *Deutsche Presse im 19. Jahrhundert. Geschichte der deutschen Presse.* Teil II. Berlin [Colloquium Verlag] 1966

KOSZYK, K.: *Deutsche Presse 1914 - 1945. Geschichte der deutschen Presse. Teil III.* Berlin [Colloquium Verlag] 1972

KOSZYK, K.: *Pressepolitik für Deutsche 1945 - 1949. Geschichte der deutschen Presse. Teil IV*. Berlin [Colloquium Verlag] 1986

KRAMPER, G.: Herr Redacteur, den Bruderkuß. Journalistenkomödien vor und nach 1848. In: *Frankfurter Allgemeine Zeitung*, 15. Mai 1996

KRIPPENDORFF, K.: *Content Analysis. An Introduction to its Methodology*. 2nd Edition. Thousand Oaks, CA [Sage] 2004

KRÜGER, U. M.: Kulturelle Indikatoren in der Fernsehrealität von Fiktionssendungen. Ausgewählte Ergebnisse einer Pilotstudie. In: *Media Perspektiven*, 9, 1988, S. 555-568

KRÜGER, U. M.: Konvergenz im dualen Rundfunksystem? Programmanalyse 1989. In: *Media Perspektiven*, 12, 1989, S. 776-806

KRÜGER, U. M.: Berufe im Fernsehen. Pilotstudie 1. In: DOSTAL, W.; L. TROLL (Hrsg.): *Die Berufswelt im Fernsehen*. Nürnberg [Präzis Druck] 2005, S. 19-154

KRÜGER, U. M.: Sparten, Sendungsformen und Inhalte im deutschen Fernsehangebot. Programmanalyse 2004. In: *Media Perspektiven*, 5, 2005, S. 190-204

KRÜGER, U. M.; T. ZAPF-SCHRAMM: Die Boulevardisierungskluft im deutschen Fernsehen. Programmanalyse 2000. In: *Media Perspektiven*, 7, 2001, S. 326-344

KRÜGER, U. M.; T. ZAPF-SCHRAMM: Öffentlich-rechtliches und privates Fernsehen. Typische Unterschiede bleiben bestehen. In: *Media Perspektiven*, 4, 2002, S. 178-189

KÜCHENHOFF, E.: *Die Darstellung der Frau und die Behandlung von Frauenfragen im Fernsehen*. Stuttgart [Kohlhammer] 1975

KÜHN, M.: *Meinungsvielfalt im Rundfunk: Die Sicherung von Pluralismus in den Rundfunksystemen Deutschlands und den USA*. München [C. H. Beck] 2003

KUNCZIK, M.; A. ZIPFEL: *Publizistik. Ein Studienhandbuch*. Köln, Weimar, Wien [UTB Böhlau] 2001

KUTSCH, A.: Rundfunk unter alliierter Besatzung. In: WILKE, J. (Hrsg.): *Mediengeschichte der Bundesrepublik Deutschland*. Bonn [Böhlau Verlag] 1999, S. 59-90

LANGHAMMER, K.: Fernsehen als Motiv und Medium des Erzählens. Elfriede Jelinek. In: DÖRING, J.; C. JÄGER; T. WEGMANN (Hrsg.): *Verkehrsformen und Schreibverhältnisse. Medialer Wandel als Gegenstand und Bedingung von Literatur im 20. Jahrhundert*. Opladen [Westdeutscher Verlag] 1996, S. 187-203.

LANGNER-BURNS, H.: *The Image of Journalists in American Film and Fiction from 1975 to 1987. An Application of Leo Lowenthal's Model*. Ann Arbor, MI [University Microfilms International] 1989

LILIENTHAL, V.: Journalisten als Kopflanger. Aktualität und Nutzen von Bertolt Brechts Tui-Kritik. In: *Journal für Publizistik und Kommunikation*, 3, 1982, S. 123-133

LILIENTHAL, V.: Helden der Aufklärung? Auskunft über den Journalisten: in der neueren Literatur (I). In: *Medium*, 14, 1984a, S. 27-32

LILIENTHAL, V.: Helden der Aufklärung? Auskunft über den Journalisten: in der neueren Literatur (II). In: *Medium*, 14, 1984b, S. 42-47

LILIENTHAL, V.: Helden der Aufklärung? Auskunft über den Journalisten: in der neueren Literatur (III). In: *Medium*, 14, 1984c, S. 65-67

LILIENTHAL, V.: Wenn Reporter Detektiv spielen. In: *Rheinischer Merkur/ Christ und Welt*, 09. September 1988

LILIENTHAL, V.: Literatur als Zufluchtsort. Zensur in der Bundesrepublik Deutschland im Spiegel von Journalisten-Romanen. In: *Publizistik*, 34, 1989, S. 133-145

LÖFFLER, DIETRICH: Lektüren im ›Leseland‹ vor und nach der Wende. In: *Aus Politik und Zeitgeschichte*, B13, 1998, S. 20-30

LÖWENTHAL, L.: *Literatur und Gesellschaft. Das Buch in der Massenkultur*. Neuwied am Rhein, Berlin [Luchterhand] 1964 [englische Ersterscheinung 1961]

LUHMANN, N.: *Die Realität der Massenmedien*. 2., erweiterte Aufl. Opladen [Westdeutscher Verlag] 1996

LUTES, J. M.: *Front-Page Girls: Women Journalists in American Culture and Fiction, 1880-1930*. Ithaca, NY, London [Cornell University Press] 2006

MARCHART, O.: *Cultural Studies*. Konstanz [UVK] 2008

MARGOLIN, U.: The Nature and Functioning of Fiction. Some Recent Reviews. In: *Canadian Review of Comparative Literature*, 19, 1992, S. 101-117

MARKOWITZ, J. A.: *The Gay Detective Novel. Lesbian and Gay Main Characters and Themes in Mystery Fiction*. Jefferson, NC [McFarland & Company, Publishers] 2004

MARX, K.; F. ENGELS: *Über Kunst und Literatur*. 6. Aufl. Berlin [Henschelverlag Kunst und Gesellschaft] 1953 [Ersterscheinung 1845]

MAYRING, P.: *Qualitative Inhaltsanalyse: Grundlagen und Techniken*. 9. Aufl. Weinheim, Basel [UTB] 2007

MCBRIDE, K.: Journalists: More Ethical than People Realize? In: *Poynter Ethics Journal*, 2004. URL: http://www.poynter.org/column.asp?id=53&aid=75962 [14.12.2010]

MCCLURE, H. H.: Inside Views of Fiction: III. The Newspaper Novel. In: *Bookman*, 31, 1910, S. 60-61

MCCOMBS, M. E.; D. L. SHAW: The Agenda-Setting Function of Mass Media. In: *Public Opinion Quarterly*, 36, 1972, S. 176 - 187

MCKEEN, W.: *Heroes and Villains: A Study of Journalists in American Novels Published Between 1915 and 1975*. Master's Thesis Indiana 1977

MCKEEN, W.: Tough Guys with Typewriters. In: *Studies in Popular Culture*, Spring 1980, S. 70 - 80

MCKEEN, W.: Heroes, Villains and Bad-News Guys. In: *The Bulletin of the American Society of Newspaper Editors*, 725, 1990, S. 28 - 30

MENCKEN, H. L.: More Tips for Novelists. In: *Chicago Tribune*, 02. Mai 1926 (Wiederabdruck in: LIPPMANN, T. [Hrsg.]: *A Gang of Pecksniffs and Other Comments on Newspaper Publishers, Editors and Reporters by H. L. Mencken*. New Rochelle, N. Y. [Arlington House] 1929), S. 116 - 117

MEWS, S.: The Evil Spirit Journalism. The Press in the Context of Literature. In: *South Atlantic Bulletin*, 43, 1978, S. 5 - 21

MEYEN, M.; C. RIESMEYER: *Diktatur des Publikums. Journalisten in Deutschland*. Konstanz [UVK] 2009

MILKAU, B.: *Journalistische Pioniere des privaten Rundfunks. Kommunikatorstudie aus der Aufbauphase des dualen Rundfunksystems in Deutschland*. München [Ölschläger] 1991

MORGAN, M.: Television and adolescent's sex role stereotypes. A longitudinal study. In: *Journal of Personality and Social Psychology*, 43, 1982, S. 947 - 955

MORGAN, M.: Television, Sex Role attitudes and Sex Role Behavior. In: *Journal of early adolescence*, 7, 1987, S. 269 - 282

MOTHES, U.: *Kreatives Schreiben. Wissen kompakt für Autoren*. Frankfurt/M. [Frankfurter Taschenbuchverlag] 2007

MUENCH, J.: *The Ethics of Journalists in Bestsellers: 1960 - 1987*. Masters's Thesis Missouri 1988

NEVERLA, I.; G. KANZLEITER: *Journalistinnen. Frauen in einem Männerberuf*. Frankfurt/M., New York [Campus Verlag] 1984

NOAM, E. M.; J. WALTERMANN (Hrsg.): *Public Television in America*. Gütersloh [Bertelsmann Foundation Publishers] 1998

NOELLE-NEUMANN, E.: Kumulation, Konsonanz und Öffentlichkeitseffekt. Ein neuer Ansatz zur Analyse der Wirkung der Massenmedien. In: *Publizistik*, 18, 1973, S. 26 - 55

NOELLE-NEUMANN, E.: Die Entfremdung. Brief an die Zeitschrift »Journalist«. In: KEPPLINGER, H. M. (Hrsg.): *Angepaßte Außenseiter. Was*

Journalisten denken und wie sie arbeiten. Freiburg, München [Alber] 1979, S. 260-280

O. A.: Title Output Up. In: PUBLISHERS WEEKLY 18.06.2007. URL: http://www.publishersweekly.net/pw/print/20070618/5223-title-output-up.html [14.12.2010]

O'BOYLE, L.: The Image of the Journalist in France, Germany, and England, 1815-1848. In: *Comparative Studies in Society and History*, 10, 1968, S. 290-317

PANNEN, S.: *Die machtlosen Meinungsmacher. Zur politischen Rolle und zum Berufsbild des Journalisten in der Prosaliteratur der Bundesrepublik Deutschland*. Diplomarbeit München 1987

PANNEN, S.: Die machtlosen Meinungsmacher. Der Journalist in der BRD-Prosa. In: *die feder*, 5, 1988, S. 32-34

PANNEN, S.: Die journalistische Realität in der Prosa. In: MARTINI, B.-J. (Hrsg.): *Journalistenhandbuch*. München [Ölschläger], S. 100-105

PANNEN, S.: *Die Weiterleiter. Funktion und Selbstverständnis ostdeutscher Journalisten*. Köln [Verlag Wissenschaft und Politik] 1992

PARSONS, P. R.: *Blue Skies. A History of Cable Television*. Philadelphia, PA [Temple University Press] 2008

PELKA, B.: Die Darstellung von Berufen im Fernsehen und ihre Auswirkungen auf die Berufswahl. Pilotstudie 2. In: DOSTAL, W.; L. TROLL (Hrsg.): *Die Berufswelt im Fernsehen*. Nürnberg [Präzis Druck] 2005, S. 155-181

PETRI, G.: Schreibtischopfer. In: *Medium Magazin*, 8, 1995, S. 40-41

PETTY, R.; J. T. CACIOPPO: *Communication and persuasion. Central and peripheral routes to attitude change*. New York, NY [Springer] 1986

PFAU, M.; L. J. MULLEN; T. DEIDRICH; K. GARROW: Television Viewing and Public Perceptions of Attorneys. In: *Human Communication Research*, 21, 1995, S. 307-330

PFAU, M.; L. J. MULLEN; K. GARROW: The Influence of Television Viewing on Public Perceptions of Physicians. In: *Journal of Broadcasting and Electronic Media*, 39, 1995, S. 441-458

PFETSCH, B.: *Politische Kommunikationskultur. Politische Sprecher und Journalisten in der Bundesrepublik und den USA im Vergleich*. Wiesbaden [Westdeutscher Verlag] 2003

PHILLIPS, D. P.: The influence of suggestion on suicide: substantive and theoretical implications of the Werther effect. In: *American Sociological Review*, 39, 1974, S. 340-354

PLAKE, K.: *Handbuch Fernsehforschung. Befunde und Perspektiven*. Wiesbaden [VS Verlag] 2004

PLESSKE, H.M.: *Beruf und Arbeit in deutschsprachiger Prosa seit 1945. Ein bibliografisches Lexikon*. Ergänzung und Fortführung des Werkes »Beruf und Arbeit in deutscher Erzählung« von Franz Anselm Schmitt. Stuttgart [Hiersemann Verlag] 1997

POTTER, W.J.: The relationships between first- and second-order measures of cultivation. In: *Human Communication Research*, 18, 1991, S. 92-113

POTTER, W.J.; I.C. CHANG: Television Exposure Measure and the Cultivation Hypothesis. In: *Journal of Broadcasting and Electronic Media*, 34, 1990, S. 335-350

PRENTICE, D.A.; R.J. GERRIG: Exploring the Boundary between Fiction and Reality. In: CHAIKEN, S.; Y. TROPE (Hrsg.): *Dual-process theories in social psychology*. New York [Guilford Press] 1999, S. 529-546

PRIEBE, D.: *Kommunikation und Massenmedien in englischen und amerikanischen Utopien des 20. Jahrhunderts. Interpretationen aus systemtheoretischer Sicht*. Frankfurt/M., Berlin, Bern u.a.[Verlag Peter Lang] 1998

PROTESS, D.L.; F.L. COOK; J.C. DOPPELT; J.S. ETTEMA; M.T. GORDON; D.R. LEFF; P. MILLER: *The Journalism of Outrage. Investigative Reporting and Agenda Building in America*. New York, London [Guilford Press] 1991

PÜRER, H.; J. RAABE: Zur Berufsgeschichte des Journalismus. In: NEVERLA, I.; E. GRITTMANN; M. PATER (Hrsg.): *Grundlagentexte zur Journalistik*. Konstanz [UVK] 2002, S. 408-416

QUERNHEIM, E. VON: *Das Bild des Journalisten im deutschen Lustspiel des 19. Jahrhunderts*. Magisterarbeit München 1981

RADEMACHER, K.F.: *Heldenhafte Draufgänger und sensible Kämpferinnen. Der Journalist als literarische Figur in Unterhaltungsromanen der letzten zehn Jahre*. Magisterarbeit Mainz 1997

REDELFS, M.: *Investigative Reporting in den USA: Strukturen eines Journalismus der Machtkontrolle*. Opladen [Westdeutscher Verlag] 1996

REDELFS, M.: Recherche mit Hindernissen. Investigativer Journalismus in Deutschland und den USA. In: LANGENBUCHER, W. (Hrsg.): *Die Kommunikationsfreiheit der Gesellschaft*. Wiesbaden [Westdeutscher Verlag] 2003, S. 208-238

REQUATE, J.: *Journalismus als Beruf. Entstehung und Entwicklung des Journalistenberufs im 19. Jahrhundert. Deutschland im internationalen Vergleich*. Göttingen [Vanderhoeck & Ruprecht] 1995

RINNERT, U.: Frauen in den Medien. In: *Journalist*, 10, 1978, S. 12-15
ROSS, K.; C. BYERLY (Hrsg.): *Women and Media. International Perspectives.* Malden, MA [Blackwell Publishing] 2004
ROSSIE, A.: Looking to the Margins: The ›Outsider Within‹ Journalistic Fiction. In: *The IJPC Journal*, 1, 2009, S. 105-137. URL: http://ijpc.org/journal/index.php/ijpcjournal/article/view/11/13 [14.12.2010]
RÖSSLER, P.; H.-B. BROSIUS: Prägen Daily Talks die Vorstellungen Jugendlicher von der Wirklichkeit? Ein Intensiv-Experiment zur Kultivierungshypothese. In: SCHEIDENBAUER, C. (Hrsg.): *Daily Talkshows unter der Lupe: wissenschaftliche Beiträge aus Forschung und Praxis.* München [R. Fischer] 2001a, S. 119-152
RÖSSLER, P.; H.-B. BROSIUS: Do Talk Shows Cultivate Adolescents' Views of the World? A Prolonged-Exposure Experiment. In: *Journal of Communication*, 51, 2001b, S. 143-163
ROSSMANN, C.: *Die heile Welt des Fernsehens. Eine Studie zur Kultivierung durch Krankenhausserien.* München [R. Fischer] 2002
ROSSMANN, C.: Zu Risiken und Nebenwirkungen fragen Sie die Patienten: Eine Studie zur Darstellung von Ärzten in Krankenhausserien und ihrem Einfluss auf das Arztbild von Patienten. In: *Medien- und Kommunikationswissenschaft*, 51, 2003, S. 497-522
ROSSMANN, C.: *Fiktion Wirklichkeit. Ein Modell der Informationsverarbeitung im Kultivierungsprozess.* Wiesbaden [VS Verlag für Sozialwissenschaften] 2008
ROSSMANN, C.; H.-B. BROSIUS: The problem of causality in cultivation research. In: *Communications. The European Journal of Communication Research*, 29, 2004, S. 379-398
ROSSMANN, C.; H.-B. BROSIUS: Zum Problem der Kausalität in der Kultivierungsforschung. In: WIRTH, W.; A. FAHR; E. LAUF (Hrsg.): *Forschungslogik und -design in der Kommunikationswissenschaft. Band 2: Anwendungsfelder der Kommunikationswissenschaft.* Köln [Herbert von Halem Verlag] 2006, S. 217-242
ROSTEN, L. C.: The Social Composition of Washington Correspondents. In: *Journalism Quarterly*, 14, 1937, S. 125-132
ROWLAND, W. D.: The Institution of U. S. Public Broadcasting. In: NOAM, E. M.; J. WALTERMANN (Hrsg.): *Public Television in America.* Gütersloh [Bertelsmann Foundation Publishers] 1998, S. 11-71
RÜCKEL, R. R.: *Lokalredakteure. Eine vergleichende Rollenanalyse.* Opladen [Westdeutscher Verlag] 1975

RÜHL, M.: *Journalismus und Gesellschaft. Bestandsaufnahme und Theorieentwurf.* Mainz [v. Hase und Koehler Verlag] 1980

RYAN, M.-L.: Fiction, non-factuals, and the principle of minimal departure. In: *Poetics*, 9, 1980, S. 403-422

RYAN, M.-L.: *Narrative as virtual reality: Immersion and interactivity in literature and electronic media.* Baltimore [Johns Hopkins University Press] 2001

SALTZMAN, J.: *Sob Sisters: The Image of the Female Journalist in Popular Culture.* o. O. 2003. URL: http://ijpc.org/sobsessay.pdf [14.12.2010]

SALTZMAN, J.: *Analyzing the Images of the Journalist in Popular Culture: A Unique Method of Studying the Public's Perception of its Journalists and the News Media.* Paper presented to the History Division, Association for Education in Journalism and Mass Communication (AEJMC) Annual Convention San Antonio, Texas, August 2005. URL: http://www.ijpc.org/AEJMC%20Paper%20San%20Antonio%20Saltzman%202005.pdf [14.12.2010]

SAUERESSIG-HENNING, K.: *Das Berufsbild des Journalisten in der Belletristik: Eine Literaturstudie unter Berücksichtigung des Vergleichs: Romane der Bundesrepublik Deutschland – Romane der Deutschen Demokratischen Republik.* Magisterarbeit Mainz 1984

SAYRE, N.: Falling Prey to Parodies of the Press. In: *New York Times*, 01. Januar 1975

SCHANK, R. C.; R. P. ABELSON: Knowledge and memory: The real story. In: WYER, R. S. JR (Hrsg.): *Advances in Social Cognition.* Hillsdale, NJ [Lawrence Erlbaum] 1995, S. 1-85

SCHANK, R. C.; T. R. BERMAN: The Pervasive Role of Stories in Knowledge and Action. In: GREEN, M. C.; J. J. STRANGE; T. C. BROCK (Hrsg.): *Narrative Impact. Social and Cognitive Foundations.* Mahwah, NJ [Lawrence Erlbaum] 2002, S. 287-313

SCHEIBLE, H.: »Ich kann schreiben nach jeder Richtung.« Journalistenkomödien von Kotzebue bis Schnitzler. In: *Sprachkunst*, 26, 1995, S. 213-254

SCHENK, K.: Das Fernsehgedicht. Medienbezüge in deutschsprachiger Lyrik der sechziger und siebziger Jahre. In: GRIEM, J. (Hrsg.): *Bildschirmfiktionen. Interferenzen zwischen Literatur und neuen Medien.* Tübingen [Gunter Narr Verlag] 1998, S. 89-115

SCHENK, M.: *Medienwirkungsforschung.* 3., vollständig überarbeitete Aufl. Tübingen [Mohr Siebeck] 2007

SCHERFER, E.: »... alle Lügen, aller Verrat«. Zum Klischee vom Journalisten in der Literatur. In: *Medium*, 4, 1989, S. 74-76

SCHLEICHER, M.: *»Unrasierter Kettenraucher«. Das Bild des Journalisten im Comic*. Diplomarbeit München 2004

SCHMIDT, S. J.: *Grundriß der empirischen Literaturwissenschaft*. Frankfurt/M. [Suhrkamp] 1991

SCHMIDTKE, A.; H. HÄFNER: Die Vermittlung von Selbstmordmotivation und Selbstmordhandlung durch fiktive Modelle. Die Folgen der Fernsehserien »Tod eines Schülers«. In: *Der Nervenarzt*, 57, 1986, S. 502-510

SCHMITT, F. A.: *Beruf und Arbeit in deutscher Erzählung. Ein literarisches Lexikon*. Stuttgart [Hiersemann Verlag] 1952

SCHNEIDER, B.; K. SCHÖNBACH: Journalisten in den neuen Bundesländern: Zur Struktur und zur sozialen Lage des Berufsstandes. Ergebnisse der Sozialenquete über die Journalisten in den neuen Ländern der Bundesrepublik Deutschland I. In: MAHLE, W. A. (Hrsg.): *Journalisten in Deutschland. Nationale und internationale Vergleiche und Perspektiven*. München [Ölschläger] 1993, S. 35-56

SCHNEIDER, B.; K. SCHÖNBACH; D. STÜRZEBECHER: Journalisten im vereinigten Deutschland. Strukturen, Arbeitsweisen und Einstellungen im Ost-West-Vergleich. In: *Publizistik*, 38, 1993a, S. 353-382

SCHNEIDER, B.; K. SCHÖNBACH; D. STÜRZEBECHER: Westdeutsche Journalisten im Vergleich: jung, professionell und mit Spaß an der Arbeit. In: *Publizistik*, 38, 1993b, S. 5-30

SCHNEIDER, I.: Fernsehen in der zeitgenössischen Literatur. In: OELLERS, N. (Hrsg.): *Neue Technologien und Medien in Germanistik und Deutschunterricht*. Tübingen [Max Niemeyer Verlag] 1988, S. 158-168

SCHÖNBACH, K.; D. STÜRZEBECHER; B. SCHNEIDER: Oberlehrer und Missionare? Das Selbstverständnis deutscher Journalisten. In: NEIDHARDT, F. (Hrsg.): *Öffentlichkeit, öffentliche Meinung, soziale Bewegungen*. Opladen [Westdeutscher Verlag] 1994, S. 139-161

SCHRAMM, H.; W. WIRTH: Medien und Emotionen. Bestandsaufnahme eines vernachlässigten Forschungsfeldes aus medienpsychologischer Perspektive. In: *Medien & Kommunikationswissenschaft*, 54, 2006, S. 25-55

SCHREGELMANN, H.: *Das Stereotyp (Bild) des Journalisten in deutschen Kriminalromanen*. Diplomarbeit München 1983

SCHREIER, M.: Belief Change through Fiction: How Fictional Narratives Affect Real Readers. In: WINKO, S.; F. JANNIDIS; G. LAUER (Hrsg.): *Grenzen der Literatur*. Berlin [Walter de Gruyter] 2009, S. 315 - 337

SCHÜTZ, E.: »Das schweinischste Handwerk auf der Welt« – oder: Der ›andere‹ Autor. Journalisten in Romanen der Weimarer Republik. In: *Literatur für Leser. Zeitschrift für Interpretationspraxis und geschichtliche Texterkenntnis*, 4, 1984, S. 199 - 210

SCHÜTZ, E.: *Romane der Weimarer Republik*. München [Wilhelm Fink] 1986

SCHWARZKOPF, D.: Die ›Medienwende‹ 1983. In: DERS. (Hrsg.): *Rundfunkpolitik in Deutschland. Wettbewerb und Öffentlichkeit. Band 1*. München [Deutscher Taschenbuch Verlag] 1999, S. 29 - 49

SEILER, B. W.: *Die leidigen Tatsachen. Von den Grenzen der Wahrscheinlichkeit in der deutschen Literatur seit dem 18. Jahrhundert*. Stuttgart [Klett-Cotta] 1983

SHANAHAN, J.: A return to cultural indicators. In: *Communications. The European Journal of Communication Research*, 29, 2004, S. 277 - 294

SHANAHAN, J.; M. MORGAN: *Television and its viewers. Cultivation theory and research*. Cambridge [Cambridge University Press] 1999

SHRUM, L. J.: Assessing the social influence of television: a social cognition perspective on cultivation effects. In: *Communication Research*, 22, 1995, S. 402 - 429

SHRUM, L. J.: Psychological Processes Underlying Cultivation Effects. Further Tests of Construct Accessibility. In: *Human Communication Research*, 22, 1996, S. 482 - 509

SHRUM, L. J.: The cognitive processes underlying cultivation effects are a function of whether the judgments are on-line or memory-based. In: *Communications. The European Journal of Communication Research*, 29, 2004, S. 327 - 344

SHUMAN, E. L.: *Practical Journalism. A Complete Manual of the Best Newspaper Methods*. New York, NY [Appelton and Co.] 1903

SICHTERMANN, B.; A. KAISER: *Frauen sehen besser aus. Frauen und Fernsehen*. München [Verlag Antje Kunstmann] 2005

SIGNORIELLI, N.: *Role Portrayal and Stereotyping on Television. An Annotated Bibliography of Studies Relating to Women, Minorities, Aging, Sexual behavior, Health, and Handicaps*. Westport, CT [Greenwood Press] 1985

SIGNORIELLI, N.: Television and Conceptions about Sex Roles. Maintaining Conventionality and the Status Quo. In: *Sex Roles*, 21, 1989, S. 341 - 360

SILBERMANN, A.; U. M. KRÜGER: *Abseits der Wirklichkeit. Das Frauenbild in deutschen Lesebüchern.* Köln [Verlag Wissenschaft und Politik] 1971

SIRJAMAKI, J.: Culture Configurations in the American Family. In: *American Journal of Sociology*, 53, 1948, S. 464-471

SPAULDING, S. L.: *Crime, Romance and Sex: Washington Women Journalists in Recent Popular Fiction.* (o. J.). URL: http://www.ijpc.org/spauldingpaper.pdf [14.12.2010]

STAIGER, E.: *Die Zeit als Einbildungskraft des Dichters. Untersuchungen zu Gedichten von Brentano, Goethe und Keller.* Zürich, Leipzig [Max Niehans] 1939

STEIN, H. H.: American Muckrakers and Muckraking: The 50-Year Scholarship. In: *Journalism Quarterly*, 56, 1979, S. 9-17

STEINECKE, H.: Roman. In: BRUNNER, H; R. MORITZ (Hrsg.): *Literaturwissenschaftliches Lexikon. Grundbegriffe der Germanistik.* Berlin [Erich Schmidt Verlag] 1997, S. 293-296

STEINMETZ, R.: Initiativen und Durchsetzung privat-kommerziellen Rundfunks. In: WILKE, J. (Hrsg.): *Mediengeschichte der Bundesrepublik Deutschland.* Bonn [Böhlau Verlag] 1999, S. 167-191

STERLING, C. H.; J. M. KITTROSS: *Stay Tuned. A History of American Broadcasting.* 3rd Edition. Hillsdale, NJ [Lawrence Erlbaum] 2002

STIPP, H.: Die Fernsehentwicklung in den USA – 10 Jahre danach. Was aus einer Prognose aus dem Jahr 1994 wurde. In: *Media Perspektiven*, 12, 2004, S. 569-575

STÖBER, R.: *Deutsche Pressegeschichte.* Konstanz [UVK] 2005

STOLZ, J. M.: *Der Journalist im Theater des 19. Jahrhunderts.* Magisterarbeit München 1989

STRANGE, J. J.: How Fictional Tales Wag Real-World Beliefs. Models and Mechanisms of Narrative Influence. In: GREEN, M.; J. J. STRANGE; T. C. BROCK (Hrsg.): *Narrative Impact. Social and Cognitive Foundations.* Mahwah, NJ [Lawrence Erlbaum] 2002, S. 263-286

STRANGE, J. J.; C. C. LEUNG: How Anecdotal Accounts in News and in Fiction Can Influence Judgments of a Social Problem's Urgency, Causes, and Cures. In: *Personality and Social Psychology Bulletin*, 25, 1999, S. 436-449

STUDNITZ, C. VON: Dichtung oder Wahrheit? Die Darstellung des Journalisten in der Literatur – eine Untersuchung über das Berufsbild in Fiktion und Realität. In: *die feder*, 9, 1981, S. 22-23

STUDNITZ, C. VON: *Kritik des Journalisten. Ein Berufsbild in Fiktion und Wirklichkeit*. München [K. G. Saur Verlag] 1983

STUDNITZ, C. VON: Ist die Wirklichkeit Fiktion oder ist die Fiktion Wirklichkeit? Gedanken zum Bild des Journalisten in der Literatur. In: BLÖBAUM, B.; S. NEUHAUS (Hrsg.): *Literatur und Journalismus. Theorie, Kontexte, Fallstudien*. Wiesbaden [Westdeutscher Verlag] 2003, S. 73-89

STUIBER, H.-W.: *Medien in Deutschland. Band 2: Rundfunk*. 2 Teile. Konstanz [UVK] 1998

TELLEGEN, A.: *Brief Manual for the Differential Personality Questionnaire*. Unpublished Manuscript. University of Minnesota, Minneapolis 1982

THYM, B.: *Kultivierung durch Gerichtsshows. Eine Studie unter Berücksichtigung von wahrgenommener Realitätsnähe, Nutzungsmotiven und persönlichen Erfahrungen*. Magisterarbeit München 2003. URL: http://epub.ub.uni-muenchen.de/285/1/MA_Thym_Barbara.pdf [14.12.2010]

TICHI, C.: Television and Recent American Fiction. In: *American Literary History*, 1, 1989, S. 110-130

TUCHMAN, G.: Introduction: The symbolic annihilation of women by the mass media. In: TUCHMAN, G.; A. KAPLAN DANIELS; J. BENÉT (Hrsg.): *Hearth and Home: Images of Women in the Mass Media:* New York, NY [Oxford University Press] 1978, S. 3-38

TUROW, J.: *Media Systems in Society. Understanding Industry, Strategy, and Power*. White Plains, NY [Longman] 1992

VOIGTS-VIRCHOW, E.: Verbildert, VerWAHRlost, verlacht – das Fernsehen im zeitgenössischen britischen Theater. In: GRIEM, J. (Hrsg.): *Bildschirmfiktionen. Interferenzen zwischen Literatur und neuen Medien*. Tübingen [Gunter Narr Verlag], 1998, S. 69-87

WALSER, M.: Warum brauchen Romanhelden Berufe? In: DERS. (Hrsg.): *Vormittag eines Schriftstellers*. Frankfurt/M. [Suhrkamp] 1994, S. 27-47 [Ersterscheinung 1992]

WEAVER, D. H.: Journalism Education in the United States. In: FRÖHLICH, R.; C. HOLTZ-BACHA (Hrsg.): *Journalism Education in Europe and North America. An International Comparison*. Cresskill, NJ [Hampton Press] 2003, S. 49-64

WEAVER, D. H. (Hrsg.): *The Global Journalist. News People Around the World.* Cresskill, NJ [Hampton Press] 1998

WEAVER, D. H.; C. G. WILHOIT: *The American Journalist. A Portrait of U. S. News People and their Work*. Bloomington, IN [Indiana University Press] 1986

WEAVER, D. H.; C. G. WILHOIT: *The American Journalist in the 1990s. U. S. News People at the End of an Era.* Mahwah, NJ [Lawrence Erlbaum] 1996

WEAVER, D. H.; R. A. BEAM; B. J. BROWNLEE; P. S. VOAKES; C. G. WILHOIT: *The American Journalist in the 21st Century. U. S. News People at the Dawn of a New Millenium.* Mahwah, NJ [Lawrence Erlbaum] 2007

WEBER, M.: *Politik als Beruf.* Stuttgart [Reclam] 2008 [Ersterscheinung 1919]

WEBER, P.: *›Nichts ist passiert, aber wir müssen berichten.‹ Das journalistische Berufsbild in der deutschen Literatur von 1945 bis 1995.* Würzburg [Königshausen & Neumann] 2004

WEICHERT, S.; C. ZABEL (Hrsg.): *Die Alpha-Journalisten. Deutschlands Wortführer im Porträt.* Köln [Herbert von Halem Verlag] 2007

WEICHERT, S.; C. ZABEL (Hrsg.): *Die Alpha-Journalisten 2.0. Deutschlands neue Wortführer im Porträt.* Köln [Herbert von Halem Verlag] 2009

WEIDERER, M.: *Das Frauen- und Männerbild im Deutschen Fernsehen. Eine inhaltsanalytische Untersuchung der Programme von ARD, ZDF und RTL plus.* Regensburg [Roderer Verlag] 1993

WEINBERG, S.: My Great White Whale, or the Great Newspaper Novel. In: NEW YORK TIMES, 27. AUGUST 1989. URL: http://query.nytimes.com/gst/fullpage.html?res=950DE7DD123AF934A1575BC0A96F948260&sec=&spon=&pagewanted=print [14.12.2010]

WEINBERG, S.: The Reporter in the Novel. In: *Columbia Journalism Review,* 36, 1997, S. 17-18

WEISCHENBERG, S.: Das ›Paradigma Journalistik‹. Zur kommunikationswissenschaftlichen Identifizierung einer hochschulgebundenen Journalistenausbildung. In: *Publizistik,* 35, 1990, S. 45-61

WEISCHENBERG, S.: *Journalistik. Theorie und Praxis aktueller Medienkommunikation. Band 2: Medientechnik, Medienfunktionen, Medienakteure.* Opladen [Westdeutscher Verlag] 1995

WEISCHENBERG, S.: Journalismus in Romanen und Filmen. In: *Journalist,* 7, 1996a, S. 11-18

WEISCHENBERG, S.: Alkohol und Streß im Journalismus. In: *Journalist,* 9, 1996b, S. 24-27

WEISCHENBERG, S.; M. LÖFFELHOLZ; A. SCHOLL: Journalismus in Deutschland. Design und erste Befunde der Kommunikatorstudie. In: *Media Perspektiven,* 1, 1993, S. 21-33

WEISCHENBERG, S.; M. LÖFFELHOLZ; A. SCHOLL: Merkmale und Einstellungen von Journalisten. Journalismus in Deutschland II. In: *Media Perspektiven*, 4, 1994, S. 154-167

WEISCHENBERG, S.; M. MALIK; A. SCHOLL: *Die Souffleure der Mediengesellschaft. Report über die Journalisten in Deutschland.* Konstanz [UVK] 2006

WEISS, H.-J.: Die Ausbildung von Journalisten und ihre Einstellung zur Ausbildung. In: HÖMBERG, W. (Hrsg.): *Journalistenausbildung. Modelle, Erfahrungen, Analysen.* München [Ölschläger] 1978, S. 54-79

WENTZEL, D.: *Medien im Systemvergleich. Eine ordnungsökonomische Analyse des deutschen und amerikanischen Fernsehmarktes.* Stuttgart [Lucius & Lucius] 2002

WHEELER, C. S.; M. C. GREEN.; T. C. BROCK: Fictional narratives change beliefs: Replications of Prentice, Gerrig and Bailis (1997) with mixed corroboration. In: *Psychonomic Bulletin & Review*, 6, 1999, S. 136-141

WHITE, D. M.: The ›Gate Keeper‹: A Case Study In the Selection of News. In: *Journalism Quarterly*, 27, 1950, S. 383-390

WIESE, T.: Literaten nach Redaktionsschluss. In: *Tagesspiegel*, 19. Juni 2003. URL: http://archiv.tagesspiegel.de/archiv/19.06.2003/587187.asp [14.12.2010]

WILKE, J.: Pressegeschichte. In: NOELLE-NEUMANN, E.; W. SCHULZ; J. WILKE (Hrsg.): *Fischer Lexikon Publizistik Massenkommunikation.* Aktualisierte, vollständig überarbeitete und ergänzte Aufl. Frankfurt/M. [Fischer Taschenbuchverlag] 2009, S. 501-535

WILLIAMS, R.: *Marxism and Literature.* Oxford [Oxford University Press] 1977

WINDROW, J. L.: *Getting a Bad Press: The Image of Journalists in Fiction Written by Journalists in the 1980s.* Master's Thesis Minnesota 1996

WIRTH, W.: Der Codierprozeß als gelenkte Rezeption. Bausteine für eine Theorie des Codierens. In: WIRTH, W.; E. LAUF (Hrsg.): *Inhaltsanalyse. Perspektiven, Probleme, Potentiale.* Köln [Herbert von Halem Verlag] 2001, S. 157-182

WOLFF, E.: Fernsehjournalist, Sendeanstalt und Publikum: Diagnose eines Klimawandels. In: *Psychosozial. Zeitschrift für Analyse, Prävention und Therapie psychosozialer Konflikte und Krankheiten*, 1, 1978, S. 133-142

WOTER, C.: Betäubte Angst. Alkohol und Drogen: Wie Jürgen Leinemann und Jörg Böckem ihre Sucht besiegten. In: *Medium Magazin*, 7, 2005, S. 60-61

WÜRCH, L.: *Massenmedien und die Rolle des Journalisten im Comic, dargestellt an ausgewählten Beispielen*. Diplomarbeit Dortmund 1988

WYER, R. S.; R. ADAVAL; S. J. COLCOMBE: Narrative-based representations of social knowledge: Their construction and use in comprehension, memory and judgment. In: ZANNA, M. P. (Hrsg.): *Advances in experimental social psychology*. San Diego, CA [Academic Press] 2002, S. 131-197

ZERGES, K.: Literatur in der Massenpresse. In: KREUZER, H. (Hrsg.): *Literaturwissenschaft – Medienwissenschaft*. Heidelberg [Quelle & Meyer] 1977, S. 103-121

ZIEGLER, W.; U. HEGERL: Der Werther-Effekt. Bedeutungen, Mechanismen, Konsequenzen. In: *Der Nervenarzt*, 73, 2002, S. 41-49

ZIPFEL, F.: *Fiktion, Fiktivität, Fiktionalität. Analysen zur Fiktion in der Literatur und zum Fiktionsbegriff in der Literaturwissenschaft*. Berlin [Schmidt] 2001

10. ANHANG

TABELLE A 1

Überblick über die Untersuchungen zum Journalistenbild

Autor/in	Jahr	PF	Spr.	Methodik	Werke	Anzahl Werke	Nation Werke	Zeitspanne	Zeitraum	Untersuchungsfokus	Bew.	RB	Vgl. Z / I	Autoren	R / V	W
Behnert	1991	Kap	D	US	LW	< 10	Int.	150-199	1774 - 1928	Journalistenbild	neg.	—	—/✓	✓	—/✓	—
Berry	1970	M	E	US	EG: R	100 +	USA	50-99	1900 - 1969	Presse als Institution & Journalistenbild	neg.	✓	✓/—	✓	✓/✓	✓
Black	1994	Kon	E	S	EG: R	50-99	USA	30-39	1963 - 1994	Journalistische Ethik	neg.	—	—/—	—	✓/—	✓
Bleicher	2002	Z	D	US	LW	20-29	D	10-19	1983 - 2001	Fernsehen als Motiv & Journalistenbild	neg.	—	—/—	—	—/—	—
Born	1981	Kon	E	S	LW	20-29	USA	50-99	1897 - 1977	Frauen als Journalisten	pos.	—	✓/—	✓	✓/—	—
Brennen	1993 1995 2000	M SB SB	E	US	EG: R	30-39	USA	10-19	1919 - 1938	Journalistische Arbeitsbedingungen	pos.	—	—/—	✓	✓/—	—
D'Ester	1941	M	D	US	LW	100 +	Int.	200 +	1682 - 1940	Journalistenbild	neg.	—	—/—	—	—/✓	✓
Ehrlich	2009	Z	E	US	FW	10-19	USA	150-199	1921 - 2005	Journalistenbild	amb.	—	—/—	—	—/—	✓
Engesser	2005	M	D	S	LW	50-99	Int.	30-39	1970 - 2000	Journalistenbild & Rahmenbedingungen	neg.	✓	✓/✓	✓	✓/✓	✓
Ghiglione	1990 1991	M Onl	E	US	FW	100 +	USA	150-199	1791 - 1990	Journalistenbild	—	✓	—/—	✓	✓/✓	✓
Good	1985 1986a	Z M	E	US	EG: R	50-99	USA	40-49	1890 - 1930	Journalistenbild & Handlungsstränge	neg.	—	✓/—	✓	✓/✓	✓
Good	1986b	M	E	US	LW	20-29	Int.	50-99	1899 - 1984	Kriegsberichterstatter	—	✓	✓/✓	✓	✓/—	—

Autor/in	Jahr	PF	Spr.	Me-thodik	Werke	Anzahl Werke	Nation Werke	Zeit-spanne	Zeitraum	Untersuchungsfokus	Bew.	RB	Vgl. Z / I	Au-toren	R / V	W
Good	1987	Z	E	US	EG: G	10-19	USA	40-49	1840er - 1980er	Bild der Medien & Journalistenbild	neg.	✓	—/—	✓	✓/—	—
Hallock	1997	Z	E	US	EG: R	< 10	Int	20-29	1969 - 1995	Journalistenbild	neg.	—	—/—	—	✓/—	—
Harrison	1945a 1945b 1945c	M Z Z	E	US	EG: R	50-99	USA	50-99	1832 - 1900	Journalistenbild	neg.	✓	✓/—	✓	✓/✓	✓
Hofmann	1957	M	D	US	LW	40-49	Int.	30-39	1918 - 1956	Journalistenbild	neg.	—	—/—	—	—/✓	✓
Holtz	1982	Z	D	US	EG: R	< 10	D	< 10	1979 - 1981	Journalistenbild	—	✓	—/—	✓	✓/—	—
Jacobi	1989	M	D	US	LW	< 10	D	50-99	1852 - 1929	Journalistenbild	neg.	—	✓/—	—	—/—	—
Klein-steuber	2000	Z	D	US	EG: R	< 10	Int.	< 10	1996 - 1999	Medienthriller & Journalistenbild	neg.	—	—/✓	✓	—/—	—
Klein-steuber	2001	SB	D	US	EG: R	10	D	10-19	1986 - 2000	Medienthriller & Journalistenbild	neg.	—	—/—	✓	—/—	—
Klein-steuber	2003	SB	D	US	EG:R	10	Int	10-19	1993 - 2002	Medienthriller & Journalistenbild	neg.	✓	—/✓	✓	✓/—	—
Langner-Burns	1989	M	E	S	FW	30-39	USA	10-19	1975 - 1987	Journalistenbild	pos.	—	—/—	—	—/✓	✓
Lilienthal	1982	Z	D	US	LW	10-19	D	150-199	1809 - 1980	Journalistische Selbstzensur	neg.	✓	—/—	—	—/—	—
Lilienthal	1984a 1984b 1984c	Z Z Z	D	US	LW	50-99	Int.	< 10	1976 - 1984	Journalistenbild	neg.	✓	—/—	✓	—/—	✓
Lilienthal	1989	Z	D	US	EG: R	10-19	D	10-19	1977 - 1987	Zensur	—	✓	—/—	✓	✓/—	—

Autor/in	Jahr	PF	Spr.	Methodik	Werke	Anzahl Werke	Nation Werke	Zeitspanne	Zeitraum	Untersuchungsfokus	Bew.	RB	Vgl. Z / I	Autoren	R / V	W
Lutes	2006	Kap	E	US	LW	10-19	USA	40-49	1880 - 1930	Frauen als Journalisten	—	—	—/—	✓	—/—	✓
Markowitz	2004	Kap	E	US	EG: R	10-19	USA	40-49	1961 - 2003	Homosexuelle Journalisten	pos.	—	—/—	—	—/—	—
McClure	1910	Z	E	US	EG: R	k.A.	USA	k.A.	k.A.	Journalistenbild	—	—	—/—	✓	—/✓	—
McKeen	1980	Z	E	US	EG: R	10-19	USA	50-99	1915 - 1975	Journalistenbild	neg.	—	✓/—	—	—/—	✓
McKeen	1990	Z	E	US	FW	10-19	USA	50-99	~ 1915 - 1985	Journalistenbild	neg.	—	✓/—	—	—/✓	✓
Mews	1978	Z	E	US	LW	10-19	Int.	150-199	1806 - 1974	Journalistenbild	ambi.	✓	—/—	—	—/—	✓
Pannen	1988 1989	Z SB	D	US	LW	100 +	D	30-39	1949 - 1987	Journalistenbild	—	—	✓/—	—	✓/✓	—
Rossie	2009	Z	E	US	EG: R	< 10	USA	< 10	1990er	Minderheiten weiblicher Journalisten	pos.	—	—/—	✓	✓/—	—
Rückel	1975	Kap	D	US	LW	10-19	Int.	100-149	~ 1750 - 1899.	Journalistenbild	neg.	—	—/—	—	—/—	—
Saltzman	2003	Onl	E	US	FW	100 +	USA	150-199	~ 1850 - 2003	Frauen als Journalisten	—	—	✓/—	—	—/—	✓
Saltzman	2005	Kon	E	US	FW	40-49	Int.	200 +	v.Chr. - 2003	Journalistenbild	—	—	—/—	—	✓/—	—
Scheible	1995	Z	D	US	EG: D	10-19	D	100-149	1810 - 1917	Journalistenbild	neg.	—	✓/—	—	—/—	—
Scherfer	1989	Z	D	US	EG: R	10-19	Int.	100-149	1852 - 1986	Journalistenbild	neg.	—	—/—	—	—/—	✓
Schütz	1984 1986	Z Kap	D	US	EG: R	< 10	D	< 10	1931	Journalistenbild	ambi.	—	—/—	✓	✓/—	—
Spaulding	2003	Onl	E	S	EG: R	10-19	USA	10-19	1990 - 2001	Frauen als Journalisten	pos.	—	—/—	✓	✓/—	✓

Autor/in	Jahr	PF	Spr.	Me-thodik	Werke	Anzahl Werke	Nation Werke	Zeit-spanne	Zeitraum	Untersuchungsfokus	Bew.	RB	Vgl. Z / I	Au-toren	R / V	W
Studnitz	1981 1983 2003	M Z SB	D	S	LW	100 +	Int.	200 +	1774 - 1974	Journalistenbild	pos.	—	✓/✓	✓	✓/✓	✓
Weber	1995	M	D	US	EG: R	50-99	D	50-99	1945 - 1995	Journalistenbild	—	✓	✓/—	✓	✓/—	—
Weinberg	1997	Z	E	US	EG: R	100 +	USA	k.A.	k.A.	Journalistenbild	neg.	—	—/—	—	—/✓	✓
Weischen-berg	1995 1996	K Z	D	US	FW	40-49	Int.	150-199	1837 - 1994	Journalistenbild	—	—	—/—	✓.	✓/—	—

Erläuterung der Abkürzungen:

PF = Publikationsform
- Kap = Buchkapitel
- Kon = Konferenzbeitrag
- Z = Zeitschriftenartikel
- SB = Beitrag in Sammelband
- Onl = Online-Publikation

Spr. = Sprache des Beitrags
- D = Deutsch
- E = Englisch

Methodik = Methodische Vorgehensweise bei der Untersuchung
- S = Systematisch
- US = Unsystematisch

Werke = Art der untersuchten Werke
- FW = Fiktionale Werke
- LW = Literarische Werke
- EG: D = Einzelgattung: Dramen
- EG: G = Einzelgattung: Gedichte
- EG: R = Einzelgattung: Romane

Anzahl Werke = Anzahl der im Beitrag thematisierten fiktionalen Werke

Nation Werke = Herkunft der untersuchten fiktionalen Werke
- D = Deutschland
- USA = USA
- Int. = internationale Werke

Zeitspanne = Zeitumfang der untersuchten Werke in Jahren

Zeitraum = Zeitraum, in dem die untersuchten Werke erschienen sind

Bew. = Bewertung des fiktionalen Journalistenbilds
- Pos. = Positiv
- Neg. = Negativ
- Ambi. = Ambivalent
- — = keine Aussage

RB = Journalistische Rahmenbedingungen

Vgl. Z / I = Vergleich im Zeitverlauf / internationaler Vergleich

Autoren = Informationen zu den Autoren der fiktionalen Werke

R / V = Thematisierung von Reflexion bzw. Verzerrung der journalistischen Realität

W = Thematisierung von Wirkung der fiktionalen Journalismusdarstellungen

— = nein, nicht thematisiert

√ = ja, thematisiert

TABELLEN A 2
Tabellarischer Überblick über die fiktiven journalistischen Akteure

TABELLE A 2.1
Fiktive Journalisten der US-amerikanischen Romane

AUTOR/IN	TITEL (JAHR)	AKTEURE	HF/NF	+/-
Belsky, Dick	*The Mourning Show* (1994)	Jenny McKay, reporter Donald Pesin, news director Jerry Meredith, talk show host	HF NF NF	+ - -
Brown, Sandra	*Prime Time* (1983)	Andrea Malone, reporter, interviewer Les Trapper, producer Jeff, cameraman	HF NF NF	+ - +
Budrys, Algis J.	*Michaelmas* (1977)	Laurent Michaelmas, reporter Melvin Watson, reporter Douglas Campion, commentator	HF NF NF	+ + -
Bullard, Pamela	*More than Dreams* (1987)	Kate Marchand, president and general manager Kim Winston, anchor, producer Bill Halliday, co-anchor, reporter	HF HF NF	+ + +
Chamberlain, Diane	*Summer's Child* (2000)	Rory Taylor, host and producer	HF	+
D'Amato, Barbara	*White Male Infant* (2002)	Gabrielle Coulter, reporter Justin Craig, cameraman Sam Bielski, field producer	HF NF NF	+ + +
Daum, Meghan	*The Quality of Life Report* (2003)	Lucinda Trout, associate producer Faye Figaro, senior producer Joel Lipinsky, station manager	HF NF NF	+ - +
Elm, Joanna	*Scandal* (1996)	Kitty Fitzgerald, reporter Todd, executive producer Bernie Ruthkowski, cameraman	HF NF NF	+ - +
Garland, Ardella	*Details at Ten* (2000)	Georgia Barnett, reporter Halo Bingington, senior manager Zeke Rouster, cameraman	HF NF NF	+ - +
Garrett, Annie	*After You* (1998)	Clare McClendon, TV-broadcaster	HF	+
Goulart, Ron	*Capricorn One* (1978)	Bob Caulfield, reporter Walter Loughlin, assignment editor Lucy Drinkwater, reporter	HF NF NF	+ - +
Granger, Bill	*Sweeps* (1980)	Jeremy Heron, anchorman Rudy Leibowicz, assistant director of the news division Dick Ferrara, head of news division	HF HF NF	+ - +
Greeley, Andrew M.	*St. Valentine's Night* (1989)	Neal Connor, reporter John Jefferson, station manager	HF NF	+ +

Higgins Clark, Mary	*Stillwatch* (1984)	Patricia Traymore, reporter Luther Pelham, commentator	HF NF	+ -
Irvine, R.R.	*Ratings are Murder* (1985)	Bob Christopher, reporter Herb Reisner, news director Wyn Brewster, station manager	HF NF NF	+ + -
Lange, Kelly	*Graveyard Shift* (2005)	Maxi Pole, news anchor-reporter Tom McCartney, stringer Pete Capra, station managing editor	HF HF NF	+ - +
Leamer, Laurence	*Assignment* (1981)	Bob Branker, interviewer Marty Tablin, producer George Reed, cameraman	HF HF HF	+ + +
Ludlum, Robert	*The Osterman Weekend* (1972)	John Tanner, director of news	HF	+
McKitterick, Molly	*Murder in a Mayonnaise Jar* (1993)	William Hecklepeck, anchorman Jennifer Burgess, reporter James Turball, news director	HF HF NF	+ + +
Mercer, Judy	*Split Image* (1998)	Ariel Gold, producer Henry Heller, (k.A.)	HF NF	+ -
Miano, Mark	*Dead of Summer* (1999)	Michael Carpo, news writer and field producer	HF	+
Michaels, Lorna	*The Reluctant Hunk* (1995)	Ariel Foster, station manager Steve Loggins, assistant station manager Kara Taylor, news-show producer	HF NF NF	+ + +
Millar, Jeff	*Private Sector* (1979)	John Harland, correspondent Jerry Lee, (k.A.)	HF NF	+ +
Plessix Gray, Francine du	*World Without End* (1981)	Sophie Ross, reporter, anchorperson	HF	+
Racina, Thom	*Hidden Agenda* (1997)	Jonelle Patterson, reporter Barney Keller, "boss" Alicia Maris, producer	HF NF NF	+ - -
Slater, Susan	*The Pumpkin Seed Massacre* (1999)	Julie Conlin, reporter Bob Crenshaw, owner	HF NF	+ -
Smilgis, Martha	*Fame's Peril* (1992)	Ceci McCann, news reader, producer Tommy Train, producer, director, anchor Stan Lutz, president of the network	HF NF NF	- - -
Steel, Danielle	*Heartbeat* (1991)	Adrian Townsend, assistant producer	HF	+
Victor, Barbara	*Absence of Pain* (1988)	Maggie Sommers, correspondent Nick Sprig, bureau chief Quincey Reynolds, TV agent	HF NF NF	+ + +
Winters, Rebecca	*The Toddler's Tale* (2000)	Chelsea Markum, talkshow host, reporter Craig McDermott, TV journalist Howard Percell, owner and CEO	HF NF NF	+ - -

Erläuterung der Abkürzungen: HF = Hauptfigur; NF = Nebenfigur; + = positive Figur; - = negative Figur

TABELLE A 2.2

Fiktive Journalisten der deutschen Romane

AUTOR/IN	TITEL (JAHR)	AKTEURE	HF/NF	+/-
Aechtner, Uli	*Talk Show Down* (1998)	Gerit Petersen, Redakteurin	HF	+
		Hannah Kramer, Redakteurin	NF	+
		Georg Daniels, Chef der Agentur	NF	-
Bertram, Jürgen	*Der Story-Jäger* (2002)	Lutz Hösch, Reporter	HF	-
		Dr. Hans Mangold, Chefredakteur	NF	-
Breest, Jürgen	*Dünnhäuter* (1979)	Robert Feldmann, Abteilungsleiter Feature-Redaktion, Redakteur	HF	-
		Wilfried Noltenius, Redakteur	NF	+
		Dr. Wehrenberg, Programmdirektor	NF	-
Burk, Michael	*Die Nacht der Stars* (1972)	Dr. Carl Beverung, 1. Direktor des Privaten Deutschen Fernsehens	HF	+
		Paul Kepler, Produktionsleiter	HF	+
		Alfred Clemens Zeno Munschau, Leiter der Produktionsabteilung	NF	-
Dieckmann, Heinz	*Narrenschaukel* (1984)	Henri, Kameraassistent	HF	+
		Eduard Hirte, Kameramann	NF	+
		Mar, Redakteur, Regisseur Kultur	NF	+
Dietl-Wichmann, Karin	*Die Quoten-Queen* (2000)	Kara Oswald, Programmchefin	HF	+
		Antonia Salbach, Reporterin & Moderatorin, Programmchefin	HF	-
		Dr. Michael Vogel, Programmchef	NF	+
Dorn, Thea	*Die Brut* (2004)	Tessa Simon, Fernsehmoderatorin	HF	+
		Attila de Winter, Produzent	NF	+
Fischer, Marie Louise	*Der Schatten des Anderen* (1979)	Hans Ulrich Garden, Quizmaster	HF	-
		Sonja Horn, Assistentin von Garden	HF	+
		Dr. Janos Lewin, (k.A.)	NF	-
Göbel, Dieter	*Vanessa oder Die Lust der Macht* (1981)	Thomas Bernard, Chefredakteur, Intendant & Medienbeauftragter	HF	-
		Georg Galvez, Auslandskorrespondent, stellv. Intendant	NF	-
Gruda, Konrad	*Diese kleine Unsterblichkeit* (1995)	Ronald R. Renner, Showmaster	HF	-
		Vladimir Wessely, Regisseur	NF	+
		Dr. Koepplaus, verantw. Redakteur	NF	+
Herman, Eva	Dann kamst du (2001)	Corinna Feldmann, Moderatorin	HF	+
Junge, Reinhard; Ard, Leo P.	*Das Ekel von Datteln* (1988)	Susanne Ledig, PEGASUS Chefin	HF	+
		Klaus-Ulrich Mager, Kameramann, Schnittmeister	HF	+
		Holger Saale, Regisseur, Toningenieur	HF	+
Klose, Werner	*Mord in Sanderup* (1982)	Martin Rohde, Chefredakteur	HF	+
		Wolters, Direktor	NF	+

Klugmann, Norbert	*Krieg der Sender* (1991)	Phil Parker, Chefredakteur Ce De Blättel, Chefredakteur Andy Heft, Geschäftsführer	HF HF NF	- - +
-ky	*Der Satansbraten* (1994)	Jana Angermann, Journalistin Uli Bungsberg, Chefreporter & Producer	HF NF	- -
Lewinsky, Charles	*Schuster!* (1997)	Severin Pokorny, Chefredakteur Arthur Schuster, Moderator & Produzent Melchior Goetz, Programmdirektor	HF HF NF	- - -
Lindlau, Dagobert	*Rakket* (1990)	Charlie Fulcher, (k.A.) Vanzin, Chefredakteur Hannes Larenn, Reporter	HF NF NF	+ - +
Mechtel, Angelika	*Friß, Vogel* (1972)	Walter Merz, Leiter der Abendschau, Auslandskorrespondent Loewe, Kameramann Morock, Leiter der Abendschau, Auslandskorrespondent	HF NF NF	- + +
Muser, Martin	*Granitfresse* (1997)	Tobias Endler, freier Mitarbeiter Dr. Wolfgang Gessner, Chefredakteur Titus von Gröbern, Abteilungsleiter	HF NF NF	+ - -
Nicolai, Sybille	*Wer wählt, wird Millionär* (2004)	Pia Roth, Producerin Rüdiger Scheurich, Chefredakteur	HF NF	+ +
Ortheil, Hanns-Josef	*Die große Liebe* (2003)	Giovanni, Redakteur & Filmemacher	HF	+
Rados, Antonia	*Quotenfieber* (1997)	Anny Bonner, Reporterin Gerd Haltbach, Leiter der Abteilung Information Ingo Krahl, Kameramann	HF NF NF	+ - +
Schiller, Francis	*Fernsehland* (1999)	Max Hausmann, Fernsehredakteur Helga, Chefin vom Dienst Werner, Aufnahmeleiter	HF NF NF	- - -
Schroeder-Hohenwarth, Joachim F.	*Das Protokoll* (1997)	Christian Schellenberg, Auslandskorrespondent Professor Max Steinkühler, Intendant	HF NF	+ -
Siebert, Claudia	*Der Auslandskorrespondent* (1997)	Leonard Bach, Auslandskorrespondent Jackie Tannenbaum, Praktikantin	HF HF	- -
Simmel, Johannes Mario	*Die im Dunkeln sieht man nicht* (1985)	Daniel Ross, Redakteur und Moderator Conrad Colledo, Hauptabteilungsleiter für Politik und Zeitgeschehen Emanuel von Karrelis, Intendant	HF NF NF	+ + -
Sonne, Werner; Unterstenhöfer, Chris	*Quotenspiel* (1999)	Jo Schneider, Reporter Holger Berger, Chefredakteur Georg Kramer, Leiter der Fernsehredaktion	HF NF NF	- - +

Tettenborn, Joachim	*Die Anstalt bedauert* (1977)	Simon Torff, Redakteur Burke, Abteilungsleiter Unterhaltung Ullrich Ullrich, Hauptabteilungsleiter Unterhaltung	HF HF NF	+ + -
Wagner, Franz Josef	*Big Story* (1982)	Martin Morlock, Reporter Jörg Enders, Reporter	HF HF	+ +
Zylka, Jenni	*1000 neue Dinge, die man bei Schwerelosigkeit tun kann* (2004)	Judith Herzberg, Textredakteurin Franz, Studiotechniker	HF NF	+ +

Erläuterung der Abkürzungen: HF = Hauptfigur: NF = Nebenfigur; + = positive Figur; - = negative Figur

TABELLEN A 3

Tabellarischer Überblick über die Ergebnisse im Länder- und Zeitvergleich

Die folgenden Tabellen geben einen Überblick über die Ergebnisse der fiktionalen Journalismusdarstellungen im Ländervergleich (USA-Deutschland) sowie im Zeitvergleich (1970-1985 vs. 1986-2005). Sie sind analog zu den einzelnen Kapiteln der Ergebnispräsentation der Arbeit (vgl. Kapitel 7) angeordnet. Statistisch signifikante Zusammenhänge sind – je nach Signifikanzniveau – mit einem bis drei Sternchen (*) gekennzeichnet. Liegen keine signifikanten Zusammenhänge vor, so ist dies mit einem Strich (—) markiert.

Die Subgruppenanalysen (wie z.B. nach Haupt- und Nebenfiguren oder für Zusammenhänge zwischen den einzelnen Variablen wie z.B. die Kreuztabellen zum Verhältnis von Alter und Geschlecht der analysierten Figuren) werden hier nicht angeführt. Ließen sich dort Unterschiede ausfindig machen, so sind die Ergebnisse in Kapitel 7 dokumentiert.

TABELLE A 3.1

Merkmale der Romane und Autoren

	Variablen	USA – Deutschland	Zeitverlauf USA	Zeitverlauf Deutschland
1	Handlungszeit Roman	—	***	***
2	Umfang TV/Journalismus im Roman	—	—	—
	Biografischer Hintergrund Autoren			
3a	Journalist. Erfahrung allg.	—	—	—
3b	Journalist. Erfahrung im TV-Bereich	—	—	—
4	Geschlecht Autor	*	*	—

* $p \leq .05$; *** $p \leq .001$

Mann-Whitney-U-Test: Handlungszeit, Umfang

Exakter Test nach Fisher: Geschlecht, biografischer Hintergrund (3a, 3b)

TABELLE A 3.2

Journalistisches Umfeld

	Variablen	USA – Deutschland	Zeitverlauf USA	Zeitverlauf Deutschland
	Rahmenbedingungen			
1a	Institutionelle Aspekte	*	—	—
1b	Rechtlich-normative Aspekte	—	—	—
1c	Ökonomische Aspekte	—	—	—
1d	Politische Aspekte	—	—	—
	Verweise auf die mediale Realität			
2a	Reale Medien	—	—	—
2b	Reale TV-Sendungen	—	—	—
2c	Reale journalistische Akteure	—	—	—
2d	Sonstige reale Medienbezüge	—	—	—

* $p \leq .05$
Mann-Whitney-U-Test: Journalistische Rahmenbedingungen (1a-1d); Verweise auf die mediale Realität (2a-2d)

TABELLEN A 3.3

Journalistische Akteure

TABELLE A 3.3.1

Allgemeine Charakteristika

	Variablen	USA – Deutschland	Zeitverlauf USA	Zeitverlauf Deutschland
1	Rolle (Haupt-/Nebenfigur)	—	—	—
2	Stellenwert des Berufs	—	—	—
	Akteursbeziehungen			
3a	Hierarchisches Verhältnis	*	—	*
3b	Emotionales Verhältnis	*	—	—
4	Bewertung	—	—	—

* $p \leq .05$
Exakter Test nach Fisher: Rolle, Bewertung, Akteursbeziehungen (3a, 3b)
Mann-Whitney-U-Test: Stellenwert

TABELLE A 3.3.2

Soziodemografische Merkmale

	Variablen	USA – Deutschland	Zeitverlauf USA	Zeitverlauf Deutschland
1	Geschlecht	*	*	*
2	Alter	—	—	*
3	Bildung	—	—	—
4	Ethnischer Hintergrund	—	—	—
5	Familienstand	—	—	*
6	Kinder	—	—	—
7	Wohnsituation	—	—	—
8	Finanzielle Situation	—	—	—

* $p \leq .05$

Exakter Test nach Fisher: Geschlecht, Ethnischer Hintergrund, Familienstand, Kinder, Wohnsituation

Mann-Whitney-U-Test: Alter, Bildung, Finanzielle Situation

TABELLE A 3.3.3

Journalistische Karriere

	Variablen	USA – Deutschland	Zeitverlauf USA	Zeitverlauf Deutschland
1	Studienfächer	***	—	—
	Praktische Ausbildung			
2a	Praktikum	—	—	—
2b	Volontariat	—	—	—
3	Fortbildungen	—	—	—
4	Begabungsmythos	**	—	—
	Beruflicher Hintergrund			
5a	Extramediale Mobilität	*	—	—
5b	Intermediale Mobilität	—	—	—
5c	Intramediale Mobilität	***	—	—
	Organisationsform			
6a	Öffentlich-rechtliches System	***	—	***
6b	Privat-kommerzielles System	***	—	***
7	Ansiedlung Format	*	*** (1)	***
8	Berufliche Stellung	—	—	—

* $p \leq .05$; ** $p \leq .01$; *** $p \leq .001$

Chi-Quadrat-Test: Ansiedlung Format

Exakter Test nach Fisher: Studienfächer, praktische Ausbildung (2a, 2b), Begabungsmythos, Beruflicher Hintergrund (5a-5c), Organisationsform (6a, 6b)

Mann-Whitney-U-Test: Berufliche Stellung

(1) Statistische Voraussetzungen für Chi-Quadrat nicht gegeben

TABELLE A 3.3.4

Arbeitsalltag

	Variablen	USA – Deutschland	Zeitverlauf USA	Zeitverlauf Deutschland
	Themenfelder			
1a	Politik	—	**	—
1b	Wirtschaft	—	—	—
1c	Kunst und Kultur	—	—	—
1d	Wissenschaft und Gesellschaft	—	—	—
1e	Kriminalität	***	—	—
1f	Unglücke	—	—	**
1g	Buntes	—	**	—
1h	Sport	—	—	—
	Geografischer Bezug			
2a	Regionale Themen	**	**	—
2b	Nationale Themen	*	*	*
2c	Internationale Themen	—	—	**
	Tätigkeiten			
3a	Sammeln	—	—	—
3b	Recherchieren	—	—	—
3c	Produzieren von Beiträgen	—	—	—
3d	Redigieren	—	—	—
3e	Arbeit vor Kamera	—	—	—
3f	Filmen	—	—	—
3g	Organisatorische & administrative Tätigkeiten	*	—	—
3h	Wirtschaftliche Tätigkeiten	—	—	—
4	Arbeitsort	*	— (1)	—
	Reiseaktivitäten			
5a	National	*	—	—
5b	International	—	—	—
	Recherchemethoden			
6a	Geldzahlungen	**	—	—
6b	Verwendung vertraulicher Unterlagen ohne Genehmigung	—	—	—
6c	Vorspiegelung falscher Tatsachen	—	—	—
6d	Versteckte Mikrofone und Kameras	—	—	—
6e	Unter-Druck-Setzen von Informanten	—	—	—
6f	Informanten/Außenstehende bewusst in Gefahr bringen	—	—	—
6g	Sonstiges	—	—	—
	Berichterstattung			
7a	Weglassen von Informationen	—	—	—
7b	Verzerren von Informationen	—	—	—
7c	Erfinden von Inhalten	—	—	*
7d	Eigene Meinung einfließen lassen	—	—	—
8	Korrumpierbarkeit	—	—	**

9	Arbeitsplatzstabilität	*	—	—
10	Ende des Arbeitsverhältnisses	—	—	*
11	Berufsrisiko	—	—	—
	Arbeitsbelastung			
12a	24-Stunden Job	—	—	—
12b	Stresssymptome	—	—	—
	Genuss- & Suchtmittelkonsum			
13a	Drogen	—	—	—
13b	Alkohol	*	—	—
13c	Nikotin	*	—	—
13d	Koffein	*	—	—

* $p \leq .05$; ** $p \leq .01$; *** $p \leq .001$

Chi-Quadrat-Test: Arbeitsort, Berufsrisiko

Exakter Test nach Fisher: Themenfelder (1a-1h), geografischer Bezug (2a-2c), Tätigkeiten (3a-3h), Reiseaktivitäten (5a, 5b), Recherchemethoden (6a-6g), Berichterstattung (7a-7d), Korrumpierbarkeit, Arbeitsplatzstabilität, Ende des Arbeitsverhältnisses

Mann-Whitney-U-Test: Tätigkeiten (3a-3h), Arbeitsbelastung (12a, 12b), Genuss- & Suchtmittelkonsum (13a-13d)

(1) Statistische Voraussetzungen für Chi-Quadrat nicht gegeben

TABELLE A 3.3.5

Einstellungen und Berufsauffassung

	Variablen	USA – Deutschland	Zeitverlauf USA	Zeitverlauf Deutschland
1	Berufszufriedenheit	—	—	—
	Politische Einstellung			
2a	Politische Einstellung allg.	— (1)	— (1)	— (1)
2b	Links-Rechts-Tendenz	—	—	—
	Rollenbild			
3a	Vermittler	—	—	—
3b	Kritiker & Kontrolleur	—	*	*
3c	Detektiv	*	—	—
3d	Politiker	—	—	—
3e	Sprachrohr & Anwalt	—	—	—
3f	Bilder & Erzieher	—	—	**
3g	Unterhalter	—	—	—
3h	Verkäufer	—	—	***
3i	Sonstiges	—	—	—
	Berufsgründe			
4a	Materielle Motive	*	—	—
4b	Egoistische Motive	—	—	—
4c	Idealistische Motive	—	—	—
4d	Zufall	***	—	—
	Publikum			
5a	Publikumskontakt	—	—	—
5b	Publikumsbild	—	—	—

* $p \leq .05$; ** $p \leq .01$; *** $p \leq .001$

Exakter Test nach Fisher: Politische Einstellung (2b), Rollenbild (3a-3i), Berufsgründe (4a-4d), Publikum (5a)

Mann-Whitney-U-Test: Berufszufriedenheit, Publikum (5b)

Chi-Quadrat-Test: Politische Einstellung (2a)

(1) Statistische Voraussetzungen für Chi-Quadrat nicht gegeben

JOURNALISMUS INTERNATIONAL

HORST PÖTTKER /
CHRISTIAN SCHWARZENEGGER (HRSG.)

Europäische Öffentlichkeit und journalistische Verantwortung

Journalismus International, 6
2010, 492 S., Broschur, 213 x 142 mm,
dt./engl.

ISBN 978-3-86962-029-9

Zu Öffentlichkeit, die diesen Namen verdient, gehört publizistische Selbstkontrolle. Zu europäischer Öffentlichkeit gehört publizistische Selbstkontrolle auf europäischer Ebene. So lautete die These, unter deren Annahme die Herausgeber des Bandes zur Diskussion der Frage geladen haben, ob Europa länderübergreifende Organe braucht, die sich um die Selbstdisziplin von Journalisten kümmern.

Osteuropäische Medienrechtler und -politiker stehen dieser Idee in der Regel offen gegenüber. Dagegen hielten die Presseräte etlicher westeuropäischer Länder internationale Institutionen der Medienselbstregulierung bisher für überflüssig, weil sich alle berufsethischen Konflikte des Journalismus auf ihrer nationalen Ebene ausreichend lösen ließen.

HERBERT VON HALEM VERLAG
Lindenstr. 19 · 50674 Köln
http://www.halem-verlag.de
info@halem-verlag.de